J.R.R. Tolkien

EL SEÑOR DE LOS ANILLOS

I

LA COMUNIDAD DEL ANILLO

minotauro

La lectura abre horizontes, iguala oportunidades y construye una sociedad mejor.
La propiedad intelectual es clave en la creación de contenidos culturales porque
sostiene el ecosistema de quienes escriben y de nuestras librerías.
Al comprar este libro estarás contribuyendo a mantener dicho ecosistema vivo y
en crecimiento.
En **Grupo Planeta** agradecemos que nos ayudes a apoyar así la autonomía creativa
de autoras y autores para que puedan seguir desempeñando su labor.
Dirígete a CEDRO (Centro Español de Derechos Reprográficos) si necesitas fotocopiar
o escanear algún fragmento de esta obra. Puedes contactar con CEDRO a través de la
web www.conlicencia.com o por teléfono en el 91 702 19 70 / 93 272 04 47

El Señor de los Anillos I. La Comunidad del Anillo
J. R. R. Tolkien

Título original: *The Lord of the Rings I. The Fellowship of the Ring*

The Lord of the Rings
© The Tolkien Estate Limited 1954, 1955, 1966

© George Allen & Unwin Ltd., 1966

J. R. R. Tolkien posee los derechos morales de ser reconocido como autor de esta obra
⟨✦⟩ ® y Tolkien® son marcas registradas de The Tolkien Estate Limited

© Traducción de Luis Domènech
Revisión a cargo de Martin Simonson
Revisión de los poemas a cargo de Nur Ferrante

© Editorial Planeta, S. A., 1977, 2023
 Avda. Diagonal, 662-664, 08034 Barcelona (España)
 www.planetadelibros.com
 www.sociedadtolkien.org

Adaptación de la cubierta: Booket / Área Editorial Grupo Planeta
Ilustración de la cubierta: © John Howe
Primera edición en esta presentación en Colección Booket: julio de 2024

Depósito legal: B. 11.540-2024
ISBN: 978-84-450-1805-7
Impresión y encuadernación: CPI Black Print
Printed in Spain - Impreso en España

EL
SEÑOR
DE LOS
ANILLOS

I

EL SEÑOR DE LOS ANILLOS
DE J.R.R. TOLKIEN

I
LA COMUNIDAD DEL ANILLO

II
LAS DOS TORRES

III
EL RETORNO DEL REY

Biografía

J. R. R. Tolkien nació el 3 de enero de 1892. Después de servir en la Primera Guerra Mundial, se embarcó en una distinguida carrera académica y fue reconocido como uno de los mejores filólogos del mundo. Es conocido principalmente por ser el creador de la Tierra Media y autor de las clásicas y extraordinarias obras de ficción *El Silmarillion*, *El Hobbit* y *El Señor de los Anillos*. Sus libros han sido traducidos a 70 lenguas y se han vendido muchos millones de ejemplares de ellos en todo el mundo. Falleció el 2 de septiembre de 1973, a la edad de 81 años.

Tres Anillos para los Reyes Elfos bajo el cielo.
Siete para los Señores Enanos en casas de piedra.
Nueve para los Hombres Mortales condenados a morir.
Uno para el Señor Oscuro, sobre el trono oscuro
en la Tierra de Mordor donde se extienden las Sombras.
Un Anillo para gobernarlos a todos. Un Anillo para encontrarlos,
un Anillo para atraerlos a todos y atarlos en las tinieblas
en la Tierra de Mordor donde se extienden las Sombras.

NOTA SOBRE EL TEXTO

El Señor de los Anillos, de J.R.R. Tolkien, ha sido a menudo calificado erróneamente como una trilogía, cuando en realidad es una única novela compuesta de seis libros con apéndices, que a veces ha sido publicada en tres volúmenes.

El primer volumen, *La Comunidad del Anillo,* fue publicado en Gran Bretaña por la editorial londinense George Allen & Unwin el 29 de julio de 1954; una edición americana siguió el 21 de octubre del mismo año, publicada por la Houghton Mifflin Company de Boston.* Durante la producción de este primer volumen, Tolkien experimentó lo que para él llegaría a ser un problema persistente: errores de imprenta y fallos de los compositores tipográficos, entre ellos «correcciones» bienintencionadas de su uso, a veces idiosincrático, del inglés. Entre estas «correcciones» figuran los cambios de *dwarves* a *dwarfs* («enanos»), *elvish* a *elfish* («élfico»), *farther* a *further* («más lejos»), *nasturtians* a *nasturtiums* (*nasturtium,* «capuchina»), *try and say* a *try to say* («intentar decir») y («lo peor de todo» para Tolkien)

* La primera edición en español es de 1977. *(N. del e.)*

9

elven a *elfin* (*adj.* «élfico»). En una obra como *El Señor de los Anillos*, que contiene lenguas inventadas y nomenclaturas elaboradas con esmero, los errores y las incongruencias impiden tanto la comprensión como la apreciación de los lectores serios (y Tolkien tuvo muchos de éstos desde el principio). Incluso antes de la publicación del tercer volumen, que contenía mucha información que hasta entonces no había sido revelada sobre las lenguas inventadas y los sistemas de escritura, Tolkien recibió muchas cartas que habían sido escritas por lectores siguiendo estos sistemas, además de numerosas preguntas sobre los puntos más intrincados de su uso.

El segundo volumen, *Las Dos Torres*, fue publicado en Inglaterra el 11 de noviembre de 1954 y en Estados Unidos el 21 de abril de 1955. Mientras tanto, Tolkien estuvo trabajando para cumplir una promesa que había formulado en el Prefacio para el primer volumen: que «un índice de nombres y palabras extrañas» aparecería en el tercer volumen. Tal y como fue concebido desde el principio, este índice contendría mucha información etimológica sobre las lenguas, sobre todo las lenguas élficas, con un amplio vocabulario. Resultó ser la causa principal del retraso de la publicación del tercer volumen, que al final no contenía ningún índice, sólo una disculpa del autor por su ausencia. Se debía a que Tolkien había dejado de trabajar en él, pensando que su tamaño (y, por consiguiente, su coste) sería ruinoso.

El tercer volumen, *El Retorno del Rey*, finalmente fue publicado en Inglaterra el 20 de octubre de 1955, y en Estados Unidos el 5 de enero de 1956. Con la llegada del tercer volumen, *El Señor de los Anillos* ya había sido publicado en su totalidad, y el texto de la primera edición se mantuvo prácticamente inalterado durante una década. Tolkien había realizado algunas correcciones menores, pero se colaron más errores en la segunda impresión de *La Comunidad del Anillo*, de diciembre de

1954, cuando el impresor, tras haber descompuesto la tipografía después de la primera impresión, realizó una nueva composición tipográfica sin informar al autor ni a la editorial. Entre estos errores figuran representaciones erróneas del texto original; es decir, palabras y frases que pueden leerse de manera aceptable en su contexto, pero que se desvían de las palabras de Tolkien tal y como fueron escritas y publicadas originalmente.

En 1965, a raíz de lo que por aquel entonces parecía ser un problema de *copyright* en Estados Unidos, un sello americano de ediciones en bolsillo publicó una edición no autorizada de *El Señor de los Anillos*, que no contemplaba el pago de Royalties. Para esta nueva edición, publicada por Ace Books, se realizó una nueva composición tipográfica del texto, en la que nuevos errores fueron introducidos; sin embargo, los apéndices fueron reproducidos fotográficamente a partir de la edición en tapa dura y siguen siendo idénticos al original.

Tolkien comenzó a trabajar en su primera comprobación del texto para que una nueva edición revisada y autorizada pudiera competir con garantías en el mercado americano. La primera revisión del texto fue publicada en Estados Unidos en edición de tapa blanda por Ballantine Books, bajo licencia de Houghton Mifflin, en octubre de 1965. Aparte de las correcciones del propio texto, Tolkien cambió su prefacio original por uno nuevo. Estaba contento de eliminar el prefacio original; en su ejemplar de prueba escribió de él: «confundir (como hace) cuestiones reales y personales con la "maquinaria" de la Historia es un grave error». Tolkien también añadió una extensión del prólogo y un índice (no el índice detallado de nombres que había prometido en la primera edición, sino un índice sin comentarios que sólo incluía nombres y las referencias a las páginas). Además, en el mismo período también llevó a cabo una profunda revisión de los Apéndices.

Tolkien recibió sus ejemplares de la edición de Ballantine a finales de enero de 1966, y a principios de febrero escribió en su diario que había «trabajado durante unas horas en los Apéndices de la versión de Ballantine y he encontrado más errores de lo que esperaba». Poco después de eso, envió un pequeño número de revisiones adicionales a Ballantine para los Apéndices, entre otras la ya muy conocida adición de «Estela Bolger» como esposa de Meriadoc en los árboles genealógicos del Apéndice C. La mayoría de estas revisiones, que aparecieron en la tercera y cuarta reimpresión (en junio y agosto de 1966) del tercer volumen, y que no siempre fueron introducidas correctamente (causando así una confusión adicional en el texto), por alguna razón nunca llegó a formar parte de la secuencia principal de revisiones de la edición de tapa dura británica en tres volúmenes, y siguió siendo una anomalía durante mucho tiempo. Acerca del trabajo de revisión de *El Señor de los Anillos*, Tolkien escribió una vez que sus apuntes podrían haber estado desordenados; seguramente, esta rama errante de revisión es un ejemplo de esa dolencia, bien debido a sus apuntes, bien por la incapacidad de sus editores de seguirlos rigurosamente.

El texto revisado apareció por primera vez en Gran Bretaña en una «Segunda Edición» de tapa dura en tres volúmenes, publicada por Allen & Unwin el 27 de octubre de 1966. Sin embargo, una vez más hubo problemas. Las revisiones del texto que Tolkien había enviado a Estados Unidos estaban disponibles para la nueva edición británica, pero sus extensas revisiones de los Apéndices se perdieron tras haber sido introducidas en la edición de Ballantine. Allen & Unwin se vio obligada a recomponer los Apéndices a partir de un ejemplar de la primera edición de Ballantine. Ésta no incluía el segundo juego de revisiones, más breves, que Tolkien había enviado a Ballantine, pero sí incluía (y eso fue más importante) un gran número de errores y omisiones, muchos de los cuales no fueron descubiertos hasta mucho tiempo después. Por este motivo hace falta un escrutinio meticuloso del texto de la primera edición y de las impresiones de la segunda, corregidas mucho más tarde, para poder determinar si un cambio concreto ha sido efectuado por el autor o si se trata de un error.

En Estados Unidos, el texto revisado apareció en tapa dura en la edición de tres volúmenes publicada por Houghton Mifflin el 27 de febrero de 1967. Este texto fue una fotocomposición a partir de la edición de 1966 de tapa dura de Allen & Unwin, por lo que es idéntico a él. Aparte de la primera impresión de esta segunda edición de Houghton Mifflin, que lleva la fecha de 1967 en la página del título, ninguna de las otras muchas reimpresiones tiene fecha. Tras las impresiones iniciales de esta edición, que llevaba la fecha de 1966 en la referencia al *copyright*, la fecha del *copyright* fue cambiada a 1965 para cuadrar con la indicación en la edición de Ballantine. Este cambio ha causado bastante confusión a los bibliotecarios y otros investigadores que han intentado poner orden en la secuencia de publicación de estas ediciones.

Mientras tanto, Tolkien dedicó gran parte del verano de 1966 a revisar el texto una vez más. En junio se enteró de que las nuevas revisiones no llegarían a tiempo para poder ser incluidas en la segunda edición de Allen & Unwin de 1966, y escribió en su diario: «Pero estoy tratando de completar mi trabajo [en las revisiones]; no puedo dejarlo mientras esté fresco en mi mente. He perdido tanto tiempo, en todas mis obras, por estas continuas roturas de los hilos conductores». Fue el último conjunto importante de revisiones del texto que el propio Tolkien realizó durante su vida. Fueron añadidas a la segunda impresión (1967) de la segunda edición de tapa dura en tres volúmenes publicada por Allen & Unwin. Las revisiones en sí consistían, en su mayor parte, en correcciones de la nomenclatura e intentos de imponer una coherencia de uso a lo largo de los tres volúmenes. Algunas pequeñas modificaciones fueron introducidas por Tolkien en la edición de papel biblia, de un solo volumen, de 1969.

J.R.R. Tolkien murió en 1973. Su tercer hijo y albacea literario, Christopher Tolkien, envió un gran número de correcciones adicionales de errores de impresión, sobre todo de los Apéndices y el índice, a Allen & Unwin para su inclusión en sus ediciones de 1974. Estas correcciones fueron sobre todo tipográficas y coincidían con las intenciones expresadas por su padre en sus propios ejemplares de prueba.

Desde 1974, Christopher Tolkien ha ido enviando correcciones adicionales, conforme han ido descubriéndose errores, a la editorial británica de *El Señor de los Anillos* (Allen & Unwin, más tarde Unwin Hyman y en la actualidad HarperCollins), que ha intentado ser concienzuda en la imposible tarea de mantener una integridad textual en todas las ediciones publicadas de *El Señor de los Anillos*. Sin embargo, cada vez que se ha realizado una nueva composición tipográfica del texto para su publicación en otro formato (por ejemplo, las diferentes ediciones de tapa blanda publicadas en Inglaterra en las décadas de 1970 y 1980), se han colado enormes cantidades de nuevos errores tipográficos, aunque a veces algunos de estos errores han sido observados y corregidos en impresiones posteriores. Aun así, a lo largo de los años la edición británica de tapa dura en tres volúmenes es la que ha mantenido la más elevada integridad textual.

En Estados Unidos, el texto de la edición de bolsillo de Ballantine se ha mantenido inalterado durante más de tres décadas desde que Tolkien añadiera sus pocas observaciones en 1966. El texto de todas las ediciones de Houghton Mifflin se mantuvo inalterado desde 1967 hasta 1987, cuando Houghton Mifflin realizó una fotocomposición de la edición británica de tapa dura en tres volúmenes, que por aquel entonces era la más autorizada, para actualizar el texto usado en sus ediciones. En aquellas nuevas reimpresiones, unas cuantas correcciones adicionales (supervisadas por Christopher Tolkien) fueron añadidas y la rama errante de las revisiones de Ballantine (entre ellas, la adición de «Estela Bolger»), fue integrada en la secuencia principal de descendencia textual. Para este método de corrección se usó un proceso de cortar y pegar a partir de versiones impresas del texto. Empezando con la edición de Houghton Mifflin de 1987, una versión anterior de esta «Nota sobre el texto» (con fecha de octubre de 1987) fue añadida a *El Señor de los Anillos*. Esta «Nota» ha sido reelaborada tres veces desde entonces (la versión con fecha de abril de 1993 apareció por primera vez en 1994, y la versión de abril de 2002 fue publicada más tarde ese año). La presente «Nota» sustituye y actualiza todas las versiones anteriores.

Para la edición británica de 1994, publicada por HarperCollins, el texto de *El Señor de los Anillos* fue introducido en archivos digitales. Este nuevo estadio en la evolución textual permitió una mayor uniformidad del texto en todas las ediciones posteriores, pero con él llegaron inevitablemente nuevas arrugas. Nuevas interpretaciones erróneas entraron en el texto, mientras que otras fueron perpetuadas. El peor caso fue la omisión de una línea de la inscripción del anillo en el capítulo «La sombra del pasado» de *La Comunidad del Anillo*. Algunos lapsus imprevisibles tuvieron lugar en otras ediciones cuando el texto base digitalizado fue transferido a programas de maquetación y tipografía (por ejemplo, en una edición de *La Comunidad del Anillo*, las últimas dos frases de «El Concilio de Elrond» desaparecieron de manera inexplicable). Semejantes lapsus han sido la excepción más que la regla, y por lo demás el texto ha mantenido una coherencia e integridad a lo largo de su evolución digital.

La edición de 1994 también contiene un número de nuevas correcciones (de nuevo, supervisadas por Christopher Tolkien), así como un índice reconfigurado de nombres y referencias a páginas. El texto de 1994 fue usado por primera vez en ediciones americanas publicadas por Houghton Mifflin en 1999. Un pequeño número de correcciones adicionales fue añadido a la edición de 2002 de tres volúmenes ilustrada por Alan Lee, publicada por HarperCollins en Gran Bretaña y Houghton Mifflin en Estados Unidos.

La historia del texto publicado de *El Señor de los Anillos* es una vasta y compleja red. En esta breve nota sólo he indicado un atisbo de la secuencia y estructura generales. Más detalles sobre las revisiones y correcciones del texto publicado de *El Señor de los Anillos* realizadas a lo largo de los años, y un repaso más completo de la historia de las publicaciones, pueden encontrarse en *J.R.R. Tolkien: A Descriptive Bibliography* de Wayne G. Hammond, con la ayuda de Douglas A. Anderson (1993).

Para los que estén interesados en observar la evolución gradual de *El Señor de los Anillos* desde sus primeros borradores hasta su forma publicada, recomiendo vivamente el análisis de Christopher Tolkien, que aparece en su serie *La Historia de El Señor de los Anillos*, en cuatro volúmenes: *El Retorno de la Sombra* (1988, 1993 en su edición española); *La Traición de Isengard* (1989, 1994); *La Guerra del Anillo* (1990, 1996), y *El Fin de la Tercera Edad* (1992, 1997). *Los Pueblos de la Tierra Media* (1996, 2002), el libro final de la serie *La Historia de la Tierra Media*, también recoge la evolución del prólogo y los apéndices de *El Señor de los Anillos*. Estos volúmenes contienen una fascinante exposición, de primera mano, de la evolución y la escritura de la obra maestra de Tolkien.

En el proceso de estudiar los manuscritos de *El Señor de los Anillos* hay que descifrar versiones en las que Tolkien escribía primero a lápiz y después con tinta encima del borrador a lápiz. Christopher Tolkien ha descrito el método de redacción de *El Señor de los Anillos* de su padre en *El Retorno de la Sombra*: «En los rápidos borradores y esquemas, que no pretendía que perduraran mucho más allá del momento en que volviera a ocuparse de ellos y les diera una forma más manejable, las letras son tan poco definidas que, cuando es imposible deducir o adivinar una palabra en base al contexto o a versiones posteriores, pueden seguir siendo perfectamente ilegibles después de un largo examen; y si, como solía hacer, mi padre escribió con un lápiz blando, gran parte del texto es borroso e indistinto». La verdadera dificultad de leer semejantes borradores dobles puede apreciarse en el frontispicio para *La Guerra del Anillo*, que reproduce en color la ilustración de Tolkien de «El Antro de Ella-Laraña» sacada de una página de su manuscrito. Si uno observa de cerca el apresurado borrador de tinta junto a la ilustración, se puede ver por debajo el borrador anterior, más apresurado aún, a lápiz. También en *La Guerra del Anillo*, Christopher Tolkien reproduce una página del primer manuscrito del capítulo «Sméagol domado», y el texto impreso correspondiente a este texto aparece en la página opuesta (véase pp. 103-04). Uno se queda asombrado ante el hecho de que alguien haya sido capaz de descifrar semejantes textos.

Aparte de esta dificultad, ¿qué es lo que en realidad significan estos libros para los lectores y los investigadores de Tolkien? ¿Y qué es «la historia de la composición» de un libro? Simplemente, estos volúmenes muestran en gran detalle el desarrollo de la historia de *El Señor de los Anillos* desde sus primerísimos borradores y esbozos preliminares hasta su compleción. Vemos en el material más antiguo algo que en gran medida es un libro infantil, una segunda parte de *El Hobbit*, y conforme la historia va progresando a través de varias «fases», se incrementa tanto la seriedad como la profundidad. Vemos ramas de evolución alternativas, la homogeneización y fusión de ciertos personajes, y el lento surgir de la naturaleza de los anillos y las motivaciones de otros personajes. Algunas de estas variadas ideas se abandonan por completo, mientras que otras se elaboran hasta convertirse en una forma alternativa que puede o no sobrevivir hasta la versión final.

Uno podría recopilar un catálogo entero de datos interesantes a partir del estudio de Christopher Tolkien; por ejemplo, que Trancos se llamaba *Trotter* («Trotador») hasta un estadio muy tardío de la redacción del libro; que, por un tiempo, Trotter fue un hobbit, llamado así porque llevaba zapatos de madera; que Tolkien en un momento pensaba en la posibilidad de un romance entre Aragorn y Éowyn; que Tolkien escribió un epílogo para el libro para atar cabos sueltos, pero lo abandonó antes de la publicación (y ahora aparece en *El Fin de la Tercera Edad*), etcétera. Pero estas evoluciones se aprecian mejor en el contexto del comentario de Christopher Tolkien, que en una discusión separada.

El logro más importante de estos volúmenes es que nos enseñan cómo Tolkien escribía y pensaba. En ningún otro lugar vemos el propio proceso autorial de manera tan detallada. Los comentarios más apresurados de Tolkien acerca del posible progreso de la historia, o de la razón por la que puede o no seguir en una dirección determinada..., las preguntas que se formulaba a sí mismo, han sido transcritas: Tolkien está literalmente pensando sobre papel. Esto supone una nueva dimensión de comprensión del comentario de Tolkien, dirigido a Stanley Unwin en una carta de 1963, en el que decía que, cuando tenía problemas con el hombro y brazo derechos, «la imposibilidad de utilizar la pluma y el lápiz me resultan tan frustrantes como le resultaría la pérdida del pico a una gallina». Y nosotros, como lectores de estos volúmenes, podemos compartir con el propio Tolkien la maravilla y la confusión producidas por la aparición de nuevos personajes, como salidos de la nada, o de algún otro cambio o evolución, en el mismo momento en que surgieron en la historia.

No conozco ningún otro ejemplo en la literatura de semejante «historia de la composición» de un libro, contada en su mayor parte por el propio autor, con todas las dudas e hilos abortados expuestos ante nuestros ojos, ordenados, comentados y presentados al lector como un banquete. Se nos muestran numerosos ejemplos, con sus detalles más minuciosos, del propio proceso intelectual en acción. Vemos al autor totalmente absorto en la creación por el hecho en sí de crear. Y esto resulta incluso más excepcional porque no se trata de una historia sólo del despliegue de una narración y su texto, sino de la evolución de un mundo. Existe una riqueza de material adicional que va más allá de un simple texto narrativo. Hay mapas e ilustraciones. Hay lenguas y sistemas de escritura, y las historias de las gentes que hablaban y escribían usando estos sistemas. Todos estos materiales adicionales añaden múltiples dimensiones de complejidad a nuestra apreciación del mundo inventado en sí.

Después de cincuenta años de la vida publicada de *El Señor de los Anillos*, me parece extraordinario que no sólo tengamos una obra literaria tan magistral, sino que también esté acompañada de una extraordinaria exposición de la composición del texto. Nuestra gratitud como lectores debe extenderse a los dos Tolkien, el padre y el hijo.

DOUGLAS A. ANDERSON
Mayo de 2004

NOTA SOBRE EL TEXTO REVISADO

Para el quincuagésimo aniversario de la publicación de *El Señor de los Anillos*, en 2004, fueron incorporadas entre trescientas y cuatrocientas enmiendas, tras una exhaustiva revisión de las ediciones e impresiones anteriores. El texto resultante, que se ha usado para el presente volumen, estaba basado en la composición de la edición en tres volúmenes de tapa dura de 2002, publicada por HarperCollins, que a su vez era una revisión de la edición con una nueva fotocomposición tipográfica de HarperCollins de 1994. Cada una de estas ediciones también fueron corregidas, y en cada una de ellas fueron introducidos nuevos errores. Al mismo tiempo, otros errores sobrevivieron desde tiempos tan remotos como 1954, en la nueva composición tipográfica de *La Comunidad del Anillo* publicada como la «segunda impresión».

Tolkien nunca se enteró de que el impresor había realizado una nueva composición tipográfica de *La Comunidad del Anillo*, de manera incorrecta y sin dar cuenta de ello, ni de que se habían impreso ejemplares sin enviar las nuevas galeradas al autor. Por su parte, el editor, Rayner Unwin de George Allen & Unwin, sólo se enteró de ello mucho tiempo después de que se produjeran los hechos. Tolkien encontró algunos de los cambios no autorizados que fueron introducidos en la segunda impresión cuando leyó un ejemplar de la decimosegunda impresión de 1962 (probablemente mientras preparaba la segunda edición en 1965), pero pensó que los errores eran recientes. Éstos, entre otros, fueron corregidos a lo largo de la reimpresión. Más tarde, en 1992, Eric Thompson, un lector con un buen ojo para detalles tipográficos, se fijó en pequeñas diferencias entre la primera y la segunda impresión de *La Comunidad del Anillo* y nos avisó de su existencia. Más o menos una sexta parte de los errores introducidos en la segunda impresión fue descubierta rápidamente. Muchos más fueron revelados sólo cuando Steven M. Frisby hizo uso de unos ingeniosos artilugios ópticos para comparar diferentes ejemplares de *El Señor de los Anillos* en más detalle de lo que previamente se había hecho. Hicimos uso, encantados, de los resultados que el señor Frisby compartió y comentó generosamente con nosotros.

Afortunadamente, *El Señor de los Anillos* ha contado con muchos lectores parecidos que han apuntado cambios realizados en el texto entre sus varias apariciones impresas, tanto para documentar lo que ha pasado antes como para ayudar en la consecución de un texto autorizado. Errores, o posibles errores, fueron remitidos al propio autor o a sus editores, y la información sobre la historia textual de la obra ya circulaba entre los entusiastas de Tolkien por lo menos desde 1966, cuando Banks Mebane publicó su «Prolegomena to a Variorum Tolkien» en el fanzine *Entmoot*. En tiempos más recientes, Douglas A. Anderson desempeñó el papel más destacado en los esfuerzos por conseguir un texto correcto de *El Señor de los Anillos* (y de *El Hobbit*); Christina Scull publicó «A Preliminary Study of Variations in Editions of The Lord of the Rings» en la revista *Beyond Bree* (abril y agosto de 1985); Wayne G. Hammond recopiló largas listas de cambios textuales en *J.R.R. Tolkien: A Descriptive Bibliography* (1993), y David Bratman publicó un artículo importante, «A Corrigenda to The Lord of the Rings», en el número de marzo de 1994 de *The Tolkien Collector*. Las observaciones de Danis Bisenieks, Yuval Welis y Charles Noad, entre otros lectores, que nos fueron enviadas directamente o a través de foros públicos, también fueron de ayuda.

Esfuerzos como éstos siguen el ejemplo que dio el autor de *El Señor de los Anillos* a lo largo de su vida. La preocupación por la exactitud y coherencia textuales en su obra es evidenciada por las muchas enmiendas que Tolkien realizó en impresiones posteriores, y por las notas que hizo para otras enmiendas que, por alguna que otra razón, no fueron (o sólo fueron parcialmente) introducidas antes de 2004. Incluso tarde en su vida, cuando semejantes tareas le cansaban, manifestaba con claridad su postura. El 30 de octubre de 1967 escribió a Joy Hill de George Allen & Unwin en relación a la pregunta que había recibido de un lector acerca de algunos puntos de los Apéndices de *El Señor de los Anillos*: «Personalmente he dejado de preocuparme por estas "discrepancias" menores, porque si a las genealogías y calendarios, etc. les falta verosimilitud es por su exactitud excesiva general: ¡si se los compara con anales o genealogías reales! En todo caso, los deslices fueron pocos, ahora han sido eliminados en su mayoría, ¡y el descubrimiento de lo que queda parece un pasatiempo entretenido! *Sin embargo, los errores del texto es un asunto diferente*» (la cursiva es nuestra). De hecho, Tolkien no había «dejado de preocuparse» y los «deslices» eran corregidos en cuanto se presentaba las ocasión. Esto, junto con la indulgencia de su editor, permitió a Tolkien un lujo que pocos autores pueden disfrutar: varias oportunidades no sólo de corregir el texto sino que también de mejorarlo, y seguir desarrollando las lenguas, la geografía y los pueblos de la Tierra Media.

El quincuagésimo aniversario de *El Señor de los Anillos* parecía una ocasión inmejorable para analizar el último texto a la luz de la información que habíamos recopilado a lo largo de décadas de trabajo en el campo de los estudios sobre Tolkien, con la investigación de Steve Frisby a mano, y con un archivo digital de *El Señor de los Anillos* (proporcionado por HarperCollins) en el que se podían realizar búsquedas por palabra o frase. Gracias sobe todo a éste, pudimos elaborar con facilidad listas de palabras que variaban en función de su lugar en el texto, e investigar variaciones de uso entre su presencia en el texto digital y las ediciones e impresiones anteriores. Naturalmente, puesto que Tolkien escribió *El Señor de los Anillos* durante un período tan largo, unos dieciocho años, las incoherencias en el texto fueron casi inevitables. Christopher Tolkien, el albacea literario del autor, incluso nos comentó que algunas incongruencias formales aparentes en la obra de su padre podrían haber sido intencionadas: por ejemplo, aunque Tolkien distinguía cuidadosamente entre *casa*, en el sentido de «morada» y *Casa*, con el significado de «familia aristocrática o dinastía», en dos ocasiones usó *casa* en el segundo sentido pero sin mayúscula, tal vez porque una mayúscula habría rebajado la importancia del adjetivo que acompañaba la palabra («casa real», «casa dorada»). Sin embargo, no hay duda de que Tolkien intentaba corregir las incongruencias al igual que los errores flagrantes en cuanto se los notificaban. En nuestra opinión, con el consejo y consentimiento de Christopher Tolkien, debíamos tratar de hacer lo mismo en la edición del aniversario, siempre y cuando pudiéramos determinar, de manera cuidadosa y conservadora, qué enmendar.

Muchas de las enmiendas realizadas en el texto han sido relativas a signos de puntuación; bien para corregir errores tipográficos recientes, bien para reparar alteraciones persistentes que fueron introducidas en la segunda impresión de *La Comunidad del Anillo*. Con respecto al último caso, y en cada ocasión, las puntuaciones originales de Tolkien siempre eran más acertadas. Palabras distintivas, como *chill* («fresco»), en lugar de *cold* («frío»), y *glistered* («brillaba») en lugar de *glistened* («resplandecía»), cambiadas por compositores tipográficos hace mucho tiempo sin autorización, fueron también restablecidas. El texto también parecía pedir una cantidad limitada de unificación, como la versión con acento, más frecuente, de *Drúadan* en lugar de *Druadan*; las estaciones con mayúscula cuando eran usadas como una personificación o metáfora, según la práctica predominante de Tolkien y la lógica interna del texto. Además, añadimos un segundo acento en *Númenórean(s)* (númenóreano(s)), ya que Tolkien a menudo escribía el nombre así en sus manuscritos y aparece de esta forma en *El Silmarillion* y otras publicaciones póstumas.

Aun así, el resultado incluye muchas variaciones en el uso de mayúsculas, puntuación, y otros aspectos relacionados con el estilo. No todas son erróneas: entre ellas hay palabras como *Sol, Luna, Hobbit* y *Hombre* (o *sol, luna, hobbit, hombre*), que pueden cambiar de forma en función de su significado o aplicación, de su uso con adjetivos adjuntos, o de si la intención de Tolkien era poética, de personificación o énfasis. No siempre fue posible averiguar con certeza cuál había sido su intención. Pero sí fue posible discernir sus preferencias en muchos casos, desde afirmaciones formuladas en sus ejemplares de prueba de *El Señor de los Anillos* hasta un meticuloso análisis del texto en manuscritos, versiones mecanografiadas, pruebas y versiones impresas. Si había cualquier tipo de duda respecto de las intenciones del autor, dejábamos el texto tal y como estaba.

La mayoría de los errores demostrables observados por Christopher Tolkien en *La Historia de la Tierra Media* también fueron corregidos, como por ejemplo, la distancia desde el Puente del Brandivino hasta Balsadera (*diez* millas en lugar de veinte) y el número de poneys de Merry (*cinco* en lugar de seis), que eran vestigios de borradores anteriores. Pero aquellas incongruencias referentes a contenido, como la famosa (y errónea) afirmación de Gimli en el Libro III, Capítulo 7, «Hasta ahora no había hachado nada más que leña desde que partí de Moria», para cuya enmienda habría sido necesaria una reescritura en lugar de una simple corrección, se mantienen inalteradas.

Tantas enmiendas de *El Señor de los Anillos*, y una revisión tan extensa de su texto, merecían ser documentadas. Muchos lectores se contentan con el texto en sí, pero algunos quizá quieran saber más sobre los problemas que hemos encontrado durante la preparación de la nueva edición, y sus soluciones (cuando éstas fueran posibles), especialmente donde el texto fue enmendado pero también donde no lo fue. Con este fin, y para arrojar luz sobre el libro en otros sentidos, preparamos *El Señor de los Anillos: Guía de lectura*, publicado primero en 2005 y revisado posteriormente. Esto nos permitió analizar, con una extensión que habría sido imposible en una nota introductoria, los diferentes problemas textuales de *El Señor de los Anillos*, identificar los cambios realizados en el presente texto y comentar las alteraciones significativas de la obra publicada a lo largo de su historia. La *Guía de lectura* también explica palabras y nombres arcaicos o poco comunes en *El Señor de los Anillos*, explora las influencias literarias e históricas, reseña conexiones con otras obras de Tolkien, y ofrece comentarios sobre las diferencias entre los borradores y la versión publicada, sobre cuestiones de lenguaje y sobre muchos otros aspectos que esperamos sean de interés para los lectores y puedan aumentar su apreciación de la obra maestra de Tolkien.

El Señor de los Anillos ha sido reimpreso muchas veces desde el año 2004, y ha aparecido en diferentes formatos. Algunos lectores han manifestado su desacuerdo con determinadas decisiones editoriales, y otros pocos han argumentado en contra de cualquier corrección de los textos de Tolkien por motivos filosóficos, pero el presente texto corregido es ahora el texto estándar *de facto*, y prevalece sobre ediciones anteriores. Más correcciones fueron realizadas en 2005, y en ese mismo año se incluyó un índice expandido que antes no había podido ser incorporado. Este índice está ahora incluido en la mayoría de las impresiones de *El Señor de los Anillos*, junto con el texto enmendado.

WAYNE G. HAMMOND Y CHRISTINA SCULL
Enero de 2014

PREFACIO

Esta narración fue creciendo mientras se narraba, hasta convertirse en una historia de la Gran Guerra del Anillo e incluir muchos atisbos de la historia aún más antigua que la antecede. Fue iniciada poco después de haberse escrito *El Hobbit* y antes de que se publicase en 1937; pero no continué esta secuela, pues primero quise completar y ordenar la mitología y las leyendas de los Días Antiguos, que habían empezado a cobrar forma años antes. Quería hacer esto para mi propia satisfacción, y tenía pocas esperanzas de que a otra gente pudiera interesarle este trabajo, sobre todo porque era de inspiración principalmente lingüística, y fue comenzado para proporcionar un necesario fondo «histórico» a las lenguas élficas.

Cuando aquellos a quienes solicité opinión y consejo cambiaron «pocas esperanzas» por «ninguna esperanza», volví a la secuela, animado por los lectores que me pedían más información sobre los Hobbits y sus aventuras. Pero la historia fue atraída inexorablemente hacia el mundo más viejo, y de alguna manera se convirtió en un relato del fin y el declive de ese mundo antes de que fuera contado el principio y el medio. El proceso había comenzado mientras escribía *El Hobbit*, donde hay ya algunas referencias al material más antiguo: Elrond, Gondolin, los Altos Elfos, y los Orcos, así como lo que había alcanzado a vislumbrar en cosas que eran más altas o más profundas, o más oscuras que la superficie: Durin, Moria, Gandalf, el Nigromante, el Anillo. El descubrimiento del significado de estos atisbos, y de la relación que tenían con las viejas historias, me llevó a la Tercera Edad y a su culminación en la Guerra del Anillo.

Con el tiempo, aquellos que habían pedido más información sobre los Hobbits la consiguieron, pero tuvieron que esperar un largo tiempo, pues la composición de *El Señor de los Anillos* continuó a intervalos desde 1936 a 1949, período en el que yo tenía muchas obligaciones que no descuidé, y muchos otros intereses como estudioso y profesor que a menudo me absorbían. El retraso también se alargó, como es natural, con el estallido de la guerra en 1939, y al final de ese año el relato no había alcanzado aún el fin del Libro I. A pesar de la oscuridad de los siguientes cinco años descubrí que ahora la historia no podía ser abandonada por completo, y continué laboriosamente, principalmente de noche, hasta que llegué a la tumba de Balin en Moria. Allí me detuve un largo rato. Pasó casi un año antes de que retomara la historia, y a fines de 1941 llegué a Lothlórien y el Río Grande. Al año siguiente escribí los primeros esbozos de lo que sería el Libro III, y los comienzos de los capítulos 1 y 3 del Libro V, y me detuve cuando las almenaras llameaban en Anórien y Théoden llegó al Valle Sagrado. Mis previsiones habían fallado y no era tiempo de ponerse a pensar.

Fue en 1944 cuando, abandonando los cabos sueltos y perplejidades de una guerra que me tocaba dirigir, o al menos narrar, me obligué a ocuparme del viaje de Frodo a Mordor. Estos capítulos, que más adelante se convertirían en el Libro IV, fueron escritos y remitidos como un serial a mi hijo Christopher, que por entonces se encontraba en Sudáfrica con la R.A.F. No obstante, pasaron otros cinco años antes de que el relato alcanzase su forma final; en ese tiempo cambié casa, cátedra y colegio, y los días eran menos oscuros, pero no menos laboriosos. Y ahora que había llegado al «fin», había que revisar toda la historia, y en verdad reescribirla en gran medida, hacia atrás. Y yo mismo tenía que pasarla a máquina, una y otra vez, pues las tarifas de una dactilógrafa profesional estaban fuera de mi alcance.

Mucha gente ha leído *El Señor de los Anillos* desde que al fin apareció impreso, y me gustaría decir algo aquí a propósito de las muchas opiniones o conjeturas que he recibido o leído en relación con los motivos y el significado del relato. El primer motivo fue el deseo de un narrador de relatos de enfrentarse al reto de escribir una historia realmente larga que mantuviera la atención de los lectores, divirtiendo, deleitando, y a veces quizá emocionando o conmoviéndolos profundamente. No tenía otra guía que mis propios sentimientos acerca de lo que resulta atractivo o conmovedor, y para muchos, inevitablemente, esta guía a menudo no era adecuada. A algunos de los que leyeron el libro, o al menos que lo reseñaron, les pareció aburrido, absurdo, o despreciable; y yo no tengo motivos de queja, pues tengo opiniones parecidas acerca de sus obras, o de los tipos de libros que evidentemente prefieren. Pero aun desde el punto de vista de muchos de los que han disfrutado de mi narración, hay muchas cosas que resultan insatisfactorias. Quizá no sea posible en un relato tan largo agradar a todo el mundo en todos los puntos; ni desagradar a todo el mundo en los mismos puntos, pues descubrí en las cartas que me enviaban que los pasajes o capítulos que para algunos eran un defecto, eran para todos los demás motivo de especiales alabanzas. El más crítico de los lectores, yo mismo, encuentra ahora muchos defectos, menores y mayores, pero como por fortuna no estoy obligado ni a reseñar el libro ni a escribirlo de nuevo, los pasaré por alto, excepto uno que ya ha sido señalado por otros: la obra es demasiado corta.

En cuanto a algún significado interior o «mensaje», el autor no ha tenido la intención de transmitir ninguno. A medida que la historia crecía, iba echando raíces (en el pasado) y ramas inesperadas; pero el tema principal ya estaba decidido en un comienzo por la inevitable elección del Anillo como eslabón entre la nueva historia y *El Hobbit*. El capítulo crucial, «La sombra del pasado», es una de las partes más viejas de la narración. Fue escrito mucho antes de que las prefiguraciones de 1939 se hubieran convertido en una amenaza de desastre inevitable; y desde ese punto la narración se habría desarrollado esencialmente a lo largo de las mismas líneas, si el desastre hubiese sido evitado. Las fuentes son episodios que yo llevaba en la mente desde hacía tiempo, o que en algunos casos ya habían sido escritos, y poco o nada de esto fue modificado por la guerra que había estallado en 1939, o por sus secuelas.

La guerra real no se parecía a la guerra legendaria, ni en su desarrollo ni en su conclusión. Si hubiese inspirado o encaminado el desarrollo de la leyenda, entonces, sin duda, el Anillo habría sido utilizado contra Sauron, quien no habría sido aniquilado sino esclavizado, y Barad-dûr hubiera sido ocupada y no destruida. Saruman, al no ser capaz de apoderarse del Anillo, envuelto en las confusiones y traiciones de la época, habría encontrado en Mordor los eslabones perdidos de sus propias investigaciones sobre la historia del Anillo, y no habría tardado en fabricar un Gran Anillo propio con el que podría desafiar al Señor autoproclamado de la Tierra Media. En ese conflicto ambos bandos habrían odiado y despreciado a los Hobbits, que no habrían sobrevivido mucho tiempo ni siquiera como esclavos.

Podrían haberse ideado otros cambios de acuerdo con los gustos y opiniones de los aficionados a las alegorías o las referencias tópicas. Pero detesto cordialmente la alegoría en todas sus manifestaciones, y siempre ha sido así desde que me hice lo suficientemente viejo y cauteloso como para detectarlas. Prefiero la historia, auténtica o inventada, de variada aplicabilidad al pensamiento y la experiencia de los lectores. Pienso que muchos confunden «aplicabilidad» con «alegoría»; pero la primera reside en la libertad del lector, y la otra en un intencionado dominio del autor.

Un autor no puede, por supuesto, permanecer inmune a su propia experiencia, pero los modos en que el germen de una historia utiliza el suelo fértil de la experiencia son extremadamente complejos, y en el mejor de los casos, cualquier intento de definir el proceso no es más que el mero atisbo de evidencias inadecuadas y ambiguas. Es también erróneo, aunque naturalmente atractivo, cuando la vida de un autor y la de un crítico coinciden en el tiempo, suponer que la dinámica de las ideas o los acontecimientos de la época sean necesariamente las influencias más poderosas. Uno en verdad tiene que encontrarse bajo la sombra de la guerra para sentir toda su opresión, pero a medida que los años pasan parece que se tiende a olvidar que ser joven en 1914 no era una experiencia menos odiosa que la de vivir en 1939 y experimentar los años siguientes. En 1918, todos salvo uno de mis amigos íntimos estaban muertos. O, por hablar de un asunto menos doloroso: algunos han supuesto que «El saneamiento de la Comarca» refleja la situación de Inglaterra en el tiempo en que yo estaba concluyendo mi relato. No es así. El capítulo es parte esencial del argumento, previsto desde un comienzo, aunque modificado en este caso por el carácter de Saruman tal como se desarrolló en la historia, sin —tengo que decirlo— significado alegórico alguno ni ninguna referencia a la política contemporánea. En realidad, está basado en una experiencia propia, aunque de un modo leve (porque la situación económica era muy distinta), pero muy anterior. El país en que pasé mi infancia había sido destruido de manera chapucera antes de que yo tuviera diez años, en una época en que los coches de motor eran raros (yo nunca había visto uno) y los hombres construían todavía ferrocarriles de cercanías. He visto recientemente en un periódico la imagen de la decrepitud final de un molino de grano junto a su estanque, que antaño prosperaba y me había parecido tan importante. Nunca me gustó el aspecto del Joven molinero, pero su padre, el Viejo molinero, tenía una barba negra y no se llamaba Arenas.

El Señor de los Anillos se publica ahora en una nueva edición, y ha surgido la oportunidad de revisarlo. Un número de errores e inconsistencias que aún permanecían en el texto han sido corregidos, y se ha intentado proporcionar información sobre unos cuantos asuntos detectados por lectores perspicaces. He considerado todos los comentarios y consultas, y si parece que algunos han sido omitidos puede ser porque no he mantenido mis notas en orden, pero muchas de las consultas sólo podían ser contestadas mediante apéndices adicionales, o incluso mediante la producción de un volumen auxiliar que contuviera mucho material que no incluí en la edición original, sobre todo información lingüística más detallada. Mientras tanto, esta edición ofrece este Prefacio, una adición al Prólogo, algunas notas y un índice onomástico. La intención de este índice es proporcionar una lista completa de ítems, pero no en cuanto a referencias, porque ha sido necesario reducir su extensión para cumplir con el propósito de la presente edición. Un índice completo, que haga uso de todo el material que me ha preparado la señora N. Smith, pertenecería al volumen auxiliar.

PRÓLOGO

I

De los Hobbits

Este libro trata principalmente sobre los Hobbits, y el lector descubrirá en sus páginas mucho del carácter y algo de la historia de este pueblo. Podrá encontrarse más información en los extractos del Libro Rojo de la Frontera del Oeste que ya han sido publicados con el título de *El Hobbit*. Aquel relato tuvo su origen en los primeros capítulos del Libro Rojo, compuestos por Bilbo Bolsón —el primer hobbit que fue famoso en el mundo entero— y que él tituló *Historia de una ida y de una vuelta*, pues contaba el viaje de Bilbo hacia el este y la vuelta, aventura que más tarde involucraría a todos los Hobbits en los importantes acontecimientos que aquí se relatan.

No obstante, muchos querrán saber desde un principio algo más de este pueblo notable, y quizá algunos no tengan el libro anterior. Para esos lectores se han reunido aquí algunas notas sobre los puntos más importantes de las tradiciones de los Hobbits, y se recuerda brevemente la primera aventura.

Los Hobbits son un pueblo sencillo y muy antiguo, más numeroso en tiempos remotos que en la actualidad. Aman la paz, la tranquilidad y el cultivo de la buena tierra, y no había para ellos paraje mejor que un campo bien aprovechado y bien ordenado. No entienden ni entendían ni gustan de maquinarias más complicadas que una fragua, un molino de agua o un telar de mano, aunque eran muy hábiles con toda clase de herramientas. Incluso en tiempos antiguos desconfiaban en general de «la Gente Grande», como nos llaman, y ahora nos eluden consternados y es difícil encontrarlos. Tienen el oído agudo y la mirada penetrante, y aunque engordan fácilmente, y nunca se apresuran si no es necesario, se mueven con agilidad y destreza. Dominaron desde un principio el arte de desaparecer rápido y en silencio, cuando la Gente Grande con la que no querían toparse se les acercaba ruidosamente, y han desarrollado este arte hasta el punto de que a los Hombres puede parecerles verdadera magia. Pero los Hobbits jamás han estudiado magia de ninguna índole, y esas rápidas desapariciones se deben únicamente a una habilidad profesional, que por la herencia, la práctica y una íntima amistad con la tierra han desarrollado tanto que es del todo inimitable para las razas más grandes y torpes.

Porque los Hobbits son gente diminuta, más pequeña que los Enanos; es decir, menos corpulenta y fornida, pero no mucho más baja. Su estatura es variable, entre los dos y los cuatro pies de nuestra medida. Hoy en día pocas veces alcanzan los tres pies, pero se dice que se han vuelto más pequeños, y que en otros tiempos eran más altos. De acuerdo con el Libro Rojo, Bandobras Tuk, apodado el Toro Bramador, hijo de Isengrim II, medía cuatro pies y medio y era capaz de montar a caballo. En todos los documentos de los Hobbits sólo queda constancia de dos famosos personajes de la antigüedad que lo superaban en estatura, pero de este hecho curioso se habla en el presente libro.

En cuanto a los Hobbits de la Comarca, de los que se ocupan estos relatos, conocieron en un tiempo la paz y la prosperidad y fueron entonces un pueblo feliz. Vestían ropas de brillantes colores, y preferían el amarillo y el verde; muy rara vez usaban zapatos, pues tenían las plantas de los pies duras como el cuero, fuertes y flexibles, y los pies mismos estaban recubiertos de un espeso pelo rizado muy parecido al pelo de las cabezas, de color castaño casi siempre. Por esta razón el único oficio que practicaban poco era el de zapatero, pero tenían dedos largos y habilidosos que les permitían fabricar muchos otros objetos útiles y atractivos. En general los rostros eran bonachones más que hermosos, anchos, de ojos vivos, mejillas rojizas y bocas dispuestas a la risa, a la comida y a la bebida. Reían, comían y bebían a menudo y de buena gana; les gustaban las bromas sencillas en todo momento y comer seis veces al día (cuando podían). Eran hospitalarios, aficionados a las fiestas y los regalos, que entregaban libremente y aceptaban con entusiasmo.

Es en verdad evidente que a pesar de un alejamiento posterior los Hobbits son parientes nuestros: están más cerca de nosotros que los Elfos y aun que los Enanos. Antiguamente hablaban las lenguas de los Hombres, adaptadas a su propia modalidad, y tenían casi las mismas preferencias y aversiones que los Hombres. Mas ahora es imposible descubrir en qué consiste nuestra relación con ellos. El origen de los Hobbits viene de muy atrás, de los Días Antiguos, ya perdidos y olvidados. Sólo los Elfos conservan algunos documentos de esa época desaparecida y sus tradiciones se refieren casi únicamente a la historia élfica, en la que los Hombres aparecen muy de cuando en cuando, y a los Hobbits ni siquiera se los menciona. Sin embargo, es obvio que los Hobbits vivían en paz en la Tierra Media muchos años antes de que cualquier otro pueblo advirtiese siquiera que existían. Y como el mundo se pobló luego de extrañas e incontables criaturas, esta gente pequeña pareció insignificante. Pero en los días de Bilbo y de Frodo, el heredero de Bilbo, se transformaron de pronto a pesar de ellos mismos en importantes y famosos, y perturbaron los Concilios de los Grandes y de los Sabios.

Aquellos días —la Tercera Edad de la Tierra Media— han quedado muy atrás, y la conformación de todas las tierras ha cambiado; pero las regiones en que vivían entonces los Hobbits eran sin duda las mismas que las que ahora aún habitan: el Noroeste del Viejo Mundo, al este del Mar. En la época de Bilbo, los Hobbits no sabían de dónde venían. El deseo de conocimiento (fuera de las ciencias genealógicas) no era para nada habitual entre ellos, pero había aún descendientes de antiguas familias que estudiaban sus propios libros, e incluso recopilaban de los Elfos, los Enanos y los Hombres noticias de épocas pasadas y de tierras distantes. Sólo comenzaron a redactar sus propios documentos después de haberse establecido en la Comarca, y sus leyendas más antiguas apenas si se remontan poco más allá de los Días del Éxodo. Está perfectamente claro, no obstante, gracias a estas leyendas y a lo que puede descubrirse en el lenguaje y las costumbres de los Hobbits, que en un pasado muy lejano ellos también se desplazaron hacia el oeste, como muchos otros pueblos. En sus relatos más antiguos hay referencias oscuras a los tiempos en que moraban en los altos valles del Anduin, entre los lindes del Gran Bosque Verde y las Montañas Nubladas. No se sabe con certeza por qué emprendieron más tarde la ardua y peligrosa travesía de las montañas y entraron en Eriador. Los relatos hobbits hablan de la multiplicación de los Hombres en la tierra y de una sombra que cayó sobre el bosque y lo oscureció, por lo que fue llamado desde entonces el Bosque Negro.

Antes de cruzar las montañas, los Hobbits ya se habían dividido en tres ramas un tanto diferentes: los Pelosos, los Fuertes y los Albos. Los Pelosos eran de piel más morena, cuerpo menudo, cara lampiña, y no llevaban botas; de manos y pies bien proporcionados y ágiles, y preferían las tierras altas y las laderas de las colinas. Los Fuertes eran más anchos, de constitución más robusta; tenían pies y manos más grandes; preferían las llanuras y las orillas de los ríos. Los Albos, de piel y cabellos más claros, eran más altos y delgados que los otros: amaban los árboles y los bosques.

Los Pelosos tuvieron mucha relación con los Enanos en tiempos remotos y vivieron durante mucho tiempo en las estribaciones montañosas. Fueron los primeros en desplazarse hacia el oeste y vagabundearon por Eriador hasta la Cima de los Vientos, mientras los otros permanecían en las Tierras Salvajes. Eran la especie más normal, representativa y numerosa de los Hobbits, y también la más sedentaria y la que conservó durante más tiempo el hábito ancestral de vivir en túneles y cuevas.

Los Fuertes vivieron muchos años a orillas del Río Grande, el Anduin, y temían menos a los Hombres. Vinieron al oeste después de los Pelosos y siguieron el curso del Sonorona hacia el sur; muchos de ellos vivieron un tiempo entre Tharbad y los límites de las Tierras Brunas antes de volver al norte.

Los Albos, los menos numerosos, eran una rama nórdica, más amiga de los Elfos que el resto de los Hobbits, y más hábil para el lenguaje y los cantos que para los trabajos manuales. Siempre habían preferido la caza a la agricultura. Cruzaron las montañas al norte de Rivendel y descendieron el Fontegrís. Muy pronto se mezclaron en Eriador con las ramas ya establecidas allí, pero como eran algo más valientes y más aventureros, se los encontraba a menudo como jefes o caudillos en los clanes de los Pelosos y los Fuertes. Aun en tiempos de Bilbo, el fuerte carácter albo podía percibirse todavía en las grandes familias, tales como los Tuk y los Señores de Los Gamos.

En las tierras occidentales de Eriador, entre las Montañas Nubladas y las Montañas de Lune, los Hobbits encontraron tanto Hombres como Elfos. En efecto, todavía moraba allí un resto de los Dúnedain, los reyes de los Hombres que vinieron por el mar desde Oesternesse; pero iban desapareciendo rápidamente, y la ruina alcanzaba ya a todas las tierras del Reino del Norte. Había sitio y en abundancia para los inmigrantes, y en poco tiempo los Hobbits empezaron a establecerse en comunidades ordenadas. De la mayoría de las primitivas colonias no quedaba ya ni siquiera el recuerdo en tiempos de Bilbo, pero una de las más importantes de aquella época se mantenía aún, aunque reducida de tamaño: estaba en Bree, y en medio del Bosque de Chet que lo rodeaba, a unas cuarenta millas al este de la Comarca.

Fue en aquellos tempranos días, sin duda, cuando los Hobbits aprendieron a leer y comenzaron a escribir a la manera de los Dúnedain, quienes a su vez habían aprendido este arte de los Elfos. También en ese tiempo los Hobbits olvidaron todas las lenguas que habían usado antes, y desde entonces hablaron siempre la lengua común, que llamaban oestron y que era corriente en todas las tierras de los reyes, desde Arnor hasta Gondor, y a lo largo de toda la costa del mar, desde Belfalas hasta Lune. Sin embargo, conservaron unas pocas palabras de su propio idioma, así como los nombres que habían usado para los meses y los días, y una gran cantidad de nombres personales del pasado.

Alrededor de esta época la leyenda comenzó a convertirse en historia entre los Hobbits, al iniciarse el cómputo de los años. Porque fue en el año mil seiscientos uno de la Tercera Edad cuando los hermanos albos, Marcho y Blanco, salieron de Bree, y después de haber obtenido permiso del gran rey de Fornost,[1] cruzaron el Baranduin, el río pardo, con un gran séquito de Hobbits. Pasaron por el Puente de los Arbotantes, que había sido construido durante el apogeo del Reino del Norte, y tomaron posesión de toda la tierra que se extendía más allá, donde se establecieron entre el río y las Colinas Lejanas. Todo lo que se les pidió a cambio fue que mantuviesen en buen estado el Puente Grande, junto con los demás puentes y caminos, que facilitasen el trabajo a los mensajeros del rey, y que reconocieran su soberanía.

Así comenzó el *Cómputo de la Comarca*, pues el año del cruce del Brandivino —el nuevo nombre que los Hobbits dieron al Baranduin— se transformó en el Año Uno de la Comarca, y todas las fechas posteriores se calcularon a partir de entonces.[2] Los Hobbits occidentales se enamoraron de la nueva tierra desde el primer momento, se quedaron allí, y muy pronto desaparecieron nuevamente de la historia de los Hombres y de los Elfos. Aunque aún había allí un rey del que eran súbditos formales, en realidad estaban gobernados por jefes propios y nunca intervenían en los hechos del mundo exterior. En la última batalla de Fornost con el Señor Brujo de Angmar, enviaron algunos arqueros en ayuda del rey, o por lo menos así lo afirmaron, si bien esto no aparece en ningún relato de los Hombres. En esa guerra el Reino del Norte llegó a su fin, y entonces los Hobbits se apropiaron de la tierra, y eligieron de

1. Según las crónicas de Gondor se trataba de Argeleb II, vigésimo rey de la dinastía del Norte que se extinguió con Arvedui trescientos años más tarde.

2. En el calendario de los Elfos y los Dúnedain los años de la Tercera Edad pueden determinarse sumando 1.600 años al Cómputo de la Comarca.

entre todos los jefes a un Thain, que asumió la autoridad del rey desaparecido. Allí, durante unos mil años, apenas se vieron afectados por las guerras, y prosperaron y se multiplicaron después de la Plaga Negra (C.C. 37) hasta el desastre del Largo Invierno y la hambruna que le siguió. Miles de ellos murieron entonces, pero en los tiempos del presente relato los Días de la Hambruna (1158-1160) habían quedado muy atrás y los Hobbits se habían acostumbrado otra vez a la abundancia. La tierra era rica y generosa, y aunque cuando llegaron a ella había estado desierta durante mucho tiempo, en otras épocas había sido bien cultivada, y allí el rey había tenido granjas, maizales, viñedos y bosques.

Desde las Colinas Lejanas hasta el Puente del Brandivino había unas cuarenta leguas, y casi otras cincuenta desde los páramos del norte hasta los pantanos del sur. Los Hobbits denominaron a estas tierras la Comarca, región bajo la autoridad del Thain y distrito de trabajos bien organizados; y allí, en ese placentero rincón del mundo, llevaron una vida bien ordenada y prestaron cada vez menos atención al mundo exterior, donde se movían cosas oscuras, hasta llegar a pensar que la paz y la abundancia eran la norma en la Tierra Media, y el derecho de todo pueblo sensato. Olvidaron o ignoraron lo poco que habían sabido de los Guardianes y de los trabajos de quienes hicieron posible la larga paz de la Comarca. De hecho, estaban protegidos, pero ya no lo recordaban.

En ningún momento los Hobbits fueron amantes de la guerra, y jamás lucharon entre sí. Si bien en tiempos remotos se vieron obligados a luchar, para subsistir en un mundo difícil, en la época de Bilbo aquello pertenecía a tiempos muy remotos. La última batalla antes del comienzo de este relato, y por cierto la única que se libró dentro de los límites de la Comarca, ocurrió en una época que ya nadie de entre los vivos recordaba: fue la batalla de los Campos Verdes, en el año 1147 (CC) en la que Bandobras Tuk desbarató una invasión de Orcos. Hasta el mismo clima se hizo más apacible; y los lobos, que en otros tiempos habían llegado desde el norte devorándolo todo durante los crudos inviernos blancos, ahora no eran más que cuentos de viejas. Aunque había algún pequeño arsenal en la Comarca, las armas se usaban generalmente como trofeos: se las colgaba sobre las chimeneas o en las paredes, o se las coleccionaba en el museo de Cavada Grande, conocido como la Casa de los Mathoms; porque los Hobbits llamaban *mathom* a todo aquello que no tenía uso inmediato y que tampoco se decidían a desechar. Las moradas de los Hobbits tendían a llenarse de *mathoms*, y muchos de los regalos que pasaban de mano en mano eran de ese tipo.

No obstante, el ocio y la paz no habían alterado el raro vigor de esta gente. Llegado el momento, era difícil intimidarlos o matarlos; y esa afición incansable que mostraban por las cosas buenas tenía quizá una razón: podían renunciar del todo a ellas cuando era necesario, y lograban sobrevivir así a los rudos golpes de la pena, de los enemigos o del clima, asombrando a aquellos que no los conocían y que no veían más allá de aquellas barrigas y aquellas caras regordetas. Aunque se resistían a pelear, y no mataban por deporte a ninguna criatura viviente, eran valientes cuando se los acosaba, y aún sabían manejar las armas en caso de necesidad. Tiraban bien con el arco, pues eran de mirada certera y manos hábiles. No sólo se les daba bien el tiro con arco. Si un Hobbit recogía una piedra, lo mejor era ponerse a resguardo inmediatamente, como bien lo sabían todas las bestias merodeadoras.

Todos los Hobbits habían vivido en un principio en cuevas subterráneas, o así lo creían, y en ese tipo de viviendas se sentían a gusto. Sin embargo, con el paso del tiempo se vieron obligados a adoptar otras clases de moradas. Lo cierto es que en tiempos de Bilbo, en general sólo los Hobbits más ricos y los más pobres mantenían en la Comarca esa vieja costumbre. Los más pobres continuaron viviendo en las madrigueras primitivas, en realidad simples agujeros, con una sola ventana o bien ninguna, mientras que los ricos todavía edificaban versiones más lujosas de las simples excavaciones antiguas. Pero no era fácil encontrar terrenos adecuados para estos grandes túneles ramificados (*smials*, como ellos los llamaban); y en las llanuras o en los distritos bajos, los Hobbits, a medida que se multiplicaban, comenzaron a construir sobre el nivel del suelo. En efecto, hasta en las regiones de colinas y en las villas más antiguas, tales como Hobbiton o Alforzada, o en la localidad principal de la Comarca, Cavada Grande, en las Colinas Blancas, había ahora muchas casas de madera, ladrillo o piedra. Por lo general eran las preferidas por molineros, herreros, cordeleros, carreteros y otros de su clase; porque aun cuando vivieran en cavernas, los Hobbits conservaban la vieja costumbre de construir cobertizos y talleres.

Dicen que la costumbre de edificar casas de campo y graneros comenzó entre los habitantes de Marjala, a orillas del Brandivino. Los hobbits de esa región, llamada Cuaderna del Este, eran más bien grandes y de piernas fuertes y usaban botas de enano cuando las lluvias embarraban la tierra. Pero no se ignoraba que tenían gran proporción de sangre de los Fuertes, lo cual se notaba en el vello que muchos se dejaban crecer en la barbilla. Ni los Pelosos ni los Albos tenían rastro alguno de barba. De hecho, los habitantes de Marjala y Los Gamos, al este del Río, donde ellos se instalaron más tarde, habían llegado a la Comarca en época reciente, en su mayoría desde el sur. Conservaban todavía nombres peculiares y palabras extrañas que no se encontraban en ningún otro lugar de la Comarca.

Es posible que el arte de la construcción, como otros muchos oficios, proviniera de los Dúnedain. Pero los Hobbits pudieron haberlo aprendido directamente de los Elfos, los maestros de los Hombres en su juventud. Porque los Elfos del Alto Linaje aún no habían abandonado la Tierra Media, y moraban entonces en los Puertos Grises del oeste, y en otros lugares al alcance de la Comarca. Tres torres de los Elfos, de edad inmemorial, aún podían verse en las Colinas de las Torres más allá de las fronteras occidentales. Brillaban en la distancia a la luz de la luna. La más alta era la más lejana y se alzaba solitaria sobre una colina verde. Los Hobbits de la Cuaderna del Oeste decían que podía verse el Mar desde la cima de la torre, pero no se tiene noticia de que alguno de ellos la escalara nunca. En realidad, de hecho, muy pocos Hobbits habían navegado, o siquiera visto el Mar, y menos aún habían regresado para contarlo. La mayoría de los Hobbits miraban con profundo recelo aun los ríos y los pequeños botes, y muy pocos sabían nadar. Con el paso del tiempo, hablaban cada vez menos con los Elfos, y llegaron a tenerles miedo y a desconfiar de quienes tuvieran tratos con ellos. El Mar se transformó en una palabra que inspiraba miedo, y un signo de muerte, y los Hobbits volvieron la espalda a las colinas del oeste.

El arte de la construcción bien pudo provenir de los Elfos o de los Hombres, pero los Hobbits lo practicaban a su manera. No construían torres. Las casas eran generalmente largas, bajas y confortables. De hecho, las más antiguas no eran más que imitaciones de *smials*, techadas con hierba seca, paja o turba, y de paredes algo combadas. Sin embargo, esta fase se dio sólo en los primeros días de la Comarca, y desde entonces las construcciones de los Hobbits habían cambiado mucho, bien gracias a nuevas técnicas aprendidas de los Enanos, bien por descubrimientos propios. La principal peculiaridad que subsistió de la arquitectura hobbit fue la preferencia por las ventanas redondas, e incluso las puertas redondas.

Las casas y las cavernas de los Hobbits de la Comarca eran a menudo grandes y habitadas por familias numerosas. (La soltería de Bilbo y Frodo era excepcional, como muchas otras cosas, entre ellas su amistad con los Elfos.) A veces —como el caso de los Tuk de los Grandes Smials o de los Brandigamo de Casa Brandi—, muchas generaciones de parientes vivían juntas en paz (relativa) en una mansión ancestral de numerosos túneles. Todos los Hobbits, en cualquier caso, tendían a agruparse en clanes, y llevaban cuidadosa cuenta de sus parientes. Dibujaban grandes y esmerados árboles genealógicos con innumerables ramas. Cuando se trata con los Hobbits es importante recordar quién está relacionado con quién, y en qué grado. Sería imposible en este libro establecer siquiera un árbol de familia que incluyera sólo a los miembros más importantes de las familias más destacadas en la época a que se refieren estos relatos. La colección de árboles genealógicos que se encuentra al final del Libro Rojo de la Frontera del Oeste constituye casi un pequeño libro en sí misma, y cualquiera, exceptuando a los Hobbits, la encontraría excesivamente aburrida. Los Hobbits se deleitan con esas cosas, si son exactas; les encanta tener libros colmados de cosas que ya saben, expuestas sin contradicciones y honradamente.

2

De la hierba para pipa

Hay otra cosa asombrosa entre los antiguos Hobbits que merece mencionarse; un hábito sorprendente: absorbían o inhalaban, a través de pipas de arcilla o madera, el humo de la combustión de una hierba llamada *hoja* o *hierba para pipa*, probablemente una variedad de la *Nicotiana*. Hay mucho misterio en torno al origen de esta costumbre peculiar, o de este «arte», como los Hobbits preferían llamarlo. Todo lo que se descubrió en la antigüedad sobre el tema fue recopilado por Meriadoc Brandigamo (más tarde Señor de Los Gamos), y puesto que él y el tabaco de la Cuaderna del Sur forman parte de la historia que sigue, sus comentarios en la introducción al *Herbario de la Comarca* merecen ser citados aquí.

«Este arte —dice— es el único que podemos reclamar como invención propia. No se sabe cuándo empezaron los Hobbits a fumar en pipa; en todas las leyendas e historias familiares aparece como un hecho; durante años la gente de la Comarca fumó diversas hierbas, algunas malolientes, otras más aromáticas. Pero todos los documentos concuerdan en un punto: Tobold Corneta de Valle Largo en la Cuaderna del Sur fue el primero que cultivó en sus huertos la verdadera hierba para pipa en los días de Isengrim II, alrededor del año 1070 del Cómputo de la Comarca. Los mejores cultivos caseros todavía provienen de ese distrito, especialmente las variedades que ahora se conocen como Hoja de Valle Largo, Viejo Toby y Estrella Sureña.

»No queda constancia de cómo el viejo Toby obtuvo la planta, pues murió sin decírselo a nadie. Sabía mucho sobre hierbas, aunque no era viajero. Se cuenta que en su juventud iba a menudo a Bree; aunque no cabe duda de que nunca viajó más lejos. Por lo tanto es muy posible que haya conocido esta planta en Bree, donde hoy en día, en cualquier caso, se da bien en la vertiente sur de la colina; los Hobbits de Bree afirman haber sido los primeros fumadores de esta hierba. Aseguran, por supuesto, que se adelantaron en todo a la gente de la Comarca, a quienes llaman "colonos"; pero en este caso la pretensión es, a mi entender, probablemente cierta, pues todo indica que fue desde Bree que se extendió, en los siglos más recientes, el arte de fumar la verdadera hierba entre los Enanos y algunas otras gentes, como los Montaraces, los Magos y los vagabundos que iban y venían aún por aquella antigua encrucijada de caminos. El centro y hogar de este arte se encuentra, pues, en la vieja posada de Bree, *El Poney Pisador*, propiedad de la familia Mantecona desde épocas remotas.

»Al mismo tiempo, mis propias observaciones en los muchos viajes que hice al sur me convencieron de que la hierba no es originaria de nuestra región, sino que vino del Anduin inferior hacia el norte, traída, creo yo, del otro lado del Mar por los Hombres de Oesternesse. Crece en abundancia en Gondor, y allí es más grande y exuberante que en el norte, donde nunca se la encuentra en estado silvestre; prospera sólo en lugares cálidos y abrigados, como Valle Largo. Los Hombres de Gondor la llaman *galenas dulce*, y sólo la aprecian por la fragancia de las flores. Desde esas tierras la habrían llevado al norte remontando el Camino Verde durante los largos siglos que median entre la llegada de Elendil y nuestros días. Pero hasta los Dúnedain de Gondor nos otorgan este reconocimiento: los Hobbits fueron los primeros que la fumaron en pipa. Ni siquiera a los Magos se les ocurrió hacerlo antes que a nosotros. Aunque un Mago que conocí se aficionó a este arte mucho tiempo atrás, mostrándose tan hábil como en todas las otras cosas a las que llegó a dedicarse.»

3

De la ordenación de la Comarca

La Comarca se dividía en cuatro distritos, las Cuadernas, denominadas del Norte, del Sur, del Este y del Oeste, y éstas a su vez en unas cuantas regiones que aún llevaban los nombres de algunas de las viejas familias principales, aunque en la época de esta historia esos nombres no se encontraban sólo en sus regiones de origen. Casi todos los Tuk vivían aún en las Tierras de Tuk, lo que no ocurría con muchas otras familias, tales como los Bolsón o los Boffin. Más allá de las Cuadernas estaban las Fronteras Este y Oeste: el país de Los Gamos (p. 187); y la Frontera del Oeste, que fue añadida a la Comarca en el año 1452 (CC).

La Comarca en aquel momento apenas tenía «gobierno». Las familias cuidaban en general de sus propios asuntos y dedicaban la mayor parte del día al cultivo y al consumo de alimentos. En otras cuestiones eran por lo común gente generosa y no avariciosa, pero moderada y satisfecha, de modo que las heredades, granjas, talleres y pequeños negocios tendían a conservarse invariables durante generaciones.

Naturalmente, aún se conservaba la antigua tradición que hablaba de un rey de Fornost, también llamado Norburgo, muy al norte de la Comarca. Pero no había habido rey allí desde hacía casi mil años, y las ruinas de Norburgo estaban cubiertas de hierba. Sin embargo, los Hobbits aún decían de los pueblos salvajes y las criaturas malignas (como los trolls) que no habían oído hablar del rey. Atribuían al antiguo rey todas las leyes esenciales y por lo general las aceptaban de buen grado, ya que eran Los Preceptos (como ellos decían) a la vez antiguos y justos.

Es verdad que la familia Tuk ocupaba una posición preeminente desde hacía mucho tiempo; pues el cargo de Thain había pasado de los Gamoviejo a los Tuk algunos siglos antes, y desde entonces el Tuk más prominente había llevado siempre ese título. El Thain presidía la asamblea de la Comarca y era el capitán del acantonamiento y la hobbitería en armas.

Pero como la tropa y la asamblea eran convocadas sólo en casos de emergencia, que ya no ocurrían, el cargo de Thain se había convertido en algo más bien honorífico. A la familia Tuk se la respetaba especialmente, pues seguía siendo numerosa y muy rica, y en cada generación de ellos solían aparecer personajes recios, de costumbres peculiares e incluso temperamento aventurero. Estas últimas cualidades, sin embargo, eran más toleradas (en los ricos) que generalmente aprobadas. No obstante, se mantuvo la costumbre de llamar El Tuk al cabeza de la familia, y se agregaba al nombre —si era necesario— un número, como por ejemplo Isengrim II.

El único oficial verdadero en la Comarca era en esa época el Alcalde de Cavada Grande (o de la Comarca), que era elegido cada siete años en la Feria Libre de las Colinas Blancas, en Lithe, es decir, en el solsticio de verano. Como alcalde, prácticamente sólo tenía una única obligación, que consistía en presidir los banquetes en las fiestas de la Comarca, que se celebraban con frecuencia. Pero a la alcaldía se agregaban los oficios de Jefe de Correos y Primer Oficial, de modo que el alcalde ordenaba tanto el Servicio de Mensajería como la Guardia. Éstos eran los únicos servicios de la Comarca, y de los dos, los mensajeros eran los más numerosos y los más atareados. Los Hobbits no eran todos alfabetizados, ni mucho menos; pero los que lo eran escribían constantemente a todos sus amigos (y a algunos parientes escogidos) que vivían más allá de una tarde de marcha.

Oficiales era el nombre que los Hobbits daban a sus policías o al equivalente más cercano. Por supuesto, no llevaban uniforme (cosas así eran completamente desconocidas), sino una simple pluma en el sombrero, y en la práctica eran guardias campestres, más que policías, y se ocupaban más de los animales extraviados que de las gentes. En toda la Comarca sólo había doce: tres en cada Cuaderna, para Trabajos Internos. Un cuerpo bastante mayor, que variaba de acuerdo con la necesidad, estaba dedicado a «batir las fronteras» y procurar que la Gente del Exterior de cualquier clase, grandes o pequeños, no molestaran demasiado.

En la época en que empieza esta historia, los Fronteros, como se los llamaba, se habían multiplicado mucho. Había numerosos informes y quejas acerca de personas y criaturas extrañas que merodeaban fuera o dentro de los lindes: la primera señal de que todo no estaba completamente en orden, como lo había estado siempre, excepto en cuentos y leyendas de un pasado lejano. Muy pocos prestaron atención a tales indicios, y ni siquiera Bilbo tenía aún alguna noción de lo que esto presagiaba. Habían pasado sesenta años desde que emprendiera el memorable viaje, y era viejo hasta para los Hobbits, quienes con frecuencia alcanzaban los cien años, pero era evidente que todavía conservaba gran parte de la considerable fortuna que había traído de vuelta. Cuánto, o cuán poco, no lo había revelado a nadie, ni siquiera a Frodo, su «sobrino» favorito. Y todavía guardaba en secreto el anillo que había encontrado.

4

Del descubrimiento del Anillo

Tal y como se cuenta en *El Hobbit*, un día llegó a la puerta de Bilbo el gran Mago, Gandalf el Gris, y con él trece enanos: nada menos que Thorin Escudo de Roble, descendiente de reyes, y sus doce compañeros de exilio. Bilbo salió con ellos, sorprendiéndose a sí mismo para siempre, en una mañana de abril del año 1341 del Cómputo de la Comarca, a la búsqueda del gran tesoro: el tesoro oculto de los Reyes Enanos bajo la Montaña, debajo de Erebor en Valle, lejos al este. La búsqueda fue exitosa, y dieron muerte al Dragón que custodiaba el tesoro. Sin embargo, aunque antes del triunfo final se libró la Batalla de los Cinco Ejércitos, en la que murió Thorin y se realizaron muchas proezas, el asunto apenas habría incumbido a la historia posterior, o no habría merecido más que un comentario en los largos anales de la Tercera Edad, si no hubiera sido por un «accidente» que tuvo lugar en el viaje. El grupo fue asaltado por orcos en un alto paso de las Montañas Nubladas, en el camino hacia las Tierras Salvajes, y sucedió que Bilbo se perdió un tiempo en las profundas y negras minas subterráneas de los orcos, bajo la montaña, y allí, tanteando en vano en la oscuridad, posó la mano sobre un anillo, que se encontraba en el suelo de un túnel. Se lo guardó en el bolsillo. En ese momento el hallazgo pareció fortuito.

Tratando de encontrar la salida, Bilbo siguió descendiendo hasta las raíces de las montañas, hasta que no pudo bajar más. En el fondo de la galería había un lago frío, lejos de toda luz, y en una isla rocosa, en medio de las aguas, vivía Gollum. Era una pequeña y aborrecible criatura; impulsaba un botecito con sus pies anchos y planos, acechando con ojos pálidos y luminosos; atrapaba peces ciegos con sus dedos largos y los devoraba crudos. Se alimentaba de cualquier cosa viviente, aun orcos, si podía apresarlos y estrangularlos sin lucha. Era dueño de un tesoro secreto que había llegado a él en pasadas edades, cuando todavía vivía en la luz: un anillo de oro que hacía invisible a quien lo usaba. Era lo único que amaba, su «tesoro», y hablaba con él incluso cuando no lo llevaba consigo. Lo mantenía oculto y a salvo en un agujero de la isla, excepto cuando cazaba o espiaba a los orcos de las minas.

Quizá habría atacado a Bilbo inmediatamente, si cuando se encontraron hubiese llevado el anillo; pero no fue así, y el hobbit tenía en la mano una daga de los Elfos, que le servía de espada. Para ganar tiempo, Gollum desafió a Bilbo al Juego de los Acertijos, diciéndole que propondría un acertijo, y si Bilbo no podía resolverlo, lo mataría y se lo comería. Pero si Bilbo lo derrotaba, haría lo que él quisiera, y le mostraría la salida a través de los túneles.

Perdido sin esperanza en las tinieblas, sin poder avanzar ni retroceder, Bilbo aceptó el desafío. Se plantearon mutuamente muchos acertijos. Al final Bilbo ganó, quizá más por buena suerte (según parecía) que por inteligencia, pues mientras trataba de dar con algún otro acertijo, encontró en el bolsillo el anillo que había recogido y olvidado, y exclamó: *¿Qué tengo en el bolsillo?* Gollum no pudo responder, a pesar de exigir tres oportunidades.

Las autoridades, es cierto, difieren acerca de si esta última era una simple pregunta o un verdadero acertijo, de acuerdo con las reglas estrictas del Juego; pero todos están de acuerdo en que después de aceptar y tratar de adivinar la respuesta, la promesa ataba a Gollum. Bilbo lo obligó a cumplir con su promesa, pues se le ocurrió la idea de que ese ser escurridizo podía ser falso, aunque tales promesas eran sagradas, y desde los tiempos antiguos todas las criaturas salvo las más malvadas tenían miedo de romperlas. Pero después de pasar tantos años solo en la oscuridad, el corazón de Gollum era negro, y abrigaba la traición. Se escabulló y retornó a su cercana isla en las aguas oscuras, de la que Bilbo nada sabía. Allí, pensaba, estaba el anillo. Estaba ahora hambriento y enojado; pero una vez que tuviese el «tesoro» con él, ya no temería ningún ataque.

Pero el anillo no estaba en la isla; lo había perdido, había desaparecido. El grito penetrante de Gollum estremeció a Bilbo, quien todavía no entendía lo que había pasado. Pero Gollum había encontrado por fin la respuesta al acertijo, aunque demasiado tarde. *¿Qué tiene en sus bolsillotes?*, gritó. Los ojos le brillaban como una llamarada verde cuando volvió rápidamente sobre sus pasos, decidido a asesinar al hobbit y recobrar el «tesoro». Justo a tiempo, Bilbo vio el peligro y huyó ciegamente por el pasaje, alejándose del agua; y una vez más la buena suerte lo salvó. Porque mientras corría metió la mano en el bolsillo, y el anillo se le deslizó suavemente en el dedo; de modo que Gollum pasó a su lado sin verlo cuando iba a vigilar la puerta de salida para que el «ladrón» no escapase. Bilbo siguió cautelosamente a Gollum, que corría maldiciendo y hablando consigo mismo sobre su «tesoro». Por estas palabras Bilbo finalmente atisbó la verdad, y la esperanza acudió a él en las sombras; había encontrado el maravilloso anillo y con él la probabilidad de escapar de los orcos y de Gollum.

Por fin se detuvieron frente a una abertura oculta que llevaba a las puertas inferiores de las minas, en la ladera oriental de las montañas. Allí Gollum se agazapó, acechando, husmeando y escuchando. Bilbo estuvo tentado de atravesarlo con la espada, pero le dio lástima, pues aunque tenía el anillo, que era su única esperanza, no lo utilizaría como ayuda para matar a la desdichada criatura a traición. Por último, armándose de coraje, saltó por encima de Gollum en la oscuridad y huyó por el pasaje perseguido por los gritos de odio y desesperación de su enemigo: *¡Ladrón! ¡Ladrón! ¡Bolsón! ¡Lo odiaremos para siempre!*

Cosa curiosa, pero ésta no es la historia que Bilbo contó al principio a sus compañeros. Les dijo que Gollum le había prometido un regalo si él, Bilbo, ganaba en el juego; pero cuando Gollum fue a la isla descubrió que el tesoro había desaparecido: se trataba de un anillo mágico que le habían regalado en un cumpleaños mucho tiempo atrás. Bilbo sospechaba que ése era el anillo que había encontrado, y como había ganado el juego, le correspondía por derecho. Pero como en aquel momento se encontraba en un apuro, no había dicho nada, y dejó que Gollum le mostrase la salida al exterior más como recompensa que como regalo. Bilbo dejó escrita esta versión en sus memorias, y parece que nunca la alteró, ni siquiera después del Concilio de Elrond. Evidentemente sigue apareciendo así en el Libro Rojo y en varias copias y resúmenes. Pero muchos ejemplares contienen la verdadera versión (como una variante), derivada sin duda de notas de Frodo o Samsagaz, pues ambos conocieron la verdad, aunque parece que no desearon cambiar nada de lo que el viejo hobbit había escrito.

Gandalf, sin embargo, dudó de la historia original de Bilbo desde el primer momento, y siguió mostrando mucho interés por saber más sobre el anillo. Al fin obtuvo la verdadera historia después de mucho preguntar a Bilbo, lo que por un tiempo enfrió las relaciones entre ellos; pero el mago parecía pensar que la verdad era importante. Aunque no se lo dijo a Bilbo, pensó que era también importante y perturbador saber que el buen hobbit no había dicho la verdad desde el principio, cosa bastante contraria a su costumbre. La idea de un «regalo», sin embargo, no era mera invención del hobbit. Se le había ocurrido a Bilbo, según confesó más tarde, por lo que alcanzó a oír a Gollum, quien en efecto denominó al anillo muchas veces «regalo de cumpleaños». También esto le pareció a Gandalf extraño y sospechoso, pero no descubrió la verdad del asunto hasta muchos años después, como se verá en el presente libro.

De las posteriores aventuras de Bilbo poco más hay que decir aquí. Con la ayuda del anillo escapó de los orcos que guardaban la puerta y se reunió con sus compañeros. Usó el anillo muchas veces mientras iba de un lado a otro, principalmente para ayudar a sus amigos, pero guardó el secreto para sí todo lo que pudo. De vuelta en su casa nunca habló de él con nadie, excepto con Gandalf y Frodo; y ningún hobbit de la Comarca supo de la existencia del anillo, o por lo menos así lo creyó él. Sólo a Frodo mostró la crónica del viaje que estaba escribiendo.

Colgó la espada, Dardo, sobre el hogar, y la maravillosa cota de malla, regalo de los Enanos, tomada del tesoro escondido del Dragón, la prestó a un museo: la Casa de los Mathoms de Cavada Grande. Pero en una gaveta en Bolsón Cerrado conservó la vieja capa y la capucha que había llevado en sus viajes. En cuanto al anillo, lo guardó siempre en un bolsillo, sujeto a una fina cadena.

Volvió a su hogar en Bolsón Cerrado el 22 de junio de su quincuagésimo segundo año (1342 CC), y nada digno de mención sucedió en la Comarca hasta que el señor Bolsón comenzó a preparar la celebración de su centésimo decimoprimer cumpleaños (1401 CC). En ese punto comienza esta Historia.

NOTA SOBRE LOS ARCHIVOS DE LA COMARCA

A fines de la Tercera Edad, el papel desempeñado por los Hobbits en los importantes acontecimientos que llevaron a la inclusión de la Comarca en el Reino Reunido despertó en ellos una mayor curiosidad por su propia historia, y numerosas tradiciones que hasta entonces habían sido sobre todo orales, fueron recogidas por escrito. Las más grandes familias se interesaron también en los acontecimientos del Reino en general, y muchos de sus miembros estudiaron las historias y leyendas antiguas. Al concluir el primer siglo de la Cuarta Edad había ya en la Comarca numerosas bibliotecas que contenían muchos libros de historia y archivos.

Las más importantes de esas colecciones probablemente eran las de Torres de Abajo, las de Grandes Smials y las de Casa Brandi. El presente relato del fin de la Tercera Edad fue sacado en su mayor parte del Libro Rojo de la Frontera del Oeste. Esta importantísima fuente para la historia de la Guerra del Anillo se llama así por haber sido conservada mucho tiempo en las Torres de Abajo, residencia de los Belinfantes, Guardianes de la Frontera del Oeste.[3] El libro fue en un principio el diario personal de Bilbo, que llevó con él a Rivendel. Frodo lo trajo luego a la Comarca junto con muchas hojas de notas, y en los años 1420-1421 (CC) completó casi del todo la historia de la guerra. Pero anexados a esas páginas, y conservados con ellas, probablemente en una única caja roja, había tres gruesos volúmenes encuadernados en cuero rojo que Bilbo le entregó como regalo de despedida. A estos cuatro volúmenes se le sumó en la Frontera del Oeste un quinto con comentarios, genealogías y algunas otras referencias a propósito de los hobbits que formaron parte de la Comunidad.

El Libro Rojo original no se conserva, pero se hicieron muchas copias, sobre todo del primer volumen, para uso de los descendientes de los hijos del señor Samsagaz. Sin embargo, la copia más importante tiene una historia diferente. Fue conservada en Grandes Smials pero fue redactada en Gondor, sin duda a petición del biznieto de Peregrin, y completada en 1592 según el Cómputo de la Comarca (172 de la Cuarta Edad). El escriba del sur añadió la nota siguiente: «Findegil, escriba del rey, terminó esta obra en IV 172. Es copia fiel, en

---

3. Véase Apéndice B: anales 1451, 1462, 1482, y nota final del Apéndice C.

todos los detalles, del Libro del Thain, de Minas Tirith. Aquel libro fue copiado, por orden del rey Elessar, del Libro Rojo de los Periannath, que fue traído a él por el Thain Peregrin cuando se retiró a Gondor en IV 64».

El Libro del Thain fue así la primera copia del Libro Rojo y contenía muchas cosas que después fueron omitidas o perdidas. En Minas Tirith se le añadieron numerosas anotaciones y muchas enmiendas, sobre todo de nombres y citas en lenguas élficas, y se le agregó una versión abreviada de aquella parte de la *Historia de Aragorn y de Arwen* que no se refiere a la guerra. Se dice que la historia completa fue escrita por Barahir, nieto del Senescal Faramir, algún tiempo después de la muerte del rey. Pero la copia de Findegil es importante sobre todo porque sólo ella reproduce la totalidad de las «Traducciones del élfico» realizadas por Bilbo. Se ha comprobado que esos tres volúmenes son una obra de gran talento y erudición, y que entre los años 1403 y 1418 Bilbo se sirvió de todas las fuentes tanto orales como escritas de que disponía en Rivendel. Pero como Frodo apenas los usó, pues esas páginas se refieren casi exclusivamente a los Días Antiguos, no diremos más sobre ellos aquí.

Como Meriadoc y Peregrin llegaron a ser cabezas de sus grandes familias, y mantuvieron siempre sus relaciones con Rohan y Gondor, en las bibliotecas de Gamoburgo y Alforzada se encontraban muchas cosas que no aparecen en el Libro Rojo. En Casa Brandi había muchas obras que trataban de Eriador y la historia de Rohan. Algunas de ellas fueron compuestas o comenzadas por el mismo Meriadoc, aunque en la Comarca se lo recuerda sobre todo por el *Herbario de la Comarca* y el *Cómputo de los Años* en el que comparó las relaciones de los calendarios de la Comarca y de Bree con los de Rivendel, Gondor y Rohan. Meriadoc escribió también un breve tratado, *Palabras y Nombres Antiguos de la Comarca*, donde se interesa particularmente en descubrir el parentesco de la lengua de los Rohirrim con algunas palabras de la Comarca, como *mathom*, y los elementos antiguos en los nombres topográficos.

Los libros de Grandes Smials tenían menos interés para las gentes de la Comarca, aunque son más importantes para la historia más general. Ninguno de ellos fue escrito por Peregrin, pero él y sus sucesores reunieron muchos manuscritos de los escribas de Gondor, principalmente copias y resúmenes de historias y leyendas relativas a Elendil y sus herederos. Sólo aquí en la Comarca era posible encontrar abundante material para la historia de Númenor y el ascenso de Sauron. *La Cuenta de los Años*[4] probablemente fue compuesta en Grandes Smials a partir de unos textos reunidos por Meriadoc. Aunque las fechas son a menudo conjeturales, sobre todo para la Segunda Edad, merecen alguna atención. Es probable que Meriadoc obtuviera ayuda e información de Rivendel, que visitó muchas veces. Allí, aunque Elrond había partido, sus hijos permanecieron largo tiempo junto con gente de los Altos Elfos. Se dice que Celeborn fue a vivir allí tras la marcha de Galadriel, pero no hay ninguna noticia sobre el día en que partió al fin hacia los Puertos Grises, y con él desapareció el último testigo vivo de los Días Antiguos en la Tierra Media.

4. Representada en forma muy reducida en el Apéndice B hasta el final de la Tercera Edad.

EL SEÑOR DE LOS ANILLOS

I

La Comunidad del Anillo

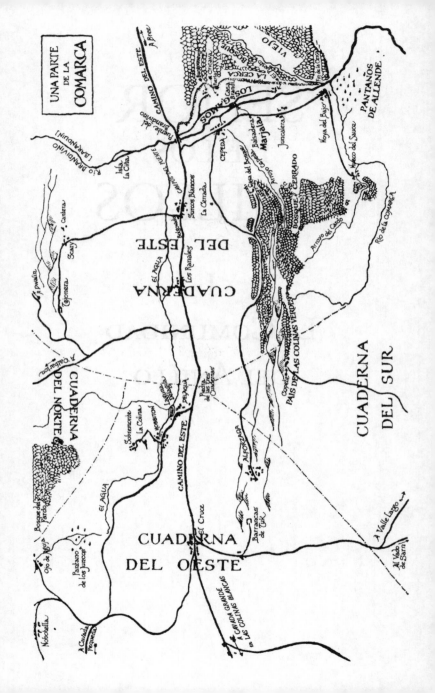

LIBRO PRIMERO

1

UNA FIESTA MUY ESPERADA

Cuando el señor Bilbo Bolsón de Bolsón Cerrado anunció que muy pronto celebraría su cumpleaños centésimo décimo primero con una fiesta de especial magnificencia, hubo muchos comentarios y excitación en Hobbiton.

Bilbo era muy rico y muy peculiar, y había sido el asombro de la Comarca durante sesenta años, desde su memorable desaparición e inesperado regreso. Las riquezas que había traído de aquellos viajes se habían convertido en leyenda local, y era creencia común, a pesar de todo lo que pudieran decir los viejos, que en la Colina de Bolsón Cerrado había muchos túneles atiborrados de tesoros. Como si esto no fuera suficiente para darle fama, el prolongado vigor del señor Bolsón era la maravilla de la Comarca. El tiempo pasaba, pero parecía afectarlo muy poco. A los noventa años tenía el mismo aspecto que a los cincuenta. A los noventa y nueve comenzaron a llamarlo «bien conservado», pero «inalterado» hubiese estado más cerca de la verdad. Había muchos que meneaban la cabeza pensando que eran demasiadas cosas buenas; parecía injusto que alguien tuviese (en apariencia) una juventud eterna, y a la vez (se suponía) riquezas inagotables.

—Tendrá que pagar —decían—. ¡No es natural, y traerá problemas!

Pero tales problemas no habían llegado, y como el señor Bolsón era generoso con su dinero, la mayoría de la gente estaba dispuesta a perdonarle sus rarezas y su buena fortuna. Seguía visitando a sus parientes (excepto, claro está, los Sacovilla-Bolsón) y contaba con muchos devotos admiradores entre los hobbits de familias pobres y poco importantes. Sin embargo, no tuvo amigos íntimos, hasta que algunos de sus primos más jóvenes fueron haciéndose adultos.

El mayor de sus primos, y el favorito de Bilbo, era el joven Frodo Bolsón. Cuando Bilbo cumplió noventa y nueve, adoptó a Frodo como heredero y lo llevó a vivir consigo a Bolsón Cerrado; las esperanzas de los Sacovilla-Bolsón se desvanecieron del todo. Ocurría que Bilbo y Frodo cumplían años el mismo día: el 22 de septiembre. «Será mejor que te vengas a vivir aquí, muchacho», dijo Bilbo un día, «y así podremos celebrar nuestros cumpleaños cómodamente juntos». En aquella época, Frodo estaba todavía en los irresponsables veinte entre la infancia y la mayoría de edad a los treinta y tres.

Pasaron doce años más. Los Bolsón habían dado siempre bulliciosas fiestas de cumpleaños en Bolsón Cerrado; pero ahora se tenía entendido que algo muy excepcional se planeaba para el otoño. Bilbo cumpliría ciento once años, un número bastante curioso y una edad muy respetable para un hobbit (el viejo Tuk sólo había alcanzado los ciento treinta); y Frodo cumpliría treinta y tres, un número importante: el de la mayoría de edad.

Las lenguas empezaron a moverse en Hobbiton y Delagua: el rumor del próximo acontecimiento corrió por toda la Comarca. La historia y el carácter del señor Bilbo fueron de nuevo el tema principal de conversación, y la gente de más edad descubrió que de repente sus recuerdos estaban muy solicitados.

Nadie tuvo un público más atento que el viejo Ham Gamyi, conocido comúnmente como «el Tío». Contaba sus historias en *La Mata de Hiedra*, una pequeña posada en el camino de Delagua, y hablaba con cierta autoridad, pues había cuidado el jardín de Bolsón Cerrado durante cuarenta años, y anteriormente había ayudado al viejo Cavada en esas mismas tareas. Ahora que envejecía y se le endurecían las articulaciones, el trabajo estaba a cargo generalmente de su hijo más joven, Sam Gamyi. Tanto el padre como el hijo tenían muy buenas relaciones con Bilbo y Frodo. Vivían en la Colina misma, en Bolsón de Tirada número 3, justo debajo de Bolsón Cerrado.

—El señor Bilbo es un caballero hobbit muy bien hablado, como he dicho siempre —declaró el Tío.

Decía la verdad, pues Bilbo era muy cortés con él, y lo llamaba «maestro Hamfast» y le consultaba constantemente sobre el crecimiento de las verduras; en materia de tubérculos, especialmente de patatas, toda la gente de la vecindad (incluido él mismo) consideraba que el Tío era la máxima autoridad.

—¿Y qué hay de ese Frodo que vive con él? —preguntó el viejo Nogales de Delagua—. Se apellida Bolsón, pero dicen que es mitad Brandigamo. No entiendo por qué un Bolsón de Hobbiton ha de buscar esposa en Los Gamos, donde la gente es tan extraña.

—Es normal que sea gente extraña —intervino Papá Dospiés, el vecino del Tío—, si viven en el lado equivocado del Río Brandivino, pegados al Bosque Viejo. Un lugar siniestro y tenebroso, si es cierto la mitad de lo que se cuenta.

—¡Tienes razón, Pa! —dijo el Tío—. No es que los Brandi-gamo de los Gamos vivan *dentro* del Bosque Viejo, pero es gente rara, según parece. Andan haciendo el tonto con botes en ese gran río, y eso no es natural; no me extraña que las cosas salieran mal. Pero de cualquier modo el señor Frodo es un jo-ven hobbit tan agradable como el que más. Muy parecido al señor Bilbo, y no sólo en el aspecto. Al fin y al cabo, el padre era un Bolsón. Hobbit decente y respetable, el señor Drogo Bolsón; nunca dio mucho que hablar, hasta que se ahogó.

—¿Se ahogó? —dijeron varias voces.

Habían oído antes éste y otros rumores más sombríos, na-turalmente; pero los hobbits tienen pasión por las historias de familia, y estaban dispuestos a oírlo todo de nuevo.

—Bueno, es lo que dicen —dijo el Tío—. Verán: el señor Drogo se casó con la pobre señorita Prímula Brandigamo; ella era prima hermana por parte de madre de nuestro señor Bilbo (la madre era la hija menor del viejo Tuk), y el señor Drogo era primo segundo. Así el señor Frodo es su sobrino segundo por una parte *y* tercero por la otra, si ustedes me siguen. El se-ñor Drogo estaba pasando una temporada en Casa Brandi con el suegro, el viejo señor Gorbadoc, cosa que hacía a menudo después de casarse (pues era de muy buen comer, y la mesa del viejo Gorbadoc estaba siempre bien servida), y se le ocurrió salir a *navegar* por el Brandivino; se ahogaron él y su mujer; el pobre señor Frodo era niño aún.

—He oído que se fueron al río después de cenar, a la luz de la luna —dijo el viejo Nogales—, y que fue el peso de Drogo lo que hizo zozobrar la embarcación.

—Y *yo* he oído que ella lo empujó y que él tiró de ella y la arrastró al agua —dijo Arenas, el molinero de Hobbiton.

—No prestes atención a todo lo que se dice, Arenas —dijo el Tío, que no estimaba mucho al molinero—. Esas historias

66

de empujones y tirones sobran. Los botes son lo suficientemente traicioneros ya de por sí como para inventarse más explicaciones. En todo caso, el señor Frodo quedó huérfano, varado en la orilla, podríamos decir, entre aquellos extraños gamunos, y fue educado de algún modo en Casa Brandi. Una simple conejera, según dicen. El viejo señor Gorbadoc nunca tenía menos de doscientos parientes en el lugar. El señor Bilbo se mostró de veras bondadoso cuando trajo al joven a vivir entre gente decente.

»Pero reconozco que fue un rudo golpe para los Sacovilla-Bolsón. Pensaban quedarse con Bolsón Cerrado cuando Bilbo desapareció y se lo dio por muerto. Y he aquí que vuelve, los echa, y sigue viviendo y viviendo, manteniéndose siempre joven, ¡bendito sea! Y de pronto presenta un heredero con todos los papeles en regla. Los Sacovilla-Bolsón nunca volverán a ver Bolsón Cerrado por dentro, o al menos así lo esperamos.

—He oído decir que hay una considerable cantidad de dinero escondida allí —dijo un extranjero, un viajero que venía de Cavada Grande en la Cuaderna del Oeste—, y que todo lo alto de esa colina suya está plagado de túneles atestados de cofres con plata, oro y pedruscos, por lo que me han dicho.

—Entonces ha oído más de lo que yo podría afirmar —respondió el Tío—. No sé nada de *pedruscos*. El señor Bilbo es generoso con su dinero y parece no faltarle; pero no sé nada de túneles. Vi al señor Bilbo cuando volvió, unos sesenta años atrás, cuando yo era muchacho. A poco de emplearme como aprendiz, el viejo Cavada (primo de mi padre) me hizo subir a Bolsón Cerrado para ayudarlo a evitar que la gente se colara en el jardín, y lo pisoteara todo, mientras duraba la subasta, y he aquí que en medio de todo aparece el señor Bilbo subiendo la colina, montado en un poney y cargando unas valijas enormes y un par de cofres. No dudo de que esta carga fuera en su mayor parte ese tesoro que él trajo de sitios lejanos, donde hay montañas de oro, según dicen, pero no había tanto como para llenar túneles. Mi muchacho Sam sabrá más acerca de esto, pues allí entra y sale cuando quiere. Las historias de los viejos tiempos le vuelven loco al chico, y escucha todos los relatos del señor Bilbo. Ha dado letras con el señor Bilbo, sin ánimo de hacerle ningún daño, noten ustedes, y espero de veras que no le traiga ningún daño.

»*¡Elfos y dragones!*, le digo yo. *Coles y patatas son más útiles para mí y para ti. No te mezcles en los asuntos de tus superiores o te encontrarás en dificultades demasiado grandes para ti*, le repito constantemente. Y podría decir lo mismo a otros —agregó, mientras miraba al forastero y al molinero.

Pero el Tío no convenció a su público. La leyenda de la riqueza de Bilbo estaba ya firmemente grabada en la mente de las nuevas generaciones de hobbits.

—Ah, pero es muy probable que él haya seguido aumentando lo que trajo al principio —arguyó el molinero, haciéndose eco de la opinión general—. Se va de viaje muy a menudo, y miren la gente extranjera que lo visita: enanos que llegan de noche; ese viejo hechicero vagabundo, Gandalf, y toda esa gente. Usted puede decir lo que quiera, Tío, pero Bolsón Cerrado es un lugar extraño, y su gente más extraña aún.

—Y *usted* también puede decir lo que quiera, aunque de esto sabe tan poco como de cuestiones de botes, señor Arenas —replicó el Tío, a quien el molinero le resultaba más antipático que de costumbre—. Si eso es ser extraño, entonces no nos vendrían mal más cosas extrañas por aquí. Hay alguien, no muy lejos de aquí, que no ofrecería un vaso de cerveza a un amigo, aunque viviese en una cueva forrada de oro. Pero en Bolsón Cerrado las cosas se hacen bien. Nuestro Sam dice que *todos* serán invitados a la fiesta, y que habrá regalos, no lo dude. Regalos para todos y en este mismo mes.

Ese mismo mes era septiembre; un septiembre tan hermoso como se pudiera pedir. Uno o dos días más tarde se extendió el rumor (probablemente iniciado por Sam, que estaba bien informado) de que habría fuegos artificiales como no se habían visto en la Comarca durante casi un siglo, desde la muerte del viejo Tuk.

Los días se sucedían y El Día se acercaba. Una tarde, un carro abierto de aspecto extraño, cargado de bultos igual de extraños, entró en Hobbiton y subió laboriosamente la Colina hasta Bolsón Cerrado.

Los hobbits lo miraron asombrados desde el umbral de sus puertas, a la luz de las lámparas. La gente que manejaba el carro era extranjera: unos enanos encapuchados de largas barbas que entonaban extrañas canciones. Algunos de ellos se quedaron en Bolsón Cerrado. Hacia fines de la segunda semana de septiembre un carro que venía del camino del Puente del Brandivino entró en Delagua en pleno día. Lo conducía un viejo en solitario. Llevaba un alto y puntiagudo sombrero azul, un largo manto gris y una bufanda plateada. Tenía una larga barba blanca y cejas espesas que le asomaban por debajo del ala del sombrero. Unos niñitos hobbits corrieron detrás del carro, a través de todo Hobbiton, colina arriba. Llevaba una carga de fuegos artificiales, tal como lo imaginaban. Frente a la puerta principal de la casa de Bilbo, el viejo comenzó a descargar; eran grandes paquetes de fuegos artificiales de muchas clases y formas, todos marcados con una gran G ᚷ roja y la runa élfica, ᚹ.

Era la marca de Gandalf, naturalmente, y el viejo era Gandalf el Mago, famoso en la Comarca principalmente por su habilidad con los fuegos, el humo y las luces. La verdadera ocupación de Gandalf era mucho más difícil y peligrosa, pero el pueblo de la Comarca no lo sabía. Para ellos Gandalf no era más que una de las «atracciones» de la fiesta. De ahí la excitación de los niños hobbits.

—¡La G es de Grande! —gritaban, y el viejo sonreía. Lo conocían de vista, aunque sólo aparecía en Hobbiton ocasionalmente y nunca se detenía mucho tiempo. Pero ni ellos ni nadie, excepto los más viejos de los más viejos, habían visto sus fuegos artificiales, que ya pertenecían a un pasado legendario.

Cuando el viejo, ayudado por Bilbo y algunos enanos, terminó de descargar, Bilbo repartió unas monedas, pero ningún petardo ni ningún buscapié, ante la decepción de los espectadores.

—¡Y ahora, fuera! —dijo Gandalf—. Tendréis de sobra a su debido tiempo.

Desapareció en el interior de la casa junto con Bilbo, y la puerta se cerró. Los niños hobbits se quedaron un rato mirando la puerta en vano, y se alejaron con la sensación de que el día de la fiesta no llegaría nunca.

Bilbo y Gandalf estaban sentados en una pequeña habitación de Bolsón Cerrado, frente a una ventana abierta que miraba al oeste sobre el jardín. La tarde era clara y serena. Las flores brillaban, rojas y doradas; bocas de dragón, girasoles y capuchinas cubrían los muros poblados de hierba y se asomaban a las ventanas redondas.

—¡Qué hermoso luce tu jardín! —dijo Gandalf.

—Sí —respondió Bilbo—, le tengo mucho cariño, lo mismo que a toda la vieja Comarca, pero creo que necesito unas vacaciones.

—¿Quieres decir que seguirás adelante con tu plan?

—Así es. Me decidí hace meses, y no he cambiado de parecer.

—Muy bien. No es necesario decir nada más. Sigue con tu plan, me refiero a tu plan completo, y creo que dará buenos resultados, para ti y para todos nosotros.

—Así lo espero. De cualquier modo, quiero divertirme el jueves y hacer mi pequeña broma.

—No sé si alguien se reirá —dijo Gandalf, negando con la cabeza.

—Veremos —respondió Bilbo.

Al día siguiente, más y más carros subieron por la Colina. Hubo sin duda alguna queja a propósito de esta falta de «comercio local» pero esa misma semana Bolsón Cerrado empezó a emitir pedidos de toda clase de provisiones, mercancías y costosos manjares que pudieran obtenerse en Hobbiton, Delagua o cualquier otro lugar de la vecindad. La gente se entusiasmó; comenzó a contar los días en el calendario, mientras esperaba ansiosamente al cartero deseando que les llevara una invitación.

Muy pronto las invitaciones comenzaron a salir a raudales y la oficina de correos de Hobbiton quedó inundada, y la de Delagua abrumada, y hubo que contratar a carteros voluntarios. Una constante riada de carteros trepó por la colina llevando cientos de corteses variantes de: *Gracias, iré con mucho gusto*.

En la entrada de Bolsón Cerrado apareció un cartel que decía: PROHIBIDA LA ENTRADA EXCEPTO POR ASUNTOS DE LA FIESTA. Aun a aquellos que se ocupaban o pretendían ocuparse de asuntos de la fiesta raras veces se les permitió la entrada. Bilbo trabajaba: escribiendo invitaciones, registrando respuestas, envolviendo regalos y haciendo algunos preparativos privados. Había permanecido oculto desde la llegada de Gandalf.

Una mañana, los hobbits despertaron y vieron que el gran prado que se extendía al sur de la puerta principal de Bilbo estaba cubierto con cuerdas y estacas para tiendas y pabellones. Se había abierto una entrada especial en la cuesta junto al camino, y se habían construido allí unos escalones anchos y una gran puerta blanca. Las tres familias hobbits de Bolsón de Tirada, en el terreno lindero, estaban muy interesadas y eran envidiadas por todos. El Tío Gamyi hasta dejó de aparentar que trabajaba en el jardín.

Los pabellones comenzaron a elevarse. Había uno particularmente amplio, tan grande que el árbol que crecía en el terreno cabía dentro, y se erguía orgullosamente a un lado, a la cabecera de la mesa principal. Se colgaron linternas de todas las ramas. Y había algo aún más prometedor para la mentalidad hobbit: se levantó una enorme cocina al aire libre, en la esquina norte del campo. Un ejército de cocineros, procedentes de todas las posadas y casas de comidas de muchas millas a la redonda, llegó para ayudar a los enanos y a todos los curiosos personajes que estaban acuartelados en Bolsón Cerrado. La excitación llegó a su punto culminante.

De pronto el cielo se nubló. Esto ocurrió el miércoles, víspera de la fiesta. La ansiedad era intensa. Amaneció el esperado jueves 22 de septiembre. El sol se levantó, las nubes desaparecieron, se enarbolaron las banderas, y la diversión comenzó.

Bilbo Bolsón la llamaba una «fiesta», pero era en realidad una variedad de entretenimientos combinados. Prácticamente todos los que vivían cerca habían sido invitados. Muy pocos fueron omitidos por error, pero esto no tuvo importancia, pues acudieron de todos modos. Además había sido invitada mucha gente de otras partes de la Comarca, y hasta unos pocos de más allá de las fronteras. Bilbo recibía a los invitados (y acompañantes) en persona junto a la nueva puerta blanca. Repartió regalos a todos, y diversos, estos últimos eran los que salían al fondo del campo y volvían a entrar por la puerta principal. Los hobbits, cuando cumplían años, hacían regalos a los demás. Regalos no muy caros, generalmente, y no tan pródigos como en esta ocasión; pero no era un mal sistema. En verdad, en Hobbiton y en Delagua, todos los días del año era el cumpleaños de alguien y, por lo tanto, todo hobbit tenía una oportunidad segura de recibir un regalo al menos una vez por semana. Nunca se cansaban de los regalos.

En esta ocasión los regalos fueron desacostumbradamente buenos. Los niños hobbits estaban tan excitados que por un rato casi se olvidaron de comer. Había juguetes nunca vistos, todos hermosos y algunos evidentemente mágicos. Muchos de ellos habían sido encargados un año antes y los habían traído de la Montaña y de Valle, y eran piezas auténticas, fabricadas por enanos.

Cuando todos los invitados hubieron sido recibidos, y finalmente estuvieron dentro del recinto, hubo canciones, danzas, música, juegos, y naturalmente, comida y bebida. Había tres comidas oficiales: almuerzo, merienda y cena, pero el almuerzo y la merienda se distinguieron principalmente por el hecho de que entonces todos los invitados estaban sentados y comían juntos. En otros momentos simplemente había mucha gente que comía y bebía, sin interrupción, desde las once de la mañana hasta las seis y media, hora en que comenzaron los fuegos artificiales.

Los fuegos artificiales eran de Gandalf; no sólo los había traído, sino que los había inventado y fabricado; y él mismo encendió los más espectaculares, las piezas fijas y los cohetes que volaban. Hubo también una generosa distribución de buscapiés, petardos, latigazos, estrellitas, antorchas, velas de enano, fuentes élficas, trasgos ladradores y truenos; todos soberbios. El arte de Gandalf progresaba con los años.

Hubo cohetes como un vuelo de pájaros centelleantes, de dulces voces; hubo árboles verdes, con troncos de humo oscuro, cuyas hojas se abrían súbitamente en un completo despliegue primaveral; de las ramas brillantes caían flores resplandecientes sobre los hobbits maravillados y desaparecían dejando un suave aroma en el instante mismo en que ya iban a tocar los rostros vueltos hacia arriba. Hubo fuentes de mariposas que volaban entre los árboles, columnas de fuegos coloreados que se elevaban transformándose en águilas, o barcos de vela, o una bandada de cisnes volando. Hubo una tormenta con relámpagos rojos y un chubasco de lluvia amarilla, y un bosque de lanzas plateadas que de repente despegaron con alaridos de batalla, y cayeron en El Agua siseando como un centenar de serpientes enardecidas. Y también hubo una última sorpresa dedicada a Bilbo, que dejó atónitos a los hobbits, como lo deseaba Gandalf. Las luces se apagaron; una gran humareda subió en el aire, tomando la forma de una montaña lejana que comenzó a fulgurar en la cima, vomitando llamas escarlatas y verdes. Y de esas llamas salió volando un dragón rojo y dorado, no de tamaño real, pero sí de aspecto terriblemente realista. Le brotaba fuego de la boca y le relampagueaban los ojos. Se oyó un rugido y el dragón pasó tres veces como una exhalación sobre las cabezas de la multitud. Todos se agacharon y muchos cayeron de bruces. El dragón pasó por encima de ellos como un tren expreso, dio un salto mortal, y estalló sobre Delagua con un estruendo ensordecedor.

—¡La señal para la cena! —dijo Bilbo.

El susto y la alarma se disiparon inmediatamente y los postrados hobbits se incorporaron de un salto. Hubo una espléndida cena para todos, excepto los invitados a la cena especial de la familia que se sirvió en el pabellón donde estaba el árbol. Las invitaciones se habían limitado a doce docenas (un número que los hobbits llamaban una gruesa, aunque el término no se considerara apropiado en referencia a personas) y los invitados fueron seleccionados entre todas las familias a las que Bilbo y

Frodo estaban unidos por lazos de parentesco, aparte de unos pocos amigos especiales, como Gandalf. Se incluyeron muchos niños hobbits, con el permiso de las familias, pues los hobbits no daban mucha importancia a la necesidad de acostar temprano a los niños, y los sentaban a la mesa junto con los mayores, sobre todo si había una oportunidad de conseguirles una comida gratis. Hacían falta muchas vituallas para criar a los niños hobbits.

Había muchos de los Bolsón y de los Boffin, también de los Tuk y los Brandigamo; varios de los Cavada, parientes de la abuela de Bilbo Bolsón, y varios Redondo, relacionados con el abuelo Tuk; y una selección de los Madriguera, Bolger, Ciñatiesa, Tejonera, Tallabuena, Corneta y Ganapié. Algunos sólo eran parientes lejanos de Bilbo, y otros apenas habían estado alguna vez en Hobbiton, pues vivían en rincones remotos de la Comarca. Los Sacovilla-Bolsón no habían sido olvidados. Estaban presentes Otho y su esposa Lobelia. Le tenían antipatía a Bilbo y detestaban a Frodo, pero les pareció que no era posible rechazar una invitación escrita con tinta dorada en una magnífica tarjeta. Además, su primo Bilbo se había especializado en la buena cocina durante muchos años, y los manjares de su mesa tenían mucha fama.

Los ciento cuarenta y cuatro invitados, sin excepción, esperaban un banquete agradable, aunque temían el discurso del anfitrión después de la cena (inevitable ítem). Bilbo tendía a insertar fragmentos de algo que él llamaba poesía, y algunas veces, después de una copa o dos, aludía a las absurdas aventuras de su misterioso viaje. Los invitados no quedaron decepcionados; el banquete fue *muy* agradable, de hecho, un entretenimiento fascinante: rico, abundante, variado y prolongado. En toda la región, la adquisición de provisiones fue prácticamente nula durante la semana siguiente, pero eso no importaba, pues

Bilbo había agotado las reservas de la mayoría de las tiendas, bodegas y almacenes en muchas millas a la redonda.

Cuando el banquete estaba terminando (más o menos), llegó el Discurso. Sin embargo, a esas alturas la mayor parte de los invitados se encontraba de un humor tolerante, en ese delicioso estado en que «se rellenaban los últimos recovecos» como ellos decían. Estaban sorbiendo ahora sus bebidas favoritas y saboreando sus manjares predilectos, y ya no tenían nada que temer. Por lo tanto estaban preparados para escuchar cualquier cosa y aplaudir en todas las pausas.

Mi querido pueblo, comenzó Bilbo levantándose de su silla.

—¡Atención, atención! —gritaron todos a coro, al parecer poco dispuestos a cumplir lo que ellos mismos aconsejaban. Bilbo dejó su lugar y se subió a una silla bajo el árbol iluminado. La luz de las lámparas le caía sobre la cara radiante; en el chaleco de seda resplandecían unos botones dorados. Todos podían verlo de pie, agitando una mano en el aire y con la otra metida en el bolsillo del pantalón.

Mis queridos Bolsón y Boffin, comenzó nuevamente, *y mis queridos Tuk y Bolger, y Brandigamo y Cavada y Redondo y Madriguera y Corneta y Bolger, Ciñatiesa, Tallabuena, Tejonera y Ganapié.*

—¡Ganapiés! —gritó un viejo hobbit desde el fondo del pabellón. Su apellido, naturalmente, era Ganapié, y se lo había ganado: sus pies, que había puesto sobre la mesa, eran grandes y excepcionalmente velludos.

Ganapié, repitió Bilbo. *También mis buenos Sacovilla-Bolsón, a quienes doy por fin la bienvenida a Bolsón Cerrado. Hoy es mi cumpleaños centésimo décimo primero: ¡tengo ciento once años!*

—¡Hurra! ¡Hurra! ¡Por muchos años! —gritaron los hobbits golpeando alegremente sobre las mesas. Bilbo estaba magnífico. Ése era el tipo de discurso que les gustaba: corto y obvio.

Deseo que lo estén pasando tan bien como yo.

Se oyeron aplausos ensordecedores y gritos de *Sí* (y *No*). Ruido de trompetas y cuernos, pitos y flautas, y otros instrumentos musicales. Había muchos niños hobbits, como se ha dicho; e hicieron reventar cientos de petardos musicales; casi todos traían estampada la marca VALLE, lo que no significaba mucho para la mayoría de los hobbits, aunque todos estaban de acuerdo en que eran petardos maravillosos. Dentro de los petardos venían unos instrumentos pequeños, pero de fabricación perfecta y sonidos encantadores. De hecho, en un rincón, algunos de los jóvenes Tuk y Brandigamo, pensando que el tío Bilbo había terminado (pues era evidente que había dicho todo lo que tenía que decir), improvisaron una orquesta y se pusieron a tocar una alegre pieza bailable. El señor Everardo Tuk y la señorita Melilot Brandigamo se subieron a una mesa, y llevando unas campanitas en las manos empezaron a bailar el «Anillo de lazada», una bonita danza, aunque algo vigorosa.

Pero Bilbo no había terminado. Arrebatándole la corneta a un niño que estaba cerca, se la llevó a la boca, y sopló tres veces con fuerza. El ruido se calmó.

¡No les distraeré mucho tiempo!, gritó Bilbo entre aplausos. *Los he reunido a todos con un Propósito.* Algo en el tono de Bilbo impresionó entonces a los hobbits; se hizo casi el silencio. Uno o dos Tuk alzaron las orejas.

En realidad, con tres Propósitos. En primer lugar, para poder decirles que los quiero inmensamente y que ciento once años son demasiado pocos entre hobbits tan excelentes y admirables.

Tremendo estallido de aprobación.

No conozco a la mitad de ustedes, ni la mitad de lo que querría, y quiero a menos de la mitad de ustedes la mitad de lo que se merecen.

Esto fue inesperado y bastante difícil. Se oyeron algunos aplausos aislados, pero la mayoría se quedó callada, tratando de descifrar las palabras de Bilbo, y viendo si podía entenderlas como un cumplido.

En segundo lugar, para celebrar mi cumpleaños.

Nuevos aplausos.

Tendría que decir: NUESTRO cumpleaños, pues es también el cumpleaños de mi sobrino y heredero Frodo. Hoy entra en la mayoría de edad y toma posesión de la herencia.

Se volvieron a escuchar algunos aplausos superficiales de los mayores y algunos gritos altos de «¡Frodo! ¡Frodo! ¡Viva el viejo Frodo!» de los más jóvenes. Los Sacovilla-Bolsón fruncieron el ceño y se preguntaron qué habría querido decir Bilbo con las palabras «posesión de la herencia».

Juntos sumamos ciento cuarenta y cuatro años. El número de ustedes fue elegido para corresponder a este notable total, una gruesa, si se me permite la expresión. Ningún aplauso. Aquello resultaba ridículo. Muchos de los invitados, especialmente los Sacovilla-Bolsón, se sintieron insultados, entendiendo que se los había invitado sólo para completar un número, como mercaderías en un paquete. «Así que una gruesa. ¡Qué expresión tan vulgar!»

También es, si me permiten que me refiera a la historia antigua, el aniversario de mi llegada en tonel a Esgaroth, en Lago Largo, aunque en aquella ocasión olvidé por completo que era mi cumpleaños. Sólo tenía cincuenta y uno entonces, y cumplir años no me parecía tan importante. El banquete fue espléndido, en todo caso, aunque recuerdo que yo estaba muy acatarrado, y sólo pude decir «Mucha gracia». Ahora les digo más correctamente: Muchas gracias por asistir a mi pequeña fiesta. Silencio obstinado. Todos temían la inminencia de alguna canción o algún poema, y estaban empezando a aburrirse. ¿Por qué no podía terminar de hablar y dejarlos beber a su salud? Pero Bilbo ni cantó ni recitó. Hizo una breve pausa.

En tercer lugar, y finalmente, ¡quiero ANUNCIAR algo! Pronunció la última parte en voz tan alta y tan repentinamente que quienes todavía podían se incorporaron en seguida en sus sillas. *Lamento anunciarles que, aunque ciento once años es tiempo demasiado breve para vivir entre ustedes, como ya he dicho, esto es el FIN. Me voy. Me despido AHORA. ¡ADIÓS!*

Bilbo bajó de la silla y desapareció: hubo un fogonazo enceguecedor y todos los invitados parpadearon; y cuando abrieron de nuevo los ojos, Bilbo ya no estaba. Ciento cuarenta y cuatro hobbits miraron boquiabiertos y sin habla; el viejo Odo Ganapié quitó los pies de encima de la mesa y pateó el suelo. Siguió un silencio mortal, hasta que de pronto, después de unos profundos suspiros, todos los Bolsón, Boffin, Tuk, Brandigamo, Cavada, Redondo, Madriguera, Bolger, Ciñatiesa, Tejonera, Tallabuena, Corneta y Ganapié, comenzaron a hablar al mismo tiempo.

La mayoría estuvo de acuerdo en que la broma había sido de muy mal gusto, y necesitaban más comida y bebida para curarse de la impresión y el mal rato. «Está loco. Siempre lo dije» fue quizá el comentario más popular. Hasta los Tuk (excepto unos pocos) pensaron que la conducta de Bilbo había sido absurda, y casi todos dieron por sentado que la desaparición no era más que una travesura ridícula.

Pero el viejo Rory Brandigamo no estaba tan seguro. Ni la edad ni la gran comilona le habían nublado la razón, y le dijo a su nuera Esmeralda:

—¡En todo esto hay algo sospechoso, querida! Yo creo que el loco Bolsón ha vuelto a marcharse. Viejo tonto. Pero ¿para qué preocuparnos, si no se ha llevado las vituallas?

Llamó a voces a Frodo para que ordenase servir más vino.

Frodo era el único de los presentes que no había dicho nada. Durante un tiempo permaneció en silencio, junto a la silla vacía de Bilbo, ignorando todas las preguntas y conjeturas. Se había divertido con la broma, naturalmente, aunque estaba prevenido. Le había costado contener la risa ante la sorpresa indignada de los invitados, pero al mismo tiempo se sentía perturbado de veras; descubría de pronto que amaba tiernamente al viejo hobbit. La mayor parte de los invitados continuó bebiendo, comiendo y discutiendo las excentricidades presentes y pasadas de Bilbo Bolsón, pero los Sacovilla-Bolsón se fueron en seguida, furiosos. Frodo ya no quiso saber nada de la fiesta; ordenó servir más vino, se puso de pie, vació la copa en silencio, a la salud de Bilbo, y se marchó sigilosamente del pabellón.

En cuanto a Bilbo Bolsón, mientras pronunciaba el discurso no dejaba de juguetear con el anillo de oro que tenía en el bolsillo, el anillo mágico que había guardado en secreto tantos años. Cuando bajó de la silla se deslizó el anillo en el dedo, y ningún hobbit volvió a verlo en Hobbiton.

Regresó a su agujero a paso vivo, y se quedó allí unos instantes, escuchando con una sonrisa la algarabía del pabellón y de las alegres celebraciones que venían de otros lugares del campo. Luego entró en su casa. Se quitó la ropa de fiesta, dobló y envolvió en papel de seda el chaleco de seda bordado, y lo guardó. Se puso rápidamente algunas viejas vestiduras y se ciñó un viejo cinturón de cuero alrededor de la cintura. De él colgó una espada corta, en una desgastada vaina de cuero negro. De una gaveta cerrada con llave que olía a bolas de alcanfor tomó un viejo manto y una capucha. Habían estado guardados bajo llave como si fuesen un tesoro, pero estaban tan remendados y desteñidos por el tiempo que el color original apenas podía adivinarse —verde oscuro quizá—; eran demasiado grandes para él. Luego fue a su estudio, abrió un gran cofre reforzado y sacó un atado envuelto en viejos trapos, un manuscrito encuadernado en cuero, y un gran sobre abultado. Puso el libro y el atado dentro de una pesada bolsa que ya estaba casi llena. Metió dentro del sobre el anillo de oro con su cadena, selló el sobre, y escribió el nombre de Frodo. En un principio lo puso sobre la repisa de la chimenea, pero casi en seguida cambió de idea y se lo guardó en el bolsillo. En ese momento se abrió la puerta y Gandalf entró apresuradamente.

—Qué hay —dijo Bilbo—, me estaba preguntando si vendrías.

—Me alegra encontrarte visible —repuso el mago, sentándose en una silla—. Quería decirte unas pocas palabras finales antes de que te marcharas. Supongo que crees que todo ha salido espléndidamente, y de acuerdo con tu plan.

—Sí, lo creo —dijo Bilbo—. Aunque el fogonazo me sorprendió. Me sobresalté de veras, y no digamos nada de los otros. ¿Fue una pequeña adición tuya?

—Sí. Tuviste la prudencia de mantener en secreto el anillo todos estos años y me pareció necesario dar a los invitados algo que pudiera explicar tu repentina desaparición.

—Y me arruinaste la broma. Eres un viejo entrometido —rio Bilbo—; pero supongo que tienes razón, como de costumbre.

—Cuando la tengo, sí. Pero no estoy muy convencido de todo este asunto. En todo caso, ya ha llegado a su punto final. Has hecho tu broma, has alarmado u ofendido a la mayoría de tus parientes, y has dado a toda la Comarca algo de qué hablar durante nueve días, o probablemente, noventa y nueve. ¿Piensas ir más lejos?

—Sí, lo haré. Tengo necesidad de unas vacaciones; unas vacaciones muy largas, como ya te he dicho; probablemente unas vacaciones permanentes. No creo que vuelva. De hecho, no tengo intención de volver, y he hecho todos los arreglos necesarios.

»Estoy viejo, Gandalf; no lo parezco, pero estoy comenzando a sentirlo en el fondo de mi corazón. *¡Bien conservado!* —resopló—. En verdad me siento delgado, *estirado*, de algún modo, si me entiendes; como un trocito de mantequilla extendido sobre demasiado pan. Eso no puede ser. Necesito un cambio, o algo.

Gandalf lo miró curiosa y atentamente.

—No, eso no puede ser —dijo pensativo—. No, después de todo, creo que será mejor que sigas adelante con tu plan.

—De cualquier manera, ya he tomado la decisión. Quiero volver a ver las montañas, Gandalf... *montañas*; y luego encontrar algún lugar donde pueda *descansar*, en paz y tranquilo, sin un montón de parientes merodeando y una sarta de malditos visitantes colgados de la campanilla. Podría encontrar un lugar donde pueda terminar mi libro. He pensado en un hermoso final para él: *Vivió feliz para siempre, hasta el fin de sus días.*

Gandalf rio.

—Que así sea. Pero nadie leerá el libro, cualquiera que sea el final.

—Oh, podrían leerlo, en años venideros. Frodo ha leído algo a medida que lo iba escribiendo. Echarás un ojo a Frodo, ¿verdad?

—Sí lo haré; echaré dos ojos siempre que pueda.

—Naturalmente, Frodo habría venido conmigo, si se lo hubiese pedido. De hecho, me lo ofreció una vez, justo antes de la fiesta, pero él aún no lo desea de veras. Quiero ver de nuevo las tierras salvajes y las montañas, antes de morir. Frodo todavía ama la Comarca, con sus campos, bosques y arroyos. Estará cómodo aquí. Le dejaré todo, naturalmente, excepto unas pocas menudencias. Espero que sea feliz cuando se acostumbre a estar solo. Ya es hora de que sea su propio dueño.

—¿Todo? —dijo Gandalf—. ¿También el anillo? Recordarás que lo prometiste.

—Bueno... sí, supongo que sí —tartamudeó Bilbo.

—¿Dónde está?

—Ya que quieres saberlo, en un sobre —dijo Bilbo con impaciencia—. Allí, sobre la repisa de la chimenea. Bueno, ¡no! ¡Lo tengo aquí, en el bolsillo! —Titubeó y murmuró entre dientes—: Qué raro. Después de todo, sí, ¿por qué no? ¿Por qué no dejarlo donde está?

Gandalf volvió a mirar a Bilbo muy duramente, con un fulgor en los ojos.

—Creo, Bilbo —dijo con calma—, que yo lo dejaría. ¿No es lo que deseas?

—Bueno, sí y no. Ahora que tocamos el tema, te diré que no me gusta separarme de él. Y la verdad es que no sé por qué habría de hacerlo. ¿Por qué quieres que lo haga? —preguntó Bilbo, y la voz le cambió de un modo extraño. Hablaba ahora en un tono áspero, suspicaz y molesto—. Tú estás siempre fastidiándome con el anillo, y nunca con las otras cosas que traje del viaje.

—Tuve que fastidiarte —dijo Gandalf—. Quería conocer la verdad. Era importante. Los anillos mágicos son... bueno, mágicos; raros y curiosos. Se podría decir que estaba profesionalmente interesado en tu anillo, y todavía lo estoy. Me gustaría saber por dónde anda, si te marchas de nuevo. Y también pienso que ya lo has tenido bastante tiempo. Ya no lo necesitarás, Bilbo, a menos que yo me equivoque.

Bilbo enrojeció y un resplandor colérico le encendió la mirada. El rostro bondadoso se le endureció de pronto.

—¿Por qué no? —gritó—. ¿Y qué te importa saber lo que hago con mis propias cosas? Es mío. Yo lo encontré. Él vino a mí.

—Sí, sí —dijo Gandalf—. Pero no hace falta enojarse.

—Si me enojo, es por tu culpa —dijo Bilbo—. Te vuelvo a repetir que es mío. Mío. Mi tesoro. Sí, mi tesoro.

La cara del mago seguía grave y atenta, y sólo una luz vacilante en sus profundos ojos mostraba que estaba asombrado, y aun alarmado.

—Alguien lo llamó así —dijo—, y no fuiste tú.

—Pero yo lo llamo así ahora. ¿Por qué no? Aunque una vez Gollum haya dicho lo mismo. Ya no es de él, sino mío, y repito que lo conservaré.

Gandalf se puso de pie. Habló con severidad.

—Serás un tonto si lo haces, Bilbo —dijo—. Cada palabra que dices lo muestra más claramente. Tiene demasiado poder sobre ti. ¡Déjalo! Entonces podrás irte, y serás libre.

—Iré adonde quiera y haré lo que me dé la gana —continuó Bilbo con obstinación.

—¡Ya, ya, mi querido hobbit! —dijo Gandalf—. Durante toda tu larga vida hemos sido amigos y algo me debes. ¡Vamos! ¡Haz lo que prometiste, déjalo!

—¡Bueno, si tú quieres mi anillo, dilo! —gritó Bilbo—. Pero no lo tendrás. No entregaré mi tesoro, te lo advierto.

La mano del hobbit se acercó tentativamente hacia la empuñadura de la pequeña espada.

Los ojos de Gandalf relampaguearon.

—Pronto me tocará a mí enojarme —dijo—. Atrévete a repetirlo, y verás al descubierto a Gandalf el Gris.

Gandalf dio un paso hacia el hobbit y pareció agrandarse, amenazante, y su sombra llenó la pequeña habitación.

Bilbo retrocedió hacia la pared, respirando pesadamente, la mano apretada sobre el bolsillo. Se enfrentaron un momento, observándose mutuamente, y el aire vibró en la habitación. Los ojos de Gandalf se quedaron clavados en el hobbit. Bilbo aflojó poco a poco las manos, y se echó a temblar.

—No me lo explico, Gandalf —dijo—. Nunca te había visto así antes. ¿Qué ocurre? Es mío, ¿no es verdad? Yo lo encontré y Gollum me habría matado si no lo hubiera tenido conmigo. No soy un ladrón, diga lo que diga.

—Nunca te llamé ladrón —respondió Gandalf—, y yo tampoco lo soy. No estoy tratando de robarte, sino de ayudarte. Sería bueno que confiaras en mí, como hasta ahora.

Se volvió, y la sombra se esfumó en el aire. Gandalf pareció achicarse hasta convertirse nuevamente en un viejo gris, encorvado e inquieto.

Bilbo se restregó los ojos.

—Lo lamento, pero me siento muy raro, y sin embargo sería un alivio, en cierto modo, que no me molestara más. Me ha obsesionado tanto en los últimos tiempos. A veces me parecía un ojo que me miraba. Siempre me veo con ganas de ponérmelo y desaparecer, ¿sabes?, o preguntándome si está seguro, sacándolo del bolsillo para comprobarlo. Traté de guardarlo bajo llave, pero me di cuenta de que no podía descansar si no lo tenía en el bolsillo. No sé por qué. Y no me siento capaz de llegar a una conclusión clara.

—Entonces confía en la mía —dijo Gandalf—. Está muy clara. Vete y déjalo. Renuncia a tenerlo y dáselo a Frodo, a quien yo cuidaré.

Bilbo se quedó un momento tenso e indeciso. Al fin suspiró y dijo con esfuerzo:

—Bien, lo haré. —Se encogió de hombros y sonrió tristemente—. Al fin y al cabo, para esto se hizo la fiesta: para regalar muchas cosas, y en cierto modo para que no me costara tanto dejar también el anillo. No ha sido fácil al final, pero sería una lástima desperdiciar tantos preparativos. Arruinaría la broma por completo.

—En efecto —respondió Gandalf—. Suprimiría el único motivo que siempre le vi al asunto.

—Muy bien —dijo Bilbo—, se lo dejaré a Frodo con todo lo demás. —Tomó aliento—. Y ahora tengo que partir, o alguien me pescará. Ya he dicho adiós y no tendría fuerzas para empezar otra vez.

Agarró la maleta y fue hacia la puerta.

—Todavía tienes el anillo en el bolsillo —dijo el mago.

—¡Sí, es cierto! —exclamó Bilbo—. Y mi testamento, y todos los otros documentos también. Es mejor que los tomes tú y los entregues en mi nombre. Será lo más seguro.

—No, no me des el anillo —dijo Gandalf—. Ponlo sobre la repisa de la chimenea. Estará seguro allí hasta que llegue Frodo; yo lo esperaré.

Bilbo sacó el sobre, y justo en el momento en que lo colocaba junto al reloj, le tembló la mano, y el paquete cayó al suelo. Antes que pudiera levantarlo, el mago se agachó, lo recogió y lo puso en su lugar. Un espasmo de rabia fugaz desfiguró la cara del hobbit otra vez, pero de repente se transformó en un gesto de alivio y en una risa.

—Bien, ya está —comentó—. Ahora sí, ¡me voy!

Pasaron al vestíbulo. Bilbo tomó su bastón favorito, y silbó. Tres enanos salieron de tres habitaciones distintas, donde habían estado trabajando.

—¿Está todo listo? —preguntó Bilbo—. ¿Todo embalado y etiquetado?

—Todo —contestaron.

—¡Entonces, en marcha! —Y salió por la puerta principal.

Era una bonita noche y se veía el cielo oscuro salpicado de estrellas. Bilbo miró, olfateando el aire.

—¡Qué alegría! ¡Qué alegría partir otra vez, ponerme en camino con los enanos! ¡Años y años estuve esperando este momento! ¡Adiós! —dijo mirando a su viejo hogar e inclinándose delante de la puerta—. ¡Adiós, Gandalf!

—Adiós por ahora, Bilbo. ¡Ten cuidado! Eres suficientemente mayor y quizá suficientemente sabio.

—¡Tener cuidado! Me trae sin cuidado. ¡No te preocupes por mí! Me siento más feliz que nunca, lo que es mucho decir. Pero la hora ha llegado. Al fin me voy adonde me lleven los pies.

En seguida, en voz baja, como para sí mismo, se puso a cantar en la oscuridad:

> *Sigue y sigue siempre el Camino*
> *desde la puerta de la que vino.*
> *Lejano corre ya en Sendero,*
> *y he de proseguirlo, si puedo;*
> *con paso alegre emprendido*
> *al camino ancho unido*
> *de mil senderos y encargos al encuentro.*
> *¿Y de ahí adónde iré? Decirlo, no puedo.*

Bilbo se detuvo en silencio, un momento. Luego, sin pronunciar una palabra, se alejó de las luces y voces de del campo y las tiendas, y seguido por sus tres compañeros dio media vuelta y entró en el jardín, y bajó trotando la larga pendiente. Saltó el seto donde menos altura tenía y fue hacia los prados, internándose en la noche como un susurro de viento entre las briznas.

Gandalf se quedó un momento mirando cómo desaparecía en la oscuridad.

—Adiós, mi querido Bilbo, hasta nuestro próximo encuentro —dijo dulcemente, y entró en la casa.

Frodo llegó poco después y encontró a Gandalf sentado en la penumbra y absorto en sus pensamientos.

—¿Ya se ha ido? —le preguntó.

—Sí —respondió Gandalf—, al fin se ha ido.

—Deseaba, es decir, esperaba hasta esta tarde que todo fuese una broma —dijo Frodo—. Pero el corazón me decía que realmente se marchaba. Siempre bromeaba sobre cosas serias. Lamento no haber venido antes para verlo partir.

—Bueno, creo que al fin prefirió irse sin alboroto —dijo Gandalf—. No te preocupes tanto. Se encontrará bien, ahora. Dejó un paquete para ti. ¡Ahí está!

Frodo tomó el sobre de la repisa, le echó una mirada, pero no lo abrió.

—Creo que adentro encontrarás el testamento y todos los otros papeles —dijo el mago—. Tú eres ahora el amo de Bolsón Cerrado. Supongo que encontrarás también un anillo de oro.

—¡El anillo! —exclamó Frodo—. ¿Me ha dejado el anillo? Me pregunto por qué. Bueno, quizá me sirva de algo.

—Puede que sí, y puede que no —dijo Gandalf—. En tu lugar, yo no lo usaría. Pero guárdalo en secreto, ¡y en un lugar seguro! Bien, me voy a la cama.

Como amo de Bolsón Cerrado, Frodo sintió que era su penoso deber despedir a los huéspedes. A aquellas horas, los rumores sobre extraños acontecimientos se habían diseminado por el campo, pero Frodo se limitó a decir que sin duda todo se aclararía por la mañana. Alrededor de medianoche comenzaron a llegar los carruajes de la gente importante, y así fueron desapareciendo, uno tras otro, cargados con hobbits, llenos pero insatisfechos. Aparecieron los jardineros, que habían sido contratados para trasladar en carretillas a quienes habían quedado rezagados.

La noche pasó lentamente. Salió el sol. Los hobbits se levantaron bastante más tarde y la mañana prosiguió. Llegó gente con órdenes de despejar los pabellones y quitar mesas, sillas, cucharas, cuchillos, botellas, platos, linternas, macetas de arbustos en flor, migajas, envoltorios de petardos, carteras, pañuelos y guantes olvidados, y alimentos no consumidos, que eran muy pocos. Luego llegó una serie de personas no solicitadas: los Bolsón, Boffin, Bolger, Tuk, y otros huéspedes que vivían o andaban cerca. Hacia el mediodía, cuando hasta los más comilones ya estaban de regreso, había en Bolsón Cerrado una gran multitud, no invitada, pero no inesperada.

Frodo los esperaba en la escalera, sonriendo, aunque con aire fatigado y preocupado. Saludó a todos los visitantes, pero no les pudo dar más explicaciones que en la víspera. Respondía a todas las preguntas del mismo modo:

—El señor Bilbo Bolsón se ha ido; creo que para siempre.

Invitó a algunos de los visitantes a entrar en la casa, pues Bilbo había dejado «mensajes» para ellos.

Dentro del vestíbulo había apilada una gran cantidad de paquetes, bultos y mueblecitos. Cada uno de ellos tenía una etiqueta. Había varias de este tipo:

Para ADELARDO TUK, de veras PARA ÉL, estaba escrito sobre un paraguas. Adelardo se había llevado muchos de ellos sin etiqueta.

Para DORA BOLSÓN, en recuerdo de una LARGA correspondencia, con el cariño de Bilbo, en una gran papelera. Dora era la hermana de Drogo, y la pariente viva más anciana de Bilbo y Frodo; tenía noventa y nueve años y había escrito resmas de buenos consejos durante más de medio siglo.

Para MILO MADRIGUERA, deseando que le sea útil, de B. B., en una pluma de oro y una botella de tinta. Milo nunca contestaba las cartas.

Para uso de ANGÉLICA, del tío Bilbo, en un espejo convexo y redondo. Era una joven Bolsón que evidentemente se creía bonita.

Para la colección de HUGO CIÑATIESA, de un contribuyente, en una estantería (vacía). Hugo solía pedir libros prestados y se le daba peor que a la mayoría devolverlos.

Para LOBELIA SACOVILLA-BOLSÓN, como REGALO, en una caja de cucharas de plata. Bilbo creía que Lobelia se había apoderado de una buena cantidad de sus cucharas mientras él estaba ausente, en el viaje anterior. Lobelia lo sabía muy bien. Entendió en seguida la ironía, pero también aceptó las cucharas.

Esto es sólo una pequeña muestra del conjunto de regalos. Durante el curso de su larga vida, la residencia de Bilbo se había ido atestando de cosas. El desorden era habitual en las cuevas de los hobbits, y esto se debía principalmente a la costumbre de hacerse tantos regalos de cumpleaños. Por supuesto, los regalos no eran siempre nuevos; había uno o dos viejos mathoms de uso olvidado que habían circulado por todo el distrito, pero Bilbo tenía el hábito de regalar cosas nuevas y de guardar los regalos que recibía. El viejo agujero estaba ahora despejándose un poco.

Los regalos de despedida tenían todos la correspondiente etiqueta, escrita por el mismo Bilbo, y en varias aparecían agudezas o bromas. Pero, naturalmente, la mayoría de las cosas estaban destinadas a quienes las necesitaban, y fueron recibidas con agrado. Tal fue el caso de los más pobres, especialmente los vecinos de Bolsón de Tirada. El Tío Gamyi recibió dos bolsas de patatas, una nueva pala, un chaleco de lana y una botella de ungüento para sus crujientes articulaciones. El viejo Rory Brandigamo, como recompensa por tanta hospitalidad, recibió una docena de botellas de Viejos Viñedos, un fuerte vino tinto de la Cuaderna del Sur, bastante añejo, pues había sido guardado por el padre de Bilbo. Rory perdonó a Bilbo y después de la primera botella lo proclamó un gran hobbit.

A Frodo le dejó muchísimas cosas y, por supuesto, los tesoros principales. También libros, cuadros y una gran cantidad de muebles. Sin embargo, no hubo rastro ni mención de joyas o dinero; no se regaló ni una cuenta de vidrio, ni una moneda.

Frodo tuvo una tarde muy exigente; el falso rumor de que todos los bienes de la casa estaban distribuyéndose gratis se propagó como un incendio forestal; pronto el lugar se llenó de gente que no tenía nada que hacer allí, pero a la que no se podía mantener alejada. Las etiquetas se rompieron y mezclaron, y estallaron disputas; algunos intentaron hacer trueques y negocios en el salón, y otros trataron de huir con objetos de menor cuantía, que no les correspondían, o con cualquier cosa que no estuviera solicitada o vigilada. El camino hacia la puerta se encontraba bloqueado por carros de mano y carretillas.

Los Sacovilla-Bolsón llegaron en medio de la conmoción. Frodo se había retirado por un momento, dejando a su amigo Merry Brandigamo al cuidado de las cosas. Cuando Otho requirió en voz alta la presencia de Frodo, Merry se inclinó cortésmente.

—Está indispuesto —dijo—. Está descansando.

—Escondiéndose, querrás decir —respondió Lobelia—. De cualquier modo queremos verlo y lo exigimos. ¡Ve y díselo!

Merry los dejó en el salón por un tiempo, y los Sacovilla-Bolsón descubrieron entonces el regalo de las cucharas. Esto no les mejoró el ánimo. Por último fueron conducidos al estudio. Frodo estaba sentado a una mesa frente a un montón de papeles. Parecía indispuesto (de ver a los Sacovilla-Bolsón, en todo caso). Se levantó jugueteando con algo que tenía en el bolsillo, y les habló con mucha cortesía.

Los Sacovilla-Bolsón estuvieron bastante ofensivos. Empezaron por ofrecerle precios de ocasión (como entre amigos) por varios objetos de valor que no tenían etiqueta. Cuando Frodo replicó que sólo se darían aquellas cosas que Bilbo había señalado especialmente, respondieron que todo el asunto era muy sospechoso.

—Sólo una cosa me resulta clara —dijo Otho—, y es que tú eres el más beneficiado de todos. Insisto en ver el testamento.

Otho habría sido el heredero de Bilbo si no hubiera sido por la adopción de Frodo. Leyó el testamento cuidadosamente y bufó. Era, para su desgracia, muy claro y correcto (de acuerdo con las costumbres legales de los hobbits, quienes exigían, entre otras cosas, las firmas de siete testigos, estampadas con tinta roja).

—¡Burlado otra vez! —dijo a su mujer—. ¡Después de esperar *sesenta* años! ¿Cucharas? ¡Migajas!

Chasqueó los dedos bajo la nariz de Frodo y salió corriendo. No fue tan fácil deshacerse de Lobelia. Un poco más tarde Frodo salió del estudio para ver cómo iban las cosas y la encontró revisando todos los escondrijos y rincones y dando golpecitos en el suelo. La acompañó con firmeza fuera de la casa, después de aligerarla de varios pequeños pero bastante valiosos artículos que le habían caído dentro del paraguas no se sabía cómo. La cara de Lobelia reflejaba la angustia con que buscaba una frase demoledora de despedida, pero esto fue lo único que dijo, volviéndose airadamente:

—¡Vivirás para lamentarlo, jovencito! ¿Por qué no te fuiste tú también? Tú no eres de aquí, no eres un Bolsón, tú... ¡eres un Brandigamo!

—¿Has oído eso, Merry? Ha sido un insulto, si no me equivoco —dijo Frodo cerrando la puerta en las narices de Lobelia.

—Ha sido un cumplido —respondió Merry Brandigamo—, y por tanto, falso.

Luego recorrieron el lugar y expulsaron a tres jóvenes hobbits (dos Boffin y un Bolger) que estaban agujereando la pared de una bodega. Frodo tuvo un forcejeo con el joven Sancho Ganapié (el nieto del viejo Odo Ganapié), quien había iniciado una excavación en la despensa mayor, donde le pareció que sonaba a hueco. La leyenda del oro de Bilbo movía a la curiosidad y a la esperanza: pues el oro legendario misteriosamente obtenido, o incluso adquirido de mala fe, pertenece, como todos saben, a cualquiera que lo encuentre, a menos que la búsqueda quede interrumpida.

Tras vencer en el forcejeo, Frodo echó a Sancho, y se desplomó en una silla de la entrada.

—Ya es hora de cerrar la tienda, Merry —dijo—. Echa llave a la puerta y no la abras a nadie hoy, aunque traigan un ariete.

Frodo fue a reanimarse con una tardía taza de té.

Apenas se había sentado, cuando se oyó un golpe en la puerta principal. «Seguro que es Lobelia otra vez», pensó. «Se le habrá ocurrido algo realmente desagradable y ha vuelto para decírmelo. Puede esperar.»

Siguió tomando té. Se oyó otra vez el golpe, mucho más fuerte. Frodo no le dio importancia. De repente la cabeza del mago apareció en la ventana.

—Si no me dejas entrar, Frodo, haré volar la puerta hasta el fondo de tu agujero y a través de la colina.

—¡Mi querido Gandalf! ¡Medio minuto! —gritó Frodo, corriendo hacia la puerta—. ¡Entra! ¡Entra! Pensé que era Lobelia.

—Entonces te perdono. La vi hace un momento en un cochecito que iba hacia Delagua, con una cara que hubiese agriado la leche fresca.

—Casi me ha agriado a mí. Honestamente, estuve tentado de utilizar el anillo de Bilbo. Tenía ganas de desaparecer.

—¡No lo hagas! —le dijo Gandalf, sentándose—. Ten mucho cuidado con ese anillo, Frodo. En realidad, en parte he venido a decirte una última palabra al respecto.

—Bueno, ¿de qué se trata?

—¿Qué sabes tú del anillo?

—Sólo lo que Bilbo me contó. He oído su historia; cómo lo encontró y cómo lo usó en el viaje, quiero decir.

—Me pregunto qué historia te contó —dijo Gandalf.

—Oh, no la que contó a los enanos y escribió en el libro —dijo Frodo—. Me contó la verdadera historia tan pronto como vine a vivir aquí. Me dijo que no lo dejaste en paz hasta que te la contó, por lo que era mejor que yo también la supiera. «No tengamos secretos entre nosotros, Frodo», me dijo Bilbo. «Pero no puede salir de aquí. De cualquier modo, el anillo me pertenece.»

—Interesante —dijo Gandalf—. Bien, ¿y qué pensaste de todo eso?

—Si te refieres al invento ese del «regalo», bueno, te diré que la historia verdadera me pareció mucho más probable, y no pude entender por qué la alteró para empezar. Nada propio de Bilbo, al menos; el asunto me pareció raro.

—A mí también, pero a la gente que tiene estos tesoros, y los utiliza, pueden ocurrirles cosas raras. Permíteme aconsejarte que seas muy cuidadoso con el anillo; puede tener quizá otros poderes además de hacerte desaparecer a voluntad.

—No entiendo —dijo Frodo.

—Yo tampoco —respondió el mago—. Simplemente he empezado a hacerme preguntas sobre el anillo, sobre todo desde anoche. No tienes por qué preocuparte, pero sigue mi consejo y úsalo poco o nada. Al menos te ruego que no lo uses en casos que puedan provocar comentarios o sospechas. Te repito: guárdalo en secreto y en un sitio seguro.

—¡Cuánto misterio! ¿Qué temes?

—No lo sé muy bien, y por lo tanto no diré más. Quizá pueda decirte algo más cuando vuelva. Me voy inmediatamente; así que me despido por ahora.

Se puso de pie.

—¡Tan pronto! —exclamó Frodo—. Vaya, creí que te quedarías por lo menos una semana, Gandalf, esperaba tu ayuda.

—Así lo deseaba, pero me he visto obligado a cambiar de idea. Quizá me aleje por mucho tiempo; volveré a verte tan pronto como me sea posible. ¡Tarde o temprano volveré! Vendré sin hacer ruido, y a partir de ahora no visitaré la Comarca abiertamente muy a menudo. Creo que me he vuelto bastante impopular por aquí. Dicen que soy un estorbo, un perturbador de la paz. De hecho, hay quien me acusa de haber hecho desaparecer a Bilbo mediante un hechizo, o algo peor. Por si te interesa saberlo, se supone que hay una confabulación entre tú y yo para quedarnos con las riquezas de Bilbo.

—¡Hay quien te acusa! —exclamó Frodo—. Quieres decir Otho y Lobelia. ¡Qué abominables! Les daría Bolsón Cerrado y todo lo demás si pudiera recuperar a Bilbo y salir con él a corretear por los campos. Amo la Comarca, pero de algún modo comienzo a lamentar no haber partido con Bilbo. Me pregunto si lo volveré a ver algún día.

—Lo mismo digo —respondió Gandalf—, y me pregunto muchas otras cosas. ¡Adiós, ahora! ¡Cuídate! Búscame sobre todo en los momentos menos esperados. ¡Adiós!

Frodo lo acompañó hasta la puerta. Gandalf se despidió levantando la mano una última vez, y desapareció a paso sorprendentemente ágil, aunque Frodo pensó que el viejo mago caminaba más encorvado que de costumbre, como si llevase un gran peso sobre los hombros. La tarde moría y la figura embozada se perdió en el crepúsculo. Frodo no volvería a verlo por largo tiempo.

2

LA SOMBRA DEL PASADO

Los chismorreos no cesaron ni en nueve ni en noventa y nueve días. La segunda desaparición del señor Bilbo Bolsón fue debatida en Hobbiton y en verdad en toda la Comarca durante un año y un día, y fue recordada todavía mucho más tiempo. Se convirtió en un cuento para los niños hobbits. Y al fin, el loco Bolsón, que tenía la costumbre de desaparecer con una detonación y un fogonazo para reaparecer con sacos repletos de oro y alhajas, se convirtió en un personaje legendario que continuó viviendo cuando ya los hechos verdaderos se habían olvidado del todo.

Pero entre tanto, la opinión general en la vecindad era que Bilbo (conocido ya como un poco chiflado), se había vuelto al fin completamente loco, y había escapado al mundo desconocido. Allí, sin duda habría caído en un estanque o en un río, encontrando un fin trágico, aunque nada prematuro. La culpa recayó casi toda sobre Gandalf.

«Si por lo menos ese dichoso mago deja en paz al joven Frodo, puede que entre en vereda y adquiera un poco de buen sentido hobbit» decían. Y aparentemente el mago lo dejó tranquilo, y el joven Frodo entró en vereda, pero el desarrollo del sentido hobbit no era demasiado visible. En efecto, pronto se ganó fama de excéntrico, como Bilbo. Se negó a guardar duelo, y al año siguiente dio una fiesta en honor del centésimo décimo segundo cumpleaños de Bilbo, que llamó la Fiesta de Ciento Doce Libras. Pero se quedó corto con el nombre; porque fueron veinte los invitados y hubo varios banquetes, en los que llovió bebida y nevó comida, como dicen los hobbits.

Algunos se escandalizaron bastante, pero Frodo siguió celebrando el cumpleaños de Bilbo, año tras año, hasta que al fin todos se acostumbraron. Frodo decía que no creía que Bilbo hubiera muerto. Cuando le preguntaban: «¿Dónde está entonces?» se encogía de hombros.

Vivía solo, como había vivido Bilbo; pero tenía muchos buenos amigos, especialmente entre los hobbits más jóvenes (casi todos descendientes del viejo Tuk), que de niños habían simpatizado con Bilbo y a menudo habían visitado Bolsón Cerrado. Entre ellos estaban Folco Boffin y Fredegar Bolger, pero sus amigos más íntimos eran Peregrin Tuk (llamado comúnmente Pippin) y Merry Brandigamo, cuyo nombre verdadero, muy poco recordado, era Meriadoc. Frodo correteaba con ellos por la Comarca, pero más a menudo vagabundeaba solo, asombrando a la gente razonable, pues lo vieron a veces lejos de la casa, caminando por las lomas y los bosques, a la luz de las estrellas. Merry y Pippin sospechaban que visitaba de vez en cuando a los Elfos, continuando con la costumbre de Bilbo.

A medida que el tiempo pasaba, la gente comenzó a notar que también Frodo se «conservaba» bien. Exteriormente tenía la apariencia de un hobbit robusto y enérgico que apenas había sobrepasado la «veintena». «Algunos tienen suerte en todo», decían; pero cuando Frodo se acercó a los cincuenta años, edad comúnmente más sobria, la cosa empezó a parecerles rara.

El mismo Frodo, pasada la primera conmoción, pensó que resultaba bastante agradable ser su propio amo y *el* Señor Bolsón de Bolsón Cerrado. Durante unos años fue feliz y no se preocupó mucho por el futuro. Pero el remordimiento, no del todo consciente, de no haber seguido a Bilbo continuaba creciendo en él. Se descubrió a veces, especialmente en el otoño, pensando en tierras salvajes, y unas montañas extrañas que nunca había visto se le aparecieron en sueños. Comenzó a decirse: «Quizá algún día cruzaré el río». A lo que la otra mitad de la mente le respondía siempre: «Todavía no».

Así continuó hasta que pasó los cuarenta y se acercó a su quincuagésimo cumpleaños. Cincuenta le parecía un número algo significativo (u ominoso); en todo caso, a esa edad le había ocurrido a Bilbo aquella aventura repentina. Frodo comenzó a sentirse intranquilo, y los viejos caminos le parecían ahora demasiado trillados. Estudiaba los mapas y pensaba en lo que habría más allá; los mapas hechos en la Comarca mostraban en su mayoría espacios blancos fuera de las fronteras. Frodo se acostumbró a vagabundear cada vez más lejos y en solitario, por lo que Merry y otros amigos lo observaban con inquietud. A menudo se lo veía paseando y hablando con extraños caminantes que en ese tiempo comenzaban a aparecer en la Comarca.

Había rumores de cosas extrañas que ocurrían en el mundo exterior, y como Gandalf aún no había aparecido, ni había enviado ningún mensaje desde hacía años, Frodo andaba siempre en busca de noticias. Los Elfos, que raras veces atravesaban la Comarca, ahora se dejaban ver cruzando los bosques hacia el oeste, al atardecer; pasaban y no volvían, pues estaban abandonando la Tierra Media y ya no se preocupaban de los problemas de aquellas tierras. Había, en cambio, un número insólito de enanos por las carreteras. El antiguo Camino del Oeste corría a través de la Comarca y concluía en los Puertos Grises, y los enanos lo habían usado para dirigirse a las minas de las Montañas Azules. Ellos eran para los hobbits la principal fuente de noticias de las tierras distantes, si querían tenerlas; por lo general, los enanos decían poco y los hobbits tampoco hacían preguntas. Pero ahora Frodo se encontraba a menudo con enanos de lejanas tierras que buscaban refugio en el Oeste. Estaban preocupados, y algunos hablaban en voz baja del Enemigo y de la Tierra de Mordor.

Los hobbits sólo conocían ese nombre por leyendas del oscuro pasado, como una sombra apenas recordada, aunque ominosa e inquietante. Parecía que el poder maléfico había desaparecido del Bosque Negro gracias a la intervención del Concilio Blanco, pero sólo para reaparecer con aún más poder en las viejas fortificaciones de Mordor. Se decía que la Torre Oscura había sido reconstruida. Desde allí se extendía el poder, a lo largo y a lo ancho, y en el lejano este y en el sur había guerras y crecía el temor. Los orcos se multiplicaban de nuevo en las montañas. Los trolls estaban en todas partes; ya no eran tontos, sino astutos, y traían armas terribles. Y también se hablaba de criaturas todavía más espantosas, pero que no tenían nombre.

Poco de eso llegó a oídos de los hobbits comunes, como es natural, pero hasta los más sordos y los más sedentarios comenzaron a oír extraños relatos, y aquellos cuyas ocupaciones los llevaban a las fronteras del país veían cosas curiosas. Una conversación en El Dragón Verde, en Delagua, una tarde de primavera, en el quincuagésimo año de Frodo, demostró que esos rumores habían llegado al propio corazón acomodado de la Comarca, aunque la mayoría de los hobbits se los tomaran a risa.

Sam Gamyi estaba sentado en un rincón, cerca del fuego, y frente a él estaba Ted Arenas, el hijo del molinero, y varios rústicos hobbits escuchaban la conversación.

—Desde luego, se oyen cosas extrañas últimamente —dijo Sam.

—Ah —dijo Ted—, las oyes, si escuchas. Pero para escuchar cuentos de vieja e historias para niños, me quedo en mi casa.

—Sin duda —replicó Sam—, y te diré que en algunos de esos cuentos hay más verdad de lo que crees. De cualquier modo, ¿quién inventó las historias? Toma el caso de los dragones.

—No, gracias —dijo Ted—. No lo haré. Oí hablar de ellos en otro tiempo cuando era más joven, pero no hay razón para creer en ellos ahora. Hay un solo dragón en Delagua y es verde —concluyó, y todos se rieron.

—Bien —dijo Sam riéndose con los demás—. Pero ¿qué me dices de esos hombres-árboles, esos gigantes, como se les podría llamar? Dicen que vieron a uno mayor que un árbol más allá de los Páramos del Norte no hace mucho tiempo.

—¿Quiénes lo dicen?

—Mi primo Hal, por ejemplo. Trabaja para el señor Boffin en Sobremonte y sube a la Cuaderna del Norte a cazar. Él *vio* uno.

—Dice que lo vio, quizá. Tu Hal siempre dice que ve cosas, y quizá vea cosas que no están ahí.

—Pero éste era del tamaño de un olmo y caminaba; si no andaba siete yardas de una zancada no andaba ninguna.

—Entonces te apuesto a que no andaba ninguna. Lo que vio *era* un olmo, lo más probable.

—Pero éste *andaba*, y no hay olmos en los Páramos del Norte.

—Entonces no pudo haber visto ninguno —dijo Ted.

Se oyeron risas y aplausos; la audiencia parecía pensar que Ted se había apuntado un tanto.

—De cualquier modo —replicó Sam—, no puedes negar que otros aparte de nuestro Halfast han visto a gentes extrañas cruzando la Comarca. Cruzando, sí, no lo olvides; hay muchos que han sido rechazados en la frontera. Los Fronteros no han estado nunca tan activos.

»He oído decir que los Elfos se trasladan al oeste. Dicen que van hacia los puertos, más allá de las Torres Blancas.

Sam hizo un vago ademán con el brazo; ni él ni ningún otro sabía a qué distancia se encontraba el Mar, más allá de los límites occidentales de la Comarca, pasando las viejas torres, pero una antigua tradición decía que en esa dirección, muy lejos, estaban los Puertos Grises, donde a veces los barcos de los Elfos se hacían a la Mar, para no volver.

—Navegan, navegan, navegan por el Mar; se van al oeste y nos abandonan —dijo Sam, canturreando las palabras, sacudiendo la cabeza triste y solemnemente. Pero Ted rio.

—Bueno, eso no es nada nuevo, si crees en las viejas fábulas. No veo qué puede importarnos. ¡Déjalos que naveguen! Pero apuesto lo que quieras que tú nunca los viste navegar, ni ningún otro de la Comarca.

—Bueno, no sé —dijo Sam pensativo. Creía haber visto una vez a un elfo en los bosques y todavía esperaba que algún día vería más. De todas las leyendas que había oído en sus primeros años, los fragmentos de cuentos y relatos recordados a medias que contaban los hobbits sobre los Elfos siempre fueron los que más profundamente lo habían conmovido—. Hay algunos, aun en este lugar, que conocen a la Hermosa Gente, y tienen noticias de ellos —dijo—. Por ejemplo, el señor Bolsón, para quien yo trabajo. Me contó que los Elfos se hacían a la Mar, y él algo sabe sobre Elfos, y el viejo señor Bilbo sabía más aún; son muchas las charlas que tuve con él cuando era niño.

—Oh, los dos están chiflados —dijo Ted—. Al menos el viejo Bilbo estaba chiflado, y Frodo terminará igual. Si ésa es la fuente de tus noticias, nunca te faltarán cuentos de hadas. Pues bien, amigos, me voy a casa. ¡A vuestra salud! —Apuró el vaso y se fue ruidosamente.

Sam se quedó sentado y no dijo nada más. Tenía muchas cosas en que pensar. Por una parte, había muchísimo que hacer en el jardín de Bolsón Cerrado; al día siguiente tendría una jornada de mucho trabajo, si el tiempo mejoraba. La hierba crecía rápidamente. Pero el cuidado del jardín no era lo único que preocupaba a Sam. Al cabo de un rato suspiró, se levantó y se fue.

Era a comienzos de abril y el cielo ya aclaraba, después de un copioso chaparrón. El sol se había puesto, y una tarde fresca y pálida se fundía poco a poco con la noche. Sam regresó bajo las primeras estrellas; cruzó Hobbiton y fue colina arriba, silbando suave y pensativamente.

Gandalf reapareció justamente entonces, al cabo de una larga ausencia. Tras la Fiesta estuvo fuera tres años; después visitó brevemente a Frodo, y después de echarle un buen vistazo partió una vez más. Durante uno o dos años había vuelto bastante a menudo; llegaba inesperadamente de noche y partía sin aviso antes del alba. No quería hablar de sus viajes y ocupaciones, y le interesaban sobre todo los pequeños acontecimientos relacionados con la salud y las actividades de Frodo.

De pronto las visitas se interrumpieron, y hacía ya casi nueve años que Frodo no veía a Gandalf, ni tenía noticias de él. Comenzaba a pensar que el mago no volvería, y que habría perdido todo interés en los hobbits. Pero aquella tarde, mientras Sam regresaba a casa, y la luz del crepúsculo se apagaba poco a poco, Frodo oyó en la ventana del estudio un golpe familiar.

Sorprendido y encantado, dio la bienvenida a su viejo amigo. Se observaron un instante.

—Todo bien, ¿no? —preguntó Gandalf—. ¡No has cambiado nada, Frodo!

—Ni tú tampoco —replicó Frodo, aunque le parecía que Gandalf estaba más viejo y agobiado.

Le pidió noticias de él mismo y del ancho mundo, y pronto estuvieron metidos en una conversación que se prolongó hasta altas horas de la noche.

A la mañana siguiente, después de un desayuno tardío, el mago se sentó con Frodo junto a la ventana abierta del estudio. Un fuego alegre ardía en el hogar, aunque el sol era cálido y el viento soplaba del sur. Todo parecía fresco: el verde nuevo de la primavera asomaba en los campos y en las yemas de los árboles.

Gandalf recordaba otra primavera, casi ochenta años atrás, cuando Bilbo había partido de Bolsón Cerrado sin llevarse ni siquiera un pañuelo. El mago tenía el cabello más blanco ahora, y la barba y las cejas quizá más largas, y la cara más marcada por las preocupaciones y la experiencia, pero los ojos le brillaban como siempre y fumaba haciendo anillos de humo con el vigor y el placer de antaño.

Fumaba ahora en silencio, porque Frodo estaba muy quieto a su lado, ensimismado. Aun a la luz de la mañana sentía la sombra oscura de las noticias que Gandalf había traído. Al fin quebró el silencio.

—Gandalf, anoche empezaste a contarme cosas extrañas sobre mi anillo —dijo—, pero luego callaste diciendo que era mejor tratar tales asuntos a la luz del día. ¿No piensas que deberías terminar de contármelo ahora? Me has dicho que el anillo es peligroso; mucho más peligroso de lo que creo. ¿En qué sentido?

—En muchos sentidos —respondió el mago—. Es mucho más poderoso de lo que me atreví a pensar en un comienzo, tan poderoso que al final puede llegar a dominar a cualquier mortal que lo posea. El anillo lo poseería a él.

»En tiempos remotos fueron fabricados en Eregion muchos anillos de Elfos, anillos mágicos como vosotros los llamáis; eran, por supuesto, de varias clases, algunos más poderosos y otros menos. Los menos poderosos fueron sólo ensayos anteriores al perfeccionamiento de este arte: bagatelas para los herreros de los Elfos, aunque a mi entender peligrosos para los mortales. Pero los realmente peligrosos eran los Grandes Anillos, los Anillos de Poder.

»Un mortal que conserve uno de los Grandes Anillos no muere, pero no envejece ni adquiere más vida. Simplemente continúa hasta que al fin cada minuto es un agobio. Y si lo emplea a menudo para volverse invisible, *se desvanecerá*, se transformará al fin en un ser perpetuamente invisible que se paseará en el crepúsculo bajo la mirada del Poder Oscuro, que rige a los Anillos. Sí, tarde o temprano (tarde, si es fuerte y honesto, pero ni la fortaleza ni los buenos propósitos duran siempre), tarde o temprano el Poder Oscuro lo devorará.

—¡Qué aterrador! —dijo Frodo.

Hubo otro largo silencio. Sam Gamyi cortaba el césped en el jardín, y el sonido subía hasta el estudio.

—¿Cuánto tiempo hace que lo sabes? —preguntó Frodo finalmente—. ¿Cuánto sabía Bilbo?

—Estoy seguro de que Bilbo no sabía más de lo que te dijo —respondió Gandalf—. Ciertamente, nunca te habría dejado algo si hubiera pensado que podía hacerte daño, aunque yo le prometiera cuidarte. Pensaba que el anillo era muy hermoso, y útil en caso de necesidad, y que si había allí algo raro, que no estaba bien, era él mismo. Dijo que el anillo le ocupaba cada vez más la mente, y siempre estaba preocupado por él; pero no sospechaba que el anillo en sí pudiera ser el culpable. Eso sí, había descubierto que necesitaba que lo vigilaran, pues no siempre parecía tener el mismo tamaño y el mismo peso; se encogía o crecía de manera curiosa, y de pronto podía deslizarse fuera del dedo donde estaba prieto.

—Sí, me advirtió de ello en su última carta —dijo Frodo—; por eso no lo saco de la cadena.

—Muy prudente —dijo Gandalf—. Pero en cuanto a su larga vida, Bilbo nunca la relacionó con el anillo; se atribuyó todo el mérito, y estaba muy orgulloso, aunque cada vez más inquieto y molesto. *Delgado y estirado*, decía. Una señal de que el anillo lo estaba dominando.

—¿Cuánto tiempo hace que lo sabes? —le preguntó Frodo de nuevo.

—¿Saber? He sabido muchas cosas que sólo saben los sabios, Frodo. Pero si te refieres a lo que sé de *este* anillo en particular, bueno, se podría decir que todavía no *sé*. Me falta una última prueba. Pero ya no pongo en duda mis sospechas.

»¿Cuándo empecé a sospechar? —musitó Gandalf, recordando—. Vamos a ver... fue el año en que el Concilio Blanco expulsó al Poder Oscuro del Bosque Negro, poco antes de la Batalla de los Cinco Ejércitos, cuando Bilbo encontró el anillo. El corazón se me ensombreció entonces, aunque sin saber todavía cuáles eran mis verdaderos temores. Me preguntaba a menudo cómo Gollum había obtenido un Gran Anillo, porque estaba claro, desde el principio, que se trataba de uno de ellos. Después oí la extraña historia de Bilbo acerca de cómo lo había "ganado", y no pude creerlo. Cuando al fin le saqué la verdad, entendí en seguida que había estado defendiendo sus derechos al anillo. Algo parecido a lo que Gollum había dicho de «un regalo de cumpleaños». Las mentiras eran demasiado semejantes para mi gusto. Era evidente que el anillo tenía un poder nocivo que actuaba inmediatamente sobre su dueño. Fue para mí el primer aviso de que las cosas no andaban bien. A menudo le dije a Bilbo que era mejor no usar esos anillos. Pero se ofendió, y no tardó en enojarse. No había muchas otras cosas que yo pudiera intentar. Yo no podía quitárselo sin causarle un daño mayor, y en cualquier caso tampoco tenía derecho a hacerlo. Sólo me restaba esperar y observar. Quizá tendría que haber consultado a Saruman el Blanco, pero algo siempre me detenía.

—¿Quién es ése? —preguntó Frodo—. Nunca he oído hablar de él.

—Puede que no —respondió Gandalf—. Los hobbits no le interesan, o no le interesaban. Es un grande entre los Sabios, el principal de mi orden, y encabeza el Concilio. Tiene profundos conocimientos pero su orgullo ha crecido a la par, y se toma a mal cualquier intrusión. Se ha especializado en la ciencia de los Anillos de los Elfos, grandes y pequeños, y ha buscado largo tiempo los secretos perdidos de la fabricación de los Anillos; pero cuando se debatió el asunto en el Concilio lo que accedió a revelarnos calmó mis temores. Mis dudas fueron apaciguadas, pero no descansaron tranquilas. Continué observando y esperando.

»Bilbo parecía estar bien; los años pasaron; sí, pasaron, y parecía que no lo tocaban. Bilbo no mostraba signos de vejez;

la sombra cayó sobre mí nuevamente, pero me dije: "Al fin y al cabo desciende por línea materna de una familia de longevos; hay tiempo aún. ¡Espera!"

»Y esperé hasta la noche en que Bilbo dejó esta casa. Bilbo dijo e hizo cosas entonces que me llenaron de un temor que ni las palabras de Saruman hubiesen podido calmar. Supe así que algo oscuro y mortal estaba operando, y desde entonces me he pasado la mayoría de estos años tratando de descubrir la verdad.

—No hubo ningún daño permanente, ¿no? —inquirió Frodo con ansiedad—. Se pondrá bien con el tiempo, ¿no es así? Quiero decir: ¿podrá descansar en paz?

—Se sintió mejor inmediatamente —contestó Gandalf—. Pero sólo hay un Poder en este mundo que lo sabe todo acerca de los Anillos y sus efectos, y que yo sepa no hay Poder en el mundo que lo sepa todo acerca de los hobbits. Entre los Sabios soy el único que estudia la ciencia hobbit: una oscura rama del conocimiento, pero colmada de raras sorpresas. Pueden ser blandos como la mantequilla, y otras veces resistentes como viejas raíces de árbol. Creo sinceramente que algunos podrían resistir a los Anillos mucho más de lo que la mayoría de los Sabios supone. No te preocupes por Bilbo.

»Por supuesto, tuvo el anillo muchos años y lo usó, por lo que la influencia tardará algún tiempo en desaparecer, antes de que pueda verlo de nuevo sin que le haga daño, por ejemplo. Por lo demás, podría seguir viviendo largos años, y muy feliz; la influencia se detuvo cuando se libró del anillo; y él mismo decidió dejarlo, no lo olvides. No, cuando dejó el anillo dejé de preocuparme por el querido Bilbo. Ahora mi responsabilidad recae sobre *ti*.

»Desde la partida de Bilbo me has preocupado sobremanera; tú y todos estos encantadores, absurdos y desvalidos hobbits. Si el Poder Oscuro se apoderase de la Comarca, sería un doloroso golpe para el mundo; si vuestros amables, alegres, estúpidos Bolger, Corneta, Boffin, Ciñatiesa y los demás, por no hablar de los ridículos Bolsón, fuesen esclavizados.

—Pero ¿por qué nos esclavizaría? —preguntó Frodo estremeciéndose—. ¿Y para qué querría esos esclavos?

—Te diré la verdad —replicó Gandalf—; creo que hasta ahora, *hasta ahora*, grábalo en tu mente, el Poder Oscuro ha pasado por alto la existencia de los hobbits. Tendríais que estar agradecidos, pero vuestra seguridad es ya cosa del pasado. El Poder no os necesita: tiene sirvientes mucho más útiles, pero ya no olvidará a los hobbits. Le agradaría más verlos como esclavos miserables que felices y libres. Existe tal cosa como la malicia y la venganza.

—¡Venganza! ¿Venganza de qué? Todavía no entiendo qué tiene que ver todo esto con Bilbo, conmigo y con nuestro anillo.

—Todo tiene que ver —dijo Gandalf—. Todavía no sabes en qué peligro te encuentras; pero estás a punto de enterarte. Yo tampoco estaba seguro la última vez que vine, pero ha llegado la hora de hablar. Dame el anillo un momento.

Frodo lo sacó del bolsillo del pantalón, donde lo guardaba enganchado a una cadena que le colgaba del cinturón. Lo soltó y se lo alcanzó lentamente al mago. El anillo se hizo de pronto muy pesado, como si él mismo o Frodo no quisiesen que Gandalf lo tocara.

Gandalf lo sostuvo. Parecía de oro puro y sólido.

—¿Puedes ver alguna inscripción? —preguntó a Frodo.

—No —dijo Frodo—, no hay ninguna. Es completamente liso y no tiene rayas ni señales de uso.

—Bien, ¡entonces mira!

Ante la sorpresa y zozobra de Frodo el mago arrojó el anillo al fuego. Frodo gritó y buscó las tenazas, pero Gandalf lo retuvo.

—¡Espera! —le ordenó con voz autoritaria, echando a Frodo una rápida mirada, desde debajo de unas erizadas cejas.

No hubo en el anillo ningún cambio aparente. Al cabo de un rato Gandalf se levantó, cerró las contraventanas y corrió las cortinas. La habitación se oscureció y se hizo un silencio, aunque todavía se oía el ruido de las tijeras de Sam, ahora más cerca de la ventana. El mago se quedó unos minutos mirando el fuego; luego se inclinó, sacó el anillo con las tenazas, poniéndolo sobre el suelo delante de la chimenea, y en seguida lo tomó con los dedos. Frodo ahogó un grito.

—Está frío —dijo Gandalf—. ¡Tómalo!

Frodo lo recibió con mano temblorosa; parecía más pesado y macizo que nunca.

—¡Álzalo! —le ordenó Gandalf—. Y míralo de cerca.

Al hacerlo, Frodo vio unas líneas finas, más finas que los más finos trazos de pluma, que corrían a lo largo del anillo, en el interior y el exterior: líneas de fuego, que parecían formar los caracteres de una fluida escritura. Brillaban con una penetrante intensidad, pero con una luz remota, que parecía venir de unas profundidades abismales.

—No puedo leer las letras ígneas —dijo Frodo con voz trémula.

—No —dijo Gandalf—, pero yo sí; son antiguos caracteres élficos, pero el idioma es el de Mordor, que no pronunciaré aquí. Esto es lo que dice en la lengua común, en una traducción bastante fiel.

> *Un Anillo para gobernarlos a todos. Un Anillo para encontrarlos,*
> *un Anillo para atraerlos a todos y atarlos en las tinieblas.*

»Sólo son dos versos de una estrofa muy conocida en la tradición élfica:

> *Tres Anillos para los Reyes Elfos bajo el cielo.*
> *Siete para los Señores Enanos en casas de piedra.*
> *Nueve para los Hombres Mortales condenados a morir.*
> *Uno para el Señor Oscuro, sobre el trono oscuro*
> *en la Tierra de Mordor donde se extienden las Sombras.*
> *Un Anillo para gobernarlos a todos. Un Anillo para encontrarlos,*
> *un Anillo para atraerlos a todos y atarlos en las tinieblas*
> *en la Tierra de Mordor donde se extienden las Sombras.*

Gandalf hizo una pausa, y luego dijo lentamente, con voz profunda:

—Éste es el Anillo Principal, el Anillo Único que los gobierna a todos. Éste es el Anillo Único que el Señor Oscuro perdió en tiempos remotos, lo cual le hizo perder gran parte de su poder. Lo desea terriblemente, pero es necesario que *no* lo consiga.

Frodo se mantuvo en silencio, inmóvil: el miedo parecía extender una mano enorme, como una nube oscura que se levantaba en el este y ya iba a devorarlo.

—¡Este anillo! —farfulló—. ¿Cómo ... cómo puede ser que llegara a mí?

—¡Ah! —dijo Gandalf—. Es una historia muy larga. Sólo los maestros de la tradición la recuerdan, pues comienza en los Años Negros. Si tuviera que contártelo todo, nos quedaríamos aquí sentados hasta que la primavera diera paso al invierno.

»Ayer te hablé de Sauron el Grande, el Señor Oscuro. Los rumores que has oído son ciertos. En efecto, ha aparecido nuevamente, y después de abandonar sus dominios en el Bosque Negro, ha vuelto a la antigua fortaleza en la Torre Oscura de Mordor. Incluso vosotros, los hobbits, habéis oído el nombre, como una sombra que merodea en los confines de las viejas historias. Siempre después de una derrota y una tregua, la Sombra toma una nueva forma y crece otra vez.

—Me habría gustado que no sucediera en mi época —dijo Frodo.

—Y también a mí —dijo Gandalf—, al igual que a todos los que viven en este tiempo. Pero no depende de nosotros. Todo lo que podemos decidir es qué hacer con el tiempo que se nos ha dado. Y ya, Frodo, nuestro tiempo ha comenzado a oscurecerse. El Enemigo se está haciendo muy poderoso rápidamente, y aunque sus planes todavía no estén maduros, creo que están madurando. Será muy difícil hacerle frente, incluso disponiendo de esta terrible oportunidad.

»Al Enemigo todavía le falta algo que le dé poder y conocimientos suficientes para vencer toda resistencia, derribar las últimas defensas, y cubrir todas las tierras con una segunda oscuridad. Le falta el Anillo Único.

»Los Señores Elfos le ocultaron los Tres Anillos, los más hermosos de todos, y él nunca los tocó ni los mancilló. Los Reyes Enanos poseían siete, de los cuales pudo recuperar tres; los otros los devoraron los dragones. Les dio nueve a los Hombres Mortales, orgullosos y espléndidos: así los engañó. Hace tiempo fueron dominados por el Único y se convirtieron en

Espectros del Anillo, sombras bajo la gran Sombra, sus sirvientes más terribles. Hace mucho tiempo. Han pasado muchos años desde la última vez que los Nueve se dejaron ver, y sin embargo, ¿quién sabe? La Sombra crece otra vez, y ellos pueden volver. ¡No pongas esa cara! No hablaremos de esas cosas ni siquiera en una mañana de la Comarca.

»En resumen: ha conseguido reunir los Nueve. También los Siete, a menos que hayan sido destruidos. Los Tres permanecen todavía ocultos, pero eso ya no le interesa. Sólo necesita el Único, pues lo fabricó él mismo, es suyo, y en él depositó gran parte del poder que tenía anteriormente, para que pudiera gobernar a todos los otros. Si lo recupera, los dominará otra vez, allá donde se encuentren, e incluso los Tres, y todo aquello que se haya hecho con estos anillos se le revelará, y él será más fuerte que nunca.

»Ésta es nuestra terrible oportunidad, Frodo. Él creyó que el Único había sido destruido, que los Elfos lo habían destruido, como tendría que haber sucedido. Ahora sabe que *no* fue así, y que ha sido encontrado. Así que lo está buscando con mucha insistencia, y vive de esa esperanza. Y esa gran esperanza suya es también nuestro gran temor.

—¿Por qué, por qué no lo destruyeron? —exclamó Frodo—. ¿Cómo el Enemigo pudo perderlo, si era tan poderoso, y tan valioso para él?

Apretó el Anillo en la mano, como si ya viera unos dedos oscuros que se alargaban para robárselo.

—Se lo quitaron —respondió Gandalf—. El poder de resistencia de los Elfos era mayor mucho tiempo atrás; y no todos los Hombres se habían apartado de ellos. Los Hombres de Oesternesse acudieron entonces a ayudarlos. Éste es un capítulo de historia antigua que sería bueno recordar, pues en aquella época había también aflicción y la oscuridad crecía, pero asimismo había mucho valor, y grandes hazañas que no fueron totalmente en vano. Quizá algún día te contaré toda la historia o la oirás por boca de alguien que la conoce mejor.

»Sin embargo, por el momento, puesto que necesitas saber sobre todo cómo el Anillo llegó aquí, lo que es bastante, sólo diré lo siguiente. Fueron Gil-galad, el Rey de los Elfos, y Elendil, de Oesternesse, quienes derrocaron a Sauron, aunque ellos mismos murieron en la lucha. El hijo de Elendil, Isildur, cortó el Anillo de la mano de Sauron y se quedó con él. Sauron fue vencido; el espíritu desapareció, ocultándose por muchos años, hasta que la Sombra tomó nueva forma en el Bosque Negro.

»Pero el Anillo se había perdido. Cayó a las aguas del Río Grande, el Anduin. Desapareció cuando Isildur, que iba hacia el norte siguiendo la margen este del río, fue asaltado por los Orcos de la Montaña, cerca de los Campos Gladios. Los Orcos de la Montaña mataron a casi toda su gente. Isildur se zambulló en las aguas, el Anillo se le salió del dedo mientras nadaba, y entonces los orcos lo vieron, y lo mataron a flechazos.

Gandalf hizo una pausa.

—Allí, en las lagunas oscuras, en medio de los Campos Gladios —continuó—, el Anillo desapareció de la tradición y la leyenda. Ahora sólo unos pocos conocen la historia, y el mismo Concilio de los Sabios no pudo descubrir más, pero al fin creo que sé cómo continúa.

»Mucho después, pero aún en un pasado remoto, vivía junto a las márgenes del Río Grande, en los límites de las Tierras Salvajes, una gente pequeña, de manos diestras y pies silenciosos. Creo que eran de raza hobbit, emparentados con los padres de los padres de los Fuertes, pues amaban el río y a menudo nadaban en él, o construían pequeños botes de caña. Había entre ellos una familia de gran reputación, por ser más numerosa y más rica que la mayoría, encabezada por una abuela austera y docta en cuestiones tradicionales. El más preguntón y curioso de esa familia se llamaba Sméagol. Se interesaba en las raíces y orígenes; se zambullía en lagunas profundas, cavaba bajo los árboles y plantas, y abría túneles en los montículos verdes. Un día dejó de mirar hacia arriba, a la cima de las montañas, las hojas de los árboles o las flores que se abrían al cielo; llevaba la cabeza y los ojos vueltos siempre hacia abajo.

»Sméagol tenía un amigo, Déagol, muy parecido, aunque de mirada más aguda, y no tan fuerte y rápido. En una ocasión tomaron un bote y fueron a los Campos Gladios donde crecían matorrales de lirios y junquillos en flor. Allí, Sméagol comenzó a curiosear por las márgenes, mientras Déagol permanecía sentado en el bote, pescando. De repente un pez grande picó el anzuelo, y antes de darse cuenta de lo que ocurría, Déagol se vio arrastrado al agua, hasta el fondo. Soltó el sedal, porque creyó ver algo brillante allá en el fondo del río, y conteniendo la respiración extendió la mano y lo alcanzó. Luego salió a la superficie, chorreando, con algas en los cabellos y un puñado de barro, y nadó hacia la orilla. Limpió el barro, y, oh, ¿qué era aquello? Un hermoso anillo de oro que brillaba y centelleaba a la luz, y le alegraba el corazón. Sméagol había estado observándolo desde detrás de un árbol, y mientras Déagol se deleitaba mirando el anillo, se le acercó en silencio.

»"Dámelo, Déagol, mi querido", dijo Sméagol por encima del hombro de su amigo.

»"¿Por qué?"

»"Porque es mi cumpleaños, querido, y lo quiero para mí", respondió Sméagol.

»"No me importa —contestó Déagol—. Ya te di un regalo; más de lo que estaba a mi alcance. El anillo lo he encontrado yo y me lo quedaré."

»"¿De veras, querido?", dijo Sméagol, y tomó a Déagol por la garganta y lo estranguló, pues el oro era brillante y hermoso. Luego se puso el anillo en el dedo.

»Nadie pudo descubrir qué había sido de Déagol. Había sido asesinado lejos de su casa y el cadáver estaba bien escondido. Sméagol volvió solo y descubrió que nadie de su familia podía verlo, cuando tenía puesto el anillo. El hallazgo lo entusiasmó, y ocultó el anillo empleándolo para descubrir secretos, y poniendo este conocimiento al servicio de fines torcidos y maliciosos. Se le agudizó la vista y el oído para todo lo que fuera dañino. El anillo le había dado poder, de acuerdo con su talla moral. Se hizo muy impopular y todos los parientes le dieron la espalda (cuando él era visible). Lo pateaban y él les mordía los pies. Se acostumbró a robar y andar de aquí para allá, murmurando entre dientes y gorgoteando, y por eso lo llamaron *Gollum*. Lo maldijeron y le ordenaron que se fuera lejos. La abuela, deseando tener paz, lo expulsó de la familia y lo echó de la cueva.

»Gollum erró en solitario, lloriqueando por la crueldad del mundo; remontó el Río hasta un arroyo que bajaba de las montañas, y siguió esa dirección. Pescó en lagos profundos con dedos invisibles y se comió los peces crudos. Un día de mucho calor, estando agachado junto a una laguna sintió que algo le quemaba la nuca y que una luz deslumbrante que venía del agua le lastimaba los ojos húmedos. Se preguntó qué sería eso, pues casi se había olvidado del sol. Por última vez miró hacia arriba, y lo amenazó con el puño.

»Cuando bajó la mirada, vio en la lejanía las cimas de las Montañas Nubladas de donde nacía el arroyo, y pensó de pronto: "Bajo aquellas montañas habrá fresco y sombra. El sol no podrá mirarme allí. Las raíces de esas montañas tienen que ser verdaderas raíces. Hay allí sin duda grandes secretos enterrados que nadie ha descubierto todavía".

»Por tanto, Gollum viajó durante la noche hacia las tierras altas y allí encontró una pequeña caverna de la que salía el arroyo sombrío. Fue abriéndose paso como un gusano hacia el corazón de las colinas y desapareció para el mundo. El Anillo bajó con él a las sombras, y ni siquiera aquel que lo había fabricado, cuando recobró de nuevo el poder, pudo averiguar qué había ocurrido.

—¡Gollum! —exclamó Frodo—, ¿Gollum? ¿Quieres decir que es el mismo Gollum que Bilbo encontró? ¡Qué espanto!

—Me parece que es una historia triste —dijo el mago—, que podría haberle sucedido a otros, incluso a algunos hobbits que he conocido.

—No puedo creer que Gollum estuviera emparentado con los hobbits, ni de lejos —dijo Frodo acalorado—. ¡Qué abominable idea!

—De todos modos es verdad —replicó Gandalf—. Sobre los orígenes de los hobbits, al menos, creo saber más que ellos mismos. Hasta la historia de Bilbo sugiere de algún modo ese parentesco; en el fondo de los pensamientos y la memoria tenían muchas cosas parecidas, y se entendían muy bien; mucho mejor de lo que un hobbit podía entenderse, por ejemplo, con un enano, con un orco, o hasta con un elfo. Piensa para empezar en los acertijos que los dos conocían.

—Sí —dijo Frodo—, aunque otros pueblos además de los hobbits tienen acertijos parecidos; y los hobbits no hacen trampas. Gollum trampeaba siempre; trataba de sorprender descuidado al pobre Bilbo, y no me cabe duda de que se regocijaba en su maldad proponiendo un juego que terminaría dejándole una víctima fácil, y que en caso de derrota no le haría ningún daño.

—Me temo que sea demasiado cierto —dijo Gandalf—, pero pienso que en todo esto había algo más que tú todavía no ves, y es que Gollum no estaba totalmente perdido. Había demostrado tener una resistencia que nadie hubiera adivinado, ni siquiera los Sabios; como podía tenerla un hobbit. En la mente de Gollum había un rinconcito que aún no le pertenecía, y en el que penetraba la luz como por un resquicio en las tinieblas: la luz que venía del pasado. Era realmente agradable, me parece, escuchar de nuevo una verdadera voz, que despertaba recuerdos del viento, de los árboles, del sol sobre los pastos, y otras cosas olvidadas.

»Claro está, todo esto irritará todavía más en última instancia la parte malvada de Gollum; a menos que alguien pueda dominarla. A menos que alguien lo cure. —Gandalf suspiró—: ¡Ay! Le doy pocas esperanzas. Aunque no ninguna esperanza. No, aunque haya tenido el Anillo tanto tiempo que él mismo ya no recuerda desde cuándo. Pues no lo usaba desde hacía mucho; apenas lo necesitaba en la impenetrable oscuridad. Por cierto, no se ha desvanecido. Es delgado y fuerte todavía, pero aquella cosa estaba carcomiéndole la mente, y el tormento se había vuelto casi insoportable.

»Todos los "grandes secretos" escondidos en las montañas sólo habían sido noche vacía; no había nada más que descubrir, nada que valiera la pena, salvo sórdidas comidas furtivas y recuerdos de agravios. Se sentía completamente desdichado, odiaba la oscuridad y más aún la luz; odiaba todo, pero lo que más odiaba era el Anillo.

—¿Qué quieres decir? —dijo Frodo—. ¿No era su tesoro y lo único que le importaba de veras? Y si lo odiaba ¿por qué no se deshacía de él, o se iba, dejándolo allí?

—Tendrás que empezar a entender, Frodo, después de todo lo que has oído —respondió Gandalf—. Lo odiaba y lo amaba, como se odiaba y se amaba a sí mismo. No podía deshacerse de él, pues no era ya cuestión de voluntad.

»Un Anillo de Poder se cuida solo, Frodo. Puede deslizarse traidoramente fuera del dedo, pero el dueño no lo dejará nunca. Como mucho, tendrá alguna vez la idea de pasárselo a otro, pero esto sólo al principio, cuando el poder comienza a manifestarse. Pero, que yo sepa, en toda la historia del Anillo sólo Bilbo fue capaz de ir más allá de la idea y llevarla a cabo. Eso sí, necesitó de toda mi ayuda. Y aun así nunca hubiese dejado el Anillo, nunca se hubiera librado de él. No fue Gollum, Frodo, sino el Anillo mismo el que decidió. El Anillo abandonó a Gollum.

—¿Cómo, justo para encontrarse con Bilbo? —dijo Frodo—. ¿Un orco no le hubiera convenido más?

—No es asunto de risa —dijo Gandalf—. No para ti. Fue el acontecimiento más extraño en toda la historia del Anillo hasta el momento: la llegada de Bilbo en ese momento y que pusiera la mano sobre él, ciegamente, en la oscuridad.

»Había más de un poder actuando allí, Frodo. El Anillo trataba de volver a su dueño. Se había escapado de la mano de Isildur, traicionándolo; cuando tuvo la oportunidad se apoderó del pobre Déagol, que fue asesinado, y después de Gollum, a quien devoró. Ya no podía utilizar más a Gollum, demasiado pequeño y vil; y mientras tuviera el Anillo no dejaría nunca aquellas lagunas subterráneas. Ahora que el dueño despertaba una vez más y transmitía oscuros pensamientos desde el Bosque Negro, el Anillo abandonó a Gollum; para caer en manos de la persona más inverosímil: Bilbo de la Comarca.

»Detrás de todo esto había algo más operando, y que escapaba a los propósitos del hacedor del Anillo: el modo más claro de explicártelo sería decir que Bilbo estaba *destinado* a encontrar el Anillo, y *no* por voluntad del hacedor. En cuyo caso, tú también estarías *destinado* a tenerlo. Quizá la idea te ayude un poco.

—No —dijo Frodo—, aunque no estoy seguro de entenderte. Pero ¿cómo has sabido todo esto sobre el Anillo y sobre Gollum? ¿Lo sabes realmente o te lo imaginas?

Gandalf miró a Frodo, y le brillaron los ojos.

—Sabía mucho y he aprendido más, pero no te daré cuenta a *ti* de todo lo que hago. Los Sabios conocen bien la historia de Elendil, Isildur, y el Anillo Único. Tu Anillo ha demostrado ser el Único por la inscripción en letras de fuego, aparte de toda otra evidencia.

—¿Cuándo lo descubriste? —interrumpió Frodo.

—Justo ahora, en esta habitación —respondió el mago con brusquedad—. Pero esperaba descubrirlo. He vuelto de viajes tenebrosos y largas búsquedas para hacer esta prueba final. Es la última, y ahora todo está demasiado claro. Descifrar la parte de Gollum y encontrar su lugar en la historia me exigió cierto esfuerzo. Pude, en un principio, haber comenzado con suposiciones sobre Gollum, pero ya no supongo más. Lo sé, pues lo he visto.

—¿Has visto a Gollum? —exclamó Frodo, asombrado.

—Sí. Era lo que había que hacer, evidentemente, si era posible dar con él. Lo busqué mucho, y al fin lo encontré.

—Entonces ¿qué ocurrió después de la huida de Bilbo? ¿Lo sabes?

—No tan claramente. Lo que te he contado es lo que conseguí sacarle a Gollum, aunque no fueron las mismas palabras, claro está. Gollum es un mentiroso y hay que desbrozar lo que dice. Por ejemplo, llamó al Anillo «regalo de cumpleaños», una y otra vez. Dijo que se lo había dado su abuela, quien tenía montones de cosas hermosas parecidas: una historia absurda. No dudo de que la abuela de Sméagol fuese una matriarca, una gran persona, a su manera; pero es disparatado decir que tenía muchos Anillos de los Elfos, y que los regalaba. Sin embargo, en esta mentira había un grano de verdad.

»El asesinato de Déagol obsesionaba a Gollum, por lo que inventó una defensa, y se la contaba a su "tesoro" una y otra vez, mientras roía huesos en la oscuridad, hasta que casi llegó a creerla. *Era* su cumpleaños; Déagol tenía que darle el anillo; estaba claro que había aparecido de esta manera porque era un regalo; *era* su regalo de cumpleaños, etcétera.

»Lo soporté tanto como pude, pero la verdad era desesperadamente importante y por fin tuve que mostrarme duro. Puse en él el miedo del fuego, y le saqué la verdadera historia, poco a poco, entre lloriqueos y rezongos. Gollum se veía a sí mismo como una víctima incomprendida y abusada. Pero cuando por fin me contó su historia, hasta el juego de los acertijos y la huida de Bilbo, no quiso decir nada más, fuera de unas vagas alusiones. Había en él otro temor, más grande que el que yo le inspiraba. Murmuró que recobraría lo que era suyo. Le demostraría a la gente que no toleraba que lo trataran a empujones, lo arrastraran a un agujero, y luego le *robaran*. Gollum tenía ahora buenos y poderosos amigos. Lo ayudarían, y Bolsón pagaría su culpa. Ésta era la obsesión de Gollum; odiaba a Bilbo y maldecía su nombre. Y además sabía de dónde era Bilbo.

—¿Cómo lo descubrió? —preguntó Frodo.

—En cuanto al nombre, se lo dijo Bilbo mismo, muy tontamente. Luego no le fue difícil averiguar de qué país venía Bilbo; una vez que Gollum salió a la luz. Pues se atrevió a salir. El deseo de recobrar el Anillo era más fuerte que su temor a los orcos e incluso a la luz. Pasó un año o dos y dejó las montañas. Como ves, aunque dominado por el deseo del Anillo, éste ya no lo devoraba; comenzó a revivir un poco. Se sentía viejo, muy viejo, aunque menos tímido, y con mucha hambre.

»Seguía temiendo la luz del sol y de la luna, y la temerá siempre, creo; pero era astuto y supo esconderse de la luz del día y del fulgor de la luna, y abrirse camino veloz y calladamente en lo profundo de la noche con pálidos ojos fríos para atrapar a pequeñas criaturas asustadizas o incautas. La nueva alimentación y el nuevo aire le dieron fuerza y audacia. Se encaminó hacia el Bosque Negro, como podía esperarse.

—¿Es allí donde lo encontraste? —preguntó Frodo.

—Sí, lo vi allí —respondió Gandalf—, pero antes Gollum había andado mucho, siguiendo el rastro de Bilbo. Era muy difícil enterarse de algo por boca de Gollum, pues se interrumpía constantemente con maldiciones y amenazas. «¿Qué tenía en los bolsillos? —repetía—. Y el muy mentiroso no quiso decírmelo, no, mi tesoro. No fue una pregunta limpia. Sí, el primero en engañar fue él. Quebrantó las reglas. Teníamos que haberle roto los huesos allí mismo. Sí, mi tesoro. ¡Y lo haremos, mi tesoro!»

»Ésta es una muestra de su charla; supongo que no querrás más. Me harté de oírlo, durante días y días. Pero a través de ciertas alusiones que dejó escapar entre gruñidos, me quedó claro que sus mullidos pies lo habían llevado por fin a Esgaroth e incluso hasta las calles de Valle, donde observó y escuchó en secreto. La noticia de los grandes acontecimientos había corrido por todas las Tierras Salvajes, donde muchos conocían el nombre de Bilbo y sabían de dónde había venido. Habíamos regresado abiertamente a su casa en el Oeste; los agudos oídos de Gollum pronto oyeron lo que querían oír.

—Entonces, ¿por qué no siguió persiguiendo a Bilbo? —preguntó Frodo—. ¿Por qué no llegó a la Comarca?

—Ah —respondió Gandalf—, ése es el punto. Creo que Gollum lo intentó; partió y volvió al oeste, hasta el Río Grande, pero se desvió. Estoy seguro de que no lo acobardó la distancia. No, algo distinto lo llevó a otra parte. Así piensan los amigos a quienes les pedí que lo siguieran.

»Los Elfos de los Bosques fueron los primeros en rastrearlo; tarea fácil para ellos, pues las huellas de Gollum estaban todavía frescas. Atravesaron el Bosque Negro y volvieron, pero nunca lo alcanzaron. En el bosque corrían muchos rumores sobre él, historias terribles, aun entre los pájaros y las bestias. Los Hombres del Bosque hablaban de un nuevo terror, un fantasma que bebía sangre, que se subía a los árboles en busca de nidos, que se arrastraba por las cuevas en busca de críos, que se deslizaba por las ventanas en busca de cunas.

»En el límite occidental del Bosque Negro las huellas se desviaban. Iban hacia el sur y se perdían fuera del dominio de los Elfos de los Bosques. Y entonces cometí un gran error. Sí, Frodo; y no el primero, aunque me temo que el peor de todos. Abandoné el asunto; dejé ir a Gollum, pues tenía muchas otras cosas en qué pensar y confiaba todavía en la sabiduría de Saruman.

»Bueno, esto sucedió hace muchos años. Desde entonces he pagado mi error con muchos días oscuros y peligrosos. El rastro se había vuelto frío hacía mucho cuando lo retomé, después de la partida de Bilbo. Y mi búsqueda habría sido en vano si no hubiese contado con la ayuda de un amigo, Aragorn, el más grande viajero y cazador del mundo en esta época. Buscamos juntos a Gollum por toda la extensión de las Tierras Salvajes sin esperanza, y sin éxito. Por último, cuando yo ya había abandonado la persecución y me había ido a otras regiones, encontramos a Gollum. Mi amigo regresó después de haber pasado grandes peligros, trayendo consigo a la miserable criatura.

»Gollum no me dijo en qué había estado ocupado. No hacía más que llorar, llamándonos crueles, entre gorgoritos de "gollum"; y cuando lo presionábamos gemía y temblaba, restregándose las largas manos y lamiéndose los dedos, como si le dolieran o como si recordase alguna vieja tortura. Pero me temo que no hay ninguna duda: Gollum había ido arrastrándose al sur paso a paso, milla a milla, lentamente, y al fin había llegado a la Tierra de Mordor.

Hubo un profundo silencio en la habitación. Frodo alcanzaba a oír los latidos de su propio corazón. Incluso fuera, todo parecía estar en silencio. Ya no se oían los tijeretazos de la podadora de Sam.

—Sí, a Mordor —repitió Gandalf—. ¡Ay! Mordor atrae a todos los seres perversos, y el Poder Oscuro pone toda su voluntad en reunirlos allí. El Anillo del Enemigo también habría dejado su marca, preparando a Gollum para cualquier requerimiento. Todo el mundo hablaba de la nueva Sombra en el Sur y de cómo odiaba al Oeste. Allí estaban sus nuevos amigos, que lo ayudarían a vengarse.

»¡Tonto infeliz! En aquella tierra aprendería mucho, demasiado para su gusto. Tarde o temprano, mientras estaba atisbando y acechando en las fronteras, lo habrían apresado para interrogarlo. Creo que así fue. Cuando lo encontramos había pasado mucho tiempo allí, y estaba regresando para llevar a cabo algún plan malévolo. Pero eso no nos interesa ahora; el daño principal ya estaba hecho.

»¡Ay, sí! Por medio de Gollum, el Enemigo supo que el Único había sido encontrado de nuevo. El Enemigo sabe ahora dónde cayó Isildur. Sabe dónde Gollum encontró el Anillo. Sabe que es un Gran Anillo, pues confiere larga vida. Sabe que no es uno de los Tres, que nunca se perdieron y no soportan la maldad. Sabe que no es uno de los Siete, o de los Nueve, porque se conoce la suerte que corrieron. Sabe que es el Único. Y creo que al final ha oído algo acerca de los *hobbits* y de la *Comarca*.

»La Comarca… La estará buscando ahora, si no la ha encontrado ya. En efecto, Frodo, me temo que piense incluso que el nombre *Bolsón*, durante mucho tiempo desconocido, se ha vuelto importante.

—¡Es terrible! —exclamó Frodo—. Mucho peor de lo que imaginé por tus insinuaciones y advertencias. Oh, Gandalf, mi mejor amigo, ¿qué debo hacer? Porque ahora estoy realmente asustado. ¿Qué debo hacer? ¡Qué lástima que Bilbo no matase a esa vil criatura cuando tuvo la oportunidad!

—¿Lástima? Sí, fue Lástima lo que detuvo la mano de Bilbo. Lástima y Misericordia: no mató sin necesidad. Y ha sido bien recompensado. Frodo, puedes estar seguro: la maldad lo rozó apenas y al fin pudo escapar gracias al modo en que tomó posesión del Anillo, con Lástima.

—Lo siento —dijo Frodo—; pero estoy asustado y no siento ninguna lástima por Gollum.

—No lo has visto —interrumpió Gandalf.

—No, y no quiero verlo —replicó Frodo—. No puedo entenderte. ¿Quieres decir que tú y los Elfos habéis dejado que siguiera viviendo después de todas esas horribles hazañas? Ahora, de cualquier modo, es tan malo como un orco, y además un enemigo. Merece la muerte.

—¿Que la merece? Sin duda. Muchos de los que viven merecen morir y algunos de los que mueren merecen la vida. ¿Puedes devolvérsela? Entonces no te apresures a dispensar la muerte, pues ni el más sabio conoce el fin de todos los caminos. No hay muchas esperanzas de que Gollum tenga cura antes de morir, pero creo que aún tiene una oportunidad. Y está atado al destino del Anillo. El corazón me dice que todavía tiene un papel que desempeñar, para bien o para mal, antes del fin; y cuando éste llegue, la misericordia de Bilbo puede determinar el destino de muchos, el tuyo, sobre todo. De cualquier modo no lo hemos matado; es muy anciano y muy infeliz. Los Elfos de los Bosques lo tienen prisionero, pero lo tratan con toda la benevolencia que es posible esperar de esos prudentes corazones.

—De todos modos —dijo Frodo—, aunque Bilbo no haya matado a Gollum, yo hubiese preferido que no se quedara con el Anillo. Desearía que nunca lo hubiese encontrado y querría no tenerlo ahora. ¿Por qué permitiste que lo conservara? ¿Por qué no me obligaste a tirarlo o destruirlo?

—¿Permitirte? ¿Obligarte? —respondió el mago—. ¿No has prestado atención a todo lo que he dicho? No has pensado bien lo que estás diciendo. En cuanto a tirarlo, hubiese sido una clara equivocación. Estos Anillos saben cómo hacerse encontrar. En malas manos podría haber hecho mucho daño. Y lo peor de todo es que podría haber caído en poder del Enemigo. En efecto, es lo que habría sucedido, pues es el Único, y el Enemigo está ejerciendo todo su poder para encontrarlo o atraerlo.

»Por supuesto, mi querido Frodo, era peligroso para ti, cosa que me ha preocupado profundamente. Pero había tanto en juego que tuve que arriesgarme, aunque durante mi ausencia no pasó un día sin que ojos vigilantes cuidaran la Comarca. Pensé que, mientras no lo usaras, el Anillo no iba a ejercer ningún efecto negativo sobre ti, o en todo caso no durante un tiempo. Y debes recordar que hace nueve años, cuando te vi por última vez, yo todavía no sabía mucho a ciencia cierta.

—Pero... ¿por qué no destruirlo? Dijiste que era lo que tendrían que haber hecho hace tiempo —volvió a exclamar Frodo—. Si me hubieses advertido, o me hubieses enviado un mensaje, yo lo habría destruido.

—¿De veras? ¿Cómo? ¿Lo has intentado alguna vez?

—No. Pero supongo que uno podría deshacerlo a martillazos o fundirlo.

—¡Inténtalo! —dijo Gandalf—. ¡Inténtalo ahora!

Frodo sacó de nuevo el Anillo y lo miró. Parecía ahora liso y suave, sin ninguna marca o patrón visible. El oro parecía muy brillante y puro, y Frodo admiró la hermosura y riqueza del color y la perfección de su redondez. Era admirable, una verdadera joya. Cuando lo sacó del bolsillo había pensado en arrojarlo a la parte más caliente del fuego. Comprobó que no podía, no sin vencer una enorme resistencia. Sopesó el Anillo en la mano, titubeando y tratando de recordar todo lo que Gandalf le había dicho, y entonces, recurriendo a toda su voluntad, hizo un movimiento para arrojarlo a las llamas, sólo para darse cuenta de que había vuelto a guardarlo en el bolsillo.

Gandalf rio torvamente.

—¿Ves, Frodo? Tampoco tú puedes deshacerte de él sin esfuerzo, ni dañarlo. Y yo no podría «obligarte», salvo por la fuerza, en cuyo caso te arruinaría la mente. Para acabar con el Anillo, de nada sirve la fuerza. No le harías daño aunque lo golpearas con un martillo pesado. Ni tus manos ni las mías podrían destruirlo.

»Para empezar, tu pequeño fuego ni siquiera podría fundir el oro común. Este Anillo ha pasado ya por ese fuego sin daño alguno, y ni siquiera se calentó. Pero no hay forja en la Comarca que pueda cambiarlo en lo más mínimo; ni siquiera los hornos y yunques de los Enanos podrían hacerle nada. Se ha dicho que el fuego de los dragones podía fundir y consumir los Anillos de Poder, pero en este mundo ya no quedan dragones cuyo fuego antiguo sea lo suficientemente caliente para hacerlo; y nunca ha habido dragones, ni siquiera Ancalagon el Negro, capaces de dañar el Anillo Único, el Anillo Soberano, porque fue fabricado por el mismo Sauron.

»Hay un solo camino: encontrar las Grietas del Destino, en las profundidades de Orodruin, la Montaña de Fuego, y arrojar allí el Anillo, si de verdad quieres destruirlo, e impedir que caiga en manos enemigas.

—¡Quiero destruirlo de veras! —exclamó Frodo—. Bueno, o que lo destruyan. No estoy hecho para aventuras peligrosas. Hubiese preferido no haberlo visto nunca. ¿Por qué vino a mí? ¿Por qué fui elegido?

—Ésas son preguntas que nadie puede responder —dijo Gandalf—. Puedes estar seguro de que no fue por ningún mérito que otros no tengan. Ni por poder ni por sabiduría, en cualquier caso. Pero has sido elegido y por tanto necesitarás de todos tus recursos: fuerza, ánimo, inteligencia.

—¡Tengo tan poco de esas cosas! Tú eres sabio y poderoso. ¿No quieres el Anillo?

—¡No, no! —exclamó Gandalf, incorporándose—. Mi poder sería entonces demasiado grande y terrible. Si yo lo tuviera, el Anillo adquiriría un poder todavía mayor y más mortal. —Los ojos de Gandalf relampaguearon y la cara se le iluminó como con un fuego interior—. ¡No me tientes! Pues no quiero convertirme en algo semejante al Señor Oscuro. Sin embargo, el modo en que el Anillo busca llegar a mi corazón es la misericordia, misericordia por los débiles, y el deseo de tener fuerzas para poder hacer el bien. ¡No me tientes! No me atrevo a tomarlo, ni siquiera para esconderlo y que nadie lo use. La tentación de recurrir al Anillo superaría mis fuerzas. Y las necesitaré para otras cosas. Me acechan grandes peligros.

Gandalf fue hacia la ventana, descorrió las cortinas, y abrió las contraventanas. El sol entró nuevamente en la habitación; Sam pasaba silbando por el sendero.

—Y ahora —dijo el mago volviéndose hacia Frodo—, la decisión depende de ti. Pero siempre te ayudaré. —Puso una mano sobre el hombro de Frodo—. Te ayudaré a soportar esta carga todo el tiempo que sea necesario. Pero tenemos que actuar pronto. El Enemigo se ha puesto en movimiento.

Hubo un largo silencio. Gandalf volvió a sentarse y dio unas caladas a la pipa, ensimismado. Parecía tener los ojos cerrados, pero observaba a Frodo con atención, entornando los párpados. Frodo miraba fijamente las enrojecidas brasas del hogar, hasta que creyó estar hundiendo los ojos en unos pozos profundos y llameantes. Pensaba en las famosas Grietas del Destino y en el terror de la Montaña de Fuego.

—Bien —dijo Gandalf al final—. ¿En qué piensas? ¿Has tomado una decisión?

—No —respondió Frodo, volviendo en sí desde las tinieblas. Se dio cuenta, para su sorpresa, de que era de día, y cuando miró por la ventana vio el jardín soleado—. O quizá sí. Por lo que he entendido de tus palabras, supongo que he de conservar el Anillo, al menos por ahora, me haga lo que me haga.

—Cualquier cosa que te haga, será muy lentamente; tardará en obrar el mal, si lo guardas con ese propósito —dijo Gandalf.

—Así lo espero —respondió Frodo—; pero también espero que encuentres un guardián mejor que yo, y pronto. Por el momento parece que soy un peligro para mis vecinos. No puedo conservar el Anillo y quedarme aquí. Tengo que salir de Bolsón Cerrado, abandonar la Comarca, abandonarlo todo e irme. —Suspiró—. Me gustaría salvar la Comarca, si pudiera, aunque alguna vez pensé que los habitantes eran tremendamente estúpidos y aburridos, y que un terremoto o una invasión de dragones les vendría bien. No siento lo mismo ahora. Siento que mientras la Comarca continúe a salvo, en paz y tranquila, mis peregrinajes serán más soportables; sabré que en alguna parte hay suelo firme, aunque yo nunca vuelva a pisarlo.

»Por supuesto, muchas veces pensé en irme, pero lo imaginaba como una especie de vacaciones, como una serie de aventuras semejantes a las de Bilbo, o mejores, con un final feliz. Esto, en cambio, significa exiliarse, escapar de un peligro a otro, y ellos siempre detrás, mordiéndome los talones. Supongo que he de partir solo si decido irme y salvar la Comarca, pero me siento pequeño, y desarraigado... y, bueno, desesperado. El Enemigo es tan fuerte y terrible...

No se lo dijo a Gandalf, pero mientras hablaba se le había encendido en el corazón el deseo de seguir a Bilbo, y de encontrarlo tal vez. Era tan fuerte que se sobrepuso al temor; podría casi haber salido corriendo camino abajo, sin sombrero, como lo había hecho Bilbo tiempo atrás, en una mañana muy similar.

—Mi querido Frodo —exclamó Gandalf—, los Hobbits son criaturas realmente sorprendentes, como ya he dicho. Puedes aprender todo lo que se refiere a sus costumbres y modos en un mes, y después de cien años aún te sorprenderán. No me esperaba esa respuesta, ni siquiera de ti; pero Bilbo no se equivocó al elegir a su heredero, aunque no pensó demasiado en la importancia que tendría esa elección. Temo que estés en lo cierto. El Anillo no podrá permanecer mucho más tiempo oculto en la Comarca; y para tu propio bien, tanto como para el de los demás, convendría que te fueras y dejaras de llamarte Bolsón. Ese nombre no te daría ninguna seguridad fuera de la Comarca o en las Tierras Salvajes. Te daré un seudónimo para tu viaje: cuando te marches, serás el señor Sotomonte.

»Pero no creo que necesites partir solo. No si conoces a alguien de confianza que quisiera acompañarte y a quien estuvieras dispuesto a exponer a peligros desconocidos. ¡Pero si buscas compañía, ¡elige con cuidado! ¡Y ten aún más cuidado con lo que dices, hasta a tus amigos más íntimos! El Enemigo tiene muchos espías y muchas maneras de enterarse.

De pronto Gandalf se detuvo, como si escuchara. Frodo notó que había mucho silencio, dentro y fuera. Gandalf se deslizó hacia un costado de la ventana; en seguida, como una flecha, saltó al antepecho y con un rápido movimiento extendió el largo brazo afuera y abajo. Se oyó un graznido y la mano de Gandalf reapareció sosteniendo por una oreja la ensortijada cabeza de Sam Gamyi.

—Bueno, bueno, ¡bendita sea mi barba! —exclamó Gandalf—. ¿No se trata de Sam Gamyi? ¿Qué andas haciendo?

—El cielo bendiga al señor Gandalf —respondió Sam—. ¡Nada! Andaba recortando el césped bajo la ventana, ¿no ve usted?

Tomó las tijeras y las mostró como una prueba.

—No, no veo —dijo Gandalf ásperamente—. Hace rato que no oigo el sonido de tus tijeras. ¿Cuánto tiempo has estado fisgando?

—¿Fisgando, señor? Perdón, no lo entiendo. No hay peces que yo pueda fisgar en Bolsón Cerrado, eso lo sabe todo el mundo.

Los ojos de Gandalf relampaguearon y las cejas se le erizaron como cerdas.

—No te hagas el tonto. ¿Qué has oído y por qué has escuchado?

—¡Señor Frodo! —gritó Sam, temblando—. No le permita que me haga daño, señor. No le permita que me transforme en un monstruo. Le sentaría muy mal a mi viejo padre. ¡No he querido hacer nada malo! ¡Lo juro, señor!

—No te hará daño —respondió Frodo sofocando la risa, aunque al mismo tiempo estaba asombrado y algo confundido—. Él sabe tan bien como yo que no tenías malas intenciones. ¡Pero levántate y contesta ahora mismo a su pregunta!

—Bien, señor —dijo Sam, un poco tembloroso—. He oído un montón de cosas que no terminaba de comprender sobre un enemigo, anillos, y el señor Bilbo, señor, dragones, una montaña de fuego y... Elfos, señor. He escuchado porque no he podido evitarlo, usted me entiende; pero ¡el señor me perdone!, adoro esas historias y creo en ellas, a pesar de lo que Ted diga. ¡Elfos, señor! Me encantaría verlos. ¿Podría llevarme con usted a ver a los Elfos, señor, cuando usted vaya?

De repente Gandalf se puso a reír.

—Entra —gritó, y sacando los brazos afuera levantó al asombrado Sam junto con la hierba cortada, las tijeras de podar y demás, y lo metió por la ventana, depositándolo en el suelo—. Que te lleve a ver a los Elfos, ¿eh? —dijo Gandalf, observando de cerca a Sam, mientras una sonrisa le bailaba en la cara—. ¿Entonces has oído que el señor Frodo se marcha?

—Lo he oído, señor, y por eso me he atragantado, y parece que usted me ha oído. He intentado reprimirlo, señor, pero no he podido. ¡Estaba tan disgustado!

—No hay nada que hacer, Sam —respondió Frodo tristemente. Entendía de pronto que huir de la Comarca supondría no sólo decir adiós a las comodidades de Bolsón Cerrado, sino que habría despedidas más dolorosas—. Tendré que irme, pero si tú me aprecias de verdad —y aquí observó a Sam fijamente—, no dirás ni una palabra sobre el asunto. ¿Entiendes? Si lo haces, o incluso si repites una sola palabra de lo que aquí has oído, espero que Gandalf te transforme en un sapo y luego llene de culebras el jardín.

Sam se arrodilló temblando.

—Levántate, Sam —le ordenó Gandalf—. He estado pensando en algo mejor. Algo que te cierre la boca y te castigue por haber escuchado. ¡Irás con el señor Frodo!

—¿Yo, señor? —gritó Sam, saltando de alegría, como un perro al que invitan a un paseo—. ¿Yo veré a los Elfos y todo? ¡Hurra! —gritó, y de pronto se echó a llorar.

3

TRES ES COMPAÑÍA

—Tienes que irte discretamente, y pronto —dijo Gandalf.

Habían pasado dos o tres semanas y Frodo no daba señales de preparar su partida.

—Lo sé, pero es difícil hacer las dos cosas —objetó—. Si desapareciese como Bilbo, la noticia se difundiría en seguida por toda la Comarca.

—¡No conviene que desaparezcas, por supuesto! —dijo Gandalf—. He dicho *pronto*, no *ahora*. Si se te ocurre algún modo de dejar la Comarca sin que todo el mundo se entere, creo que vale la pena esperar. Pero no lo postergues demasiado.

—¿Qué tal en el otoño o después de nuestro cumpleaños? —preguntó Frodo—. Creo que podré arreglar algo para entonces.

A decir verdad, se resistía a la idea de partir, ahora que se había decidido. Hacía tiempo que Bolsón Cerrado no le parecía una residencia tan agradable, y quería saborear al máximo ese último verano en la Comarca. Sabía que cuando llegara el otoño, al menos una parte de su corazón aceptaría mejor la idea de un viaje, como le sucedía siempre en esa estación. En su fuero interno ya había decidido partir en su quincuagésimo cumpleaños; el centésimo vigésimo octavo de Bilbo. Por alguna razón, le parecía un día apropiado para partir y seguir a Bilbo. Seguir a Bilbo era el objetivo principal y lo único que hacía soportable la idea de la partida. Pensaba lo menos posible en el Anillo y en el fin al que éste podría llevarlo. Pero no le dijo a Gandalf todo lo que pensaba. Lo que el mago adivinaba era siempre difícil de saber.

Gandalf miró a Frodo y sonrió.

—Muy bien —dijo—. Estoy de acuerdo con la fecha, pero no te retrases más. Ya empiezo a inquietarme. Mientras tanto, ten cuidado, ¡no dejes escapar ni media pista sobre adónde piensas ir! Y cuida de que Sam Gamyi no hable. Si habla, lo transformaré de veras en un sapo.

—En cuanto a *dónde* iré —dijo Frodo—, será muy difícil revelarlo, pues ni yo lo sé todavía.

—¡No seas absurdo! —exclamó Gandalf—. ¡No te estoy diciendo que no dejes tu dirección en la oficina de correos! Pero abandonas la Comarca, y eso no ha de saberse hasta que estés muy lejos de aquí. Tienes que ir, o al menos partir, hacia el sur, el norte, el este, o el oeste; y nadie ha de conocer el rumbo.

—He estado tan ocupado con la idea de dejar Bolsón Cerrado y con la despedida que aún no he pensado en el rumbo —dijo Frodo—. Porque, ¿adónde iré? ¿Qué me guiará? ¿Cuál será mi tarea? Bilbo fue en busca de un tesoro y volvió; pero yo voy a perder uno, y no volveré, por lo que puedo ver.

—Pero no ves muy lejos —dijo Gandalf—, ni yo tampoco. Tu tarea podría ser la de encontrar las Grietas del Destino, pero quizá ese trabajo esté reservado a otros. No lo sé. De cualquier modo, aún no estás preparado para un camino tan largo.

—¡Está claro que no! —dijo Frodo—; pero mientras tanto, ¿qué ruta tengo que tomar?

—Hacia el peligro, de modo no demasiado directo ni demasiado imprudente —respondió el mago—. Si quieres mi consejo: ve a Rivendel. El viaje no será tan peligroso, aunque el camino es más difícil de lo que era hace un tiempo, y será todavía peor cuando el año llegue a su fin.

—¡Rivendel! —dijo Frodo—. Muy bien, iré al este, hacia Rivendel. Llevaré a Sam a ver a los Elfos, cosa que le encantará. —Hablaba con tono ligero, pero de pronto el corazón le dio un vuelco con el deseo de ver la casa de Elrond el Medio Elfo y respirar el aire de aquel valle profundo donde mucha de la Hermosa Gente vivía todavía en paz.

Una tarde de verano, una asombrosa noticia llegó a La Mata de Hiedra y El Dragón Verde. Los gigantes y los otros portentos de los límites de la Comarca quedaron relegados a un segundo plano. Había asuntos más importantes. ¡El señor Frodo vendía Bolsón Cerrado! ¡De hecho, ya lo había vendido a los Sacovilla-Bolsón!

«Y además, por una buena cantidad» decían algunos. «A precio de ganga», decían otros, «y eso será lo más probable, si la señora Lobelia es la compradora». (Otho había muerto algunos años antes, a la madura aunque decepcionante edad de ciento dos años.)

La razón por la que el señor Frodo vendía su hermosa cueva se discutía todavía más que el precio. Unos pocos sostenían la teoría, apoyada por las indirectas e insinuaciones del mismo señor Bolsón, de que el dinero se le estaba agotando a Frodo. Abandonaría Hobbiton y viviría en Los Gamos de manera sencilla, entre sus parientes, los Brandigamo, con lo obtenido por la venta de Bolsón Cerrado. «Lo más lejos que pueda de los Sacovilla-Bolsón», agregaban algunos. Sin embargo, la idea de las inmensas riquezas de los Bolsón de Bolsón Cerrado estaba tan arraigada que a la mayoría todo esto le parecía increíble. Mucho más difícil que cualquier otra razón o sin razón que la imaginación pudiera inventar. Para muchos era una trama oscura y todavía secreta de Gandalf, quien, si bien se mantenía muy tranquilo, y no salía durante el día, era sabido que se «escondía en Bolsón Cerrado». Pero como quiera que la mudanza se acomodase o no a los planes del hechicero, algo era indudable: Frodo Bolsón volvía a Los Gamos.

—Sí, me mudaré este otoño —decía—. Merry Brandigamo me está buscando una pequeña pero hermosa cueva, o quizá una casita.

En realidad, Frodo había elegido y comprado con la ayuda de Merry una casita en Cricava, en el campo más allá de Gamoburgo. Para todos, excepto Sam, Frodo simuló que se establecería allí permanentemente. La decisión de partir hacia el este le sugirió tal idea, pues Los Gamos se encontraba en el límite oriental de la Comarca, y como había pasado allí la niñez, el regreso podía parecer verosímil.

Gandalf permaneció en la Comarca dos meses más. Luego, una tarde, a fines de junio, poco después de que el plan de Frodo quedara establecido de modo definitivo, anunció que partía a la mañana siguiente.

—Sólo por un corto período, espero —dijo—. Iré más allá de la frontera sur para recopilar algunas noticias, si es posible. He estado sin hacer nada demasiado tiempo.

Hablaba en un tono ligero, pero a Frodo le pareció que estaba preocupado.

—¿Ha pasado algo? —le preguntó.

—No. Pero he oído algo que me inquieta y que es imprescindible investigar. Si después de todo creo necesario que partas inmediatamente, volveré en seguida, o al menos te enviaré un mensaje. Mientras tanto no te desvíes del plan, pero sé más cuidadoso que nunca, sobre todo con el Anillo. Permíteme que insista: *¡No lo uses!*

Gandalf partió al amanecer.

—Podría volver en cualquier momento —dijo—. Como máximo estaré de vuelta para la fiesta de despedida. Después de todo, quizá necesites que te acompañe en el Camino.

Al principio, Frodo estuvo muy preocupado y pensaba a menudo en lo que Gandalf podía haber oído; pero la inquietud se fue apagando, y cuando llegó el buen tiempo olvidó momentáneamente sus problemas. Pocas veces se había visto en la Comarca un verano más hermoso y un otoño más opulento; los árboles estaban cargados con manzanas, la miel rebosaba en los panales y el maíz estaba alto y henchido.

Muy entrado el otoño, la suerte de Gandalf comenzó a inquietar de nuevo a Frodo. Terminaba septiembre y no había noticias del mago. El cumpleaños y la mudanza se acercaban y no había aparecido ni había enviado ningún mensaje. Comenzó el ajetreo en Bolsón Cerrado. Algunos amigos de Frodo llegaron para ayudarlo a embalar: allí estaban Fredegar Bolger, Folco Boffin y, naturalmente, sus amigos más íntimos: Pippin Tuk y Merry Brandigamo. Entre todos pusieron la casa patas arriba.

El veinte de septiembre, dos vehículos cubiertos partieron cargados hacia Los Gamos, a través del Puente del Brandivino, llevando al nuevo hogar los enseres y muebles que Frodo no había vendido. Al día siguiente Frodo estaba realmente inquieto, y clavaba los ojos afuera esperando a Gandalf. La mañana del jueves, el día de su cumpleaños, amaneció tan clara y brillante como ya lo hiciera hacía mucho tiempo, en el día de la gran fiesta de Bilbo. Gandalf no había aparecido aún. Por la tarde Frodo dio su fiesta de despedida: una cena muy pequeña, para él y sus cuatro ayudantes, pero estaba preocupado y con poco ánimo para esas cosas. La idea de que pronto tendría que separarse de sus jóvenes amigos le pesaba en el corazón. Se preguntaba cómo se lo diría.

Los cuatro jóvenes hobbits, por su parte, estaban muy animados, y la reunión pronto se hizo muy alegre, a pesar de la ausencia de Gandalf. El comedor estaba vacío a excepción de una mesa y sillas; pero la comida era buena y el vino excelente. El vino de Frodo no se había incluido en la venta a los Sacovilla-Bolsón.

—Suceda lo que suceda con el resto de mis cosas, ¡cuando los Sacovilla-Bolsón las tomen entre sus garras, al menos yo ya habré encontrado un buen destino para esto! —dijo Frodo mientras vaciaba el vaso. Era la última gota de Viejos Viñedos.

Después de haber cantado muchas canciones y hablado de muchas cosas que habían hecho juntos, brindaron por el cumpleaños de Bilbo y bebieron junto con Frodo a la salud de ambos, como era costumbre de Frodo. Luego salieron a respirar un poco de aire, echaron una mirada a las estrellas y se fueron a dormir. Con esto terminó la fiesta de Frodo, y Gandalf no había llegado.

A la mañana siguiente continuaron atareados cargando otro carro con el resto del equipaje. Merry se ocupó de todo esto, y partió junto con el Gordo (es decir, Fredegar Bolger).

—Alguien tiene que ir a calentar la casa antes de que llegues —dijo Merry—. Te veré luego, pasado mañana, si no te quedas dormido en el camino.

Folco volvió a su casa después del almuerzo, pero Pippin se quedó atrás. Frodo estaba inquieto, ansioso, aguardando en vano a Gandalf. Decidió esperar hasta la caída de la noche.

Luego, si Gandalf lo necesitaba urgentemente, podría ir a Cricava, y quizá incluso llegaría antes que él. Porque Frodo iría a pie; el plan, por placer, tanto como por cualquier otra razón, era caminar cómodamente desde Hobbiton hasta Balsadera de Gamoburgo y echar una última mirada a la Comarca.

—Así me pondré un poco en forma —dijo, mirándose en un espejo polvoriento del vestíbulo casi vacío. Hacía tiempo que no caminaba apretando el paso, y la imagen, opinó, no daba una impresión de vigor.

Después del almuerzo, aparecieron los Sacovilla-Bolsón, Lobelia y su hijo Lotho, de pelo color arena. Frodo se sintió bastante molesto.

—¡Nuestra al fin! —exclamó Lobelia, al tiempo que entraba.

No era ni cortés ni estrictamente verdadero, pues la venta de Bolsón Cerrado no iba a hacerse efectiva hasta la medianoche. Pero se podía perdonar a Lobelia; se había visto obligada a esperar unos setenta y siete años más de lo previsto para hacerse con Bolsón Cerrado, y ahora tenía cien años. De cualquier modo, había vuelto para asegurarse de que no faltase nada de lo que había comprado, y quería las llaves. Llevó largo rato satisfacerla, pues había traído un inventario completo que verificó punto por punto. Al fin partió con Lotho, la llave de repuesto y la promesa de que podría recoger la otra llave en la casa de los Gamyi, en Bolsón de Tirada. Resopló, dejando ver claramente que suponía a los Gamyi capaces de saquear la cueva esa noche. Frodo no le ofreció nada para tomar.

Tomó su propia cena en la cocina con Pippin y Sam Gamyi. Se había anunciado oficialmente que Sam se iría a Los Gamos «a ayudar al señor Frodo y cuidar el jardincito». Un arreglo que el Tío apoyó, aunque no compensaba por la idea de tener a Lobelia como vecina.

—¡Nuestra última comida en Bolsón Cerrado! —exclamó Frodo, retirando la silla.

Dejaron los platos sucios a Lobelia. Pippin y Sam cerraron los tres macutos y los apilaron en el vestíbulo; luego Pippin salió a dar una última vuelta por el jardín. Sam desapareció.

El sol se puso; Bolsón Cerrado parecía triste, melancólico, desmantelado. Frodo vagaba por las habitaciones familiares y vio cómo la última luz del día se borraba en las paredes, y las sombras que trepaban por los rincones. Adentro oscureció lentamente. Salió de la habitación, descendió hasta la puerta que estaba en el extremo del sendero, y anduvo un trecho por el Camino de la Colina. Tenía cierta esperanza de ver a Gandalf subiendo a grandes zancadas en el atardecer.

El cielo estaba claro y las estrellas brillaban cada vez más.

—Será una hermosa noche —dijo en voz alta—. Buen comienzo. Tengo ganas de echar a caminar. No puedo seguir esperando. Partiré, y Gandalf tendrá que seguirme.

Volvió sobre sus pasos para regresar, pero al momento se detuvo a oír voces que venían del otro lado del jardín, al final de Bolsón de Tirada. Una voz era sin duda la del Tío, la otra era extraña y en cierto modo desagradable. No pudo entender lo que decía, pero oyó las respuestas del Tío, que eran bastante estridentes. El anciano parecía muy irritado.

—No, el señor Bolsón se ha ido esta mañana y Sam se fue con él. Al menos todo lo que tenía ha desaparecido. Sí, vendió y se fue, como digo. ¿Por qué? El porqué no es asunto suyo ni mío. ¿Hacia dónde? No es un secreto; se mudó a Gamoburgo o a algún otro lugar de allá abajo. Pues sí, hay un buen trecho. Nunca he ido tan lejos; es rara la gente de Los Gamos. No, no puedo dejarle ningún mensaje. ¡Buenas noches!

Los pasos descendieron la Colina. Frodo se preguntó vagamente por qué el hecho de que no hubieran subido lo había aliviado tanto. «Supongo que estoy harto de preguntas y de la curiosidad de la gente sobre mis asuntos» pensó. «¡Qué preguntones son todos ellos!» Tuvo la idea de ir a buscar al Tío y averiguar quién había sido el interlocutor, pero pensándolo mejor (o peor) se dio media vuelta y volvió rápidamente a Bolsón Cerrado.

Pippin esperaba sentado sobre su macuto en el vestíbulo. Frodo atravesó la puerta oscura y llamó:

—¡Sam! ¡Sam! ¡Ya es hora!

—¡Voy, señor! —se oyó la respuesta desde el fondo de la casa, seguida por el mismo Sam que salió secándose la boca. Había estado despidiéndose del barril de cerveza, en la bodega.

—¿Todo a bordo, Sam? —preguntó Frodo.

—Sí, señor. Ahora aguantaré un rato.

Frodo cerró la puerta con llave y se la dio a Sam.

—¡Corre con ella a tu casa, Sam! —le dijo—. Luego ataja por Tirada y encuéntranos tan pronto como puedas en la verja de entrada al camino, más allá de la pradera. No cruzaremos el pueblo esta noche; hay demasiados oídos y ojos atisbándonos.

Sam partió a toda prisa.

—Bueno, ¡al fin nos vamos! —dijo Frodo.

Cargaron los macutos sobre los hombros, tomaron los bastones, y doblaron por la esquina hacia el lado oeste de Bolsón Cerrado.

—¡Adiós! —dijo Frodo mirando las ventanas oscuras y vacías. Agitó la mano, y luego se volvió; y (siguiendo a Bilbo, si lo hubiera sabido) corrió detrás de Peregrin, sendero abajo. Saltaron por la parte menos elevada del seto y fueron hacia los campos, entrando en la oscuridad como un susurro en la hierba.

Al pie de la colina, por la ladera del oeste, llegaron a la entrada del estrecho sendero. Se detuvieron y ajustaron las correas de los macutos; en ese momento apareció Sam, trotando de prisa y resoplando; llevaba la carga al hombro y se había puesto en la cabeza un deformado saco de fieltro que llamaba sombrero. En las tinieblas se parecía mucho a un enano.

—Estoy seguro de que me han dado el macuto más pesado —dijo Frodo—. Siempre compadecí a los caracoles y a todo bicho que lleve la casa a cuestas.

—Yo podría cargar mucho más, señor, mi fardo es muy liviano —mintió Sam resueltamente.

—No, Sam —dijo Pippin—. Le hace bien. Sólo lleva lo que nos ordenó empacar. Ha estado flojo últimamente. Sentirá menos la carga cuando camine un rato y pierda un poco de su propio peso.

—¡Sed amables con un pobre y viejo hobbit! —rio Frodo—. Estaré tan delgado como una vara de sauce antes de llegar a Los Gamos. Pero estaba diciendo tonterías. Sospecho que has cargado demasiado, Sam; echaré un vistazo la próxima vez que empaquemos. —Tomó de nuevo el bastón—. Bueno, a todos nos gusta caminar en la oscuridad —dijo—, así que sigamos unas millas más antes de dormir.

Durante un rato siguieron el sendero hacia el oeste. Luego doblaron a la izquierda, volviendo sigilosamente a los campos. Continuaron en fila bordeando setos y sotobosques mientras la noche los envolvía en sombras. Cubiertos con sus mantos oscuros, eran tan invisibles como si todos tuviesen anillos mágicos. Puesto que todos eran hobbits, y procuraban andar en silencio, no hacían ningún ruido que alguien pudiera oír, ni siquiera otros hobbits. Hasta las criaturas salvajes de los campos y los bosques apenas se daban cuenta de que pasaban.

Después de un tiempo cruzaron El Agua, al oeste de Hobbiton, por un angosto puente de tablas. El arroyo no era allí más que una serpenteante cinta negra, bordeada por inclinados alisos. Una milla o dos más al sur cruzaron con rapidez el camino principal del Puente del Brandivino; ahora se encontraban en las Tierras de Tuk y torciendo al sudeste se encaminaron hacia el País de las Colinas Verdes. Cuando empezaron a trepar por la primera ladera miraron atrás y pudieron ver las luces de Hobbiton parpadeando a lo lejos en el suave valle de El Agua. La escena desapareció pronto entre los pliegues de la oscurecida tierra, y después pasó lo mismo con Delagua, a orillas de la laguna gris. Cuando la luz de la última granja quedó muy atrás, asomando entre los árboles, Frodo se volvió y agitó la mano en señal de despedida.

—Me pregunto si volveré a ver ese valle —dijo con calma.

Después de tres horas de caminata descansaron. La noche era clara, fresca y estrellada, pero unas nubes de bruma ascendían por las faldas de la loma desde los arroyos y las praderas profundas. Unos abedules de follaje escaso, que la brisa movía por encima de sus cabezas, eran como una trama negra contra el cielo pálido. Tomaron una cena muy frugal (para los hobbits) y continuaron la marcha. Pronto encontraron un camino muy angosto, que ascendía y descendía, y que se perdía grisáceo en la oscuridad delante de ellos; era el camino a Casa del Bosque y Cepeda, y a Balsadera de Gamoburgo. Subía desde el camino principal en el valle de El Agua, y zigzagueaba por las laderas de las Colinas Verdes hacia Bosque Cerrado, una región salvaje de la Cuaderna del Este.

Después de un rato, el camino se hundía en una zanja profunda que corría entre árboles altos; las hojas secas susurraban en la noche cerrada. Al principio hablaban o entonaban una canción a media voz juntos, pues estaban lejos ahora de oídos indiscretos. Luego continuaron en silencio, y Pippin comenzó a rezagarse. Al fin, cuando empezaban a subir una empinada cuesta se detuvo y se puso a bostezar.

—Tengo tanto sueño —dijo— que pronto me caeré en mitad del camino. ¿Pensáis dormir de pie? Es casi medianoche.

—Creí que te gustaba caminar en la oscuridad —dijo Frodo—. Pero no corre tanta prisa; Merry nos espera pasado mañana, de modo que tenemos aún cerca de dos días. Pararemos en el primer lugar adecuado que encontremos.

—El viento sopla del oeste —dijo Sam—. Si vamos a la ladera opuesta de esta colina encontraremos un lugar bastante resguardado y cómodo, señor. Más adelante hay un bosque seco de abetos, si mal no recuerdo.

Sam conocía bien la región en veinte millas a la redonda de Hobbiton, pero nunca había traspasado esos límites geográficos.

En la cima misma de la loma estaba el bosquecillo de abetos. Dejando el camino, se metieron en la profunda oscuridad de los árboles que olían a resina, y juntaron ramas secas y piñas para hacer fuego. Pronto las llamas crepitaron alegremente al pie de un gran abeto y se sentaron alrededor un rato, hasta que comenzaron a cabecear. Cada uno en un rincón entre las raíces del árbol, envueltos en capas y mantas, cayeron en un sueño profundo. Nadie quedó de guardia; ni siquiera Frodo temía algún peligro, pues aún estaban en el corazón de la Comarca. Unas pocas criaturas se acercaron a observarlos cuando el fuego se apagó. Un zorro que pasaba por el bosque, ocupado en sus propios asuntos, se detuvo unos instantes, husmeando.

«¡Hobbits! —pensó—. Bien, ¿qué será lo siguiente? He oído cosas extrañas de esta tierra, pero rara vez de un hobbit que duerma a la intemperie bajo un árbol. ¡Tres hobbits! Hay algo muy extraordinario detrás de todo esto.» Estaba en lo cierto, pero nunca descubrió nada más sobre el asunto.

Llegó la mañana, pálida y húmeda. Frodo despertó primero y descubrió que la raíz del árbol se le había incrustado en la espalda y que tenía el cuello tieso. «¡Caminar por placer! ¿Por qué no habré venido en carro?», pensó como lo hacía siempre al comenzar una expedición. «¡Y todas mis hermosas camas de plumas vendidas a los Sacovilla-Bolsón! Las raíces de estos árboles les hubieran venido bien.» Se desperezó.

—¡Arriba, hobbits! —exclamó—. Es una hermosa mañana.

—¿Qué tiene de hermosa? —preguntó Pippin, asomando un ojo sobre el borde de la manta—. ¡Sam! ¡Prepara el desayuno para las nueve y media! ¿Tienes listo ya el baño caliente?

Sam dio un salto, amodorrado aún.

—No, señor, ¡todavía no! —exclamó.

Frodo arrancó las mantas que envolvían a Pippin, lo hizo rodar y después se encaminó al linde del bosque. En el lejano este, el sol se levantaba muy rojo entre las nieblas espesas que cubrían el mundo. Tocados con oro y rojo, los árboles otoñales parecían navegar a la deriva en un mar de sombras. Un poco más abajo, a la izquierda, el camino descendía bruscamente a una hondonada y desaparecía.

Cuando Frodo regresó, Sam y Pippin ya habían preparado un buen fuego.

—¡Agua! —gritó Pippin—. ¿Dónde está el agua?

—No llevo agua en los bolsillos —dijo Frodo.

—Pensábamos que habrías ido a buscarla —dijo Pippin, muy ocupado en sacar los alimentos y las tazas—. Es mejor que vayas ahora.

—Tú también puedes venir —respondió Frodo—. Y trae todas las botellas.

Había un arroyo al pie de la loma. Llenaron las botellas y la pequeña tetera en un saltito de agua de pocos pies de altura, que caía desde un reborde de piedra gris. Estaba helada, y se lavaron la cara y las manos sacudiéndose y resoplando.

Cuando terminaron de desayunar y rehicieron los macutos, eran más de las diez de la mañana y el día estaba volviéndose hermoso y cálido. Bajaron la cuesta, cruzaron el arroyo, subieron la cuesta siguiente, y subiendo y bajando franquearon otra cresta de las colinas. Entonces las capas, las mantas, el agua, los alimentos y el resto de su equipo empezaron a parecerles una carga pesada.

La marcha de ese día prometía ser calurosa y la carga agotadora. Sin embargo, unas millas más adelante desaparecieron las subidas y bajadas. El camino ascendía hasta la cima de una empinada colina por una senda fatigosa y zigzagueante, y luego descendía una última vez. Vieron frente a ellos las tierras bajas, salpicadas con pequeños grupos de árboles que a la distancia se confundían en una parda bruma boscosa. Estaban mirando por encima de Bosque Cerrado hacia el río Brandivino. El camino se alargaba como una cinta.

—El camino no tiene fin —dijo Pippin—, pero yo necesito descansar. Es la hora del almuerzo.

Se sentó al borde del camino, mirando hacia el brumoso este; más allá estaba el Río y el fin de la Comarca donde había pasado toda la vida. Sam permanecía de pie junto a él; los ojos redondos muy abiertos, pues veía tierras que nunca había visto, y más allá un nuevo horizonte.

—¿Hay Elfos en esos bosques? —preguntó.

—Que yo sepa, no —respondió Pippin.

Frodo callaba. También él miraba hacia el este a lo largo del camino, como si no lo hubiese visto nunca. De pronto dijo pausadamente y en voz alta, pero como si se hablara a sí mismo:

> *Sigue y sigue siempre el Camino*
> *desde la puerta de la que vino.*
> *Lejano corre ya en Sendero,*

y he de proseguirlo, si puedo;
con paso alegre emprendido
al camino ancho unido
de mil senderos y encargos al encuentro.
¿Y de ahí adónde iré? Decirlo, no puedo.

—Me recuerda a un poema del viejo Bilbo —dijo Pippin—. ¿Es una de tus imitaciones? No me parece muy alentadora.

—No lo sé —dijo Frodo—. Cuando me llegó fue como si estuviese inventándolo, pero es posible que lo haya oído hace mucho tiempo. En realidad, me recuerda mucho a Bilbo en los últimos años, antes que partiera. Decía a menudo que sólo había un Camino y que era como un río caudaloso; tenía sus fuentes en el umbral de todas las puertas, y todos los senderos eran ríos tributarios. «Es muy peligroso, Frodo, cruzar la puerta» solía decirme. «Vas hacia el Camino y si no cuidas tus pasos no sabes hacia dónde te llevará. ¿Te das cuenta de que este mismo camino atraviesa el Bosque Negro, y que, si lo dejas, puede llevarte a la Montaña Solitaria?» Solía decir esto en el camino que pasa frente a la puerta principal de Bolsón Cerrado, especialmente después de haber hecho una larga caminata.

—Bueno, a mí este camino no me llevará a ningún lado, al menos durante una hora —dijo Pippin, descargando el macuto.

Los otros siguieron su ejemplo. Apoyaron los bultos contra el terraplén y extendieron las piernas sobre el camino. Descansaron, almorzaron bien, y luego descansaron de nuevo.

El sol declinaba y la luz de la tarde se alargaba sobre la tierra cuando los tres hobbits bajaron la colina. Hasta ese momento no habían encontrado ni un alma en el camino; no era una vía muy frecuentada, pues no era apta para carros y había poco tránsito hacia Bosque Cerrado. Iban caminando, apretando el paso desde hacía una hora o más, cuando Sam se detuvo un momento como si escuchara. Ahora habían alcanzado un suelo nivelado, y el camino, después de mucho serpentear, se extendía en línea recta y cruzaba praderas verdes, salpicadas de árboles altos, como miembros aislados de los próximos bosques.

—Oigo un poney o un caballo que viene por el camino detrás de nosotros —dijo Sam.

Miraron hacia atrás, pero había una curva en el camino y no podían ver muy lejos.

—Me pregunto si no será Gandalf que viene a reunirse con nosotros —dijo Frodo. Al mismo tiempo sintió que no era así, y de pronto tuvo el deseo de esconderse, para que el jinete no lo viera—. No es que me importe mucho —dijo disculpándose—, pero preferiría que nadie me viese en el camino; estoy harto de que mis cosas se sepan y discutan. Y si es Gandalf —añadió, pensándolo mejor—, le daremos una pequeña sorpresa como pago por su demora. ¡Escondámonos!

Los otros dos corrieron hacia la izquierda, metiéndose en un hoyo, no lejos del camino, y agazapándose. Frodo dudó un segundo; la curiosidad, o algún otro sentimiento, luchaba con el deseo de esconderse. El ruido de cascos se acercaba. Justo a tiempo se arrojó a un lugar de hierba alta, detrás de un árbol que sombreaba el camino. Luego alzó la cabeza y espió con precaución por encima de una de las grandes raíces.

En el codo del camino apareció un caballo negro, no un poney hobbit sino un caballo de gran tamaño, y sobre él un hombre corpulento, que parecía encorvarse sobre la silla, envuelto en un gran manto negro y tocado con un capuchón, por lo que sólo se le veían las botas en los altos estribos. La cara era invisible en la sombra.

Cuando llegó al árbol, frente a Frodo, el caballo se detuvo. El jinete permaneció sentado, inmóvil, con la cabeza inclinada, como escuchando. Del interior del capuchón vino un sonido, como si alguien olfateara para atrapar un olor fugaz; la cabeza se volvió hacia uno y otro lado del camino.

Un repentino miedo de ser descubierto se apoderó de Frodo, y pensó en el Anillo. Apenas se atrevía a respirar, pero el deseo de sacar el Anillo del bolsillo se hizo tan fuerte que empezó a mover lentamente la mano. Sentía que sólo tenía que deslizárselo en el dedo para sentirse seguro; el consejo de Gandalf le parecía disparatado. Bilbo mismo había usado el Anillo. «Todavía estoy en la Comarca» pensó, al tiempo que tocaba la cadena del Anillo. En ese momento el jinete se enderezó y sacudió las riendas. El caballo echó a andar, lentamente primero y después con un rápido trote.

Frodo se arrastró al borde del camino y siguió con la vista al jinete, hasta que desapareció a lo lejos. No podía asegurarlo, pero le pareció que antes de perderse de vista, el caballo había doblado repentinamente hacia los árboles de la derecha.

—A esto lo llamo yo algo muy curioso; de hecho, inquietante —se dijo Frodo, mientras iba al encuentro de sus compañeros.

Pippin y Sam habían permanecido todo este tiempo tendidos sobre la hierba y no habían visto nada; Frodo les describió el jinete y su extraño comportamiento.

—No puedo decir por qué, pero sentí que me buscaba o me *olfateaba*, y tuve la certeza de que yo no quería que me descubriera. Nunca en la Comarca he visto o sentido algo parecido.

—Pero ¿qué tiene que ver con nosotros uno de la Gente Grande? —preguntó Pippin—. ¿Y qué está haciendo en esta parte del mundo?

—Hay algunos hombres en los alrededores —dijo Frodo—. Me parece que tuvieron dificultades con la Gente Grande, allá abajo en la Cuaderna del Sur, pero nunca había oído de alguien como este jinete. Me pregunto de dónde viene.

—Perdón, señor —interrumpió Sam de improviso—. Yo sé de dónde viene. De Hobbiton. A menos que haya más de uno. Y sé adónde va.

—¿Qué quieres decir? —dijo Frodo severamente, mirándolo con asombro—. ¿Por qué no lo has dicho antes?

—Acabo de acordarme, señor. Ocurrió así: cuando ayer a la tarde volví a casa con la llave, mi padre me dijo: *¡Hola, Sam! Pensaba que habías partido con el señor Frodo esta mañana. Ha venido un personaje extraño preguntando por el señor Bolsón, de Bolsón Cerrado. Se acaba de ir. Lo he enviado a Gamoburgo. No es que me haya gustado su tono. Pareció desconcertado cuando le dije que el señor Bolsón había dejado su viejo hogar para siempre. Silbó entre dientes, sí. Me estremecí.* Le pregunté al Tío qué clase de individuo era. *No lo sé,* me respondió. *Pero no era un hobbit. Era alto y oscuro, y se inclinó sobre mí; creo que era uno de la Gente Grande, esos que viven en lugares remotos. Hablaba de modo raro.*

»No pude quedarme a escuchar más, señor, pues usted me esperaba; no le hice mucho caso. El Tío está ya mayor, y no ve muy bien que se diga, y debe de haber sido casi de noche cuando este tipo subió la colina y lo encontró tomando el aire al final del camino. Espero que mi padre no le haya causado daño, señor, ni yo.

—No se puede culpar al Tío —le respondió Frodo—. De hecho, lo oí hablar con un extraño, que parecía preguntar por mí, y tuve la tentación de acercarme y preguntarle quién era. Lamento no haberlo hecho, o que no me lo hubieses contado antes; me habría cuidado más en el camino.

—Quizá no haya relación entre este jinete y el extraño del Tío —dijo Pippin—. Abandonamos Hobbiton muy sigilosamente, y no sé cómo hubiera podido seguirnos.

—¿Qué me dice del *olfateo*, señor? —preguntó Sam—. Y el Tío dijo que era un tipo negro.

—Ojalá hubiese esperado a Gandalf —murmuró Frodo—. Pero quizá habría empeorado las cosas.

—¿Entonces sabes o sospechas algo de ese jinete? —dijo Pippin, que había captado el murmullo.

—No sé nada, y prefiero no especular —dijo Frodo.

—¡Bien, primo Frodo! Puedes guardar el secreto, si quieres hacerte el misterioso. Mientras tanto, ¿qué haremos? Me gustaría tomar un bocado y un trago, pero creo que sería mejor salir de aquí. Tus palabras sobre jinetes olfateadores de narices invisibles me han turbado bastante.

—Sí, creo que nos iremos —dijo Frodo—. Pero no por el camino; pudiera ocurrir que el jinete volviera, o lo siguiese algún otro. Hoy nos queda todavía un buen trecho. Los Gamos está todavía a muchas millas de aquí.

Cuando partieron, las sombras de los árboles eran largas y delgadas sobre la hierba. Caminaban ahora por la izquierda del camino, manteniéndose a un tiro de piedra de distancia y fuera de la vista todo lo posible; pero la marcha era así difícil, pues la hierba crecía en matas espesas, el suelo era irregular y los árboles comenzaban a apretarse en bosquecillos.

El sol enrojecido se había puesto detrás de las lomas, a espaldas de los viajeros, y la noche iba cayendo antes de que volvieran al camino, al final de la larga llanura que había atravesado en línea recta. Allí se desviaba hacia la izquierda y descendía hasta las tierras bajas de La Cerrada en dirección a

Cepeda; pero una pista se bifurcaba a la derecha y se internaba culebreando en un bosque de viejos robles hacia Casa del Bosque.

—Por ahí debemos ir —dijo Frodo.

No muy lejos del cruce de caminos tropezaron con el enorme tronco de un árbol; vivía todavía y tenía hojas en las pequeñas ramas que habían brotado alrededor de los muñones dejados por las ramas caídas mucho tiempo atrás; pero estaba hueco, y en el lado opuesto del sendero había una gran grieta por donde se podía entrar. Los hobbits se arrastraron dentro del tronco y se sentaron sobre un suelo de vieja hojarasca y madera carcomida. Descansaron y tomaron una ligera merienda, hablando en voz baja y escuchando de vez en cuando.

El crepúsculo los envolvió cuando salieron otra vez al camino. El viento del oeste suspiraba en las ramas. Las hojas susurraban. Pronto el camino empezó a descender suavemente, pero sin pausa, en la oscuridad. Una estrella apareció sobre los árboles, ante ellos, en las crecientes tinieblas del oriente. Para mantener el ánimo caminaban juntos coordinando sus pasos. Después de un rato, cuando las estrellas se hicieron más brillantes y numerosas, les abandonó la sensación de desasosiego y ya no prestaron atención a un posible ruido de cascos. Comenzaron a tararear suavemente, como lo hacen los hobbits cuando caminan, sobre todo cuando vuelven a sus casas por la noche. La mayoría canta entonces canciones sobre cenas o nanas; pero estos hobbits tarareaban una canción de caminantes (aunque con algunas alusiones a la cena y a la cama, por supuesto). Bilbo Bolsón había puesto letra a una melodía tan vieja como las colinas mismas, y se la había enseñado a Frodo mientras caminaban por los senderos del valle de El Agua y hablaban de la Aventura.

En morada la lumbre es roja,
y bajo el techo hay un lecho;
pero los pies aún no se agotan,
y tras el recodo incluso hallemos
de pronto un árbol o erguida roca
que nadie ha visto salvo nos.
Árbol, flor, brizna y pasto,
¡que pasen, que pasen!
Colina y agua bajo el cielo,
¡pasemos, pasemos!

Tras el recodo quizá aún espera
nueva senda o puerta secreta,
y aunque de largo hoy pasamos
quizá mañana aquí volvamos
y tomemos senderos que ocultos corren
hacia la Luna o hacia el Sol.
Manzana, espino, nuez y endrino
¡que se pierdan, que se pierdan!
Arena, piedra, estanque y cañón,
¡adiós, adiós!

El hogar atrás, delante el mundo,
y mil senderos por surcar,
en las sombras al filo en noche
hasta que toda estrella vuelva a alumbrar.
Luego, el mundo atrás y delante el hogar;
de vuelta a casa y a la cama.

Niebla y crepúsculo, nube y sombra,
¡se borrarán, se borrarán!
Lámpara, fuego, pan y carne,
¡y luego a la cama, a la cama!

La canción terminó.

—¡*Y ahora a la cama! ¡Ahora a la cama!* —cantó Pippin en voz alta.

—¡Calla! —interrumpió Frodo—. Me parece que se oye el ruido de cascos otra vez.

Se detuvieron, y se quedaron escuchando en silencio, como sombras de árboles. Había un ruido de cascos en el camino, detrás, bastante lejos, pero se acercaba lenta y claramente traído por el viento. Los hobbits se deslizaron fuera del camino con rapidez y sigilo, y corrieron hasta las sombras más profundas bajo los robles.

—No nos alejemos demasiado —dijo Frodo—. No quiero que me vean, pero quiero ver si es otro Jinete Negro.

—Bien —dijo Pippin—. ¡Pero no olvides el olfateo!

El ruido se aproximó; no tuvieron tiempo de encontrar mejor escondrijo que la oscuridad bajo los árboles. Sam y Pippin se agacharon detrás de un tronco grueso, mientras que Frodo se arrastraba unos pocos pasos hacia el camino descolorido, una línea gris de luz agonizante que atravesaba el bosque. Arriba, las estrellas se apretaban en el cielo oscuro, pero no había luna.

El sonido de cascos se interrumpió. Frodo vio algo oscuro que recortaba el espacio más claro entre dos árboles, y luego se detenía. Parecía la sombra negra de un caballo, llevado por una sombra más pequeña. La sombra se alzó junto al lugar en que habían dejado el camino y se balanceó de un lado a otro; Frodo creyó oír la respiración de alguien que olfateaba. La sombra se inclinó sobre el suelo y luego empezó a arrastrarse hacía Frodo.

Una vez más Frodo sintió el deseo de ponerse el Anillo, y el deseo era más fuerte que la vez anterior. Tan fuerte era que antes de advertir lo que hacía, ya estaba tanteándose el bolsillo.

En ese mismo momento se oyó un sonido de risas y cantos que se mezclaban. Unas voces claras se elevaron y bajaron en la noche estrellada. La sombra negra se enderezó, retirándose. Montó el caballo oscuro y pareció que se desvanecía en las sombras del otro lado del camino. Frodo recobró el aliento.

—¡Elfos! —exclamó Sam con un murmullo ronco—. ¡Elfos, señor! —Si no lo hubieran retenido, habría salido corriendo de entre los árboles para unirse a las voces.

—Sí, son elfos —dijo Frodo—. Se los encuentra a veces en Bosque Cerrado. No viven en la Comarca, pero vagabundean por aquí en primavera y en otoño, lejos de sus propias tierras, más allá de las Colinas de las Torres. Y les agradezco la costumbre. No lo visteis, pero el Jinete Negro se detuvo justamente aquí y se arrastraba hacia nosotros cuando empezó el canto. Tan pronto oyó las voces, escapó.

—¿Y los elfos? —dijo Sam, demasiado excitado para preocuparse por el jinete—. ¿No podemos ir a verlos?

—Escucha, vienen hacia aquí —dijo Frodo—. Sólo tenemos que esperar junto al camino.

La canción se acercó. Una voz clara se elevaba sobre las otras. Cantaba en la bella lengua de los Elfos, de la que Frodo conocía muy poco y los otros nada. Sin embargo, el sonido, combinado con la melodía, parecía tomar forma en la mente de los hobbits con palabras que entendían sólo a medias. Ésta era la canción, tal como la oyó Frodo:

¡Albanevada! ¡Albanevada! ¡Oh, Dama clara!
¡Allende los Mares del Oeste Soberana!
¡Oh, Luz de los que aquí vagamos
en un mundo de árboles entrelazados!

¡Gilthoniel! ¡Oh, Elbereth!

¡Clara tu mirada, y tu aliento brillante!
¡Albanevada! ¡Albanevada! Te cantamos
más allá del Mar, en territorios lejanos.

Oh, estrellas de un Año sin Aurora
que ella sembró con luminosa mano,
en campos céfiros, brillante y clara ahora
¡vemos tu flor de plata en viento al vuelo!

¡Oh, Elbereth! ¡Gilthoniel!
Aún late tu recuerdo en los que moramos al lindel
de esta tierra lejana bajo la foresta,
tu estela luz, sobre los Mares del Oeste.

La canción terminó.

—¡Son Altos Elfos! ¡Han nombrado a Elbereth! —dijo Frodo asombrado—. No sabía que estas gentes magníficas visitaran la Comarca. No hay muchos ahora en la Tierra Media, al este del Gran Mar. Ésta es de veras una extraña coincidencia.

Los hobbits se sentaron junto al camino, entre las sombras. Los Elfos no tardaron en bajar por el camino hacia el valle. Pasaron lentamente, y los hobbits vieron la luz de las estrellas que centelleaba en los cabellos y los ojos de los elfos. No llevaban luces, pero un resplandor semejante a la luz de la luna poco antes de asomar sobre la cresta de las colinas les envolvía los pies. Marchaban ahora en silencio y el último se volvió en el camino, miró a los hobbits, y se rio.

—¡Salve, Frodo! —exclamó—. Es muy tarde para estar fuera. ¿O andas perdido?

Llamó en voz alta a los otros, que se detuvieron y se reunieron alrededor de los hobbits.

—Es realmente maravilloso —dijeron—. Tres hobbits en un bosque, de noche. No hemos visto nada semejante desde que Bilbo se fue. ¿Qué significa?

—Esto sólo significa, Hermosa Gente —dijo Frodo—, que seguimos el mismo camino que vosotros, según parece. Me gusta caminar a la luz de las estrellas, y quisiera acompañaros.

—Pero no necesitamos ninguna compañía, y además los hobbits son muy aburridos —rieron—. ¿Y cómo sabes que vamos en la misma dirección si no sabes adónde vamos?

—¿Y cómo sabéis mi nombre? —preguntó Frodo.

—Sabemos muchas cosas —dijeron los elfos. Te vimos a menudo con Bilbo, aunque tú no nos vieras.

—¿Quiénes sois? ¿Quién es vuestro señor? —preguntó Frodo.

—Me llamo Gildor —respondió el jefe, el primero que lo había saludado—. Gildor Inglorion de la Casa de Finrod. Somos Desterrados; la mayoría de nosotros ha partido hace tiempo, y ahora no hacemos otra cosa que demorarnos un poco antes de cruzar el Gran Mar. Pero algunos de nuestros parientes viven aún en paz en Rivendel. Vamos, Frodo, dinos qué haces, pues vemos sobre ti una sombra de miedo.

—¡Oh, Gente Sabia —interrumpió ansiosamente Pippin—, decidnos algo de los Jinetes Negros!

—¿Jinetes Negros? —murmuraron los elfos—. ¿Por qué esa pregunta?

—Porque dos Jinetes Negros nos dieron alcance hoy mismo, o uno lo hizo dos veces —respondió Pippin—. Desapareció minutos antes que vosotros llegarais.

Los elfos no respondieron en seguida; hablaron entre ellos en voz baja, en su propia lengua, y al fin Gildor se volvió hacia los hobbits.

—No hablaremos de eso aquí —dijo—. Será mejor que vengáis con nosotros; no es nuestra costumbre, pero por esta vez os llevaremos por nuestra ruta, y esta noche os alojaréis con nosotros, si así lo deseáis.

—¡Oh, Hermosa Gente! Esto supera todo lo que había soñado—dijo Pippin.

Sam se había quedado sin habla.

—Te lo agradezco de corazón, Gildor Inglorion —dijo Frodo inclinándose—. *Elen síla lúmenn' omentielvo*, una estrella brilla en la hora de nuestro encuentro —agregó en la alta lengua de los Elfos.

—¡Cuidado, amigos! —río Gildor—. ¡No habléis de cosas secretas! He aquí un conocedor de la lengua antigua. Bilbo era un buen maestro. ¡Salve, amigo de los Elfos! —dijo inclinándose ante Frodo—. ¡Ven con tus amigos y únete a nosotros! Es mejor que caminéis en el medio, para que nadie se extravíe Puede que os canséis antes de que lleguemos a nuestro destino.

—¿Por qué? ¿Hacia dónde vais? —preguntó Frodo.

—Esta noche vamos hasta los bosques de las colinas que dominan Casa del Bosque. Quedan a algunas millas de aquí, pero podréis descansar cuando lleguemos, y acortaréis el camino de mañana.

Marcharon todos juntos en silencio, como sombras y luces mortecinas; pues los Elfos (aún más que los hobbits) podían caminar sin hacer ruido, si así lo deseaban. Pippin pronto sintió sueño, y se tambaleó en una o dos ocasiones, pero cada vez un elfo alto que marchaba a su lado extendía el brazo y evitaba que cayera. Sam caminaba junto a Frodo como en un sueño y con una expresión mitad de miedo y mitad de maravillada alegría.

Los bosques de ambos lados comenzaron a hacerse más densos; los árboles eran más jóvenes y crecían más juntos, y a medida que el camino descendía siguiendo un pliegue de las colinas, muchos frondosos avellanos poblaban las dos laderas. Por último los elfos dejaron el camino, internándose por un sendero verde casi oculto en la espesura a la derecha, y subieron serpenteando por unas laderas boscosas hasta llegar a la cima de una loma que se asomaba sobre las tierras más bajas del valle del río. De pronto, salieron de las sombras de los árboles, y una ancha extensión de hierba gris se abrió ante ellos bajo el cielo nocturno; los bosques la encerraban por tres lados, pero hacia el este el terreno caía a pique, y las copas de los árboles sombríos que crecían al pie de la ladera no llegaban a la altura del punto donde estaban. Más allá, las tierras bajas se extendían oscuras y planas bajo las estrellas. Más cerca, unas pocas luces parpadeaban en la aldea de Casa del Bosque.

Los elfos se sentaron en la hierba hablando juntos en voz baja; parecían haberse olvidado de los hobbits. Frodo y sus amigos se envolvieron en capas y mantas y una pesada somnolencia cayó sobre ellos. La noche avanzó y las luces del valle se apagaron. Pippin se durmió, la cabeza apoyada en un terrón de tierra verde.

A lo lejos, altas en oriente, se veían las Remmirath, las Estrellas Enredadas, y lento entre la niebla asomó el rojo Borgil, brillando como una joya de fuego.

Luego, algún movimiento del aire descorrió el velo de bruma y trepando sobre las crestas del mundo apareció la Espada del Cielo, Menelvagor, y su brillante cinturón. Los elfos rompieron a cantar. De súbito, bajo los árboles, un fuego se alzó arrojando una luz roja.

—¡Venid! —llamaron los elfos a los hobbits—. ¡Venid! ¡Llegó el momento de la conversación y la alegría!

Pippin se sentó restregándose los ojos, y de pronto tuvo frío y se estremeció.

—Hay fuego en la sala y comida para los invitados hambrientos —dijo un elfo, de pie ante él.

En el extremo sur del claro había una abertura. Allí el suelo verde penetraba en el bosque formando un espacio amplio, como una sala techada con ramas de árboles; los grandes troncos se alineaban como pilares a los lados. En el centro había una hoguera, y sobre los pilares de los árboles ardían las antorchas con luces de oro y plata. Los elfos se sentaron en la hierba o sobre los viejos troncos serruchados, alrededor del fuego. Algunos iban y venían llevando copas y sirviendo bebidas; otros traían platos y fuentes rebosantes de comida.

—Son vituallas pobres —dijeron los elfos a los hobbits—, pues estamos acampando en los bosques, lejos de nuestras casas. Si alguna vez nos visitáis en nuestro hogar, os trataremos mejor.

—A mí me parece un banquete de cumpleaños —dijo Frodo.

Pippin apenas recordó después lo que había comido y bebido, pues su mente se llenó de la luz que irradiaban las caras de los elfos y escuchando aquellas voces tan variadas y hermosas; le pareció que había soñado despierto. Pero recordaba que había habido pan, más sabroso que una buena hogaza blanca para un muerto de hambre, y frutas tan dulces como bayas silvestres y más ricas que las frutas cultivadas de las huertas; y había tomado una bebida fragante, fresca como una fuente clara, dorada como una tarde de verano.

Sam nunca pudo describir con palabras, y ni siquiera volver a imaginar lo que había pensado y sentido aquella noche, aunque se le grabó en la memoria como uno de los episodios más importantes de su vida. Lo más que pudo decir fue:

—Bien, señor, si pudiese cultivar esas manzanas, me consideraría entonces un jardinero. Pero lo que más profundamente me conmovió el corazón fueron las canciones, si usted me entiende.

Frodo comió, bebió y habló animadamente, pero prestó atención sobre todo a las palabras de los demás. Conocía algo de la lengua de los Elfos y escuchaba ávidamente. De vez en cuando hablaba a los que le servían y agradecía en élfico. Los elfos sonreían y le decían riéndose:

—¡Una joya entre los hobbits!

Al poco tiempo Pippin se durmió y lo alzaron y llevaron a una enramada bajo los árboles; allí durmió el resto de la noche en un lecho blando. Sam no quiso abandonar a su señor. Cuando Pippin se fue, se acurrucó a los pies de Frodo, y allí cabeceó un rato y al fin cerró los ojos. Frodo se quedó largo tiempo despierto, hablando con Gildor.

Hablaron de muchas cosas, viejas y nuevas, y Frodo interrogó repetidamente a Gildor acerca de lo que ocurría en el ancho mundo, fuera de la Comarca. Las noticias eran en su mayoría tristes y ominosas: las tinieblas crecientes, las guerras de los Hombres y la huida de los Elfos. Al fin Frodo hizo la pregunta que más le tocaba el corazón:

—Dime, Gildor, ¿has visto a Bilbo después desde que nos dejó?

Gildor sonrió.

—Sí —dijo—, dos veces. Se despidió de nosotros en este mismo sitio. Pero lo vi otra vez, lejos de aquí.

Gildor no quiso decir nada más acerca de Bilbo, y Frodo calló.

—No preguntas ni dices mucho de lo que a ti concierne, Frodo —dijo Gildor—. Pero sé ya un poco y puedo leer más en tu cara y en el pensamiento que dicta tus preguntas. Dejas la Comarca, y todavía no sabes si encontrarás lo que buscas, si cumplirás tu cometido, o si un día volverás. ¿No es así?

—Así es —dijo Frodo—; pero pensaba que mi partida era un secreto que sólo Gandalf y mi fiel Sam conocían.

Miró a Sam que roncaba apaciblemente.

—En lo que toca a nosotros, el secreto no llegará al Enemigo —dijo Gildor.

—¿El Enemigo? —dijo Frodo—. ¿Entonces sabes por qué dejo la Comarca?

—No sé por qué te persigue el Enemigo —respondió Gildor—, pero veo que es así... aunque me parezca muy extraño. Y te prevengo que el peligro está ahora delante y detrás de ti, y a cada lado.

—¿Te refieres a los Jinetes? Temí que fueran sirvientes del Enemigo. ¿Quiénes *son* los Jinetes Negros?

—¿Gandalf no te ha dicho nada?

—Nada sobre tales criaturas.

—Entonces creo que no soy quien deba decirte más, pues el temor podría impedir tu viaje. Porque creo que has partido justo a tiempo, si todavía hay tiempo. Ahora tienes que apresurarte, no demorarte ni volver atrás, pues ya no hay protección para ti en la Comarca.

—No puedo imaginar una información más aterradora que tus insinuaciones y advertencias —exclamó Frodo—. Sabía que el peligro acechaba, por supuesto, pero no esperaba encontrarlo tan pronto, en nuestra propia Comarca. ¿Es que un hobbit no puede pasearse tranquilamente desde El Agua al Río?

—Pero no es tu propia Comarca —dijo Gildor—. Otros moraron aquí antes de que los hobbits existieran, y otros morarán cuando los hobbits ya no existan. A vuestro alrededor se extiende el ancho mundo. Podéis encerraros, pero no lo mantendréis siempre afuera.

—Lo sé, y sin embargo siempre me ha parecido un sitio tan seguro y familiar. ¿Qué puedo hacer? Mi plan era abandonar la Comarca en secreto y encaminarme a Rivendel, pero ya me siguen los pasos, aun antes de llegar a Los Gamos.

—Creo que tendrías que seguir ese plan —dijo Gildor—. No pienso que el Camino vaya a amedrentarte, pero si deseas consejos más claros tendrías que pedírselos a Gandalf. No conozco el motivo de tu huida, y por eso mismo no sé de qué medios se valdrán tus perseguidores para atacarte. Gandalf lo sabrá, sin duda. ¿Entiendo que lo verás antes de dejar la Comarca?

—Así lo espero, pero esto es otra cosa que me inquieta. He esperado a Gandalf muchos días; tendría que haber llegado a Hobbiton hace dos noches como muy tarde, pero no apareció. Ahora me pregunto qué habrá ocurrido. ¿Crees necesario que lo espere?

Gildor guardó silencio un rato, y al fin dijo:

—No me gustan estas noticias. El retraso de Gandalf no presagia nada bueno. Pero está dicho: «No te entrometas en asuntos de magos, pues son astutos y de cólera fácil». Te corresponde a ti decidir: sigue o espéralo.

—Y también se ha dicho —respondió Frodo—: «No pidas consejo a los Elfos, pues te dirán al mismo tiempo que sí y que no».

—¿De veras? —rio Gildor—. Raras veces los Elfos dan consejos firmes, pues un consejo es un regalo muy peligroso, aun del sabio al sabio, ya que todos los rumbos pueden terminar mal. ¿Qué pretendes? No me has dicho todo lo que a ti respecta; entonces, ¿cómo podría elegir mejor que tú? Pero si me pides consejo te lo daré por amistad. Pienso que debieras partir inmediatamente, sin dilación, y si Gandalf no aparece antes de tu partida, permíteme también aconsejarte que no vayas solo. Lleva contigo amigos de confianza y de buena voluntad. Tendrías que agradecérmelo, pues no te doy este consejo de muy buena gana. Los Elfos tienen sus propios trabajos y sus propias penas, y no se entrometen en los asuntos de los hobbits o de cualquier otra criatura terrestre. Nuestros caminos rara vez se cruzan con los de ellos, por casualidad o a propósito; quizá este encuentro no sea del todo casual, pero el propósito no me parece claro y temo decir demasiado.

—Te estoy profundamente agradecido —dijo Frodo—. Pero me gustaría que me dijeras con claridad qué son los Jinetes Negros. Si sigo tu consejo, puede que no vaya a ver a Gandalf en mucho tiempo y he de conocer cuál es el peligro que me persigue.

—¿No es bastante saber que son siervos del Enemigo? —respondió Gildor—. ¡Huye de ellos! ¡No les hables! Son mortíferos. No me preguntes más. Mi corazón me anuncia que antes del fin, tú, Frodo hijo de Drogo, sabrás más de estas cosas terribles que Gildor Inglorion. ¡Que Elbereth te proteja!

—¿Dónde encontraré coraje? —preguntó Frodo—. Es lo que más necesito.

—El coraje se encuentra en sitios insólitos —dijo Gildor—. Ten fe. ¡Duerme ahora! En la mañana nos habremos ido, pero enviaremos nuestros mensajes por estas tierras. Las Compañías Errantes sabrán de tu viaje, y aquellos que tienen poder para el bien estarán atentos. ¡Te nombro amigo de los Elfos, y que las estrellas brillen para ti hasta el fin del camino! Pocas veces nos hemos sentido tan cómodos en compañía de extraños; es muy agradable oír palabras de la lengua antigua en labios de otros peregrinos del mundo.

Frodo sintió que el sueño se apoderaba de él, aún antes de que Gildor terminara de hablar.

—Dormiré ahora —dijo, y el elfo lo llevó a una enramada junto a Pippin; y allí Frodo se echó sobre una cama y durmió sin sueños toda la noche.

4

UN ATAJO HACIA LOS HONGOS

A la mañana siguiente Frodo despertó renovado. Estaba acostado bajo una enramada hecha por las ramas de un árbol vivo que bajaban entrelazadas hasta el suelo. La cama era de helecho y hierba, suave, mullida y extrañamente fragante. El sol refulgía entre las hojas temblorosas, todavía verdes. Frodo se levantó de un salto y salió.

Sam estaba sentado en la hierba, cerca del linde del bosque. Pippin, de pie, estudiaba el cielo y el tiempo. No había señales de los elfos.

—Nos han dejado fruta, bebidas y pan —dijo Pippin—. Ven a desayunar. El pan es casi tan bueno como anoche. Yo no quería dejarte nada, pero Sam insistió.

Frodo se sentó junto a Sam y empezó a comer.

—¿Cuál es el plan de hoy? —preguntó Pippin.

—Caminar hacia Los Gamos tan rápido como sea posible —respondió Frodo, volviendo su atención a la comida.

—¿Crees que volveremos a ver a alguno de los Jinetes? —preguntó Pippin alegremente.

Bajo el sol de la mañana, la posibilidad de encontrarse con todo un escuadrón de Jinetes no le parecía muy alarmante.

—Sí, probablemente —respondió Frodo, incómodo por el recuerdo—. Pero espero cruzar el río sin que nos vean.

—¿Gildor te dijo algo sobre ellos?

—No mucho, sólo insinuaciones y adivinanzas —dijo Frodo evasivamente.

—¿Le preguntaste sobre el olfateo?

—No hablamos de ello —dijo Frodo, con la boca llena.

—Tendrías que haberlo hecho; estoy seguro de que es muy importante.

—Y yo estoy seguro de que Gildor se habría negado a explicármelo —dijo Frodo, bruscamente—. ¡Ahora, déjame un poco tranquilo! No tengo ganas de responder a una sarta de preguntas mientras estoy comiendo. ¡Necesito pensar!

—¡Cielos! —dijo Pippin—. ¿Durante el desayuno? Se alejó hacia el borde del prado. La mañana clara, traidoramente clara, según le pareció a Frodo, no había expulsado el temor a sus perseguidores, y reflexionaba ahora sobre las palabras de Gildor. Oyó la alegre voz de Pippin, que corría por la hierba, cantando.

«No, no podría —se dijo—. Una cosa es llevar a mis jóvenes amigos a recorrer la Comarca hasta sentirnos muertos de hambre y cansancio, y añorar la comida y la cama, y otra cosa es llevarlos al exilio donde el hambre y el cansancio pudieran no tener remedio, aunque ellos quieran acompañarme. La herencia es sólo mía. Ni siquiera creo que deba llevar a Sam.»

Miró a Sam Gamyi y descubrió que él estaba observándolo.

—Bien, Sam —le dijo—, ¿qué te parece? Abandonaré la Comarca tan pronto como me sea posible. He decidido no esperar ni siquiera un día en Cricava, si puedo evitarlo.

—¡Bien, señor!

—¿Todavía tienes intención de venir conmigo?

—Sí.

—Será muy peligroso, Sam. Ya es peligroso. Lo más probable es que ninguno de nosotros vuelva.

—Si usted no vuelve, señor, yo tampoco volveré, eso lo tengo claro —replicó Sam—. *¡No lo abandones!*, me dijeron. *¡Abandonarlo! No tengo ninguna intención de hacer eso. Iré con él, aunque suba a la Luna; y si alguno de esos Jinetes Negros trata de detenerlo, tendrá que vérselas con Sam Gamyi*, dije. Ellos se echaron a reír.

—¿Quiénes son *ellos*? ¿Y de qué hablas?

—Los elfos, señor. Estuvimos hablando un poco anoche. Parecían saber que usted se iba, y no vi la necesidad de negarlo. ¡Maravilloso pueblo, el de los Elfos, señor! ¡Maravilloso!

—Así es —dijo Frodo—. ¿Te siguen gustando, ahora que los has visto más de cerca?

—Parecen estar por encima de mis simpatías o antipatías, por decirlo de algún modo —respondió Sam lentamente—. Lo que yo pienso no parece importar mucho. Son bastante diferentes de lo que yo esperaba; tan jóvenes y viejos, tan alegres y tristes, si puede decirse así.

Frodo lo miró bastante sorprendido, como esperando ver algún signo exterior del extraño cambio que se había producido en Sam. La voz no era la del viejo Sam Gamyi que él creía conocer. Parecía el mismo Sam Gamyi de siempre, aunque tenía una expresión más pensativa que de costumbre.

—¿Sientes aún la necesidad de abandonar la Comarca, ahora que ya has cumplido tu deseo de ver a los Elfos? —le preguntó.

—Sí, señor; no sé cómo decirlo, pero después de anoche me siento diferente. Me parece ver el futuro, en cierto modo. Sé que recorreremos un largo camino hacia la oscuridad; pero también sé que no puedo volverme. No es que quiera ver Elfos ahora, o dragones, o montañas... no sé lo que quiero, exactamente, pero tengo que hacer algo antes del fin, y está ahí adelante, no en la Comarca. Tengo que terminar lo que hemos empezado, señor, si usted me entiende.

—No del todo, pero entiendo que Gandalf me eligió un buen compañero. Estoy contento. Iremos juntos.

Frodo terminó de desayunar en silencio. Poniéndose de pie, miró las tierras que se extendían delante de ellos y llamó a Pippin.

—¿Todo listo? Hay que partir en seguida. Hemos dormido hasta tarde, y todavía nos falta un buen trecho por recorrer.

—*Tú* dormiste hasta tarde, querrás decir —replicó Pippin—. Me levanté mucho antes que tú y lo único que esperábamos era que terminaras de comer y de pensar.

—Ya he terminado ambas cosas, y trataré de llegar a Balsadera de Gamoburgo tan rápido como sea posible. No haremos ningún rodeo por el camino que dejamos anoche; atajaré directamente campo a través.

—Entonces vas a tener que volar —dijo Pippin—. No podrás atajar a pie por estas tierras.

—De cualquier modo el trayecto será más corto que el camino —respondió Frodo—. Balsadera está al este de Casa del Bosque, pero el pavimentado tuerce hacia la izquierda; puedes ver allí un codo que va hacia el norte. Bordea Marjala por el extremo norte y para unirse a la calzada elevada que viene del Puente más allá de Cepeda. Se desvía muchas millas. Podríamos ahorrarnos un cuarto de camino si trazásemos una línea recta de aquí a Balsadera.

—*Los atajos cortos traen retrasos largos* —arguyó Pippin—. El terreno es accidentado por aquí, y hay pantanos y toda clase de dificultades en Marjala. Conozco la región. Y si lo que te preocupa son los Jinetes Negros, no creo que sea mejor encontrarlos en un bosque o en el campo que en el camino.

—Es más difícil encontrar gente en bosques y campos —respondió Frodo—. Y si se supone que estás en el camino, es posible que te busquen allí, y no fuera.

—¡De acuerdo! —dijo Pippin—. Te seguiré por pantanos y zanjas. ¡Será muy duro! Había descontado que llegaríamos a *La Perca Dorada*, en Cepeda, antes de la caída del sol. La mejor cerveza de la Cuaderna del Este, o así era antes. Hace tiempo que no la pruebo.

—¡Que no se hable más! —dijo Frodo—. Los atajos cortos traen retrasos largos, pero las posadas los alargan todavía más. Te mantendremos alejado de *La Perca Dorada*, a toda costa. Queremos llegar a Gamoburgo antes de que caiga la noche. ¿Qué te parece, Sam?

—Iré con usted, señor Frodo —dijo Sam, a pesar de sus dudas y de lamentar profundamente tener que perderse la mejor cerveza de la Cuaderna del Este.

—Bueno, si tenemos que luchar con cenagales y zarzas, partamos en seguida —dijo Pippin.

Hacía ya casi tanto calor como en la víspera, pero unas nubes comenzaron a levantarse en el oeste. Parecía que iba a llover. Los hobbits descendieron por una verde barranca empinada, ayudándose con pies y manos, y se internaron en la espesura de la arboleda. El itinerario que habían elegido dejaba Casa del Bosque a la izquierda y atravesaba oblicuamente los bosques en la falda oriental de la colina hasta las tierras planas del lado opuesto. Luego podrían seguir en línea recta hasta Balsadera, a campo abierto, aunque cruzando unas pocas zanjas y vallas. Frodo estimó que tendrían que caminar dieciocho millas en línea recta.

No tardó en comprobar que el matorral era más espeso y enmarañado de lo que había parecido. No había sendas en la maleza y no pudieron avanzar muy rápido. Cuando llegaron al fin al pie del barranco, se encontraron con un arroyo que bajaba de las colinas; el lecho era profundo, los bordes empinados y resbaladizos, cubiertos de zarzas, y cortaba de modo muy inoportuno la línea que se habían trazado. No podían saltarlo, ni tampoco cruzarlo sin empaparse las ropas, cubrirse de arañazos, y embarrarse de pies a cabeza. Se detuvieron buscando una solución.

—¡Primer obstáculo! —dijo Pippin con una sonrisa torva.

Sam Gamyi miró atrás. Entre un claro de los árboles alcanzó a ver la cima del barranco verde por donde habían bajado.

—¡Mire! —dijo, tomando el brazo de Frodo. Todos miraron y vieron allá arriba, recortándose en la altura, contra el cielo, la silueta de un caballo. Junto a él se inclinaba una figura negra.

Abandonaron en seguida toda idea de volver atrás. Guiados por Frodo se escondieron rápidamente entre los arbustos espesos que crecían a orillas del agua.

—¡Cáspita! —le dijo Frodo a Pippin—. ¡Los dos teníamos razón! El atajo no es nada seguro, pero nos hemos escondido justo a tiempo. Tienes oídos finos, Sam, ¿oyes si viene algo?

Se quedaron muy quietos, conteniendo el aliento mientras escuchaban; pero no se oía ningún ruido de persecución.

—No creo que intente traer el caballo barranco abajo —dijo Sam—, pero supongo que sabe que nosotros hemos bajado por ahí. Será mejor seguir adelante.

Seguir no era nada fácil; tenían que cargar los macutos, y los arbustos y las zarzas se mostraban reacios a dejarles pasar. La loma de atrás cerraba el paso al viento, y el aire estaba quieto y pesado. Cuando por fin consiguieron abrirse paso a un lugar más descubierto, estaban sofocados, cansados, totalmente rasguñados y no muy seguros de la dirección que seguían.

Las márgenes del arroyo se hacían más bajas conforme se acercaban a las tierras llanas, las aguas se ensanchaban y se hacían menos profundas, desviándose hacia Marjala y el Río.

—¡Pero éste es el arroyo Cepeda! —dijo Pippin—. Si queremos retomar nuestro camino, tenemos que cruzarlo cuanto antes y doblar a la derecha.

Vadearon el arroyo y se apresuraron a atravesar un amplio espacio abierto, cubierto de juncos y sin árboles. Poco más allá había otro cinturón de árboles, en su mayoría robles altos y algunos olmos y fresnos. El suelo era bastante llano, con poca maleza, pero los apretujados árboles no permitían ver muy lejos. Unas repentinas ráfagas de viento hicieron volar las hojas, y las primeras gotas comenzaron a caer del cielo cubierto. Luego el viento cesó y una lluvia torrencial se abatió sobre ellos. Caminaban ahora laboriosamente, tan de prisa como podían, sobre matas de hierba, atravesando montones espesos de hojas muertas, y alrededor de ellos la lluvia repiqueteaba y corría por el suelo. No hablaban, pero no dejaban de mirar atrás y de lado a lado.

Media hora más tarde, Pippin dijo:

—Espero que no hayamos torcido demasiado hacia el sur y que no estemos cruzando el bosque de punta a punta. No es muy ancho, diría que no llega a una milla, y ya tendríamos que estar al otro lado.

—No serviría de nada que comenzáramos a zigzaguear —dijo Frodo—. No arreglaría las cosas. Sigamos como hasta ahora. No estoy seguro de querer salir a campo abierto todavía.

Recorrieron otro par de millas. Luego el sol se asomó de nuevo entre nubes desgarradas y la lluvia remitió. Ya había pasado el mediodía y sintieron que era hora de almorzar. Se detuvieron bajo un olmo de follaje amarillo, pero todavía espeso. El suelo estaba allí bastante seco y abrigado. Cuando empezaron a preparar la comida, advirtieron que los elfos les habían llenado las botellas con una bebida clara, de color dorado pálido; tenía la fragancia de una miel de muchas flores, y era maravillosamente refrescante. Pronto comenzaron a reír, burlándose de la lluvia y de los Jinetes Negros. Sentían que pronto dejarían atrás las últimas millas.

Frodo se recostó en el tronco del árbol, y cerró los ojos. Sam y Pippin se sentaron cerca y se pusieron a tararear y luego a cantar suavemente:

> *¡Ho! ¡Ho! ¡Ho! A la botella me voy*
> *a sanar el corazón y ahogar las penas.*
> *Aunque caiga la lluvia, y sople el ciclón*
> *y aún queden por andar muchas millas,*
> *me echaré al pie de un árbol otero*
> *y dejaré que las nubes naveguen por el cielo.*

—*¡Ho! ¡Ho! ¡Ho!* —volvieron a cantar, esta vez más fuerte. De pronto se interrumpieron. Frodo se incorporó de un salto. El viento traía un lamento prolongado, como el llanto de una criatura solitaria y malvada. El grito subió y bajó, terminando en una nota muy aguda. Se quedaron como estaban, sentados o de pie, paralizados de pronto, y oyeron otro grito más apagado y lejano, pero no menos estremecedor. Luego hubo un silencio, sólo quebrado por el sonido del viento en las hojas.

—¿Qué crees que ha sido? —preguntó por fin Pippin, tratando de parecer despreocupado, pero temblando un poco—. Si era un pájaro, no lo había oído nunca en la Comarca.

—No ha sido pájaro ni otro animal —dijo Frodo—. Ha sido una llamada o una señal, pues en ese grito había palabras que no he podido captar. Eso sí, ningún hobbit tiene una voz parecida.

No dijeron nada más. Todos pensaban en los Jinetes Negros, aunque ninguno los mencionó. No sabían ahora si quedarse o continuar; pero, tarde o temprano, tendrían que cruzar el campo abierto hacia Balsadera. Era preferible hacerlo cuanto antes, a la luz del día. Instantes más tarde ya habían cargado otra vez los bultos, y echaron a andar.

Poco después el bosque terminó de pronto. Unas tierras anchas y cubiertas de hierba se extendían ante ellos. Comprobaron entonces que se habían desviado, en efecto, demasiado hacia el sur. A lo lejos, dominando la llanura, podían entrever la colina baja de Gamoburgo, al otro lado del río, que ahora estaba a la izquierda. Se arrastraron con muchas precauciones fuera de la arboleda, y atravesaron el claro lo más rápido posible.

Al principio estaban asustados, fuera del abrigo del bosque. Lejos, detrás de ellos, se alzaba el sitio donde habían desayunado. Frodo casi esperaba ver allá arriba la figura pequeña y distante de un jinete, recortada contra el cielo, pero no había rastro de él. El sol, escapando de las nubes desgarradas mientras descendía hacia las colinas que habían dejado atrás, brillaba de nuevo. Perdieron el miedo, aunque todavía se sentían intranquilos. El paisaje era cada vez más ordenado y doméstico. No tardaron en llegar a praderas y campos bien cuidados, en los que había cercos, verjas y zanjas para desviar el agua. Todo parecía tranquilo y apacible, como un rincón cualquiera de la Comarca. A cada paso iban sintiéndose más animados. La línea del Río se acercaba, y los Jinetes Negros comenzaban a parecerles unos fantasmas de los bosques, muy lejanos ahora.

Bordearon un enorme campo de nabos y llegaron a una robusta puerta; más allá, entre setos bien cuidados y de poca altura, corría un camino hacia un distante grupo de árboles. Pippin se detuvo.

—¡Conozco estos campos y esta puerta! —dijo—. Estamos en Bamillas, las tierras del viejo granjero Maggot. Mirad la granja, allá entre los árboles.

—¡Dificultad tras dificultad! —dijo Frodo; parecía casi tan asustado como si Pippin le hubiese dicho que la senda llevaba a la guarida de un dragón. Los otros lo miraron con sorpresa.

—¿Qué ocurre con el viejo Maggot? —dijo Pippin—. Es un buen amigo de todos los Brandigamo. Por supuesto, es el terror de los intrusos, pues tiene perros feroces, pero la gente de aquí está muy cerca de la frontera, a fin de cuentas, y ha de estar prevenida.

—Lo sé —dijo Frodo, y rio avergonzado—, pero aun así me aterrorizan él y sus perros. Evité esta granja durante años y años. Cuando yo era joven, en Casa Brandi, y venía aquí en busca de hongos, me pilló varias veces. La última me pegó, me mostró los perros y les dijo: «Mirad, muchachos, la próxima vez que este bribón pise mis tierras, podéis coméroslo; ahora, ¡echadlo!». Me persiguieron hasta Balsadera. Nunca me recobré del susto, aunque estoy seguro de que esas bestias tenían claro los límites y no me habrían tocado.

Pippin rio diciendo:

—Bien, es tiempo de hacer las paces. Especialmente si vas a vivir de nuevo en Los Gamos. El viejo Maggot es realmente un buen tipo, si dejas sus setas en paz. Sigamos la senda y no podrán decir que somos intrusos. Si lo encontramos, yo le hablaré. Es amigo de Merry y antaño venía aquí con él muy a menudo.

Siguieron la senda hasta que vieron los techos bardados de una casa grande y los edificios de la granja que asomaban entre los árboles al frente. Los Maggot y los Piesgordos de Cepeda y la mayoría de los habitantes de Marjala vivían en casas. La granja estaba sólidamente construida con ladrillos, y estaba toda ella rodeada por un muro alto. Un portón ancho de madera se abría en el muro sobre el camino.

Se acercaron y unos tremendos aullidos y ladridos estallaron de pronto, y se oyó una voz que gritó en alto:

—¡Garra! ¡Colmillo! ¡Lobo! ¡Vamos, muchachos!

Frodo y Sam se detuvieron en seco, pero Pippin se adelantó unos pasos. La puerta se abrió, y tres perros enormes salieron al camino y se precipitaron sobre los viajeros ladrando fieramente. No hicieron caso a Pippin, pero Sam se encogió contra la pared mientras dos perros con aspecto de lobos lo husmeaban con desconfianza y le mostraban los dientes cada vez que se movía. El mayor y más feroz de los tres se detuvo frente a Frodo, erizado y gruñendo. En la puerta apareció un hobbit macizo de cara redonda y roja.

—¡Hola! ¡Hola! ¿Quiénes pueden ser y qué pueden desear?

—¡Buenas tardes, señor Maggot! —dijo Pippin. El granjero lo miró detenidamente.

—¡Ah, si es el señor Pippin; mejor dicho, el señor Peregrin Tuk! —exclamó, cambiando la mueca por una amplia sonrisa—. Hace mucho tiempo que no viene por aquí. Es una suerte para usted que lo conozca. Yo ya estaba a punto de azuzar a mis perros. Hoy están pasando cosas raras. Por supuesto, de vez en cuando hay gente extraña rondando. Demasiado cerca del Río —dijo, negando con la cabeza—. Pero ese sujeto era el más extraño que yo haya visto nunca. No volverá a cruzar mi tierra sin permiso, si puedo impedirlo.

—¿A qué sujeto se refiere? —preguntó Pippin.

—¿Entonces no lo vieron? —dijo el granjero—. Ha tomado el camino a la calzada, no hace mucho. Era un personaje raro, que hacía preguntas raras. Entren y hablaremos de las últimas novedades con más tranquilidad. Tengo una pizca de buena cerveza de barril, si usted y sus amigos están de acuerdo, señor Tuk.

Era evidente que el granjero les diría algo más si le daban oportunidad y tiempo, de modo que todos aceptaron la invitación.

—¿Y los perros? —preguntó ansiosamente Frodo.

El granjero rio.

—No les harán daño, a menos que yo lo ordene. ¡Ven, Garra! ¡Fuera, Colmillo, Lobo! —gritó.

Los perros se alejaron, para alivio de Frodo y Sam.

Pippin presentó a sus amigos al granjero.

—Éste es el señor Frodo Bolsón —dijo—. No lo recordará, pero vivió en Casa Brandi.

Al oír el nombre de Bolsón, el granjero se sobresaltó y echó a Frodo una mirada penetrante.

Por un momento Frodo pensó que Maggot había recordado de pronto las setas robadas, y que les diría a los perros que lo echasen fuera. Pero el granjero lo tomó por un brazo.

—Bueno, ¿no es esto todavía más extraño? —exclamó—. El señor Bolsón, ¿eh? ¡Entren! Tenemos que hablar.

Entraron en la cocina de la granja y se sentaron junto a la amplia chimenea. La señora Maggot trajo cerveza en una enorme jarra y llenó cuatro picheles. Era una buena cerveza, y Pippin se sintió más que compensado por no haber ido a *La Perca Dorada*. Sam sorbió su cerveza con recelo. Tenía una desconfianza natural hacia los habitantes de otras partes de la Comarca, y no estaba dispuesto a hacer amistad rápidamente con nadie que hubiese pegado a su señor, aunque fuera largo tiempo atrás.

Después de unas observaciones sobre el tiempo y las perspectivas agrícolas, que no eran peores que otras veces, el granjero Maggot dejó su pichel y los miró uno por uno.

—Ahora, señor Peregrin —dijo—, ¿de dónde vienen y hacia dónde van? ¿Han venido a visitarme? Pues si es así, han pasado por mi puerta sin que yo los viera.

—Bueno, no —respondió Pippin—. A decir verdad, puesto que lo ha adivinado, hemos llegado al camino por la otra punta, atravesando los campos de usted, pero fue sólo por accidente. Nos hemos desviado del camino en el bosque, cerca de Casa del Bosque, tratando de encontrar un atajo hacia Balsadera.

—Si tienen prisa, les hubiera convenido más ir por el camino —dijo el granjero—. Pero no era ésa mi preocupación. Pueden ustedes andar por mis tierras, si así lo desean, señor Peregrin. Y usted también, señor Bolsón, aunque supongo que todavía le gustan las setas. —Se rio—. Sí, he reconocido el nombre. Recuerdo la época en que el joven Frodo Bolsón era uno de los peores pilluelos de Los Gamos. Pero no estaba pensando en setas. He oído el nombre, Bolsón, poco antes de que ustedes llegaran. ¿Qué creen que me preguntó ese extraño personaje?

Los hobbits esperaron ansiosamente a que Maggot continuara hablando.

—Bien —dijo el granjero, apurando el desenlace gustosamente—. Ha venido montado en un gran caballo negro, cruzó el portón, que estaba abierto, y llegó hasta mi puerta. Todo negro, él también, y envuelto en una capa y encapuchado como si no quisiera que lo reconociesen. Pensé para mis adentros: «¿Qué querrá, por todos los hobbits de la Comarca?». No vemos mucha Gente Grande de este lado de la frontera, y de todos modos nunca oí hablar de algo parecido a este individuo negro.

»"Buen día —le dije saliendo a su encuentro—. Este camino no lleva a ninguna parte, y vaya a donde vaya, será mejor que vuelva al camino si no quiere perder el tiempo." No me gustaba su aspecto, y cuando Garra acudió, lo husmeó y soltó un gemido como si algo lo hubiese picado. Se escapó con la cola entre las patas, lloriqueando. El tipo negro no se inmutó.

»"Vengo de más allá —dijo lentamente, muy tieso, señalando hacia el oeste, sobre *mis* campos, verlo para creerlo—. ¿Ha visto a *Bolsón*?", me preguntó con una voz rara, inclinándose hacia mí. No pude verle la cara, porque estaba oculta bajo el capuchón, y una especie de escalofrío me recorrió la espalda. Pero no me parecía normal que viniera así, atravesando mis tierras a caballo, sin permiso.

»"¡Váyase! —le ordené—. No hay aquí ningún Bolsón. Está en el lado equivocado de la Comarca. Es mejor que vuelva a Hobbiton, pero esta vez por la calzada."

»"Bolsón ha partido —contestó con un susurro—. Viene hacia aquí, y no está lejos. Deseo encontrarlo. Si pasa por aquí, ¿me lo dirá? Volveré con oro."

»"No, no volverá por aquí —repliqué—. Volverá al lugar que le corresponde, y rápido. Le doy un minuto antes de llamar a todos mis perros."

»El hombre lanzó una especie de silbido. Podría haber sido una risa, o no. Luego apremió al caballo hacia mí, y salté a un lado justo a tiempo. Llamé a los perros, pero se volvió rápidamente y desapareció por el portón tomando el camino hacia la calzada elevada, como un relámpago.

»¿Qué piensan de todo esto? —concluyó el granjero.

Frodo se quedó mirando las llamas durante un rato, preguntándose cómo diablos llegaría a Balsadera.

—No sé qué pensar —dijo al fin.

—Entonces yo mismo voy a decírselo —continuó Maggot—. No tendría que haberse mezclado con la gente de Hobbiton, señor Frodo. La gente de por ahí es rara. —Sam se revolvió en su silla y echó una mirada hostil al granjero—. Pero usted siempre ha sido un muchacho irresponsable. Cuando supe que había dejado a los Brandigamo yéndose a vivir con el viejo señor Bilbo, dije que usted se metería en un lío. Oiga bien lo que le digo: todo esto viene de aquellas increíbles aventuras del señor Bilbo. Dicen que obtuvo su dinero de modo extraño, en lugares distantes. Puede haber gente que quiera saber qué ocurrió con el oro y las joyas que enterró en la colina de Hobbiton, según he oído.

Frodo no respondió; la perspicacia de las hipótesis del granjero era desconcertante.

—Bien, señor Frodo, me alegro de que haya tenido el buen tino de volver a Los Gamos —continuó Maggot—. Mi consejo es: ¡quédese ahí! Y no se mezcle con gente de otros lados. Tendrá amigos en estos lugares. Si alguno de esos tipos negros vuelve a buscarlo, se las verá conmigo. Diré que usted ha muerto, o que ha abandonado la Comarca, o lo que usted quiera. Lo que será bastante cierto, pues lo más probable es que deseen saber del señor Bilbo, y no de usted.

—Quizá esté en lo cierto —dijo Frodo, evitando los ojos del granjero, y mirando las llamas.

Maggot lo observó, pensativo.

—Veo que tiene usted sus propias ideas —dijo—. Es claro como el agua que ni usted ni el jinete vinieron en la misma tarde por casualidad; y quizá mis noticias no son muy nuevas para usted, después de todo. No le pido que me diga algo que quiera guardar en secreto, pero me doy cuenta de que está preocupado. Tal vez piensa que no le será muy fácil llegar a Balsadera sin que le pongan las manos encima.

—Así es —dijo Frodo—, pero tenemos que intentarlo, y no lo conseguiremos si nos quedamos aquí sentados pensando en el asunto. Así pues, temo que debamos partir. ¡Muchas gracias por su amabilidad! Usted y sus perros me han aterrorizado durante casi treinta años, granjero Maggot, aunque se ría al oírlo. Lástima, pues he perdido un buen amigo, y ahora lamento tener que partir tan pronto. Quizá vuelva un día, si me acompaña la suerte.

—Será bien recibido —dijo Maggot—. Pero tengo una idea. Ya está anocheciendo y cenaremos de un momento a otro, pues por lo general nos acostamos poco después que el sol. Si usted y el señor Peregrin y todos quisiesen quedarse a tomar un bocado con nosotros, nos sentiríamos muy complacidos.

—¡Nosotros también! —dijo Frodo—. Pero tenemos que partir en seguida. Incluso saliendo ahora, será de noche cuando lleguemos a Balsadera.

—¡Ah!, espere un momento. Iba a decir que después de cenar sacaré una pequeña carreta y los llevaré a todos a Balsadera. Les ahorraré una larga caminata y quizá también otras dificultades.

Frodo aceptó agradecido la invitación, para alivio de Pippin y Sam. El sol se había escondido ya tras las colinas del oeste, y la luz declinaba. Aparecieron dos de los hijos de Maggot y las tres hijas, y sirvieron una cena generosa en la mesa grande. La cocina fue iluminada con velas y reavivaron el fuego. La señora Maggot iba y venía. En seguida entraron uno o dos hobbits que trabajaban en la granja; poco después había catorce a la mesa. Había cerveza en abundancia y una enorme fuente de setas y tocino, además de otras muchas suculentas viandas caseras. Los perros estaban sentados junto al fuego, royendo cortezas y triturando huesos.

Terminada la cena, el granjero y sus hijos llevaron afuera un farol y prepararon la carreta. Cuando salieron los invitados, ya había oscurecido. Cargaron sus bultos en la carreta y subieron. El granjero se sentó en el pescante y azuzó con el látigo a los dos vigorosos poneys. La señora Maggot lo miraba de pie desde la puerta iluminada.

—¡Ten cuidado, Maggot! —exclamó—. ¡No discutas con extraños y vuelve aquí directamente!

—Eso haré —dijo Maggot, cruzando el portón.

El viento se había calmado por completo, la noche era apacible y silenciosa, y el aire, fresco. Partieron sin luces, lentamente. Después de un par de millas llegaron al final del camino, cruzaron una fosa profunda, y subieron por una pequeña cuesta hasta llegar a la calzada elevada.

Maggot descendió y echó un buen vistazo a ambos lados, norte y sur, pero no se veía nada en la oscuridad y ningún sonido perturbó el silencio. Unas delgadas columnas de niebla flotaban sobre las zanjas y se arrastraban por los campos.

—La niebla será espesa —dijo Maggot—, pero no encenderé mis faroles hasta dejarlos a ustedes. Esta noche oiremos cualquier cosa que se mueva por el camino, mucho antes de toparnos con ella.

Balsadera distaba algo más de cinco millas desde el cruce del camino que llevaba a la casa de Maggot. Los hobbits se arroparon de pies a cabeza, pero con los oídos atentos a cualquier sonido que se elevase sobre el chirrido de las ruedas y el espaciado clop-clop de los poneys. El carro le parecía a Frodo más lento que un caracol. Junto a él, Pippin cabeceaba somnoliento, pero Sam clavaba los ojos en la niebla que se alzaba delante.

Por fin llegaron a la entrada de Balsadera, señalada por dos postes blancos que asomaron de pronto a la derecha del camino. El granjero Maggot sujetó los poneys y el carro se detuvo, chirriando. Estaban empezando a bajar cuando oyeron lo que tanto temían; unos cascos en el camino delante de ellos. El sonido venía hacia ellos.

Maggot bajó de un salto y sostuvo firmemente la cabeza de los poneys, escudriñando la oscuridad. *Clip-clop, clip-clop*; el jinete se acercaba. El golpe de los cascos resonaba en el aire callado y neblinoso.

—Es mejor que se esconda, señor Frodo —dijo Sam ansiosamente—. Acuéstese en la carreta y cúbrase con la manta. ¡Nosotros nos ocuparemos del jinete!

Bajó y se unió al granjero. Los Jinetes Negros tendrían que pasar por encima de él para acercarse a la carreta.

Clip-clop, clip-clop.

El jinete ya casi llegaba a ellos.

—¡Eh, ahí! —llamó el granjero Maggot.

El ruido de cascos se detuvo. Creyeron vislumbrar entre la bruma una sombra oscura y encapuchada, una o dos yardas más adelante.

—¡Cuidado! —dijo el granjero arrojándole las riendas a Sam y adelantándose—. ¡No dé ni un paso más! ¿Qué busca y adónde va?

—Busco al señor Bolsón, ¿lo ha visto? —dijo una voz apagada: la voz de Merry Brandigamo. Se destapó una linterna y la luz cayó sobre la cara asombrada del granjero.

—¡Señor Merry! —exclamó.

—¡Sí, por supuesto! ¿Quién creía que era? —dijo Merry acercándose.

Cuando salió de la bruma, y los temores de los otros se apaciguaron, pareció que la figura se empequeñecía hasta tener la talla de un hobbit normal. Venía montando un poney, y llevaba una bufanda al cuello y sobre la barbilla para protegerse de la niebla.

Frodo saltó de la carreta para saludarlo.

—¡Así que aquí estás por fin! —dijo Merry—. Comenzaba a preguntarme si aparecerías hoy, y ya me iba a cenar. Cuando llegó la niebla fui a Cepeda a ver si te habías caído por alguna cuneta. Ahora, no tengo ni idea de por dónde has podido venir. ¿Dónde los ha encontrado, señor Maggot? ¿En la laguna de los patos?

—No. Los he pillado merodeando —dijo el granjero—, y casi les suelto los perros, pero sin duda ellos le contarán toda la historia. Ahora, si me permiten, señor Merry, señor Frodo, y todos, será mejor que vuelva a casa. La señora Maggot estará toda preocupada con esta noche tan cerrada.

Hizo retroceder la carreta por el camino de Balsadera, y dio media vuelta.

—Buenas noches a todos —dijo—. Ha sido un extraño día, vaya que sí. Pero todo está bien cuando termina bien. Aunque quizá no podamos decirlo hasta que estemos de vuelta en casa. No negaré que me sentiré feliz entonces.

Encendió los faroles y subió al pescante. De pronto sacó de debajo del asiento una canasta grande.

—Casi lo olvidaba —dijo—. La señora Maggot lo preparó para el señor Bolsón, con sus recuerdos.

Tendió la canasta y se alejó, seguido por un coro de gracias y buenas noches.

Los hobbits se quedaron mirando los cálidos halos de luz de los faroles, que se perdían en la noche brumosa. De repente, Frodo se echó a reír; de la canasta cubierta que tenía en las manos subía un olor a hongos.

5

CONSPIRACIÓN DESENMASCARADA

—Lo mejor que podemos hacer es irnos también a casa —dijo Merry—. Me doy cuenta de que hay algo extraño en todo esto, pero habrá que esperar a que lleguemos.

Doblaron por el camino de Balsadera, que era recto y bien cuidado, bordeado con grandes piedras enjalbegadas. Unas cien yardas más allá desembocaba en la orilla del río, donde había un ancho embarcadero de madera. Una balsa grande y plana estaba amarrada en él. Los bolardos blancos, situados en el extremo del agua, brillaban a la luz de dos linternas instaladas sobre unos postes altos. Detrás, la bruma de los llanos se alzaba por encima de los setos; pero delante de ellos el agua era oscura, y unas pocas volutas como de vapor flotaban entre las cañas de la orilla. Parecía haber menos niebla en el otro lado.

Merry llevó al poney a la balsa por una pasarela, y los otros fueron detrás. Luego impulsó lentamente la balsa con un largo bichero. El Brandivino fluía ante ellos lento y ancho. En el otro lado la orilla era escarpada, y un camino tortuoso ascendía desde el embarcadero. Allí unas linternas parpadeaban. Detrás, asomaba la Colina de Los Gamos, y en la ladera, entre jirones de niebla, brillaban muchas ventanas redondas, rojas y amarillas. Eran las ventanas de Casa Brandi, el antiguo hogar de los Brandigamo.

Mucho tiempo atrás, Gorhendad Gamoviejo, cabeza de familia de los Gamoviejo, una de las más antiguas en Marjala o incluso en la Comarca, había cruzado el río, que constituía el límite original de las tierras orientales. Edificó (y excavó) Casa Brandi, tomó el nombre de Brandigamo, y se estableció allí hasta llegar a ser el señor de lo que podía llamarse un pequeño país independiente. La familia Brandigamo aumentó cada vez más, y después de la muerte de Gorhendad continuó creciendo, hasta que Casa Brandi ocupó todo el pie de la colina y tuvo tres amplias puertas principales, muchas laterales y cerca de cien ventanas. Los Brandigamo y la numerosa gente que dependía de ellos comenzaron a excavar y más tarde a construir alrededor. Éste fue el origen de Los Gamos, una faja de tierra densamente poblada, entre el río y el Bosque Viejo, una especie de colonia de la Comarca. La villa principal era Gamoburgo, que se apretaba en los terraplenes y lomas detrás de Casa Brandi.

La gente de Marjala tenía buenas relaciones con la de Los Gamos, y los granjeros entre Cepeda y Junquera aún reconocían la autoridad del Señor de la Casa (como llamaban al jefe de familia de los Brandigamo), pero la mayoría de los habitantes de la vieja Comarca consideraba a la gente de Los Gamos como singular y algo extranjera, por así decirlo, aunque en realidad no se diferenciaba mucho de los hobbits de las Cuatro Cuadernas. Excepto en un punto: eran muy aficionados a los botes y algunos de ellos sabían nadar.

El lado este de aquellas tierras no tenía en un principio ninguna defensa, pero los Brandigamo levantaron allí un seto que llamaron Cerca Alta. Había sido plantado muchas generaciones atrás, y ahora era elevado y tupido pues lo cuidaban constantemente. Corría desde el Puente del Brandivino alejándose del río, siguiendo una amplia curva hasta el Fin de la Cerca (donde el Tornasauce salía del Bosque y se unía al Brandivino): unas veinte millas de extremo a extremo. Por supuesto, la protección no era completa. El Bosque crecía junto a la cerca en muchos sitios. La gente de Los Gamos cerraba las puertas con llave por la noche, y esto tampoco se acostumbraba en la Comarca.

La balsa atravesó las aguas del río lentamente. La ribera de Los Gamos iba acercándose. Sam era el único del grupo que aún no había cruzado el río. Tuvo una extraña sensación al contemplar el movimiento de las aguas lentas y gorgoteantes: su vida anterior quedaba atrás entre las nieblas; delante lo esperaban oscuras aventuras. Se rascó la cabeza y durante un momento deseó que el señor Frodo hubiera podido continuar viviendo apaciblemente en Bolsón Cerrado.

Los cuatro hobbits dejaron la balsa. Merry estaba amarrándola y Pippin ya llevaba el poney camino arriba, cuando Sam (quien había mirado atrás, como despidiéndose de la Comarca) susurró con voz ronca:

—¡Mire atrás, señor Frodo! ¿No ve algo?

En el otro atracadero, bajo las lámparas distantes, alcanzaron a vislumbrar apenas una figura; parecía un bulto negro abandonado allí. Pero mientras miraban les pareció que se movía de un lado a otro, como escudriñando el suelo. Luego se arrastró, o retrocedió agachándose, de vuelta a las tinieblas más allá de las lámparas.

—Por el nombre de la Comarca, ¿qué es eso? —exclamó Merry.

—Algo que nos sigue —dijo Frodo—. Pero no hagas ahora más preguntas. ¡Alejémonos ya de aquí!

Se apresuraron camino arriba hasta la cima del barranco, pero cuando miraron atrás, la orilla opuesta estaba envuelta en niebla, y no se veía nada.

—¡Menos mal que no guardáis botes en la ribera oeste! —dijo Frodo—. ¿Pueden cruzar el río los caballos?

—Pueden ir diez millas al norte hasta el Puente del Brandivino, o pueden nadar —respondió Merry—, aunque nunca he oído hablar de caballos que hayan cruzado a nado el Brandivino. Pero ¿qué importan ahora los caballos?

—Te lo diré más tarde. Vayamos bajo techo y allí podremos hablar.

—Bien. Conocéis el camino, Pippin y tú. Yo me adelantaré a caballo para avisar a Gordo Bolger de vuestra llegada. Nos ocuparemos de preparar la cena y otras cosas.

—Ya hemos tenido una cena temprana, en casa del granjero Maggot —dijo Frodo—, pero bien podríamos cenar otra vez.

—¡Así será! Dame esa canasta —dijo Merry, y partió adelantándose en la oscuridad.

Había cierta distancia desde el Brandivino y la nueva casa de Frodo, en Cricava. Dejaron la Colina de Los Gamos y Casa Brandi a la izquierda, y en las afueras de Gamoburgo tomaron el camino principal de Los Gamos, que corría desde el puente hacia el sur. Media milla al norte, encontraron un camino que se abría a la derecha. Lo siguieron un par de millas, subiendo y bajando por la campiña.

Al fin llegaron a una puerta estrecha, en un seto espeso. Nada podía verse de la casa en la oscuridad; se levantaba lejos del camino en medio de un círculo de césped y rodeada por un cinturón de árboles bajos, dentro del cerco exterior. Frodo la había elegido porque el sitio era apartado y no tenía vecinos próximos. Podría entrar y salir sin que nadie lo viera. La habían construido los Brandigamo mucho tiempo atrás, para uso de invitados o miembros de la familia que deseasen escapar por un tiempo del ajetreo de Casa Brandi. Era una tradicional casa de campo, lo más parecida posible a la cueva de un hobbit. Larga y baja, de un solo piso, tenía tejado de turba, ventanas redondas, y una gran puerta redonda.

Mientras subían por el sendero verde, desde la puerta en el cercado, no vieron ninguna luz. Las ventanas estaban oscuras y con las contraventanas cerradas. Frodo golpeó la puerta y Gordo Bolger vino a abrir. Una luz acogedora se derramó hacia fuera. Los hobbits se deslizaron rápidamente al interior de la casa, y se encerraron junto con las luces. Se encontraban en un vestíbulo amplio con puertas a los lados; delante de ellos corría un pasillo, hacia el centro de la casa.

—¿Qué te parece? —preguntó Merry, viniendo por el pasillo—. Hemos hecho lo que hemos podido en este poco tiempo, para que se pareciera a tu antigua casa. Al fin y al cabo, Gordo y yo no llegamos aquí hasta ayer con el último cargamento.

Frodo miró alrededor. Sí que le recordaba a su viejo hogar. La mayoría de sus cosas preferidas, o las de Bilbo (le recordaban vivamente a Bilbo en ese nuevo entorno) habían sido dispuestas de un modo lo más parecido posible a cómo habían estado en Bolsón Cerrado. Era un sitio agradable, cómodo, acogedor, y se sorprendió a sí mismo deseando de verdad haber venido para disfrutar de un retiro tranquilo. Le pareció injusto haber expuesto a sus amigos a todas aquellas molestias, y se preguntó de nuevo cómo podría decirles que los abandonaría muy pronto, en seguida, en verdad. Ya no le quedaba otro remedio que hablarles esa misma noche, antes de que todos se acostaran.

—Maravilloso —dijo con un esfuerzo—. Apenas noto que me he mudado.

Los viajeros colgaron las capas y apilaron los macutos en el suelo. Merry los llevó por el pasillo y en el otro extremo abrió una puerta. El resplandor de un fuego salió al pasillo, junto con una bocanada de vapor.

—¡Un baño! —exclamó Pippin—. ¡Oh, bendito Meriadoc!

—¿En qué orden entraremos? —preguntó Frodo—. ¿Primero los más viejos o los más rápidos? De cualquier modo tú serás el último, señor Peregrin.

—Confiad en mí para arreglar mejor las cosas —dijo Merry—. No podemos comenzar nuestra vida en Cricava discutiendo por el baño. En esa habitación hay *tres* tinas y una caldera de agua hirviendo. Hay también toallas, esteras y jabón. ¡Entrad y de prisa!

Merry y Gordo fueron a la cocina, en el otro extremo del corredor, y se ocuparon de los preparativos finales para una cena tardía. Trozos de canciones que competían unas con otras venían desde el cuarto de baño, mezcladas con el chapoteo y el sonido del agua que desbordaba las tinas. La voz de Pippin se elevó por encima de las otras en una de las canciones de baño favoritas de Bilbo:

> *¡A cantar! ¡Por el baño al terminar el día,*
> *que el barro del cansancio quita!*
> *Tonto es aquel que ahora no canta:*
> *¡Oh, qué bendición el Agua Calentada!*

¡Oh! Qué Dulce el sonido de la lluvia al caer
y del riachuelo que brinca de la colina al valle,
pero aún mejor que lluvia y corrientes rizadas
es el Agua Caliente que humea evaporada.

¡Oh! Agua Fría, échala a placer
en la garganta abrasada, qué gozada,
pero aún mejor es la Cerveza si hay sed,
y el Agua Calentita que corre por la espalda.

¡Oh, es hermosa el Agua que salta hacia arriba
en una fuente bajo el cielo blanca,
pero nunca ha sonado más dulce fontana
que el Agua Caliente por mis pies salpicada!

Se oyó un tremendo chapoteo y una interjección de Frodo. Parecía que buena parte del baño de Pippin había imitado a una fuente, saltando hacia arriba.

Merry se acercó a la puerta.

—¿Qué os parece una cena y una cerveza para calmar la sed?—llamó.

Frodo salió frotándose los cabellos.

—Hay tanta agua en el aire, que terminaré de secarme en la cocina —dijo.

—¡Cielos! —exclamó Merry, mirando dentro. El suelo de piedra estaba inundado—. Tendrás que secarlo si quieres que te den algo de comer, Peregrin —dijo—. De prisa, o no te esperaremos.

Cenaron en la cocina, sentados en una mesa próxima al fuego.

—Supongo que vosotros tres no comeréis hongos de nuevo —dijo Fredegar, sin mucha esperanza.

—¡Sí, comeremos! —gritó Pippin.

—¡Son míos! —dijo Frodo—. *Me* los dio a mí la señora Maggot, una perla entre las esposas de los granjeros. Quita tus ávidas manos de encima, que yo los serviré.

Los hobbits tienen pasión por las setas, una pasión que sobrepasa incluso los gustos más voraces de la Gente Grande. Este hecho explica en parte las largas expediciones del joven Frodo a los renombrados campos de Marjala, y la ira del perjudicado Maggot. En esta ocasión había en abundancia para todos, aun de acuerdo con las normas de los hobbits. Había también otras muchas cosas, que vendrían después, y cuando terminaron de cenar, incluso Gordo Bolger exhaló un suspiro de satisfacción. Retiraron la mesa y pusieron sillas alrededor del fuego.

—Recogeremos todo más tarde —dijo Merry—. Ahora ¡cuéntame! Me imagino que habrás tenido aventuras, y sin mí, lo que no me parece justo. Quiero que lo cuentes todo; y lo que más deseo es saber qué ocurrió con el viejo Maggot y por qué me habló de ese modo. Parecía casi *asustado*, si eso es posible.

—Todos hemos estado asustados —dijo Pippin al cabo de un rato. Frodo clavaba los ojos en el fuego y no decía una palabra—. Tú también lo habrías estado si los Jinetes Negros te hubiesen perseguido durante dos días.

—¿Quiénes son?

—Figuras negras que cabalgan en caballos negros —respondió Pippin—. Si Frodo no quiere hablar, yo te contaré la historia desde el principio.

Pippin relató entonces todos los incidentes del viaje desde la partida de Hobbiton. Sam cooperó con gestos y exclamaciones de aprobación. Frodo permaneció silencioso.

—Habría pensado que os habéis inventado todo —dijo Merry— si no hubiese visto aquella forma negra en Balsadera, y si no hubiese oído el extraño tono de la voz de Maggot. ¿Qué sacas en conclusión, Frodo?

—El primo Frodo se ha mostrado muy discreto —dijo Pippin—, pero es tiempo de que se abra. Hasta ahora no tenemos otra pista que las suposiciones del granjero Maggot, que piensa que es algo relacionado con el tesoro del viejo Bilbo.

—Es sólo una suposición —se apresuró a decir Frodo—. Maggot no *sabe* nada.

—El viejo Maggot es un tipo perspicaz —dijo Merry—. Detrás de esa cara redonda pasan muchas cosas que no aparecen cuando habla. He oído decir que hace un tiempo acostumbraba a internarse en el Bosque Viejo, y que sabe bastante de cosas extrañas. Pero al menos tú podrías decirnos, Frodo, si es una buena o una mala suposición.

—Me *parece* —respondió Frodo lentamente— que es una buena suposición, hasta cierto punto. Hay en efecto alguna relación con las viejas aventuras de Bilbo y es cierto que los Jinetes andan detrás de él, o quizá debiera decir que andan *buscándolo*, o que andan *buscándome* a mí. Temo además, si tenéis que saberlo, que no sea cosa de broma, y que yo no esté seguro, ni aquí ni en ningún otro sitio.

Miró alrededor las ventanas y las paredes, como si temiese que desaparecieran de pronto. Los otros lo observaron en silencio, intercambiando miradas cómplices.

—Ahora saldrá la verdad a la luz —murmuró Pippin a Merry, y Merry asintió.

—¡Bien! —dijo Frodo al fin, enderezándose en la silla, como si hubiese tomado una decisión—. No puedo mantenerlo en secreto por más tiempo. Tengo que deciros algo, a todos vosotros. Pero no sé muy bien cómo empezar.

—Creo que yo podría ayudarte contándote una parte de la historia —dijo Merry con calma.

—¿Qué quieres decir? —preguntó Frodo, echándole una mirada inquieta.

—Sólo esto, mi viejo y querido Frodo: te sientes desdichado porque no sabes cómo despedirte. Querías dejar la Comarca, por supuesto; pero el peligro te alcanzó más pronto de lo que esperabas, y ahora has decidido partir inmediatamente. Y no tienes ganas. Lo sentimos mucho por ti.

Frodo abrió la boca y la volvió a cerrar. La expresión de sorpresa era tan cómica que los otros se echaron a reír.

—¡Querido viejo Frodo! —dijo Pippin—. ¿Realmente pensaste que podrías despistarnos a todos? ¡No tomaste las precauciones necesarias, ni fuiste lo suficientemente astuto! Todo este año, desde el mes de abril, era evidente que estabas preparando la partida, y despidiéndote de los sitios queridos. Te hemos oído murmurar constantemente: «No sé si volveré a ver este valle otra vez» y cosas parecidas. ¡Y pretender que se te había acabado el dinero y venderles tu querido Bolsón Cerrado a los Sacovilla-Bolsón! Y esos conciliábulos con Gandalf.

—¡Cielos! —dijo Frodo—. Y yo que creía haber sido tan cuidadoso y astuto. No sé qué diría Gandalf. Entonces, ¿toda la Comarca habla de mi partida?

—¡Oh, no! —dijo Merry—. ¡No te preocupes! El secreto no se mantendrá mucho tiempo, claro está, pero por ahora creo que sólo lo conocemos nosotros, los conspiradores. Al fin y al cabo no olvides que te conocemos bien y pasamos mucho tiempo contigo. No nos cuesta mucho imaginar lo que piensas. Yo conocía a Bilbo también. A decir verdad, te he estado observando de cerca desde la partida de Bilbo. Pensé que lo seguirías, tarde o temprano, aunque esperaba que lo harías antes, y en los últimos tiempos estuvimos muy preocupados. Nos aterrorizaba la idea de que nos dejaras de pronto y partieras repentinamente, solo, igual que Bilbo. Desde esta primavera mantuvimos siempre los ojos bien abiertos, y elaboramos nuestros propios planes ¡No te escaparás con tanta facilidad!

—Pero es necesario que parta —dijo Frodo—. Nada puede hacerse, mis queridos amigos. Es una desdicha para todos nosotros, pero es inútil que tratéis de retenerme. Ya que habéis adivinado tantas cosas, ¡por favor, ayudadme y no me pongáis obstáculos!

—¡No entiendes! —dijo Pippin—. Tienes que partir, y por lo tanto nosotros también. Merry y yo iremos contigo. Sam es un tipo excelente. Saltaría a la boca de un dragón para salvarte si no tropezara con sus propios pies, pero necesitarás más de un compañero en tu peligrosa aventura.

—¡Mis queridos y bienamados hobbits! —dijo Frodo, profundamente conmovido—. No podría permitirlo. Lo decidí también hace tiempo. Habláis de peligro, pero no entendéis. No se trata de la búsqueda de un tesoro, ni de un viaje de ida y vuelta. Iré de peligro mortal en peligro mortal.

—Por supuesto que entendemos —afirmó Merry—. Por eso hemos decidido venir. Sabemos que el Anillo no es cosa de broma, pero haremos lo que podamos para ayudarte contra el Enemigo.

—¡El Anillo! —exclamó Frodo, completamente atónito ahora.

—Sí, el Anillo —dijo Merry—. Mi viejo y querido hobbit, no has tenido en cuenta la curiosidad de los amigos. He sabido de la existencia del Anillo durante muchos años; en verdad desde antes de la partida de Bilbo; pero como él guardaba el secreto, me callé lo que sabía, hasta que armamos nuestra conspiración. No conocía a Bilbo tan bien como a ti; yo era demasiado joven y Bilbo era también más cuidadoso, aunque no lo suficiente. Si quieres saber cómo lo descubrí, voy a decírtelo ahora.

—¡Continúa! —dijo Frodo débilmente.

—Los culpables fueron los Sacovilla-Bolsón, como podría esperarse. Un día, un año antes de la fiesta, yo andaba paseando por el camino cuando vi a Bilbo adelante. Casi en seguida, a lo lejos, aparecieron los Sacovilla-Bolsón, que venían hacia nosotros. Bilbo aminoró el paso, y de pronto, ¡eh, presto!, desapareció. Me quedé tan estupefacto que casi no recordé que yo también podía esconderme, de un modo más ordinario. Atravesé el seto que hay junto al camino y seguí caminando, bordeando el campo en el otro lado. Cuando pasaron los Sacovilla-Bolsón, eché una mirada al camino por entre las ramas, y de repente vi a Bilbo, reapareciendo de la nada. Atisbé un destello dorado cuando introdujo algo en el bolsillo del pantalón.

»Después de ese incidente, mantuve los ojos bien abiertos. De hecho, confieso que espié. Pero admitirás que había motivos para sentirme intrigado. Y yo era todavía adolescente. Pienso que soy el único en la Comarca, excepto tú, Frodo, que ha visto el libro secreto del viejo Bilbo.

—¡Has leído el libro! —exclamó Frodo—. ¡Cielos! ¿No hay nada seguro?

—Yo diría que no demasiado —replicó Merry—. Pero sólo le eché una rápida ojeada, y aun esto me costó bastante. Bilbo nunca abandonaba el libro. Me pregunto qué fue de él. Me gustaría echarle otro vistazo. ¿Lo tienes tú, Frodo?

—No, no estaba en Bolsón Cerrado. Bilbo se lo llevó, seguramente.

—Bueno, como iba diciendo —continuó Merry—, mantuve en secreto lo que yo sabía, hasta esta primavera, cuando las cosas se agravaron. Armamos entonces nuestra conspiración, y como además nos lo tomábamos en serio, y queríamos hacer las cosas bien, no tuvimos demasiados escrúpulos. Eres un hueso duro de roer, y Gandalf más. Pero si quieres conocer a nuestro investigador principal, puedo presentártelo ahora mismo.

—¿Dónde está? —preguntó Frodo, mirando alrededor, como si esperase que una figura enmascarada y siniestra saliera de un armario.

—Date a conocer, Sam —ordenó Merry. Sam se levantó, rojo hasta las orejas—. ¡He aquí a nuestro informante! Nos dijo muchas cosas, te lo aseguro, antes de que lo atraparan. Después consideró que estaba en libertad condicional, y nuestra fuente se agotó.

—¡Sam! —exclamó Frodo, sintiendo que su asombro llegaba al máximo e incapaz de decidir si se sentía enojado, divertido, aliviado o simplemente estúpido.

—¡Sí, señor! —dijo Sam—. ¡Le pido perdón, señor! Pero no quise hacer daño, ni a usted ni al señor Gandalf. *Él* es persona de buen sentido, ya lo sabe, pues cuando usted le habló de *partir solo*, él le respondió: «¡No! Lleva a alguien en quien puedas confiar».

—Pero parece que no puedo confiar en nadie —dijo Frodo. Sam lo miró tristemente.

—Todo depende de lo que quieras —intervino Merry—. Puedes confiar en que te seguiremos en las buenas y en las malas hasta el fin, por amargo que sea, y en que guardaremos cualquier secreto, mejor que tú. Pero no creas que te dejaremos afrontar solo las dificultades, o partir sin una palabra. Somos tus amigos, Frodo. Bien, esto es lo que hay. Sabemos casi todo lo que te dijo Gandalf. Sabemos muchas cosas del Anillo. Estamos terriblemente asustados, pero iremos contigo, o te seguiremos como sabuesos.

—Y después de todo, señor —agregó Sam—, tendría que seguir el consejo de los elfos. Gildor le dijo que llevase a voluntarios para acompañarle, no lo puede negar.

—No lo niego —dijo Frodo, mirando a Sam, que ahora sonreía satisfecho—. No lo niego, pero ya nunca creeré que duermes, ronques o no. Para asegurarme, te patearé con fuerza. ¡Sois unos bribones embusteros! —dijo, volviéndose a los otros—. ¡Pero benditos seáis! —rio levantándose y agitando los brazos—. Me rindo. Seguiré el consejo de Gildor. Si el peligro fuera menos sombrío, bailaría de alegría. Sin embargo, no puedo evitar sentirme feliz, más feliz de lo que me he sentido en mucho tiempo. La perspectiva de esta noche me aterraba.

—¡Bien! Decidido. ¡Tres hurras por el capitán Frodo y sus compañeros! —gritaron los otros mientras bailaban alrededor.

Merry y Pippin entonaron una canción que al parecer habían preparado para la ocasión. La habían compuesto tomando como modelo la canción de los enanos que había acompañado la partida de Bilbo, tiempo atrás. Y la melodía era la misma:

> *Adiós decimos a hogar y sala.*
> *Que el viento sople y la lluvia caiga*
> *hemos de partir antes del alba,*
> *lejos, por el bosque y la montaña alta.*
>
> *A Rivendel, donde aún los Elfos moran,*
> *en claros al pie de la colina en brumas,*
> *cruzando páramos y eriales veloces cabalgamos*
> *¿y de allí adónde iremos? Decirlo no podemos.*
>
> *Delante enemigos, detrás terror,*
> *por lecho el dosel del cielo,*
> *hasta que al fin las penurias pasen,*
> *termine el viaje y concluya la misión.*
>
> *¡Hay que partir, hay que partir!*
> *¡Saldremos cabalgando antes del alba!*

—¡Muy bien! —dijo Frodo—. En este caso hay mucho que hacer antes de irnos a la cama. Dormiremos bajo techo, aunque sólo sea esta noche.

—¡Oh! ¡Eso sí que ha sonado a poesía! —dijo Pippin—. ¿Realmente piensas partir antes de que amanezca?

—No lo sé —respondió Frodo—. Temo a esos Jinetes Negros y estoy seguro de que es imprudente quedarse mucho tiempo en un mismo sitio, especialmente en un sitio adonde se sabe que yo iría. También Gildor me aconsejó no esperar. Pero me gustaría tanto ver a Gandalf... Me di cuenta de que el mismo Gildor se turbó cuando supo que Gandalf no había aparecido. La partida depende de dos cosas. ¿Cuánto tiempo necesitarían los Jinetes para llegar a Gamoburgo? ¿Y cuándo podremos partir? Tendremos que hacer muchos preparativos.

—Como respuesta a esa segunda pregunta —contestó Merry—, te diré que podríamos partir en menos de una hora. Tengo prácticamente todo preparado. Hay seis poneys en un establo al otro lado del campo; las provisiones y los enseres están todos empaquetados, excepto unas pocas ropas de recambio y los alimentos perecederos.

—Parece haber sido una conspiración muy eficiente —dijo Frodo—. Pero ¿y los Jinetes Negros? ¿Habría peligro si esperamos a Gandalf un día más?

—Todo depende de lo que pienses que harán los Jinetes, si te encuentran aquí —respondió Merry—. *Podrían* haber llegado ya, por supuesto, si no los hubiesen detenido en la Puerta Norte, donde la Cerca desciende hasta el río, en este lado del Puente. Los guardias no les permitirían cruzar de noche, aunque ellos podrían abrirse paso a la fuerza. Aun a la luz del día, tratarían de no dejarlos pasar, por lo menos hasta mandarle un mensaje al Señor de la Casa, pues no les agradaría el aspecto de los Jinetes, que sin duda les asustarían. Por supuesto, Los Gamos no podría resistir mucho tiempo ante un ataque decidido. Y es posible que mañana por la mañana se permita pasar a un Jinete Negro que llegue preguntando por el señor Bolsón. Prácticamente todo el mundo sabe que regresas para establecerte en Cricava.

Frodo se quedó sentado un rato, muy pensativo.

—Me he decidido —dijo al fin—. Partiré mañana, tan pronto como amanezca; pero no iré por el camino, sería más seguro quedarse aquí. Si yo atravesase la Puerta Norte, mi partida se conocería en seguida, en vez de mantenerse en secreto, al menos unos pocos días más, que sería lo suyo. Además, el Puente y el Camino del Este próximos a las fronteras estarán vigilados, entre o no en Los Gamos algún Jinete. No sabemos cuántos son; por lo menos dos, y quizá más. Lo único que nos queda es partir en una dirección del todo inesperada.

—¡Pero eso significa entrar en el Bosque Viejo! —dijo Fredegar, horrorizado—. No puedes pensar en algo semejante. Es tan peligroso como los Jinetes Negros.

—No tanto —dijo Merry—. Parece una solución desesperada, pero creo que Frodo tiene razón; sólo así podríamos evitar que nos siguieran en seguida. Con un poco de suerte podríamos ganar una considerable ventaja.

—Pero no tendréis ninguna suerte en el Bosque Viejo —objetó Fredegar—. Nadie ha tenido suerte ahí. Os perderéis. La gente nunca entra en el bosque.

—¡Oh, sí! —dijo Merry—. Los Brandigamo entran a veces, cuando les da por ahí. Tenemos una entrada particular. Frodo entró una vez hace tiempo. Yo he estado dentro en varias ocasiones, casi siempre durante el día, por supuesto, cuando los árboles están quietos y relativamente adormecidos.

—¡Bueno, haced como mejor os parezca! —dijo Fredegar—. Tengo más miedo del Bosque Viejo que de cualquier otra cosa; las historias que he oído son terroríficas. Pero mi voto apenas cuenta, pues no iré con vosotros. De todos modos, me alegro de que alguien se quede para contarle todo a Gandalf, cuando vuelva, y estoy seguro de que no tardará.

Gordo Bolger, aunque quería mucho a Frodo, no deseaba abandonar la Comarca ni ver lo que había más allá. Era de una familia de la Cuaderna del Este, de Bolgovado en los Campos del Puente, para ser más exactos; pero él nunca había ido más allá del Puente del Brandivino. De acuerdo con el plan original, la obligación de Bolger era quedarse allí y tratar con los preguntones y mantener así todo lo posible el engaño de que el señor Bolsón continuaba en Cricava. Incluso había traído algunas ropas viejas de Frodo para ayudarlo a interpretar ese papel. Poco sabían lo peligroso que podría llegar a ser ese papel.

—¡Excelente! —exclamó Frodo cuando comprendió el plan—. De otro modo no podríamos haber dejado un mensaje para Gandalf. No sé si esos Jinetes saben leer o no, pero no me hubiese atrevido a correr el riesgo de dejar un mensaje escrito, pensando que ellos podrían entrar y revisar la casa. Pero si Gordo está dispuesto a custodiar la fortaleza para asegurarme de que Gandalf sabrá adónde hemos ido, ya no tengo dudas. Mañana temprano entraré en el Bosque Viejo.

—Está bien —dijo Pippin—. Total, prefiero nuestra tarea a la de Gordo, que aguardará aquí la llegada de los Jinetes Negros.

—Espera a encontrarte en medio del bosque —dijo Fredegar—. Mañana antes de esta hora desearás estar de vuelta aquí conmigo.

—Basta de discusiones —dijo Merry—. Todavía tenemos que recoger y dar los últimos toques al equipaje. Os despertaré antes de que amanezca.

Cuando por fin se acostaron, Frodo tardó en dormirse. Le dolían las piernas. Le alegraba saber que partirían a caballo al día siguiente. Al fin cayó en un vago sueño; creía estar mirando a través de una ventana alta, sobre un mar oscuro de árboles enmarañados. Más abajo, entre las raíces, se oía el murmullo de unas criaturas que se arrastraban y olfateaban. Estaba seguro de que tarde o temprano lo descubrirían.

Luego oyó un ruido a lo lejos. Al principio creyó que era un viento huracanado, que soplaba sobre las hojas del bosque. Después se dio cuenta de que no eran las hojas sino el sonido del Mar lejano, un sonido que nunca había oído estando despierto, pero que a menudo había turbado sus sueños. De pronto se encontró fuera, al aire libre. No había árboles allí, después de todo. Estaba en un páramo oscuro, y el aire tenía un extraño olor salobre. Alzando los ojos, vio delante una torre blanca y alta, que se erguía solitaria sobre una cresta escarpada, y tuvo entonces deseos de subir a la torre y ver el Mar. Comenzó a trepar penosamente por la loma hacia la torre, pero de pronto una luz apareció en el cielo, y el trueno retumbó.

6

EL BOSQUE VIEJO

Frodo despertó bruscamente. La habitación estaba todavía a oscuras. Merry estaba allí, de pie, con una vela en una mano y golpeando la puerta con la otra.

—Bien, ¿qué ocurre? —dijo Frodo, todavía aturdido y confuso.

—¿Qué ocurre? —exclamó Merry—. Hora de levantarse. Son las cuatro y media y hay mucha niebla. ¡Arriba! Sam ya está preparando el desayuno. Hasta Pippin está levantado. Voy ahora a ensillar los poneys y a buscar el que llevará el equipaje. ¡Despierta a ese Gordo haragán! Que se levante a despedirnos, por lo menos.

Poco después de las seis, los cinco hobbits estaban listos para partir. Gordo Bolger todavía bostezaba. Salieron de la casa en silencio. Merry iba al frente guiando un poney que llevaba el cargamento; tomó un sendero que atravesaba un bosquecillo detrás de la casa, y luego atajó atravesando varios campos. Las hojas de los árboles centelleaban, y todas las ramas goteaban; un rocío helado había agrisado las hierbas. Todo estaba tranquilo, y los ruidos lejanos parecían cercanos y claros: unas aves cotorreaban en un corral; alguien cerraba una puerta en una casa distante.

Encontraron los poneys en el establo; bestias pequeñas y robustas de la clase que preferían los hobbits; no muy rápidas, pero buenas para una larga jornada. Los hobbits montaron, y pronto se encontraron cabalgando en la niebla que parecía abrirse de mala gana y cerrar el paso detrás de ellos. Después de cabalgar alrededor de una hora, lentamente y sin hablar, de repente vieron cómo se levantaba la Cerca delante de ellos. Era alta y estaba envuelta en una red de plateadas telarañas.

—¿Cómo vais a atravesarla? —preguntó Fredegar.

—¡Sígueme! —dijo Merry—, y ya verás.

Dobló hacia la izquierda, a lo largo de la cerca, y pronto llegaron a un sitio donde el vallado torcía hacia dentro, corriendo por el borde de una depresión. A cierta distancia de la Cerca habían cortado la pendiente, que descendía suavemente hacia el fondo; las paredes, que eran de ladrillo, se arqueaban hasta formar un túnel que pasaba por debajo de la cerca y desembocaba en la depresión del otro lado.

Aquí Gordo Bolger se detuvo.

—¡Adiós, Frodo! —dijo—. Desearía de veras que no entraras en el Bosque. Sólo espero que no necesites auxilio antes de que termine el día. ¡Buena suerte, hoy y todos los días!

—¡Tendré suerte, si no nos aguarda nada peor que el Bosque Viejo! —dijo Frodo—. Dile a Gandalf que se apresure por el Camino del Este. Lo retomaremos pronto, e iremos de prisa.

—¡Adiós! —exclamaron, y descendieron montados en los poneys, entrando en el túnel y desapareciendo de la vista de Fredegar.

El túnel era oscuro y húmedo; una puerta con barrotes de hierro apretados cerraba el otro extremo. Merry desmontó y la abrió, y cuando todos hubieron pasado la empujó hacia atrás. La puerta se cerró con un golpe metálico y el cerrojo cayó otra vez. El sonido fue siniestro.

—¡Ya está! —exclamó Merry—. Habéis dejado la Comarca, y ahora estáis fuera, en los linderos del Bosque Viejo.

—¿Son ciertas las historias que se cuentan? —preguntó Pippin.

—No sé a qué historias te refieres —respondió Merry—. Si es a esas historias de miedo, que las nodrizas le contaban a Gordo sobre trasgos y lobos y cosas así, te diría que no. En todo caso, yo no las creo. Pero el Bosque *es* raro, sin duda. Todo ahí está más vivo, y es más consciente de todo lo que ocurre, por así decir, que las cosas de la Comarca. Y a los árboles no les gustan los extraños; te vigilan. Por lo general se contentan con eso, mientras hay luz, y no te molestan demasiado. A veces los más hostiles dejan caer una rama, o levantan una raíz, o te atrapa una planta trepadora. Pero de noche las cosas pueden ser muy alarmantes, según me han dicho. Sólo he estado aquí después de oscurecer una o dos veces, y sin alejarme de la Cerca. Me pareció entonces que todos los árboles murmuraban entre sí, contándose noticias y conspirando en un lenguaje ininteligible; y las ramas se balanceaban y rozaban sin ningún viento. Dicen que los árboles se mueven realmente y pueden rodear y envolver a los extraños. En verdad, hace tiempo atacaron la Cerca; vinieron y se plantaron al lado, inclinándose hasta cubrirla. Pero los hobbits acudieron y cortaron cientos de árboles e hicieron una gran hoguera en el Bosque y quemaron el suelo en una larga franja al este de la Cerca. Después de aquello, los árboles dejaron de atacar, pero se volvieron muy hostiles. Hay aún un ancho espacio despejado, no muy adentro, donde hicieron la hoguera.

—¿Sólo los árboles son peligrosos? —dijo Pippin.

—Hay criaturas extrañas que viven en lo profundo del Bosque, y al otro lado —dijo Merry—, o así me han dicho al menos; yo nunca las vi. Pero algo hay que crea senderos. Cuando uno entra en el bosque encuentra sendas abiertas, pero parecen moverse y cambiar de tanto en tanto de una manera extraña. No lejos de este túnel hay, o hubo hace tiempo, el inicio de un camino que llevaba al Claro de la Hoguera, y que continúa más o menos por donde queremos ir, hacia el este, y un poco hacia el norte. Ése es el camino que trataré de encontrar.

Los hobbits dejaron la puerta del túnel y cabalgaron cruzando la ancha depresión. En el extremo opuesto un borroso sendero subía a los terrenos del Bosque, unas cien yardas más allá de la Cerca; pero se desvaneció tan pronto como los llevó bajo los árboles. Mirando hacia atrás podían ver la oscura línea de la Cerca detrás de los troncos de los árboles, que ya crecían espesos alrededor de ellos. Mirando adelante sólo podían ver troncos de innumerables formas y tamaños: derechos o inclinados, retorcidos, encorvados, rechonchos o finos, pulidos o nudosos; y todos eran verdes o grises, cubiertos de musgo y viscosas e hirsutas excrecencias.

Sólo Merry parecía todavía animado.

—Será mejor que vayas delante y encuentres ese sendero —dijo Frodo— ¡No nos perdamos los unos a los otros, y no olvidemos de qué lado queda la Cerca!

Tomaron un camino entre los árboles, y los poneys avanzaron evitando cuidadosamente las raíces entrelazadas y retorcidas. No había maleza. El suelo se elevaba continuamente, y a medida que avanzaban parecía que los árboles se hacían más altos, oscuros y espesos. No se oía nada, excepto alguna ocasional gota de humedad que caía entre las hojas inmóviles. De momento no había ni murmullos ni movimientos entre las ramas; pero todos tenían la incómoda impresión de que estaban observándolos con una creciente desaprobación, que se volvía más profunda, hasta rozar la hostilidad. Esta impresión fue creciendo hasta que al fin se encontraron echando rápidas miradas hacia arriba o hacia atrás, o por encima del hombro, como si esperasen un golpe repentino.

No había aún ninguna señal del sendero, y parecía que los árboles les cerraban continuamente el paso. Pippin de repente sintió que no podía soportarlo más y gritó, sin previo aviso:

—¡Eh! ¡Eh! No haré nada, sólo déjenme pasar, ¿quieren?

Los otros se detuvieron sobrecogidos; pero el grito se interrumpió, como apagado por una cortina espesa; no hubo ecos ni respuesta, aunque el bosque parecía ahora más poblado y atento que antes.

—Yo que tú no gritaría —dijo Merry—. Nos hace más mal que bien.

Frodo comenzaba a preguntarse si iba a ser posible encontrar un camino de salida, y si había hecho bien en traer a los otros a este bosque abominable. Merry miraba a ambos lados y no parecía tener muy claro qué dirección tomar. Pippin se dio cuenta de lo que sucedía.

—No has tardado mucho en extraviarnos —dijo.

Pero en ese momento Merry silbó aliviado y señaló adelante.

—Bueno, bueno. Estos árboles se mueven *de veras*. Tenemos ahí enfrente (o así lo espero) el Claro de la Hoguera, ¡pero parece que el sendero ha cambiado de sitio!

La luz se hacía más clara a medida que avanzaban. De pronto salieron de entre los árboles y se encontraron en un vasto espacio circular. Había un cielo encima de ellos, azul y claro, y se sorprendieron, pues bajo el techo del Bosque no habían podido ver cómo se levantaba la mañana ni cómo se desvanecía la niebla. Sin embargo, el sol aún no estaba lo suficientemente alto como para llegar al claro, aunque las copas de los árboles sí recibían su luz. Al borde del claro las hojas eran más verdes y espesas, rodeándolo con un muro casi sólido. No crecía allí ningún árbol; sólo hierba áspera y muchas plantas altas: cicutas marchitas de tallos altos, perejil silvestre, epilobios cuyas semillas recordaban a cenizas algodonosas, ortigas y cardos exuberantes. Un lugar melancólico, aunque comparado con la espesura del Bosque parecía un jardín encantador y alegre.

Los hobbits recobraron el ánimo y miraron con esperanza la luz creciente en el cielo. En el otro extremo del claro había una abertura en la pared de árboles y más allá se abría una senda. Alcanzaban a ver cómo entraba en el bosque, ancha en algunos sitios y abierta arriba, aunque de vez en cuando los árboles la ensombrecían cubriéndola con ramas oscuras. Siguieron ese camino. Ascendían aún, pero ahora más rápidamente y con mejor ánimo, pues les parecía que el Bosque había cedido, y que después de todo no se opondría a que pasaran.

Pero al cabo de un rato el aire se hizo pesado y caluroso. Los árboles se cerraron de nuevo a los lados, y no podían ver adelante. La malignidad del bosque que se asomaba sobre ellos era ahora todavía más evidente. Había tanto silencio que el ruido de los cascos que removían las hojas secas y a veces golpeaban raíces ocultas les retumbaban de algún modo en los oídos. Frodo trató de cantar para animarlos, pero su voz se quedó en un murmullo:

> ¡Oh! Vagabundos en tierra de penumbras,
> ¡no desesperéis! Pues, aunque oscuros se alcen
> todos los bosques tocan su fin,
> y veréis pasar el sol pleno:
> el sol poniente, el sol naciente,
> el crepúsculo, o resurgir la aurora.
> Lejos, al este o al oeste, todos los bosques acabarán...

Acabarán... En el momento en que Frodo decía esta palabra, se le apagó la voz. El aire parecía pesado, y hablar era fatigoso. Justo detrás de ellos una rama gruesa cayó ruidosamente en el sendero desde un viejo árbol que se asomaba sobre ellos. Adelante, los árboles parecían apretarse unos contra otros.

—No les gusta que hables de términos y acabamientos —dijo Merry—. Yo no cantaría más por ahora. Espera a llegar al límite del bosque; ¡y entonces nos volveremos y le cantaremos a coro!

Habló alegremente, y si había en él alguna ansiedad, no la mostró. Los demás no respondieron. Se sentían agobiados. Una pesada carga oprimía el corazón de Frodo, y a cada paso que daba, más lamentaba haber desafiado la amenaza de los árboles. De hecho, estaba casi decidido a detenerse y proponerles que se volvieran (si esto era todavía posible) cuando las cosas tomaron un nuevo rumbo. La senda dejó de ascender, y ahora corría por un llano. Los árboles oscuros se hicieron a un lado, y podían ver que más adelante el camino seguía casi en línea recta. Al frente, a alguna distancia, una colina verde, sin árboles, se alzaba como una cabeza calva por encima del bosque. La senda parecía llevar directamente a la colina.

Apresuraron la marcha, encantados con la idea de trepar por encima del techo del Bosque. El sendero descendió y luego comenzó a subir otra vez, conduciéndolos por fin al pie de la ladera empinada. Allí abandonó los árboles y se confundió con la hierba. El bosque rodeaba la colina como una cabellera espesa que terminaba de pronto en un círculo alrededor de una testa rasurada.

Los hobbits llevaron los poneys de las riendas cuesta arriba, dando vueltas hasta llegar a la cima. Allí se detuvieron mirando a su alrededor. El aire era fulgurante, iluminado por la luz del sol, aunque brumoso; no se veía muy lejos. Alrededor de la colina la niebla se había disipado casi del todo, aunque aquí y allá cubría las cavidades del bosque, y hacia el sur, en un pliegue profundo que atravesaba el bosque de lado a lado, se alzaba aún como cintas de humo blanco o vapor.

—Aquélla —dijo Merry, señalando— es la línea del Tornasauce. Desciende de las Colinas y corre al sudoeste, atravesando el centro del bosque para unirse al Brandivino más abajo de Fin de la Cerca. ¡No iremos en *esa* dirección! Dicen que el Valle del Tornasauce es la parte más extraña de todo el bosque, el centro de donde vienen todas las rarezas, por así decir.

Los otros miraron en la dirección que Merry indicaba, pero sólo vieron nieblas que se extendían sobre un valle húmedo y profundo; más allá, la mitad meridional del Bosque se perdía en la distancia.

El sol calentaba en la cima de la loma. Serían aproximadamente las once de la mañana, pero la bruma otoñal no dejaba ver mucho en otras direcciones. Hacia el oeste no alcanzaban a distinguir la línea de la Cerca ni el valle del Brandivino más allá de ella. En el norte, hacia donde miraban más esperanzados, no veían nada que pudiera ser el gran Camino del Este, al que se dirigían. Estaban en una isla perdida en un mar de árboles, y de horizontes velados.

Al sudeste el suelo descendía abruptamente, como si las laderas de la colina se internara bajo los árboles, como playas de islas que en realidad son laderas de montañas elevándose desde aguas profundas. Se sentaron en el borde verde, mirando por encima de los bosques, mientras almorzaban. A medida que el sol subía y pasaba el meridiano, comenzaron a vislumbrar en el este la línea gris verdosa de las Colinas que se extendían del otro lado del Bosque Viejo. Esto los animó de veras, pues era bueno ver cualquier cosa más allá de los lindes del bosque, aunque no pensaban ir en esa dirección, si podían evitarlo. Las Colinas de los Túmulos tenían entre los hobbits una reputación tan siniestra como el propio Bosque.

Al fin decidieron proseguir el viaje. El sendero que los había llevado a la colina reapareció en el lado norte; pero no lo habían seguido mucho tiempo cuando advirtieron que se desviaba a la derecha. Pronto empezó a descender abruptamente, y sospecharon que llevaba al Valle del Tornasauce, que no era de ningún modo la dirección que querían tomar. Después de debatir el asunto, resolvieron dejar este sendero equivocado y torcer al norte, pues aunque no habían podido verlo desde la cima de la loma, el Camino tenía que estar en esa dirección y a pocas millas de distancia. También hacia el norte, a la izquierda del sendero, la tierra parecía más seca y abierta, alzándose en pendientes donde los árboles eran más delgados; pinos y abetos reemplazaban a los robles, los fresnos y los extraños árboles desconocidos del bosque más espeso.

Al comienzo la elección pareció buena; marchaban a paso vivo, aunque cada vez que divisaban el sol en un claro creían haber virado hacia el este, no sabían cómo. Luego los árboles comenzaron a cerrarse (justo donde antes les habían parecido más delgados y menos enmarañados), y de pronto descubrieron unas fallas profundas e inesperadas en el terreno, como surcos de ruedas gigantescas o anchos fosos, y caminos hundidos y abandonados hacía mucho, obstruidos por las zarzas. La mayoría de estos repliegues cruzaban perpendicularmente la dirección que seguían los hobbits, y sólo podían franquearlos ayudándose con pies y manos, lo que era incómodo y difícil a causa de los poneys. Cada vez que descendían encontraban la cavidad cubierta por espesos matorrales y zarzas, que por alguna razón no cedían a la izquierda y sólo permitían el paso si los viajeros se volvían a la derecha; tenían que andar un rato por el fondo de la cavidad antes de encontrar el modo de trepar al otro lado. Cada vez que subían, la arboleda parecía más profunda y oscura; y siempre hacia la izquierda y hacia arriba era más difícil abrirse paso. Tenían que ir siempre hacia la derecha, bajando.

Al cabo de una hora o dos habían perdido todo sentido claro de la orientación, aunque sabían que desde hacía tiempo ya no iban hacia el norte. Estaban siendo conducidos, siguiendo un itinerario que otros habían elegido para ellos; al este y al sur, hacia el corazón del Bosque, y no hacia una salida.

La tarde declinaba cuando descendieron arrastrándose y tropezando a un repliegue más ancho y profundo que todos los anteriores. Era tan empinado y abrupto que no había modo de salir por un lado o por el otro sin abandonar los poneys y el equipaje. Todo lo que podían hacer era seguir el curso descendente de la falla. El suelo se volvía más blando ahora, y en algunos puntos fangoso. En los terraplenes aparecieron manantiales y pronto se encontraron marchando a orillas de un arroyo que se escurría y murmuraba sobre un lecho de malas hierbas. Luego el suelo empezó a descender rápidamente y el arroyo se hizo más sonoro y caudaloso, bajando a saltos a lo largo de la pendiente. Estaban en una profunda y penumbrosa hondonada, cubierta por una alta bóveda de árboles.

Marcharon un rato tropezando a lo largo del arroyo, y de pronto salieron de las tinieblas. Vieron la luz del sol delante de ellos, como si entrase por una puerta. Saliendo al claro descubrieron que habían venido caminando por una hendidura en un barranco empinado, casi un acantilado. Allá abajo había un ancho espacio de hierbas y cañas, y a lo lejos se veía la otra orilla, casi igual de empinada. Una luz dorada del último sol de la tarde se extendía cálida y pesada sobre el lugar escondido entre ambas orillas. En medio serpenteaba un oscuro río de aguas pardas y perezosas bordeado por viejos sauces, techado con ramas de sauces, bloqueado por sauces caídos y, moteado por miles de hojas de sauce marchitas. Las hojas llenaban el aire; caían revoloteando, amarillas; porque una brisa tibia y suave soplaba en la hondonada; las cañas murmuraban y las ramas de los sauces crujían.

—¡Bueno, por lo menos ahora tengo una idea de dónde estamos! —dijo Merry—. Hemos venido en dirección contraria a lo previsto. ¡Éste es el río Tornasauce! Iré a explorarlo.

Salió a la luz y desapareció entre las hierbas altas. Poco después reapareció, informando que el suelo era bastante firme entre el pie del acantilado y el río; en algunos sitios una hierba apretada bajaba al borde del agua.

—Es más —dijo—. Parece haber algo semejante a un sendero sinuoso a lo largo de esta orilla. Si doblamos hacia la izquierda y lo seguimos, creo que saldremos del bosque por el lado este.

—Lo mismo digo —comentó Pippin—. Eso si las huellas llegan tan lejos, y no nos dejan en algún pantano. ¿Quién pensáis que puede haber trazado esta senda, y por qué? Estoy seguro de que no ha sido para nuestro beneficio. Confío cada vez menos en este bosque y en todo lo que hay en él, y estoy empezando a creer todas las historias que se cuentan. ¿Tienes alguna idea de la distancia que debemos recorrer hacia el este?

—No —dijo Merry—, no la tengo. No tengo ni idea de a qué altura del Tornasauce nos encontramos, ni quién pudo haber venido aquí con tanta frecuencia como para trazar una senda a lo largo del río. Pero no veo ni imagino otra salida.

Puesto que no había alternativa, partieron uno detrás de otro, y Merry los llevó al sendero que había descubierto. Las hierbas y las cañas eran en todas partes lozanas y altas, y en algunos lugares crecían muy por encima de la cabeza de los hobbits; pero una vez encontrado, el sendero era fácil de seguir en sus vueltas y revueltas, siempre por terreno firme, evitando ciénagas y pantanos. Aquí y allá atravesaba otros arroyos que venían de las tierras boscosas y altas y descendían por hondonadas hasta el Tornasauce, y en estos puntos, puestos allí con cuidado, había unos troncos de árboles o unos manojos de ramas que los cruzaban de orilla a orilla.

Los hobbits comenzaron a sentir mucho calor. Ejércitos de moscas de toda especie les zumbaban en las orejas, y el sol de la tarde les quemaba las espaldas. Al final llegaron repentinamente a una tenue sombra; grandes ramas grises se extendían por encima del sendero. Cada paso adelante les costaba un poco más que el anterior. Parecía que una somnolencia furtiva les subía por las piernas desde el suelo, y descendiendo suavemente desde el aire sobre sus cabezas y ojos. Frodo sintió que cabeceaba. Justo delante de él, Pippin cayó de rodillas. Frodo se detuvo.

—Es inútil —oyó que Merry decía—. Imposible dar otro paso sin antes descansar un poco. Necesitamos una siesta. Está fresco bajo los sauces. ¡Hay menos moscas!

Estas palabras no le gustaron a Frodo.

—¡Adelante! —gritó—. No podemos dormir todavía. Primero tenemos que salir del bosque.

Pero los otros estaban ya demasiado adormilados para preocuparse. Junto a ellos, Sam bostezaba y parpadeaba con aire estúpido.

De pronto Frodo mismo se sintió dominado por la modorra. La cabeza se le bamboleaba. Ahora el lugar estaba prácticamente sumido en el silencio. Las moscas habían dejado de zumbar. Sólo un leve susurro apenas audible, como una suave canción medio susurrada, parecía revolotear entre las ramas encima de ellos. Frodo alzó pesadamente los ojos y vio un sauce enorme, viejo y gris, que se inclinaba sobre él. El árbol parecía inmenso; las largas ramas apuntaban como brazos tendidos, con muchas manos de dedos largos, y el tronco nudoso y retorcido se abría en anchas hendiduras que crujían débilmente con el movimiento de las ramas. Las hojas que se estremecían bajo el cielo brillante deslumbraron a Frodo; se tambaleó y cayó allí sobre las hierbas.

Merry y Pippin se arrastraron hacia delante y se tendieron apoyándose de espaldas contra el tronco del sauce. Detrás de ellos, las grandes hendiduras se abrieron para recibirlos, y el árbol se balanceó y crujió. Miraron hacia arriba y vieron las hojas grises y amarillas que se movían suavemente contra la luz, y cantaban. Cerraron los ojos y les pareció que casi podían oír palabras, palabras frescas que hablaban del agua y del sueño. Se abandonaron a aquel sortilegio y cayeron en un sueño profundo al pie del enorme sauce gris.

Frodo luchó un rato contra el sueño que lo estaba venciendo; al fin se incorporó de nuevo trabajosamente. Tenía unas ganas irresistibles de agua fresca.

—Espérame, Sam —balbuceó—. Tengo que mojarme los pies un instante.

Medio dormido fue hacia el lado del árbol que daba al río, donde unas grandes raíces nudosas entraban en el agua, como dragoncillos retorcidos que se estiraban para beber. Montó a horcajadas sobre una de las raíces, hundió los pies en el agua parda y fresca, y se durmió en seguida, recostado contra el árbol.

Sam se sentó y se rascó la cabeza, bostezando como una caverna. Estaba preocupado. La tarde declinaba, y esta somnolencia repentina le parecía inquietante. «Hay otra cosa aquí además del sol y el aire cálido —se susurró a sí mismo—. Este árbol enorme no me gusta nada. No me fío de él. ¡Escucha cómo canta invitando al sueño! ¡No puede ser!»

Se puso de pie laboriosamente y fue tambaleándose a ver qué había sido de los poneys. Descubrió que dos de ellos se habían alejado por el sendero; acababa de atraparlos y de traerlos hasta donde estaban los otros cuando oyó dos ruidos: uno fuerte, el otro leve pero muy claro. Uno era el chapoteo de algo pesado que había caído al agua; el otro parecía el sonido del picaporte de una puerta que se cierra despacio.

Sam se precipitó hacia la orilla. Frodo estaba en el agua, cerca del borde, bajo una enorme raíz que parecía mantenerlo sumergido, pero no se resistía. Sam lo tomó por la chaqueta, y tirando de él lo sacó de debajo de la raíz; luego lo arrastró como pudo hasta la orilla. Frodo se despertó casi inmediatamente, tosiendo y farfullando.

—¿Sabes, Sam —dijo al fin—, que ese árbol maldito me ha *empujado* al agua? Lo he sentido. ¡La raíz se ha girado y me ha hecho perder el equilibrio!

—Estaba usted soñando, sin duda, señor —dijo Sam—. No debiera haberse sentado en un lugar semejante, si tenía ganas de dormir.

—¿Y los demás? —inquirió Frodo—. Me pregunto qué clase de sueños tendrán...

Fueron al otro lado del árbol, y Sam entendió entonces por qué había creído oír el sonido de una cerradura. Pippin había desaparecido. La abertura junto a la cual se había acostado se había cerrado del todo y no se veía ni siquiera una grieta. Merry estaba atrapado; otra de las hendiduras del árbol se le había cerrado alrededor del cuerpo; tenía las piernas fuera, pero el resto estaba dentro de la abertura negra y los bordes lo apretaban como tenazas.

Frodo y Sam comenzaron por golpear el tronco en el lugar donde había estado Pippin. Luego lucharon frenéticamente tratando de separar las mandíbulas de la grieta que sujetaba al pobre Merry. Todo fue inútil.

—¡Qué cosa más espantosa! —gritó Frodo, muy asustado—. ¿Por qué habremos venido a este bosque horrible? ¡Ojalá estuviéramos todos de vuelta en Cricava!

Pateó el árbol con todas sus fuerzas, sin prestar atención al dolor que sentía en el pie. Un estremecimiento apenas perceptible subió por el tronco hacia las ramas; las hojas se sacudieron y murmuraron, pero ahora con el sonido de una risa lejana y débil.

—¿No hemos traído un hacha en nuestro equipaje, señor Frodo? —preguntó Sam.

—Traje un hacha pequeña para cortar leña —dijo Frodo—. No nos serviría de mucho.

—¡Un momento! —gritó Sam, pues la mención de la leña le había dado una idea—. ¡Podríamos recurrir al fuego!

—Podríamos —dijo Frodo, titubeando—. Podríamos asar vivo a Pippin dentro del tronco.

—Podríamos también, para empezar, hacer daño al árbol o asustarlo —dijo Sam fieramente—. Si no los suelta lo echaré abajo, aunque sea a mordiscos.

Corrió hacia los poneys y pronto volvió con dos yesqueros y un hacha.

Juntaron rápidamente hierbas y hojas secas, y trozos de corteza; luego apilaron ramas rotas y astillas. Amontonaron todo contra el tronco en el lado opuesto al de los prisioneros. Tan pronto como Sam consiguió encender la yesca, las hierbas secas comenzaron a arder y una columna de fuego y humo se alzó en el aire. Las ramitas crujieron. Unas lengüitas de fuego lamieron la corteza seca y estriada del árbol, chamuscándola. Un estremecimiento recorrió todo el sauce. Las hojas parecían sisear allá arriba con un sonido de dolor y rabia. Merry gritó alto, y desde dentro del árbol llegó un aullido apagado de Pippin.

—¡Apagadlo! ¡Apagadlo! —gritó Merry—. ¡Me partirá en dos, si no lo hacéis! ¡Él lo dice!

—¿Quién? ¿Qué? —exclamó Frodo, corriendo al otro lado del árbol.

—¡Apagadlo! ¡Apagadlo! —suplicó Merry.

Las ramas del sauce comenzaron a balancearse con violencia. Se oyó un rumor como de viento que se alzaba y se extendía a las ramas de los otros árboles de alrededor, como si hubiesen arrojado una piedra a la quietud somnolienta del valle del río, desencadenando unas ondas coléricas que invadían todo el bosque. Sam pateó la pequeña hoguera y apagó las brasas. Pero Frodo, sin tener una idea clara de por qué lo hacía, o qué esperaba, corrió a lo largo del sendero gritando: «¡Socorro! ¡Socorro! ¡Socorro!». Tenía la impresión de que apenas alcanzaba a oír el sonido agudo de su propia voz, como si el viento del sauce se la llevara en seguida ahogándola en un clamor de hojas. Se sintió desesperado, perdido, y al borde mismo de la locura.

De pronto se detuvo. Había una respuesta, o al menos así lo creyó, pero parecía venir de detrás de él, del sendero que atravesaba el bosque. Se volvió y escuchó, y pronto no tuvo ninguna duda; alguien entonaba una canción; una voz profunda y alegre cantaba descuidada y feliz, pero las palabras no tenían ningún sentido.

> *¡Hola, dol! ¡feliz dol! ¡toca un don dilló!*
> *¡Toca un don! ¡Salta! ¡Sauce del fal lo!*
> *¡Tom Bom, alegre Tom, Tom Bombadilló!*

Mitad esperanzados, mitad temerosos de un nuevo peligro, Frodo y Sam se quedaron muy quietos. De pronto, después de una larga tirada de palabras sin sentido (o así parecía), la voz se oyó fuerte y clara, y rompió a cantar esta canción:

> *¡Hola! ¡Ven alegre dol, derry dol! ¡Querida mía!*
> *Ligeros son el viento y el estornino alado.*
> *Allá abajo, al pie de la Colina, al sol brillando,*
> *a la puerta esperando de las estrellas su fría luz,*
> *está mi dama hermosa, hija de la Mujer-Río,*
> *fina cual vara de sauce, clara como el agua.*
> *El viejo Tom Bombadil nenúfares trayendo*
> *vuelve brincando a casa. ¿Oyes cómo canta?*
> *¡Hola! ¡Ven alegre dol, derry dol!, alegre oh,*
> *¡Baya de Oro, Baya de Oro, alegre baya amarilla!*
> *Pobre viejo Hombre-Sauce, ¡quita tus raíces!*
> *Tom ahora lleva prisa. La noche sucede al día.*
> *Tom vuelve a casa, nenúfares trayendo.*
> *¡Hola! ¡Ven derry dol! ¿Oyes mi canción?*

Frodo y Sam parecían como hechizados. El viento echó una última bocanada. Las hojas colgaron de nuevo silenciosas en las ramas tiesas. La canción estalló otra vez, y luego, de pronto, saltando y bailando a lo largo del sendero, por encima de las cañas, asomó un viejo y estropeado sombrero de copa alta y larga pluma azul sujeta a la cinta. Tras un nuevo brinco y un salto, y un hombre apareció a la vista, o por lo menos algo semejante a un hombre; demasiado grande y pesado para ser un hobbit, y no lo suficientemente alto como para pertenecer a la Gente Grande, aunque hacía bastante ruido, calzado con grandes botas amarillas, tranqueando entre las hierbas y los juncos como una vaca que baja a beber. Tenía una chaqueta azul y larga barba castaña; los ojos eran azules y brillantes, y la cara roja como una manzana madura, pero plegada en cientos de arrugas de risa. En las manos, sobre una hoja grande, que hacía las veces de bandeja, traía un montoncito de nenúfares blancos.

—¡Socorro! —gritó Frodo, y Sam corrió hacia el hombre adelantando las manos.

—¡Oh, oh! ¡Quietos! —gritó el anciano alzando una mano, y los hobbits se detuvieron en seco como paralizados—. Bien, mis amiguitos, ¿adónde vais, resoplando como fuelles? ¿Qué pasa aquí? ¿Sabéis quién soy? Soy Tom Bombadil. Decidme cuál es el problema. Tom tiene prisa. ¡No me aplastéis los nenúfares!

—Mis amigos están atrapados en el sauce —exclamó Frodo sin aliento.

—¡Una hendidura está triturando al señor Merry! —gritó Sam.

—¿Cómo? —gritó entonces Tom Bombadil, dando un salto—. ¿El Viejo Hombre-Sauce? Nada peor, ¿eh? Eso tiene fácil arreglo. Conozco la cancioneta que le hace falta. ¡Viejo Hombre-Sauce gris! Le helaré la médula, si no se comporta bien. Le cantaré hasta sacarle afuera las raíces. Le cantaré un viento que le arrancará hojas y ramas. ¡Viejo Hombre-Sauce!

Depositando con cuidado los nenúfares en el suelo, Tom Bombadil corrió hacia el árbol. Allí vio los pies de Merry que aún sobresalían. El resto ya había sido arrastrado al interior. Tom acercó la boca a la hendidura y se puso a cantar en voz baja. Los hobbits no alcanzaban a oír las palabras, pero la reanimación de Merry fue evidente. Las piernas patearon el aire. Tom se apartó de un salto, y arrancando una rama que colgaba a un costado, azotó el flanco del sauce.

—¡Déjalo salir, Viejo Hombre-Sauce! ¿Qué pretendes? No tendrías que estar despierto. ¡Come tierra! ¡Cava hondo! ¡Bebe agua! ¡Duerme! ¡Bombadil habla!

Tomó entonces los pies de Merry y lo sacó de la hendidura que se había ensanchado de pronto.

Se oyó el sonido de algo que se desgarra, y la otra grieta se abrió también, y Pippin saltó afuera, como si lo hubiesen pateado. En seguida, con un sonoro chasquido, las dos fisuras volvieron a cerrarse. Un estremecimiento recorrió el árbol de las raíces a la copa, y siguió un completo silencio.

—¡Gracias! —dijeron los hobbits, uno tras otro.

Tom Bombadil se echó a reír.

—¡Bueno, mis amiguitos! —dijo inclinándose para mirarles las caras—. Vendréis a casa conmigo. Mi mesa rebosa de crema amarilla, panal de miel, mantequilla y pan blanco. Baya de Oro nos espera. Ya habrá tiempo para preguntas mientras cenamos. ¡Seguidme tan rápido como podáis!

A continuación, Tom Bombadil tomó los nenúfares, y se fue saltando y bailando por el camino hacia el este, llamándolos con la mano, cantando otra vez en voz alta una canción que no tenía sentido.

Demasiado sorprendidos y demasiado aliviados para hablar, los hobbits lo siguieron tan rápidamente como podían. Pero esto no bastaba. Tom desapareció muy pronto delante de ellos, y el sonido del canto se hizo más lejano y débil. Pero de súbito la voz volvió flotando como una poderosa llamada.

¡Saltad, amiguitos, por el Tornasauce río arriba!
Tom va delante a encender las velas.

El Sol se esconde, pronto marcharéis a ciegas.
Cuando las sombras de la noche caigan, se abrirán las puertas,
y en las vidrieras brillará amarilla una luz.
¡No tengáis miedo ni de alisos negros ni de albos sauces!
¡Ni de raíces ni de ramas! Tom va delante.
¡Hola, ahora, alegre dol! ¡Aguardando allí estamos!

Luego los hobbits no oyeron más. Casi en seguida pareció que el sol se hundía entre los árboles, detrás de ellos. Recordaron la luz oblicua de la tarde que brillaba sobre el río Brandivino, y las ventanas de Gamoburgo que comenzaban a iluminarse con cientos de luces. Grandes sombras caían ahora sobre ellos; los troncos y las ramas, negros y amenazantes, se inclinaban sobre el sendero. Unas nieblas blancas comenzaban a alzarse ondulándose en la superficie del río, esparciéndose entre las raíces de los árboles, en las orillas. Del mismo suelo, a los pies de los hobbits, un vapor tenebroso subía confundiéndose con las crecientes sombras del atardecer.

Se hizo difícil seguir el sendero, y todos estaban muy cansados. Las piernas les pesaban como plomo. Unos ruidos raros y furtivos corrían entre los matorrales y juncos a los lados del camino, y si alzaban los ojos hacia el pálido cielo veían unas caras extrañas, retorcidas y nudosas, como sombras recortadas sobre el crepúsculo, que los miraban de reojo desde los barrancos y los límites del bosque. Empezaban a tener la impresión de que todo aquel país era irreal, y que avanzaban tropezando por un sueño ominoso que no llevaba a ninguna vigilia.

En el momento en que ya aminoraban el paso y parecía que iban a detenerse, advirtieron que el suelo se elevaba poco a poco. Las aguas comenzaron a murmurar. Alcanzaron a vislumbrar en la penumbra el resplandor blanco de la espuma del río que se precipitaba en una pequeña cascada. Entonces, de repente, los árboles terminaron, y la niebla quedó atrás. Salieron del bosque y se encontraron en una amplia extensión de hierbas. El río, ahora estrecho y rápido, saltaba hacia ellos alegremente, reflejando aquí y allá la luz de las estrellas que ya brillaban en el cielo.

La hierba bajo sus pies era corta y suave, como si la hubiesen segado. Detrás, los bordes del bosque parecían recortados como un cerco. Ahora se veía el camino claramente delante de ellos; estaba bien cuidado y bordeado de piedras, y subía serpenteando a la cima de una loma herbosa, grisácea bajo el pálido cielo estrellado. Allí arriba en otra ladera, aún lejanas, parpadeaban las luces de una casa. El sendero bajó y subió de nuevo por una larga pendiente de césped hacia la luz. De pronto un rayo amarillo salió brillantemente de una puerta que acababa de abrirse. Era la casa de Tom Bombadil, sobre y bajo la colina, y al pie de ella. Detrás una ladera empinada se elevaba gris y desnuda, y más allá las sombras oscuras de las Colinas de los Túmulos se perdían en la noche del este.

Hobbits y poneys se precipitaron hacia delante. Ya se habían quitado de encima la mitad de la fatiga, y todo temor. *¡Hola, venid, alegre dol!*, llegó a ellos la canción, como una bienvenida.

> *¡Hola, venid, alegre dol! ¡Bravos míos, brincad!*
> *¡Hobbits, poneys, y todos, nos encanta celebrar!*
> *¡Que empiece la alegría! ¡Todos juntos, a cantar!*

Luego, otra voz, clara, joven y antigua como la primavera, como el canto de un agua gozosa que baja a la noche desde una mañana brillante en las colinas, cayó como plata hasta ellos:

> *¡Que empiece la canción! Todos juntos, a cantar,*
> *Al sol y estrellas, luna, nubes y lluvia,*

luz en los capullos, rocío en la pluma,
viento en la colina, campanas en los brezos,
cañas en la orilla, lirios en el agua,
¡la Hija del Río y el viejo Tom Bombadil!

Y con esta canción los hobbits llegaron al umbral, envueltos todos en una luz dorada.

EN CASA DE TOM BOMBADIL

Los cuatro hobbits franquearon el ancho umbral de piedra y se detuvieron, parpadeando. Se encontraban en una habitación larga y baja, iluminada por unas lámparas que colgaban de las vigas del techo, y en la mesa de madera oscura y pulida había muchas velas altas y amarillas, de llamas brillantes.

En el extremo opuesto de la habitación, mirando a la puerta de entrada, estaba sentada una mujer. Los cabellos rubios le caían en largas ondas sobre los hombros; llevaba una túnica verde, verde como las cañas jóvenes, salpicada de plata como perlas de rocío, y el cinturón era de oro, labrado como una cadena de azucenas y adornado con ojos de nomeolvides, de un azul pálido. A sus pies, en amplias vasijas de cerámica, de color marrón y verde, flotaban unos nenúfares, de modo que la mujer parecía entronizada en medio de un estanque.

—¡Adelante, mis buenos invitados! —dijo, y los hobbits supieron que era aquella voz clara la que habían oído cantar antes.

Se adelantaron tímidamente unos pasos, haciendo reverencias, sintiéndose de algún modo sorprendidos y torpes, como gentes que, habiendo golpeado una puerta de una cabaña para pedir un poco de agua, se encuentran de pronto ante una reina élfica, joven y hermosa, vestida con flores vivas. Pero antes de que pudieran pronunciar una palabra, la joven saltó ágilmente por encima de las fuentes de nenúfares, y corrió riendo hacia ellos; y mientras corría, la túnica verde susurraba como el viento en las riberas floridas de un río.

—¡Venid, queridos amigos! —dijo ella tomando a Frodo por la mano—. ¡Reíd y alegraos! Soy Baya de Oro, Hija del Río—. En seguida pasó rápidamente ante ellos, y habiendo cerrado la puerta se volvió otra vez, extendiendo los brazos blancos—. ¡Cerremos las puertas a la noche! —dijo—. Quizá todavía tenéis miedo, de la niebla, la sombra de los árboles, el agua profunda, las criaturas silvestres. ¡No temáis nada! Pues esta noche estáis bajo techo en casa de Tom Bombadil.

Los hobbits la miraron asombrados, y ella los observó a su vez, uno a uno, sonriendo.

—¡Hermosa dama Baya de Oro! —dijo Frodo al fin, sintiendo en el corazón una alegría que no alcanzaba a entender. Estaba allí, inmóvil, como había estado otras veces escuchando las hermosas voces de los Elfos, pero ahora el encantamiento era diferente, menos punzante y menos elevado, pero más profundo y más próximo al corazón de los mortales; maravilloso, pero no ajeno—. ¡Hermosa dama Baya de Oro! —repitió—. Ahora me explico la alegría de esas canciones que oímos.

¡Oh, fina cual vara de sauce! ¡Oh, más clara que el agua cristalina!
¡Oh, junco a orillas del estanque viviente! ¡Hermosa Hija del Río!
¡Oh, tiempo primaveral, estival y una nueva primavera!
¡Oh, viento en la cascada y de las hojas su risa!

Frodo calló de pronto, balbuceando, sorprendido al oírse decir esas palabras. Pero Baya de Oro rio.

—¡Bienvenidos! —les dijo—. No había oído que la gente de la Comarca fuera de lengua tan dulce. Pero entiendo que eres amigo de los Elfos; así lo dicen la luz de tus ojos y el timbre de tu voz. ¡Un feliz encuentro! ¡Sentaos y esperemos al Señor de la casa! No tardará. Está atendiendo a vuestros animales cansados.

Los hobbits se sentaron complacidos en unas sillas bajas de mimbre, mientras Baya de Oro se ocupaba alrededor de la mesa; y los ojos de ellos seguían con deleite la fina gracia de sus movimientos. De algún sitio detrás de la casa llegó el sonido de un canto. De cuando en cuando alcanzaban a oír, entre muchos *derry dol, alegre dol, y toca un don dilló*, unas palabras que se repetían:

> *El viejo Tom Bombadil es un tipo alegre,*
> *de amarillas botas y brillante chaquetilla azul.*

—¡Hermosa dama! —dijo Frodo al cabo de un rato—. Decidme, si mi pregunta no os parece tonta, ¿quién es Tom Bombadil?

—Es él —dijo Baya de Oro, dejando de moverse y sonriendo.

Frodo la miró inquisitivamente.

—Es él, tal y como lo has visto —dijo ella respondiendo a la mirada de Frodo—. Es el Señor del bosque, el agua y las colinas.

—¿Entonces estas tierras extrañas le pertenecen?

—De ningún modo —dijo ella, y la sonrisa se le apagó—. Eso sería en verdad una carga —susurró en voz baja, como para sí—. Los árboles y las hierbas y todas las cosas que crecen o viven en la tierra no tienen otro dueño que ellas mismas. Tom Bombadil es el Señor. Nadie ha atrapado nunca al viejo Tom caminando en el bosque, vadeando el río, saltando por las colinas, a la luz o a la sombra. Tom Bombadil no tiene miedo. Es el Señor.

Se abrió una puerta y entró Tom Bombadil. Se había quitado el sombrero y unas hojas otoñales le coronaban los espesos cabellos castaños. Rio y, yendo hacia Baya de Oro, le tomó la mano.

—¡He aquí a mi hermosa señora! —dijo inclinándose hacia los hobbits—. ¡He aquí a mi Baya de Oro vestida de verde y plata con flores en la cintura! ¿Está la mesa puesta? Veo crema amarilla y panales, y pan blanco y mantequilla, leche, queso, hierbas verdes y bayas maduras. ¿Habrá para todos? ¿Está la cena lista?

—Está —respondió Baya de Oro—, pero quizá los huéspedes no lo estén.

Tom golpeó las manos y gritó:

—¡Tom, Tom! ¡Tus huéspedes están cansados y tú casi lo has olvidado! ¡Venid, mis alegres amigos, y Tom os refrescará! Os limpiaréis las manos sucias y os lavaréis las caras cansadas. Quitaos esos abrigos embarrados. Peinad esas melenas enmarañadas.

Abrió la puerta, y los hobbits lo siguieron por un corto pasadizo que doblaba a la derecha. Llegaron así a una habitación baja, de techo inclinado (un cobertizo, parecía, añadido al ala norte de la casa). Los muros eran de piedra desnuda, cubiertos en su mayor parte con esteras verdes y cortinas amarillas. El suelo era de losa, y encima habían echado unos juncos verdes. A un lado, colocados sobre el suelo, había cuatro gruesos colchones, con mantas blancas encima. Contra el muro opuesto un banco largo sostenía unas anchas cubetas de barro, y al lado se alineaban unas vasijas oscuras llenas de agua; algunas con agua fría y otras con agua caliente. Unas chinelas verdes esperaban junto a cada cama.

Al cabo de un rato, lavados y refrescados, los hobbits se sentaron a la mesa, dos a cada lado, y en los extremos Baya de Oro y el Señor. Fue una comida larga y alegre. No faltó nada, aunque los hobbits comieron como sólo pueden comer unos hobbits famélicos. La bebida que en los tazones parecía ser simple agua fresca, se les subió a los corazones como vino y les desató las lenguas. Los invitados advirtieron de pronto que estaban cantando alegremente, como si eso fuera más fácil y natural que hablar.

Al final, Tom y Baya de Oro se levantaron y limpiaron rápidamente la mesa. Ordenaron a los huéspedes que se quedaran quietos, y los instalaron en sillas, cada uno con los pies cansados apoyados en un escabel. Un fuego llameaba ante ellos en la amplia chimenea, con un olor dulce, como a madera de manzano. Cuando todo estuvo recogido, apagaron todas las luces de la habitación excepto una lámpara y un par de velas en los extremos de la repisa de la chimenea. Baya de Oro se les acercó entonces con una vela en la mano y les deseó a cada uno una buena noche y un sueño profundo.

—Tened paz ahora —dijo—, ¡hasta la mañana! No prestéis atención a ningún ruido nocturno. Pues nada entra aquí por puertas y ventanas salvo el claro de luna, la luz de las estrellas, y el viento que viene de las cumbres. ¡Buenas noches!

Baya de Oro dejó la habitación con un centelleo y un susurro, y sus pasos se alejaron como un arroyo que desciende dulcemente de una colina sobre piedras frescas en la quietud de la noche.

Tom se sentó en silencio mientras los hobbits trataban de reunir el valor necesario para hacerle alguna de las muchas preguntas que se les habían ocurrido durante la cena. El sueño les pesaba en los párpados. Por último Frodo habló:

—¿Oísteis mi llamada, Señor, o llegasteis a nosotros sólo por casualidad?

Tom se movió como un hombre al que sacan de un sueño agradable.

—¿Eh? ¿Qué? —dijo—. ¿Si oí tu llamada? No, no oí nada, estaba ocupado cantando. Fue la casualidad lo que me llevó allí, si quieres llamarlo casualidad. No estaba en mis planes, aunque os estaba esperando. Habíamos oído hablar de vosotros, y sabíamos que andabais por el Bosque, y que no tardaríais en llegar a orillas del río. Todos los senderos vienen hacia aquí, hacia el Tornasauce. El viejo Hombre-Sauce gris es un cantor poderoso, y la gente pequeña escapa difícilmente de sus arteros laberintos. Pero Tom estaba haciendo un recado por allí, y él no se atrevió a oponerse.

Tom cabeceó como luchando contra el sueño, pero continuó con una dulce voz:

> Yo tenía allí un encargo: nenúfares recoger,
> hojas verdes y lirios blancos para a mi hermosa dama complacer,
> los últimos del año, y del invierno cobijarlos,
> para florecer a sus pies al derretirse las nieves.
> Los busco para ella cada año, al fin del verano,
> en un remanso hondo y cristalino, por el Tornasauce río abajo;
> allí se abren primero en primavera y más perduran.
> A la Hija del Río allí encontré hace tiempo junto al estanque,
> la joven Baya de Oro hermosa, que entre juncos reposaba,
> ¡Dulce era entonces su canto y su corazón un pálpito!

Tom abrió los ojos y miró a los hobbits con un repentino centelleo azul.

Y esto os hizo un bien, pues ya no volveré
a adentrarme río abajo por las aguas del bosque,
mientras el año sea viejo. Ni pasaré de nuevo
junto a la casa del viejo Hombre-Sauce en esta parte de la primavera
no hasta que llegue su esplendor glorioso, cuando la Hija del Río
baje bailando el sendero de los mimbres a nadar en sus aguas.

Tom calló de nuevo, pero Frodo no pudo dejar de hacer otra pregunta, aquella de la que más deseaba una respuesta.

—Habladnos, Señor —dijo—, del Hombre-Sauce. ¿Qué es? Nunca antes había oído hablar de él.

—¡No, no! —dijeron juntos Merry y Pippin, enderezándose bruscamente—. ¡Ahora no! ¡No hasta la mañana!

—¡Tenéis razón! —dijo el viejo—. Es tiempo de descansar. No es bueno hablar de ciertas cosas cuando las sombras reinan en el mundo. Dormid hasta que amanezca, reposad la cabeza en las almohadas. ¡No prestéis atención a ningún ruido nocturno! ¡No temáis al sauce gris!

Y diciendo esto bajó la lámpara y la apagó con un soplido, y tomando una vela en cada mano llevó a los hobbits fuera de la habitación.

Los colchones y las almohadas tenían la dulzura de la pluma y las mantas eran de lana blanca. Acababan de tenderse en los lechos blandos y de taparse con las mantas cuando se quedaron dormidos.

En la noche profunda, Frodo tuvo un sueño sin luz. Luego vio que se elevaba la luna joven, y a la tenue claridad se asomó ante él un muro de piedra oscura, atravesado por un arco sombrío parecido a una gran puerta. Le pareció a Frodo que lo llevaban por el aire, y vio entonces que la pared era un círculo de lomas que encerraban una planicie, en cuyo centro se elevaba un pináculo de piedra, semejante a una torre, pero no hecha con las manos. En la cima había una forma humana. La luna subió y durante un momento pareció estar suspendida sobre la cabeza de la figura, reflejándose en los cabellos blancos, movidos por el viento. De la oscura planicie se levantó un clamor de voces feroces, y el aullido de muchos lobos. De pronto una sombra, con la forma de grandes alas, pasó delante de la luna. La figura alzó los brazos, y del bastón que tenía en la mano brotó una luz. Un águila enorme bajó entonces del cielo y se llevó a la figura. Las voces gimieron y los lobos aullaron. Hubo un ruido como si soplara un viento huracanado, y con él llegó el sonido de unos cascos que galopaban, galopaban, galopaban desde el este. «¡Los Jinetes Negros!», pensó Frodo, y despertó con el golpeteo de los cascos resonándole aún en la cabeza. Se preguntó si tendría alguna vez el coraje de dejar la seguridad de esos muros de piedra. Se quedó quieto, escuchando todavía, pero todo estaba en silencio ahora, y al fin se volvió y se durmió otra vez, o se perdió en un sueño que no le dejó ningún recuerdo.

A su lado, Pippin dormía inmerso en sueños agradables, pero algo cambió de pronto y se volvió en la cama gruñendo. En seguida despertó, o pensó que había despertado, y sin embargo oía aún en la oscuridad el sonido que lo había perturbado mientras dormía: *tip-tap, cuic*; era como el susurro de unas ramas que se rozan con el viento, dedos de ramitas que rascaban la ventana y la pared: *cric, cric, cric*. Se preguntó si habría sauces cerca de la casa, y de pronto tuvo la horrible impresión de que no estaba en una casa común sino dentro del sauce, oyendo aquella espantosa voz, seca y chirriante, que otra vez se reía de él. Se incorporó y sintió la almohada blanda en las manos y se acostó otra vez con alivio. Le pareció oír el eco de unas palabras: «¡Nada temas! ¡Duerme en paz hasta la mañana! ¡No prestes atención a los ruidos nocturnos!». Volvió a dormirse.

Era el murmullo de un agua lo que Merry oyó cuando se quedó plácidamente dormido: agua que fluía suavemente, y luego se extendía y se extendía irresistiblemente alrededor de la casa en un estanque oscuro sin límites. Gorgoteaba bajo las paredes y subía lenta pero firmemente. «¡Me ahogaré!», pensó. «Entrará en la casa y entonces me ahogaré.» Sintió que estaba acostado en un pantano blando y viscoso, e incorporándose de un salto puso el pie en una losa dura y fría. Recordó entonces dónde estaba y se acostó de nuevo. Creía oír o recordaba haber oído: «Nada entra aquí por puertas y ventanas salvo el claro de luna, la luz de las estrellas, y el viento que viene de las cumbres». Una brisa leve y dulce movió las cortinas. Respiró profundamente y se durmió otra vez.

Al día siguiente Sam sólo recordaba que había dormido toda la noche, muy satisfecho, si los troncos duermen satisfechos.

Despertaron los cuatro a la vez, con la luz de la mañana. Tom andaba por la habitación silbando como un estornino. Oyendo que los hobbits se movían, golpeó las manos y gritó:

—¡Hola! ¡Ven alegre dol, derry dol! ¡Bravos míos!

Descorrió las cortinas amarillas y aparecieron las ventanas, a ambos lados del aposento: una miraba al este y la otra al oeste.

Los hobbits se levantaron de un salto, renovados. Frodo corrió a la ventana oriental y se encontró mirando una huerta, gris de rocío. Casi había esperado ver una franja de césped entre la casa y los muros, césped marcado con huellas de cascos. En verdad, no podía ver muy lejos, a causa de una alta estacada de habas, pero por encima y a lo lejos la cima gris de la colina se alzaba a la luz del amanecer. Era una mañana pálida; en el este, detrás de unas nubes largas como hebras de lana sucia, teñidas de rojo en los bordes, centelleaban unos profundos pliegues amarillos. El cielo anunciaba lluvia, pero la luz se extendía rápidamente, y las flores rojas de las habas comenzaban a brillar entre las hojas verdes y húmedas.

Pippin miró por la ventana occidental y vio un estanque de bruma. Una niebla cubría el Bosque. Era como mirar desde arriba un inclinado techo de nubes. Había un pliegue o canal donde la bruma se quebraba en penachos y ondas: el Valle del Tornasauce. El arroyo descendía por la ladera izquierda y se desvanecía entre las sombras blancas. Junto a la casa había un jardín de flores y un seto recortado, envuelto en redes de plata, y más allá una hierba segada y gris, empalidecida por gotas de rocío. No se veía ningún sauce.

—¡Buenos días, mis alegres amigos! —exclamó Tom abriendo de par en par la ventana del este. Un aire fresco entró en el cuarto, trayendo olor a lluvia—. Estoy pensando que hoy el sol no mostrará mucho la cara. He dado un paseo largo, saltando por las cumbres de las lomas, desde que llegó el alba gris, olfateando el viento y el tiempo con la hierba húmeda bajo los pies, y el cielo húmedo sobre la cabeza. He despertado a Baya de Oro cantando bajo su ventana, pero nada despierta a los hobbits por la mañana temprano. La gente pequeña despierta de noche en la oscuridad y se duerme cuando llega la luz. ¡Tocad un don diló! ¡Despertad, alegres amigos! ¡Olvidad los ruidos nocturnos! ¡Tocad un don diló del, derri del, mis bravos! Si os dais prisa, encontraréis el desayuno servido. ¡Si tardáis tendréis hierba y agua de lluvia!

Naturalmente, aunque la amenaza de Tom no parecía muy seria, los hobbits se apresuraron, y dejaron la mesa tarde, cuando ya empezaba a parecer vacía. Ni Tom ni Baya de Oro estaban allí. Podía oírse a Tom que se movía por la casa, afanándose en la cocina, subiendo y bajando las escaleras, y cantando fuera, aquí y allá. La habitación daba al oeste sobre el valle neblinoso, y la ventana estaba abierta. El agua goteaba desde los aleros de paja. Antes de que terminaran de desayunar, las nubes se habían unido formando un techo uniforme, y una suave lluvia gris cayó verticalmente sin parar. La espesa cortina no dejaba ver el bosque.

Mientras miraban por la ventana, la voz clara de Baya de Oro descendió dulcemente, como si bajara con la lluvia, desde el cielo. No oían sino unas pocas palabras, pero les pareció evidente que la canción era una canción de lluvia, dulce como un chaparrón sobre las lomas secas, y que contaba la historia de un río desde el manantial en las tierras altas hasta el océano distante, mucho más abajo. Los hobbits escuchaban, deleitados, y Frodo sentía alegría en el corazón, y bendecía la benevolente lluvia que demoraba su partida. La idea de que tenían que irse le estaba pesando desde que abrieran los ojos, pero sospechaba ahora que ese día no reanudarían el viaje.

El viento alto se estableció en el oeste y unas nubes más densas y más húmedas se elevaron rodando para verter su carga de lluvia sobre las cimas desnudas de las Colinas. No se veía nada alrededor de la casa, excepto agua que caía. Frodo estaba de pie junto a la puerta abierta observando el blanco sendero gredoso que descendía burbujeando al valle, transformado en un arroyo de leche. Tom Bombadil apareció trotando en una esquina de la casa, moviendo los brazos como para apartar la lluvia; de hecho, cuando saltó al umbral parecía perfectamente seco, excepto las botas. Se las quitó y las puso en un extremo de la chimenea. Luego se sentó en la silla más grande y pidió a los hobbits que se le acercaran.

—Es el día de lavado de Baya de Oro —dijo—, y también de la limpieza de otoño. Llueve demasiado para los hobbits, ¡que descansen mientras puedan! Día bueno para cuentos largos, para preguntas y respuestas, de modo que Tom iniciará la charla.

Les contó entonces muchas historias sorprendentes, a veces como hablándose a sí mismo y a veces mirándolos de pronto con ojos azules y brillantes bajo las cejas tupidas. A menudo la voz se le cambiaba en canto y se levantaba entonces de la silla para bailar alrededor. Les habló de abejas y de flores, de las costumbres de los árboles, y las extrañas criaturas del bosque, de cosas malignas y de cosas benignas, cosas amigas y cosas enemigas, cosas crueles y cosas amables, y de secretos que se ocultaban bajo las zarzas.

A medida que escuchaban, los hobbits empezaron a entender las vidas del Bosque, distintas de las suyas, sintiéndose en verdad extranjeros allí donde todas las cosas estaban en su sitio. El Viejo Hombre-Sauce aparecía y desaparecía en la charla, una y otra vez, y ahora Frodo aprendió suficiente como para sentirse satisfecho, en verdad más que suficiente, pues no era aquél un conocimiento agradable. Las palabras de Tom desnudaban los corazones y los pensamientos de los árboles, pensamientos que eran a menudo oscuros y extraños, colmados de odio por todas las criaturas que se mueven libremente sobre la tierra, arañando, mordiendo, rompiendo, cortando, quemando: destructoras y usurpadoras. No recibía el nombre del Bosque Viejo sin motivo, pues era antiguo de veras, superviviente de vastos bosques olvidados; y en él vivían aún, envejeciendo tan lentamente como las colinas, los padres de los padres de los árboles, recordando la época en que eran señores. Los años innumerables les habían llenado de orgullo y sabiduría enraizada en la tierra, y de malicia. Ninguno, sin embargo, era más peligroso que el Gran Sauce: tenía el corazón podrido, pero una fuerza todavía verde; y era astuto, y mandaba sobre los vientos, y su canto y su pensamiento corrían entre los árboles de ambos lados del río. El espíritu gris y sediento del Sauce extraía fuerzas de la tierra, extendiéndose como una red de raíces en el suelo y como dedos arbóreos invisibles en el aire, hasta tener dominio sobre casi todos los árboles del bosque desde la Cerca hasta las Colinas.

De pronto Tom dejó de hablar de los árboles para remontar el joven arroyo, por encima de cascadas burbujeantes, guijarros y rocas erosionadas, y entre florecitas que se abrían en la hierba apretada y en grietas húmedas, trepando así hasta las Colinas. Los hobbits oyeron hablar de los Grandes Túmulos y de los montículos verdes, y de los círculos de piedra sobre las colinas y en los bajos. Las ovejas balaron en rebaños. Se levantaron muros blancos y verdes. Había fortalezas en las alturas. Reyes de pequeños reinos se batieron entre ellos, y el joven sol brilló como el fuego sobre el rojo metal de las espadas codiciosas y nuevas. Hubo victorias y derrotas; y se derrumbaron torres, se quemaron fortalezas, y las llamas se alzaron hacia el cielo. El oro se apiló sobre los catafalcos de reyes y reinas, y fueron cubiertos por montículos, y las puertas de piedra se cerraron, y la hierba creció encima. Las ovejas pacieron allí un tiempo, pero pronto las colinas estuvieron desnudas otra vez. De sitios lejanos y oscuros vino una sombra, los huesos se agitaron en las tumbas. Los Tumularios se paseaban por las oquedades con un tintineo de anillos en los dedos fríos y cadenas de oro al viento. Los círculos de piedra salieron a la superficie de la tierra como dientes rotos a la luz de la luna.

Los hobbits se estremecieron. Incluso en la Comarca se había oído hablar de los Tumularios, que frecuentaban las Colinas de los Túmulos, más allá del Bosque. Pero no era ésta una historia que complaciese a los hobbits, ni siquiera lejos del lugar, junto a una acogedora chimenea. La alegría de la casa los había distraído, pero ahora los cuatro recordaron de pronto que la casa de Tom Bombadil se apoyaba en el hombro mismo de aquellas temibles colinas. Perdieron el hilo del relato y se movieron inquietos, mirándose de reojo.

Cuando volvieron a prestar atención, descubrieron que Tom deambulaba ahora por regiones extrañas, más allá de la memoria y los pensamientos conscientes de los hobbits, en días en que el mundo era más ancho, y los mares fluían rectos hasta la Costa del oeste; y siempre yendo y viniendo, Tom cantó la luz de las estrellas antiguas, cuando sólo los ancianos elfos estaban despiertos. De pronto hizo una pausa, y vieron que cabeceaba como atacado por el sueño. Los hobbits se quedaron sentados, frente a él, como hechizados; y bajo el encantamiento de aquellas palabras les pareció que el viento se había ido, y las nubes se habían secado, y el día se había retirado, y la oscuridad había venido del este y del oeste: en el cielo resplandecía una claridad de estrellas blancas.

Frodo no hubiese podido decir si había pasado la mañana y la noche de un solo día o de muchos días. No se sentía ni hambriento ni cansado, sólo colmado de asombro. Las estrellas brillaban en el otro lado de la ventana y el silencio de los cielos parecía rodearlo. Al fin, motivado por el asombro y un miedo repentino a ese silencio, habló:

—¿Quién sois, Señor?

—¿Eh? ¿Qué? —dijo Tom enderezándose, y los ojos le brillaron en la oscuridad—. ¿Todavía no sabes cómo me llamo? Ésa es la única respuesta. Dime, ¿quién eres tú, solo, tú mismo y sin nombre? Pero tú eres joven, y yo soy viejo. El más viejo, eso es lo que soy. Prestad atención, amigos míos: Tom estaba aquí antes que el río y los árboles. Tom recuerda la primera gota de lluvia y la primera bellota. Abrió senderos antes que la Gente Grande, y vio llegar a la Gente Pequeña. Estaba aquí antes que los Reyes y los sepulcros y los Tumularios. Cuando los Elfos fueron hacia el oeste, Tom ya estaba aquí, antes de que los mares se doblaran. Conoció la oscuridad bajo las estrellas antes de que apareciera el miedo, antes de que el Señor Oscuro viniera de Afuera.

Pareció que una sombra pasaba por la ventana, y los hobbits echaron una rápida mirada a través de los cristales. Cuando se volvieron, Baya de Oro estaba en la puerta tras ellos, enmarcada en luz. Traía una vela encendida que protegía del aire con la mano; y la luz se filtraba a través de la mano como el sol a través de una concha blanca.

—La lluvia ha cesado —dijo—, y las aguas nuevas corren por la falda de la colina, a la luz de las estrellas. ¡Riamos y alegrémonos!

—¡Y comamos y bebamos! —exclamó Tom—. Las historias largas dan sed. Y escuchar mucho tiempo es una tarea que da hambre, ¡mañana, mediodía y noche!

Diciendo esto se incorporó de un salto, tomó una vela de la repisa de la chimenea, y la encendió en la llama que traía Baya de Oro, y se puso a bailar alrededor de la mesa. De súbito atravesó de un salto la puerta y desapareció.

Regresó pronto, trayendo una gran bandeja cargada. Luego él y Baya de Oro pusieron la mesa; y los hobbits se quedaron sentados, en parte maravillados y en parte riendo: tan hermosa era la gracia de Baya de Oro y tan alegres y estrafalarias las cabriolas de Tom. Sin embargo, de algún modo, los dos parecían tejer una sola danza, no molestándose entre sí, entrando y saliendo en la habitación, y alrededor de la mesa; y los alimentos, los recipientes y las luces fueron prontamente dispuestos. Las velas blancas y amarillas se reflejaron en las tablas de la mesa. Tom hizo una reverencia a los huéspedes.

—La cena está servida —dijo Baya de Oro, y los hobbits vieron ahora que ella estaba vestida toda de plata y con un cinturón blanco, y que los zapatos eran como escamas de peces. Pero Tom tenía un traje de color azul puro, azul como los nomeolvides lavados por la lluvia, y medias verdes.

La comida fue todavía mejor que la anterior. Quizá bajo el encanto de las palabras de Tom los hobbits hubieran podido saltarse una comida o dos, pero cuando tuvieron el alimento ante ellos pareció que llevaban una semana sin comer. No cantaron, ni siquiera hablaron mucho durante un rato, del todo dedicados a la tarea. Pero al cabo de un tiempo el corazón y el espíritu se les animó otra vez, y las voces resonaron, en alegría y risas.

Después de la cena, Baya de Oro cantó muchas canciones para ellos, canciones que comenzaban felizmente en las colinas y recaían dulcemente en el silencio; y en los silencios vieron imágenes de estanques y aguas más vastos que todos los que conocían, y observando esas aguas vieron el cielo y las estrellas como joyas en las profundidades. Luego, una vez más, Baya de Oro les dio a todos las buenas noches y los dejó junto a la chimenea. Pero Tom parecía ahora muy despierto y los acosó a preguntas.

Descubrieron entonces que ya sabía mucho de ellos y de sus familias, y que conocía la historia y costumbres de la Comarca desde tiempos que los propios hobbits apenas recordaban. Esto no los sorprendió, pero Tom no ocultó que una buena parte de sus conocimientos le venía del granjero Maggot, a quien parecía atribuirle una importancia que los hobbits no habían imaginado.

—Hay tierra bajo los pies del viejo Maggot, y tiene arcilla en las manos, sabiduría en los huesos, y tiene los dos ojos abiertos.

Fue también evidente que Tom había tenido tratos con los Elfos, y que de alguna manera se había enterado por Gildor de la huida de Frodo.

En verdad tanto sabía Tom, y sus preguntas eran tan hábiles, que Frodo se encontró hablándole de Bilbo y de sus propias esperanzas y temores como no se había atrevido a hacerlo ni siquiera con Gandalf. Tom asentía con movimientos de cabeza, y los ojos le brillaron cuando oyó nombrar a los Jinetes.

—¡Muéstrame ese precioso Anillo! —dijo de repente en medio de la historia: y Frodo, él mismo asombrado, sacó la cadena y desprendiendo el Anillo se lo dio en seguida a Tom.

Pareció que el Anillo se hacía más grande mientras estuvo un momento en la manaza morena de Tom. De pronto Tom alzó el Anillo y lo miró de cerca y se rio. Durante un segundo los hobbits tuvieron una visión a la vez cómica y alarmante: el ojo azul de Tom brillando a través de un círculo de oro. Luego Tom se puso el Anillo en el extremo del dedo meñique y lo acercó a la luz de la vela. Por un momento los hobbits no advirtieron nada extraño. En seguida se quedaron sin aliento. ¡Tom no había desaparecido!

Tom rio otra vez y echó el Anillo al aire, y el Anillo se desvaneció con un fogonazo. Frodo dio un grito, y Tom se inclinó hacia delante y le devolvió el Anillo con una sonrisa.

Frodo miró el Anillo de cerca y con cierta desconfianza (como quien ha prestado una joya a un malabarista). Era el mismo Anillo, o tenía el mismo aspecto y pesaba lo mismo; siempre le había parecido a Frodo que el Anillo era curiosamente pesado. Pero no estaba seguro, y tenía que cerciorarse.

Quizá estaba un poco molesto con Tom a causa de la ligereza con que había tratado algo que para el mismo Gandalf era de una importancia tan peligrosa. Esperó la oportunidad, ahora que la charla se había reanudado, y Tom contaba una absurda historia de tejones y sus raras costumbres, y se deslizó el Anillo en el dedo.

Merry se volvió hacia él para decirle algo y se sobresaltó, reprimiendo una exclamación. Frodo estaba contento (en cierto modo); era en verdad el mismo Anillo, pues Merry clavaba los ojos en la silla y obviamente no podía verlo. Frodo se puso de pie y se escurrió hacia la puerta exterior, alejándose de la chimenea.

—¡Eh, tú! —gritó Tom volviendo hacia él unos ojos brillantes que parecían verlo perfectamente—. ¡Eh! ¡Ven Frodo, ven aquí! ¿Adónde te ibas? El viejo Tom Bombadil todavía no está tan ciego. ¡Sácate ese anillo dorado! Te queda mejor la mano sin él. ¡Ven aquí! ¡Deja ese juego y siéntate a mi lado! Tenemos que hablar un poco más, y pensar en la mañana. Tom te enseñará el camino correcto, ahorrándote extravíos.

Frodo se rio (tratando de parecer complacido) y sacándose el Anillo se acercó y se sentó de nuevo. Tom les dijo entonces que el sol brillaría al día siguiente, y que sería una hermosa mañana y que la partida se presentaba bajo los mejores auspicios. Pero convendría que salieran temprano, pues el tiempo en aquellas regiones era algo de lo que ni siquiera Tom podía estar seguro, pues a veces cambiaba con más rapidez de lo que él tardaba en cambiarse la chaqueta.

—No soy dueño del clima —les dijo—, como ningún ser que camine en dos patas.

De acuerdo con el consejo de Tom decidieron ir hacia el norte desde la casa, por las laderas occidentales y más bajas de las Colinas. De ese modo era posible que llegaran al Camino del Este en una jornada, evitando los Túmulos. Les dijo que no se asustaran, y que atendieran a sus propios asuntos.

—No dejéis la hierba verde. No os acerquéis a las piedras antiguas ni a los fríos Tumularios, ni entréis en los Túmulos, a menos que seáis gente fuerte y de ánimo firme.

Dijo esto más de una vez, y les aconsejó que pasaran los Túmulos por el lado oeste, si se extraviaban y se acercaban demasiado a ellos. Luego les enseñó a cantar una canción, para el caso de que tuvieran mala suerte y cayeran al día siguiente en alguna dificultad.

> *¡Oh, Tom Bombadil, Tom Bombadilló!*
> *Por el agua, el bosque y la colina, por las cañas y el sauce,*
> *por el fuego, el sol y la luna, ¡escucha ahora y óyenos!*
> *¡Ven, Tom Bombadil, pues se aproxima nuestro trance!*

Los hobbits cantaron juntos la canción después de él, y Tom les palmeó los hombros a todos, y tomando unas velas los llevó de vuelta al dormitorio.

8

NIEBLA EN LAS COLINAS
DE LOS TÚMULOS

Aquella noche no oyeron ruidos. Pero en sueños o fuera de los sueños, no hubiera podido decirlo, Frodo oyó un canto dulce que le rondaba en la mente: una canción que parecía venir como una luz pálida del otro lado de una cortina de lluvia gris, y que creciendo cambiaba el velo en cristal y plata, hasta que al fin el velo se abrió, y un país lejano y verde apareció ante él a la luz de un rápido amanecer.

La visión se fundió en el despertar; y allí estaba Tom silbando como un árbol colmado de pájaros; y el sol ya caía oblicuamente por la colina y a través de la ventana abierta. Fuera todo era verde y oro pálido.

Después del desayuno, que tomaron de nuevo solos, se prepararon para despedirse, el corazón tan oprimido como era posible en una mañana semejante: fría, brillante, y limpia bajo un lavado cielo otoñal de un ligero azul. El aire llegaba fresco del noroeste. Los mansos poneys estaban casi retozones, bufando y moviéndose inquietos. Tom salió de la casa, meneó el sombrero y bailó en el umbral, invitando a los hobbits a ponerse de pie, a partir, y a marchar a buen paso.

Cabalgaron a lo largo de un sendero que subía zigzagueando hacia el extremo norte de la loma en que se apoyaba la casa.

Acababan de desmontar para ayudar a los poneys en la última pendiente empinada, cuando de pronto Frodo se detuvo.

—¡Baya de Oro! —gritó—. ¡Mi hermosa dama, toda vestida de verde plata! ¡No nos hemos despedido, y no la hemos visto desde anoche!

Se sentía tan desolado que quiso volver atrás, pero en ese momento una llamada cristalina descendió hacia ellos como un rizo de agua. Allá en la cima de la loma, Baya de Oro les hacía señas; los cabellos sueltos le flotaban en el aire, centelleando al sol. Una luz parecida al reflejo del agua en la hierba húmeda de rocío le brillaba bajo los pies mientras bailaba. Subieron de prisa la última pendiente, y se detuvieron sin aliento junto a ella. La saludaron inclinándose, pero con un movimiento de la mano ella los invitó a mirar alrededor; y desde aquella cumbre ellos miraron las tierras bajo la luz de la mañana. El aire era ahora tan claro y transparente como había sido velado y brumoso cuando llegaron al cerro del Bosque, que ahora se erguía pálido y verde entre los árboles oscuros en el oeste. Allí la tierra se elevaba en repliegues boscosos, verdes, amarillos, rosados a la luz del sol, y más allá se escondía el valle del Brandivino. Hacia el sur, sobre la línea del Tornasauce, había un resplandor lejano como un pálido espejo donde el río Brandivino se torcía en un lazo sobre las tierras bajas y se alejaba hacia regiones desconocidas para los hobbits. Hacia el norte, más allá de las colinas decrecientes, la tierra se extendía en llanos y protuberancias de pálidos colores terrosos, y grises y verdes, hasta desvanecerse en una lejanía oscura e indistinta. Al este se elevaban las Colinas de los Túmulos, en crestas sucesivas, perdiéndose de vista hasta no ser más que una conjetura azul y un esplendor remoto y blanco que se confundía con el borde del cielo, pero que evocaba para ellos, en recuerdos y viejas historias, unas montañas altas y distantes.

Aspiraron una profunda bocanada de aire, y tuvieron la impresión de que un brinco y algunas pocas y firmes zancadas los llevarían a donde quisieran. Parecía propio de pusilánimes dar vueltas y vueltas a lo largo de las arrugadas faldas de las colinas hasta llegar así al Camino, cuando en cambio podían saltar tan limpiamente como Tom sobre las estribaciones y llegar directamente a las Montañas. Baya de Oro les habló, atrayendo de nuevo las miradas y pensamientos de los hobbits.

—¡Apresuraos ahora, mis buenos huéspedes! —les dijo—. ¡Y manteneos firmes y decididos! ¡Siempre hacia el norte con el viento en el ojo izquierdo y benditos sean vuestros pasos! ¡De prisa, mientras brilla el sol! —Y a Frodo le dijo—: ¡Adiós, amigo de los Elfos, fue un encuentro feliz!

Pero Frodo no supo qué responder. Hizo una profunda reverencia, montó en el poney, y seguido por sus amigos partió trotando a lo largo de la suave pendiente que bajaba detrás de la loma. La casa de Tom Bombadil y el valle y el bosque desaparecieron de la vista de los hobbits. El aire se hizo más cálido entre los muros verdes de las lomas, y respiraban el fuerte y dulce aroma de la hierba. Cuando llegaron al fondo de la hondonada verde se volvieron y miraron a Baya de Oro, ahora pequeña y delgada como una flor iluminada por el sol, recortada sobre el cielo; estaba de pie, todavía mirándolos, con las manos tendidas hacia ellos. Mientras la miraban, ella llamó con voz clara, y levantando la mano se volvió y desapareció detrás de la colina.

El camino serpenteaba por el fondo de la hondonada, bordeando el pie verde de una colina escarpada hasta entrar en un valle más profundo y más ancho, y luego pasaba sobre otras estribaciones, descendiendo por las largas extremidades, y subiendo otra vez por las faldas lisas hasta otras cumbres, para bajar luego a otros valles. No había árboles ni agua que pudieran ver: era un paisaje de hierbas y de pastos cortos y elásticos, donde no se oía otra cosa que el murmullo del aire en las elevaciones del terreno, y los gritos agudos y solitarios de unas aves extrañas. A medida que caminaban, el sol iba subiendo en el cielo, y hacía más calor. Cada vez que llegaban a una cresta, la brisa parecía haber disminuido. Cuando vislumbraron al fin las regiones occidentales, el Bosque lejano parecía humear, como si la lluvia reciente estuviera subiendo vaporosa desde las hojas, las raíces y el suelo. Una sombra se extendía ahora a lo largo del horizonte, una niebla oscura sobre la que la franja superior del cielo era como una tapa azul, caliente y pesada.

Alrededor del mediodía llegaron a una loma cuya cumbre era ancha y aplastada, como un plato llano de reborde verde, salpicado de montículos. Dentro no corría aire, y el cielo parecía estar al alcance de la mano. Atravesaron este espacio y miraron hacia el norte, y se sintieron animados, pues era evidente que habían llegado más lejos de lo que habían creído. Era cierto que la bruma no permitía apreciar las distancias, pero no había duda de que las Colinas estaban llegando a su fin. Debajo de ellos se extendía un largo valle, torciendo hacia el norte hasta alcanzar una abertura entre dos salientes empinados. Más allá, parecía que no había más lomas. En el norte alcanzaban a divisar una larga línea oscura.

—Eso es una línea de árboles —dijo Merry—, y seguramente señala el Camino. Los árboles crecen todo a lo largo, durante muchas leguas al este del Puente. Algunos dicen que fueron plantados en los viejos tiempos.

—Espléndido —dijo Frodo—. Si seguimos marchando como hasta ahora, habremos dejado las Colinas antes que se ponga el sol y podremos buscar un buen sitio para acampar.

Pero aun mientras hablaba se volvió para mirar hacia el este y vio que de aquel lado las lomas eran más altas y se asomaban sobre ellos; y todas esas lomas estaban coronadas de montículos verdes, y en algunas había piedras afiladas que apuntaban hacia arriba, como dientes mellados que sobresalían de encías verdes.

De algún modo esta vista era inquietante, por lo que se volvieron y descendieron a la depresión circular. En el centro se erguía una única piedra, alta bajo el sol, y a esa hora no echaba ninguna sombra. Era una piedra informe y sin embargo significativa: como un mojón, o un dedo guardián, o más aún una advertencia. Pero ellos tenían hambre, y el sol estaba aún en el mediodía, donde no había nada que temer, de modo que se sentaron recostando las espaldas en el lado este de la piedra. Estaba fresca, como si el sol no hubiera sido capaz de calentarla, pero a esa hora eso les pareció agradable. Allí comieron y bebieron, y tomaron un almuerzo al aire libre que hubiese contentado a cualquiera, pues el alimento venía de «bajo la Colina». Tom los había aprovisionado como para toda la jornada. Los poneys desensillados retozaban en el pasto.

La cabalgata por las lomas, la comida abundante, el sol tibio y el aroma de la hierba, un descanso algo prolongado con las piernas estiradas, de cara al cielo: estas cosas quizá bastan para explicar lo que ocurrió. Sea como fuere, los hobbits despertaron de pronto, incómodos, de un sueño que no había sido voluntario. La piedra elevada estaba fría, y arrojaba una larga sombra pálida que se extendía sobre ellos hacia el este. El sol, de un amarillo claro y acuoso, brillaba entre las nieblas justo por encima de la pared oeste de la depresión en la que se encontraban. Al norte, al sur, y al este, más allá de la pared, la niebla era espesa, fría y blanca. El aire era silencioso, pesado y glacial. Los poneys se apretaban unos contra otros, las cabezas bajas.

Los hobbits se incorporaron de un salto, alarmados, y corrieron hacia el reborde occidental. Descubrieron que estaban en una isla, rodeados de niebla. Mientras miraban consternados la luz crepuscular, el sol se puso ante ellos hundiéndose en un mar blanco, y una sombra fría y gris subió detrás en el este. La niebla llegó hasta las paredes y se alzó sobre ellas, cubriendo a los hobbits como un techo: estaban encerrados en una sala de niebla cuya columna central era la piedra elevada.

Tuvieron la impresión de que una trampa se cerraba sobre ellos, pero no se desanimaron del todo. Recordaban todavía la prometedora visión de la línea del Camino, y no habían olvidado la dirección en que se encontraba. De todos modos se sentían ahora tan a disgusto en aquella depresión alrededor de la piedra, que no tenían la menor intención de quedarse. Guardaron sus cosas todo lo rápido que pudieron con los dedos entumecidos por el frío.

Pronto estuvieron conduciendo los poneys en fila por encima del reborde y descendieron por la larga falda norte de la loma, hacia el mar de niebla. A medida que bajaban, la niebla se hacía más fría y más húmeda, y los cabellos les colgaban lacios, goteando sobre la frente. Cuando llegaron abajo, hacía tanto frío que se detuvieron para sacar mantas y capuchones que pronto se cubrieron de gotas grises. Luego, montando los poneys, continuaron marchando lentamente, siguiendo las subidas y bajadas del terreno. Se encaminaban, o así les parecía, hacia la abertura en forma de puerta que habían visto por la mañana en el extremo norte del largo valle. Una vez allí tenían que continuar en línea recta, tanto como les fuera posible, y al final llegarían al Camino. No pensaban en lo que vendría luego, aunque esperaban quizá que más allá de las Colinas no habría niebla.

Avanzaban muy despacio. Para evitar separarse y extraviarse en direcciones diferentes iban todos en fila, con Frodo adelante. Sam marchaba detrás, y luego Pippin, y después Merry. El valle parecía estirarse ante ellos indefinidamente. De pronto Frodo vio una señal de esperanza. A un lado y a otro una sombra comenzó a asomar en la niebla; y supuso que estaban acercándose al fin a la brecha entre las colinas, la puerta norte de las Colinas de los Túmulos. Una vez al otro lado estarían libres.

—¡Adelante! ¡Seguidme! —llamó por encima del hombro, y corrió hacia adelante.

Pero la esperanza se convirtió pronto en alarma y confusión. Las manchas oscuras se oscurecieron todavía más, pero encogiéndose; y de pronto, alzándose ominosas ante él, ligeramente inclinadas la una hacia la otra como pilares de una puerta descabezada, Frodo vio dos piedras enormes clavadas en tierra. No recordaba haber visto nada parecido a eso en el valle, cuando por la mañana había mirado desde lo alto de la loma. Ya había pasado entre ellas cuando se dio cuenta, y en ese mismo momento la oscuridad pareció caer sobre él. El poney se encabritó bufando, y Frodo rodó por el suelo. Cuando miró atrás descubrió que estaba solo; los otros no lo habían seguido.

—¡Sam! —llamó—. ¡Pippin! ¡Merry! ¡Venid! ¿Por qué os quedáis atrás?

No hubo respuesta. Frodo sintió miedo y volvió corriendo entre las piedras, dando gritos:

—¡Sam! ¡Sam! ¡Merry! ¡Pippin! —El poney desapareció brincando en la niebla.

A lo lejos creyó oír una llamada:

—¡Eh, Frodo, eh!

Venía del este, a la izquierda de las grandes piedras, y Frodo entornó los ojos para tratar de penetrar la oscuridad con la mirada. Al fin echó a andar hacia la voz y se encontró subiendo una cuesta empinada.

Avanzando trabajosamente llamó de nuevo, y continuó llamando cada vez más desesperado, pero durante un tiempo no oyó ninguna respuesta, y cuando llegó sonaba débil y lejana, de adelante y muy por encima de él.

—¡Eh, Frodo! —decían las vocecitas que venían de la bruma: y luego un grito que sonaba como *socorro, socorro*, repetido muchas veces, y terminando con un último *socorro* que se arrastró en un largo gemido que se cortó de repente. Se precipitó tambaleándose hacia los gritos, pero ya no había luz y la noche se había cerrado alrededor de él, de modo que le resultaba imposible orientarse. Le parecía que estaba subiendo todo el tiempo, más y más.

Sólo el cambio en el nivel del suelo le indicó que había llegado a la cima de una cresta o de una colina. Estaba cansado, sudoroso, y sin embargo helado. La oscuridad era completa.

—¿Dónde estáis? —gritó miserablemente.

Nadie respondió. Frodo se detuvo, escuchando. De pronto cayó en la cuenta de que hacía mucho frío, y que allá arriba se levantaba un viento, un viento helado. El tiempo estaba cambiando. La niebla se dispersaba en andrajos y jirones. El aliento le brotaba como un humo, y las tinieblas parecían menos próximas y espesas. Alzó los ojos y vio con sorpresa que unas estrellas débiles aparecían entre las hebras presurosas de niebla y nubes. El viento comenzó a sisear sobre la hierba.

Creyó oír entonces un grito ahogado, y fue hacia él, y mientras avanzaba la niebla se replegó apartándose y descubriendo un cielo estrellado. Una mirada le mostró que estaba ahora cara al sur y se encontraba sobre una colina redonda a la que tenía que haber subido desde el norte. El viento penetrante soplaba del este. La sombra negra de un túmulo se destacaba a la derecha sobre el fondo de las estrellas del oeste.

—¿Dónde estáis? —gritó de nuevo, a la vez irritado y temeroso.

—¡Aquí! —dijo una voz, profunda y fría, que parecía salir del suelo—. ¡Estoy esperándote!

—¡No! —dijo Frodo, pero no echó a correr. Se le doblaron las rodillas y cayó al suelo. Nada ocurrió y no hubo ningún sonido. Alzó los ojos, temblando, a tiempo para ver una figura alta y oscura como una sombra que se recortaba contra las estrellas. La sombra se inclinó sobre él. Frodo creyó ver dos ojos fríos, aunque iluminados por una luz débil que parecía venir de muy lejos. En seguida sintió el apretón de una garra más fuerte y fría que el acero. El contacto glacial le heló los huesos, y ya no supo más.

Cuando recobró el conocimiento, lo único que podía recordar era un sentimiento de pavor. De pronto entendió que estaba encerrado, preso sin remedio en el interior de un túmulo. Había caído en las garras de un Tumulario, y sin duda ya estaba sometido a los terribles encantamientos de los Tumularios de los que hablaban las leyendas. No se atrevió a moverse y se quedó como estaba, tendido de espaldas en una piedra fría con las manos sobre el pecho.

Aunque su miedo era tan enorme que parecía confundirse con las tinieblas mismas que lo rodeaban, descubrió así tendido que estaba pensando en Bilbo Bolsón y sus historias, en los paseos que habían hecho juntos por los prados de la Comarca, charlando de caminos y de aventuras. Hay una semilla de coraje oculta (a menudo profundamente, es cierto) en el corazón del más gordo y tímido de los hobbits, esperando a que algún desesperado peligro final la haga germinar. Frodo no era ni muy gordo ni muy tímido;

en verdad, aunque él no lo sabía, Bilbo (y Gandalf) habían opinado que era el mejor hobbit de toda la Comarca. Pensaba que había llegado al fin de su aventura, a un fin terrible, pero este pensamiento lo fortaleció. Sintió que se endurecía, como para un salto final; ya no era una presa inerte y desvalida.

Tendido allí, pensando y recobrándose, advirtió en seguida que las tinieblas cedían lentamente: una pálida luz verdosa crecía alrededor de él. No le mostró al principio en qué clase de sitio se encontraba, pues era como si la luz saliera de su cuerpo y del suelo a su lado, y no había alcanzado aún el techo y las paredes. Se volvió, y allí acostados junto a él, al frío resplandor, vio a Sam, Pippin y Merry. Estaban boca arriba, vestidos de blanco, y las caras tenían una palidez mortal. Alrededor de ellos había muchos tesoros, de oro quizá, aunque en aquella luz parecían fríos y poco atractivos. Llevaban diademas en la cabeza, cadenas de oro alrededor de la cintura, y muchos anillos en los dedos. Había espadas junto a ellos, y escudos a sus pies. Pero sobre los tres cuellos se veía una larga espada desnuda.

De pronto comenzó un canto: un murmullo frío, que subía y bajaba. La voz parecía distante e inconmensurablemente triste; a veces era tenue y flotaba en el aire; a veces venía del suelo como un gemido sordo. En la corriente informe de lastimosos pero horribles sonidos, de cuando en cuando tomaban forma algunas ristras de palabras: penosas, duras, frías, crueles, desdichadas palabras.

La noche se quejaba de la mañana que le habían quitado, y el frío maldecía el calor que deseaba. Frodo estaba helado hasta la médula. Al cabo de un rato el canto se hizo más claro, y con espanto en el corazón Frodo advirtió que se había convertido en un encantamiento:

Que se te hielen las manos, el corazón y los huesos,
que se te enfríe el sueño bajo la piedra:
que no despiertes nunca del rocoso lecho,
hasta que el Sol se apague y la Luna muera.
Fallecerán en viento oscuro las estrellas,
e inmóviles en el oro aquí yacerán ellos
hasta que el señor oscuro su mano alce
sobre el muerto mar y la baldía tierra.

Frodo oyó detrás de su cabeza un sonido chirriante, como de algo que se arrastraba. Incorporándose sobre un brazo miró, y vio a la pálida luz que estaban en una especie de pasaje, que detrás de ellos se doblaba en un codo. Allí un brazo largo caminaba a tientas, apoyándose en los dedos, y venía hacia Sam, que estaba más cerca, y hacia la empuñadura de la espada puesta sobre él.

Al principio Frodo tuvo la impresión de que el encantamiento lo había transformado de veras en piedra. Después sintió un deseo furioso de escapar. Se preguntó si el Tumulario lo echaría en falta si se pusiera el Anillo, y si encontraría entonces un modo de escapar. Se vio a sí mismo corriendo por la hierba, lamentando la suerte de Merry y Sam y Pippin, pero libre y con vida. Gandalf mismo admitiría que no había otra cosa que hacer.

Pero el coraje que había despertado en él era ahora demasiado fuerte: no podía abandonar a sus amigos con tanta facilidad. Titubeó, la mano tanteando el bolsillo, y en seguida luchó de nuevo consigo mismo, mientras el brazo continuaba avanzando. De pronto ya no dudó, y echando mano a una espada corta que había junto a él, se arrodilló inclinándose sobre los cuerpos de sus compañeros. Alzó la espada y atacó el brazo con todas sus fuerzas, apuntando a la muñeca; la mano se desprendió, pero el arma se hizo añicos hasta la empuñadura. Se oyó un grito penetrante y la luz se apagó. Un gruñido resonó en la oscuridad.

Frodo cayó hacia delante, sobre Merry, y la cara de Merry estaba fría. Luego recordó; lo había olvidado desde la primera aparición de la niebla, pero ahora recordaba de nuevo: la casa al pie de la colina, y el canto de Tom. Recordó los versos que Tom les había enseñado. Con una vocecita desesperada se puso a cantar:

—*¡Oh, Tom Bombadil!* —y al pronunciar el nombre la voz se le hizo más fuerte, y se alzó animada y plena, y en el recinto oscuro se oyó como un eco de trompetas y tambores.

> *¡Oh, Tom Bombadil, Tom Bombadilló!*
> *Por el agua, el bosque y la colina, por las cañas y el sauce,*
> *por el fuego, el sol y la luna, ¡escucha ahora y óyenos!*
> *¡Ven, Tom Bombadil, pues se aproxima nuestro trance!*

Hubo un repentino y profundo silencio, en el que Frodo alcanzó a oír los latidos de su propio corazón. Al cabo de un rato largo y lento, le llegó claramente, pero desde muy lejos, como a través de la tierra o unas gruesas paredes, una voz que respondía cantando:

> *El viejo Tom Bombadil es un tipo alegre,*
> *de amarillas botas y brillante chaquetilla azul.*
> *Nunca nadie lo ha atrapado, pues Tom es el amo:*
> *sus canciones son más fuertes, y más raudos sus pasos.*

Se oyó un ruido atronador, como de piedras que caen rodando, y de pronto la luz entró a raudales, luz verdadera, la pura luz del día. Una abertura baja parecida a una puerta apareció en el extremo de la cámara, más allá de los pies de Frodo; y allí estaba la cabeza de Tom (con sombrero, pluma y el resto), recortada en la luz roja del sol que se alzaba detrás. La luz inundó el suelo y las caras de los tres hobbits acostados junto a Frodo. No se movieron, pero habían perdido aquel tinte enfermizo. Ahora sólo parecía que estuvieran sumidos en un sueño profundo.

Tom se agachó, se sacó el sombrero, y entró en el recinto oscuro cantando:

> *¡Fuera, viejo Tumulario! ¡Desaparece a la luz!*
> *¡Encógete como la fría niebla, gime como el viento*
> *en las tierras estériles, más allá de las sierras!*
> *¡Aquí no regreses! ¡Deja el túmulo vacío!*
> *Perdido y olvidado seas; que la sombra, más sombrío,*
> *quédate donde las puertas por siempre se cierran, hasta que el mundo*
> *restaurado sea.*

Tras estas palabras se oyó un grito y una parte del extremo interior de la cámara se derrumbó con estrépito. Luego se oyó un largo chillido que se perdió en una distancia inimaginable, y en seguida silencio.

—¡Ven, amigo Frodo! —dijo Tom—. ¡Salgamos a la hierba limpia! Tienes que ayudarme a sacarlos.

Juntos llevaron fuera a Merry, Pippin y Sam. Frodo dejaba el túmulo por última vez cuando creyó ver una mano cortada que se retorcía aún como una araña herida sobre un montón de tierra. Tom entró de nuevo, y se oyeron muchos pisoteos y golpes sordos. Cuando salió traía en los brazos una carga de tesoros: objetos de oro, plata, cobre y bronce, y numerosas perlas y cadenas y ornamentos enjoyados. Trepó al túmulo verde y dejó todo arriba a la luz del sol.

Allí se quedó de pie, inmóvil, con el sombrero en la mano y los cabellos al viento, mirando a los tres hobbits que habían sido depositados de espaldas sobre la hierba, en el lado oeste del montículo. Alzando al fin la mano derecha dijo en una voz clara y perentoria:

¡Despertad ahora, mis muchachos alegres! ¡Despertad y oíd mi llamada!
¡Calor ahora a corazón y miembros! La fría piedra derrumbada sea;
La puerta oscura amplia espera; la mano muerta partida queda.
La noche huida bajo su Noche, ¡y el Portal abierto está!

Para gran alegría de Frodo, los hobbits se movieron, extendieron los brazos, se frotaron los ojos y se levantaron de un salto. Miraron alrededor asombrados; primero a Frodo, y luego a Tom, real como la vida misma y de pie sobre el túmulo, por encima de ellos, y al fin se miraron a sí mismos, vestidos con finos andrajos blancos, coronas y cinturones de oro pálido y adornos tintineantes.

—¿Qué es esto, por todos los misterios? —comenzó Merry tocando la diadema dorada que le había caído sobre un ojo. En seguida se detuvo, y una sombra le cruzó la cara, y cerró los ojos—. ¡Claro, ya recuerdo! —dijo—. Los hombres de Carn Dûm cayeron sobre nosotros de noche, y nos derrotaron. ¡Ah, esa espada en el corazón! —Se llevó las manos al pecho—. ¡No! ¡No! —dijo, abriendo los ojos—. ¿Qué digo? He estado soñando. ¿Dónde estabas, Frodo?

—Me creí perdido —dijo Frodo—, pero no quiero hablar de eso. ¡Pensemos en lo que haremos ahora! ¡En marcha otra vez!

—¿Vestido así, señor? —dijo Sam—. ¿Dónde están mis ropas?

Tiró la diadema, el cinturón y los anillos al herboso suelo, y miró impaciente alrededor, como si esperara encontrar el manto, la chaqueta, los pantalones y las otras ropas hobbits, allí cerca, al alcance de la mano.

—No encontraréis vuestras ropas —dijo Tom bajando de un salto desde el montículo, y riendo y bailando alrededor a la luz del sol. Uno hubiera pensado que nada horrible ni peligroso había ocurrido, y en verdad el horror se les borró del corazón tan pronto como miraron a Tom y le vieron los ojos que centelleaban, felices.

—¿Qué queréis decir? —preguntó Pippin mirándolo, entre perplejo y divertido—. ¿Por qué no?

Pero Tom meneó la cabeza diciendo:

—Habéis vuelto a encontraros a vosotros mismos, saliendo de las aguas profundas. Las ropas son una pequeña pérdida, cuando uno se salva de morir ahogado. ¡Alegraos, mis alegres amigos, y dejad que la luz del sol os caliente el corazón y los miembros! ¡Libraos de esos andrajos fríos! ¡Corred desnudos por el pasto, mientras Tom va de caza!

Bajó a saltos la pendiente de la loma, silbando y llamando. Frodo lo siguió con la mirada y lo vio correr hacia el sur a lo largo de la verde hondonada que los separaba de la loma siguiente, silbando siempre y gritando:

> *¡Eh, ahora! ¡Ven, ahora! ¿Por dónde vas?*
> *¿Arriba, abajo, cerca, lejos, aquí, allí o más allá?*
> *¡Oreja-Fina, Nariz-Aguda, Cola-Viva y Rocino,*
> *mi amigo Medias Blancas, mi Gordo Terronillo!*

Así cantaba, corriendo, echando el sombrero al aire y agarrándolo otra vez, hasta que desapareció detrás de una elevación del terreno; pero durante un tiempo los *¡eh, ahora!*, *¡ven, ahora!*, les llegaron traídos por el viento, que soplaba del sur.

El aire era de nuevo muy caliente. Los hobbits corrieron un rato por la hierba, como Tom les había dicho. Luego se tendieron al sol con el deleite de quienes han pasado de pronto de un crudo invierno a un clima agradable, o de las gentes que luego de haber guardado cama mucho tiempo, despiertan una mañana descubriendo que se sienten inesperadamente bien, y que el día está otra vez colmado de promesas.

Cuando Tom regresó se sentían ya fuertes (y hambrientos). Tom reapareció, y lo primero que se vio fue el sombrero, sobre la cresta de la colina, y detrás de él, y en fila obediente, *seis* poneys: los cinco de ellos y uno más. El último, obviamente, era el viejo Gordo Terronillo: más grande, fuerte, gordo (y viejo) que los poneys de los hobbits. Merry, a quien pertenecían los otros, no les había dado en verdad tales nombres, pero desde entonces y hasta el final de sus vidas respondieron siempre a los nombres que Tom les había asignado. Tom los llamó uno por uno, y los poneys treparon la cuesta y esperaron en fila. Luego Tom se inclinó ante los hobbits.

—¡Aquí están vuestros poneys! —dijo—. Tienen más sentido (de algún modo) que vosotros mismos, hobbits vagabundos; más sentido del olfato. Pues husmean de lejos el peligro en que vosotros os metéis directamente; y si corren para salvarse, corren en la dirección correcta. Tenéis que perdonarlos, pues aunque fieles de corazón, no están hechos para afrontar el terror de los Tumularios. ¡Mirad, aquí están de nuevo, trayendo la carga completa!

Merry, Sam y Pippin se vistieron con ropas de repuesto, que sacaron de los paquetes; y pronto sintieron demasiado calor, pues tuvieron que ponerse las cosas más gruesas y abrigadas, que habían traído para protegerse del invierno próximo.

—¿De dónde viene ese otro viejo animal, ese Gordo Terronillo? —preguntó Frodo.

—Es mío —dijo Tom—. Mi amigo cuadrúpedo; aunque lo monto poco, y anda libre por las lomas, y a veces se va lejos. Cuando vuestros poneys estaban en mi casa, conocieron allí a mi Terronillo; lo olfatearon en la noche, y corrieron rápidos a buscarlo. Pensé que él los buscaría, y que les sacaría todo el miedo, con palabras sabias. Pero ahora, mi bravo Terronillo, el viejo Tom va a montarte. ¡Eh! Irá con vosotros sólo para poneros en camino, y necesita un poney. Pues no es fácil hablar con hobbits que van cabalgando, cuando uno tiene que trotar a pie junto a ellos.

Los hobbits se sintieron muy contentos al oír esto, y le dieron las gracias a Tom muchas veces, pero él se rio, y dijo que ellos tenían tanta habilidad para perderse que no se sentiría feliz hasta que los viera a salvo más allá de los límites de su dominio.

—Tengo muchas cosas que hacer —les dijo—. Mis empresas y mis cantos, mis discursos y mis caminatas, y la vigilancia de mis territorios. Tom no puede estar siempre cerca para abrir puertas y hendiduras de sauces. Tom tiene que cuidar la casa, y Baya de Oro espera.

Era todavía bastante temprano, entre las nueve y las diez de la mañana, y los hobbits empezaron a pensar en la comida. La última vez que habían probado alimento había sido el almuerzo del día anterior, junto a la piedra erecta. Desayunaron ahora el resto de las provisiones de Tom, destinadas a la cena, con agregados que Tom había traído consigo. No fue una comida abundante (considerando los hábitos de los hobbits y las circunstancias), pero se sintieron mucho mejor. Mientras comían, Tom subió al montículo y examinó los tesoros. Dispuso la mayor parte en una pila que brillaba y relumbraba sobre la hierba. Les pidió que los dejaran allí, «para cualquiera que los encontrara, pájaros, bestias, Elfos y Hombres, y todas las criaturas bondadosas»; pues así se rompería y se dispersaría el maleficio del túmulo, y ningún Tumulario volvería jamás a ese sitio. Eligió para sí mismo un broche adornado con piedras azules de muchos reflejos, como flores de lino o alas de mariposas azules. Lo miró largamente, meneando la cabeza, como si le recordase algo, y por último dijo:

—¡He aquí un hermoso juguete para Tom y su dama! Hermosa era quien lo llevó en el hombro, mucho tiempo atrás. Baya de Oro lo llevará ahora, ¡y así no la olvidaremos!

Para cada uno de los hobbits eligió una daga, larga y afilada como una brizna de hierba, de maravillosa orfebrería, tallada con figuras de serpientes doradas y rojas. Las dagas centellearon cuando las sacó de las vainas negras, de algún raro metal fuerte y liviano, y con incrustaciones de piedras refulgentes. Ya fuese por alguna virtud de estas vainas o por el hechizo que pesaba en el túmulo, parecía que las hojas no hubiesen sido tocadas por el tiempo; sin manchas de herrumbre, afiladas, brillantes al sol.

—Los viejos puñales son bastante largos para los hobbits, y pueden llevarlos como espadas —dijo Tom—. Las hojas afiladas son convenientes si la gente de la Comarca camina hacia el este, el sur o lejos en la oscuridad y el peligro.

Luego les dijo que estas hojas habían sido forjadas mucho tiempo atrás por los Hombres de Oesternesse; eran enemigos del Señor Oscuro, pero habían sido vencidos por el malvado rey de Carn Dûm en la Tierra de Angmar.

—Muy pocos los recuerdan ahora —murmuró Tom—, pero algunos andan todavía por el mundo, hijos de reyes olvidados que marchan en soledad, protegiendo del mal a los incautos.

Los hobbits no entendieron estas palabras, pero mientras Tom hablaba tuvieron una especie de visión, de una vasta extensión de años que había quedado atrás, como una inmensa llanura sombría cruzada a grandes trancos por formas de Hombres, altos y torvos, armados con espadas brillantes; y el último llevaba una estrella en la frente. Luego la visión se desvaneció y se encontraron de nuevo en el mundo soleado. Era hora de reiniciar la marcha. Se prepararon, empaquetando y cargando los poneys. Colgaron las nuevas armas de los cinturones de cuero bajo las chaquetas, encontrándolas muy incómodas, y preguntándose si servirían de algo. Ninguno de ellos había considerado hasta entonces la posibilidad de un combate, entre las aventuras que les estaban destinadas en esta huida.

Partieron al fin. Llevaron los poneys loma abajo, y pronto montaron y trotaron rápidamente a lo largo del valle. Dándose la vuelta, vieron la cima del viejo túmulo sobre la loma, y el reflejo del sol en el oro se alzaba como una llama amarilla. Luego bordearon un saliente de las Colinas, y ya no vieron más la loma.

Aunque Frodo miraba a un lado y a otro no vio en ninguna parte aquellas grandes piedras que se levantaban como una puerta, y poco tiempo después llegaron a la abertura del norte y la atravesaron rápidamente. El terreno descendía ahora. Era un viaje agradable, con Tom Bombadil que trotaba alegremente al lado, o delante, montado en Gordo Terronillo, que podía moverse más rápido de lo que parecía indicar su envergadura. Tom cantaba la mayor parte del tiempo, pero sobre todo cosas que no tenían sentido, o quizá en una lengua extranjera que los hobbits no conocían, una lengua antigua con palabras que eran casi todas de alegría y maravilla.

Avanzaban a paso firme, pero pronto advirtieron que el Camino estaba más lejos de lo que habían imaginado. Aun sin niebla, la siesta del mediodía les hubiera impedido llegar allí antes de la caída de la noche, el día anterior. La línea oscura que habían visto no era una línea de árboles, sino una línea de arbustos que crecían al borde de una fosa profunda con una pared escarpada del otro lado. Tom comentó que había sido la frontera de un reino, pero en tiempos muy lejanos. Pareció que le recordaba algo triste, y no dijo mucho.

Bajaron a la fosa y subieron trabajosamente pasando por una abertura en la pared, y luego Tom se volvió hacia el norte, pues habían estado desviándose un poco hacia el oeste. El terreno era abierto y bastante llano, y apresuraron la marcha, aunque el sol ya estaba poniéndose cuando vieron delante una línea de árboles, y supieron que habían llegado de vuelta al Camino, después de muchas inesperadas aventuras. Recorrieron al galope las últimas millas y se detuvieron a la sombra alargada de los árboles. Estaban en la cima de una pendiente, y el Camino, ahora borroso a la luz del atardecer, se alejaba zigzagueando allá abajo; corría casi del sudoeste al nordeste, y a la derecha caía abruptamente hacia una ancha hondonada. Había numerosos surcos en él, y aquí y allá se veían rastros de los últimos chaparrones: charcos y hoyos llenos de agua.

Descendieron por la pendiente mirando arriba y abajo. No había nada que ver.

—¡Bueno, aquí estamos de vuelta al fin! —dijo Frodo—. ¡El atajo por el Bosque nos demoró quizá dos días! Pero este retraso puede sernos útil. Puede que nos hayan perdido el rastro.

Los otros lo miraron. La sombra del miedo a los Jinetes Negros los alcanzó de pronto otra vez. Desde que entraran en el Bosque, casi no habían pensado en otra cosa que en volver al Camino; sólo ahora que lo estaban pisando, recordaban de nuevo el peligro que los perseguía, y que muy probablemente estaría esperándolos en el propio Camino. Se volvieron, inquietos, hacia el sol poniente; el Camino era pardo, y estaba desierto.

—¿Creéis —preguntó Pippin con una voz titubeante—, creéis que nos perseguirán en seguida, esta misma noche?

—No, espero que esta noche, no —le respondió Tom Bombadil—, ni quizá mañana. Pero no confíes en mi presentimiento, pues no podría afirmarlo. De lo que hay en el este nada sé. Tom no es señor de los Jinetes de la Tierra Tenebrosa, más allá de los lindes de este país.

Los hobbits, de todos modos, hubieran querido que Tom los acompañara. Tenían la impresión de que nadie como él hubiera sabido ocuparse de los Jinetes Negros. Pronto iban a internarse en tierras que les eran totalmente extrañas, y más allá de todo lo conocido excepto en leyendas vagas y distantes de la Comarca; y bajo la llegada del crepúsculo tuvieron nostalgia de su hogar. Una profunda soledad y un sentimiento de pérdida los invadió a todos. Se quedaron allí de pie, en silencio, resistiéndose a la despedida final, y sólo lentamente fueron dándose cuenta de que Tom les estaba diciendo adiós, aconsejándoles que no perdieran el ánimo y que cabalgaran sin detenerse hasta la noche.

—Los consejos de Tom os serán útiles hasta que el día termine. Luego tendréis que fiaros de vuestra propia buena suerte. Siguiendo el camino, a cuatro millas encontraréis una aldea: Bree, al pie de la colina de Bree, cuyas puertas miran al oeste. Allí encontraréis una vieja posada, *El Poney Pisador*; Cebadilla Mantecona es el respetable propietario. Podréis pasar allí la noche, y luego la mañana os pondrá otra vez en camino. ¡Tened coraje, pero también cuidado! ¡No perdáis el ánimo, y no dejéis escapar la buena fortuna!

Los hobbits le rogaron que los acompañase al menos hasta la posada y que bebiera con ellos una vez más, pero Tom se rio y rehusó diciendo:

> *Aquí termina la tierra de Tom; no cruzará sus fronteras.*
> *Tiene su casa por cuidar, ¡y Baya de Oro le espera!*

Luego se volvió, arrojó al aire el sombrero, saltó sobre el lomo de Terronillo, y se fue barranco arriba cantando en el crepúsculo.

Los hobbits treparon detrás y lo observaron hasta que se perdió de vista.

—Lamento tener que dejar al señor Bombadil —dijo Sam—. Curioso personaje, sin duda. Supongo que viajaremos mucho todavía y no encontraremos nada mejor, ni nada más raro. Pero no niego que me alegraré de ver ese *Poney Pisador* que ha mencionado. ¡Espero que se parezca a *El Dragón Verde* de nuestra tierra! ¿Qué clase de gente vive en Bree?

—Hay hobbits en Bree —dijo Merry—, y también Gente Grande. Me atrevo a decir que estaremos casi como en casa. *El Poney* es una buena posada, por lo que dice todo el mundo. Mi gente va allí de cuando en cuando.

—Puede ser todo lo que deseamos —dijo Frodo—, pero de cualquier modo está fuera de la Comarca. ¡No os sintáis demasiado en casa! Recordad por favor, todos vosotros, que el nombre de Bolsón no ha de mencionarse. Si es necesario darme un nombre, soy el señor Sotomonte.

Montaron los poneys y se internaron en silencio en el atardecer. La oscuridad cayó rápidamente mientras subían y bajaban las lomas, hasta que al fin vieron luces que resplandecían a lo lejos.

Delante, cerrándoles el paso, se levantó la colina de Bree, una masa oscura contra las estrellas neblinosas; bajo el flanco oeste anidaba una aldea grande. Se dirigieron a ella apresuradamente, sólo deseando encontrar un fuego, y una puerta que los separase de la noche.

9

BAJO LA ENSEÑA DE «EL PONEY PISADOR»

Bree era la villa principal de las tierras de Bree, pequeña región habitada, semejante a una isla en medio de las tierras desiertas de alrededor. Aparte de Bree, las otras poblaciones eran Entibo, del otro lado de la loma; Cañada, en un valle profundo un poco más al este; y Archet, en los límites del Bosque de Chet. Alrededor de la colina de Bree y de las aldeas había una pequeña región de campos y bosques cultivados, de unas pocas millas de extensión.

Los Hombres de Bree eran de cabellos castaños, anchos y no muy altos, alegres e independientes; no servían a nadie, aunque se mostraban más amables y hospitalarios con los Hobbits, Enanos, Elfos y otros habitantes del mundo próximo, de lo que era (o es) habitual en la Gente Grande. Según sus propias leyendas, descendían de los primeros Hombres que se habían aventurado a alejarse hacia el oeste de la Tierra Media y eran los habitantes originales del lugar. Pocos habían sobrevivido a los conflictos de los Días Antiguos, pero cuando los Reyes volvieron cruzando de nuevo el Gran Mar, descubrieron que los Hombres de Bree seguían allí, donde continúan estando ahora que el recuerdo de los viejos Reyes ya se había borrado en la hierba.

En aquellos días ningún otro Hombre se había afincado tan al oeste, ni a menos de cien leguas de la Comarca; pero en las tierras salvajes más allá de Bree había nómadas misteriosos. La gente de Bree los llamaba los Montaraces, y no sabía nada de sus orígenes. Eran más altos y morenos que los Hombres de Bree y se los creía dotados de raros poderes, capaces de ver y oír cosas que nadie veía ni oía, y de entender el lenguaje de las bestias y los pájaros. Viajaban de un lado a otro hacia el sur y el este, incluso hasta las Montañas Nubladas, pero ahora eran pocos y rara vez se los veía. Cuando aparecían traían noticias de muy lejos y contaban extrañas historias olvidadas que eran escuchadas con mucho interés; pero las gentes de Bree no entablaban amistad con ellos.

Había también numerosas familias de hobbits en el país de Bree, y pretendían ser el grupo de hobbits más antiguo del mundo, establecidos allí mucho antes de haber cruzado el Brandivino y colonizar la Comarca. La mayoría vivía en Entibo, aunque había algunos en Bree, especialmente en las laderas más altas de la colina, por encima de las casas de los Hombres. La Gente Grande y la Gente Pequeña (como se llamaban unos a otros) tenían buenas relaciones, ocupándose de sus propios asuntos y cada uno a su manera, pero considerándose todos, y con razón, parte necesaria de la población de Bree. En ninguna otra parte del mundo hubiera podido encontrarse este peculiar (aunque excelente) arreglo.

La gente de Bree, Grande y Pequeña, no viajaba mucho, y no había para ellos nada más importante que los asuntos de las cuatro aldeas. De cuando en cuando los hobbits de Bree iban hasta Los Gamos o la Cuaderna del Este, pero aunque esta pequeña región no estaba a más de una jornada a caballo desde el Puente del Brandivino, los hobbits de la Comarca la visitaban poco ahora. Algún habitante de Los Gamos o algún intrépido

Tuk venía en ocasiones a pasar una noche o dos en la posada, pero incluso esto era cada vez más raro. Los hobbits de la Comarca se referían a los de Bree, y a todos los que vivían fuera de las fronteras, como Gente del Exterior, y se interesaban poco por ellos, considerándolos rústicos y bárbaros. En esa época, probablemente había mucha más Gente del Exterior en el oeste del mundo de lo que los hobbits de la Comarca podían imaginarse. Algunos, sin duda, no eran más que vagabundos, siempre dispuestos a cavar un agujero en cualquier barranco, y quedarse allí mientras se sintieran cómodos. Pero en las tierras de Bree, al menos, los hobbits eran decentes y prósperos, y no más rústicos que la mayoría de sus parientes lejanos del Interior. No se había olvidado aún que en otro tiempo las idas y venidas entre la Comarca y Bree habían sido frecuentes. Era de conocimiento común que había sangre de Bree en los Brandigamo.

La aldea de Bree comprendía un centenar de casas de piedra de Gente Grande, la mayoría sobre el Camino en el flanco de la loma, con ventanas que daban al oeste. En este lado, describiendo algo más de medio círculo, desde la colina y de vuelta a ella, había un foso profundo con un seto espeso en el lado interior. El Camino atravesaba el seto por medio de una calzada elevada, pero en el lugar donde penetraba el seto, una puerta de trancas cerraba el paso. Había otra en el extremo sur, donde el Camino salía de la villa. Las puertas se cerraban a la caída de la noche, pero en el lado de dentro había unos refugios pequeños para los guardianes.

Junto al Camino, donde doblaba a la derecha bordeando el pie de la colina, había una posada grande. Había sido construida en tiempos remotos, cuando el tránsito en los caminos era mucho mayor. Porque Bree estaba situada en una vieja encrucijada; otro antiguo camino cruzaba el Camino del Este junto al foso, en el extremo oeste de la villa, y muchos Hombres y gentes de distintas clases habían pasado por allí a menudo en tiempos lejanos. *Extraño como Noticias de Bree* era todavía una expresión corriente en la Cuaderna del Este, y se remontaba a la época en que noticias del Norte, del Sur y del Este podían oírse aún en la posada, donde los hobbits de la Comarca iban más a menudo a oírlas. Pero las Tierras del Norte estaban desiertas desde hacía mucho tiempo, y el Camino del Norte se usaba poco ahora; estaba cubierto de hierba y la gente de Bree lo llamaba el Camino Verde.

La posada de Bree estaba todavía allí, sin embargo, y el posadero era una persona importante. La casa era un lugar de reunión para los habitantes ociosos, charlatanes y curiosos, grandes y pequeños, de las cuatro aldeas, y un refugio para los Montaraces y otros trotamundos, y para aquellos viajeros (en su mayoría enanos) que tomaban todavía el Camino del Este para ir y volver de las Montañas.

La noche había caído y unas estrellas blancas brillaban en el cielo cuando Frodo y sus compañeros llegaron al fin al cruce del Camino Verde, y se acercaban a la aldea. Avanzaron hacia la Puerta del Oeste y la encontraron cerrada, pero un hombre estaba sentado frente a la puerta de la casita, al otro lado de la cerca. El hombre se incorporó de un salto, alcanzó una linterna, y los miró por encima de la puerta de trancas, sorprendido.

—¿Qué quieren, y de dónde vienen? —preguntó con tono áspero.

—Buscamos la posada —respondió Frodo—. Vamos hacia el este y no podemos ir más lejos esta noche.

—¡Hobbits! ¡Cuatro hobbits! Y lo que es más, de la Comarca, según parece por el acento —dijo el guardián a media voz y como hablándose a sí mismo.

Los examinó un momento con aire sombrío, y luego abrió lentamente la puerta y los dejó entrar.

—No vemos a menudo gente de la Comarca cabalgando por el Camino de noche —prosiguió diciendo mientras los hobbits hacían un alto junto a la casita—. ¿Me excusarán si les pregunto qué los lleva al este de Bree? ¿Cómo se llaman, si me permiten?

—Nuestros nombres y asuntos son cosa nuestra, y éste no parece un buen lugar para hablar de ello —dijo Frodo a quien no le gustaba el aspecto del hombre ni el tono de su voz.

—Los asuntos que les traen son suyos, sin duda —dijo el hombre—, pero mi obligación es preguntar, después de la caída de la noche.

—Somos hobbits de Los Gamos. Nos gusta viajar y queremos descansar en la posada de aquí —dijo Merry—. Soy el señor Brandigamo. ¿Le basta eso? En otro tiempo la gente de Bree trataba con más cortesía a los viajeros, o eso he oído.

—¡Muy bien! ¡Muy bien! —dijo el hombre—. No he querido ofenderlos. Pronto sabrán quizá que no sólo el viejo Harry de la puerta hace preguntas. Hay gente rara por aquí. Si van al *Poney* descubrirán que no son los únicos huéspedes.

Les deseó buenas noches y no dijo más; pero Frodo alcanzó a ver a la luz de la linterna que el hombre no dejaba de mirarlos. Le alegró oír el golpe de la puerta que se cerraba detrás de ellos, mientras avanzaban. Se preguntó por qué el hombre parecía tan suspicaz, y si alguien habría estado pidiendo noticias de un grupo de hobbits. ¿Podría haber sido Gandalf? Podría haber llegado, mientras ellos se demoraban en el Bosque y las Colinas. Pero había algo en la mirada y la voz del guardián que lo había inquietado.

El hombre se quedó observando a los hobbits un momento, y luego entró en la casa. Tan pronto como volvió la espalda, una figura oscura saltó rápidamente la empalizada y se perdió entre las sombras de la calle.

Los hobbits subieron por una pendiente suave, dejaron atrás unas pocas casas dispersas, y se detuvieron a las puertas de la posada. Las casas les parecían grandes y extrañas. Sam miró asombrado los tres pisos y las numerosas ventanas de la posada, y sintió cómo el ánimo se le hundía. Había imaginado que se las vería con gigantes más altos que árboles y otras criaturas todavía más terribles en algún momento del viaje, pero descubría ahora que este primer encuentro con los Hombres y las casas de los Hombres era más que suficiente, y en verdad era demasiado para finalizar en la oscuridad una jornada fatigosa. Imaginó caballos negros que esperaban ensillados en las sombras del patio de la posada, y Jinetes Negros que espiaban desde las tenebrosas ventanas de arriba.

—Entiendo que no pasaremos aquí la noche, ¿verdad, señor? —exclamó—. Si hay gente hobbit por aquí, ¿por qué no buscamos a alguno que quiera recibirnos? Sería algo más hogareño.

—¿Qué tiene de malo la posada? —dijo Frodo—. Nos la recomendó Tom Bombadil. Seguro que el interior es bastante hogareño.

Aun desde fuera la casa tenía un aspecto agradable, para ojos familiarizados con estos edificios. La fachada miraba al camino, y las dos alas iban hacia atrás apoyándose en parte en tierras excavadas en la falda de la loma, de modo que las ventanas del segundo piso de atrás se encontraban al nivel del suelo. Una amplia arcada conducía a un patio entre las dos alas, y bajo esa arcada a la izquierda había una puerta grande sobre unos pocos y anchos escalones. La puerta estaba abierta, y derramaba luz. Sobre la arcada había un farol, y debajo se balanceaba un tablero con una figura: un poney blanco encabritado. Encima de la puerta se leía en letras blancas: EL PONEY PISADOR de CEBADILLA MANTECONA. En muchas de las ventanas más bajas se veía luz detrás de espesas cortinas.

Mientras titubeaban allí en la oscuridad, alguien comenzó a entonar dentro una alegre canción, y unas voces entusiastas se alzaron en coro. Por un momento, los hobbits prestaron atención a este sonido alentador, y después desmontaron. La canción terminó y hubo una explosión de aplausos y risas.

Llevaron los poneys bajo la arcada, los dejaron en el patio, y subieron los escalones. Frodo abría la marcha y casi se llevó por delante a un hombre bajo, gordo, calvo y de cara roja. Tenía puesto un delantal blanco, e iba de una puerta a otra llevando una bandeja de jarras llenas hasta el borde.

—Podríamos... —comenzó Frodo.

—¡Medio minuto, por favor! —gritó el hombre sobre el hombro, y desapareció en una babel de voces y nubes de humo. Un momento después estaba de vuelta, secándose las manos en el delantal.

—¡Buenas tardes, pequeño señor! — dijo, inclinándose hacia delante—. ¿En qué puedo servirlo?

—Necesitamos cama para cuatro y albergue para cinco poneys, si es posible. ¿Es usted el señor Mantecona?

—¡En efecto! Cebadilla es mi nombre. ¡Cebadilla Mantecona para servirlos! Vienen de la Comarca, ¿eh? —dijo, y de pronto se palmeó la frente, como tratando de recordar algo—. ¡Hobbits! —exclamó—. ¿Qué me recuerda esto? ¿Pueden decirme cómo se llaman ustedes, señor?

—El señor Tuk y el señor Brandigamo —le respondió Frodo—, y éste es Sam Gamyi. Mi nombre es Sotomonte.

—¡Ya recuerdo! —dijo Mantecona chasqueando los dedos—. No, se me ha ido otra vez. Pero volverá, cuando tenga un rato para pensarlo. No me alcanzan las manos, pero veré qué puedo hacer por ustedes. La gente de la Comarca no viene aquí muy a menudo, y lamentaría no poder atenderlos. Pero esta noche ya hay una multitud en la casa como no la ha habido desde tiempo atrás. Siempre llueve sobre mojado, como decimos en Bree. ¡Eh! ¡Nob! —gritó—. ¿Dónde estás, camastrón de pies lanudos? ¡Nob!

—¡Voy, señor! ¡Voy!

Un hobbit de cara risueña emergió de una puerta, y viendo a los viajeros se detuvo y se quedó mirándolos con mucho interés.

—¿Dónde está Bob? —preguntó el posadero—. ¿No lo sabes? ¡Bueno, búscalo! ¡Rápido! ¡No tengo seis piernas, ni tampoco seis ojos! Dile a Bob que hay cinco poneys para llevar al establo. Que les encuentre sitio.

Nob se alejó al trote, con una sonrisa y guiñando un ojo.

—Bien, ¿qué iba a decirles? —dijo el señor Mantecona, golpeándose la frente con las puntas de los dedos—. Un clavo saca a otro, como se suele decir. Estoy tan ocupado esta noche que la cabeza me da vueltas. Hay un grupo que vino anoche del sur por el Camino Verde, y esto es ya de por sí bastante raro. Luego una tropa de enanos que va al oeste y llegó esta tarde. Y ahora ustedes. Si no fueran hobbits dudo que pudiera alojarlos. Pero tenemos un cuarto o dos en el ala norte, que fueron hechos especialmente para hobbits, cuando se construyó la casa. En la planta baja, como prefieren ellos, con ventanas redondas y todo lo que les gusta. Creo que estarán ustedes cómodos. Querrán cenar, sin duda. Tan pronto como sea posible. ¡Por aquí ahora!

Los llevó un trecho a lo largo de un pasillo y abrió una puerta.

—He aquí una agradable salita —dijo—. Espero que les convenga. Perdónenme ahora. Estoy tan ocupado. No me sobra tiempo ni para una charla. Tengo que irme. Estoy siempre corriendo de un lado a otro, pero no adelgazo. Los veré más tarde. Si necesitan algo, toquen la campanilla, y vendrá Nob. Si no viene, ¡toquen y griten!

El hombre se fue dejándolos casi sin aliento. Parecía capaz de derramar un torrente interminable de palabras, por ocupado que estuviera. Se encontraban en un cuarto pequeño y agradable. Un fuego ardía en el hogar, y enfrente habían dispuesto unas sillas bajas y cómodas. Había también una mesa redonda cubierta con un mantel blanco, y encima una gran campanilla. Pero Nob, el sirviente hobbit, apareció antes de que llamaran. Trajo velas y una bandeja colmada de platos.

—¿Desean algo para beber, señores? —preguntó—. ¿Quieren que les muestre los dormitorios mientras esperan la cena?

Se habían lavado ya y estaban rodeados de buenas jarras de cerveza cuando el señor Mantecona y Nob aparecieron de nuevo. En un abrir y cerrar de ojos prepararon la mesa. Había sopa caliente, carne fría, una tarta de moras, pan fresco, mantequilla, y medio queso maduro: una buena comida sencilla, tan buena como cualquiera de la Comarca, y bastante familiar como para quitarle a Sam los últimos recelos (que la excelencia de la cerveza ya había aliviado bastante).

El posadero se entretuvo allí unos momentos, y al fin anunció que se iba.

—No sé si querrán unirse a nosotros después de la cena —dijo desde la puerta—. Quizá prefieran acostarse. De cualquier modo nos agradaría mucho que nos acompañaran, si tienen ganas. No recibimos a menudo a Gente del Exterior... perdón, viajeros de la Comarca, quiero decir; y nos gusta enterarnos de las últimas noticias, o quizá oír una historia o una canción, como prefieran. ¡Decidan ustedes! Cualquier cosa que necesiten, ¡toquen la campanilla!

Después de la cena (que había durado tres cuartos de hora, sin la interrupción de palabras innecesarias) Frodo, Pippin y Sam se sintieron tan frescos y animados que decidieron unirse a los otros huéspedes. Merry dijo que el ambiente del salón debía de ser demasiado sofocante.

—Me quedaré aquí un rato sentado junto al fuego, y luego quizá salga a tomar un poco de aire. Mantened la compostura, y no olvidéis que hemos escapado en secreto y que aún estamos en camino ¡y no muy lejos de la Comarca!

—¡Bueno, bueno! —dijo Pippin—. ¡Ten cuidado, tú también! ¡No te pierdas y no olvides que dentro estarás más seguro!

Los huéspedes estaban reunidos en el salón común de la posada. Cuando los ojos se le acostumbraron a la luz, Frodo descubrió que la concurrencia era numerosa y variada La iluminación procedía sobre todo de un llameante fuego de leña, pues la luz de los tres faroles que pendían de las vigas era débil, y estaban medio velados por el humo. Cebadilla Mantecona, de pie junto al fuego, hablaba con una pareja de enanos y con uno o dos hombres de extraño aspecto. En los bancos había gentes diversas: hombres de Bree, un grupo de hobbits locales sentados juntos, charlando, algunos enanos más, y otras figuras difíciles de distinguir en las sombras y rincones.

Tan pronto como los hobbits de la Comarca entraron en el salón, se alzó un coro de voces: Bree les daba la bienvenida. Los extraños, especialmente los que habían venido por el Camino Verde, los miraron con curiosidad. El posadero presentó los recién llegados a la gente de Bree, tan rápidamente que aunque los hobbits entendían los nombres no estaban seguros de saber a quién pertenecía éste y a quién este otro. Todos los Hombres de Bree parecían tener nombres botánicos (y bastante raros para la gente de la Comarca), tales como Juncales, Madreselva, Matosos, Manzanero, Cardoso y Helechal (por no hablar de Cebadilla Mantecona). Algunos hobbits tenían nombres similares. Los Artemisa, por ejemplo, parecían numerosos. Pero la mayoría llevaba nombres sacados del mundo natural, como Orillas, Tejonera, Cuevas, Arenero y Tunelo, muchos de los cuales eran comunes en la Comarca. Había varios Sotomonte de Entibo, y como no alcanzaban a imaginar que pudieran compartir apellido sin estar emparentados, tomaron cariñosamente a Frodo por un primo perdido hacía tiempo.

Los hobbits de Bree eran en verdad amables y curiosos, y Frodo pronto se dio cuenta de que tendría que dar alguna explicación de lo que hacía. Dijo que le interesaban la geografía y la historia (tras lo cual muchos meneaban la cabeza, aunque estas palabras no eran muy comunes en el dialecto de Bree). Declaró que pensaba escribir un libro (lo que provocó un asombro mudo) y que él y sus amigos deseaban informarse acerca de los hobbits que vivían fuera de la Comarca, sobre todo en las tierras del este.

Junto con este anuncio estalló un coro de voces. Si Frodo hubiese querido realmente escribir un libro, y hubiera tenido muchos oídos, habría podido reunir material para varios capítulos en unos pocos minutos. Y como si esto no fuera suficiente le dieron toda una lista de nombres, comenzando por «nuestro viejo Cebadilla», a quienes podía recurrir en busca de más información. Pero al cabo de un rato, como Frodo no daba señales de querer escribir un libro en ese mismo momento, los hobbits de Bree volvieron a hacer preguntas sobre lo que pasaba en la Comarca. Frodo no se mostró muy comunicativo, y pronto se encontró solo, sentado en un rincón, escuchando y mirando alrededor.

Los hombres y los enanos hablaban sobre todo de acontecimientos distantes, y daban noticias de una especie que estaba haciéndose demasiado familiar. Había problemas en el Sur, y parecía que los hombres que habían venido por el Camino Verde iban en busca de tierras donde pudieran encontrar un poco de paz. Las gentes de Bree los trataban con simpatía, pero no parecían muy dispuestos a recibir un gran número de extranjeros en aquellos reducidos territorios. Uno de los viajeros, un tipo bizco y poco agraciado, pronosticaba que en el futuro cercano habría cada vez más gente viajando al norte.

—Si no les encuentran lugar, lo encontrarán ellos mismos. Tienen derecho a vivir, tanto como otros —dijo con voz fuerte. Los habitantes del lugar no parecían muy complacidos con esta perspectiva.

Los hobbits locales no prestaron mucha atención a todo esto, ya que por el momento no parecía afectarles. Sería difícil que la Gente Grande pretendiera alojarse en los agujeros de los hobbits. Estaban más interesados en Sam y Pippin, que ahora se sentían muy cómodos, y charlaban animadamente sobre los acontecimientos de la Comarca. Pippin provocó una buena cantidad de carcajadas contando cómo se vino abajo el techo del Hoyo Consistorial de Cavada Grande. Will Pieblanco, el alcalde, y el más gordo de los hobbits en la Cuaderna del Oeste, había emergido envuelto en tiza, como un pastel enharinado. Pero se hicieron también muchas preguntas, que inquietaron un poco a Frodo. Uno de los habitantes de Bree, que parecía haber estado varias veces en la Comarca, quiso saber dónde habitaban los Sotomonte, y con quién estaban emparentados.

De pronto Frodo notó que un hombre de aspecto extraño, curtido por la intemperie, sentado a la sombra cerca de la pared, escuchaba también con atención la charla de los hobbits. Tenía un tazón delante de él, y fumaba una pipa de caño largo, curiosamente esculpida. Las piernas extendidas mostraban unas botas de cuero blando, que le calzaban bien, pero que habían sido muy usadas y estaban ahora cubiertas de barro. Un manto pesado, de color verde oliva, manchado por muchos viajes, le envolvía ajustadamente el cuerpo, y a pesar del calor que había en el cuarto llevaba una capucha que le ensombrecía la cara; sin embargo, se le alcanzaba a ver el brillo de los ojos, mientras observaba a los hobbits.

—¿Quién es? —susurró Frodo cuando tuvo cerca al señor Mantecona—. No recuerdo que usted nos haya presentado.

—¿Él? —respondió el posadero en voz baja, entornando un ojo y sin volver la cabeza—. No lo sé muy bien. Es uno de esos que van de un lado a otro. Montaraces, los llamamos. No suele hablar, aunque sabe contar una buena historia cuando tiene ganas. Desaparece durante un mes, o un año, y se presenta aquí de nuevo. Se fue y vino muchas veces en la primavera pasada, pero no lo veía desde hace tiempo. Su verdadero nombre nunca lo oí, pero por aquí se le conoce como Trancos. Anda siempre a grandes pasos, con esas largas zancas que tiene, aunque nadie sabe por qué tiene tanta prisa. Pero no hay modo de entender a los del Este y tampoco a los del Oeste, como decimos en Bree, refiriéndonos a los Montaraces y a las gentes de la Comarca, con el perdón de usted. Ahora, es raro que me lo haya preguntado.

Pero en ese momento alguien llamó pidiendo más cerveza, y el señor Mantecona se fue dejando sin explicar su último comentario.

Frodo notó que Trancos estaba ahora mirándolo, como si hubiera oído o adivinado todo lo que se había dicho. Casi en seguida, con un movimiento de la mano y un cabeceo, invitó a

Frodo a que se sentara junto a él. Frodo se acercó y el hombre se quitó la capucha descubriendo una hirsuta cabellera oscura con mechones canosos, y un par de ojos grises y perspicaces en una cara pálida y severa.

—Me llaman Trancos —dijo con una voz grave—. Me complace conocerlo, señor... Sotomonte, si el viejo Mantecona ha oído bien el nombre de usted.

—Ha oído bien —dijo Frodo tiesamente.

No se sentía nada cómodo bajo la mirada de aquellos ojos penetrantes.

—Bien, señor Sotomonte —dijo Trancos—, si yo fuera usted, trataría de que esos jóvenes amigos suyos no hablaran demasiado. La bebida, el fuego y los conocidos casuales son bastante agradables, pero, bueno... esto no es la Comarca. Hay gente rara por aquí. Aunque usted pensará que no soy yo quien tiene que decirlo —añadió con una sonrisa torcida, viendo la mirada que le echaba Frodo—. Y otros viajeros todavía más extraños han pasado últimamente por Bree —continuó observando la cara del hobbit.

Frodo le devolvió la mirada, pero no replicó, y Trancos calló también. Ahora parecía interesado en Pippin. Frodo, alarmado, se dio cuenta de que el ridículo joven Tuk, animado por el éxito que había tenido su historia sobre el alcalde gordo de Cavada Grande, estaba dando una versión cómica de la fiesta de despedida de Bilbo. Imitaba ahora el Discurso, y se acercaba al momento de la asombrosa Desaparición.

Frodo se sintió fastidiado. Era sin duda una historia bastante inofensiva para la mayoría de los hobbits locales; sólo una historia rara sobre gentes raras que vivían más allá del río; pero algunos (el viejo Mantecona, por ejemplo) no habían nacido ayer, y era probable que hubiesen oído algo tiempo atrás acerca de la desaparición de Bilbo. Esto les traería a la memoria el

284

nombre de Bolsón, sobre todo si se había preguntado por este nombre en Bree.

Frodo se volvió nervioso, sin saber qué hacer. Pippin disfrutaba ahora de modo evidente del interés que despertaba en los demás, y había olvidado el peligro en que se encontraban. Frodo temió de pronto que arrastrado por la historia Pippin incluso pudiera llegar a mencionar el Anillo, lo que podía ser desastroso.

—¡Será mejor que haga algo, y rápido! —le susurró Trancos al oído.

Frodo se subió de un salto a una mesa y empezó a hablar. Los oyentes de Pippin perdieron la concentración. Algunos hobbits rieron y aplaudieron, pensando que el señor Sotomonte había tomado demasiada cerveza.

Frodo se sintió de pronto ridículo, y se encontró (como era su costumbre cuando pronunciaba un discurso) jugueteando con las cosas que llevaba en el bolsillo. Tocó el Anillo y la cadena, e inesperadamente tuvo el deseo de ponérselo en el dedo y desaparecer, escapando así de aquella tonta situación. Le pareció, de algún modo, que la idea le había venido de fuera, de alguien o algo en el cuarto. Resistió firmemente la tentación, y apretó el Anillo en la mano, como para asegurarlo e impedirle escapar o hacer algún disparate. De cualquier modo el Anillo no lo inspiró. Pronunció «unas pocas palabras de circunstancias», como hubiesen dicho en la Comarca: *Estamos todos muy agradecidos por tanta amabilidad, y me atrevo a esperar que mi breve visita ayudará a renovar los viejos lazos de amistad entre la Comarca y Bree*; y luego titubeó y tosió.

Todos en la sala estaban ahora mirándolo.

—¡Una canción! —gritó uno de los hobbits—. ¡Una canción! ¡Una canción! —gritaron todos los otros—. ¡Vamos, señor, cántenos algo que no hayamos oído antes!

Por un momento, Frodo se quedó allí, de pie sobre la mesa, boquiabierto. Luego, desesperado, se puso a cantar; era una canción ridícula que Bilbo había estimado bastante (y de la que en realidad se había sentido orgulloso, pues él mismo era el autor de la letra). Se hablaba en ella de una posada, y probablemente ésa fue la razón por la que le vino a la memoria en ese momento. Hela aquí en su totalidad. Hoy en día, en general, sólo se recuerdan unas pocas palabras.

> *Hay una posada, una posada alegre y vieja*
> *al pie de una vieja colina gris,*
> *y allí elaboran una cerveza tan oscura*
> *que el mismísimo Hombre de la Luna*
> *una noche a beberla se bajó.*

> *El palafrenero tiene un gato ebrio*
> *que un violín de cinco cuerdas toca;*
> *y mueve el arco arriba abajo,*
> *sube rechinando, baja ronroneando,*
> *y en el medio serruchando.*

> *Un perrito el posadero tiene*
> *que a las bromas es bien aficionado;*
> *y cuando los huéspedes alegres van,*
> *a todos los chistes levanta una oreja*
> *y muerto de risa se queda.*

> *También tienen ellos una cornuda vaca*
> *como una reinona muy orgullosona;*
> *la música la marea como la cerveza,*
> *que la copetuda cola le hace menear*
> *y sobre la hierba a bailar se pone.*

¡Oh, las pilas de fuentes de plata
y el cajón de cucharas de plata!
Hay un par especial de Domingo[5]
que ellos pulen con mucho tino
los Sábados por las tardes.

El Hombre de la Luna empinaba el codo
y el gato se puso a gemir;
fuente y cuchara bailaban en la consola,
la vaca brincaba en el jardín,
y el perrito se mordía la cola.

El Hombre de la Luna se tomó una pinta más
y luego rodó bajo la silla,
y allí durmió soñando con birra;
hasta borrarse las estrellas
y el alba en el aire surgiera.

El palafrenero le dijo luego al gato ebrio
—Los caballos blancos de la Luna
ya tascan sus bocados de plata y relinchan
pero el amo ha perdido la cabeza en el alcohol,
¡y ya pronto llega el albor!

El gato en el violín toca una jiga-jiga
que a un muerto despertaría,
chillando, serruchando, apresurando el son,
el posadero al Hombre de la Luna agita,
diciendo: ¡Las tres pasadas son!

5. Se ha utilizado el sábado y el domingo en lugar del jueves y el viernes. Véase Apéndice D en el tercer volumen.

Llevan al hombre rodando loma arriba
y lo arrojan a la Luna como un saco,
mientras, los caballos al revés galopan
y como un ciervo la vaca cabriola
y la fuente con la cuchara se fuga.

Más rápido el violín toca la jiga-jiga;
la vaca y los caballos están patas arriba,
el perro lanza un rugido,
y los huéspedes brincan de la cama
y sobre el suelo bailan.

¡Las cuerdas del violín con un pín y un puáng estallan!
La vaca sobre la Luna salta,
el perrito se ríe con la diversión,
y la fuente del Sábado corriendo se escapa
con la cuchara del Domingo.

Rueda la Luna redonda tras la colina,
mientras el Sol[6] levanta la cabeza,
incrédula ante la vista de sus ojos fogosos
que, aunque es de día, vaya asombro,
¡pues a la cama todos regresaban!

El aplauso fue prolongado y ruidoso. Frodo tenía una buena voz, y la fantasía de la canción había agradado a todos.

—¿Por dónde anda el viejo Cebadilla? —exclamaron—. Tiene que oírla. Bob podría enseñarle al gato a tocar el violín, y tendríamos un baile. —Pidieron una nueva ronda de cerveza y gritaron—:

---

6. Para los Elfos (y los Hobbits) el sol es de género femenino.

¡Cántela otra vez, señor! ¡Vamos! ¡Otra vez!

Hicieron tomar una jarra más a Frodo, que recomenzó la canción, y muchos se le unieron, pues la melodía era muy conocida, y se les había pegado la letra. Le tocó a Frodo entonces sentirse satisfecho de sí mismo. Zapateaba sobre la mesa y cuando llegó por segunda vez a *la vaca sobre la Luna salta*, dio un salto en el aire demasiado vigoroso. Frodo cayó, bum, sobre una bandeja repleta de jarras, resbaló, y fue a parar bajo la mesa con un estruendo, un alboroto, y un golpe sordo. Todos abrieron la boca preparados para reír, y se quedaron petrificados en un silencio sin aliento, pues el cantor ya no estaba allí. ¡Había desaparecido como si hubiera pasado directamente a través del suelo de la sala sin dejar ni la huella de un agujero!

Los hobbits locales se quedaron mirando mudos de asombro; en seguida se incorporaron de un salto y llamaron a gritos a Cebadilla. Todos se apartaron de Pippin y Sam, que se encontraron solos en un rincón, observados desde lejos con miradas sombrías y desconfiadas. Estaba claro que para la mayoría de la gente ellos eran los compañeros de un mago ambulante con poderes y propósitos desconocidos. Pero había un vecino de Bree, de tez oscura, que los miraba con la expresión de alguien que está sobre aviso, y con una cierta ironía; Pippin y Sam se sentían de veras incómodos. Ahora el hombre se escurrió fuera del salón, seguido por el sureño bizco; los dos se habían pasado gran parte de la noche hablando juntos en voz baja.

Frodo se daba cuenta de que había cometido una estupidez. Sin saber qué hacer, se arrastró por debajo de las mesas hacia el rincón sombrío donde Trancos estaba todavía sentado, impasible, sin mostrar lo que pensaba. Se apoyó de espaldas contra la pared, y se quitó el Anillo. No sabía cómo le había llegado al dedo. Sólo podía suponer que había estado jugueteando con él en el bolsillo, mientras cantaba, y que en el momento de sacar bruscamente la mano para evitar la caída, se le hubiera deslizado de algún modo en el dedo. Durante un instante se preguntó si el Anillo mismo no le había jugado una mala pasada; quizá había tratado de hacerse notar en respuesta al deseo o la orden de alguno de los huéspedes. No le gustaba el aspecto de los hombres que habían dejado el salón.

—¿Y bien? —dijo Trancos cuando Frodo reapareció—. ¿Por qué lo ha hecho? Cualquier indiscreción de los amigos de usted no hubiera sido peor. Ha metido usted la pata. ¿O tendría que decir el dedo?

—No sé a qué se refiere —dijo Frodo, molesto y alarmado.

—¡Oh, sí que lo sabe! —respondió Trancos—, pero será mejor esperar que pase el alboroto. Luego, si usted me permite, señor *Bolsón*, me gustaría hablar en privado con usted.

—¿A propósito de qué? —preguntó Frodo aparentando no haber oído su verdadero nombre.

—A propósito de un asunto de cierta importancia, tanto para usted como para mí —respondió Trancos mirando a Frodo a los ojos—. Quizá oiga algo que le conviene.

—Muy bien —dijo Frodo tratando de mostrarse indiferente—. Hablaré con usted más tarde.

Mientras tanto, la gente discutía junto a la chimenea. El señor Mantecona había llegado al trote, y ahora trataba de escuchar a la vez varios relatos contradictorios sobre lo que había ocurrido.

—Yo lo he visto, señor Mantecona —dijo un hobbit—, o más bien, no lo he visto, si usted me entiende. Se ha desvanecido en el aire, como quien dice.

—¡Qué me dice, señor Artemisa! —dijo el posadero, perplejo.

—Lo que oye —replicó Artemisa—. Y además sé muy bien lo que digo.

—Ha debido de haber un malentendido —dijo Mantecona negando con la cabeza—. Había demasiado de ese señor Sotomonte para que se desvaneciese así en el aire, o en el humo, lo que sería más exacto si ha ocurrido en esta habitación.

—Bien, ¿y dónde está ahora? —gritaron varias voces.

—¿Cómo podría saberlo? Puede irse a donde quiera, siempre que pague por la mañana. Y aquí está el señor Tuk, que no ha desaparecido.

—Bueno, lo que he visto, lo he visto, y lo que no, también —dijo Artemisa, obstinado.

—Y yo digo que hay aquí algún error —repitió Mantecona retirando la bandeja y los restos de las jarras.

—¡Claro que hay un error! —dijo Frodo—. No he desaparecido. ¡Aquí estoy! He tenido sólo una pequeña charla con el señor Trancos en el rincón.

Frodo se adelantó a la luz del fuego, pero la mayoría de los huéspedes dieron un paso atrás, aún más perturbados que antes. No los satisfacía la explicación de Frodo, según la cual se había arrastrado rápidamente por debajo de las mesas después de la caída. La mayoría de los hobbits y de los hombres de Bree se apresuraron a irse, sin ganas ya de seguir divirtiéndose esa noche. Unos pocos echaron a Frodo una mirada sombría y partieron murmurando entre ellos. Los enanos y dos o tres hombres extraños que todavía estaban allí se pusieron de pie y dieron las buenas noches al posadero, pero no a Frodo y sus amigos. Poco después no quedaba nadie salvo Trancos, que seguía sentado en las sombras junto a la pared.

El señor Mantecona no parecía muy preocupado. Pensaba, y seguramente con razón, que la posada se llenaría durante muchas noches, hasta que el misterio actual fuera debatido a fondo.

—Y bien, ¿qué ha estado haciendo, señor Sotomonte? —preguntó—. ¿Asustando a mis clientes y haciendo trizas mis jarras con esas acrobacias?

—Lamento mucho haberle causado estos problemas —dijo Frodo—. No tenía la menor intención, se lo aseguro. Ha sido un desgraciado accidente.

—Muy bien, señor Sotomonte. Pero si va usted a intentar otros juegos, o conjuros, o lo que sea, será mejor que antes advierta a la gente, y que *me* advierta a mí. Aquí somos un poco recelosos de todo lo que se salga de lo común, de todo lo misterioso, si usted me entiende, y tardamos en acostumbrarnos.

—No volveré a hacer nada parecido, señor Mantecona, se lo prometo. Y ahora creo que me iré a la cama. Partimos temprano. ¿Podría ordenar que nuestros poneys estén preparados para las ocho?

—¡Muy bien! Pero antes de que se vaya quiero tener con usted unas palabras en privado, señor Sotomonte. Acabo de recordar algo que usted tiene que saber. Espero que me perdone la demora. Cuando haya arreglado una o dos cositas, iré a su habitación, si no le parece mal.

—¡Claro que no! —dijo Frodo, sintiendo que se le encogía el corazón.

Se preguntó cuántas charlas privadas tendría que sobrellevar antes de poder acostarse, y qué revelarían. ¿Estaba toda aquella gente confabulada contra él? Empezaba a sospechar que aun la cara redonda del viejo Mantecona ocultaba unos oscuros designios.

10

TRANCOS

Frodo, Pippin y Sam volvieron a la salita. No había luz. Merry no estaba allí, y el fuego había bajado. Sólo después de avivar un rato las llamas y de haberlas alimentado con un par de troncos, descubrieron que Trancos había venido con ellos. ¡Estaba tranquilamente sentado en una silla junto a la puerta!

—¡Hola! —dijo Pippin—. ¿Quién es usted, y qué desea?

—Me llaman Trancos —dijo el hombre—, y aunque quizá lo haya olvidado, el amigo de usted me prometió que tendríamos una charla en privado.

—Usted me ha dicho que iba a contarme algo que quizá me fuera útil —dijo Frodo—. ¿Qué tiene que decir?

—Varias cosas —dijo Trancos—. Pero, por supuesto, tengo mi precio.

—¿Qué quiere decir? —preguntó Frodo ásperamente.

—¡No se alarme! Sólo esto: le contaré lo que sé, y le daré un buen consejo. Pero quiero una recompensa.

—¿Qué recompensa? —dijo Frodo, pensando ahora que había caído en manos de un pillo, y recordando con disgusto que había traído poco dinero. El total no contentaría de ningún modo a un bribón, y no podía prescindir de una parte siquiera.

—Nada que usted no pueda permitirse —respondió Trancos con una lenta sonrisa, como si adivinara los pensamientos de Frodo—. Sólo esto: tendrá que llevarme con usted hasta que yo decida dejarlo.

—Oh, ¿de veras? —replicó Frodo, sorprendido, pero no muy aliviado—. Aun en el caso de que yo deseara otro compañero, no consentiría hasta saber bastante más de usted y de sus asuntos.

—¡Excelente! —exclamó Trancos cruzando las piernas y acomodándose en la silla—. Parece que está usted recobrando el buen sentido; mejor así. Hasta ahora ha sido demasiado descuidado. ¡Muy bien! Le diré lo que sé y usted dirá si merezco la recompensa. Quizá me la conceda de buen grado, después de haberme oído.

—¡Adelante entonces! —dijo Frodo—. ¿Qué sabe usted?

—Demasiado; demasiadas cosas sombrías —dijo Trancos torvamente—. Pero en cuanto a los asuntos de usted... —Se incorporó, fue hasta la puerta, la abrió rápidamente y miró afuera. Luego la cerró en silencio y se sentó otra vez—. Tengo un oído fino —continuó bajando la voz—, y aunque no puedo volverme invisible, he seguido las huellas de muchas criaturas salvajes y cautelosas, y normalmente evito que me vean, si así lo deseo. Pues bien, yo estaba detrás del seto esta tarde en el camino al oeste de Bree, cuando cuatro hobbits vinieron de las Colinas. No necesito repetir todo lo que hablaron con el viejo Bombadil o entre ellos, pero una cosa me interesó. *Recordad por favor, todos vosotros*, dijo uno de ellos, *que el nombre de Bolsón no ha de mencionarse. Si es necesario darme un nombre, soy el señor Sotomonte.* Esto me interesó tanto que los seguí hasta aquí. Me deslicé por encima de la verja justo detrás de ellos. Quizá el señor Bolsón tiene un buen motivo para cambiar de nombre; pero si es así, les aconsejaré a él y a sus amigos que sean más cuidadosos.

—No veo por qué mi nombre ha de interesar a la gente de Bree —dijo Frodo irritado—, y todavía ignoro por qué le interesa a usted. El señor Trancos puede tener buenos motivos para espiar y escuchar indiscretamente; pero si es así, le aconsejaré que se explique.

—¡Bien respondido! —dijo Trancos riéndose—. Pero la explicación es simple: busco a un hobbit llamado Frodo Bolsón. Quiero encontrarlo cuanto antes. Supe que estaba llevando fuera de la Comarca, bueno, un secreto que nos concierne, a mí y a mis amigos.

»¡Un momento, no me interpreten mal! —exclamó al tiempo que Frodo se ponía de pie y Sam daba un salto con aire amenazador—. Cuidaré del secreto mejor que ustedes. ¡Y hay que cuidarse de veras! —Se inclinó hacia delante y los miró—. ¡Vigilen todas las sombras! —dijo en voz baja—. Unos Jinetes Negros han pasado por Bree. Dicen que el lunes llegó uno bajando por el Camino Verde, y otro apareció más tarde, subiendo por el Camino Verde desde el sur.

Se hizo un silencio. Al fin Frodo les habló a Pippin y Sam.

—Tenía que haberlo sospechado por el modo en que nos recibió el guardián —dijo—. Y el posadero parece haber oído algo. ¿Por qué insistió en que nos uniéramos a los demás? ¿Y por qué razón nos hemos comportado como tontos? Teníamos que habernos quedado aquí tranquilamente.

—Habría sido mejor —dijo Trancos—. Yo habría impedido que fueran al salón, si me hubiera sido posible, pero el posadero no me ha dejado pasar a verlos, ni quería llevarles mensajes.

—Cree usted que... —comenzó Frodo.

—No, no pienso mal del viejo Mantecona. Es simplemente que los vagabundos misteriosos como yo no terminan de gustarle. —Frodo lo miró con perplejidad—. Bueno, tengo cierto aspecto de villano, ¿no es así? —dijo Trancos torciendo la boca y con un brillo extraño en los ojos—. Pero tengo la esperanza de que llegaremos a conocernos mejor. Cuando así sea, confío en que me explicará usted qué ha ocurrido al fin de la canción. Porque esa pirueta...

—¡Ha sido un accidente! —interrumpió Frodo.

—Bueno —dijo Trancos—, accidente entonces. Ese accidente ha empeorado la situación de usted.

—No demasiado —dijo Frodo—. Yo ya sabía que esos jinetes estaban persiguiéndome, pero de todos modos creo que me perdieron el rastro, y se han ido.

—¡No cuente con eso! —dijo Trancos vivamente—. Volverán, y vendrán más. Hay otros. Sé cuántos son. Conozco a esos Jinetes. —Hizo una pausa, y sus ojos eran fríos y duros—. Y hay gente en Bree en la que no se puede confiar —continuó—. Bill Helechal, por ejemplo. Tiene mala reputación en el país de Bree, y gente extraña llama a su casa. Lo habrá visto usted entre los huéspedes: un sujeto moreno y burlón. Estaba muy cerca de uno de esos extranjeros del sur, y han salido todos juntos justo después del «accidente». No todos los sureños son buena gente, y en cuanto a Helechal, le vendería cualquier cosa a cualquiera; o haría daño por el placer de hacerlo.

—¿Qué vendería Helechal, y qué relación tiene con mi accidente? —dijo Frodo, decidido todavía a no entender las insinuaciones de Trancos.

—Noticias de usted, por supuesto —respondió Trancos—. Un relato de su hazaña sería muy interesante para cierta gente. Después de esto apenas necesitarían saber cómo se llama usted de veras. Me parece muy probable que se enteren antes de que termine la noche. ¿No le es suficiente? En cuanto a mi recompensa, haga lo que le plazca: tómeme como guía o no. Pero le diré que conozco todas las tierras entre la Comarca y las Montañas Nubladas, pues las he recorrido durante muchos años. Soy más viejo de lo que parezco. Le puedo ser útil. Desde esta noche tendrá usted que dejar la carretera, pues los Jinetes la vigilarán día y noche. Quizá escape de Bree, y quizá nadie lo detenga mientras el sol esté alto, pero no irá muy lejos. Caerán sobre usted en algún sitio desierto y sombrío donde no habrá nadie que pueda auxiliarlo. ¿Le gustaría que lo encontrasen? ¡Son terribles!

Los hobbits lo miraron, y vieron con sorpresa que retorcía la cara como si soportara algún dolor y que tenía las manos aferradas a los brazos de la silla. La habitación estaba muy tranquila y silenciosa, y la luz parecía más pálida. Trancos se quedó un rato sentado, con la mirada perdida, como si estuviera más atento a viejos recuerdos, o escuchando unos sonidos lejanos en la noche.

—¡Bien! —exclamó al fin, pasándose la mano por la frente—. Quizá sé más que usted acerca de esos perseguidores. Les tiene miedo, pero aún no les tiene el miedo suficiente. Mañana tendrá que escapar, si puede. Trancos podría guiarlo por senderos pocos transitados. ¿Lo llevará con usted?

Hubo un pesado silencio. Frodo no respondió, no sabía qué pensar; el miedo y la duda lo confundían. Sam frunció el ceño y miró a su amo. Al fin estalló:

—¡Con el permiso de usted, señor Frodo, yo diría *no*! Este señor Trancos nos aconseja y dice que tengamos cuidado; y yo digo *sí* a eso, y que comencemos por él. Viene de las Tierras Salvajes, y nunca oí nada bueno de esa gente. Es evidente que sabe algo, demasiado para mi gusto. Pero eso no es razón para que dejemos que nos lleve a algún lugar sombrío, lejos de cualquier ayuda, como él mismo dice.

Pippin se retorció en la silla, incómodo. Trancos no replicó a Sam, y volvió sus ojos penetrantes a Frodo. Frodo notó la mirada, y miró hacia otro lado.

—No —dijo lentamente—, no estoy de acuerdo. Pienso, pienso que usted no es realmente lo que quiere parecer. Empezó a hablarme como la gente de Bree, pero ahora tiene otra voz. De cualquier modo hay algo cierto en lo que dice Sam: no sé por qué nos aconseja usted que nos cuidemos, y al mismo tiempo nos pide que confiemos en usted. ¿Por qué el disfraz? ¿Quién es usted? ¿Qué sabe realmente acerca de... acerca de mis asuntos, y cómo lo sabe?

—La lección de prudencia ha sido bien aprendida —dijo Trancos con una sonrisa torcida—. Pero la prudencia es una cosa, y la irresolución es otra. Nunca llegarán a Rivendel por sus propios medios, y tenerme confianza es la única posibilidad que les queda. Tienen que decidirse. Contestaré algunas de sus preguntas, si eso los ayuda. ¿Pero por qué iban a creer lo que les cuente, si no confían en mí? Aquí está, sin embargo...

En ese momento llamaron a la puerta. El señor Mantecona había traído velas, y detrás venía Nob, con jarras de agua caliente. Trancos se retiró a un rincón oscuro.

—He venido a desearles buenas noches —dijo el posadero, poniendo las velas sobre la mesa—. ¡Nob! ¡Lleva el agua a los cuartos!

Entró y cerró la puerta.

—El asunto es éste —comenzó a decir, titubeando, perturbado—. Si he causado algún mal, lo lamento de veras. Pero tengo demasiadas cosas en la cabeza, como usted sabe, y soy un hombre ocupado. Esta semana, primero una cosa y luego otra me despertaron poco a poco la memoria, como reza el dicho, y espero que no demasiado tarde. Pues verá usted, me pidieron que estuviera atento a unos hobbits de la Comarca, a un tal Bolsón sobre todo.

—¿Y eso qué relación tiene conmigo? —preguntó Frodo.

—Ah, usted lo sabe sin duda mejor que nadie —dijo el posadero con aire de estar enterado—. No lo traicionaré a usted, señor, pero me dijeron que ese Bolsón viajaría con el nombre de Sotomonte, y además me hicieron una descripción que se le ajusta bastante, si me permite.

—¿De veras? Bien, ¡oigamos entonces esa descripción! —dijo Frodo interrumpiéndolo imprudentemente.

—*Un hombrecito rollizo de mejillas rojas* —dijo con solemnidad el señor Mantecona.

Pippin rio entre dientes, pero Sam pareció indignado.

—*Esto no te servirá de mucho, Cebadilla, pues se aplica a casi todos los hobbits,* me dijo —continuó el señor Mantecona, echándole una ojeada a Pippin—, *pero éste es más alto que algunos y más rubio que la mayoría, y tiene un hoyuelo en la barbilla; un sujeto de cabeza erguida y ojos brillantes.* Perdón, pero él lo dijo, no yo.

—¿*Él* lo dijo? ¿Y quién era él? —preguntó Frodo muy interesado.

—¡Ah! Fue Gandalf, si usted sabe a quién me refiero. Un mago dicen que es, pero cierto o no cierto, es un buen amigo mío. Pero ahora no sé qué me dirá, si lo veo otra vez; supongo que me agriará toda la cerveza o me convertirá en un trozo de madera. Es un poco impetuoso. Sin embargo, lo que está hecho, hecho está.

—Bueno, ¿y qué es lo que ha hecho usted? —dijo Frodo impacientándose ante la lentitud con que se desarrollaban los pensamientos de Mantecona.

—¿Qué les estaba contando? —preguntó el posadero haciendo una pausa y castañeteando los dedos—. ¡Ah, sí! El viejo Gandalf. Hace tres meses entró directamente en mi cuarto sin llamar a la puerta. *Cebadilla*, me dijo, *salgo a la mañana. ¿Quie-*

res hacerme un favor? Lo que tú quieras, dije. *Tengo prisa,* dijo él, *y me falta tiempo, pero quiero que lleven un mensaje a la Comarca. ¿Tienes a alguien a quien mandar y que sea de fiar? Puedo encontrar a alguien,* dije, *mañana quizá, o pasado mañana. Que sea mañana,* me dijo, y luego me dio una carta.

»La dirección es bastante clara —dijo Mantecona sacando una carta del bolsillo y leyendo la dirección lenta y orgullosamente (tenía reputación de ser un hombre de letras):

SEÑOR FRODO BOLSÓN, BOLSÓN CERRADO, HOBBITON, en la COMARCA.

—¡Una carta para mí de Gandalf! —exclamó Frodo.

—¡Ah! —dijo el señor Mantecona—. ¿Entonces el verdadero nombre de usted es Bolsón?

—Sí —dijo Frodo—, y será mejor que me dé esa carta ahora mismo, y me explique por qué nunca la envió. Eso es lo que ha venido a decirme, supongo, aunque le ha llevado un buen rato hacerlo.

El pobre señor Mantecona parecía turbado.

—Tiene razón, señor —dijo—, y le pido que me disculpe. Tengo un miedo atroz de lo que diría Gandalf si he causado algún daño. Pero no la he retenido a propósito. La puse a buen recaudo, pero luego no encontré a nadie que quisiera ir a la Comarca al día siguiente, ni al otro día, y mi gente no estaba disponible, y luego vino una cosa detrás de la otra y me olvidé. Soy un hombre ocupado. Haré todo lo que pueda para enderezar el entuerto, y si puedo ayudar en algo, no hace falta más que decirlo.

»Aparte de la carta, a Gandalf le prometí lo mismo. *Cebadilla,* me dijo, *este amigo mío de la Comarca puede venir pronto por aquí, él y otro. Se hará llamar Sotomonte. ¡No lo olvides! Pero no hay necesidad de que le hagas preguntas. Si yo no estoy con él, quizá esté en dificultades y podría necesitar ayuda. Haz lo que puedas por él, y te lo agradeceré,* me dijo. Y aquí está usted, y parece que los problemas no andan lejos.

—¿Qué quiere decir? —preguntó Frodo.

—Esos hombres negros —dijo el posadero bajando la voz—. Están buscando a *Bolsón,* y si tienen buenas intenciones, entonces yo soy un hobbit. Fue el lunes, y los perros aullaban y los gansos graznaban. Me resultó muy inquietante. Nob vino y me dijo que dos hombres negros estaban a la puerta preguntando por un hobbit llamado Bolsón. Nob tenía los pelos de punta. Les dije a esos tipos negros que se fueran y les cerré la puerta en las narices; pero han estado haciendo la misma pregunta a lo largo de todo el camino hasta Archet, me han dicho. Y ese Montaraz, Trancos, también ha estado preguntando cosas. Ha querido venir aquí a verlo, antes de que usted probara un bocado, nada menos.

—¡Nada menos! —dijo Trancos de pronto, saliendo a la luz—. Y se habrían evitado muchas dificultades, si me hubieses dejado entrar, Cebadilla.

El posadero dio un salto, sorprendido.

—¡Tú! —gritó—. Siempre apareces de repente. ¿Qué quieres ahora?

—Está aquí con mi consentimiento —dijo Frodo—. Ha venido a ofrecerme ayuda.

—Bien, usted sabe lo que hace, quizá —dijo el señor Mantecona mirando desconfiadamente a Trancos—. Pero si estuviera en la situación de usted, no andaría con Montaraces.

—¿Y con quién andarías tú? —preguntó Trancos—. ¿Con un posadero gordo que sólo se acuerda de su propio nombre porque la gente lo llama a gritos todo el día? No pueden quedarse en *El Poney* para siempre, y no pueden regresar. Tienen un largo camino por delante. ¿Los acompañarás, manteniendo a raya a los hombres negros?

—¿Yo? ¿Dejar Bree? No lo haría ni por todo el dinero del mundo —dijo el señor Mantecona, que parecía realmente asustado—. Pero ¿por qué no se quedan aquí tranquilos un tiempo, señor Sotomonte? ¿Qué son esas cosas raras que están pasando? Qué buscan esos hombres negros, y de dónde vienen, quisiera saber.

—Lamento no poder explicárselo todo —le dijo Frodo—. Estoy cansado y muy preocupado, y es una larga historia. Pero si quiere ayudarme, le advierto que usted correrá peligro mientras yo esté aquí. En cuanto a esos Jinetes Negros, no estoy seguro, pero pienso... temo que vengan de...

—Vienen de Mordor —dijo Trancos en voz baja—. De Mordor, Cebadilla, si eso significa algo para ti.

—¡Misericordia! —gritó el señor Mantecona palideciendo; el nombre evidentemente le era conocido—. Ésta es la peor noticia que haya llegado a Bree en todos mis años.

—Lo es —dijo Frodo—. ¿Quiere ayudarme aún?

—Sí, señor —dijo Mantecona—, más que nunca. Aunque no sé qué pueda hacer alguien como yo contra, contra...

Se le quebró la voz.

—Contra la Sombra del Este —dijo Trancos con calma—. No mucho, Cebadilla, pero las cosas pequeñas ayudan también. Puedes dejar que el señor Sotomonte pase aquí la noche, bajo el nombre de Sotomonte, y puedes olvidar el nombre de Bolsón hasta que se haya alejado.

—Eso haré —dijo Mantecona—. Pero sabrán que está aquí sin que yo diga nada, me temo. Es lamentable que el señor Sotomonte haya llamado tanto la atención esta noche, por no decir otra cosa. La historia de la partida del señor Bilbo se ha oído aquí otras veces, ya antes. Incluso el cabezota de Nob ha estado haciéndose algunas conjeturas, y hay gente en Bree más aguda de mente que él.

—Bueno, sólo nos queda esperar que los Jinetes no vuelvan todavía —dijo Frodo.

—Ojalá —dijo Mantecona—. Pero sean fantasmas o no, no entrarán tan fácilmente en *El Poney*. No se preocupe usted hasta la mañana. Nob no abrirá la boca. Ningún hombre negro cruzará mi puerta, mientras yo me tenga en pie. Mi gente y yo vigilaremos esta noche, pero a usted le haría bien dormir un poco, si puede.

—En todo caso, tienen que despertarnos al alba —dijo Frodo—. Partiremos lo antes posible. El desayuno a las seis y media, por favor.

—De acuerdo. Iré a dar las órdenes —dijo el posadero—. Buenas noches, señor Bolsón... ¡Sotomonte, quiero decir! Buenas noches... Pero, bendito sea, ¿dónde está el señor Brandigamo?

—No lo sé —dijo Frodo, inquieto de pronto. Habían olvidado por completo a Merry, y estaba haciéndose tarde—. Temo que esté fuera. Ha dicho algo de salir a tomar un poco el aire.

—Bueno, de veras necesitan que los cuiden. ¡Se diría que están de vacaciones! —dijo Mantecona—. Iré en seguida a trancar las puertas, pero avisaré que le abran al amigo de usted, cuando llegue. Será mejor que Nob vaya a buscarlo. ¡Buenas noches a todos!

El señor Mantecona salió al fin, echando otra desconfiada mirada a Trancos, y meneando la cabeza se alejó por el pasillo.

—¿Bien? —dijo Trancos—. ¿Cuándo va a abrir esa carta?

Frodo examinó cuidadosamente el sello antes de romperlo. Parecía ser de Gandalf. Dentro, escrito con la vigorosa pero elegante letra del mago, había el siguiente mensaje:

EL PONEY PISADOR, BREE. Día de Año Medio 1418 de la Comarca.

Querido Frodo:
Me han llegado malas noticias. He de partir inmediatamente. Harás bien en dejar la Comarca antes de fines de julio, como muy tarde. Regresaré tan pronto como pueda, y te seguiré, si descubro que te has ido. Déjame aquí un mensaje, si pasas por Bree. Puedes confiar en el posadero (Mantecona). Quizá encuentres en el Camino a un amigo mío: un hombre, delgado, oscuro, alto, que algunos llaman Trancos. Conoce nuestro asunto y te ayudará. Marcha hacia Rivendel. Espero que allí nos encontremos de nuevo. Si no voy, Elrond te aconsejará.

Tuyo, de prisa
GANDALF **Ᵽ**

PS. ¡NO vuelvas a usarlo, por ninguna razón! ¡No viajes de noche! **Ᵽ**
PPS. Asegúrate de que es el verdadero Trancos. Hay mucha gente extraña en los caminos. El verdadero nombre de Trancos es Aragorn. **Ᵽ**

> *No todo lo que es oro reluce,*
> *ni toda la gente errante anda perdida;*
> *a las raíces profundas no llega la escarcha,*
> *el anciano vigoroso no se marchita.*
> *Despertará un fuego entre cenizas,*
> *y una luz surgirá de las sombras;*
> *el descoronado será de nuevo rey,*
> *forjarán otra vez la espada rota.*

PPPS. Espero que Mantecona te envíe esto rápidamente. Es un hombre de bien, pero su memoria es como un trastero desordenado: cuando necesita algo, no sabe dónde encontrarlo. Si se olvida, lo asaré a fuego lento.

¡Adiós!

Frodo leyó la carta en silencio, y luego la pasó a Pippin y a Sam.

—¡El viejo Mantecona nos ha liado de verdad! —dijo—. Se merece que lo asen. Si yo hubiera recibido este mensaje a tiempo, ya estaríamos quizá en Rivendel y a salvo. Pero ¿qué puede haberle ocurrido a Gandalf? Escribe como si fuese a enfrentarse a un gran peligro.

—Lleva muchos años haciendo eso —dijo Trancos.

Frodo se volvió y lo miró con aire pensativo, recordando la segunda posdata de Gandalf.

—¿Por qué no me has dicho desde el principio que eras amigo de Gandalf? —preguntó—. Eso nos hubiera ahorrado mucho tiempo.

—¿Eso crees? ¿Quién de vosotros me hubiera creído? —dijo Trancos—. Yo no sabía nada de ese mensaje. Si quería ayudaros, no podía hacer otra cosa que tratar de ganar vuestra confianza, sin ninguna prueba. De cualquier modo, no tenía la intención de contar en seguida todo sobre mí. Primero tenía que estudiaros, y estar seguro. El Enemigo me ha tendido trampas en el pasado. Tan pronto como decidí la cuestión, estuve dispuesto a contestar todas las preguntas. Pero he de admitir —añadió con una risa rara— que esperaba que me aceptaran por lo que soy. Un hombre perseguido se cansa a veces de la desconfianza y desea tener amigos. Pero en esto yo diría que las apariencias juegan en mi contra.

—Eso es cierto... a primera vista, por lo menos —rio Pippin, muy aliviado tras leer la carta de Gandalf—. Pero luce bien quien hace bien, como dicen en la Comarca. Y me atrevería a decir que todos tendremos el mismo semblante cuando hayamos dormido unos cuantos días en setos y fosos.

—Necesitarás más que unos pocos días, o semanas, o años, de vida errabunda en las Tierras Salvajes para parecerte a Trancos —dijo el hombre—. Y antes morirás, a no ser que estés hecho de madera más dura de lo que parece.

Pippin cerró la boca, pero Sam no se acobardaba y continuaba mirando a Trancos de mala manera.

—¿Cómo sabemos que es usted el Trancos de que habla Gandalf? —preguntó—. Nunca ha mencionado a Gandalf, antes de la aparición de la carta. No veo razones para no pensar que es un espía que interpreta un papel, tratando de que lo acompañemos. Puede que se haya deshecho del verdadero Trancos y haya tomado sus ropas. ¿Qué me dice a eso?

—Que eres un individuo audaz —dijo Trancos—, pero temo que mi única respuesta, Sam Gamyi, es ésta. Si yo hubiese matado al verdadero Trancos, podría matarte a ti. Y ya lo hubiera hecho, sin tanta charla. Si quisiera apoderarme del Anillo, podría hacerlo... ¡ahora!

Trancos se incorporó, y de pronto pareció más alto. Le brillaba una luz en los ojos, penetrante y autoritaria. Echando atrás la capa, apoyó la mano en la empuñadura de una espada, hasta ese momento oculta, que le colgaba a un costado. Los hobbits no se atrevieron a moverse. Sam se quedó mirándolo, boquiabierto.

—Pero *soy* por fortuna el verdadero Trancos —dijo, mirándolos, el rostro suavizado por una repentina sonrisa—. Soy Aragorn hijo de Arathorn, y si por la vida o por la muerte puedo salvaros, así lo haré.

Hubo un largo silencio. Al fin Frodo habló titubeando:

—Pensé que eras un amigo antes de que llegara la carta —dijo—, o por lo menos quise creerlo. Me has asustado varias veces esta noche, pero nunca como lo hubiera hecho un servidor del Enemigo, o así me lo parece al menos. Pienso que un espía del Enemigo... bueno, hubiese parecido más hermoso y al mismo tiempo más horrible, si me entiendes.

—Ya veo —rio Trancos—. Tengo un aspecto horrible, pero transmito la sensación opuesta, ¿no es así? *No todo lo que es oro reluce, ni toda la gente errante anda perdida.*

—Entonces, ¿los versos se referían a ti? —preguntó Frodo—. No comprendí de qué hablaban. Pero ¿cómo sabías que estaban en la carta de Gandalf, si nunca la has leído?

—No lo sabía —respondió Trancos—. Pero soy Aragorn, y esos versos van con ese nombre. —Sacó la espada y vieron que la hoja estaba de veras quebrada a un pie de la empuñadura—. No sirve de mucho, ¿eh, Sam? —continuó—. Pero poco falta para que sea forjada de nuevo.

Sam no dijo nada.

—Bueno —dijo Trancos—, con el permiso de Sam, diremos que el trato está hecho. Trancos será vuestro guía. Y ahora será mejor que os vayáis a la cama y descanséis, si es posible. Mañana, nuestro camino será incómodo. Puede que podamos partir de Bree sin mayores dificultades, pero no pasaremos inadvertidos. Eso sí, trataré de que nos pierdan lo antes posible. Conozco uno o dos caminos para salir de Bree, además de la ruta principal. Una vez que nos libremos de perseguidores, iremos hacia la Cima de los Vientos.

—¿La Cima de los Vientos? —dijo Sam—. ¿Qué es eso?

—Es una colina, justo al norte de la ruta, casi a medio camino entre Bree y Rivendel. Domina todas las tierras vecinas, y tendremos la posibilidad de mirar alrededor. Gandalf irá allí, si nos sigue. Después de la Cima de los Vientos el camino será más difícil, y tendremos que elegir entre varios peligros.

—¿Cuándo viste a Gandalf por última vez? —preguntó Frodo—. ¿Sabes dónde está o qué hace ahora?

El semblante de Trancos se volvió serio.

—No lo sé —dijo—. Vine al oeste con él en la primavera. He vigilado a menudo las fronteras de la Comarca en los últimos años, cuando él andaba ocupado en alguna otra parte. Pocas veces las descuidaba. Nos encontramos por última vez el primero de mayo, en el Vado de Sarn, en el curso inferior del Brandivino. Me dijo que los asuntos contigo habían ido bien, y que partirías para Rivendel en la última semana de septiembre. Sabiendo que él estaba a tu lado, me fui de viaje a atender mis propios asuntos. Y esto resultó un error, pues es evidente que le llegaron ciertas noticias, y yo no estaba allí para ayudar.

»Estoy preocupado por primera vez desde que lo conozco. Tendríamos que haber recibido algún mensaje, aunque no pudiera venir él mismo. A mi regreso, hace muchos días, me enteré de las malas nuevas. Se decía por todas partes que Gandalf había desaparecido, y que se habían visto unos jinetes. Fueron los elfos de Gildor quienes me lo dijeron; y más tarde me contaron que ya no estabas en tu casa, pero no se sabía que hubieras dejado Los Gamos. He estado observando el Camino del Este con impaciencia.

—¿Piensas que los Jinetes Negros tienen alguna relación con eso... quiero decir, con la ausencia de Gandalf? —preguntó Frodo.

—No conozco ninguna otra cosa que hubiese podido detenerlo, excepto el Enemigo mismo —dijo Trancos—. ¡Pero no perdáis la esperanza! Gandalf es más grande de lo que se supone en la Comarca; como regla general no veis de él otra cosa que bromas y juegos. Pero este asunto nuestro será la mayor de sus empresas.

Pippin bostezó.

—Lo siento —dijo—, pero no me tengo en pie. A pesar de tantos peligros y preocupaciones he de irme a la cama, o me dormiré aquí sentado. ¿Dónde está ese tonto de Merry? Sería el colmo, si hay que salir a buscarlo a la oscuridad.

En ese momento oyeron un portazo. Luego unos pies vinieron corriendo por el pasillo. Merry entró precipitadamente, seguido por Nob. Cerró de prisa la puerta, y se apoyó contra ella. Estaba sin aliento. Los otros lo observaron alarmados, antes que él dijera, jadeando:

—¡Los he visto, Frodo! ¡Los he visto! ¡Jinetes Negros!

—¡Jinetes Negros! —gritó Frodo—. ¿Dónde?

—Aquí. En la aldea. Estuve dentro durante una hora. Luego, como no volvíais, salí a dar un paseo. De regreso me detuve justo fuera de la luz de la lámpara, a mirar las estrellas. De pronto me estremecí y sentí que algo horrible se acercaba, arrastrándose, algo así como una sombra más espesa entre las sombras del camino, justo al borde del círculo de la luz. En seguida se deslizó a la oscuridad sin hacer ningún ruido. No vi ningún caballo.

—¿Hacia dónde fue? —preguntó Trancos bruscamente.

Merry se sobresaltó, advirtiendo por primera vez la presencia del extraño.

—¡Continúa! —dijo Frodo—. Es un amigo de Gandalf. Te explicaré más tarde.

—Me pareció que subía por el Camino, hacia el este —prosiguió Merry—. Traté de seguirlo. Por supuesto, desapareció casi en seguida, pero yo doblé en la esquina y llegué casi hasta la última casa al borde del Camino.

Trancos miró asombrado a Merry. —Tienes un corazón valiente —dijo—, pero ha sido una estupidez.

—No lo sé —dijo Merry—. Ni valiente ni estúpido, me parece. No pude contenerme. Fue como si algo me arrastrara.

De cualquier modo, allá fui, y de pronto oí voces junto a la cerca. Una murmuraba; la otra susurraba, o siseaba. No pude oír una palabra de lo que decían. No me acerqué más porque empecé a temblar de pies a cabeza. Luego sentí pánico, y me volví, y ya estaba a punto de echar a correr de vuelta cuando algo vino por detrás y... caí al suelo.

—Yo lo encontré, señor —intervino Nob—. El señor Mantecona me mandó afuera con una linterna. Bajé a la Puerta del Oeste, y luego retrocedí subiendo hasta la Puerta del Sur. Justo al lado de la casa de Bill Helechal alcancé a ver algo en el Camino. No puedo jurarlo, pero me pareció que dos hombres se inclinaban sobre un bulto y lo alzaban. Lancé un grito, pero cuando llegué al lugar no vi a nadie; sólo al señor Brandigamo que estaba tendido junto a la ruta. Parecía estar dormido. «Pensé que había caído en un pozo profundo», me dijo cuando lo sacudí. Estaba raro, y tan pronto como lo desperté se levantó y escapó hacia aquí como una liebre.

—Temo que así sea —dijo Merry—, aunque no sé qué dije. Tuve un mal sueño que no puedo recordar. Perdí todo dominio de mí mismo. No sé qué me pasó.

—Yo sí —dijo Trancos—. El Hálito Negro. Los Jinetes deben de haber dejado los caballos fuera, y entraron en secreto por la Puerta del Sur. Ya estarán enterados de todas las novedades, pues han visitado a Bill Helechal; y es probable que ese sureño sea también un espía. Algo puede ocurrir esta noche, antes que dejemos Bree.

—¿Qué puede ocurrir? —dijo Merry—. ¿Atacarán la posada?

—No, creo que no —dijo Trancos—. No están todos aquí todavía. Y de cualquier manera, no es lo que acostumbran, pues son mucho más fuertes en las tinieblas y la soledad. No atacarán abiertamente una casa donde hay luces y mucha gente; no mientras no estén en una situación desesperada, no mientras tengamos ante nosotros todavía todas las largas leguas de Eriador. Pero su poder se apoya en el miedo, y ya dominan a algunos de Bree. Empujarán a estos desgraciados a cometer alguna maldad: Helechal, y algunos de los extranjeros, y quizá también el guardián de la puerta. Tuvieron una conversación con Harry en la Puerta del Oeste, el lunes. Estuve observándolos. Se quedó blanco y temblando cuando se fueron.

—Parece que estamos rodeados de enemigos —dijo Frodo—. ¿Qué vamos a hacer?

—¡Os quedaréis aquí y no iréis a vuestras habitaciones! Sin duda ya descubrieron qué habitaciones son. Los dormitorios de los hobbits tienen ventanas que miran al norte y están cerca del suelo. Nos quedaremos todos juntos, y atrancaremos la ventana y la puerta. Pero primero Nob y yo traeremos vuestro equipaje.

Durante la ausencia de Trancos, Frodo hizo a Merry un rápido resumen de todo lo que había ocurrido desde la cena. Merry estaba todavía metido en la lectura y el estudio de la carta de Gandalf cuando Trancos y Nob llegaron de vuelta.

—Bueno, señores —dijo Nob—; he desarreglado las mantas y he puesto una almohada en medio de todas las camas. He hecho también una bonita imitación de la cabeza de usted con un felpudo de lana de color castaño, señor Bol... Sotomonte, señor —añadió con una sonrisa que mostraba los dientes.

Pippin se rio.

—¡Gran parecido! —dijo—. Pero ¿qué harán cuando descubran el engaño?

—Ya se verá —dijo Trancos—. Esperemos poder resistir hasta la mañana.

—Buenas noches a todos —dijo Nob y salió a ocuparse de la vigilancia de las puertas.

Amontonaron los sacos y el equipo en el suelo de la salita. Apoyaron un sillón bajo contra la puerta y cerraron la ventana. Frodo espió afuera y vio que la noche era clara todavía. La Hoz[7] brillaba sobre las estribaciones de la Colina de Bree. Después cerró y atrancó las pesadas contraventanas interiores y corrió las cortinas. Trancos reanimó el fuego y apagó todas las velas.

Los hobbits se tendieron sobre las mantas con los pies apuntando al fuego, pero Trancos se instaló en el sillón que defendía la puerta. Hablaron un momento, pues Merry tenía pendientes algunas preguntas.

—¡Un salto por encima de la luna! —rio Merry entre dientes mientras se envolvía en la manta—. ¡Muy ridículo de tu parte, Frodo! Pero me hubiera gustado estar allí para verlo. Las gentes dignas de Bree seguirán discutiéndolo de aquí a cien años.

—Así lo espero —dijo Trancos.

Luego todos callaron, y uno tras otro los hobbits cayeron dormidos.

7. Nombre que dan los Hobbits a la Osa Mayor o El Arado.

11

UN CUCHILLO EN LA OSCURIDAD

Mientras en la posada de Bree se preparaban para dormir, las tinieblas se extendían en Los Gamos: una niebla se movía por las cañadas y las orillas del río. La casa de Cricava se alzaba envuelta en silencio. Gordo Bolger abrió la puerta con precaución y miró afuera. Una inquietud temerosa había estado creciendo en él a lo largo del día, y ahora no tenía ganas de descansar ni de irse a la cama: había una amenaza latente en el aire inmóvil de la noche. Mientras clavaba los ojos en la oscuridad, una sombra negra se escurrió bajo los árboles; la puerta pareció abrirse por sus propios medios y cerrarse sin ruido. Gordo Bolger sintió que el terror lo dominaba. Se encogió, y retrocedió, y se quedó un momento en el vestíbulo, temblando. Luego cerró la puerta y echó el cerrojo.

La noche se hizo más profunda. Se oyó entonces un sonido apagado de cascos de caballos, llevados de las riendas con sigilo por el camino. Las pisadas se detuvieron a la puerta del jardín, y tres formas negras entraron como sombras nocturnas arrastrándose por el suelo. Una de ellas fue a la puerta; las otras dos a las dos esquinas frontales de la casa, y allí se quedaron, inmóviles como sombras de piedras, mientras proseguía la noche lentamente. La casa y los árboles silenciosos parecían esperar, conteniendo el aliento.

Hubo una leve agitación en las hojas, y en la distancia cantó un gallo. Estaba pasando la hora fría que precede al alba. La figura que estaba junto a la puerta se movió de pronto, y en la oscuridad sin luna y sin estrellas brilló una hoja de metal, como si hubiesen desenvainado una luz helada. Se oyó un golpe, sordo pero pesado, y la puerta se estremeció.

—¡Abre, en nombre de Mordor! —dijo una voz atiplada y amenazadora.

Otro golpe, y la puerta cedió, con las maderas astilladas y la cerradura reventada. Las formas negras entraron precipitadamente.

En ese momento, entre los árboles cercanos, sonó un cuerno. Desgarró la noche como un fuego en lo alto de una loma.

¡DESPERTAD! ¡PELIGRO! ¡FUEGO! ¡ENEMIGOS!
¡DESPERTAD!

Gordo Bolger no había estado inactivo. Tan pronto como vio que las formas oscuras venían arrastrándose por el jardín, supo que tenía que correr o morir. Y corrió, saliendo por la puerta de atrás, a través del jardín y por los campos. Cuando llegó a la casa más cercana, a más de una milla, se derrumbó en el umbral, gritando:

—¡No, no, no! ¡No, no yo! ¡No lo tengo!

Pasó un tiempo antes que alguien pudiera entender los balbuceos de Bolger. Al fin llegaron a la conclusión de que había enemigos en Los Gamos, una extraña invasión que venía del Bosque Viejo. Y no perdieron más tiempo.

¡PELIGRO! ¡FUEGO! ¡ENEMIGOS!

Los Brandigamo estaban tocando el cuerno de llamada de Los Gamos, que no había sonado desde hacía un siglo, desde el Invierno Cruel cuando habían aparecido los lobos blancos, y cruzado las aguas congeladas del Brandivino.

¡DESPERTAD! ¡DESPERTAD!

Otros cuernos respondieron a lo lejos. La alarma cundía rápidamente.

Las figuras negras escaparon de la casa. Una de ellas, mientras corría, dejó caer en el umbral un manto de hobbit. Afuera en el camino se oyó un ruido de cascos, y en seguida un galope que se alejó martillando las tinieblas. Todo alrededor de Cricava resonaba la llamada de los cuernos, voces que gritaban y pies que corrían. Pero los Jinetes Negros galopaban como un viento hacia la Puerta del Norte. ¡Dejad que la gente pequeña toque los cuernos! Sauron se ocuparía de ellos más tarde. Mientras tanto tenían otra misión que cumplir: ahora sabían que la casa estaba vacía y que el Anillo había desaparecido. Cargaron sobre los guardias de la puerta y desaparecieron de la Comarca.

En las primeras horas de la noche, Frodo despertó de pronto de un sueño profundo, como perturbado por algún ruido o alguna presencia. Vio que Trancos seguía sentado y alerta en la silla, los ojos brillantes a la luz del fuego, que ardía vivamente. Pero Trancos no se movió ni le hizo ninguna seña.

Frodo no tardó en dormirse de nuevo, y esta vez creyó oír un ruido de viento y de cascos que galopaban en la noche. El viento parecía rodear la casa y sacudirla, y a lo lejos sonó un cuerno, que tocaba furiosamente. Abrió los ojos, y oyó el canto vigoroso de un gallo en el corral. Trancos había descorrido las cortinas, y ahora abría ruidosamente los postigos. Las primeras luces grises del alba iluminaban el cuarto, y un viento frío entraba por la ventana abierta.

Cuando Trancos hubo despertado a todos, los llevó hasta sus habitaciones. Cuando las vieron, se alegraron de haberle hecho caso; las ventanas habían sido forzadas, y ahora el viento las movía; las cortinas ondeaban; las camas estaban todas revueltas, las almohadas abiertas de arriba abajo y tiradas en el suelo, y habían hecho pedazos el felpudo.

Trancos fue a buscar en seguida al posadero. El pobre señor Mantecona parecía somnoliento y asustado. Apenas había pegado ojo en toda la noche (así dijo), pero no había oído nada.

—¡Nunca me había pasado nada parecido! —gritó alzando horrorizado las manos—. ¡Huéspedes que no pueden dormir en cama, y buenas almohadas arruinadas y todo lo demás! ¿Qué tiempos son éstos?

—Tiempos oscuros —dijo Trancos—. Pero por el momento podrás vivir en paz, una vez que te libres de nosotros. Partiremos en seguida. No te preocupes por el desayuno: bastará una taza de algo y un bocado de pie. Estaremos preparados en unos minutos.

El señor Mantecona marchó apresuradamente para ordenar que tuvieran listos los poneys y para prepararles un «bocado». Pero volvió muy pronto aterrorizado. ¡Los poneys no estaban! Habían abierto las puertas de los establos durante la noche y los animales habían desaparecido: no sólo los poneys de Merry sino también el resto de los caballos y bestias que se encontraban allí.

Frodo se sintió aplastado por la noticia. ¿Cómo podrían llegar a Rivendel a pie, perseguidos por enemigos montados? Sería como tratar de llegar a la luna. Trancos los miró en silencio un rato, como sopesando la fuerza y el coraje de los hobbits.

—Los poneys no nos ayudarán a escapar de hombres a caballo —dijo al fin con aire pensativo, como si adivinara lo que Frodo tenía en la cabeza—. No iremos más despacio a pie, no por los caminos que yo quisiera tomar. Yo, de todos modos, iba a caminar. Lo que me preocupa son las provisiones y el equipo. No encontraremos nada que comer de aquí a Rivendel, salvo lo que llevemos con nosotros, y sería necesario contar con bastantes reservas, pues podríamos retrasarnos, obligados a hacer algún rodeo, apartándonos del camino más corto. ¿Cuánto estáis dispuestos a cargar vosotros mismos?

—Tanto como sea necesario —dijo Pippin, sintiéndose desfallecer, pero tratando de mostrar que era más fuerte de lo que parecía (o se sentía).

—Yo puedo llevar la carga de dos —dijo Sam con aire desafiante.

—¿No hay nada que hacer, señor Mantecona? —preguntó Frodo—. ¿No podríamos conseguir un par de poneys en la aldea, o por lo menos uno para el equipaje? Supongo que no podemos alquilarlos, pero sí quizá comprarlos —añadió con un tono indeciso, preguntándose si podría permitirse ese gasto.

—Lo dudo —dijo el posadero tristemente—. Los dos o tres poneys de silla que había en Bree estaban aquí en mi establo, y se han ido. En cuanto a otros animales, caballos, poneys de tiro, o lo que sea, hay poco en Bree, y no está en venta. Pero haré todo lo que pueda. Voy a sacar a Bob de la cama, que vaya a averiguar.

—Sí —dijo Trancos de mala gana—, será lo mejor. Temo que sea menester llevar un poney por lo menos. ¡Pero aquí termina toda esperanza de salir temprano, y de escurrirnos discretamente! Será casi como si hiciésemos sonar un cuerno anunciando la partida. Esto es parte del plan de ellos, sin duda.

—Queda una miga de consuelo —dijo Merry—, y espero que más de una miga; podemos desayunar mientras esperamos, y sentados. Llamemos a Nob.

Al fin fueron más de tres horas de atraso. Bob volvió para informarles de que no había ningún caballo o poney disponible en la vecindad, ni por dinero ni como regalo: excepto uno que Bill Helechal estaría quizá dispuesto a vender.

—Una criatura vieja y famélica —dijo Bob—, pero conociendo el apuro de ustedes, no querrá separarse de ella por menos de tres veces su valor, si conozco bien a Bill Helechal.

—¿Bill Helechal? —dijo Frodo—. ¿No habrá algún engaño? ¿No volverá el animal a él con todas nuestras cosas, o ayudará a nuestros perseguidores a encontrarnos, o algo?

—A saber —dijo Trancos—. Pero me cuesta imaginar que un animal quiera volver a él, una vez que se ha ido. Pienso que es sólo una ocurrencia de último momento del amable señor Helechal, un modo de sacar más beneficio de este asunto. El peligro principal es que la pobre bestia esté a punto de desfallecer. Pero no parece haber alternativa. ¿Cuánto nos pide?

El precio de Bill Helechal era de doce monedas, y esto representaba en verdad tres veces el valor de un poney en aquella región. El poney de Helechal resultó ser un animal huesudo, mal alimentado y alicaído; pero no parecía que fuera a morirse en seguida. El señor Mantecona lo pagó de su propio bolsillo y ofreció a Merry otras dieciocho monedas como compensación por los animales perdidos. Era un hombre honesto, y acaudalado según la estimación en Bree, pero treinta monedas de plata fueron para él un golpe duro, y haber sido víctima de la astucia de Bill Helechal aumentaba todavía más el dolor.

En verdad no salió tan mal parado a fin de cuentas. Como descubrió más tarde, sólo tendría que lamentar el robo de un caballo. Los otros habían sido ahuyentados, o habían huido, dominados por el miedo, y los encontraron vagando en diferentes lugares de las Tierras de Bree. Los poneys de Merry habían escapado juntos, y con el tiempo (pues eran animales sensatos) tomaron el camino de las Colinas en busca de Gordo Terronillo. De modo que pasaron un tiempo al cuidado de Tom Bombadil, y estuvieron bien. Pero cuando le llegaron las noticias de lo que había ocurrido en Bree, Tom se los envió en seguida de vuelta al señor Mantecona, que de este modo obtuvo cinco poneys excelentes a muy buen precio. Tuvieron que trabajar mucho más en Bree, pero Bob los trató bien, de modo que en general fueron afortunados: se libraron de un viaje sombrío y peligroso. Pero no llegaron nunca a Rivendel.

De momento, sin embargo, el señor Mantecona dio el dinero por perdido, para bien o para mal. Y ahora tenía nuevas dificultades. Pues cuando los otros huéspedes despertaron y se enteraron del asalto a la posada, hubo una gran conmoción. Los viajeros sureños habían perdido varios caballos y culparon al posadero a gritos, hasta que se supo que uno de ellos había desaparecido también en la noche, nada menos que el compañero bizco de Bill Helechal. Las sospechas cayeron sobre él en seguida.

—Si andan en compañía de un ladrón de caballos, y lo traen a mi casa —dijo Mantecona, furioso—, son ustedes los que tendrían que pagar todos los daños y no venir a gritarme a mí. ¡Vayan y pregúntenle a Helechal dónde está ese apuesto amigo de ustedes!

Pero parecía que el hombre no era amigo de nadie, y ninguno podía recordar cuándo se había unido a ellos.

Después del desayuno los hobbits tuvieron que volver a hacer las maletas y hacer acopio de nuevas provisiones para el viaje más largo que los esperaba ahora. Eran ya cerca de las diez cuando al fin partieron. Por ese entonces ya todo Bree bullía de excitación. El truco de la desaparición de Frodo; la aparición de los Jinetes Negros; el robo en los establos; y no menos la noticia de que Trancos el Montaraz se había unido a los misteriosos hobbits: había bastante para alimentar unos cuantos años sin grandes noticias. La mayor parte de los habitantes de Bree y Entibo, y también muchos de Cañada y de Archet, se habían apretujado a lo largo del camino para ver partir a los viajeros. Los otros huéspedes de la posada estaban en las puertas o se asomaban por las ventanas.

Trancos había cambiado de idea, y decidió dejar Bree por el camino principal. Todo intento de salir directamente al campo sólo empeoraría las cosas: la mitad de los habitantes los seguiría para saber a dónde iban e impedir que cruzaran por terrenos privados.

Los hobbits se despidieron de Bob y Nob, y agradecieron cordialmente al señor Mantecona.

—Espero que nos encontremos de nuevo un día, cuando lleguen tiempos más alegres —dijo Frodo—. Nada me gustaría más que pasar un tiempo en paz en la casa de usted.

Partieron a pie, inquietos y deprimidos, bajo las miradas de la multitud. No todas las caras eran amistosas, ni tampoco todas las palabras que les gritaban. Pero la mayoría de los habitantes de Bree parecían temer a Trancos, y aquellos a quienes él miraba a los ojos cerraban la boca y se alejaban. Trancos marchaba a la cabeza con Frodo; luego venían Merry y Pippin, y al fin Sam, que llevaba el poney, cargado con todo el equipaje que se había animado a ponerle encima; pero el animal parecía ya menos abatido, como si le pareciera bien este cambio de destino. Sam masticaba una manzana con aire ensimismado. Tenía un bolsillo lleno de ellas, un regalo de despedida de Bob y Nob. «Manzanas para caminar, y una pipa para descansar —se dijo—. Pero tengo la impresión de que echaré en falta ambas cosas dentro de poco.»

Los hobbits no prestaron atención a las cabezas inquisitivas que miraban desde el hueco de las puertas, o que asomaban por encima de cercas y muros, mientras pasaban. Pero cuando se aproximaban a la puerta de trancas al final de la calle, Frodo vio una casa sombría y mal cuidada escondida detrás de un seto espeso: la última casa de la villa. En una de las ventanas alcanzó a ver una cara de color amarillento, con unos ojos oblicuos y taimados, que en seguida desapareció.

—¡De modo que es aquí donde se esconde ese sureño! —dijo—. Se parece bastante a un trasgo.

Por encima del seto, otro hombre los observaba con descaro. Tenía espesas cejas negras y ojos oscuros y despreciativos, y su boca grande mostraba una mueca de desdén. Fumaba una corta pipa negra. Cuando ellos se acercaron, se la sacó de la boca y escupió.

—¡Buen día, Patas Largas! —dijo—. ¿Partida matinal? ¿Al fin encontraste unos amigos?

Trancos asintió con un movimiento de cabeza, pero no dijo nada.

—¡Buen día, mis pequeños amigos! —dijo el hombre a los otros—. Supongo que ya saben con quién se han juntado. ¡Don Trancos-sin-escrúpulos, ése es! Aunque he oído otros apodos no tan bonitos. ¡Tengan cuidado, esta noche! ¡Y tú, Sammy, no maltrates a mi pobre y viejo poney! ¡Puf!

El hombre escupió de nuevo. Sam se volvió.

—Y tú, Helechal —dijo—, si no quitas esa horrible cara de mi vista, te dolerá.

Con un movimiento repentino, rápido como un relámpago, una manzana salió de la mano de Sam y golpeó a Bill en plena nariz. Bill se echó a un lado demasiado tarde y detrás de la cerca se oyeron unos juramentos.

—Lástima de manzana, estaba buena —se lamentó Sam, y siguió caminando a grandes pasos.

Al final dejaron atrás la aldea. La escolta de niños y vagabundos que venía siguiéndolos se cansó y dio media vuelta en la Puerta del Sur. Ellos continuaron por la calzada durante algunas millas. El Camino torcía ahora a la izquierda, volviéndose hacia el este mientras rodeaba la Colina de Bree, y descendiendo luego rápidamente hacia una zona boscosa. Alcanzaban a ver a la izquierda algunos agujeros de hobbits y casas de la villa de Entibo en las faldas más suaves del sudeste de la loma. Más abajo, en lo profundo de un valle, al norte del Camino, unas cintas de humo indicaban la localización de la aldea de Cañada. Archet se ocultaba entre los árboles, más lejos.

Camino abajo, después de haber dejado atrás la Colina de Bree, alta y parda, llegaron a un sendero estrecho que llevaba al norte.

—Aquí es donde dejaremos el camino abierto y tomaremos el camino escondido —dijo Trancos.

—Espero que no sea un atajo —dijo Pippin—. Nuestro último atajo por los bosques casi termina en desastre.

—Ah, pero entonces no estaba yo con vosotros —dijo Trancos riendo—. Mis atajos, largos o cortos, nunca terminan mal.

Echó una mirada al Camino, de uno a otro extremo. No había nadie a la vista, y los guio rápidamente hacia el valle boscoso.

El plan de Trancos, en la medida en que ellos podían entenderlo sin conocer la región, era encaminarse al principio hacia Archet, pero doblar en seguida a la derecha y dejar atrás la aldea por el este, y luego marchar en lo más parecido a una línea recta por las tierras salvajes hacia la Cima de los Vientos. De este modo, si todo iba bien, podrían ahorrarse una gran vuelta del Camino, que más adelante doblaba hacia el sur para evitar los Pantanos de Moscagua. Ahora bien, ellos sí que tendrían que cruzarlos, y la descripción que hacía Trancos no era alentadora.

Mientras tanto, sin embargo, no les desagradaba caminar. En verdad, si no hubiese sido por los acontecimientos perturbadores de la noche anterior, habrían disfrutado de esta parte del viaje más que de ninguna otra hasta entonces. El sol brillaba en un cielo despejado, pero no hacía demasiado calor. Los árboles del valle estaban todavía cubiertos de hojas de colores vivos, y parecían pacíficos y saludables. Trancos los guiaba sin titubear entre los muchos senderos entrecruzados; si él no hubiera estado con ellos, los hobbits se habrían extraviado en seguida. Los llevaba por ese complicado itinerario, con muchos giros y vueltas, para evitar cualquier persecución.

—Bill Helechal estaba espiándonos sin duda alguna cuando dejamos la calzada —dijo Trancos—, pero no creo que él nos haya seguido. Conoce bastante bien la región, pero sabe que no podría rivalizar conmigo en un bosque. Me importa más lo que Helechal podría decir a otros. Creo que no andan muy lejos de aquí. Tanto mejor si piensan que nos encaminamos a Archet.

Ya fuese por la habilidad de Trancos o por alguna otra razón, ese día no vieron señales ni oyeron sonidos de ninguna otra criatura viviente; ni bípedos, excepto pájaros; ni cuadrúpedos, excepto un zorro y unas pocas ardillas. Al día siguiente comenzaron a virar en línea recta hacia el este, y todo estuvo tranquilo y en paz. Al tercer día salieron del Bosque de Chet. El terreno había estado descendiendo poco a poco desde que dejaran el Camino, y ahora entraban en un llano amplio, mucho más difícil de recorrer. La frontera de las Tierras de Bree había quedado muy atrás, y estaban en medio de la nada, donde no había ningún sendero, ya cerca de los Pantanos de Moscagua.

El suelo era cada vez más húmedo, fangoso en algunos lugares, y de cuando en cuando tropezaban con charcos, y anchas extensiones de cañadas y juncos donde gorjeaban unos pajaritos escondidos. Tenían que mirar muy bien dónde ponían los pies, para no mojarse y no salirse del curso adecuado. Al principio avanzaron rápidamente, pero luego la marcha se hizo más lenta y peligrosa. Los pantanos los confundían, y eran traicioneros, y ni siquiera los Montaraces habían podido descubrir una senda permanente que cruzara los tembladerales. Las moscas empezaron a atormentarlos, y en el aire flotaban nubes de mosquitos minúsculos que se les metían por las mangas y pantalones y en el cabello.

—¡Me comen vivo! —gritó Pippin—. ¡Moscagua! ¡Hay más moscas que agua!

—¿De qué viven cuando no tienen a un hobbit cerca? —preguntó Sam rascándose el cuello.

Pasaron un día desdichado en aquella región solitaria y desagradable. El sitio donde acamparon era húmedo, frío e incómodo, y los insectos no los dejaron dormir. Había también unas criaturas abominables que merodeaban entre las cañas y las matas de hierba, y que por el ruido que hacían parecían parientes siniestros del grillo. Había miles de ellos, chillando todos alrededor, *nic-bric, bric-nic*, incesantemente, toda la noche, hasta poner casi histéricos a los hobbits.

El día siguiente, el cuarto, fue poco mejor, y la noche casi tan incómoda. Aunque los nique-briques (como Sam los llamaba) habían quedado atrás, los mosquitos todavía los perseguían.

Frodo estaba tendido, cansado pero incapaz de cerrar los ojos, cuando creyó ver que en el cielo del este, muy lejos, aparecía una luz; brillaba y se apagaba, una y otra vez. No era el alba, para la que faltaban todavía algunas horas.

—¿Qué es esa luz? —preguntó a Trancos, que se había puesto de pie y ahora escrutaba la noche.

—No sé —respondió Trancos—. Está demasiado lejos para saberlo. Parecerían relámpagos que saltan desde las cimas de las colinas.

Frodo se acostó de nuevo, pero durante largo rato continuó viendo las luces blancas, y recortándose contra ellas la figura alta y oscura de Trancos, erguida, silenciosa y vigilante. Al fin cayó en un sueño intranquilo.

No habían andado mucho en el quinto día cuando dejaron atrás los últimos charcos y las cañadas de los pantanos. El suelo comenzó a subir otra vez ante ellos. Al este, a lo lejos, podían ver ahora una cadena de colinas. La más alta estaba a la derecha de la cadena y un poco separada de las otras. La cima era cónica, ligeramente aplastada.

—Aquélla es la Cima de los Vientos —dijo Trancos—. El Viejo Camino, que hace tiempo dejamos atrás a la derecha, pasa no muy lejos por el lado sur. Llegaremos allí mañana al mediodía, si continuamos en línea recta. Supongo que es lo mejor que podemos hacer.

—¿Qué quieres decir? —preguntó Frodo.

—Quiero decir que no sabemos a ciencia cierta qué encontraremos allí. Está cerca del Camino.

—Pero ¿al menos tenemos la esperanza de encontrar a Gandalf?

—Sí, pero la esperanza es débil. Si viene por este camino, quizá no pase por Bree, y no sabría qué ha sido de nosotros. Y de cualquier modo, a no ser que lleguemos casi a la vez por un golpe de fortuna, no coincidiremos; sería peligroso para él y para nosotros detenernos mucho. Si los Jinetes no nos encuentran en las tierras salvajes, es probable que ellos también vayan a la Cima de los Vientos. Desde allí se dominan los alrededores. En verdad hay muchos pájaros y bestias de esta región que podrían vernos aquí desde esa cima. No todos los pájaros son de fiar, y hay otros espías todavía más malévolos.

Los hobbits miraron con inquietud las colinas distantes. Sam alzó los ojos al cielo blanquecino, temiendo ver allá arriba halcones o águilas de ojos brillantes y hostiles.

—Me haces sentirme muy incómodo y solitario, Trancos —dijo.

—¿Qué nos aconsejas? —preguntó Frodo.

—Pienso —respondió Trancos lentamente, como si no estuviera del todo seguro—, pienso que lo mejor sería ir hacia el este en línea recta, todo lo posible, y llegar así a las colinas evitando la Cima de los Vientos. Allí encontraremos un sendero que conozco y que corre al pie de las colinas y que nos acercará desde el norte de un modo más encubierto. Veremos entonces lo que podamos ver.

Marcharon toda la jornada hasta que cayó la noche, fría y temprana. La tierra se hizo más seca y más árida, pero detrás de ellos flotaban nieblas y vapores sobre los pantanos. Unos pocos pájaros melancólicos piaron y se lamentaron hasta que el redondo sol rojo se hundió lentamente en las sombras del oeste; luego siguió un silencio vacío. Los hobbits recordaron la luz dulce del sol poniente que entraba por las alegres ventanas de Bolsón Cerrado allá lejos.

Terminaba el día cuando llegaron a un arroyo que descendía serpeando desde las lomas y se perdía en las aguas estancadas, y lo siguieron aguas arriba mientras hubo luz. Ya era de noche cuando al fin se detuvieron acampando bajo unos alisos achaparrados a orillas del arroyo. Las márgenes desnudas de las colinas se alzaban ahora contra el cielo penumbroso. Aquella noche montaron guardia, y Trancos, al parecer, no cerró los ojos. Había luna creciente, y en las primeras horas de la noche una claridad fría y grisácea se extendió sobre la tierra.

A la mañana siguiente se pusieron en marcha poco después de la salida del sol. Había una escarcha en el aire, y el cielo era de un pálido color azul. Los hobbits se sentían renovados, como si hubieran dormido toda la noche. Estaban ya acostumbrándose a caminar mucho con raciones escasas, más escasas al menos de las que allá en la Comarca hubiesen considerado apenas suficientes para mantener a un hobbit en pie. Pippin declaró que Frodo parecía dos veces más fuerte que antes.

—Muy raro —dijo Frodo, apretándose el cinturón—, teniendo en cuenta que hay bastante menos de mí. Espero que el proceso de adelgazamiento no continúe de modo indefinido, o llegaré a convertirme en un espectro.

—¡No hables de esas cosas! —dijo Trancos rápidamente y con una seriedad que sorprendió a todos.

Las colinas estaban más cerca. Formaban una cadena ondulante, que se elevaba a menudo a más de trescientas yardas, cayendo aquí y allá en gargantas o pasos bajos que llevaban a las tierras del este al otro lado. A lo largo de la cresta de la cumbrera los hobbits alcanzaron a ver algo que parecía los restos de muros y terraplenes cubiertos de hierba, y en las gargantas se alzaban aún las ruinas de antiguas construcciones de piedra. Por la noche habían alcanzado el pie de las pendientes del oeste, y acamparon allí. Era la noche del cinco de octubre, y estaban a seis días de Bree.

A la mañana siguiente, y por vez primera desde que habían dejado el Bosque de Chet, descubrieron un sendero claramente trazado. Doblaron a la derecha y lo siguieron hacia el sur. El sendero corría de tal modo que parecía ocultarse a las miradas de cualquiera que se encontrara en las cimas vecinas o en las llanuras del oeste. Descendía por las hondonadas y bordeaba las estribaciones escarpadas, y cuando cruzaba terrenos más llanos y descubiertos tenía a los lados hileras de peñascos y piedras cortadas que ocultaban a los viajeros casi como una cerca.

—Me pregunto quién habrá hecho esta senda, y para qué —dijo Merry, mientras marchaban por una de estas avenidas, bordeada de piedras de tamaño insólito, y apretadas unas contra otras—. No estoy seguro de que me guste. Me recuerda demasiado a los Tumularios. ¿Hay túmulos en la Cima de los Vientos?

—No. No hay túmulos en la Cima de los Vientos, ni en ninguna de estas colinas —dijo Trancos—. Los Hombres del Oeste no vivían aquí, aunque en sus últimos días defendieron un tiempo estas colinas contra el mal que venía de Angmar. Este camino abastecía los fuertes a lo largo de los muros. Pero mucho antes, en los primeros tiempos del Reino del Norte, edificaron una torre de observación en lo más alto de la Cima de los Vientos, y la llamaron Amon Sûl. Fue incendiada y demolida, y nada queda de ella excepto un círculo de piedras desparramadas, como una tosca corona en la cabeza de la vieja colina. Sin embargo, en un tiempo fue alta y hermosa. Se dice que Elendil subía allí para ver si venía Gil-galad del Oeste, en los días de la Última Alianza.

Los hobbits observaron a Trancos. Parecía muy versado en tradiciones antiguas, tanto como en los modos de vida de las tierras salvajes.

—¿Quién era Gil-galad? —preguntó Merry, pero Trancos no respondió, como perdido en sus propios pensamientos.

De pronto una voz baja murmuró:

Gil-galad fue un rey de los Elfos;
y los arpistas tañen su lamento:
al último de hermoso y libre reino
entre las Montañas y el Mar.

Con larga espada y afilada lanza,
el yelmo a lo lejos en resplandor se veía;
y los astros innumerables de los campos del cielo
en su escudo de plata refulgían.

Pero hace mucho se marchó a caballo,
y nadie sabe dónde habita ahora;
a las tinieblas cayó su estrella
en Mordor, donde las sombras moran.

Los otros se volvieron, estupefactos, pues la voz era la de Sam.

—¡No pares! —dijo Merry.

—Es todo lo que sé —balbuceó Sam, ruborizándose—. La aprendí del señor Bilbo, cuando era muchacho. Solía contarme historias como ésa, sabiendo cómo me gustaba oír cosas de los Elfos. Fue el señor Bilbo quien me enseñó a leer y escribir. Había leído mucho, el querido viejo señor Bilbo. Y escribía *poesía*. Escribió lo que acabo de decir.

—No se lo ha inventado él —dijo Trancos—. Es parte de una balada, *La caída de Gil-galad*, compuesta en una lengua antigua. Bilbo tuvo que haberla traducido. Yo no estaba enterado.

—Había mucho más —dijo Sam—, todo acerca de Mordor. No aprendí esa parte, me daba escalofríos. ¡Nunca supuse que yo también tomaría ese camino!

—¡Ir a Mordor! —gritó Pippin—. ¡Confío en que no lleguemos a eso!

—¡No pronuncies ese nombre en voz alta! —dijo Trancos.

Era ya mediodía cuando se acercaron al extremo sur del camino, y vieron ante ellos, a la luz clara y pálida del sol de octubre, un barranco gris verdoso que llevaba como un puente a la falda norte de la colina. Decidieron encaminarse a la cima en seguida, mientras había luz. Ya no podían esconderse, y sólo podían esperar que ningún enemigo o espía estuviera observándolos. Nada se movía allá en lo alto. Si Gandalf andaba cerca, no se veía ninguna señal.

En el flanco occidental de la Cima de los Vientos encontraron un hueco abrigado, y en el fondo una hondonada con forma de cuenca, con laderas cubiertas de hierba. Dejaron allí a Pippin y Sam con el poney, los bultos y el equipaje. Los otros tres continuaron la marcha. Al cabo de media hora de trabajosa ascensión, Trancos alcanzó la cima; Frodo y Merry llegaron detrás agotados y sin aliento. La última pendiente había sido escarpada y rocosa.

Encontraron en la cima, tal y como había dicho Trancos, un amplio círculo de piedras labradas, desmoronadas ahora o cubiertas por varias generaciones de hierba. Pero en el centro había un montículo de piedras rotas, ennegrecidas como por el fuego. Alrededor de ellas, el césped había sido quemado hasta las raíces, y en todo el interior del anillo la hierba estaba chamuscada y reseca, como si las llamas hubieran barrido la cima de la colina; pero no había señal de ningún ser vivo.

Mirando desde el borde del círculo de ruinas se alcanzaba a ver abajo y en torno un amplio panorama, en su mayor parte de tierras desiertas y sin rasgos claros, excepto unas manchas de bosques en el sur, y más allá de ellos, aquí y allá, el brillo de aguas distantes. Abajo, en el mismo lado sur, corría como una cinta el Viejo Camino, viniendo del oeste y serpenteando en subidas y bajadas, hasta desaparecer en el este detrás de una cresta de tierra oscura. Nada se movía allí. Siguiéndolo con la mirada hacia el este, vieron las Montañas: las estribaciones más cercanas eran de un color pardo y sombrío; detrás se alzaban formas grises y más altas, y luego unos picos elevados y blancos que centelleaban entre nubes.

—¡Bueno, aquí estamos! —dijo Merry—. ¡Qué triste y poco hospitalario parece todo! No hay agua ni refugio. Y ninguna señal de Gandalf. Pero no me extraña que no nos haya esperado, si es que vino por aquí.

—No estoy seguro —dijo Trancos, mirando pensativo alrededor—. Aunque hubiera llegado a Bree un día o dos después de nosotros, bien podría haber estado aquí. Puede cabalgar muy rápidamente cuando aprieta la necesidad. —Calló de pronto y se inclinó para mirar la piedra que coronaba el montículo; era más chata que las otras y más blanca, como si hubiera escapado al fuego. La recogió y la examinó mirándola por un lado y por otro—. Esta piedra ha sido manipulada hace poco —dijo—. ¿Qué pensáis de estas marcas?

En la base chata Frodo vio unos rasguños: I'·III·

—Parece ser un trazo, un punto, y otros tres trazos —dijo.

—El trazo de la izquierda podría ser una runa que representa la G, con unos trazos secundarios ligeros —dijo Trancos—. Quizá sea una señal que nos dejó Gandalf, aunque no podemos estar seguros. Los trazos son finos, y sin duda recientes. Pero estas marcas podrían tener un significado completamente distinto, y sin ninguna relación con nosotros. Los Montaraces usan runas también, y a veces vienen aquí.

—¿Qué podrían significar, aun en el caso de que las hubiera hecho Gandalf? —preguntó Merry.

—Diría —respondió Trancos— que representan G3, e indican que Gandalf estuvo aquí el 3 de octubre, es decir, hace tres días. Pueden indicar también que tenía prisa y que el peligro no estaba lejos, de modo que no pudo escribir algo más largo o más claro, o no se atrevió. Si es así, hay que estar alerta.

—Quisiera tener la certeza de que fue él quien dejó estas marcas, aunque no sepamos su significado —dijo Frodo—. Sería un alivio saber que está en camino, delante o detrás de nosotros.

—Quizá —dijo Trancos—. Para mí, estuvo aquí y en peligro. Ha habido un fuego que quemó las hierbas, y me viene ahora a la memoria la luz que vimos hace tres días en el cielo del este. Sospecho que atacaron a Gandalf en esta misma cima, pero no podría decir con qué resultado. Ya no está aquí, y ahora tenemos que ocuparnos de nosotros mismos y encaminarnos a Rivendel del mejor modo posible.

—¿A qué distancia está Rivendel? —preguntó Merry, mirando alrededor desanimadamente; el mundo parecía vasto y salvaje desde lo alto de la Cima de los Vientos.

—No sé si el Camino ha sido alguna vez medido en millas más allá de *La Posada Abandonada*, a una jornada de marcha al este de Bree —respondió Trancos—. Algunos dicen que está a tal distancia, y otros a tal otra. Es una ruta extraña, y las gentes se alegran de llegar a destino, haya sido largo o corto el viaje. Pero sé cuánto me llevaría a mí, a pie, con tiempo bueno y sin contratiempos: doce días desde aquí al Vado del Bruinen, donde el Camino cruza el Sonorona que nace en Rivendel. Nos esperan por lo menos dos semanas de marcha, pues no creo que nos convenga tomar el Camino.

—¡Dos semanas! —dijo Frodo—. Pueden ocurrir muchas cosas en ese tiempo.

—Así es —dijo Trancos.

Permanecieron un momento en silencio, junto al borde sur de la cima. En aquel sitio solitario Frodo tuvo conciencia por primera vez del desamparo en que se encontraba y de los peligros a que estaba expuesto. Deseó amargamente que la fortuna lo hubiese dejado en la tranquila y amada Comarca. Observó desde lo alto el odioso Camino, que llevaba de vuelta al oeste, hacia su hogar. De pronto advirtió que dos puntos negros se movían allí lentamente, hacia el oeste, y mirando de nuevo vio que otros tres avanzaban a su encuentro en sentido contrario. Dio un grito y apretó el brazo de Trancos.

—Mira —dijo, apuntando hacia abajo.

Trancos se arrojó inmediatamente al suelo detrás del círculo de ruinas, tirando de Frodo. Merry se echó junto a ellos.

—¿Qué es eso? —preguntó en voz baja.

—No sé —dijo Trancos—, pero temo lo peor.

Se arrastraron de nuevo lentamente hasta el borde del anillo, y miraron por un intersticio entre dos piedras dentadas. La luz ya no era brillante, pues la claridad de la mañana se había desvanecido, y unas nubes que venían del este cubrían ahora el sol, que comenzaba a descender. Todos veían los puntos negros, pero Frodo y Merry no distinguían ninguna forma; sin embargo, algo les decía que allí abajo, a lo lejos, los Jinetes Negros estaban reuniéndose en el Camino, más allá de las estribaciones de la colina.

—Sí —dijo Trancos, que tenía ojos penetrantes y para quien no había ninguna duda—. ¡El enemigo está aquí!

Arrastrándose por el flanco sur de la colina, descendieron rápidamente para buscar a sus compañeros.

Sam y Peregrin no habían perdido el tiempo, y habían explorado la pequeña hondonada y las pendientes vecinas. No muy lejos, en la ladera de la colina, encontraron un manantial de agua clara, y al lado unas huellas de pisadas que no tenían más de un día o dos. En la propia hondonada había señales de un fuego reciente, y otros signos que indicaban un campamento apresurado. Había algunas piedras caídas al borde de la hondonada, en el flanco de la colina. Detrás de esas piedras Sam tropezó con una pequeña y ordenada pila de leña.

—Me pregunto si el viejo Gandalf estuvo aquí —le dijo a Pippin—. Quien haya amontonado esta madera parece que tenía intención de volver.

Trancos se interesó mucho en estos descubrimientos.

—Ojalá me hubiese quedado aquí un rato a explorar yo mismo el terreno —dijo yendo de prisa hacia el manantial a examinar las pisadas.

—Tal como lo temía —dijo al volver—. Sam y Pippin han pisoteado el suelo blando, arruinando o confundiendo las huellas. Unos Montaraces han estado aquí hace poco. Son ellos quienes dejaron la leña para el fuego. Pero hay también muchas huellas nuevas que no pertenecen a Montaraces. Al menos algunas de las marcas son de botas pesadas, dejadas hace sólo un día o dos. De al menos una persona. No estoy seguro, pero creo que ha habido muchos pies calzados con botas.

Trancos calló, sumido en inquietos pensamientos.

Cada uno de los hobbits tuvo una imagen mental de los Jinetes, calzados con botas y envueltos en capas. Si ya habían descubierto la cañada, cuanto antes Trancos los guiara lejos de allí, mejor que mejor. Sam contempló la hondonada con mucho desagrado, sabiendo ahora que los enemigos estaban en el Camino, a unas pocas millas de allí.

—¿No sería mejor que nos alejáramos en seguida, señor Trancos? —preguntó con impaciencia—. Se está haciendo tarde, y no me gusta este agujero. Me encoge el corazón, de algún modo.

—Sí, desde luego, hay que tomar una decisión sobre qué hacer ya —respondió Trancos alzando los ojos para observar la hora y el estado del tiempo—. Bueno, Sam —dijo al fin—, a mí tampoco me gusta este sitio, pero no conozco ninguno mejor al que podamos llegar antes de la caída de la noche. Al menos aquí estamos al resguardo de todas las miradas, y si nos movemos es más probable que los espías nos descubran. Lo único que podríamos hacer sería desviarnos por completo de nuestro camino y retroceder hacia el norte por este lado de los cerros, donde el terreno es bastante parecido al de aquí. El Camino está vigilado, pero tendríamos que atravesarlo si queremos escondernos así en las espesuras del sur. En el lado norte del Camino, más allá de las colinas, la tierra es desnuda y llana en una extensión de muchas millas.

—¿Los Jinetes pueden *ver*? —preguntó Merry—. Quiero decir, parece que normalmente se sirven más de la nariz que de los ojos, y que nos olfatean, si se le puede llamar olfatear, al menos durante el día. Pero tú nos has obligado a echarnos al suelo, cuando los has visto allá abajo, y ahora dices que podrían vernos si nos movemos de aquí.

—No he tomado las precauciones suficientes en la cima —respondió Trancos—. Estaba muy ansioso por encontrar alguna señal de Gandalf, pero ha sido un error que subiéramos los tres y que estuviéramos de pie allí arriba tanto tiempo. Pues los caballos negros ven, y los Jinetes pueden utilizar hombres y otras criaturas como espías, tal y como pudimos comprobar en Bree. Ellos mismos no ven el mundo de la luz como lo hacemos nosotros: nuestras formas proyectan sombras en las mentes de los Jinetes, sombras que sólo el sol del mediodía puede destruir, y perciben en la oscuridad muchos signos y formas que se nos escapan, y es entonces cuando son más temibles. Y perciben en todo momento el olor a la sangre de las criaturas vivientes, deseándola y odiándola; y hay otros sentidos, además de la vista y el olfato. Nosotros mismos podemos sentir la presencia de estos seres; ha perturbado nuestros corazones desde que llegamos aquí, y aun antes de verlos; y ellos nos sienten a nosotros más vivamente todavía. Además —añadió, bajando la voz hasta que se convirtió en un murmullo— el Anillo los atrae.

—¿No hay entonces modo de escapar? —le dijo Frodo mirando con ojos desorbitados a su alrededor—. Si me muevo, ¡me verán y perseguirán! Si me quedo, ¡los atraeré inexorablemente!

Trancos le puso una mano en el hombro.

—Hay todavía esperanzas —dijo—. No estás solo. Esta leña que nos han dejado para preparar una hoguera es una señal de ello. No hay aquí ni resguardo ni defensa, pero el fuego nos servirá como protección. Sauron puede utilizar el fuego para malos designios, como cualquier otra cosa, pero a los Jinetes no les agrada, y temen a quienes lo manejan. En las tierras salvajes el fuego es nuestro amigo.

—Quizá —murmuró Sam—. Pero no se me ocurre mejor manera de decir «aquí estamos», salvo gritarlo a viva voz.

En lo más profundo de la hondonada y en el rincón más abrigado, encendieron un fuego y prepararon una comida. Las sombras de la noche empezaban a caer y el frío aumentaba. Advirtieron de pronto que tenían mucha hambre, pues no habían comido nada desde el desayuno, pero no se atrevieron a preparar otra cosa que una cena frugal. En la región que se extendía ante ellos no había más que pájaros y bestias salvajes; lugares inhóspitos abandonados por todas las razas del mundo. Los Montaraces se aventuraban a veces más allá de las colinas, pero eran poco numerosos, y no se demoraban allí mucho tiempo. Aparte de ellos, los pocos caminantes que pasaban por el lugar eran malvados: los trolls descendían a veces de los valles septentrionales de las Montañas Nubladas. Los viajeros iban siempre por el Camino, enanos en su mayoría, que pasaban de prisa ocupados en sus propios asuntos, y no se detenían a hablar o ayudar a forasteros.

—No sé cómo haremos para no agotar las provisiones —dijo Frodo—. Nos hemos cuidado bastante en los últimos días, y esta cena no es un festín, precisamente, pero si todavía nos quedan dos semanas, o quizá más, hemos consumido ya demasiado.

—Hay comida en las tierras salvajes —dijo Trancos—: bayas, raíces, hierbas, y en el caso de un apuro, tengo algunas habilidades como cazador. No hay por qué temer que nos muramos de hambre antes de que llegue el invierno. Pero buscar y recoger comida es un trabajo largo y fatigoso, y tenemos prisa. De modo que apretaos los cinturones, ¡y pensad con esperanza en las mesas de la casa de Elrond!

El frío aumentaba con la llegada de la noche. Espiando desde los bordes de la hondonada no veían otra cosa que una tierra gris, que ahora se borraba rápidamente hundiéndose en las sombras. El cielo había aclarado de nuevo, y se llenaba poco a poco de estrellas centelleantes. Frodo y los demás se apretaban alrededor del fuego, envueltos en todas las ropas y mantas disponibles, pero Trancos se contentaba con una capa y estaba sentado un poco aparte, dando caladas a la pipa con aire pensativo.

Cuando caía la noche y el fuego comenzó a arder con llamas brillantes, Trancos se puso a contarles historias a los hobbits para que olvidaran el miedo. Conocía muchas historias y leyendas de otras épocas, de Elfos y Hombres, y de los acontecimientos fastos y nefastos de los Días Antiguos. Los hobbits se preguntaban cuántos años tendría, y dónde habría aprendido todo esto.

—Cuéntanos algo sobre Gil-galad —dijo Merry de pronto, cuando Trancos concluyó una historia acerca de los reinos de los Elfos e hizo una pausa—. ¿Sabes algo más de esa vieja balada de la que hablaste?

—Sí, desde luego —respondió Trancos—. Y también Frodo, pues el asunto nos concierne de veras.

Merry y Pippin miraron a Frodo, que clavaba los ojos en el fuego.

—Sólo sé lo poco que me contó Gandalf —dijo Frodo lentamente—. Gil-galad fue el último de los grandes Reyes Elfos de la Tierra Media. Gil-galad significa *Luz de las Estrellas* en la lengua de los Elfos. Junto con Elendil, el amigo de los Elfos, se encaminó al país de...

—¡No! —dijo Trancos interrumpiendo—. No creo que debas contar esa historia ahora, con los sirvientes del Enemigo tan cerca. Si conseguimos llegar a la casa de Elrond, podréis oírla allí, desde el principio hasta el fin.

—Entonces cuéntanos alguna otra historia de los tiempos antiguos —suplicó Sam—, una historia de los Elfos antes de sus días de declive. Me encantaría oír más de los Elfos, ahora que la oscuridad parece envolvernos casi por completo.

—Os contaré la historia de Tinúviel —dijo Trancos—. Resumida, pues es un cuento largo del que no se conoce el fin; y no hay nadie en estos días excepto Elrond que lo recuerde tal como lo contaban antaño. Es una historia hermosa, aunque triste, como todas las historias de la Tierra Media, y sin embargo quizá pueda aliviar vuestros corazones.

Trancos calló un tiempo, y al fin no habló, si no que entonó suavemente:

> *Hojas largas, hierba verde eran entonces*
> *altas y hermosas las umbelas del abeto,*
> *y una luz en el claro se veía*
> *de estrellas titilante en la sombra.*
> *Danzaba allí Tinúviel,*
> *a la música de una flauta invisible,*
> *con luz de estrella en su cabello,*
> *y en su vestido un destello.*

Llegó allí Beren desde las montañas gélidas,
y vagó perdido entre las hojas,
y donde rodaba el Río de los Elfos,
iba afligido a solas.
Espió entre las hojas del abeto
y vio hechizado unas flores de oro
sobre el manto y las mangas de la joven,
y el cabello seguirla como una sombra.

El encantamiento reavivó sus pies
condenados a errar por las colinas,
y se lanzó, vigoroso y raudo,
a alcanzar los rayos de la luna.
Entre los bosques del Hogar de los Elfos
ligera huyó con pies danzantes,
y lo dejó a solas aún errante
en la foresta silente a la escucha.

Allí, muchas veces oyó el sonido flotante
de unos pies tan ligeros como las hojas del tilo
o la música que bajo tierra fluye
y tiembla en los surcos escondida.
Ahora yacen marchitas las hojas del abeto,
y una a una suspirando
caen las hojas de las hayas susurrando
en el bosque de invierno oscilando.

La buscó por siempre, vagando lejos
hasta que las hojas de los años fueron alfombra espesa,
a la luz de la luna y a los rayos de las estrellas
que temblaban en los cielos helados.
El manto de la joven brillaba a la luz de la luna

mientras allá muy lejos en la cima
ella danzaba, llevando en torno a los pies
una bruma de plata estremecida.

Ella regresó tras el paso del invierno,
y su canto liberó la repentina primavera,
como una alondra que sube y una lluvia que cae
y un agua que se funde en espumas.
Él vio brotar las élficas flores
a los pies de la joven, y curado otra vez
esperó a que bailara y cantara ella
sobre las mansas hierbas.

De nuevo ella huyó, pero él se apresuró cercano.
¡Tinúviel! ¡Tinúviel!
Su nombre élfico pronunció
y ella se detuvo entonces, escuchando.
Permaneció allí un instante, y en hechizo
ella quedó al oír su voz: Beren se acercó
y el destino sobre Tinúviel cayó
y toda en luz se abandonó a sus brazos.

Cuando Beren la miró a los ojos
entre las sombras de los cabellos
vio brillar allí en espejo
la luz de las estrellas temblorosa.
Tinúviel, la elfa bella,
doncella inmortal de sabiduría élfica
lo envolvió en su cabello de noche
y sus brazos de plata resplandeciente.

Larga fue la senda que les trazó el destino
sobre montañas rocosas, grises y frías,
por salas de hierro y puertas de sombras
y florestas nocturnas sin mañana.
Los Mares Divisorios se extendieron entre ellos,
sin embargo, de nuevo al fin se encontraron,
y desaparecieron ya hace muchos años
en el bosque sin tristezas, cantando.

Trancos suspiró e hizo una pausa antes de hablar otra vez.

—Ésta es una canción —dijo— en el estilo que los Elfos llaman *ann-thennath*, pero es difícil de traducir a la lengua común, y lo que he cantado es apenas un eco muy tosco. La canción habla del encuentro de Beren hijo de Barahir, y Lúthien Tinúviel. Beren era un hombre mortal, pero Lúthien era hija de Thingol, un rey de los Elfos en la Tierra Media, cuando el mundo era joven; y ella era la doncella más hermosa que jamás existió entre todas las hijas de este mundo. Como las estrellas sobre las nieblas de las tierras del norte, así era la belleza de Lúthien, y en su rostro habitaba la luz. En aquellos días, el Gran Enemigo, de quien Sauron de Mordor no era más que un siervo, residía en Angband en el Norte, y los Elfos del Oeste que volvían a la Tierra Media le hicieron la guerra para recobrar los Silmarils que él había robado, y los padres de los Hombres ayudaron a los Elfos. Pero el Enemigo obtuvo la victoria y Barahir murió, y Beren, escapando de graves peligros, franqueó las Montañas del Terror y pasó al reino oculto de Thingol en el bosque de Neldoreth. Allí descubrió a Lúthien, que cantaba y bailaba en un claro junto al Esgalduin, el río encantado; y la llamó Tinúviel, es decir, Ruiseñor en lengua antigua. Muchas penas les afligieron después, y estuvieron mucho tiempo separados. Tinúviel libró a Beren de los calabozos de Sauron, y juntos pasaron por grandes peligros, e incluso echaron al Gran Enemigo de su trono, y le sacaron de la corona de hierro uno de los tres Silmarils, las más brillantes de todas las joyas, como recompensa a Thingol, el padre de Lúthien, por ceder a su hija en matrimonio. Al fin el Lobo, que vino de las puertas de Angband, mató a Beren, que murió en brazos de Tinúviel. Pero ella eligió la mortalidad, y morir abandonando el mundo, para así poder seguirlo, y aún se canta que se encontraron más allá de los Mares Divisorios, y después de haber caminado por un tiempo vivos otra vez por los bosques verdes, se alejaron juntos, hace muchos años, más allá de los confines de este mundo. Así fue cómo Lúthien, de entre todos los Elfos, fue la única que murió realmente y dejó el mundo, y así perdieron a la que más amaban. Pero a partir de ella, la línea de los antiguos señores Elfos descendió entre los Hombres. Viven todavía, aquellos de quienes Lúthien fue la antecesora, y se dice que su línea no se extinguirá nunca. Elrond de Rivendel pertenece a ese linaje. Pues de Beren y Lúthien nació el heredero de Thingol, Dior; y de él, Elwing la Blanca, que se casó con Eärendil, quien navegó más allá de las nieblas del mundo, internándose en los mares del cielo, llevando el Silmaril en la frente. Y de Eärendil descendieron los Reyes de Númenor, es decir Oesternesse.

Mientras Trancos hablaba, los hobbits le observaban la cara extraña e intensa, apenas iluminada por el rojo resplandor de la hoguera. Le brillaban los ojos, y la voz era cálida y profunda. Por encima de él se extendía un cielo negro y estrellado. De pronto una luz pálida apareció sobre la Cima de los Vientos, detrás de Trancos. La luna creciente subía poco a poco sobre la colina que proyectaba su sombra sobre ellos, y las estrellas se desvanecieron en lo alto.

El cuento había concluido. Los hobbits se movieron y estiraron.

—Mirad —dijo Merry—. La luna sube. Debe de ser tarde ya.

Los otros levantaron las miradas. En ese mismo momento vieron una silueta pequeña y sombría, que se recortaba a la luz de la luna, sobre la cima de la colina. Quizá no era más que una piedra grande o un saliente de roca visible a la luz pálida.

Sam y Merry se pusieron de pie y se alejaron de la hoguera. Frodo y Pippin se quedaron sentados y en silencio. Trancos observaba atentamente la luz de la luna sobre la colina. Todo parecía tranquilo y silencioso, pero Frodo sintió que un miedo frío le invadía el corazón, ahora que Trancos ya no hablaba. Se acurrucó cerca del fuego. En ese momento Sam volvió corriendo desde el borde de la hondonada.

—No sé qué es —dijo—, pero de pronto he sentido miedo. No me atrevería a salir de esta hondonada ni por todo el oro del mundo. Me ha parecido que algo trepaba arrastrándose por la pendiente.

—¿No has *visto* nada? —preguntó Frodo incorporándose de un salto.

—No, señor. No he visto nada, pero tampoco me he quedado a mirar.

—Yo sí he visto algo —dijo Merry—, o eso me ha parecido. Lejos hacia el oeste donde la luz de la luna caía sobre los llanos, más allá de las sombras de los picos, he *creído* ver dos o tres sombras negras. Parecían moverse hacia aquí.

—¡Acercaos todos al fuego, mirando hacia fuera! —gritó Trancos—. ¡Tened listos los palos más largos!

Durante un tiempo en que apenas se atrevían a respirar estuvieron allí, alerta y en silencio, de espaldas a la hoguera, mirando las sombras que los rodeaban. Nada ocurrió. No había ningún ruido ni ningún movimiento en la noche. Frodo cambió de posición; sentía que tenía que romper el silencio, y deseaba gritar.

—¡Calla! —susurró Trancos.

—¿Qué es eso? —jadeó Pippin al mismo tiempo.

Sobre el borde de la pequeña hondonada, en el lado opuesto a la colina, sintieron, más que vieron, que se alzaba una sombra, o varias sombras. Miraron con atención y les pareció que las sombras crecían. Pronto no hubo ninguna duda: tres o cuatro figuras altas estaban allí, de pie en la pendiente, mirándolos. Tan negras eran que parecían agujeros negros en la profunda sombra oscura detrás de ellos. Frodo creyó oír un débil siseo, como un aliento venenoso, y sintió que se le helaban los huesos. Después, las sombras avanzaron lentamente.

El terror dominó a Pippin y a Merry, que se arrojaron de cara al suelo. Sam se encogió junto a Frodo. Frodo no estaba menos aterrorizado que los demás; temblaba de pies a cabeza, como atacado por un frío intenso, pero la repentina tentación de ponerse el Anillo se sobrepuso al terror que sentía. El deseo de hacerlo se apoderó de él, y ya no pudo pensar en otra cosa. No había olvidado el Túmulo, ni el aviso de Gandalf, pero algo parecía impulsarlo a desoír todas las advertencias, y dejarse llevar. No con la esperanza de huir, o de hacer cualquier otra cosa, buena o mala. Sentía simplemente que tenía que sacar el Anillo y ponérselo en el dedo. No podía hablar. Sabía que Sam lo miraba, como si supiera que su amo pasaba en ese momento por una prueba muy dura, pero no era capaz de volverse hacia él. Cerró los ojos y luchó un rato, pero al fin la resistencia se hizo insoportable, y tiró lentamente de la cadena y se deslizó el Anillo en el índice de la mano izquierda.

Inmediatamente, aunque todo lo demás continuó como antes, indistinto y sombrío, las sombras se hicieron terriblemente nítidas. Podía verlas ahora bajo las negras envolturas. Eran cinco figuras altas: dos de pie al borde de la hondonada, tres avanzando. En las caras blancas ardían unos ojos penetrantes y despiadados; bajo las capas llevaban unas vestiduras largas y grises; yelmos de plata cubrían las cabelleras canosas, y las manos macilentas sostenían espadas de acero. Sus miradas cayeron sobre Frodo y lo traspasaron, y las figuras se precipitaron hacia él. Desesperado, Frodo sacó su propia espada, y le pareció que emitía una luz roja y vacilante, como un tizón encendido. Dos de las figuras se detuvieron. La tercera era más alta que las otras; tenía una cabellera brillante y larga, y sobre el yelmo llevaba una corona. En una mano sostenía una larga espada, y en la otra un cuchillo, y tanto el cuchillo como la mano resplandecían con una pálida luz. La forma acometió, echándose sobre Frodo.

En ese momento Frodo se arrojó al suelo y se oyó a sí mismo gritar en voz alta: *¡O Elbereth! ¡Gilthoniel!* Al mismo tiempo lanzó un golpe contra los pies del enemigo. Un grito agudo se elevó en la noche; y Frodo sintió un dolor, como si un dardo de hielo envenenado le hubiese traspasado el hombro izquierdo. En el mismo instante en que perdía el conocimiento, y como a través de un torbellino de niebla, alcanzó a ver a Trancos que salía saltando de la oscuridad, esgrimiendo un tizón ardiente en cada mano. Haciendo un último esfuerzo, dejando caer su espada, Frodo se sacó el Anillo del dedo y lo apretó en la mano derecha.

12

HUIDA HACIA EL VADO

Cuando Frodo volvió en sí, aún aferraba desesperadamente el Anillo. Estaba tendido junto al fuego, que había sido alimentado y ardía ahora con una luz brillante. Los tres hobbits se inclinaban sobre él.

—¿Qué ha ocurrido? ¿Dónde está el rey pálido? —preguntó Frodo, aturdido.

Los otros estaban tan contentos de oírlo hablar que no le contestaron en seguida, y no entendieron qué les preguntaba. Al fin Frodo supo por Sam que no habían visto otra cosa que unas formas confusas y sombrías que venían hacia ellos. De pronto, horrorizado, Sam advirtió que su amo había desaparecido, y en ese momento una sombra negra pasó precipitadamente, muy cerca, y él cayó al suelo. Oía la voz de Frodo, pero parecía venir de muy lejos, o de las profundidades de la tierra, gritando palabras extrañas. No habían visto más, hasta que tropezaron con el cuerpo de Frodo, que yacía como muerto, con la cara apretada contra la hierba y con su espada bajo el cuerpo. Trancos les ordenó que lo levantaran y lo acostaran junto al fuego, y poco después desapareció. Desde entonces había pasado un buen rato.

Sam, evidentemente, comenzaba a tener nuevas dudas a propósito de Trancos, pero mientras hablaba el Montaraz reapareció de pronto, saliendo de las sombras. Los hobbits se sobresaltaron, y Sam desenvainó la espada para proteger a Frodo, pero Trancos se agachó rápidamente junto a él.

—No soy un Jinete Negro, Sam —le dijo suavemente—, ni estoy ligado a ellos. He estado tratando de descubrir dónde se han metido, pero sin resultado alguno. No alcanzo a entender por qué se han ido y no han vuelto a atacarnos. Pero no hay señales de que anden cerca.

Cuando oyó lo que Frodo tenía que decirle, se mostró muy preocupado, y negó con la cabeza, suspirando. Luego les ordenó a Pippin y Merry que calentaran la mayor cantidad de agua que fuera posible en las pequeñas marmitas y que le lavaran la herida.

—¡Mantened el fuego encendido y cuidad de que Frodo no se enfríe! —dijo. Luego se incorporó y se alejó, llamando a Sam—. Creo que ahora entiendo mejor —dijo en voz baja—. Parece que los enemigos eran sólo cinco. No sé por qué no estaban todos aquí, pero no creo que esperaran encontrar resistencia. Por el momento se han retirado, aunque temo que no muy lejos. Regresarán otra noche, si no logramos huir. Ahora se contentan con esperar, pues piensan que ya casi han conseguido lo que desean, y que el Anillo no podrá escapárseles. Me temo, Sam, que imaginan que tu amo ha recibido una herida mortal, que lo someterá a la voluntad de ellos. ¡Ya veremos!

Sam sintió que el llanto lo sofocaba.

—¡No desesperes! —dijo Trancos—. Confía en mí ahora. Tu Frodo es de una pasta más firme de lo que yo pensaba, aunque Gandalf ya me lo había insinuado. No está muerto, y creo que resistirá el poder maligno de la herida mucho más de lo que sus enemigos suponen. Haré todo lo que esté a mi alcance para ayudarlo y curarlo. ¡Cuídalo bien en mi ausencia!

Se volvió rápidamente, desapareciendo de nuevo entre las sombras.

Frodo dormitaba, aunque el dolor que le causaba la herida no dejaba de aumentar, y un frío mortal se le extendía desde el hombro hasta el brazo y el costado. Los tres hobbits lo vigilaban, calentándolo y lavándole la herida. La noche pasó lenta y tediosa. El alba ya crecía en el cielo y una luz gris invadía la hondonada, cuando Trancos volvió al fin.

—¡Mirad! —exclamó, e inclinándose levantó del suelo una túnica negra que había quedado allí oculta en la oscuridad. Había un desgarrón en la tela, un poco por encima del borde inferior—. La marca de la espada de Frodo —dijo—. El único daño que le causó al enemigo, temo, pues no está dañada, y todas las espadas que traspasan a ese rey terrible caen destruidas. Más mortal para él fue el nombre de Elbereth. ¡Y más mortal para Frodo fue esto!

Se agachó de nuevo y levantó un cuchillo largo y delgado. La hoja tenía un brillo frío. Cuando Trancos lo levantó vieron que el filo estaba mellado en el extremo del cuchillo, y la punta rota. Pero mientras aún lo sostenía a la luz creciente, observaron asombrados que la hoja parecía fundirse y que se desvanecía en el aire como una humareda, no dejando más que la empuñadura en la mano de Trancos.

—¡Ay! —gritó—. Ha sido este maldito puñal el que ha infligido la herida. Pocos tienen ahora el poder de curar el daño causado por armas tan maléficas. Pero haré todo lo que esté en mis manos.

Se sentó en el suelo, y tomando la empuñadura del arma se la puso en las rodillas y le cantó una lenta canción en una lengua extraña. Después, poniéndola a un lado, se volvió a Frodo y pronunció en voz baja unas palabras que los otros no llegaron a entender. Del saco pequeño que llevaba a la cintura extrajo las hojas largas de una planta.

—He tenido que ir lejos para encontrar estas hojas —dijo—, pues la planta no crece en las lomas desnudas; las he encontrado entre los matorrales al sur del Camino, gracias al olor de sus hojas. —Estrujó entre los dedos una hoja, que difundió una fragancia dulce y fuerte—. Es una suerte que la haya encontrado, pues es una planta medicinal que los Hombres del Oeste trajeron a la Tierra Media. *Athelas* la llamaron, y ahora sólo crece en los sitios donde ellos acamparon o vivieron hace tiempo; y no se la conoce en el Norte excepto por aquellos que frecuentan las tierras salvajes. Tiene grandes virtudes curativas, pero para una herida semejante quizá sean insuficientes.

Trancos echó las hojas en el agua hirviente y le lavó el hombro a Frodo. El aroma del vapor era refrescante, y los hobbits ilesos sintieron que les calmaba y aclaraba las mentes. La hierba actuaba además sobre la herida, pues Frodo notó que le disminuía el dolor, y también aquella sensación de frío que tenía en el costado; pero el brazo continuaba como sin vida, y no podía alzar la mano o mover los dedos. Lamentaba amargamente su propia necedad, y se reprochaba no haberse mostrado más firme pues comprendía ahora que al ponerse el Anillo no había obedecido a sus propios deseos sino a las órdenes imperiosas de sus enemigos. Se preguntaba si no quedaría lisiado para siempre, y cómo se las arreglarían para proseguir el viaje. Se sentía tan débil que ni siquiera podía ponerse de pie.

Los otros estaban debatiendo este mismo problema. Decidieron rápidamente dejar la Cima de los Vientos tan pronto como fuera posible.

—Pienso ahora —dijo Trancos— que el enemigo ha estado vigilando este sitio desde hace varios días. Si Gandalf llegó hasta aquí, tuvo que haberse visto obligado a escapar, y no volverá. De todos modos, después del ataque de anoche, correremos grave peligro si nos quedamos aquí después de que oscurezca, y la situación no podría ser peor para nosotros en cualquier otro lugar.

Tan pronto como se hizo de día prepararon una comida frugal y guardaron sus cosas. Como Frodo no podía caminar, dividieron la mayor parte del equipaje entre los cuatro y montaron a Frodo en el poney. En los últimos pocos días la pobre bestia había mejorado de modo notable; ya parecía más gorda y fuerte, y había comenzado a mostrar afecto a sus nuevos dueños, sobre todo a Sam. El trato que había recibido de Bill Helechal tenía que haber sido muy duro para que un viaje por tierras salvajes le pareciera mucho mejor que su vida anterior.

Partieron en dirección sur. Esto significaba cruzar el Camino, pero era el modo más rápido de llegar a regiones más arboladas. Y necesitaban combustible, pues Trancos decía que Frodo tenía que estar abrigado, especialmente por la noche, y además el fuego serviría para protegerlos a todos. Planeaba también abreviar el trayecto atajando donde el Camino volvía a dar otro gran rodeo; al este, más allá de la Cima de los Vientos, la ruta cambiaba de curso describiendo una amplia curva hacia el norte.

Marcharon lenta y precavidamente bordeando las faldas del sudoeste de la colina, y no tardaron en llegar al borde del Camino. No había señales de los Jinetes. Pero en el mismo momento en que cruzaban de prisa alcanzaron a oír dos gritos lejanos: una voz fría que llamaba y una voz fría que respondía. Temblando, se precipitaron hacia los matorrales que crecían al otro lado. El terreno descendía allí en pendiente hacia el sur, pero era salvaje y carecía de senderos; unos arbustos y árboles raquíticos crecían en grupos apretados en medio de amplios espacios yermos. La hierba era escasa, dura y gris; y los matorrales estaban perdiendo las hojas secas. Era una tierra desolada, y el viaje se hacía lento y triste. Marchaban penosamente y hablaban poco. Frodo observaba acongojado cómo caminaban junto a él, cabizbajos, inclinados bajo el peso de los bultos. Hasta el mismo Trancos parecía cansado y abatido.

Antes de que terminara la primera jornada, el dolor de Frodo se acrecentó de nuevo, pero él tardó en quejarse. Pasaron cuatro días y ni el terreno ni el escenario cambiaron mucho, aunque detrás de ellos la Cima de los Vientos bajaba lentamente, y delante de ellos las montañas lejanas se asomaban cada vez más. Pero después de aquellos gritos distantes no habían visto ni oído nada que indicara que el enemigo anduviese cerca, o estuviera siguiéndolos. Temían las horas de oscuridad, y montaban guardia en parejas, esperando ver en cualquier momento unas sombras negras que se adelantaban en la noche gris, débilmente iluminada por la luna velada de nubes; pero no veían nada, y no oían otro sonido que el suspiro de las hojas y la hierba marchitas. Ni una sola vez tuvieron aquella impresión de peligro inminente que los había asaltado en la hondonada antes del ataque. No se atrevían a suponer que los Jinetes ya les hubiesen perdido el rastro otra vez. ¿Esperarían quizá tenderles una emboscada en algún sitio estrecho?

Al fin del quinto día el terreno comenzó a elevarse lentamente, ascendiendo nuevamente desde el valle bajo y amplio al que habían descendido. Trancos volvió a guiarlos hacia el nordeste, y en el sexto día llegaron a lo alto de una loma tras un lento y largo ascenso, y vieron en la distancia un grupo de colinas boscosas. Allá abajo el Camino bordeaba el pie de las colinas, y a la derecha un río gris brillaba pálidamente a la débil luz del sol. A lo lejos corría otro río por un valle pedregoso, medio velado por la niebla.

—Me temo que ahora tendremos que volver un rato al Camino —dijo Trancos—. Hemos llegado al Río Fontegrís, que los Elfos llaman Mitheithel. Desciende de las Landas de Etten, las tierras altas de los trolls al norte de Rivendel, y más al sur se une al Sonorona. De ahí en adelante algunos lo llaman Aguada Gris. Se convierte en un río muy ancho antes de llegar al Mar. La única manera de cruzarlo, desde que nace en las Landas de Etten, es por el Último Puente donde transita el Camino.

—¿Cuál es aquel otro río allá a lo lejos? —preguntó Merry.

—El Sonorona, el Bruinen de Rivendel —respondió Trancos—. El Camino bordea las colinas durante varias leguas, desde el Puente hasta el Vado del Bruinen. Aún no he pensado cómo lo vamos a cruzar. ¡Los ríos, de uno en uno! Tendremos bastante suerte en verdad si no encontramos al enemigo apostado en el Último Puente.

Al día siguiente, a primera hora, descendieron de nuevo al Camino. Sam y Trancos fueron adelante, pero no encontraron señales de viajeros o jinetes. Aquí, a la sombra de las colinas, había llovido bastante. Trancos opinó que el agua había caído dos días atrás, borrando todas las huellas. Desde entonces no había pasado ningún jinete, o así parecía al menos.

Avanzaron todo lo rápido que pudieron y después de una milla o dos vieron ante ellos el Último Puente, al pie de una cuesta corta y empinada. Temían ver unas sombras negras esperándolos allí, pero no vieron nada. Trancos hizo que se ocultaran en la espesura junto al Camino y se adelantó a explorar.

Volvió corriendo poco después.

—No hay ningún enemigo a la vista —dijo—, y eso me extraña mucho. Pero he descubierto algo muy extraño. —Tendió la mano y mostró una piedra de color verde pálido—. La he encontrado en el barro, en medio del Puente —dijo—. Es un berilo, una piedra élfica. No podría decir si alguien la ha dejado allí, o si la ha perdido, pero me da cierta esperanza. Diría que es un signo de que podemos cruzar el Puente, pero no me atrevería a seguir por el Camino al otro lado sin otra indicación más clara.

Partieron de nuevo en seguida. Atravesaron el Puente sanos y salvos, sin oír otro sonido que el de las aguas arremolinadas bajo los tres grandes arcos. Una milla más allá llegaron a una estrecha garganta que llevaba al norte cruzando las tierras escarpadas a la izquierda del Camino. Aquí Trancos dobló a un lado y no tardaron en internarse en una región sombría de árboles oscuros que serpeaban al pie de unas lomas adustas.

Los hobbits se alegraron de dejar atrás las tierras desoladas y los peligros del Camino, pero esta nueva región parecía amenazadora y hostil. Conforme avanzaban, las colinas a su alrededor iban elevándose cada vez más. Aquí y allá, sobre alturas y crestas, vislumbraban unos antiguos muros de piedra y ruinas de torres de ominoso aspecto. Frodo, que no caminaba, tenía tiempo de mirar adelante y pensar. Recordaba los relatos de Bilbo sobre su viaje, y las torres amenazadoras que se alzaban en los montes al norte del Camino, en las proximidades del Bosque de los Trolls donde había tenido lugar el primer incidente serio del viaje. Frodo adivinó que se encontraban ahora en la misma región, y se preguntó si no pasarían casualmente por el mismo sitio.

—¿Quién vive en estas tierras? —preguntó—. ¿Y quién edificó esas torres? ¿Es éste el País de los Trolls?

—¡No! —dijo Trancos—. Los trolls no construyen. Nadie vive en estas tierras. En otro tiempo moraron hombres aquí, pero hoy no queda ninguno. Se convirtieron en gente mala, según la leyenda, pues cayeron bajo la sombra de Angmar. Pero todos perecieron en la guerra que acabó con el Reino del Norte. De eso hace ya tanto tiempo que las colinas los han olvidado, aunque una sombra se extiende aún sobre el país.

—¿Dónde aprendiste esas historias si toda la región está desierta y olvidada? —preguntó Peregrin—. Los pájaros y las bestias no cuentan historias de esa especie.

—Los herederos de Elendil no olvidan el pasado —dijo Trancos—, y sé de otros muchos asuntos que aún se recuerdan en Rivendel.

—¿Has estado a menudo en Rivendel? —le dijo Frodo.

—Sí —respondió Trancos—, viví allí un tiempo, y vuelvo siempre que puedo. Mi corazón está allí, pero mi destino no es vivir en paz, ni siquiera en la hermosa casa de Elrond.

Las colinas comenzaron a cercarlos. Del otro lado, el Camino seguía bordeando el Río Bruinen, pero ambos estaban ocultos ahora. Al fin los viajeros llegaron a un valle largo, estrecho, profundo, sombrío y silencioso. Unos árboles de viejas y retorcidas raíces colgaban de los riscos y se amontonaban detrás en elevadas laderas de pinos.

Los hobbits estaban muy cansados y avanzaban lentamente, porque tenían que abrirse paso monte a través, entre rocas quebradas y árboles caídos. Trataban de evitar todo lo posible los terrenos escarpados, en beneficio de Frodo, y además era en verdad difícil encontrar un camino por el que pudieran subir las laderas de los estrechos valles. Llevaban dos días caminando por esta región cuando empezó a llover. El viento comenzó a soplar sin parar del oeste, vertiendo el agua de los mares lejanos sobre las cabezas oscuras de las colinas en una penetrante llovizna. Cuando llegó la noche estaban calados hasta los huesos, y su lugar de acampada no supuso ningún alivio, pues no consiguieron encender ningún fuego. Al día siguiente los montes se asomaban aún más altos y escarpados sobre ellos, y se vieron obligados a desviarse de la ruta doblando hacia el norte. Trancos parecía cada vez más inquieto; habían pasado diez días desde que dejaran atrás la Cima de los Vientos y las provisiones comenzaban a escasear. La lluvia no amainaba.

Aquella noche acamparon en una pedregosa repisa con un acantilado a sus espaldas en la que había una gruta poco profunda, un hueco apenas apreciable en la escarpada pared. Frodo estaba inquieto. La herida le dolía más que nunca, a causa del frío y la humedad, y tanto el dolor como la sensación de frío mortal le impedían dormir. Se volvía, acostado, a un lado y a otro, escuchando aprensivo los furtivos ruidos nocturnos: el viento en las grietas de las rocas, el agua que goteaba, un crujido, una piedra suelta que de repente rodaba por la pendiente. Sintió que unas formas negras se le acercaban para sofocarlo, pero cuando se incorporó sólo vio la espalda de Trancos, que vigilaba acurrucado, fumando en pipa. Se acostó de nuevo y cayó en un sueño intranquilo, y soñó que se paseaba por el césped del jardín de la Comarca, pero el jardín era borroso e indistinto, menos nítido que las sombras altas y oscuras que lo miraban por encima del seto.

Cuando despertó por la mañana, había dejado de llover. Las nubes eran todavía espesas, pero estaban abriéndose, revelando pálidas franjas de azul. El viento cambiaba de nuevo. No partieron en seguida. Justo después del desayuno frío y escaso, Trancos se alejó solo, diciéndoles a los otros que esperaran al abrigo del acantilado. Trataría de llegar arriba, si le era posible, para observar la configuración del territorio.

Regresó bastante desanimado.

—Nos hemos alejado demasiado hacia el norte —dijo— y tenemos que encontrar un modo de volver hacia el sur. Si seguimos en esta dirección llegaremos a los Valles de Etten, muy al norte de Rivendel. Ésta es una región de trolls, que conozco poco. Quizá encontráramos un modo de atravesarla y de alcanzar Rivendel desde el norte; pero nos llevaría demasiado tiempo, pues no conozco el país, y se nos acabarían las provisiones. Por tanto, de un modo u otro tenemos que encontrar el Vado del Bruinen.

Pasaron el resto del día arrastrándose sobre pies y manos por un terreno rocoso. Encontraron un pasaje entre dos colinas que los llevó hasta un valle que corría hacia el sudeste, la dirección que deseaban tomar; pero cuando el día ya terminaba vieron que una cumbrera de tierras altas les cerraba de nuevo el paso: el borde oscuro se recortaba contra el cielo como los dientes mellados de una sierra. Tenían que elegir entre volverse o subir por la pendiente.

Decidieron intentar la ascensión, pero resultaba muy difícil. Frodo pronto se vio obligado a desmontar y seguir a pie laboriosamente. Aun así pensaron a menudo que no conseguirían que el poney subiera, o que ellos mismos encontraran algo parecido a un sendero, cargados como estaban. Casi no había luz, y se sentían agotados cuando al fin llegaron arriba. Estaban ahora en un paso estrecho entre dos elevaciones, y poco más allá el terreno descendía de nuevo abruptamente. Frodo se arrojó al suelo y allí se quedó temblando de pies a cabeza. No podía mover el brazo izquierdo, y tenía la impresión de que unas garras de hielo le apretaban el costado y el hombro. Los árboles y rocas de alrededor parecían sombríos e indistintos.

—No podemos seguir así —le dijo Merry a Trancos—. Me temo que el esfuerzo haya sido excesivo para Frodo. Me preocupa terriblemente. ¿Qué vamos a hacer? ¿Piensas que podrían curarlo en Rivendel, si es que llegamos allí?

—Quizá —respondió Trancos—. No hay nada más que yo pueda hacer aquí en el monte, y es sobre todo esa herida lo que me impulsa a forzar la marcha. Pero reconozco que esta noche no podemos ir más lejos.

—¿Qué le ocurre a mi amo? —preguntó Sam en voz baja, mirando a Trancos con aire suplicante—. La herida es pequeña y está casi cerrada. No se le ve más que una cicatriz blanca y fría en el hombro.

—Frodo ha sido alcanzado por las armas del Enemigo —dijo Trancos—, y hay algún veneno o mal que está actuando en él, que mi arte no alcanza a eliminar. ¡Pero no pierdas las esperanzas, Sam!

La noche era fría en lo alto de la loma. Encendieron un fuego pequeño bajo las raíces nudosas de un viejo pino que pendía sobre una cavidad poco profunda; parecía como si en un tiempo hubiera habido allí una cantera de piedra. Se sentaron apretándose unos contra otros. El viento helado soplaba en el paso, y se oían los gemidos y suspiros de los árboles de la ladera más abajo. Frodo dormitaba acostado, imaginando que unas interminables alas negras barrían el aire sobre él, y que sobre esas alas cabalgaban unos perseguidores que lo buscaban en todos los huecos de las colinas.

El día amaneció brillante y hermoso; el aire era puro, y la luz pálida y limpia en un cielo lavado por la lluvia. Se sentían más animados ahora, pero esperaron con impaciencia a que el sol viniera a calentarles los miembros fríos y agarrotados. Tan pronto como hubo luz, Trancos se llevó a Merry consigo y fueron a examinar la región desde la altura que dominaba el este del paso. El sol estaba alto y brillaba cuando volvieron con mejores noticias. Iban ya casi en la dirección adecuada. Si descendían ahora por la otra pendiente tendrían las montañas a la izquierda. En algún punto, delante de ellos, Trancos había divisado de nuevo el Sonorona, y sabía que aunque no se lo veía desde allí, el Camino del Vado no estaba lejos del Río, y corría de este lado del agua.

—Tendremos que retomar el Camino —dijo—. No podemos esperar que haya algún sendero entre estas colinas. Cualquiera que sea el peligro que nos aceche, el Camino es nuestra única vía para llegar al Vado.

Comieron, y partieron en seguida otra vez. Bajaron lentamente por el lado sur de la cumbrera, pero el camino les pareció mucho más fácil, pues la ladera caía menos a pique de este lado, y al cabo de un momento Frodo pudo montar de nuevo el poney. El pobre y viejo animal de Bill Helechal estaba desarrollando un talento inesperado para elegir el camino y evitar a su jinete todas las sacudidas posibles. El grupo recobró el ánimo, e incluso Frodo se sintió mejor a la luz de la mañana, aunque de cuando en cuando una niebla parecía oscurecerle la vista, y se pasaba las manos por los ojos.

Pippin iba un poco adelantado. De repente se volvió y los llamó.

—¡Aquí hay un sendero!

Cuando llegaron junto a él, vieron que no se había equivocado: allí comenzaba borrosamente un sendero tortuoso que subía desde los bosques y se perdía en la cima de la montaña.

En algunos sitios era casi invisible y estaba cubierto de malezas, y obstruido por piedras y árboles caídos, pero parecía haber sido muy transitado en otro tiempo. Quienes habían abierto el sendero eran de brazos fuertes y pies pesados. Aquí y allá habían cortado o derribado viejos árboles, hendiendo las rocas mayores o apartándolas a un lado para que no interrumpieran el paso.

Siguieron la senda un tiempo, pues era con mucho el camino más fácil para bajar, pero descendían con precaución, y a medida que se internaban en los bosques oscuros y la senda se hacía ancha y llana, iban sintiéndose cada vez más inquietos. De pronto, saliendo de un cinturón de abetos, vieron que el sendero descendía por una ladera empinada y doblaba abruptamente hacia la izquierda bordeando una estribación rocosa. Cuando llegaron a la curva, vieron que el camino seguía por terreno llano, al pie de un acantilado sobre el que asomaban unos árboles. En la pared de piedra había una puerta entreabierta que colgaba torcidamente de una sola bisagra grande.

Se detuvieron frente a la puerta. Detrás se abría una cueva o una cámara de roca, pero no se alcanzaba a ver nada en la oscuridad. Trancos, Sam y Merry empujaron con todas sus fuerzas y alcanzaron a abrir la puerta un poco más, y luego Trancos y Merry entraron en la cueva. No fueron muy lejos, pues en el suelo se veían muchas viejas osamentas y no había otra cosa cerca de la entrada que grandes jarras vacías y ollas rotas.

—¡Esto debe de ser una cueva de trolls, si no me equivoco! —gritó Pippin—. Salid, vosotros dos, y marchémonos de aquí. Sabemos ahora quién hizo el sendero, y será mejor que nos alejemos en seguida.

—No creo que haga falta —dijo Trancos, saliendo—. Es ciertamente una cueva de trolls, pero parece abandonada hace mucho. No hay por qué asustarse, creo. Pero sigamos un trecho más con cuidado, y ya veremos qué se presenta.

La senda continuaba desde la puerta, y doblando a la derecha cruzaba otra vez el terreno llano y se hundía en una ladera poblada de árboles tupidos. Pippin, que no quería mostrarle a Trancos que estaba todavía asustado, iba adelante con Merry. Sam y Trancos marchaban detrás, uno a cada lado del poney, pues la senda era ahora suficientemente ancha como para que cuatro o cinco hobbits pudieran caminar de frente codo con codo. Pero no habían ido muy lejos cuando Pippin volvió corriendo, seguido por Merry. Los dos parecían aterrorizados.

—¡*Hay* trolls! —jadeó Pippin—. En un claro del bosque un poco más abajo. Alcanzamos a verlos entre los troncos. ¡Son muy grandes!

—Vamos a echarles un vistazo —dijo Trancos, recogiendo un palo.

Frodo no dijo nada, pero Sam tenía cara de espanto.

El sol estaba ahora alto en el cielo, y relucía entre las ramas de los árboles, medio desprovistas de hojas, iluminando el claro con brillantes manchas de luz. Se detuvieron al borde del claro y espiaron entre los troncos conteniendo el aliento. Allí estaban los trolls: tres grandes trolls. Uno de ellos estaba inclinado, y los otros dos lo observaban.

Trancos se adelantó de manera despreocupada.

—¡Levántate, vieja piedra! —dijo, y rompió el palo sobre el troll inclinado.

No ocurrió nada. Hubo un jadeo de asombro entre los hobbits, y luego incluso Frodo se echó a reír.

—¡Bueno! —dijo—. ¡Estamos olvidando la historia de la familia! Éstos han de ser los tres que atrapó Gandalf, cuando discutían sobre la mejor manera de cocinar trece enanos y un hobbit.

—¡No tenía idea de que estuviésemos tan cerca del sitio! —dijo Pippin, que conocía bien la historia, pues Bilbo y Frodo se la habían contado a menudo; aunque en verdad él nunca la había creído sino a medias. Aun ahora miraba los trolls de piedra con aire de sospecha, preguntándose si alguna fórmula mágica no podría devolverlos de pronto a la vida.

—No sólo olvidáis la historia de la familia, sino también todo lo que sabemos de los trolls —dijo Trancos—. Es pleno día, brilla el sol, y volvéis tratando de asustarme con el cuento de unos trolls vivos que nos esperan en el claro. De todos modos, podríais haber notado que uno de ellos tiene un viejo nido de pájaros detrás de la oreja. ¡Un adorno de veras insólito en un troll vivo!

Todos rieron. Frodo se sintió reanimado: el recuerdo de la primera aventura afortunada de Bilbo era alentador. El sol, también, calentaba y confortaba, y la niebla que tenía ante los ojos parecía estar levantándose. Descansaron un tiempo en el claro, y almorzaron a la sombra de las grandes piernas de los trolls.

—¿No cantaría alguien una canción, mientras el sol está todavía alto? —preguntó Merry, cuando terminaron de comer—. No hemos oído una canción o una historia desde hace días.

—Desde la Cima de los Vientos —dijo Frodo. Los otros lo miraron—. ¡No os preocupéis por mí! —continuó—. Me siento mucho mejor, pero no creo que pueda cantar. Quizá Sam pueda sacar algo del baúl de los recuerdos.

—¡Vamos, Sam! —dijo Merry—. Hay muchas cosas que guardas en la cabeza, y que no muestras nunca.

—No sé si esto es así —dijo Sam—, pero ¿qué les parece esto? No es lo que yo llamaría poesía, si se me entiende, es sólo una colección de disparates. Me ha venido a la memoria mirando estas viejas estatuas.

Se incorporó, y con las manos unidas a la espalda, como si estuviese en la escuela, se puso a cantar una vieja canción.

El Troll solo estaba sentado en su piedra,
rumiando su hueso viejo y pelado;
llevaba royéndolo años y años,
pues de carne no hallaba un pedazo.
¡Por diente y encía! ¡pulía y pulía!
Su cueva en colinas, él solo vivía,
y de carne no hallaba un pedazo.

En botas enormes Tom vino,
y le dijo al Troll: «¿Qué es eso? ¡Por Dios!»
pues parece la tibia de mi tío Tim,
que tendría que estar en la tumba por fin.
¡Tumba, tumba! ¡Catacumba!
Hace años muchos que Tim se esfumó,
y aún tendría que estar en la tumba».

«Bueno, amigo», dijo el Troll, «robé el hueso,
¿para qué sirve un hueso en un hueco?
Tu tío tieso como un trozo de plomo estaba
mucho antes de que yo esta tibia encontrara.
¡Tibia de hojalata! ¡Tibia flaca!
pobre Troll viejo, ¡que un pedacito comparta!
pues la tibia ya no la echa en falta».

Y Tom dijo: «No entiendo por qué tu calaña,
ha de servirse a sus anchas
con la canilla o tibia de mi familia,
¡pásame pues ese hueso viejo!
¡Rehueso! ¡Patitieso!

Aunque esté sin seso, es su parte;
¡dame el hueso viejo, patitieso!».

«Por un par de patas», el Troll se reía,
«te comeré a ti también y las tibias roeré.
¡En carne fresca un bocado! ¡qué placer!
Los dientes te hinco ahora mismo.
¡Ya mismo, ya mismo! ¡Los dientes te hinco!
Harto estoy de cueros y huesos rancios roer.
Quiero cenarte ahora mismo, ya mismo».

Cuando aún pensaba la cena cazada
vio sus manos cogiendo la nada,
Tom se escurrió, antes de entrar en razón
lanzándole un puntapié de buena lección.
¡Te vas a enterar! ¡Me importa un pepino!
Un puntapié en las posaderas, pensó Tom,
así le daré una buena lección.

Duros cual piedra son carne y hueso
de un Troll que los cerros usa de asiento;
tanto valdría darle a un monte un puntapié,
pues las nalgas de un Troll no sienten nada.
¡Te quedas sin pie! ¡Se siente, se siente!
Ríe el Troll viejo el gruñido de Tom,
Sus dedos sí duelen, lo sabe, lo sabe.

Tom llegó a casa, y aún la pierna arrastra,
y el pie sin la bota cojea, cojea,
pero el Troll ni se inmuta, y allí siempre está
con el hueso que birló a su dueño.
¡Qué leño! ¡Qué empeño!

El viejo Trol tiene el mismo trasero,
¡y el hueso que birló a su dueño!

—¡Bueno, hay ahí una advertencia para todos nosotros! —rio Merry—. ¡Es una suerte que hayas usado un palo y no la mano, Trancos!

—¿Dónde aprendiste eso, Sam? —preguntó Pippin—. Nunca lo había oído antes.

Sam murmuró algo inaudible.

—Lo ha sacado todo de su propia cabeza, claro —dijo Frodo—. Estoy aprendiendo mucho sobre Sam Gamyi en este viaje. Primero fue un conspirador, y ahora es un juglar. Terminará por ser un mago... ¡o un guerrero!

—Espero que no —dijo Sam—. ¡No quiero ser ni una cosa ni otra!

A la tarde continuaron descendiendo por la espesura. Probablemente seguían aquella misma senda que Gandalf, Bilbo y los enanos habían utilizado muchos años antes. Después de unas pocas millas llegaron a la cima de una loma que dominaba el Camino. Aquí el Camino había dejado atrás el angosto valle del Fontegrís, y ahora se abrazaba a las colinas, bajando y subiendo entre los bosques y las laderas cubiertas de brezo hacia el Vado y las Montañas. A poca distancia de la loma Trancos señaló una piedra que asomaba entre la hierba. Toscamente talladas y ahora muy erosionadas, podían verse aún en la piedra unas runas de enanos y marcas secretas.

—¡Sí! —dijo Merry—. Ésta ha de ser la piedra que señala dónde estaba escondido el oro de los enanos. ¿Cuánto queda de la parte de Bilbo, me pregunto?

Frodo miró la piedra y deseó que Bilbo no hubiera traído de vuelta un tesoro tan peligroso, y tan difícil de abandonar.

—Nada —dijo—. Bilbo lo regaló todo. Me dijo que no creía que le perteneciera, pues había estado en manos de ladrones.

El Camino se extendía silencioso bajo las primeras sombras alargadas del atardecer. No había señales de otros viajeros en ninguna parte. Puesto que no había otra ruta posible, bajaron por el barranco y torciendo a la izquierda echaron a andar a paso vivo. Pronto la estribación de una loma interceptó la luz del sol que declinaba rápidamente en el oeste. Un viento frío venía en su dirección desde las montañas que se asomaban delante de ellos. Empezaban a buscar un sitio fuera del Camino donde pudieran acampar esa noche, cuando oyeron un sonido que de repente los atemorizó de nuevo: unos cascos de caballo resonaban detrás de ellos. Volvieron la cabeza, pero no alcanzaron a ver muy lejos a causa de las vueltas y revueltas del Camino. Dejaron de prisa la calzada y subieron internándose entre los profundos matorrales de brezos y arándanos que cubrían las laderas, hasta que al fin llegaron a un monte de castaños frondosos. Espiando entre la maleza podían ver el Camino, débil y gris a la luz crepuscular allá abajo, a unos treinta pies. El sonido de los cascos se acercaba. Venía rápido, con un leve *tiquititac, tiquititac*. Luego, débilmente, como si la brisa se lo llevara, creyeron oír un repique apagado, como un tintineo de campanillas.

—¡Eso no suena como el caballo de un Jinete Negro! —dijo Frodo, que escuchaba con atención.

Los otros hobbits convinieron en que así era, esperanzados, aunque con cierta desconfianza. Temían la persecución desde hacía tanto tiempo que todo sonido que viniera de atrás les parecía amenazador y hostil. Pero Trancos se inclinaba ahora hacia delante, casi tocando el suelo, llevando la mano a la oreja, y con una expresión de alegría en la cara.

La luz disminuía y las hojas de los arbustos susurraban levemente. Más claras y más próximas las campanillas tintineaban, y *tiquitac* venía el sonido de un trote rápido. De pronto apareció allá abajo un caballo blanco, resplandeciente en las sombras, que se movía con rapidez. El cabestro centelleaba y fulguraba a la luz del atardecer, como tachonado de piedras preciosas que parecían estrellas vivas. La capa flameaba detrás, y el jinete llevaba quitado el capuchón; sus cabellos dorados volaban relucientes al viento. Frodo tuvo la impresión de que una luz blanca brillaba a través de la forma y las vestiduras del jinete, como a través de un velo tenue.

Trancos dejó de pronto el escondite y se precipitó hacia el Camino, gritando y saltando entre los brezos, pero aun antes de que se moviera o llamara, el jinete ya había tirado de las riendas y se había detenido levantando los ojos a los matorrales donde ellos estaban. Cuando vio a Trancos, saltó a tierra y corrió hacia él gritando: *Ai na vedui Dúnadan! Mae govannen!* La lengua y la voz clara y timbrada no dejaban ninguna duda: el jinete era del pueblo de los Elfos. Ningún otro ser que vivía en el ancho mundo tenía una voz tan hermosa. Pero había como una nota apresurada o de temor en la llamada, y los hobbits vieron que hablaba rápida y urgentemente con Trancos.

Pronto Trancos les hizo señas, y los hobbits dejaron los matorrales y bajaron corriendo al Camino.

—Éste es Glorfindel, que habita en la casa de Elrond —dijo Trancos.

—¡Salve, y feliz encuentro al fin! —le dijo Glorfindel a Frodo—. Me enviaron de Rivendel en tu busca. Temíamos que corrieras peligro en el camino.

—Entonces, ¿Gandalf ha llegado a Rivendel? —exclamó Frodo alegremente.

—No. No había llegado cuando yo partí, pero eso fue hace nueve días —respondió Glorfindel—. Llegaron noticias que perturbaron a Elrond. Gentes de mi pueblo, viajando por tus tierras más allá del Baranduin,[8] oyeron decir que las cosas no andaban bien, y enviaron mensajes tan pronto como pudieron. Decían que los Nueve habían salido, y que tú te habías extraviado llevando una carga muy pesada y sin ningún auxilio, pues Gandalf no había regresado. Hay pocos incluso en Rivendel que puedan enfrentarse abiertamente a los Nueve, pero a esos pocos Elrond los envió al norte, al oeste y al sur. Se pensaba que podrías haber dado un largo rodeo para evitar que te persiguieran, y que te habrías perdido en las tierras salvajes.

»Me tocó a mí seguir el Camino, y llegué al Puente del Mitheithel, y dejé una señal allí, hace casi siete días. Tres de los sirvientes de Sauron estaban en el Puente, pero se retiraron y los perseguí hacia el oeste. Tropecé con otros dos, que se volvieron alejándose hacia el sur. Desde entonces he estado buscando tus huellas. Las descubrí hace dos días y las seguí cruzando el Puente, y hoy advertí que habías bajado otra vez de las colinas. ¡Pero, vamos! No hay tiempo para más noticias. Ya que estás aquí, hemos de asumir el riesgo de exponernos a los peligros del Camino y seguir. Hay cinco detrás de nosotros, y cuando descubran tus huellas en el Camino, nos perseguirán veloces como el viento. Y ellos no son todos. No sé dónde están los otros cuatro. Me temo que encontraremos el Vado ya defendido contra nosotros.

Mientras Glorfindel hablaba, las sombras de la noche se hicieron más densas. Frodo sintió que el cansancio lo dominaba.

8. El río Brandivino.

Desde que el sol había empezado a bajar, la niebla que tenía ante los ojos se le había oscurecido, y sentía que una sombra estaba interponiéndose entre él y las caras de los otros. Ahora tenía un ataque de dolor, y mucho frío. Se tambaleó y se apoyó en el brazo de Sam.

—Mi amo está enfermo y herido —dijo Sam airadamente—. No podría viajar durante toda la noche. Necesita descanso.

Glorfindel alcanzó a Frodo en el momento en que el hobbit caía al suelo, y tomándolo gentilmente en brazos le miró la cara con grave ansiedad.

Trancos le habló entonces brevemente del ataque a su lugar de acampada en la Cima de los Vientos, y del cuchillo mortal. Sacó la empuñadura, que había conservado, y se la pasó al elfo. Glorfindel se estremeció al tocarla, pero la miró con atención.

—Hay cosas malas escritas en esta empuñadura —dijo— aunque quizá tus ojos no puedan verlas. ¡Guárdala, Aragorn, hasta que lleguemos a la casa de Elrond! Pero ten cuidado, y tócala lo menos posible. Ay, las heridas causadas por esta arma están más allá de mis poderes de curación. Haré lo que pueda, pero ahora más que nunca os recomiendo que continuéis sin tomar descanso.

Buscó con los dedos la herida en el hombro de Frodo, y la cara se le hizo más grave, como si lo que estaba descubriendo lo inquietara todavía más. Pero Frodo sintió que el frío del costado y el brazo le disminuía; un leve calor le bajó del hombro hasta la mano, y el dolor se hizo más soportable. La oscuridad del crepúsculo le pareció más leve alrededor, como si hubieran apartado una nube. Veía ahora las caras de los amigos más claramente, y sintió que recobraba de algún modo la esperanza y la fuerza.

—Montarás en mi caballo —le dijo Glorfindel—. Recogeré los estribos hasta los bordes de la silla, y tendrás que sentarse lo más firmemente que puedas. Pero no te preocupes; mi caballo no dejará caer a ningún jinete que yo le encomiende. Tiene el paso leve y fácil, y si el peligro apremia, te llevará con una rapidez que ni siquiera las bestias negras del enemigo pueden alcanzar.

—¡No, no será así! —dijo Frodo—. No lo montaré, si va a llevarme a Rivendel o alguna otra parte dejando atrás a mis amigos en peligro.

Glorfindel sonrió. —Dudo mucho —dijo— que tus amigos corran peligro si tú no estás con ellos. Los perseguidores te seguirían a ti y nos dejarían a nosotros en paz, creo yo. Eres tú, Frodo, y lo que tú llevas lo que nos pone a todos en peligro.

Frodo no encontró respuesta a eso, y lo persuadieron de que montase el caballo blanco de Glorfindel. El poney en cambio fue cargado con una gran parte de los bultos de los otros, de modo que ahora pudieron marchar más aliviados, y durante un tiempo con notable rapidez; pero los hobbits pronto descubrieron que les era difícil seguir el paso rápido e infatigable del elfo. Allá iba, siempre adelante, adentrándose sin parar en la boca de la oscuridad, bajo la noche profunda y nublada. No había luna ni estrellas. Sólo cuando asomó el gris del alba les permitió que se detuviesen. Para entonces, Pippin, Merry y Sam estaban ya casi dormidos, sosteniéndose apenas sobre unas piernas entumecidas, y hasta el mismo Trancos encorvaba la espalda como si se sintiera fatigado. Frodo, a caballo, iba envuelto en un sueño oscuro.

Se echaron al suelo entre el brezo a unas pocas yardas del Camino, y cayeron dormidos en seguida. Les pareció que habían cerrado apenas los ojos cuando Glorfindel, que se había quedado vigilando mientras los otros dormían, los despertó de nuevo. La mañana estaba ya bastante avanzada, y las nubes y nieblas de la noche habían desaparecido.

—¡Bebed esto! —les dijo Glorfindel, sirviéndoles uno a uno un poco del licor que llevaba en la bota de cuero tachonada de plata. La bebida era clara como agua de manantial y no tenía sabor, y no era ni fresca ni tibia en la boca, pero les pareció mientras bebían que recobraban la fuerza y el vigor. Tomados después de ese trago, los bocados de pan rancio y fruta seca (que era la única comida que les quedaba) parecieron calmarles el hambre mejor que muchos buenos desayunos de la Comarca.

Habían descansado bastante menos de cinco horas cuando retomaron el Camino. Glorfindel insistía en la necesidad de no detenerse, y sólo les permitió dos breves descansos en toda la jornada. Cubrieron así más de veinte millas antes de la caída de la noche, y llegaron al punto en que el Camino doblaba a la derecha y descendía abruptamente al fondo del valle, dirigiéndose ahora directamente al Bruinen en línea recta. Hasta ahora no había habido ninguna señal o sonido de persecución que los hobbits pudieran ver u oír, pero si los otros se quedaban atrás, Glorfindel a menudo se detenía y escuchaba por un momento, y una nube de preocupación le ensombrecía el rostro. Una vez o dos habló a Trancos en la lengua élfica.

Pero por inquietos que se sintieran los guías, era evidente que los hobbits no podrían ir más lejos esa noche. Caminaban tambaleándose, como mareados del cansancio, e incapaces de pensar en otra cosa que en sus pies y piernas. El sufrimiento de Frodo se había duplicado, y durante el día las cosas de alrededor se le desvanecieron, convirtiéndose en sombras de un gris espectral. Le alegraba casi la llegada de la noche, pues el mundo parecía entonces menos pálido y vacío.

Los hobbits se sentían todavía extenuados, cuando retomaron el camino a primera hora del día siguiente. Había que recorrer aún muchas millas para llegar al Vado, y marcharon lo más rápido que pudieron, trastabillando.

—El momento de mayor peligro tendrá lugar justo antes de llegar al río —dijo Glorfindel—, pues el corazón me dice que los perseguidores vienen ahora a toda prisa detrás de nosotros, y otro peligro puede estar esperándonos cerca del Vado.

El Camino seguía descendiendo sin parar, y ahora a veces había mucha hierba a los lados, y los hobbits caminaban por allí cuando podían, para aliviar sus fatigados pies. A la caída de la tarde llegaron a un lugar donde el Camino se metía de pronto entre las sombras oscuras de unos pinos altos, precipitándose luego en un desfiladero de paredes de piedra roja, escarpadas y húmedas. Unos ecos resonaron mientras se adelantaban de prisa, y pareció oírse el sonido de muchos pasos, que venían detrás. De pronto, el Camino desembocó otra vez en terreno despejado, saliendo del túnel como por una puerta llena de luz. Allí, al pie de una ladera muy inclinada, se extendía una llanura de una milla de largo, y más allá estaba el Vado de Rivendel. En la orilla opuesta había una loma escarpada, de color pardo, recorrida por un sinuoso sendero, y más allá se superponían unas montañas altas, estribación sobre estribación, y cima sobre cima, apuntando al cielo pálido.

Detrás se oía todavía un eco, como si unos pasos vinieran siguiéndolos por el desfiladero; un sonido impetuoso, como si se levantara un viento que se filtraba entre las ramas de los pinos. Glorfindel se volvió un momento a escuchar, y dio un salto, gritando:

—¡Huid! ¡Huid! ¡El enemigo nos ha alcanzado!

El caballo blanco se precipitó hacia delante. Los hobbits bajaron corriendo por la pendiente. Glorfindel y Trancos los siguieron como retaguardia. No habían cruzado aun la mitad del llano, cuando se oyó el sonido de caballos al galope. Saliendo del túnel de árboles que acababan de dejar atrás apareció un Jinete Negro. Tiró de las riendas y se detuvo, balanceándose en la silla. Otro lo siguió, y luego otro, y en seguida otros dos.

—¡Corre! ¡Corre! —le gritó Glorfindel a Frodo.

Frodo no obedeció inmediatamente, porque estaba dominado por una extraña indecisión. Manteniendo el caballo al paso, se volvió para mirar atrás. Los Jinetes parecían alzarse sobre las grandes sillas como estatuas amenazadoras, oscuras y sólidas, en lo alto de un cerro, mientras que todos los bosques y tierras de alrededor se desvanecían como en una niebla. De pronto el corazón le dijo a Frodo que los Jinetes estaban ordenándole en silencio que esperara. Entonces el miedo y el odio despertaron en él al mismo tiempo. Soltó las riendas, y echando mano a la empuñadura de la espada, la desenvainó con un relámpago rojo.

—¡Corre! ¡Corre! —gritó Glorfindel, y en seguida llamó al caballo con voz alta y clara en la lengua de los Elfos: *noro lim, noro lim, Asfaloth!*

Inmediatamente, el caballo blanco se precipitó hacia adelante, y corrió como el viento por el último tramo del Camino. Al mismo tiempo, los caballos negros se lanzaron colina abajo persiguiéndolo, y se oyó el grito terrible de los Jinetes, semejante a aquel que Frodo había oído en la lejana Cuaderna del Este, como un horror que venía de los bosques. Otros gritos respondieron, y ante la desesperación de Frodo y sus amigos, cuatro Jinetes más salieron a todo galope entre los árboles y rocas que se veían a la izquierda a lo lejos. Dos fueron hacia Frodo; dos galoparon como enloquecidos hacia el Vado, para cerrarle el paso. Le parecía a Frodo que corrían como el viento, y que se volvían rápidamente más grandes y oscuros a medida que se aproximaban a él desde diferentes ángulos.

Frodo miró un instante por encima del hombro. Ya no veía a sus amigos. Los Jinetes que venían detrás perdían terreno. Ni siquiera aquellas grandes cabalgaduras podían rivalizar en velocidad con el caballo élfico de Glorfindel. Miró otra vez adelante y perdió toda esperanza. No parecía tener ninguna posibilidad de llegar al Vado antes que los Jinetes emboscados le salieran al encuentro. Podía verlos claramente ahora; parecía que se habían despojado de las capuchas y las capas negras y estaban vestidos de blanco y gris. Las manos pálidas esgrimían espadas desnudas, y llevaban yelmos sobre sus cabezas. Los ojos fríos centelleaban, y unas voces terribles increpaban a Frodo.

El miedo dominaba ahora enteramente a Frodo. No pensó más en su espada. No lanzó ningún grito. Cerró los ojos y se aferró a las crines del caballo. El viento le silbaba en los oídos, y las campanillas del arnés se sacudían en un agudo repiqueteo. Un aliento helado lo traspasó como una lanza cuando en un último esfuerzo, como un relámpago de fuego blanco, volando como si tuviera alas, el caballo élfico pasó de largo ante la cara del Jinete más adelantado.

Frodo oyó el chapoteo del agua, que batía espumosa alrededor de sus pies. Sintió cómo el caballo empujaba subiendo rápidamente, dejando el río y escalando el sendero pedregoso. Trepaba ahora por la orilla escarpada. Había cruzado el Vado.

Pero los perseguidores venían cerca. En lo alto del barranco, el caballo se detuvo y dio media vuelta relinchando furiosamente. Había Nueve Jinetes allí abajo, junto al agua, y Frodo sintió cómo el ánimo le desfallecía ante la amenaza de aquellas caras levantadas. No sabía de nada que pudiera impedirles cruzar también el Vado con la misma facilidad que él lo había hecho, y entendió que sería inútil tratar de escapar por el largo e incierto camino que llevaba a los lindes de Rivendel, una vez que los Jinetes hubiesen vadeado el agua. De todos modos sintió que le habían ordenado perentoriamente que se detuviera. El odio lo dominó otra vez, pero ya no tenía fuerzas para resistirse.

De pronto el Jinete que iba delante espoleó el caballo, que llegó al agua y se encabritó retrocediendo. Haciendo un gran esfuerzo, Frodo se irguió en la silla y esgrimió la espada.

—¡Atrás! —gritó—. ¡Volved a la Tierra de Mordor y no me sigáis más! —llamó con una voz que a él mismo le pareció débil y chillona.

Los Jinetes se detuvieron, pero Frodo no tenía los poderes de Bombadil. Sus enemigos le replicaron con una risa dura y escalofriante.

—¡Vuelve! ¡Vuelve! —gritaron—. ¡A Mordor te llevaremos!

—¡Atrás! —susurró Frodo.

—¡El Anillo! ¡El Anillo! —gritaron los Jinetes con voces implacables, e inmediatamente el cabecilla forzó al caballo a entrar en el agua, seguido de cerca por otros dos Jinetes.

—¡Por Elbereth y Lúthien la Bella —dijo Frodo con un último esfuerzo, esgrimiendo la espada—, no tendréis el Anillo ni me tendréis a mí!

Entonces el cabecilla que estaba ya en medio del Vado se enderezó amenazante sobre los estribos y alzó la mano. Frodo enmudeció. Tenía la lengua pegada al paladar, y el corazón le golpeaba furiosamente. La espada se le quebró y se le desprendió de la temblorosa mano. El caballo élfico se encabritó resoplando. El primero de los caballos negros estaba a punto de pisar la orilla.

En ese momento se oyó un rugido y un estruendo: un ruido de aguas turbulentas que venía arrastrando muchas piedras. Frodo vio confusamente que el río se elevaba, y que una caballería de olas empenachadas se acercaba aguas abajo. Unas llamas blancas parecían moverse en las cimas de las crestas, y creyó ver en el agua unos jinetes blancos que cabalgaban caballos blancos con crines de espuma. Los tres Jinetes que estaban todavía en medio del Vado desaparecieron de pronto bajo las rabiosas aguas espumosas. Los que venían detrás retrocedieron espantados.

Antes de perder el conocimiento, Frodo oyó gritos, y creyó ver, más allá de los Jinetes que titubeaban en la orilla, una figura brillante de luz blanca, y tras ella unas pequeñas formas sombrías que corrían llevando fuegos, y las llamas rojizas refulgían en la niebla gris que estaba cubriendo el mundo.

Los caballos negros enloquecieron, y dominados por el terror saltaron hacia delante llevando a los Jinetes a las aguas impetuosas. Los gritos penetrantes se perdieron en el rugido del río, que arrastró a los Jinetes. Frodo sintió entonces que caía, y le pareció que el estruendo y la confusión crecían y lo envolvían llevándoselo junto con sus enemigos. No oyó ni vio nada más.

LIBRO SEGUNDO

1
NUMEROSOS ENCUENTROS

Frodo despertó y se encontró tendido en una cama. Al principio creyó que había dormido mucho, después de una larga pesadilla que todavía le flotaba en las márgenes de la memoria. ¿O quizá había estado enfermo? Pero el techo le parecía extraño: era chato, y con vigas oscuras, bellamente talladas. Se quedó acostado todavía un momento, mirando los parches de sol en la pared, y escuchando el rumor de una cascada.

—¿Dónde estoy, y qué hora es? —le preguntó en voz alta al techo.

—En la casa de Elrond, y son las diez de la mañana —dijo una voz—. Es la mañana del veinticuatro de octubre, si quieres saberlo.

—¡Gandalf! —exclamó Frodo, incorporándose.

Allí estaba el viejo mago, sentado en una silla junto a la ventana abierta.

—Sí —dijo Gandalf—, aquí estoy. Y tú tienes suerte de estar también aquí, después de todas las cosas absurdas que has hecho desde tu partida.

Frodo se acostó de nuevo. Se sentía demasiado cómodo y tranquilo para discutir, y de cualquier manera sabía que no llevaría la mejor parte en una discusión. Estaba completamente despierto ahora, y los detalles de su viaje volvían a su memoria: el desastroso «atajo» por el Bosque Viejo, el accidente en *El Poney Pisador*, y la locura de haberse puesto el Anillo en la hondonada, al pie de la Cima de los Vientos. Mientras pensaba en todas estas cosas, tratando en vano de recordar cómo había llegado a Rivendel, hubo un largo silencio, interrumpido sólo por las suaves bocanadas de la pipa de Gandalf, que lanzaba por la ventana anillos de humo blanco.

—¿Dónde está Sam? —preguntó Frodo al fin—. ¿Y los otros, cómo se encuentran?

—Sí, todos están sanos y salvos —respondió Gandalf—. Sam ha estado aquí hasta que yo lo he mandado a descansar, hace algo así como media hora.

—¿Qué pasó en el Vado? —dijo Frodo—. Parecía todo tan confuso, y todavía lo parece.

—Sí, te creo. Estabas empezando a desvanecerte —respondió Gandalf—. La herida al fin estaba terminando contigo; pocas horas más y no hubiésemos podido ayudarte. Pero hay en ti una notable resistencia, ¡mi querido hobbit! Como mostraste en los Túmulos. Allí te salvaste por un pelo; quizá fue el momento más peligroso de todos. Ojalá hubieses resistido en la Cima de los Vientos.

—Parece que ya sabes mucho —dijo Frodo—. No les hablé del Túmulo a los otros. Al principio era demasiado horrible, y luego hubo otras cosas en qué pensar. ¿Cómo te enteraste?

—Has estado hablando mucho en sueños, Frodo —dijo Gandalf suavemente—. Y no me ha sido difícil leerte los pensamientos y la memoria. ¡No te preocupes! Aunque acabo de decir «cosas absurdas» no hablaba en serio. Tengo una buena opinión de ti, y de los demás. No es poca hazaña haber llegado tan lejos y a través de tantos peligros, y conservar todavía el Anillo.

—Nunca lo habríamos conseguido sin la ayuda de Trancos —dijo Frodo—. Pero te necesitábamos. Sin ti, yo no sabía qué hacer.

—Me retrasé —dijo Gandalf—, y esto estuvo a punto de costarnos muy caro. Sin embargo, no estoy seguro. Quizá haya sido mejor así.

—¡Pero cuéntame qué pasó!

—¡Todo a su debido tiempo! Hoy no tienes que hablar ni preocuparte por nada; son órdenes de Elrond.

—Pero hablar me impediría pensar y hacer suposiciones, lo que es casi tan fatigoso —dijo Frodo—. Estoy ahora muy despierto, y recuerdo tantas cosas que necesitan de una explicación... ¿Por qué te retrasaste? Al menos tendrías que contarme eso.

—Ya oirás todo lo que quieres saber —dijo Gandalf—. Tendremos un Concilio, tan pronto como te encuentres bien. Por el momento sólo te diré que estuve prisionero.

—¿Tú? —exclamó Frodo.

—Sí, yo, Gandalf el Gris —dijo el mago solemnemente—. Hay muchos poderes en el mundo, para el bien y para el mal. Algunos de ellos son más grandes que yo. Contra algunos todavía no me he medido. Pero mi tiempo se acerca. El Señor de Morgul y los Jinetes Negros han dejado la guarida. ¡La guerra está próxima!

—¿Entonces tú sabías de los Jinetes... antes de que yo los encontrara?

—Sí, sabía de ellos. En verdad te hablé de ellos una vez; los Jinetes Negros son los Espectros del Anillo, los Nueve Siervos del Señor de los Anillos. Pero yo ignoraba que hubiesen reaparecido; si lo llego a saber, habría huido contigo en seguida. No tuve noticias de ellos hasta después de dejarte, en junio; pero esta historia tiene que esperar. Por el momento, Aragorn nos ha salvado del desastre.

—Sí —dijo Frodo—, fue Trancos quien nos salvó. Sin embargo, tuve miedo de él al principio. Creo que Sam nunca le tuvo confianza, por lo menos no hasta que encontramos a Glorfindel.

Gandalf sonrió.

—Sé todo acerca de Sam —dijo—. Ya no tiene más dudas.

—Me alegro —dijo Frodo—, pues he llegado a apreciar de veras a Trancos. Bueno, *apreciar* no es la palabra justa. Quiero decir que me es muy querido. Aunque a veces es raro y torvo. En verdad me recuerda a ti a menudo. Yo no sabía que hubiese alguien así entre la Gente Grande. Pensaba, bueno, que sólo eran grandes, y bastante estúpidos; amables y estúpidos como Mantecona; o estúpidos y malvados como Bill Helechal. Pero es cierto que no sabemos mucho de los Hombres en la Comarca, excepto quizá las gentes de Bree.

—En realidad sabes muy poco si crees que el viejo Cebadilla es estúpido —dijo Gandalf—. Es bastante sagaz en su propio terreno. Piensa menos de lo que habla, y más lentamente; sin embargo, si le das un tiempo, puede ver a través de una pared de ladrillos (como dicen en Bree). Pero pocos quedan en la Tierra Media como Aragorn hijo de Arathorn. La raza de los Reyes del otro lado del Mar está casi extinguida. Es posible que esta Guerra del Anillo sea su última aventura.

—¿Quieres decir realmente que Trancos pertenece al pueblo de los viejos Reyes? —dijo Frodo, asombrado—. Pensé que habían desaparecido todos, hace ya mucho tiempo. Pensé que era sólo un Montaraz.

—¡Sólo un Montaraz! —exclamó Gandalf—. Mi querido Frodo, eso son justamente los Montaraces: los últimos vestigios en el Norte de un gran pueblo, los Hombres del Oeste. Me ayudaron ya en el pasado, y necesitaré que me ayuden en el futuro; pues aunque hemos llegado a Rivendel, el Anillo no ha encontrado todavía reposo.

—Supongo que no —dijo Frodo—, pero hasta ahora mi único pensamiento era llegar aquí, y espero no tener que ir más lejos. El simple descanso es algo muy agradable. He tenido un mes de exilio y aventuras, y pienso que es suficiente para mí.

Calló y cerró los ojos. Al cabo de un rato habló de nuevo:

—He estado haciendo cuentas —dijo—, y el total no llega al veinticuatro de octubre. Hoy sería el veintiuno de octubre. Tuvimos que haber llegado al Vado el día veinte.

—En tu estado actual, ya has hablado demasiado y has hecho demasiadas cuentas —dijo Gandalf—. ¿Cómo tienes ahora el hombro y el costado?

—No sé —dijo Frodo—. No los siento nada, lo que es una mejora, pero —hizo un esfuerzo— puedo mover el brazo un poco. Sí, está volviendo a la vida. No está frío —añadió, tocándose la mano izquierda con la derecha.

—¡Bien! —dijo Gandalf—. Se está restableciendo rápidamente. Pronto estarás recuperado del todo. Elrond te ha curado; ha estado cuidándote, durante días, desde que te trajeron aquí.

—¿Días? —dijo Frodo.

—Bueno, cuatro noches y tres días, para ser exactos. Los elfos te trajeron del Vado en la noche del veinte, y es ahí donde perdiste la cuenta. Hemos estado muy preocupados, y Sam no te dejó ni de día ni de noche, excepto para llevar algún mensaje. Elrond es un maestro del arte de curar, pero las armas del Enemigo son mortíferas. Para decirte la verdad, yo tuve muy pocas esperanzas, pues se me ocurrió que en la herida cerrada había quedado algún fragmento de la hoja. Pero no pudimos encontrarlo hasta anoche. Elrond extrajo una esquirla. Estaba muy incrustada en la carne, y abriéndose paso hacia dentro.

Frodo se estremeció recordando el cruel puñal de hoja mellada que se había esfumado en manos de Trancos.

—¡No te alarmes! —dijo Gandalf—. Ya no existe. Ha sido fundida. Y parece que los hobbits se desvanecen de muy mala gana. He conocido guerreros robustos de la Gente Grande que habrían sucumbido en seguida a esa esquirla, que tú llevaste diecisiete días.

—¿Qué me habrían hecho? —preguntó Frodo—. ¿Qué trataban de hacer esos Jinetes?

—Trataban de atravesarte el corazón con un puñal de Morgul, que queda en la herida. Si lo hubieran logrado, ahora habrías sido como ellos, sólo que más débil, y te habrían tenido sometido. Habrías sido un espectro, bajo el dominio del Señor Oscuro, y él te habría atormentado por haber querido retener el Anillo, si hay un tormento mayor que el de perder el Anillo y verlo en el dedo del Señor Oscuro.

—¡Menos mal que no me enteré de ese horrible peligro! —dijo Frodo con voz débil—. Yo estaba mortalmente asustado, por supuesto, pero si hubiera sabido más no me hubiese atrevido ni a moverme. ¡Es un milagro que haya escapado con vida!

—Sí, la fortuna o el destino te ayudaron —dijo Gandalf—, por no mencionar el coraje. Pues no te tocaron el corazón, y sólo te hirieron en el hombro, y esto fue así porque resististe hasta el fin. Aun así te salvaste por los pelos, por decirlo de algún modo. El peligro mayor fue cuando tuviste puesto el Anillo, pues entonces tú mismo estabas a medias en el mundo de los espectros, y ellos podían haberte alcanzado. Tú podías verlos, y ellos te podían ver.

—Lo sé —dijo Frodo—. ¡Su aspecto era terrible! Pero ¿cómo todos podíamos ver los caballos?

—Porque son verdaderos caballos, así como las ropas negras son verdaderas ropas, que dan forma a la nada que ellos son, cuando tienen tratos con los vivos.

—¿Por qué esos caballos negros soportan entonces a semejantes jinetes? Todos los otros animales se espantan cuando los Jinetes andan cerca, aun el caballo élfico de Glorfindel. Los perros les ladran, y los gansos les graznan.

—Porque esos caballos nacieron y fueron criados al servicio del Señor Oscuro. ¡Los sirvientes y esclavos de Mordor no son todos espectros! Hay orcos y trolls, huargos y licántropos; y ha habido y todavía hay muchos Hombres, guerreros y reyes, que andan a la luz del sol y sin embargo están sometidos a Mordor. Y el número de estos servidores crece todos los días.

—¿Y Rivendel y los Elfos? ¿Está Rivendel a salvo?

—Sí, por ahora, hasta que todo lo demás sea conquistado. Los Elfos pueden temer al Señor Oscuro, y quizá huyan de él, pero nunca volverán a escucharlo o a servirlo. Y aquí, en Rivendel, viven algunos de los principales enemigos de Mordor: los Sabios Elfos, señores de los Eldar, de más allá de los mares más lejanos. Ellos no temen a los Espectros del Anillo, pues quienes han vivido en el Reino Bendecido viven a la vez en ambos mundos, y tienen grandes poderes contra lo Visible y lo Invisible.

—Creí ver una figura blanca que brillaba y no palidecía como las otras. ¿Era entonces Glorfindel?

—Sí, lo viste un momento tal como es en el otro lado, uno de los poderosos Primeros Nacidos. Es un Señor Elfo de una casa de príncipes. En verdad hay poder en Rivendel capaz de resistir la fuerza de Mordor, por un tiempo, y todavía hay también otros poderes fuera. Hay poder también, de otro tipo, en la Comarca. Pero todos estos lugares pronto serán como islas sitiadas, si las cosas continúan como hasta ahora. El Señor Oscuro está desplegando toda su fuerza.

»Sin embargo —continuó Gandalf, incorporándose de pronto y adelantando el mentón mientras se le erizaban los pelos de la barba como alambre de púas—, debemos ser valientes. Pronto te curarás, si no te mato con mi charla. Estás en Rivendel, de momento no hay motivos para preocuparse de nada.

—No soy valiente—dijo Frodo—, pero ahora no hay nada que me preocupe. Dame simplemente noticias de mis amigos, y dime cómo terminó el asunto del Vado, como he venido preguntando, y me declararé satisfecho por el momento. Luego creo que dormiré otro poco, pero no podré cerrar los ojos hasta que hayas terminado esa historia para mí.

Gandalf acercó la silla a la cabecera del lecho, y miró con atención a Frodo. El color le había vuelto a la cara; los ojos se le habían aclarado, y tenía una mirada despejada y lúcida. Sonreía, y parecía que todo andaba bien. Pero al mago le pareció que se había producido un cambio imperceptible, como una leve transparencia alrededor de Frodo, y sobre todo alrededor de la mano izquierda, que descansaba sobre el cobertor.

«Sin embargo, era algo que podía esperarse», reflexionó Gandalf. «No está ni siquiera curado a medias, y lo que le pasará al fin ni siquiera Elrond podría decirlo. Creo que no será para mal. Podría convertirse en algo parecido a un vaso de agua clara, para los ojos que sepan ver.»

—Tienes un aspecto espléndido —dijo en voz alta—. Me arriesgaré a contarte una breve historia, sin consultar a Elrond. Pero muy breve, recuérdalo, y luego debes dormir otra vez. Esto es lo que ocurrió, según lo que he averiguado. Los Jinetes fueron directamente detrás de ti, tan pronto como escapaste. Ya no necesitaban que los caballos los guiaran: te habías vuelto visible para ellos: estabas en el umbral del mundo de los espectros. Y además el Anillo los atraía. Tus amigos saltaron a un lado, fuera del camino, o los hubieran aplastado. Sabían que estabas perdido, si no te salvaba el caballo blanco. No iban a poder superar la velocidad de los Jinetes, y eran demasiado numerosos como para oponerse a ellos. A pie, ni siquiera Glorfindel y Aragorn luchando juntos habrían podido resistir a los Nueve a la vez.

»Cuando los Espectros del Anillo los pasaron, tus amigos corrieron detrás. Muy cerca del Vado hay una pequeña hondonada, oculta tras unos pocos árboles achaparrados junto al camino. Allí encendieron rápidamente un fuego, pues Glorfindel sabía que habría una crecida si los Jinetes trataban de cruzar; él entonces tendría que vérselas con quienes estuvieran de este lado del río. En el momento en que llegó la crecida, Glorfindel corrió hacia el agua, seguido por Aragorn y los otros, portando antorchas encendidas. Atrapados entre el fuego y el agua, y viendo a un Señor de los Elfos, a quien la furia había hecho visible, los Jinetes se acobardaron, y los caballos enloquecieron. Tres fueron arrastrados río abajo por el primer asalto de la crecida; los caballos echaron a los otros al agua y desaparecieron.

—¿Y ése fue el fin de los Jinetes? —preguntó Frodo.

—No —dijo Gandalf—. Los caballos tienen que haber muerto, y sin ellos apenas son capaces de moverse. Pero los Espectros del Anillo no pueden ser destruidos con tanta facilidad. Sin embargo, por el momento, ya no hay que temerlos. Tus amigos cruzaron cuando pasó la crecida, y te encontraron tendido de bruces en lo alto del barranco, con una espada rota bajo el cuerpo. El caballo hacía guardia a tu lado. Tú estabas pálido y frío, y temieron que hubieses muerto o algo peor. La gente de Elrond los encontró allí, y te trajeron lentamente a Rivendel.

—¿Quién provocó la crecida? —dijo Frodo.

—Elrond la ordenó —respondió Gandalf—. El río de este valle está bajo el dominio de Elrond. Las aguas se levantan furiosas cuando él cree necesario cerrar el Vado. Tan pronto como el capitán de los Espectros del Anillo entró a caballo en el agua, la crecida se desató. Te diré, si me permites, que añadí algunos toques personales: quizá no lo notaste, pero algunas de las olas se encabritaron como grandes caballos blancos montados por brillantes jinetes blancos; y había muchas piedras que rodaban y crujían. Por un momento temí que hubiésemos liberado una furia demasiado poderosa, y que la crecida se nos fuera de las manos y os arrastrara a todos vosotros. Hay un enorme vigor en las aguas que descienden de las nieves de las Montañas Nubladas.

—Sí, todo me viene a la memoria ahora —dijo Frodo—: el tremendo rugido. Pensé que me ahogaba, con mis amigos y todos. ¡Pero ahora estamos a salvo!

Gandalf echó una rápida mirada a Frodo, pero el hobbit había cerrado los ojos.

—Sí, estáis todos a salvo por el momento. Pronto habrá fiesta y regocijo para celebrar la victoria en el Vado del Bruinen, y allí estaréis todos vosotros ocupando sitios de honor.

—¡Espléndido! —dijo Frodo—. Es maravilloso que Elrond, y Glorfindel y tan grandes señores, sin hablar de Trancos, se molesten tanto y sean tan bondadosos conmigo.

—Bueno, hay muchas razones para que así sea —dijo Gandalf sonriendo—. Yo soy una buena razón. El Anillo es otra; tú eres quien lleva el Anillo. Y eres el heredero de Bilbo, que encontró el Anillo.

—¡Querido Bilbo! —dijo Frodo, somnoliento—. Me pregunto dónde andará. Me gustaría que estuviese aquí, y pudiese oír toda esta historia. Se hubiera reído con ganas. ¡La vaca que saltó por encima de la luna! ¡Y el pobre viejo troll!

Tras decir esto, se durmió rápidamente.

Frodo estaba ahora a salvo en el Último Hogar al Este del Mar. Esta casa era, como Bilbo le había relatado hacía tiempo, «una casa perfecta, tanto si te gusta comer como si prefieres dormir o contar cuentos o cantar, o sólo quedarte sentado pensando, o una agradable combinación de todo». Bastaba estar allí para curarse del cansancio, el miedo y la melancolía.

A la caída de la noche, Frodo despertó de nuevo, y descubrió que ya no sentía necesidad de dormir o descansar, y que en cambio tenía ganas de comer y beber, y quizá cantar y escuchar luego alguna historia. Salió de la cama y descubrió que podía utilizar el brazo casi como antes. Encontró ya preparadas unas ropas limpias de color verde que le quedaban muy bien. Mirándose en el espejo se sobresaltó al verse mucho más delgado de lo que recordaba; la imagen se parecía notablemente al joven sobrino de Bilbo, que había acompañado a su tío en muchos paseos a pie por la Comarca; pero los ojos del espejo le devolvieron una mirada pensativa.

—Sí, has visto alguna que otra cosa desde la última vez que te miraste en un espejo —le dijo a la imagen—. Pero ahora, ¡por un feliz encuentro!

Se estiró de brazos y silbó una melodía.

En ese momento, golpearon a la puerta y entró Sam. Corrió hacia Frodo y le tomó la mano izquierda, torpe y tímidamente. La acarició un momento con dulzura y luego enrojeció y se volvió en seguida para irse.

—¡Hola, Sam! —dijo Frodo.

—¡Está caliente! —dijo Sam—. Me refiero a su mano, señor Frodo. Ha estado tan fría en las largas noches. ¡Pero victoria y trompetas! —gritó, dando otra media vuelta con ojos brillantes y bailando—. ¡Es maravilloso verlo de pie y recuperado del todo, señor! Gandalf me pidió que viniera a ver si estaba listo para bajar, y pensé que bromeaba.

—Estoy listo —dijo Frodo—. ¡Vamos a buscar a los demás!

—Puedo llevarlo hasta ellos, señor —dijo Sam—. Es una casa rara ésta, y muy peculiar. A cada paso se descubre algo nuevo, y nunca se sabe qué encontrará uno a la vuelta de cada esquina. ¡Y elfos, señor Frodo! ¡Elfos por aquí, y elfos por allá! Algunos como reyes, terribles y espléndidos; y otros alegres como niños. Y la música y el canto... aunque no he tenido tiempo ni ánimo para escuchar mucho desde que llegamos aquí. Pero empiezo a conocer algunas de las rutinas de la casa.

—Sé lo que has estado haciendo, Sam —dijo Frodo, tomándolo por el brazo—. Pero esta noche tienes que estar alegre, disfrutar escuchando hasta saciarte. ¡Vamos, muéstrame lo que hay a la vuelta de las esquinas!

Sam lo llevó por distintos pasillos, y luego escaleras abajo, y por último salieron a un jardín elevado sobre el barranco escarpado del río. Los amigos de Frodo estaban allí sentados en un pórtico de un lateral de la casa que miraba al este. Las sombras estaban cubriendo el valle más abajo, pero la luz seguía iluminando las faldas de las montañas más altas. El aire era cálido. El sonido del agua que corría y caía en cascadas llegaba alto y claro, y un débil perfume de árboles y flores flotaba en la tarde, como si el verano se hubiese demorado en los jardines de Elrond.

—¡Hurra! —gritó Pippin incorporándose de un salto—. ¡He aquí a nuestro noble primo! ¡Abran paso a Frodo, Señor del Anillo!

—¡Calla! —dijo Gandalf desde el fondo sombrío del pórtico—. Las cosas malas no tienen cabida en este valle, pero aun así es mejor no nombrarlas. El Señor del Anillo no es Frodo, sino el amo de la Torre Oscura de Mordor, cuyo poder se extiende otra vez sobre el mundo. Estamos en una fortaleza. Fuera caen las sombras.

—Gandalf ha estado diciéndonos cosas así, todas tan divertidas —dijo Pippin—. Piensa que es necesario llamarme al orden, pero de algún modo parece imposible sentirse triste o deprimido en este sitio. Podría ponerme a cantar, si conociese una canción apropiada.

—Yo también cantaría —rio Frodo—. ¡Aunque por ahora preferiría comer y beber!

—Eso tiene pronto remedio —dijo Pippin—. Has mostrado tu astucia habitual levantándote justo a tiempo para una comida.

—¡Más que una comida! ¡Una fiesta! —dijo Merry—. Tan pronto como Gandalf informó de que ya estabas bien, comenzaron los preparativos.

Apenas había acabado de hablar cuando un tañido de muchas campanas los convocó al salón de la casa.

El salón de la casa de Elrond estaba colmado de gente: elfos en su mayoría, aunque había unos pocos huéspedes de otra especie. Elrond, como de costumbre, estaba sentado en un sillón a la cabecera de una mesa larga sobre el estrado; a un lado tenía a Glorfindel, y al otro a Gandalf.

Frodo los observó maravillado, pues nunca había visto a Elrond, de quien se hablaba en tantos relatos; y sentados a la izquierda y a la derecha, Glorfindel, y aun Gandalf a quien creía conocer tan bien, se le revelaban como grandes y poderosos señores.

Gandalf era de menor estatura que los otros dos, pero la larga melena blanca, la abundante barba gris, y los anchos hombros, le daban un aspecto de rey sabio, salido de antiguas leyendas. En la cara marcada por los años, bajo las espesas cejas nevadas, los ojos oscuros eran como carbones encastrados que de súbito podían encenderse y arder.

Glorfindel era alto y erguido, tenía el cabello de oro resplandeciente, y la cara era joven y hermosa, libre de temores y llena de alegría; los ojos eran brillantes y vivos, y la voz como una música; en su frente había sabiduría, y en la mano, fuerza.

El rostro de Elrond no tenía edad; no era ni joven ni viejo, aunque uno podía leer en él el recuerdo de muchas cosas, felices y tristes. Tenía el cabello oscuro como las sombras del atardecer, y ceñido por una corona de plata; los ojos eran grises como una tarde clara, y en ellos había una luz semejante a la luz de las estrellas. Parecía venerable como un rey coronado por muchos inviernos, y al mismo tiempo vigoroso como un guerrero probado en la plenitud de sus fuerzas. Era el Señor de Rivendel, poderoso tanto entre los Elfos como entre los Hombres.

En el centro de la mesa, delante de los tapices que colgaban de la pared, había una silla bajo un dosel, y allí estaba sentada una hermosa dama, tan parecida a Elrond, bajo forma femenina, que no podía ser, pensó Frodo, sino una pariente cercana. Era joven, y al mismo tiempo no lo era, pues aunque la escarcha no le había tocado las trenzas de pelo sombrío, y los brazos blancos y el rostro claro fuesen tersos y sin mácula, y la luz de las estrellas le brillara en los ojos, grises como una noche sin nubes, había en ella verdadera majestad, y la mirada revelaba conocimiento y sabiduría, como si largos años le hubiesen enseñado muchas cosas. Le cubría la cabeza una red de hilos de plata entretejida con pequeñas gemas de un blanco resplandeciente, pero las delicadas vestiduras grises no tenían otro adorno que una cintura de hojas cinceladas en plata.

Así fue cómo Frodo vio a Arwen, hija de Elrond, a quien pocos mortales habían visto hasta entonces, y de quien se decía que había traído de nuevo a la tierra la imagen viva de Lúthien; y la llamaban Undómiel, pues era la Estrella de la Tarde para su pueblo. Había permanecido mucho tiempo en la tierra de la familia de la madre, en Lórien, más allá de las montañas, y había regresado hacía poco a Rivendel, a la casa del padre. Pero los dos hermanos de Arwen, Elladan y Elrohir, estaban fuera, explorando; a menudo iban lejos a caballo junto con los Montaraces del Norte; y jamás olvidaban los tormentos que la madre de ellos había sufrido en los antros de los orcos.

Frodo no había visto ni había imaginado nunca belleza semejante en una criatura viva, y el hecho de encontrarse sentado a la mesa de Elrond entre tanta gente ilustre y hermosa lo sorprendía y abrumaba a la vez. Aunque tenía una silla apropiada, y habían elevado su asiento con la ayuda de varios almohadones, se sentía muy pequeño, y bastante fuera de lugar; pero esta impresión pasó rápidamente. La fiesta era alegre, y la comida todo lo que un estómago hambriento pudiese desear. Pasó un tiempo antes de que mirara de nuevo alrededor o se volviera hacia la gente vecina.

Buscó primero a sus amigos. Sam había pedido que le permitieran atender a su amo, pero le respondieron que por esta vez él era invitado de honor. Frodo podía verlo ahora junto al estrado, sentado con Pippin y Merry a la cabecera de una mesa lateral. No alcanzó a ver a Trancos.

A la derecha de Frodo estaba sentado un enano que parecía importante, ricamente vestido. La barba, muy larga y bifurcada, era blanca, casi tan blanca como el blanco de nieve de las ropas. Llevaba un cinturón de plata, y una cadena de plata y diamantes le colgaba del cuello. Frodo dejó de comer para mirarlo.

—¡Bienvenido y feliz encuentro! —dijo el enano volviéndose hacia él, y después, levantándose del asiento, hizo una reverencia—. Glóin, a su servicio —dijo inclinándose todavía más.

—Frodo Bolsón, al servicio de usted y a su familia —dijo Frodo correctamente, levantándose sorprendido y desparramando los almohadones—. ¿Me equivoco al pensar que es usted *el* Glóin, uno de los doce compañeros del gran Thorin Escudo de Roble?

—No se equivoca —dijo el enano, juntando los almohadones y ayudando cortésmente a Frodo a volver a la silla—. Y yo no pregunto, pues ya me han dicho que es usted pariente y heredero por adopción de nuestro célebre amigo Bilbo. Permítame felicitarlo por su recuperación.

—Muchas gracias —dijo Frodo.

—Me dicen que ha tenido usted aventuras muy extrañas —dijo Glóin—. No alcanzo a imaginarme qué motivo pueden tener *cuatro* hobbits para emprender un viaje tan largo. Nada semejante había ocurrido desde que Bilbo vino con nosotros. Pero quizá yo no debiera hacer preguntas tan precisas, pues ni Elrond ni Gandalf parecen dispuestos a hablar del asunto.

—Pienso que será mejor no hablar de ello, al menos por ahora —dijo Frodo cortésmente. Entendía que aun en la casa de Elrond no se hablaba a la ligera del asunto del Anillo, y de cualquier modo deseaba olvidar las dificultades pasadas, por un tiempo—. Pero yo también me pregunto —continuó— qué traerá a un enano tan importante a tanta distancia de la Montaña Solitaria.

Glóin lo miró.

—Si todavía no lo sabe, tampoco hablaremos de eso, me parece. El Señor Elrond nos convocará a todos muy pronto, creo, y oiremos entonces muchas cosas. Pero hay todavía otras muchas de las que se puede hablar.

Conversaron durante todo el resto de la comida, pero Frodo escuchaba más de lo que hablaba, pues las noticias de la Comarca, aparte de las que se referían al Anillo, parecían menudas, lejanas e insignificantes, mientras que Glóin en cambio tenía mucho que decir acerca de las regiones septentrionales de las Tierras Salvajes. Frodo supo que Grimbeorn el Viejo hijo de Beorn, era ahora el señor de muchos hombres vigorosos, y que ni orcos ni lobos se atrevían a entrar en su país, entre las Montañas y el Bosque Negro.

—En verdad —dijo Glóin—, si no fuera por los Beórnidas, viajar de Valle a Rivendel habría sido imposible desde hace mucho tiempo. Son hombres valientes, y mantienen abierto el Paso Alto y el Vado de la Carroca. Pero el peaje es elevado —añadió sacudiendo la cabeza—, e igual que el Beorn de antaño no gustan mucho de los enanos. Sin embargo, son gente en la que se puede confiar, y eso es mucho en estos días. Pero en ninguna parte hay Hombres que nos muestren tanta amistad como los de Valle. Son buena gente, los Bárdidos. El nieto de Bardo el Arquero es quien los gobierna, Brand hijo de Bain hijo de Bardo. Es un rey poderoso, y sus dominios llegan ahora muy al sur y al este de Esgaroth.

—¿Y qué me dice de la gente de usted? —preguntó Frodo.

—Hay mucho que decir, bueno y malo —respondió Glóin—, pero casi todo bueno. Hemos tenido suerte hasta ahora, aunque no nos escapamos de la sombra de esta época. Si realmente quiere saber de nosotros, le contaré todo de buen grado. ¡Pero hágame callar cuando se canse! Dicen que a un enano se le suelta la lengua cuando habla de sus asuntos.

Y después de esto Glóin se embarcó en un largo relato de lo que había acontecido en el Reino de los Enanos. Le encantaba haber encontrado a un oyente tan cortés, pues Frodo no daba señales de fatiga y no trataba de cambiar el tema, aunque en verdad pronto se encontró perdido entre los extraños nombres de personas y lugares de los que nunca había oído hablar. Le interesó saber, sin embargo, que Dáin reinaba todavía bajo la Montaña, y que era viejo (habiendo cumplido ya doscientos cincuenta años), venerable, y fabulosamente rico. De los diez compañeros que habían sobrevivido a la Batalla de los Cinco Ejércitos, siete estaban todavía con él: Dwalin, Glóin, Dori, Nori, Bifur, Bofur y Bombur. Bombur era ahora tan gordo que no podía trasladarse por sus propios medios de la cama al asiento en la mesa, y se necesitaban seis jóvenes enanos para levantarlo.

—¿Y qué ha sido de Balin y Ori y Óin? —preguntó Frodo.

Una sombra cruzó la cara de Glóin.

—No lo sabemos —respondió—. He venido a pedir consejo a la gente de Rivendel en gran parte a causa de Balin. ¡Pero por esta noche hablemos de cosas más alegres!

Glóin se puso entonces a hablar de las obras de los enanos, y le comentó a Frodo los grandes trabajos que habían emprendido en Valle y bajo la Montaña.

—Hemos trabajado bien —dijo—, pero en metalurgia no podemos rivalizar con nuestros padres, muchos de cuyos secretos se han perdido. Hacemos buenas armaduras y espadas afiladas, pero las hojas y las cotas de malla que ahora creamos no pueden compararse con las de antes de la venida del dragón. Sólo en minería y en construcciones hemos superado los viejos tiempos. ¡Tendría usted que ver los canales de Valle, Frodo, y las fuentes y los embalses! ¡Tendría usted que ver las calzadas de piedras de distintos colores! ¡Y las salas y las calles subterráneas con arcos tallados como árboles, y las terrazas y torres que se alzan en las faldas de la Montaña! Vería usted entonces que no hemos estado ociosos.

—Iré y lo veré, si me es posible alguna vez —dijo Frodo—. ¡Cómo se habría sorprendido Bilbo viendo todos esos cambios en la Desolación de Smaug!

Glóin miró a Frodo y sonrió.

—Usted quería mucho a Bilbo, ¿no es cierto? —le preguntó.

—Sí —respondió Frodo—. Preferiría verlo a él antes que todas las torres y palacios del mundo.

El banquete concluyó por fin. Elrond y Arwen se levantaron y atravesaron la sala, y los invitados los siguieron en orden. Las puertas se abrieron de par en par, y todos salieron a un pasillo ancho y cruzaron otras puertas, y llegaron a otra sala. No había mesas allí, pero un fuego brillante ardía en una amplia chimenea entre pilares tallados.

Frodo se encontró caminando junto a Gandalf.

—Ésta es la Sala del Fuego —dijo el mago—. Escucharás aquí muchas canciones y relatos, si consigues mantenerte despierto. Pero fuera de las grandes ocasiones la sala está siempre vacía y silenciosa, y sólo vienen aquí quienes buscan tranquilidad y recogimiento para la reflexión. La chimenea está encendida todo el año, pero apenas hay más fuentes de luz.

Mientras Elrond entraba e iba hacia el asiento preparado para él, unos trovadores elfos comenzaron a tocar una música suave. La sala se fue llenando lentamente, y Frodo observó con deleite las muchas caras hermosas que se habían reunido allí; la luz dorada del fuego jugueteaba sobre las distintas facciones, y relucía en los cabellos. De pronto vio, no muy lejos del extremo opuesto del fuego, una pequeña figura oscura sentada en un taburete, con la espalda apoyada en una columna. Junto a él, en el suelo, había un tazón y un poco de pan. Frodo se preguntó si estaría enfermo (si alguien podía enfermarse en Rivendel), y no habría podido asistir al festín. Parecía estar dormido con la cabeza inclinada sobre el pecho, y ocultaba la cara en un pliegue del manto oscuro.

Elrond se adelantó y se quedó de pie junto a la silenciosa figura.

—¡Despierta, pequeño señor! —dijo con una sonrisa. En seguida se volvió hacia Frodo y le indicó que se acercara—. Por fin ha llegado la hora que tanto has deseado, Frodo. He aquí a un amigo que te ha faltado mucho tiempo.

La figura oscura alzó la cabeza y se descubrió la cara.

—¡Bilbo! —gritó Frodo, reconociéndolo de pronto y dando un salto hacia delante.

—¡Hola, Frodo, hijo mío! —dijo Bilbo—. Así que al fin has llegado. Esperaba que lo consiguieras. ¡Bueno, bueno! De modo que estos festejos son todos en tu honor, me han dicho. Espero que lo hayas pasado bien.

—¿Por qué no has estado presente? —exclamó Frodo—. ¿Y por qué no me han permitido que te viera antes?

—Porque estabas dormido. Pero yo *te* he visto bastante. He estado sentado a tu lado junto con Sam todos estos días. Pero en cuanto a la fiesta, ya no frecuento mucho esas cosas. Y tenía otra cosa que hacer.

—¿Qué estabas haciendo?

—Bueno, estaba sentado aquí, meditando. Lo hago con frecuencia desde hace un tiempo, y este sitio es en general el más adecuado. ¡Despierta, dice! —dijo Bilbo, mirando fijamente a Elrond. Frodo alcanzó a ver un centelleo en el ojo de Bilbo y no advirtió ninguna señal de somnolencia—. ¡Despierta! No estaba dormido, señor Elrond. Si queréis saberlo, habéis venido todos demasiado pronto de la fiesta, y me habéis perturbado... mientras componía una canción. Me había quedado atascado en una línea o dos, y estaba recomponiendo los versos, pero supongo que ahora ya no tienen remedio. Cantaréis tanto que las ideas se me irán de la cabeza. Tendré que recurrir a mi amigo el Dúnadan para que me ayude. ¿Dónde está?

Elrond rio.

—Lo encontraremos —dijo—. Luego los dos os iréis a un rincón a acabar vuestra tarea, y nosotros la oiremos y la juzgaremos antes de que terminen los festejos.

Se enviaron mensajeros en busca del amigo de Bilbo, aunque nadie sabía dónde estaba, ni por qué no había asistido al banquete.

Mientras tanto, Frodo y Bilbo se sentaron, y Sam se acercó rápidamente y se quedó junto a ellos. Frodo y Bilbo hablaron en voz baja, sin prestar atención a la alegría y a la música que llenaban toda la sala. Bilbo no tenía mucho que decir de sí mismo. Después de dejar Hobbiton había caminado sin rumbo fijo, siguiendo a veces el Camino, o atravesando el campo a ambos lados de él, pero de algún modo se había dirigido todo el tiempo hacia Rivendel.

—Llegué aquí sin muchas aventuras —dijo—, y después de un descanso fui hasta Valle acompañando a los enanos: mi último viaje. Ya no viajaré más. El viejo Balin había partido. Entonces volví aquí, y aquí me he quedado. He estado ocupado. He seguido escribiendo mi libro. Y compongo algunas canciones, por supuesto. Las cantan aquí de vez en cuando: aunque sólo para complacerme, creo yo; pues está claro que no son suficientemente buenas para Rivendel. Y escucho y pienso. Aquí parece que el tiempo no pasa: existe, nada más. Un sitio notable desde cualquier punto de vista.

»Me ha llegado toda clase de noticias de más allá de las Montañas y del Sur, pero apenas nada de la Comarca. He tenido noticias del Anillo, por supuesto. Gandalf ha estado aquí a menudo. No es que me haya contado gran cosa; en estos últimos años se ha vuelto cada vez más reservado. El Dúnadan me dijo más. ¡Es increíble que ese anillo mío haya causado tantos problemas! Es una lástima que Gandalf no descubriera más cosas antes. Yo mismo podía haberlo traído aquí hace mucho sin tantas dificultades. En varias ocasiones pensé que podría volver a Hobbiton a buscarlo, pero me estoy haciendo viejo, y ellos no me dejarían: me refiero a Gandalf y Elrond. Parecen pensar que el Enemigo revuelve cielo y tierra buscándome, y que me haría picadillo si me sorprendiera vagabundeando por ahí al descubierto.

»Y Gandalf dijo: "Bilbo, el Anillo ha pasado a otro. No sería bueno para ti ni para nadie si te entrometieras otra vez". Curiosa observación, digna de Gandalf. Pero me dijo que él estaba cuidando de ti, de modo que no me preocupé. Me hace terriblemente feliz verte sano y salvo.

Hizo una pausa y miró a Frodo como si estuviera dudando.

—¿Lo tienes aquí? —preguntó susurrando—. Tengo curiosidad, no lo puedo remediar, después de todo lo que he oído. Me gustaría mucho echarle un vistazo.

—Sí, lo tengo aquí —respondió Frodo, sintiendo de pronto una rara resistencia—. Tiene el mismo aspecto de siempre.

—Bueno, me gustaría verlo un momento, nada más —dijo Bilbo.

Mientras se vestía, Frodo había descubierto que le habían colgado al cuello el Anillo, y que la cadena era nueva, liviana y fuerte. Sacó lentamente el Anillo. Bilbo extendió la mano. Pero Frodo retiró en seguida el Anillo. Descubrió con pena y asombro que ya no miraba a Bilbo; una sombra parecía haber caído entre ellos, y a través de esa sombra alcanzaba a ver una criatura menuda y arrugada, de rostro ávido y manos huesudas y temblorosas. Le entraron ganas de golpearla.

La música y los cantos de alrededor parecieron desvanecerse, y hubo un silencio. Bilbo echó una rápida mirada a la cara de Frodo y se pasó una mano por los ojos.

—Ahora entiendo —dijo—. ¡Apártalo! Lo lamento; lamento que te haya tocado esa carga: lo lamento todo. ¿Las aventuras no terminan nunca? Supongo que no. Siempre tiene que haber otra persona que continúe la historia. Bueno, no queda más remedio. Me pregunto si valdrá la pena que termine mi libro. Pero no nos preocupemos por eso ahora. ¡Háblame de Noticias importantes! ¡Cuéntame todo sobre la Comarca!

Frodo ocultó el Anillo, y la sombra pasó dejando apenas una hilacha de recuerdo. La luz y la música de Rivendel lo rodearon otra vez. Bilbo sonreía y reía, feliz. Todas las noticias que Frodo le daba de la Comarca —a veces ampliadas y corregidas por Sam— le parecían del mayor interés, desde la tala de un arbolito hasta las travesuras del niño más pequeño de Hobbiton. Estaban tan absortos en los acontecimientos de las Cuatro Cuadernas que no advirtieron la llegada de un hombre vestido de verde oscuro. Durante muchos minutos se quedó mirándolos con una sonrisa.

De pronto Bilbo alzó los ojos. —¡Ah, al fin llegaste, Dúnadan! —exclamó.

—¡Trancos! —dijo Frodo—. Parece que tienes muchos nombres.

—Bueno, *Trancos* nunca lo había oído hasta ahora —dijo Bilbo—. ¿Por qué lo llamas así?

—Así me llaman en Bree —dijo Trancos riéndose— y así fui presentado.

—¿Y por qué lo llamas tú Dúnadan? —preguntó Frodo.

—*El* Dúnadan —dijo Bilbo—. Así lo llaman aquí a menudo. Pensé que conocías suficiente élfico como para entender *dún-adan*: Hombre del Oeste, númenóreano. ¡Pero no es el momento de lecciones! —Se volvió hacia Trancos—. ¿Dónde has estado, amigo mío? ¿Por qué no has asistido al festín? La Dama Arwen estaba presente.

Trancos miró gravemente a Bilbo.

—Lo sé —dijo—, pero a menudo tengo que dejar la alegría a un lado. Elladan y Elrohir han vuelto inesperadamente de las Tierras Salvajes y traían noticias que yo quería oír en seguida.

—Bueno, querido compañero —dijo Bilbo—, ahora que ya has oído las noticias, ¿puedes dedicarme un momento? Necesito tu ayuda en algo urgente. Elrond dice que mi canción tiene que estar terminada antes de que acabe la noche, y me encuentro en un atolladero. ¡Vayamos a un rincón a darle un último toque!

Trancos sonrió.

—¡Vamos! —dijo—. ¡Házmela escuchar!

Dejaron un rato a Frodo a solas consigo mismo, pues Sam se había quedado dormido, y el hobbit se sintió como aislado del mundo y bastante abandonado, aunque todas las gentes de Rivendel se apretaban alrededor. Pero quienes estaban más cerca callaban, atentos a la música de las voces y los instrumentos, sin reparar en ninguna otra cosa. Frodo se puso a escuchar.

Al principio, en cuanto comenzó a prestar atención a las melodías y las palabras entrelazadas en lengua élfica, a pesar de entender poco, su belleza obró sobre él un encantamiento. Le pareció que las palabras tomaban forma, y unas visiones de tierras lejanas y objetos brillantes que nunca había imaginado hasta ese momento se abrieron ante él; y la sala de la chimenea se transformó en una niebla dorada sobre mares de espuma que suspiraban en las márgenes del mundo. Luego el encantamiento fue más parecido a un sueño, y en seguida sintió que un río interminable de crecientes olas de oro y plata venía acercándose, demasiado numerosas para que él pudiera comprender el patrón; el río se mezcló con el aire vibrante que lo rodeaba, lo empapaba y lo inundaba. Frodo se hundió bajo el peso resplandeciente del agua y entró en un profundo reino de sueños.

Allí fue largamente de un lado a otro en un sueño de música que se transformaba en agua corriente, y luego en una voz. Parecía la voz de Bilbo, que cantaba un poema. Débiles al principio y luego más claras se alzaron las palabras.

Un marino fue Eärendil
que en Arvernien hizo su casa;
y para surcar los mares, de Nimbrethil,
el abedul de plata, fue su nave fabricada;
tejió las velas de plata hermosa,
y sus lucernas de argento hechas,
figura en proa de cisne era,
y su estandarte vestido en luz.

De antiguos reyes su panoplia
de anillos candados la armó;
y brillante el escudo en runas grabado quedó
para guardarla de toda herida y daño;
por tajamar un arco de cuerno de dragón formado
y flechas de ébano tallado;
cota de malla en plata
y vaina de gema calcedonia,
de acero su espada valerosa
y adamante el gran yelmo en gloria;
en cimera, pluma de águila prendida,
y esmeralda en pecho engarzada.

Bajo Luna y estrellas
erró de orillas del norte alejado,
extraviándose en encantadas sendas
más allá de tierras de mortales y sus días.
Del crujido del Hielo Estrecho,
en colinas heladas donde yace la sombra,
de calores infiernos y el ardor de los yermos
viró de prisa, y aún errante
por aguas sin estrellas, a la deriva
llegó al fin a la Noche de la Nada,

y así pasó sin avistar jamás
la orilla brillante, la luz deseada.
Los vientos su cólera alzaron en naufragio
y a ciegas cabalgando la espuma escapó
del este hacia el oeste, y sin misión
emprendió el rumbo a casa inesperado.

Elwing, la alada, vino entonces a él
y en las tinieblas prendió la llama;
más clara que el diamante a su luz
de su collar la gema en ardor desprendía;
y en él puso el Silmaril
coronándolo con viva luz;
y Eärendil, intrépido, su frente en llamas,
viró la proa, y aquella noche
del Otro Mundo más allá del Mar
se alzó la tormenta libre y furiosa,
un viento poderoso en Tarmenel,
por rutas que casi ningún mortal transitara
soplando y mordiendo la nave arrastró
como el poder de la muerte por los grises
mares hace tiempo olvidados, su desesperación;
del este al oeste finalmente cruzó.

Fue llevado a través de la Noche Eterna
sobre negras olas rugidoras
corrientes por leguas sin luces e inundadas costas
ahogadas antes ya del albor de los Días,
hasta que oyó en márgenes de perlas
donde termina el mundo, la larga melodía,
donde las olas siempre espumosas
traen amarillo oro y pálidas sus joyas.

Vio la erguida Montaña silenciosa
donde el crepúsculo se rinde
a rodillas de Valinor, y Eldamar contempló
muy lejos, más allá de los mares.
De la noche vagabundo escapado
llegó por fin al puerto blanco,
al hogar de los Elfos, el verde y claro,
de aire sutil; y como el vidrio pálidas,
al pie de la Colina de Ilmarin
resplandecientes en un valle escarpado
las torres encendidas de Tirion
en el Lago de las Sombras, allí se reflejaron.

A la vida errante renunció
y en canciones fue enseñado,
los sabios le contaron maravillas de antaño,
y arpas de oro le llevaron.
De blanco élfico engalanado
y siete luces en avance enviaron
cruzando el Calacirian
hasta la tierra oculta al olvido.
Al fin entró en los salones sin tiempo
donde brillando caen los años incontables,
y los reinados sin fin del Rey Antiguo
en la escarpada Montaña de Ilmarin;
palabras aún no pronunciadas se dijeron
del pueblo de los Hombres y los Elfos,
visiones más allá del mundo le fueron reveladas
prohibidas para aquellos que moran allí.

Nueva nave en su honor fue construida
de mithril y de élfico cristal,

de brillante proa; sin remo desnudo,
sin vela en el mástil de plata:
por lucerna el Silmaril
y la viva llama su estandarte
para refulgir eterna, por Elbereth
misma allí prendida, quien llegó presta
y alas inmortales para él creadas,
el eterno destino impuso sobre él:
navegar por cielos sin orillas
detrás del Sol y la luz de la Luna.

De las altas colinas del Anochecer Eterno
donde suave fluyen manantiales de plata
las alas lo llevaron, cual errante luz,
más allá del poderoso Muro de Montañas.
Del fin del mundo entonces se marchó
anhelando encontrar en la distancia
su hogar; entre sombras navegante
y ardiendo como una estrella solitaria
en lo alto sobre las nieblas apareció
como una llama ante el Sol distante,
prodigio que antecede al despertar de la aurora
donde grises corren las aguas de Norlanda.

Y así pasó sobre la Tierra Media
y al fin oyó los llantos de dolor
de mujeres y élficas doncellas
de los Días Antiguos, los tiempos de antaño.
Pero un destino implacable pesaba sobre él:
hasta la desaparición de la Luna
pasar como una estrella en órbita
sin detenerse nunca en las Costas de Aquende

donde habitan los mortales, por siempre heraldo
de una misión que no conoce descanso
llevar allá lejos su lucerna brillante,
la luz flamígera de Oesternesse.

El canto cesó. Frodo abrió los ojos y vio que Bilbo estaba sentado en el taburete en medio de un círculo de oyentes que sonreían y aplaudían.

—Ahora oigámoslo de nuevo —dijo un elfo.

Bilbo se incorporó e hizo una reverencia.

—Me siento halagado, Lindir —dijo—. Pero sería demasiado fatigoso repetirlo de cabo a rabo.

—No demasiado fatigoso para ti —replicaron los elfos riendo—. Sabes que nunca te cansas de recitar tus propios poemas. ¡Pero en verdad una sola audición no es suficiente para que respondamos a tu pregunta!

—¡Qué! —exclamó Bilbo—. ¿No podéis decir qué partes son mías y cuáles del Dúnadan?

—No es fácil para nosotros señalar diferencias entre dos mortales —dijo el elfo.

—Tonterías, Lindir —gruñó Bilbo—. Si no puedes distinguir entre un hombre y un hobbit, tu juicio es más pobre de lo que yo había imaginado. Son como guisantes y manzanas, así de diferentes.

—Quizás. A una oveja otra oveja le parece sin duda diferente —rio Lindir—. O a un pastor. Pero no nos hemos dedicado a estudiar a los Mortales. Hemos tenido otras ocupaciones.

—No discutiré contigo —dijo Bilbo—. Tengo sueño después de tanta música y canto. Dejaré que lo adivines, si tienes ganas.

Se incorporó y fue hacia Frodo.

—Bueno, por fin se acabó —le dijo en voz baja—. Ha salido mejor parado de lo que creía. Pocas veces me piden una segunda audición. ¿Qué piensas tú?

—No trataré de adivinar —dijo Frodo sonriendo.

—No hace falta —dijo Bilbo—. En realidad es todo mío. Aunque Aragorn ha insistido en que incluyera una piedra verde. Parecía creer que era importante. No sé por qué. Evidentemente, pensaba que el tema estaba por encima de mis capacidades, y me dijo que si yo tenía la osadía de hacer versos acerca de Eärendil en casa de Elrond era asunto mío. Creo que tenía razón.

—No sé —dijo Frodo—. A mí me ha parecido adecuado de algún modo, aunque no podría decirte por qué. Estaba casi dormido cuando has empezado, y me ha parecido la continuación de un sueño. No he caído en la cuenta de que estabas aquí cantando hasta cerca del fin.

—*Es* difícil mantenerse despierto en este sitio, hasta que te acostumbras —dijo Bilbo—. Aparte de que los Hobbits nunca tendrán el mismo apetito por la música y la poesía y las leyendas que los Elfos. Parece que les gusta tanto como la comida o más. Seguirán así aún por mucho tiempo hoy. ¿Qué te parece si nos escabullimos y tenemos por ahí una charla tranquila?

—¿Podemos hacerlo? —dijo Frodo.

—Por supuesto. Esto es una fiesta, no una obligación. Puedes ir y venir como te plazca, si no haces ruido.

Se levantaron y se retiraron en silencio a las sombras y fueron hacia la puerta. A Sam lo dejaron atrás, durmiendo con una sonrisa en los labios. A pesar de la satisfacción de estar en compañía de Bilbo, Frodo sintió una punzada de arrepentimiento cuando dejaron la Sala del Fuego. Cruzaban aún el umbral cuando una voz clara entonó una canción.

A Elbereth Gilthoniel,
silivren penna míriel
o menel aglar elenath!
Na-chaered palan-díriel
o galadhremmin ennorath,
Fanuilos, le linnathon
nef aear, sí nef aearon!

Frodo se detuvo un momento volviendo la cabeza. Elrond estaba en su silla y el fuego le iluminaba la cara como la luz de verano entre los árboles. Cerca estaba sentada la Dama Arwen. Sorprendido, Frodo vio que Aragorn estaba de pie junto a ella. Llevaba recogido el manto oscuro, y parecía estar vestido con la cota de malla de los Elfos, y una estrella le brillaba en el pecho. Hablaban juntos. De pronto le pareció a Frodo que Arwen se volvía hacia la puerta, y que la luz de los ojos de la joven caía sobre él desde lejos y le traspasaba el corazón.

Se quedó allí como encantado mientras las dulces sílabas de la canción élfica le llegaban como joyas claras de palabras y música entremezcladas.

—Es un canto a Elbereth —dijo Bilbo—. Cantarán esa canción y otras del Reino Bendecido muchas veces esta noche. ¡Vamos!

Fueron hasta la pequeña habitación de Bilbo que se abría sobre los jardines y miraba al sur por encima de la garganta del Bruinen. Allí se sentaron un rato, mirando por la ventana las estrellas brillantes sobre los bosques que crecían en las laderas abruptas, y charlando en voz baja. No hablaron más de las insignificantes noticias de la lejana Comarca, ni de las sombras oscuras y los peligros que los habían amenazado, sino de las cosas hermosas que habían visto juntos en el mundo, de los Elfos, de las estrellas, de los árboles, y de la dulce declinación del año brillante en los bosques.

Alguien golpeó al fin la puerta.

—Con el perdón de ustedes —dijo Sam asomando la cabeza—, pero me preguntaba si necesitarían algo.

—Con tu perdón, Sam Gamyi —replicó Bilbo—. Sospecho que quieres decir que es hora de que tu amo se vaya a la cama.

—Bueno, señor, me dicen que hay un Concilio mañana temprano, y hoy es el primer día que pasa levantado.

—Tienes mucha razón, Sam —rio Bilbo—. Puedes ir a decirle a Gandalf que Frodo ya se ha ido a la cama. ¡Buenas noches, Frodo! ¡Qué bueno ha sido verte otra vez! En verdad, para una buena conversación no hay nadie como los hobbits. Me estoy haciendo muy viejo, y ya me pregunto si llegaré a ver los capítulos que te corresponderán en nuestra historia. ¡Buenas noches! Saldré a estirar las piernas, me parece, y miraré las estrellas de Elbereth desde el jardín. ¡Que duermas bien!

2

EL CONCILIO DE ELROND

A la mañana siguiente Frodo despertó temprano, sintiéndose descansado y recuperado. Caminó a lo largo de las terrazas que dominaban las aguas tumultuosas del Bruinen y observó el sol pálido y fresco que se elevaba por encima de las montañas distantes proyectando unos rayos oblicuos a través de la tenue niebla de plata; el rocío refulgía sobre las hojas amarillas, y las finas telarañas centelleaban en los arbustos. Sam caminaba junto a Frodo, sin decir nada, pero husmeando el aire y mirando una y otra vez con ojos asombrados las grandes elevaciones del este. La nieve blanqueaba las cimas.

Junto a una curva en el sendero, sentados en un banco tallado en la piedra, tropezaron con Gandalf y Bilbo que conversaban, abstraídos.

—¡Hola! ¡Buenos días! —dijo Bilbo—. ¿Listo para el gran concilio?

—Listo para cualquier cosa —respondió Frodo—. Pero sobre todas las cosas me gustaría caminar un poco y explorar el valle. Me gustaría visitar esos pinares de allá arriba.

Señaló las alturas del lado norte de Rivendel.

—Quizá encuentres una ocasión de hacerlo más tarde —dijo Gandalf—. Hoy hay mucho que oír y decidir.

De pronto mientras hablaban se oyó el claro tañido de una campana.

—Es la campana que llama al Concilio de Elrond —exclamó Gandalf—. ¡Vamos! Se requiere tu presencia y la de Bilbo.

Frodo y Bilbo siguieron rápidamente al mago a lo largo del sinuoso camino que llevaba a la casa; detrás de ellos trotaba Sam, que no estaba invitado y a quien habían olvidado por el momento.

Gandalf los llevó hasta el pórtico donde Frodo había encontrado a sus amigos la noche anterior. La luz de la clara mañana otoñal brillaba ahora sobre el valle. El ruido de las aguas burbujeantes subía desde el espumoso lecho del río. Los pájaros cantaban, y una paz serena se extendía sobre la tierra. Para Frodo, la peligrosa huida, los rumores de que la oscuridad estaba creciendo en el mundo exterior, le parecían ahora meros recuerdos de un sueño perturbado, pero las caras que se volvieron hacia ellos cuando entraron en la sala eran graves.

Elrond estaba allí, y muchos otros esperaban sentados en silencio alrededor de él. Frodo vio a Glorfindel y Glóin; y en un rincón estaba sentado Trancos, envuelto otra vez en aquellas gastadas ropas de viaje. Elrond le indicó a Frodo que se sentara junto a él, y lo presentó a la compañía, diciendo:

—He aquí, amigos míos, al hobbit, Frodo hijo de Drogo. Pocos han llegado atravesando peligros más grandes o en una misión más urgente.

Luego señaló y nombró a todos aquellos que Frodo no conocía aún. Había un enano joven junto a Glóin: su hijo Gimli. Junto a Glorfindel había varios consejeros más de la casa de Elrond, de quienes Erestor era el jefe; y junto a él se encontraba Galdor, un elfo de los Puertos Grises a quien Círdan, el Carpintero de Barcos, le había encomendado una misión. Estaba allí también un elfo extraño, vestido de castaño y verde,

Legolas, que traía un mensaje de su padre, Thranduil, el Rey de los Elfos del Bosque Negro del Norte. Y sentado un poco aparte había un hombre alto de cara hermosa y noble, cabello oscuro y ojos grises, de mirada orgullosa y severa.

Estaba vestido con manto y botas, como para un viaje a caballo, y en verdad aunque las ropas eran ricas, y el manto estaba forrado de piel, sus atuendos estaban desgastados como por un largo viaje. De una cadena de plata que tenía al cuello colgaba una piedra blanca; el cabello le llegaba a los hombros. Sujeto a un tahalí llevaba un cuerno grande guarnecido de plata que ahora apoyaba en las rodillas. Examinó a Frodo y Bilbo con repentino asombro.

—He aquí —dijo Elrond de pronto, volviéndose hacia Gandalf— a Boromir, un hombre del Sur. Llegó en la mañana gris, y busca consejo. Le he pedido que estuviera presente, pues las preguntas que trae tendrán aquí respuesta.

No es necesario contar ahora todo lo que se habló y discutió en el Concilio. Se dijeron muchas cosas a propósito de los acontecimientos del mundo exterior, especialmente en el Sur y en las vastas regiones que se extendían al este de las Montañas. De todo esto Frodo ya había oído muchos rumores, pero el relato de Glóin era nuevo para él, y escuchó al enano con atención. Era evidente que en medio del esplendor de las obras que habían labrado, los Enanos de la Montaña Solitaria no estaban tranquilos.

—Hace ya muchos años —dijo Glóin— una sombra de inquietud cayó sobre nuestro pueblo. Al principio no supimos decir de dónde venía. Empezó como murmullos secretos: se decía que vivíamos encerrados en un sitio estrecho, y que encontraríamos mayores riquezas y esplendores en el ancho mun-

413

do de fuera. Algunos hablaron de Moria: las poderosas obras de nuestros padres que en la lengua de los enanos llamamos Khazad-dûm, y decían que al fin teníamos el poder y el número suficiente para emprender la vuelta.

Glóin suspiró.

—¡Moria! ¡Moria! ¡Maravilla del mundo del Norte! Allí cavamos demasiado hondo, y despertamos al miedo sin nombre. Mucho tiempo han estado vacías esas grandes mansiones, desde la huida de los hijos de Durin. Pero ahora hablamos de ella otra vez con nostalgia, y sin embargo con pavor, pues ningún enano se ha atrevido a cruzar las puertas de Khazad-dûm durante muchas generaciones de reyes, excepto Thrór, y él pereció. No obstante, al final Balin prestó atención a los rumores, y resolvió partir, y aunque Dáin no le dio permiso de buena gana, llevó consigo a Ori y Óin y muchas de nuestras gentes, y fueron hacia el sur.

»Esto ocurrió hace unos treinta años. Durante un tiempo tuvimos noticias y parecían buenas. Los mensajes que nos llegaban decían que habían entrado en Moria y que habían iniciado allí grandes trabajos. Luego siguió un silencio, y ni una palabra ha llegado de Moria desde entonces.

»Más tarde, hace un año, un mensajero llegó a Dáin, pero no de Moria, sino de Mordor: un jinete nocturno que llamó a las puertas de Dáin. El Señor Sauron el Grande, así dijo, deseaba nuestra amistad. A cambio nos daría anillos, como los que había dado en otro tiempo. Y el mensajero solicitó información perentoria sobre los *hobbits*, de qué especie eran y dónde vivían. "Pues Sauron sabe —nos dijo—, que conocisteis a uno de ellos hace un tiempo."

»Al oír esto nos sentimos muy inquietos y no contestamos. Entonces el mensajero bajó su feroz voz, y la habría endulzado si hubiese podido. "Sólo como pequeña prueba de amistad

Sauron os pide —dijo—, que encontréis a ese ladrón —tal fue la palabra—, y que le saquéis, por las buenas o las malas, un anillito, el más insignificante de los anillos, que robó hace tiempo. No es más que una fruslería, un capricho de Sauron, y una demostración de buena voluntad de vuestra parte. Encontradlo, y tres anillos que los señores enanos poseían hace tiempo os serán devueltos, y el reino de Moria será vuestro para siempre. Traednos noticias del ladrón, si todavía vive y dónde, y obtendréis una gran recompensa y la amistad duradera del Señor. Rehusad, y las cosas no irán tan bien. ¿Rehusáis?"

»El soplo que acompañó a estas palabras fue como el silbido de las serpientes, y aquellos que estaban cerca sintieron un escalofrío, pero Dáin dijo: "No digo ni sí ni no. Tengo que pensar detenidamente en este mensaje y en lo que significa bajo tan hermosa apariencia."

»"Piénsalo bien, pero no demasiado tiempo", dijo él.

»"El tiempo que me lleve pensarlo es cosa mía", respondió Dáin.

»"Por el momento", dijo el mensajero, y desapareció en la oscuridad.

»Desde aquella noche un peso ha agobiado los corazones de nuestros jefes. No hacía falta oír la voz lóbrega del mensajero para saber que palabras semejantes encerraban a la vez una amenaza y un engaño, pues el poder que se había aposentado de nuevo en Mordor era el mismo de siempre, y siempre nos había traicionado antes. Dos veces regresó el mensajero, y las dos veces se marchó sin respuesta. La tercera y última vez, así nos dijo, llegará pronto, antes de que el año acabe.

»Al fin Dáin me encomendó advertirle a Bilbo que el Enemigo lo busca, y averiguar, si esto era posible, por qué deseaba ese anillo, el más insignificante de los anillos. Además necesitamos el consejo de Elrond. Pues la Sombra crece y se acerca.

Hemos sabido que otros mensajeros han llegado hasta el Rey Brand en Valle, y que está asustado. Tememos que ceda. La guerra ya está a punto de estallar en las fronteras orientales de Valle. Si no respondemos, el Enemigo puede valerse de algunos hombres bajo su dominio y atacar al Rey Brand, y también a Dáin.

—Has hecho bien en venir —dijo Elrond—. Oirás hoy todo lo que necesitas saber para entender los propósitos del Enemigo. No hay nada que podáis hacer, aparte de resistiros, con esperanza o sin ella. Pero no estáis solos. Sabrás que vuestras dificultades son sólo una parte de las dificultades del mundo del oeste. ¡El Anillo! ¿Qué haremos con el Anillo, el más insignificante de los Anillos, la fruslería que es un capricho de Sauron? Ésa es la decisión que hemos de tomar.

»Para este propósito habéis sido llamados. Llamados, digo, pero yo no os he llamado, no os he dicho que vengáis a mí, extranjeros de tierras distantes. Habéis venido y aquí estáis todos juntos, justo a tiempo, parecería que por casualidad, pero no es así. Creed en cambio que ha sido ordenado de esta manera: que nosotros, que estamos sentados aquí, y no otras gentes, debemos encontrar una solución a los peligros que amenazan al mundo.

»Hoy, por lo tanto, se hablará claramente de cosas que hasta este momento habían estado ocultas a casi todos. Y primero, y para que todos entiendan de qué peligro se trata, se contará la historia del Anillo, desde el comienzo hasta el presente. Y yo comenzaré esa historia, aunque otros la terminen.

Todos escucharon mientras la voz clara de Elrond hablaba de Sauron y los Anillos de Poder, y de cuando fueron forjados en la Segunda Edad del Mundo, mucho tiempo atrás. Algunos conocían una parte de la historia, pero nadie del principio al fin, y muchos ojos se volvieron a Elrond con miedo y asombro mientras les hablaba de los Herreros Elfos de Eregion y de la amistad que tenían con las gentes de Moria, y de cómo deseaban conocerlo todo, y de cómo esta avidez los hizo caer en manos de Sauron. Pues en aquel tiempo aún no tenía un aspecto malvado, de modo que recibieron la ayuda de Sauron y se hicieron muy hábiles en artesanía, mientras que él en tanto aprendía todos sus secretos y los engañaba forjando secretamente en la Montaña de Fuego el Anillo Único, para dominarlos a todos. Pero Celebrimbor se dio cuenta y escondió los Tres que había fabricado; y hubo guerra, y la tierra fue devastada, y las puertas de Moria se cerraron.

Después, Elrond relató qué fue del Anillo durante los largos años que siguieron, pero como esa historia se cuenta en otra parte, y Elrond mismo la ha anotado en los archivos de Rivendel, no se la recordará aquí. Es una larga historia, colmada de grandes y terribles aventuras, y aunque Elrond la contó brevemente, el sol subió en el cielo y la mañana ya casi había pasado antes que él terminara.

Habló de Númenor, de la gloria y la caída del reino, y de cómo habían regresado a la Tierra Media los Reyes de los Hombres, traídos desde los abismos del océano sobre las alas de la tempestad. Luego Elendil el Alto y sus poderosos hijos, Isildur y Anárion, llegaron a ser grandes señores, y fundaron en Arnor el Reino del Norte, y en Gondor, cerca de las bocas del Anduin, el Reino del Sur. Pero Sauron de Mordor los atacó, y convinieron la Última Alianza de los Elfos y los Hombres, y las huestes de Gil-galad y Elendil se reunieron en Arnor.

En este punto Elrond hizo una pausa y suspiró.

—Me acuerdo bien del esplendor de los estandartes —dijo—. Me recordaron la gloria de los Días Antiguos y las huestes de Beleriand, tantos grandes príncipes y capitanes estaban allí presentes. Y sin embargo no tantos, ni tan hermosos como cuando destruyeron Thangorodrim, y los Elfos pensaron que el Mal había terminado para siempre, lo que no era cierto.

—¿Recuerda usted? —dijo Frodo asombrado, pensando en voz alta—. Pero yo creía —balbuceó cuando Elrond se volvió a mirarlo—, yo creía que la caída de Gil-galad ocurrió hace muchísimo tiempo.

—Así es —respondió Elrond gravemente—. Pero mi memoria llega aún a los Días Antiguos. Eärendil era mi padre, que nació en Gondolin antes de la caída; y mi madre era Elwing, hija de Dior, hijo de Lúthien de Doriath. He asistido a tres grandes edades en el mundo del Oeste, y a muchas derrotas, y a muchas estériles victorias.

»Fui heraldo de Gil-galad y marché con su ejército. Estuve en la Batalla de Dagorlad frente a la Puerta Negra de Mordor, donde llevábamos ventaja, pues nada podía resistirse a la Lanza de Gil-galad y a la Espada de Elendil: Aeglos y Narsil. Fui testigo del último combate en las laderas del Orodruin donde murió Gil-galad, y cayó Elendil, y Narsil se le quebró bajo el cuerpo, pero Sauron fue derrotado, e Isildur le sacó el Anillo cortándole la mano con la hoja rota de la espada de su padre, y se lo guardó.

Oyendo estas palabras, Boromir, el extranjero, interrumpió a Elrond.

—¡De modo que eso fue lo que pasó con el Anillo! —exclamó—. Si alguna vez se oyó esa historia en el Sur, hace tiempo que está olvidada. He oído hablar del Gran Anillo de aquel a quien no nombramos, pero creíamos que había desaparecido del mundo junto con la destrucción de su primer reino. ¡De modo que Isildur se lo guardó! Esto sí que es una noticia.

—Ay, sí —dijo Elrond—. Isildur se lo guardó, y se equivocó. En ese momento tendría que haber sido echado al fuego de Orodruin, muy cerca del sitio donde lo forjaron. Pero pocos advirtieron lo que había hecho Isildur. Estaba solo junto a su padre en este último combate mortal, y cerca de Gil-galad sólo nos encontrábamos Círdan y yo. Pero Isildur no quiso oír nuestros consejos.

»"Lo guardaré como prenda de reparación por mi padre, y mi hermano", dijo, y sin tenernos en cuenta, tomó el Anillo, y lo conservó como un tesoro. Pero pronto el Anillo lo traicionó y le causó

la muerte, y por eso en el Norte se lo llama el Azote de Isildur. Y sin embargo la muerte era quizá mejor que cualquier otra cosa que pudiera haberle ocurrido.

»Esas noticias llegaron sólo al Norte, y sólo a unos pocos. No me sorprende que no las hayas oído, Boromir. De la ruina de los Campos Gladios, donde murió Isildur, no volvieron sino tres hombres, que cruzaron las montañas tras un largo viaje. Uno de ellos fue Ohtar, el escudero de Isildur, quien llevaba los trozos de la espada de Elendil, y se los trajo a Valandil, heredero de Isildur, quien se había quedado en Rivendel, pues era todavía un niño. Pero Narsil estaba quebrada, y su luz se había apagado, y aún no ha sido forjada de nuevo.

»¿He dicho que la victoria de la Última Alianza fue estéril? No del todo, pero no conseguimos lo que esperábamos. Sauron fue debilitado, pero no aniquilado. El Anillo se perdió, pero no fue destruido. La Torre Oscura fue demolida, pero quedaron los cimientos; pues habían sido puestos con el poder del Anillo, y mientras haya Anillo permanecerán. Muchos elfos y muchos hombres poderosos y muchos de sus amigos habían perecido en la guerra. Anárion había muerto, e Isildur había muerto, y Gil-galad y Elendil ya no estaban con nosotros. Nunca jamás habrá otra alianza semejante de Elfos y Hombres, pues los Hombres se multiplican y los Primeros Nacidos menguan, y los dos linajes están separados. Y desde ese día la raza de Númenor ha declinado, y la esperanza de vida de sus miembros ha disminuido.

»En el Norte, después de la guerra y la masacre de los Campos Gladios, los Hombres de Oesternesse quedaron muy disminuidos, y la ciudad de Annúminas a orillas del Lago del Atardecer fue convertida en ruinas, y los herederos de Valandil se mudaron y se trasladaron a Fornost en las altas Colinas del Norte, y esto es ahora también una región desolada. Los Hombres la llaman Muro de los Muertos, y temen caminar por allí. Pues el pueblo de Arnor decayó, y los enemigos lo devoraron, y el señorío desparecío dejando sólo unos túmulos verdes en las colinas pobladas de hierba.

»En el Sur el reino de Gondor duró mucho tiempo, y durante una época acrecentó su esplendor, recordando de algún modo el poderío de Númenor, antes de la caída. El pueblo de Gondor construyó torres elevadas, plazas fuertes, y puertos de muchos barcos; y la corona alada de los Reyes de los Hombres fue reverenciada por gentes de distintas lenguas. La ciudad capital era Osgiliath, Ciudadela de las Estrellas, que el Río atravesaba de parte a parte. Y edificaron Minas Ithil, la Torre de la Luna Naciente, al este, en una estribación de las Montañas de la Sombra, y al oeste, al pie de las Montañas Blancas, levantaron Minas Anor, la Torre del Sol Poniente. Allí, en los patios del Rey, crecía un árbol blanco, nacido de la semilla del árbol que Isildur había traído cruzando las aguas profundas; y la semilla de ese árbol anterior había venido de Eressëa, y antes aún de eso del Oeste Extremo en el Día anterior a los días en que el mundo era joven.

»Pero mientras los rápidos años de la Tierra Media iban pasando, la línea de Meneldil hijo de Anárion se extinguió, y el árbol se marchitó, y la sangre de los Númenóreanos se mezcló con la de otros hombres menores. Descuidaron la vigilancia de las murallas de Mordor, y unas criaturas sombrías volvieron disimuladamente a Gorgoroth. Y después de un tiempo vinieron criaturas malvadas, y tomaron Minas Ithil, y allí se establecieron y lo transformaron en un sitio de terror, y se llama ahora Minas Morgul, la Torre de la Hechicería. Luego Minas Anor fue rebautizada Minas Tirith, la Torre de la Guardia, y estas dos ciudades estuvieron siempre en guerra; Osgiliath, que estaba entre las dos, fue abandonada, y las sombras se pasearon entre sus ruinas.

»Así ha sido durante muchas generaciones. Pero los Señores de Minas Tirith continúan luchando, desafiando a nuestros enemigos, guardando el pasaje del Río, desde Argonath hasta el Mar. Y ahora la parte de la historia que a mí me toca contar ha llegado a su fin. Pues en los días de Isildur el Anillo Soberano desapareció y nadie sabía dónde estaba, y los Tres se libraron del dominio del Único. Pero ahora, en los últimos tiempos, se encuentran en peligro una vez más, pues muy a nuestro pesar el Único ha sido descubierto de nuevo. Del descubrimiento del Anillo hablarán otros, pues en esto he intervenido poco.

Elrond dejó de hablar, y en seguida Boromir se puso de pie, alto y orgulloso.

—Permitidme que, ante todo, señor Elrond —comenzó—, os cuente algo más de Gondor, pues vengo en verdad de la tierra de Gondor. Y será bueno para todos que se sepa lo que allí ocurre. Pues son pocos, creo, los que conocen nuestra ocupación principal, y no sospechan por lo tanto el peligro que corren, si al final nos vencen.

»No creáis que en las tierras de Gondor se haya extinguido la sangre de Númenor, ni que todo el orgullo y la dignidad de aquel pueblo hayan sido olvidados. Gracias a nuestro valor aún contenemos a los bárbaros del Este, y mantenemos a raya el terror de Morgul, y sólo así han sido aseguradas la paz y la libertad en las tierras que están detrás de nosotros, el baluarte del Oeste. Pero si ellos tomaran los pasos del Río, ¿qué ocurriría?

»Sin embargo esta hora, quizá, no esté muy lejos. El Enemigo Sin Nombre ha aparecido otra vez. El humo se alza una vez más del Orodruin, que nosotros llamamos Monte del Destino. El poder de la Tierra Tenebrosa crece día a día, acosándonos. Cuando el Enemigo volvió, nuestra gente tuvo que retirarse de Ithilien, nuestro hermoso dominio al este del Río, aunque conservamos allí una cabeza de puente y un grupo armado. Pero este mismo año, en junio, nos atacaron de pronto desde Mordor, y nos derrotaron con facilidad. Eran más numerosos que nosotros, pues Mordor se ha aliado con los Orientales y los crueles Haradrim, pero no fue el número lo que nos derrotó. Había allí un poder que no habíamos sentido antes.

»Algunos dijeron que se lo podía ver, como un gran jinete negro, una sombra oscura bajo la luna. Cada vez que aparecía, una especie de locura se apoderaba de nuestros enemigos, pero los más audaces de nosotros sentían miedo, de modo que los caballos y los hombres cedían y huían. De nuestras fuerzas orientales sólo una parte regresó, destruyendo el único puente que quedaba aún entre las ruinas de Osgiliath.

»Yo estaba en la compañía que defendió el puente, hasta que lo derrumbamos detrás de nosotros. Sólo cuatro nos salvamos, nadando: mi hermano y yo, y otros dos. Pero continuamos la lucha, defendiendo toda la costa occidental del Anduin, y quienes buscan refugio detrás de nosotros nos alaban cada vez que alguien nos nombra. Muchas alabanzas pero escasa ayuda. Ya sólo los caballeros de Rohan responden a nuestras llamadas.

»En esta hora nefasta he recorrido muchas leguas peligrosas para llegar a Elrond; he viajado ciento diez días, solo. Pero no busco aliados para la guerra. El poder de Elrond es el de la sabiduría y no el de las armas, dicen. He venido a pedir consejo, y a descifrar palabras difíciles. Pues en la víspera del ataque repentino mi hermano durmió agitado y tuvo un sueño, que después se le repitió otras noches; y que yo mismo soñé una vez.

»En ese sueño me pareció que el cielo se oscurecía en el este y que se oía un trueno creciente, pero en el oeste se demoraba una luz pálida, y de esta luz salía una voz remota y clara, gritando:

> *Busca la Espada que fue Quebrada*
> *y que en Imladris habitara;*
> *acontecerán concilios de más poder*
> *que de Morgul sus conjuros.*
> *Una señal les será revelada*
> *de que el Destino se acerca:*
> *el Azote de Isildur despertará,*
> *y el Mediano al frente avanzará.*

»No comprendimos mucho estas palabras, y consultamos a nuestro padre, Denethor, Señor de Minas Tirith, versado en cuestiones de Gondor. Lo único que nos dijo fue que Imladris era desde tiempos remotos el nombre que daban los Elfos a un lejano valle del norte, donde vivía Elrond el Medio Elfo, el más grande de los maestros de la tradición. Entonces mi hermano, entendiendo nuestra desesperada necesidad, decidió tener en cuenta el sueño y buscar Imladris, pero el camino era peligroso e incierto, y yo mismo emprendí el viaje. De mala gana me dio permiso mi padre, y durante largo tiempo he andado por caminos olvidados, buscando la casa de Elrond, de la que muchos habían oído hablar, pero pocos sabían dónde estaba.

—Y aquí en Casa de Elrond se te aclararán muchas cosas —dijo Aragorn, poniéndose de pie. Arrojó la espada sobre la mesa, frente a Elrond, y la hoja estaba quebrada en dos—. ¡Aquí está la Espada que fue Quebrada!

—¿Y quién eres tú y qué relación tienes con Minas Tirith? —preguntó Boromir, que miraba con asombro las enjutas facciones del Montaraz y el manto desgastado por la intemperie.

—Es Aragorn hijo de Arathorn —dijo Elrond—, y a través de muchas generaciones desciende de Isildur de Minas Ithil, el hijo de Elendil. Es el Jefe de los Dúnedain del Norte, de quienes ya quedan pocos.

—¡Entonces te pertenece a ti y no a mí! —exclamó Frodo asombrado, incorporándose, como si esperara que le pidieran el Anillo.

—No pertenece a ninguno de nosotros —dijo Aragorn—, pero ha sido ordenado que tú lo guardes un tiempo.

—¡Saca el Anillo, Frodo! —dijo Gandalf con tono solemne—. El momento ha llegado. Muéstralo a todos, y Boromir entenderá el resto del acertijo.

Hubo un murmullo y todos volvieron los ojos hacia Frodo, que sentía de pronto vergüenza y temor. No tenía ninguna gana de sacar el Anillo, y le repugnaba tocarlo. Deseó estar muy lejos de allí. El Anillo resplandeció y centelleó mientras lo mostraba a los otros alzando una mano temblorosa.

—¡Mirad el Azote de Isildur! —dijo Elrond.

Los ojos de Boromir relampaguearon mientras miraba fijamente el objeto dorado.

—¡El Mediano! —murmuró—. Entonces, ¿el destino de Minas Tirith ya está echado? Pero ¿por qué entonces hemos de buscar una espada quebrada?

—Las palabras no se referían al *destino de Minas Tirith* —dijo Aragorn—. Pero hay un destino y grandes acontecimientos que ya están por revelarse. Pues la Espada que fue Quebrada es la Espada de Elendil, que se le quebró debajo del cuerpo al caer. Los otros bienes ya se habían perdido, pero los herederos continuaron guardando la espada como un tesoro, pues se dice desde hace tiempo entre nosotros que será forjada de nuevo cuando reaparezca el Anillo, el Azote de Isildur. Ahora que has visto la espada que buscabas, ¿qué pedirás? ¿Deseas que la Casa de Elendil retorne al País de Gondor?

—No me enviaron a pedir favores, sino a descifrar un acertijo —respondió Boromir, orgulloso—. Sin embargo, estamos en un aprieto, y la Espada de Elendil sería una ayuda superior a todas nuestras esperanzas, si algo así pudiera de verdad volver de las sombras del pasado.

Miró de nuevo a Aragorn, y se le veía la duda en los ojos.

Frodo sintió que Bilbo se movía a su lado, impaciente. Era evidente que estaba molesto por Aragorn. Incorporándose de pronto, estalló:

> *No todo lo que es oro reluce,*
> *ni toda la gente errante anda perdida;*
> *a las raíces profundas no llega la escarcha,*
> *el anciano vigoroso no se marchita.*
> *Despertará un fuego entre cenizas,*
> *y una luz surgirá de las sombras;*
> *el descoronado será de nuevo rey,*
> *forjarán otra vez la espada rota.*

»No muy bueno quizá —continuó Bilbo—, pero apropiado, si necesitas algo más que la palabra de Elrond. Si para oírlo valía la pena hacer un viaje de ciento diez días, será mejor que escuches. —Se sentó con un bufido—. Lo compuse yo mismo —le murmuró a Frodo— para el Dúnadan, hace ya mucho tiempo, cuando me dijo quién era. Casi desearía que mis aventuras no hubieran terminado, y así yo podría ir con él cuando le llegue el día.

Aragorn le sonrió, y se volvió otra vez a Boromir.

—Por mi parte, perdono tus dudas —dijo—. Poco me parezco a esas estatuas majestuosas de Elendil e Isildur, tal y como aparecen en las salas de Denethor. No soy más que el heredero de Isildur, no Isildur mismo. He tenido una vida larga y difícil; y las leguas que nos separan de Gondor son una parte pequeña en la cuenta de mis viajes. He cruzado muchas montañas y muchos ríos, y he recorrido muchas llanuras, hasta las lejanas tierras de Rhûn y Harad donde las estrellas son extrañas.

»Pero mi hogar está en el Norte, si es que tengo hogar. Pues aquí los herederos de Valandil han vivido siempre en una línea continua de padres a hijos durante muchas generaciones. Nuestros días se han ensombrecido, y somos menos ahora, aunque la Espada siempre encontró un nuevo guardián. Y esto te diré, Boromir, antes de concluir. Somos hombres solitarios, los Montaraces de las Tierras Salvajes, cazadores; pero las presas son siempre los siervos del Enemigo, pues a éstos se los encuentra en muchas partes, y no solamente en Mordor.

»Si Gondor, Boromir, ha sido una firme fortaleza, nosotros hemos cumplido otra tarea. Hay muchas cosas malignas en el mundo que vuestros muros fortificados y espadas brillantes no paran. Conocéis poco de las tierras que se extienden más allá de vuestras fronteras. ¿Paz y libertad, has dicho? El Norte no las hubiera conocido mucho sin nosotros. El miedo habría acabado con ellas. Pero cuando las criaturas oscuras bajan de las lomas deshabitadas, o salen arrastrándose de unos bosques que no conocen el sol, huyen de nosotros. ¿Qué caminos se atrevería alguien a transitar, qué seguridad habría en las tierras tranquilas, o en las casas de los hombres sencillos por la noche, si los Dúnedain hubiesen estado dormidos, o hubiesen bajado todos a la tumba?

»Y no obstante nos lo agradecen menos que a vosotros. Los viajeros nos miran mal, y los aldeanos nos ponen motes ridículos. "Trancos" soy para un hombre gordo que vive a menos de una jornada de ciertos enemigos que le helarían el corazón, o devastarían su pequeña aldea, si no montáramos guardia día y noche. Sin embargo no podría ser de otro modo. Si las gentes simples están libres de preocupaciones y temor, simples serán, y nosotros mantendremos el secreto para que así sea. Ésta ha sido la tarea de mi pueblo, mientras los años se alargaban y la hierba crecía.

»Pero ahora el mundo está cambiando otra vez. Llega una nueva hora. El Azote de Isildur ha sido encontrado. La batalla es inminente. La Espada será forjada de nuevo. Iré a Minas Tirith.

—El Azote de Isildur ha sido encontrado, dices —replicó Boromir—. He visto un anillo brillante en la mano del mediano, pero Isildur pereció antes de que comenzara esta edad del mundo, dicen. ¿Cómo saben los Sabios que este anillo es el mismo? ¿Y cómo ha sido transmitido a lo largo de los años, hasta el momento en que es traído aquí por tan extraño mensajero?

—Eso se explicará —dijo Elrond.

—Pero todavía no, ¡te lo suplico, Señor! —exclamó Bilbo—. El sol ya sube al mediodía y necesito algo que me fortalezca.

—No te había nombrado —le dijo Elrond sonriendo—. Pero lo hago ahora. ¡Acércate! Cuéntanos tu historia. Y si todavía no la has puesto en verso, puedes contarla en palabras sencillas. Cuanto más breve seas, más pronto tendrás tu refrigerio.

—Muy bien —dijo Bilbo—, haré lo que pides. Pero contaré ahora la verdadera historia, y si a alguien se la he contado de otro modo —miró de soslayo a Glóin—, le ruego que la olvide y me perdone. En aquellos días sólo deseaba probar que el tesoro era de veras mío y librarme del nombre de ladrón que algunos me habían puesto. Tal vez yo entienda las cosas un poco mejor ahora. De cualquier modo, esto es lo que ocurrió.

Para algunos de los que estaban allí la historia de Bilbo era completamente nueva, y escucharon asombrados, mientras el viejo hobbit, no de mala gana, volvía a relatar su aventura con Gollum, de cabo a rabo. No omitió ni un solo acertijo. Hubiera hablado también de la fiesta y de cómo había dejado la Comarca, si se lo hubieran permitido; pero Elrond alzó la mano.

—Bien contado, amigo mío —dijo—, pero es suficiente por ahora. Por el momento basta saber que el Anillo ha pasado a Frodo tu heredero. ¡Que él nos hable ahora!

Menos complacido que Bilbo, Frodo contó todo lo que concernía al Anillo desde el día en que había pasado a él. Hubo muchas preguntas y discusiones acerca de cada uno de los pasos de su viaje, desde Hobbiton hasta el Vado del Bruinen, y todo lo que él podía recordar de los Jinetes Negros fue examinado con atención. Al fin Frodo se sentó de nuevo.

—No estuvo mal —le dijo Bilbo—. Habrías contado una buena historia, si no te hubiesen interrumpido todo el rato. He intentado tomar algunos apuntes, pero tendremos que revisarlo todo juntos algún día, si me decido a transcribirlos. ¡Hay materia para capítulos enteros antes de que llegaras aquí!

—Sí, es una historia bastante larga —respondió Frodo—. Pero a mí no me parece todavía completa. Hay partes que aún no conozco, sobre todo las que se refieren a Gandalf.

Galdor de los Puertos, que estaba sentado no muy lejos, alcanzó a oírlo.

—Hablas también por mí —exclamó, y volviéndose a Elrond le dijo—: los Sabios pueden tener buenas razones para creer que el trofeo del Mediano es en verdad el Gran Anillo largamente debatido, aunque pueda parecer inverosímil a aquellos que saben menos. Pero ¿no oiremos las pruebas? Y haré otra pregunta. ¿Qué hay de Saruman? Es muy versado en la ciencia de los Anillos, y sin embargo no se encuentra entre nosotros. ¿Qué nos aconseja, si está enterado de lo que hemos oído?

—Las preguntas que haces, Galdor —dijo Elrond—, están ligadas entre sí. No las he pasado por alto, y serán todas contestadas. Pero estas cosas tendrá que aclararlas Gandalf mismo, y lo llamo ahora en último lugar, pues es el lugar de honor, y en todos estos asuntos ha sido siempre la autoridad.

—Algunos, Galdor —dijo Gandalf—, pensarían que las noticias de Glóin y la persecución de Frodo bastan para probar que el trofeo del mediano es de mucha importancia para el Enemigo. Sin embargo, es un anillo. ¿Entonces? Los Nazgûl guardan los Nueve. Los Siete han sido tomados o destruidos.

—Al oír esto Glóin se sobresaltó, pero no dijo una palabra—. Conocemos el paradero de los Tres. ¿Qué es entonces este otro anillo que él tanto desea?

»Hay en verdad un amplio espacio de tiempo entre el Río y la Montaña, entre la pérdida y el hallazgo. Pero la laguna que había en el conocimiento de los Sabios ha sido llenada al fin.

Aunque con demasiada lentitud. Pues el Enemigo ha estado siempre cerca, más cerca de lo que yo temía. Y quiso la buena ventura que hasta este año, este último verano, según parece, no averiguara toda la verdad.

»Algunos aquí recordarán que hace muchos años me atreví a cruzar las puertas del Nigromante en Dol Guldur; examiné secretamente sus costumbres, y descubrí que nuestros temores tenían fundamento; el Nigromante no era otro que Sauron, nuestro antiguo Enemigo, que de nuevo tomaba forma y poder. Algunos recordarán también que Saruman nos disuadió de emprender acciones contra él, y por mucho tiempo nos contentamos con vigilarlo. Sin embargo, al fin, viendo que la sombra crecía, Saruman fue cediendo, y el Concilio actuó con contundencia y consiguió que el mal dejara el Bosque Negro... y esto ocurrió el mismo año en que se descubrió el Anillo. Rara casualidad, si se le puede llamar casualidad.

»Pero ya era demasiado tarde, como Elrond había previsto. Sauron también había estado observándonos, y se había preparado para resistir nuestro ataque, gobernando Mordor desde lejos por medio de Minas Morgul, donde vivían los Nueve sirvientes, hasta que todo estuviese dispuesto. Luego cedió terreno ante nosotros, pero era una huida fingida, y poco después llegó a la Torre Oscura, y allí se manifestó abiertamente. Entonces el Concilio se reunió por última vez, pues ahora sabíamos que estaba buscando el Único, aún con mayor avidez. Temimos entonces que supiera algo del Anillo que nosotros ignorábamos. Pero Saruman dijo no, repitiendo lo que ya nos había dicho antes: que el Único nunca aparecería de nuevo en la Tierra Media.

»"En el peor de los casos —nos dijo—, el Enemigo sabe que nosotros no lo tenemos, y que está todavía perdido. Pero lo que está perdido puede encontrarse, piensa. ¡No temáis! Esta esperanza se volverá contra él. ¿Acaso no he estudiado seriamente estas cuestiones? Cayó en las aguas del Anduin el Grande, y hace tiempo, mientras Sauron dormía, fue río abajo hacia el Mar. Que se quede allí hasta el Fin».

Gandalf calló, mirando hacia el este desde el pórtico, donde se alzaban los picos lejanos de las Montañas Nubladas, en cuyas grandes raíces el peligro del mundo había estado oculto tanto tiempo. Suspiró.

—Me equivoqué entonces —dijo—. Me dejé adormilar por las palabras de Saruman el Sabio, pero si yo hubiera averiguado antes la verdad, ahora el peligro sería menor.

—Todos nos equivocamos —dijo Elrond— y si no hubiese sido por tu vigilancia quizá las Tinieblas ya habrían caído sobre nosotros. ¡Pero continúa!

—Desde el principio tuve malos presentimientos, a pesar de las supuestas evidencias —dijo Gandalf—, y quise saber cómo había llegado esta cosa a Gollum, y cuánto tiempo la había tenido consigo. Por tanto, monté una guardia pensando que no tardaría en salir de las tinieblas en busca de su tesoro. Salió, pero consiguió escapar, y no pudimos encontrarlo. Después, ay, descuidé el asunto, y me contenté con observar y esperar como hemos hecho demasiado a menudo.

»Pasó el tiempo y trajo muchas preocupaciones, y al fin mis dudas despertaron y se encontraron convertidas en miedo. ¿De dónde venía el anillo del hobbit? Y si mi miedo estaba justificado, ¿qué habría que hacer con él? Había que decidirse. Pero no hablé de mis temores a nadie, sabiendo lo peligroso que podía ser un susurro inoportuno, si llegaba a oídos equivocados. En el curso de las largas guerras con la Torre Oscura la traición siempre ha sido nuestro mayor enemigo.

»Eso fue hace diecisiete años. Muy pronto advertí que espías de toda clase, incluyendo a bestias y pájaros, se habían reunido alrededor de la Comarca, y mis temores crecieron. Pedí ayuda a los Dúnedain, que doblaron la guardia, y abrí mi corazón a Aragorn, el heredero de Isildur.

—Y yo —dijo Aragorn— aconsejé que diéramos caza a Gollum, aunque fuera demasiado tarde. Y como parecía justo que el heredero de Isildur reparara la falta de Isildur, acompañé a Gandalf en la larga y desesperanzada persecución.

Luego Gandalf contó cómo habían explorado de extremo a extremo las Tierras Salvajes, hasta las mismas Montañas de la Sombra y las defensas de Mordor.

—Allí nos llegaron rumores de Gollum, y supusimos que vivía en las lomas oscuras desde hacía tiempo, pero nunca lo encontramos, y al fin me desesperé. Y esa misma desesperación me llevó a pensar en una prueba que podía hacer innecesario hallar a Gollum. El anillo mismo podía decir si era el Único. Recordé unas palabras que había oído en el Concilio, palabras de Saruman a las que no había prestado mucha atención en aquel entonces. Las oía ahora claramente en mi corazón.

»"Los Nueve, los Siete y los Tres —nos dijo—, tienen todos una gema propia. No el Único. Es redondo y sin adornos, como si fuese de menor importancia, pero el hacedor del anillo le grabó unas marcas que quizá las gentes versadas aún podrían ver y leer."

»No nos dijo qué eran esas marcas. ¿Quién podía saberlo? El hacedor. ¿Y Saruman? Por grande que fuera su ciencia, debía de haber una fuente. ¿En qué mano, exceptuando a Sauron, había estado esta cosa, antes de que se perdiera? Sólo en la mano de Isildur.

»Junto con este pensamiento, abandoné la caza y marché rápidamente a Gondor. En otras épocas los miembros de mi orden eran bien recibidos allí, pero sobre todo Saruman, que hacía a menudo visitas prolongadas a los Señores de la Ciudad. El Señor Denethor me recibió más fríamente que en aquella época, y me permitió de mala gana que buscara entre sus pergaminos y libros guardados.

»"Si en verdad sólo buscas, como dices, registros de los Días Antiguos y de los comienzos de la Ciudad, ¡lee! —me dijo—. Para mí, lo que fue es menos oscuro que lo que viene, y ésa es mi preocupación. Pero a no ser que tu ciencia supere a la de Saruman, que estudió aquí durante mucho tiempo, no encontrarás nada que no me sea conocido, pues soy maestro de la tradición en esta Ciudad."

»Así dijo Denethor. Y sin embargo hay allí en sus archivos muchos documentos que ya pocos son capaces de leer, ni siquiera los maestros, pues la escritura y la lengua se han vuelto oscuras para los hombres más recientes. Y a ti te digo, Boromir: encontrarás en Minas Tirith un pergamino de la mano misma de Isildur, que supongo que nadie salvo Saruman y yo mismo hemos leído desde la caída de los reyes. Pues Isildur no se retiró directamente de la guerra en Mordor, como han dicho algunos.

—Algunos en el Norte, quizá —interrumpió Boromir—. Todos saben en Gondor que primero fue a Minas Anor y allí habitó un tiempo con su sobrino Meneldil, instruyéndolo, antes de encomendarle el Reino del Sur. En ese tiempo plantó allí el último retoño de Árbol Blanco, en memoria de su hermano.

—Pero en ese tiempo escribió también este pergamino —dijo Gandalf—, y eso no se recuerda en Gondor, según parece. Pues el pergamino se refiere al Anillo, y ahí ha escrito Isildur:

El Gran Anillo pasará a ser ahora una reliquia del Reino del Norte; pero los documentos sobre él serán dejados en Gondor, donde también viven los herederos de Elendil, para el tiempo en que el recuerdo de estos importantes asuntos pudiera debilitarse.

»Y después de estas palabras Isildur describe el Anillo, tal como lo encontró:

Estaba caliente cuando lo tomé, caliente como una brasa, y me quemé la mano, tanto que dudo que pueda librarme alguna vez de ese dolor. Sin embargo se ha enfriado mientras escribo estas palabras, y parece que se ha encogido, aunque sin perder belleza ni forma. Ya la inscripción que lleva el Anillo, que al principio era clara como una llama roja, se ha borrado y ahora apenas puede leerse. Los caracteres son élficos, de Eregion, pues no hay letras en Mordor para un trabajo tan delicado, pero el lenguaje me es desconocido. Pienso que se trata de una lengua de la Tierra Tenebrosa, pues es grosera y bárbara. Ignoro qué mal anuncia, pero la he copiado aquí, para que no caiga en el olvido. El Anillo perdió, quizá, el calor de la mano de Sauron, que era negra y sin embargo ardía como el fuego, y así Gil-galad fue destruido; quizá si el oro se calentara de nuevo, la escritura reaparecería. Pero por mi parte no me arriesgaré a dañar lo que de todas las obras de Sauron, es la única hermosa. Me es muy preciado, aunque lo he obtenido con mucho dolor.

»Leí estas palabras, y supe que mi pesquisa había terminado. Pues como Isildur había supuesto, la lengua de la inscripción era de Mordor y los sirvientes de la Torre. Y lo que ahí se decía, era ya conocido. Pues el día en que Sauron se puso el Único por primera vez, Celebrimbor, hacedor de los Tres, lo sintió, y oyó desde lejos cómo pronunciaba estas palabras, y así se conocieron los malvados propósitos de Sauron.

»Me despedí en seguida de Denethor, pero mientras me dirigía hacia el norte me llegaron mensajes de Lórien: Aragorn había estado allí, y había encontrado a la criatura llamada Gollum. Lo primero que hice fue ir a buscarlo y escuchar su historia. No me atrevía a imaginar los peligros mortales a que habría estado expuesto.

—No hay por qué recordarlos —dijo Aragorn—. Si un hombre tiene que pasar delante de la Puerta Negra, o pisar las flores mortales del Valle de Morgul, conocerá el peligro. Yo también desesperé al fin y emprendí el camino de vuelta. Y he ahí que la fortuna me ayudó entonces y tropecé con lo que buscaba: las huellas de unos pies blandos a orillas de un estanque cenagoso. Las huellas eran frescas, de pasos rápidos, y no iban hacia Mordor; se alejaban. Las seguí por las orillas de las Ciénagas de los Muertos, y al fin lo alcancé. Gollum estaba merodeando junto a una laguna, mirando las aguas estancadas mientras caía la noche, cuando lo atrapé. Un fango verde le cubría el cuerpo. Nunca me amará, me temo, pues me mordió, y yo no me mostré amable. No saqué nada de su boca, excepto la marca de sus dientes. Creo que ésa fue la peor parte del viaje, el camino de vuelta, vigilándolo día y noche obligándolo a caminar delante de mí con una cuerda al cuello, amordazado, llevándolo siempre hacia el Bosque Negro, hasta que la falta de agua y comida lo ablandaron un poco. Al fin llegamos allí y lo entregué a los elfos, como habíamos convenido, y me alegró librarme de él, pues hedía. Por mi parte espero no verlo más. Pero Gandalf llegó y soportó con él una larga conversación.

—Sí, larga y fatigosa —dijo Gandalf—, pero no sin provecho. Por un lado, lo que me dijo de la pérdida del Anillo concuerda con lo que Bilbo nos ha contado por vez primera abiertamente. Aunque esto no importa mucho, pues yo había adivinado la verdad. Pero me enteré entonces de que el Anillo de Gollum procedía del Río Grande, cerca de los Campos Gladios. Y me enteré también de que lo tenía desde hacía tanto tiempo que habían pasado ya varias generaciones de la pequeña especie de Gollum. El poder del anillo le había alargado la vida mucho más allá de lo normal, y sólo los Grandes Anillos tienen ese poder.

»Y si esto no es prueba suficiente, Galdor, hay otra de la que ya he hablado. En este mismo anillo que habéis visto ante vosotros, redondo y sin adornos, las letras a las que se refiere Isildur pueden todavía leerse, si uno se atreve a poner un rato al fuego esta cosa de oro. Así lo hice, y esto he leído:

> *Ash nazg durbatulûk, ash nazg gimbatul, ash nazg*
> *thrakatulûk agh burzum-ishi krimpatul.*

Hubo un cambio asombroso en la voz del mago, de pronto amenazadora, poderosa, dura como piedra. Pareció que una sombra pasaba sobre el sol del mediodía, y el pórtico se oscureció un momento. Todos se estremecieron, y los elfos se taparon los oídos.

—Nunca jamás se ha atrevido voz alguna a pronunciar palabras en esa lengua aquí en Imladris, Gandalf el Gris —dijo Elrond mientras la sombra pasaba y todos respiraban otra vez.

—Y esperemos que nadie las repita aquí de nuevo —respondió Gandalf—. Sin embargo, no pediré disculpas, Señor Elrond. Pues si no queremos que esa lengua se oiga en todos los rincones del Oeste, no dudemos de que este anillo es lo que dijeron los Sabios: el tesoro del Enemigo, cargado de toda su maldad; y en él reside gran parte de esa fuerza que nos amenaza desde hace tiempo. De los Años Negros vienen las palabras que los Herreros de Eregion oyeron una vez, cuando supieron que habían sido traicionados.

Un Anillo para gobernarlos a todos, un Anillo para encontrarlos,
un Anillo para atraerlos a todos y atarlos en las Tinieblas.

»Sabed también, amigos míos, que aprendí todavía más de Gollum. Se resistía a hablar, y su relato no era claro, pero no hay ninguna duda de que estuvo en Mordor, y que allí le sacaron todo lo que sabía. De modo que el Enemigo sabe que el Único fue encontrado, y que estuvo mucho tiempo en la Comarca, y como sus sirvientes lo han perseguido casi hasta estas puertas, pronto sabrá, quizá ya sabe en este mismo momento, que lo tenemos aquí.

Todos callaron un rato, hasta que al fin Boromir habló.

—Una criatura pequeña es este Gollum, has dicho, pequeña pero con una gran maldad. ¿Qué fue de él? ¿Qué destino le reservaste?

—Lo tenemos encarcelado, pero nada más —dijo Aragorn—. Ha sufrido mucho. No hay duda de que fue atormentado, y el miedo a Sauron es un peso que le oscurece el corazón. Sin embargo, soy el primero en alegrarse de que esté a buen recaudo, al cuidado de los vigilantes Elfos del Bosque Negro. La malicia de Gollum es grande, y le da una fuerza difícil de creer en alguien tan flaco y macilento. Podría hacer aún muchas maldades, si estuviese libre. Y no dudo de que le permitieron salir de Mordor con alguna misión funesta.

—¡Ay! ¡Ay! —gritó Legolas, y el hermoso rostro élfico mostraba una gran inquietud—. Las noticias que me ordenaron traer deben ser comunicadas ahora. No son buenas, pero sólo aquí he llegado a entender qué malas pueden ser para vosotros. Sméagol, ahora llamado Gollum, ha escapado.

—¿Escapado? —gritó Aragorn—. Malas noticias en verdad. Todos lo lamentaremos amargamente, me temo. ¿Cómo es posible que la gente de Thranduil haya fracasado de este modo?

—No por falta de vigilancia —dijo Legolas—, pero quizá por exceso de bondad. Y tememos que el prisionero haya recibido ayuda de otros, y que estén enterados de nuestros movimientos más de lo que desearíamos. Vigilamos a esa criatura día y noche, como pidió Gandalf, aunque la tarea era de veras fatigosa. Pero según Gandalf había alguna posibilidad de que Gollum llegara a curarse, y no nos pareció bien tenerlo encerrado todo el tiempo en un calabozo subterráneo, donde recaería en sus pensamientos negros de siempre.

—Fuisteis menos tiernos conmigo —dijo Glóin con un destello en los ojos recordando días lejanos, cuando lo habían tenido encerrado en los sótanos del Rey Elfo.

—Un momento —dijo Gandalf—. Te ruego que no interrumpas, mi buen Glóin. Aquello fue un lamentable malentendido, ya aclarado hace tiempo. Si hemos de discutir aquí todos los pleitos entre Elfos y Enanos, será mejor que suspendamos el Concilio.

Glóin se puso de pie e hizo una reverencia, y Legolas continuó:

—En los días de buen tiempo llevábamos a Gollum por los bosques, y había un árbol alto, muy separado de los otros, al que le gustaba subir. A menudo le permitíamos que trepara a las ramas más elevadas, donde el viento soplaba libremente, pero montábamos guardia al pie. Un día se negó a bajar, y los guardias no tuvieron ganas de ir a buscarlo. Gollum había aprendido a sostenerse con los pies tanto como con las manos, y los guardias se quedaron junto al árbol hasta muy entrada la noche.

»Esa misma noche de verano, sin luna ni estrellas, los orcos cayeron de pronto sobre nosotros. Los rechazamos al cabo de un tiempo; eran muchos y feroces, pero venían de las montañas y no estaban acostumbrados a los bosques. Cuando la lucha terminó, descubrimos que Gollum había desaparecido, y que habían matado o apresado a los guardias. Nos pareció evidente entonces que el propósito del ataque había sido liberar a Gollum, y que él lo sabía de antemano. No pudimos entender cómo esto había sido posible, pero Gollum es astuto, y los espías del Enemigo muy numerosos. Las criaturas tenebrosas que fueron ahuyentadas en el año de la caída del Dragón han vuelto en mayor número, y el Bosque Negro es de nuevo un lugar del mal, salvo dentro de nuestro reino.

»No hemos conseguido volver a capturar a Gollum. Le seguimos las huellas, entre las de muchos orcos, y vimos que se internaban profundamente en el Bosque, hacia el sur. Pero poco después las perdimos, y no nos atrevimos a continuar la caza, pues ya estábamos muy cerca de Dol Guldur, que es todavía un sitio maléfico, y que evitamos siempre.

—Bueno, bueno, se ha ido —dijo Gandalf—. No tenemos tiempo de buscarlo otra vez. Que haga lo que quiera. Pero todavía puede desempeñar un papel que ni él ni Sauron han previsto.

»Y ahora responderé las otras preguntas de Galdor. Y Saruman, ¿qué? ¿Qué nos aconseja en esta contingencia? Debo contar esta historia entera, pues sólo Elrond la ha oído, y muy resumida, pero afectará a todo lo que debemos decidir. Es el último capítulo de la Historia del Anillo, hasta ahora.

—A fines de junio yo estaba en la Comarca, pero una nube de ansiedad me ensombrecía la mente, y fui cabalgando hasta las fronteras del sur de esa pequeña tierra; tenía el presentimiento de un peligro, todavía oculto, pero cada vez más cercano. Allí me llegaron noticias de guerra y derrota en Gondor, y cuando me hablaron de la Sombra Negra, se me heló el corazón. Pero no encontré nada excepto unos pocos fugitivos del sur; sin embargo me pareció que había en ellos un miedo del que no querían hablar. Me volví entonces al este y al norte y viajé a lo largo del Camino Verde, y no lejos de Bree tropecé con un viajero que estaba sentado en el terraplén junto al camino, mientras el caballo pacía allí cerca. Era Radagast el Pardo, que en un tiempo vivió en Rhosgobel, cerca del Bosque Negro. Pertenece a mi orden, pero no lo veía desde hacía muchos años.

»"Gandalf —exclamó—. Estaba buscándote. Pero soy un extraño en estos sitios. Todo lo que sabía es que podías estar en una región salvaje que lleva el rústico nombre de Comarca."

»"Tu información era correcta —dije—. Pero no hables así si te encuentras con algún lugareño. En este momento estás muy cerca de los lindes de la Comarca. ¿Y qué quieres de mí? Tiene que ser algo urgente. Sólo viajas cuando te ves empujado por una gran necesidad."

»"Tengo una misión urgente —me dijo—. Las noticias son malas." Miró alrededor, como si los setos pudieran oír. "Nazgûl —murmuró—. Los Nueve han salido otra vez. Han cruzado el Río en secreto y se dirigen al oeste. Han tomado el aspecto de jinetes vestidos de negro."

»"Supe entonces qué era lo que yo había estado temiendo.

»"El Enemigo ha de tener alguna gran necesidad o propósito —dijo Radagast—, pero no alcanzo a imaginar qué lo trae a estas regiones distantes y desoladas."

»"¿Qué quieres decir?", pregunté.

»"Me han dicho que allá donde vayan, los Jinetes piden noticias de una tierra llamada Comarca."

»"*La* Comarca", dije, y sentí que se me encogía el corazón. Pues aun los Sabios temen enfrentarse a los Nueve cuando andan juntos y al mando de ese jefe feroz, que antes fue gran rey y hechicero, y que ahora arroja un miedo mortal a su alrededor. "¿Quién te lo ha dicho, y quién te envió?", pregunté.

»"Saruman el Blanco —respondió Radagast—. Y me mandó a decirte que si te parece necesario, él te ayudará, pero tendrías que pedírselo en seguida, o será demasiado tarde."

»Y este mensaje me dio esperanzas. Pues Saruman el Blanco es el más grande de mi orden. Radagast es, por supuesto, un Mago de valor, maestro de formas y tonalidades, y sabe mucho de hierbas y bestias, y tiene especial amistad con los pájaros. Pero Saruman estudió hace tiempo las artes mismas del Enemigo, y gracias a esto a menudo hemos sido capaces de adelantarnos a él. Fueron las estratagemas de Saruman lo que nos ayudó a echarlo de Dol Guldur. Era posible que hubiese encontrado alguna arma que haría retroceder a los Nueve.

»"Iré a ver a Saruman", dije.

»"Entonces tienes que ir *ahora* —dijo Radagast—, pues perdí mucho tiempo buscándote, y los días empiezan a faltar. Me dijeron que te encontrara antes del solsticio de verano, y ya estamos ahí. Aunque partieras ahora, es difícil que llegues a él antes de que los Nueve descubran esa tierra que andan buscando. Por mi parte me vuelvo en seguida", y diciendo esto montó y se dispuso a partir.

»"¡Un momento! —dije—. Necesitaremos tu ayuda, y la de todas las criaturas que estén de nuestro lado. Mándales mensajes a todas las bestias y pájaros que son tus amigos. Diles que transmitan a Saruman y a Gandalf todo lo que sepan sobre este asunto. Que los mensajes sean enviados a Orthanc."

»"Así lo haré", dijo Radagast, y se alejó al galope como si lo persiguieran los Nueve.

»No pude seguirlo en ese momento. Yo ya había viajado mucho ese día, y me sentía tan cansado como el caballo, y tenía que reflexionar sobre algunas cosas. Pasé la noche en Bree, y decidí que no tenía tiempo de regresar a la Comarca. ¡Nunca cometí mayor error!

»No obstante, le escribí una nota a Frodo, y le pedí a mi amigo el posadero que se la enviase. Me alejé a caballo al amanecer, y al cabo de un largo viaje llegué a la morada de Saruman. Ésta se encuentra lejos en el sur, en Isengard, donde terminan las Montañas Nubladas, no lejos del Paso de Rohan. Y Boromir os dirá que se trata de un gran valle abierto entre las Montañas Nubladas, y las estribaciones septentrionales de Ered Nimrais, las Montañas Blancas de su país. Pero Isengard es un círculo de rocas desnudas que rodea un valle, como un muro, y en medio de ese valle hay una torre de piedra llamada Orthanc. No fue edificada por Saruman, sino por los Hombres de Númenor, en otra época; y es muy elevada y tiene muchos secretos; sin embargo, no parece una obra hecha por hombres. Para llegar a ella hay que atravesar necesariamente el círculo de Isengard, y en ese círculo hay sólo una puerta.

»Tarde, una noche llegué a esa puerta, que es como un arco amplio en la pared de roca, y fuertemente protegido. Pero los guardias de la puerta ya habían sido prevenidos y me dijeron que Saruman estaba esperándome. Pasé a caballo bajo el arco, y la puerta se cerró en silencio a mis espaldas, y de pronto tuve miedo, aunque no supe por qué.

»Seguí a caballo hasta la torre de Orthanc, y llegué a la escalera que llevaba a Saruman, y allí él salió a mi encuentro y me condujo a su cámara alta. Llevaba puesto un anillo en el dedo.

»"Así que has venido, Gandalf", me dijo gravemente; pero parecía tener una luz blanca en los ojos, como si ocultara una risa fría en el corazón.

»"Sí, he venido —dije—. He venido a pedirte ayuda, Saruman el Blanco", y me pareció que este título lo irritaba.

»"Pero ¡qué me dices, Gandalf el *Gris*! —se burló—. ¿Ayuda? Pocas veces se ha oído que Gandalf el Gris pidiera ayuda, alguien tan astuto y tan sabio, que va de un lado a otro por las tierras, metiéndose en todos los asuntos, le conciernan o no."

»Lo miré, sorprendido.

»"Pero si no me engaño —dije—, hay cosas ahora que requieren la unión de todas nuestras fuerzas."

»"Es posible —me dijo—, pero este pensamiento se te ha ocurrido tarde. ¿Durante cuánto tiempo, me pregunto, estuviste ocultándome, a mí, cabeza del Concilio, un asunto de la mayor gravedad? ¿Qué te trae de tu escondite en la Comarca?"

»"Los Nueve han salido otra vez —respondí—. Han cruzado el Río. Así me dijo Radagast."

»"¡Radagast el Pardo! —rio Saruman, y ya no ocultó su desprecio—. ¡Radagast el domesticador de pajaritos! ¡Radagast el Simple! ¡Radagast el Tonto! Sin embargo, la inteligencia le alcanzó para interpretar el papel que yo le asigné. Pues has venido, y ése era todo el propósito de mi mensaje. Y aquí te quedarás, Gandalf el Gris, y descansarás de tus viajes. ¡Pues yo soy Saruman el Sabio, Saruman el Hacedor de Anillos, Saruman de Muchos Colores!"

»"Lo miré entonces y vi que sus ropas, que habían parecido blancas, no lo eran, pues estaban tejidas con todos los colores, y cuando él se movía las ropas cambiaban y refulgían, como irisadas, confundiendo la vista.

»"Me gustaba más el blanco", le dije.

»"¡El blanco! —se mofó—. Está bien para el principio. La ropa blanca puede teñirse. La página blanca puedes cubrirla de letras. La luz blanca puede quebrarse."

»"En cuyo caso ya no es blanca —dije—. Y aquel que quiebra algo para averiguar qué es, ha abandonado el camino de la sabiduría."

»"No necesitas hablarme como a uno de esos simplones que tienes por amigos —dijo Saruman—. No te he hecho venir para que me instruyas, sino para ofrecerte una elección."

»Se puso de pie y comenzó a declamar como si estuviera pronunciando un discurso ensayado muchas veces.

»"Los Días Antiguos han terminado. Los Días Medios ya están pasando. Los Días Jóvenes comienzan ahora. El tiempo de los Elfos ha quedado atrás, pero el nuestro está ya muy cerca: el mundo de los Hombres, que hemos de gobernar. Pero antes necesitamos poder, para ordenarlo todo como a nosotros nos parezca, y alcanzar ese bien que sólo los Sabios entienden."

»Saruman se acercó y me habló en voz más baja.

»"¡Y escucha, Gandalf, mi viejo amigo y asistente! Digo *nosotros*, y podrá ser *nosotros*, si te unes a mí. Un nuevo Poder está apareciendo. Contra ese Poder no nos servirán los aliados y métodos de antes. Ya no podemos poner nuestras esperanzas en los Elfos o el moribundo Númenor. Hay una sola posibilidad para ti, para nosotros. Tenemos que unirnos a ese Poder. Sería lo más atinado, Gandalf. Hay esperanzas de ese modo. La victoria del Poder está próxima, y habrá grandes recompensas para quienes lo ayuden. A medida que el Poder crezca, también crecerán los amigos probados; y los Sabios como tú y yo podríamos con paciencia llegar al fin a dominarlo, a gobernarlo. Podemos tomarnos tiempo, podemos esconder nuestros designios, deplorando quizá los males que se cometan al pasar, pero aprobando las metas elevadas y últimas: Conocimiento, Dominio, Orden, todo lo que hasta ahora hemos tratado en vano de alcanzar, entorpecidos más que ayudados por nuestros perezosos o débiles amigos. No tiene por qué haber, no habrá ningún cambio real en nuestros designios, sólo en nuestros medios."

»"Saruman —dije—, he oído antes discursos parecidos, pero sólo en boca de los emisarios que Mordor envía para engañar a los ignorantes. No puedo pensar que me hayas hecho venir de tan lejos sólo para fatigarme los oídos."

»Saruman me miró de soslayo, e hizo una pausa, reflexionando.

»"Bueno, ya veo que este sabio camino no te parece recomendable —dijo—. ¿Aún no? ¿No si pudiésemos arbitrar otros medios mejores?"

»Se acercó y me puso una larga mano sobre el brazo.

»"¿Y por qué no, Gandalf? —murmuró—. ¿Por qué no? ¿El Anillo Soberano? Si pudiéramos tenerlo, el Poder pasaría a *nosotros*. Por eso en verdad te hice venir. Pues tengo muchos ojos a mi servicio, y creo que sabes dónde está ahora ese precioso objeto, ¿no es así? ¿Por qué, si no, preguntan los Nueve por la Comarca, y qué haces tú en ese sitio?"

»Y mientras decía esto, una codicia que no pudo ocultar le brilló de pronto en los ojos.

»"Saruman —le dije, apartándome de él—, sólo una mano puede llevar el Único, como bien sabes, ¡de modo que no te molestes en decir *nosotros*! Pero no te lo daría, no, ni siquiera te daré noticias sobre él, ahora que sé lo que piensas. Eras jefe del Concilio, pero al fin te sacaste la máscara. Bueno, según parece las posibilidades son o someterme a Sauron, o a ti. No me interesa ninguna de las dos. ¿No tienes otra cosa que ofrecerme?"

»Ahora me miró con una frialdad peligrosa.

»"Sí —dijo—. No esperaba que mostraras mucha sabiduría, ni aun para tu propio beneficio, pero te he dado la posibilidad de que me ayudaras por tu propia voluntad, evitándote así muchos problemas y dolores. La tercera solución es que te quedes aquí, hasta el fin."

»"¿Hasta qué fin?"

»"Hasta que me reveles dónde está el Único. Puedo encontrar medios de persuadirte. O hasta que se lo encuentre, a pesar de ti, y el Soberano tenga tiempo para asuntos de importancia menor: pensar, por ejemplo, en cómo retribuir adecuadamente a Gandalf el Gris por tantos estorbos e insolencias."

»"Quizá no sea ése un asunto de importancia menor", dije, pero Saruman se rio de mí, pues mis palabras no tenían ningún peso, y él lo sabía.

»Me tomaron y me encerraron solo en lo más alto de Orthanc, en el sitio donde Saruman acostumbraba a mirar las estrellas. No hay otro modo de descender más que por una estrecha escalera de muchos miles de escalones, y el valle a sus pies parece muy lejano. Lo miré y vi que la hierba y la hermosura de otro tiempo habían desaparecido, y que ahora había allí pozos y fraguas. Lobos y orcos habitaban en Isengard, pues Saruman estaba reuniendo una gran fuerza para rivalizar con Sauron, a cuyo servicio aún no estaba. Sobre todas aquellas fraguas flotaba un humo oscuro que se apretaba contra los flancos de Orthanc. Yo estaba solo en una isla rodeada de nubes; no tenía ninguna posibilidad de escapar, y mis días eran de amargura. Me sentía traspasado de frío, y tenía poco espacio para moverme, y me pasaba las horas cavilando sobre la llegada de los Jinetes al Norte.

»Estaba bastante seguro de que los Nueve estaban otra vez activos, aun sin tener en cuenta las palabras de Saruman, que podrían ser mentiras. Mucho antes de llegar a Isengard me habían llegado noticias en el camino que no podían inducir a error. El temor por mis amigos de la Comarca me afligía el corazón continuamente, pero todavía abrigaba alguna esperanza. Esperaba que Frodo hubiese partido en seguida, tal y como le había recomendado en mi carta, y que hubiera llegado a Rivendel antes de que comenzara la mortal persecución. Y tanto mi temor como mi esperanza resultaron infundados. Pues tenía las esperanzas puestas en un hombre gordo en Bree, y la raíz de mi temor era la astucia de Sauron. Pero los hombres gordos que venden cerveza tienen que atender a muchos clientes, y el miedo le atribuye a Sauron un poder que todavía le falta. Pero en el círculo de Isengard, atrapado y solo, no era fácil pensar que los cazadores ante quienes todos habían huido, o caído, fracasarían en la lejana Comarca.

—¡Yo te vi! —gritó Frodo—. Caminabas de un lado a otro. La luna te brillaba en el pelo.

Gandalf se detuvo asombrado y lo miró.

—Fue sólo un sueño —dijo Frodo—, pero lo he recordado de pronto. Lo había olvidado. Ocurrió hace algún tiempo; después de haber dejado la Comarca, me parece.

—Entonces te llegó tarde —dijo Gandalf—, como verás. Yo me encontraba en un verdadero apuro. Y quienes me conocen bien convendrán en que pocas veces me he visto en una situación tan comprometida, y que no soporto bien semejantes desgracias. ¡Gandalf el Gris cazado como una mosca en la tela traicionera de una araña! Sin embargo, aun las arañas más hábiles pueden dejar un hilo flojo.

»Temí al principio, como Saruman sin duda se había propuesto, que Radagast hubiese sucumbido también. Sin embargo, yo no había llegado a distinguir nada malo en la voz o los ojos de Radagast, el día de nuestro encuentro. Si hubiese sido el caso, yo no habría ido nunca a Isengard, o habría ido con más cuidado. Eso mismo pensó Saruman, y no había confesado sus propósitos y había engañado al mensajero. De cualquier modo hubiera sido inútil tratar de que el honesto Radagast apoyara la traición. Me buscó de buena fe, y por eso me convenció.

»Esto fue la ruina del plan de Saruman. Pues Radagast no tenía razones para no hacer lo que yo le había pedido, y cabalgó hacia el Bosque Negro donde contaba con viejos amigos. Y las Águilas de las Montañas volaron lejos y alrededor, y vieron muchas cosas: la concentración de lobos y de orcos; y los Nueve Jinetes que iban de acá para allá por las tierras; y oyeron rumores de la huida de Gollum. Y enviaron un mensajero para que me llevara esas noticias.

»Así ocurrió que una noche de luna, ya terminando el verano, Gwaihir el Señor de los Vientos, la más rápida de las Grandes Águilas, llegó de pronto a Orthanc; y me encontró de pie en la cima de la torre. Le hablé entonces y me llevó por los aires, antes de que Saruman se diera cuenta. Yo ya estaba lejos cuando los lobos y los orcos salieron por las puertas de Isengard en mi persecución.

»"¿Hasta dónde puedes llevarme?", le pregunté a Gwaihir.

»"Muchas leguas —me dijo—, pero no hasta el fin de la tierra. Me enviaron a llevar noticias y no cargas."

»"Entonces tendré que conseguir un caballo en tierra —dije—, y un caballo rápido de verdad, pues nunca antes he tenido tanta prisa."

»"Si es así te llevaré a Edoras, donde reside el Señor de Rohan —me dijo—, pues no está muy lejos."

»Me alegré, pues en la Marca de los Jinetes de Rohan habitan los Rohirrim, los Señores de los Caballos, y no hay caballos como aquellos que se crían en ese amplio valle, entre las Montañas Nubladas y las Montañas Blancas.

»"¿Podemos confiar aún en los Hombres de Rohan, tú crees?", le dije a Gwaihir, pues la traición de Saruman había debilitado mi confianza.

»"Pagan un tributo de caballos —me respondió—, y todos los años mandan muchos a Mordor, o eso dicen; pero no han caído aún bajo el yugo. Pero si Saruman se ha vuelto malo, como dices, la ruina de esta gente no tardará mucho en llegar."

»Me dejó en tierras de Rohan antes del alba, y he alargado ya demasiado mi historia. El resto tendrá que ser más breve. En Rohan descubrí que el mal ya estaba trabajando: las mentiras de Saruman; y el rey no quiso prestar atención a mis advertencias. Me invitó a que tomara un caballo y me marchara, y elegí uno muy a mi gusto, pero poco al suyo. Tomé el mejor caballo de aquellas tierras, y nunca he visto nada que se le parezca.

—Entonces tiene que ser una bestia muy noble —dijo Aragorn—, y saber que Sauron recibe tales tributos me entristece más que muchas otras noticias que pudieran parecer peores. No era así cuando estuve por última vez en esa tierra.

—Ni lo es ahora, lo juraría —dijo Boromir—. Es una mentira que viene del Enemigo. Conozco a los Hombres de Rohan, sinceros y valientes, nuestros aliados; aún viven en las tierras que les dimos hace mucho tiempo.

—La sombra de Mordor se extiende sobre países lejanos —respondió Aragorn—. Saruman ha caído bajo esa sombra. Rohan está sitiada. Quién sabe lo que encontrarás allí, si vuelves alguna vez.

—Por lo menos no creo que regalen caballos para salvar la vida —dijo Boromir—. Aman tanto a sus caballos como a sus familias. Y no sin razón, pues los caballos de la Marca de los Jinetes vienen de los campos del Norte, lejos de la Sombra, y la raza de estos animales, como la de los amos, se remonta a los días libres de antaño.

—¡Muy cierto! —dijo Gandalf—. Y hay uno entre ellos que podría haber nacido en la mañana del mundo. Los caballos de los Nueve no podrían competir con él: incansable, corre rápido como el viento. Sombragrís lo llaman. Durante el día el pelo le reluce como plata, y de noche es como una sombra, y pasa inadvertido. Tiene el paso leve. Nunca un hombre lo había montado antes, pero yo lo tomé y lo domé, y me llevó tan rápidamente que yo ya había llegado a la Comarca cuando Frodo estaba aún en las Colinas de los Túmulos, aunque salí de Rohan cuando él dejaba Hobbiton.

»Pero el miedo crecía en mí mientras cabalgaba. A medida que iba hacia el norte me llegaban noticias de los Jinetes, y aunque les ganaba terreno día a día, siempre estaban delante de mí. Me enteré de que habían dividido sus fuerzas; algunas quedaron en las fronteras del este, no lejos del Camino Verde, y otras invadieron la Comarca desde el sur. Llegué a Hobbiton y Frodo ya había partido, pero hablé con el viejo Gamyi. Hablamos mucho, y muy poco sobre asuntos relevantes. Tenía mucho que decirme sobre los defectos de los nuevos propietarios de Bolsón Cerrado.

»"No soporto los cambios —dijo—, no a mi edad, y menos aún los cambios a peor. Cambios a peor", repitió varias veces.

»"Peor es fea palabra —le contesté—, y espero que no vivas para verlo."

»Pero entre toda esta charla alcancé a oír al fin que Frodo había dejado Hobbiton menos de una semana antes, y que un Jinete Negro había visitado la Colina esa misma noche. Me alejé al galope, asustado. Llegué a Los Gamos y lo encontré alborotado, activo como un hormiguero que ha sido removido con una vara. Fui a Cricava, y la casa estaba abierta y vacía, pero en el umbral encontré una capa que había sido de Frodo. Entonces y por un tiempo perdí toda esperanza; no me quedé a recibir noticias, que me hubiesen aliviado, sino que me apresuré a seguir las huellas de los Jinetes. Eran difíciles de seguir, pues se separaban en muchas direcciones, y al fin les perdí la pista. Me pareció que uno o dos habían ido hacia Bree, y allí fui yo también, pues se me habían ocurrido unas palabras que quería decirle al posadero.

»"Mantecona lo llaman —pensé—. Si es culpable de esta demora, le derretiré toda la manteca, asando a fuego lento a ese viejo tonto."

»Él no esperaba menos, pues cuando me vio cayó redondo al suelo y comenzó a derretirse allí mismo.

—¿Qué le hiciste? —gritó Frodo, alarmado—. Fue realmente muy amable con nosotros e hizo todo lo que pudo.

Gandalf rio. —¡No temas! —dijo—. No lo mordí, y ladré sólo un poco. Estaba tan contento con las noticias que le saqué, cuando dejó de temblar, que abracé al buen hombre. Yo no entendía cómo habían pasado las cosas, pero supe que habías estado en Bree la noche anterior, y que esa misma mañana habías partido con Trancos.

»"¡Trancos!", dije con un grito de alegría.

»"Sí, señor, temo que sí, señor —dijo Mantecona malentendiéndome—. No pude impedir que se acercara a ellos, y ellos se fueron con él. Actuaron de un modo muy raro todo el tiempo que estuvieron aquí; tercos, diría yo."

»"¡Asno! ¡Tonto! ¡Tres veces digno y querido Cebadilla! —dije—. Son las mejores noticias que he tenido desde el solsticio de verano; valen por lo menos una pieza de oro. ¡Que tu cerveza se vea bendecida por un encantamiento de excelencia insuperable durante siete años! —dije—. Ahora puedo tomarme una noche de descanso, la primera desde no sé cuánto tiempo."

»De modo que pasé allí la noche, preguntándome qué habría sido de los Jinetes; en Bree no se habían visto sino dos, según parecía. Aunque esa noche oímos más. Cinco por lo menos llegaron del oeste, y echaron abajo las puertas y atravesaron Bree como un viento que aúlla; y las gentes de Bree no han dejado de temblar y están esperando el fin del mundo. Me levanté antes del amanecer y fui tras ellos.

»No estoy seguro, pero yo diría que fue esto lo que ocurrió. El capitán de los Jinetes permaneció en secreto al sur de Bree, mientras dos de ellos se adelantaron cruzando la aldea, y otros cuatro invadían la Comarca. Pero después de haber fracasado en Bree y Cricava, llevaron las noticias al capitán, descuidando un rato la vigilancia del Camino, donde sólo quedaron sus espías. Entonces el capitán mandó a algunos hacia el este, cruzando la región en línea recta, y él y el resto fueron al galope a lo largo del Camino, furiosos.

»Galopé como un vendaval hasta la Cima de los Vientos, y llegué allí antes de la caída del sol en mi segunda jornada desde Bree, y ellos ya estaban allí. Se retiraron en seguida, pues sintieron la llegada de mi cólera y no se atrevían a enfrentarla mientras el Sol estuviese en el cielo. Pero durante la noche cerraron el cerco, y me sitiaron en la cima de la montaña, en el antiguo anillo de Amon Sûl. Fue un momento crítico para mí en verdad; no se habrán visto luces y llamas semejantes desde las almenaras de guerra de antaño.

»Al amanecer escapé y hui hacia el norte. No podía hacer otra cosa. Era imposible encontrarte en las tierras salvajes, Frodo, y habría sido una locura intentarlo con los Nueve al completo pisándome los talones. De modo que tenía que confiar en Aragorn. Yo esperaba despistar a algunos de ellos, y llegar a Rivendel antes que tú, y enviar ayuda. Cuatro Jinetes vinieron detrás de mí, pero se volvieron al cabo de un rato, y parece que se dirigieron hacia el Vado. Esto ayudó un poco, pues eran sólo cinco, no nueve, cuando atacaron vuestro campamento.

»Llegué aquí al fin siguiendo un camino largo y difícil, remontando el Fontegrís y cruzando las Landas de Etten, y descendiendo desde el norte. Tardé casi quince días desde la Cima de los Vientos, pues no es posible cabalgar entre las rocas de las tierras altas de los trolls, y Sombragrís se marchó. Lo envié de vuelta a su amo, pero una gran amistad ha nacido entre nosotros, y si lo necesito vendrá a mi llamada. Y así sucedió que llegué a Rivendel sólo tres días antes que el Anillo, y las noticias del peligro que corría ya habían llegado hasta aquí, lo cual fue una gran suerte.

»Y esto, Frodo, es el fin de mi relato. Que Elrond y los demás me perdonen por extenderme tanto. Pero esto nunca había ocurrido antes, que Gandalf faltara a una cita y no cumpliera lo prometido. Pienso que había que dar cuenta de un suceso tan raro al Portador del Anillo.

»Bueno, la historia ya ha sido contada, del principio al fin. Aquí estamos todos reunidos, y aquí está el Anillo. Pero no estamos más cerca que antes de nuestro propósito. ¿Qué haremos?

Hubo un silencio. Al final Elrond habló otra vez.

—Las noticias que conciernen a Saruman son graves —dijo—, pues confiamos en él, y está muy enterado de lo que hemos hablado en los concilios. Es peligroso estudiar demasiado a fondo las artes del Enemigo, para bien o para mal. Mas tales caídas y traiciones, ay, han ocurrido antes. De los relatos que hoy hemos oído, el de Frodo me parece el más extraño. He conocido a pocos hobbits, aparte de Bilbo, aquí presente, y creo que no es quizá una figura tan solitaria y peculiar como yo había pensado. El mundo ha cambiado mucho desde mis últimos viajes por los caminos del oeste.

»Los Tumularios los conocemos bajo muchos nombres, y del Bosque Viejo se han contado muchas historias. Todo lo que queda de él es un saliente en lo que antaño constituía la frontera norte. Hubo un tiempo en que una ardilla podía ir de árbol en árbol desde lo que es ahora la Comarca hasta las Tierras Brunas al oeste de Isengard. Por esas tierras viajé una vez, y conocí muchas cosas extrañas y salvajes. Pero había olvidado a Bombadil, si en verdad éste es el mismo que caminaba hace tiempo por los bosques y colinas y ya era el más viejo de todos los viejos. Por aquel entonces no se llamaba así. Iarwain Benadar lo llamábamos: el más antiguo y el que no tiene padre. Sin embargo, desde entonces otros le han dado muchos otros nombres: fue Forn para los Enanos, Orald para los Hombres del Norte, además de muchos otros nombres. Es una criatura extraña, pero quizá debiéramos haberlo invitado a nuestro Concilio.

—No habría venido —dijo Gandalf.

—¿No estamos a tiempo de enviarle un mensaje y obtener su ayuda? —preguntó Erestor—. Parece que tiene poder aún sobre el Anillo.

—No, yo no lo diría así —respondió Gandalf—. Diría mejor que el Anillo no tiene poder sobre él. Es su propio amo. Pero no puede cambiar el Anillo mismo, ni quitarle el poder que tiene sobre otros. Y ahora se ha retirado a una región pequeña, dentro de límites que él mismo ha establecido, aunque nadie puede verlos, esperando quizá a que los tiempos cambien, y no dará un paso fuera de ellos.

—Sin embargo, dentro de esos límites nada parece amedrentarlo —dijo Erestor—. ¿No tomaría él el Anillo, guardándolo allí, inofensivo para siempre?

—No —dijo Gandalf—, no voluntariamente. Podría hacerlo si toda la gente libre del mundo se lo pidiera, pero no entendería nuestra necesidad. Y si le diésemos el Anillo, lo olvidaría pronto, o más probablemente lo tiraría. No le interesan estas cosas. Sería un guardián muy poco fiable, y esto en sí es respuesta suficiente.

—De cualquier modo —dijo Glorfindel— enviarle el Anillo sería sólo posponer la llegada del mal. Vive muy lejos. Ahora no podríamos llevárselo sin que nadie sospechara, sin que nos viera algún espía. Y aunque fuese posible, tarde o temprano el Señor de los Anillos descubriría el escondite, y volcaría allí todo su poder. ¿Bombadil solo podría desafiar todo ese poder? Creo que no. Creo que al fin, si todo lo demás es conquistado, Bombadil caerá también, el Último, así como fue el Primero, y luego vendrá la Noche.

—Poco sé de Iarwain excepto el nombre —dijo Galdor—, pero creo que Glorfindel tiene razón. El poder de desafiar al Enemigo no está en él, a no ser que esté en la tierra misma. Y sabemos sin embargo que Sauron puede torturar y destruir las mismas colinas. El poder que todavía queda está aquí entre nosotros, en Imladris, o con Círdan en los Puertos, o en Lórien. Pero ¿tienen ellos la fuerza, tendremos nosotros la fuerza de resistir al Enemigo, la llegada de Sauron al final, cuando todo lo demás ya haya sido dominado?

—Yo no tengo la fuerza —dijo Elrond—, ni tampoco ellos.

—Entonces si la fuerza no basta para mantener el Anillo fuera del alcance del Enemigo para siempre —dijo Glorfindel— sólo nos queda intentar dos cosas: llevarlo al otro lado del Mar, o destruirlo.

—Pero Gandalf nos ha revelado que no podemos destruirlo por medio de nuestras artes—dijo Elrond—. Y aquellos que habitan más allá del Mar no lo recibirían: para mal o para bien pertenece a la Tierra Media. Nos corresponde a nosotros, los que aún vivimos aquí, ocuparnos de él.

—Entonces —dijo Glorfindel— arrojémoslo a las profundidades, y que las mentiras de Saruman sean así verdad. Pues está claro que aun cuando estaba en el Concilio ha venido siguiendo un camino tortuoso. Sabía que el Anillo no se había perdido para siempre, pero deseaba que nosotros lo creyéramos, pues ya estaba codiciándolo. Sin embargo, la verdad se oculta a menudo en la mentira. Estaría seguro en el Mar.

—No seguro para siempre —dijo Gandalf—. Hay muchas cosas en las aguas profundas, y los mares y las tierras pueden cambiar. Y nuestra tarea aquí no consiste en pensar en una estación, o en unas pocas generaciones de Hombres, o en una época pasajera del mundo. Tenemos que buscar un fin definitivo a esta amenaza, aunque no esperemos encontrarlo.

—No lo encontraremos en los caminos que van al Mar —dijo Galdor—. Si pensamos que llevárselo a Iarwain es demasiado peligroso, en la huida hacia el Mar hay ahora un peligro mucho mayor. El corazón me dice que Sauron esperará que tomemos el camino del oeste, cuando se entere de lo ocurrido. Se enterará pronto. Los Nueve han quedado desarzonados, es cierto, pero esto no nos da más que un respiro, hasta que encuentren nuevas cabalgaduras y más rápidas. Sólo la menguante fuerza de Gondor se alza ahora entre él y una marcha de conquista a lo largo de las costas, hacia el Norte, y si viene atacando las Torres Blancas y los Puertos, es posible que los Elfos ya no puedan escapar a las sombras que se alargan sobre la Tierra Media.

—Esa marcha será impedida por mucho tiempo —dijo Boromir—. Gondor mengua, dices. Pero se mantiene en pie, y aun en declive la fuerza de Gondor es todavía poderosa.

—Y sin embargo ya no es capaz de parar a los Nueve —dijo

Galdor—. Y el Enemigo puede encontrar otros caminos que Gondor no protege.

—Entonces —dijo Erestor— hay sólo dos rumbos, como Glorfindel ya ha dicho: esconder el Anillo para siempre, o destruirlo. Pero ambas cosas están más allá de nuestro alcance. ¿Quién nos resolverá este acertijo?

—Nadie aquí puede hacerlo —dijo Elrond gravemente—. Al menos nadie puede decir qué pasará si tomamos este camino o el otro. Pero ahora creo saber ya qué camino tendríamos que tomar. El occidental parece el más fácil. Por lo tanto hay que evitarlo. Lo vigilarán. Los Elfos han huido a menudo por ese camino. Ahora, en estas circunstancias extremas, hemos de elegir un camino difícil, un camino imprevisto. Ésa es nuestra esperanza, si hay esperanza: ir hacia el peligro, ir a Mordor. Tenemos que echar el Anillo al Fuego.

Hubo otro silencio. Frodo, aun en aquella hermosa casa, que miraba a un valle soleado, de donde llegaba un arrullo de aguas claras, sintió que una oscuridad mortal le invadía el corazón. Boromir se agitó en el asiento y Frodo lo miró. Estaba toqueteando el cuerno y fruncía el ceño. Al fin habló.

—No entiendo todo esto —dijo—. Saruman es un traidor, pero ¿no tuvo ni una chispa de sabiduría? ¿Por qué habláis siempre de ocultar y destruir? ¿Por qué no pensar que el Gran Anillo ha llegado a nuestras manos para servirnos en este momento de necesidad? Llevando el Anillo, los Señores Libres de los Libres podrían sin duda derrotar al Enemigo. Y esto es lo que él más teme, a mi entender.

»Los Hombres de Gondor son valientes, y nunca se someterán; pero pueden ser derrotados. El valor necesita fuerza ante todo, y después un arma. Que el Anillo sea vuestra arma, si tiene tanto poder como decís. ¡Tomadlo, y marchad a la victoria!

—Ay, no —dijo Elrond—. No podemos utilizar el Anillo Soberano. Esto lo sabemos ahora demasiado bien. Le pertenece a Sauron, pues él lo hizo solo, y es completamente maléfico. La fuerza del Anillo, Boromir, es demasiado grande para que alguien lo maneje a voluntad, salvo aquellos que ya tienen un gran poder propio. Pero para ellos encierra un peligro todavía más mortal. Basta desear el Anillo para que el corazón se corrompa. Piensa en Saruman. Si cualquiera de los Sabios derrocara con la ayuda del Anillo al Señor de Mordor, empleando las mismas artes que él, terminaría instalándose en el trono de Sauron, y un nuevo Señor Oscuro aparecería en la tierra. Y ésta es otra razón por la que el Anillo tiene que ser destruido; mientras esté en este mundo será un peligro aun para los Sabios. Pues nada es malo en un principio. Ni siquiera Sauron lo era. Temo tocar el Anillo para esconderlo. No tomaré el Anillo para utilizarlo.

—Ni yo tampoco —dijo Gandalf.

Boromir los miró con aire de duda, pero asintió inclinando la cabeza.

—Que así sea —dijo—. Entonces la gente de Gondor tendrá que confiar en las armas ya conocidas. Y al menos mientras los Sabios guarden el Anillo, seguiremos luchando. Quizá la Espada que fue Quebrada sea capaz aún de contener la marea, si la mano que la esgrime no sólo ha heredado una reliquia sino también la fuerza de los Reyes de los Hombres.

—¿Quién puede decirlo? —dijo Aragorn—. La pondremos a prueba algún día.

—Que ese día no tarde demasiado en llegar —dijo Boromir—. Pues aunque no pido ayuda, la necesitamos. Nos animaría saber que otros luchan también con todos los medios de los que disponen.

—Anímate, entonces —dijo Elrond—. Pues hay otros poderes y reinos que no conoces, que están ocultos para ti. El caudal del Anduin el Grande baña muchas orillas antes de llegar a Argonath y a las Puertas de Gondor.

—Aun así podría convenir a todos —dijo Glóin el Enano— que todas estas fuerzas se unieran, y que los poderes de cada uno se utilizaran de común acuerdo. Puede haber otros anillos, menos traicioneros, a los que podríamos recurrir. Los Siete están perdidos para nosotros, si Balin no ha encontrado el anillo de Thrór, que era el último. Nada se ha sabido de él desde que Thrór pereció en Moria. En verdad, puedo revelar ahora que uno de los motivos del viaje de Balin era la esperanza de encontrar ese anillo.

—Balin no encontrará ningún anillo en Moria —dijo Gandalf—. Thrór se lo dio a su hijo Thráin, pero Thráin no se lo dio a Thorin. Se lo quitaron a Thráin torturándolo en los calabozos de Dol Guldur. Llegué demasiado tarde.

—¡Ay, ay! —exclamó Glóin—. ¿Cuándo será el día de nuestra venganza? Pero todavía quedan los Tres. ¿Qué hay de los Tres Anillos de los Elfos? Anillos muy poderosos, dicen. ¿No los guardan consigo los Señores de los Elfos? Sin embargo ellos también fueron hechos por el Señor Oscuro tiempo atrás. ¿Están ociosos? Veo a Señores de los Elfos aquí. ¿No dirán nada?

Los Elfos no respondieron.

—¿No me has oído, Glóin? —dijo Elrond—. Los Tres no fueron hechos por Sauron, ni siquiera llegó a tocarlos alguna vez. Pero de ellos no es permitido hablar. Aunque algo diré, en esta hora de dudas. No están ociosos. Pero no fueron hechos como armas de guerra o conquista; no es ése el poder que tienen. Quienes los hicieron no deseaban ni fuerza ni dominio ni riquezas, sino el poder de comprender, crear y curar, para preservar todas las cosas sin mancha. Los Elfos de la Tierra Media han obtenido estas cosas en cierta medida, aunque con dolor. Pero todo lo que haya sido alcanzado por quienes se sirven de los Tres se volverá contra ellos, y Sauron leerá en las mentes y los corazones de todos, si recobra el Único. Habría sido mejor que los Tres nunca hubieran existido. Esto es lo que Sauron pretende.

—Pero ¿qué sucederá si el Anillo Soberano es destruido, como tú aconsejas? —preguntó Glóin.

—No lo sabemos con seguridad —respondió Elrond con tristeza—. Algunos esperan que los Tres Anillos, que Sauron nunca tocó, se liberen entonces, y quienes gobiernen los Anillos podrían curar así las heridas que él ha causado en el mundo. Pero es posible también que cuando el Único desaparezca, los Tres pierdan su poder, y que junto con ellos se marchiten y olviden muchas cosas hermosas. Eso es lo que creo.

—Sin embargo todos los Elfos están dispuestos a correr ese riesgo —dijo Glorfindel—, si con ello pudiéramos destruir el poder de Sauron, y librarnos para siempre del miedo a que domine el mundo.

—Así volvemos otra vez a la destrucción del Anillo —dijo Erestor—, y sin embargo no estamos más cerca. ¿De qué fuerza disponemos para encontrar el Fuego en que fue forjado? Es el camino de la desesperación. De la locura, podría decir, si la larga sabiduría de Elrond no me lo impidiese.

—¿Desesperación, o locura? —dijo Gandalf—. No se trata de desesperación, pues sólo desesperan aquellos que ven el fin más allá de toda duda. Nosotros no lo vemos. Es de sabios reconocer la necesidad, cuando todas las demás alternativas ya han sido consideradas, aunque pueda parecer locura a aquellos que se aferran a falsas esperanzas. Bueno, ¡que la locura sea nuestro manto, un velo que cubra los ojos del Enemigo! Pues el Enemigo es muy sagaz, y mide todas las cosas con precisión, según la escala de su propia malicia. Pero la única medida que conoce es el deseo, el deseo de poder, y así juzga a todos los corazones. No se le ocurrirá nunca que alguien pueda rehusar el poder, que teniendo el Anillo queramos destruirlo. Si nos ponemos esa meta, confundiremos todas sus conjeturas.

—Al menos por un tiempo —dijo Elrond—. Hay que tomar ese camino, pero recorrerlo será muy difícil. Y ni la fuerza ni la sabiduría podrían llevarnos muy lejos. Los débiles pueden intentar esta tarea con tantas esperanzas como los fuertes. Sin embargo, así son a menudo los trabajos que mueven las ruedas del mundo. Las manos pequeñas hacen esos trabajos porque es menester hacerlos, mientras los ojos de los grandes miran hacia otro lado.

—¡Muy bien, muy bien, Señor Elrond! —dijo Bilbo de pronto—. ¡Que no se hable más! El propósito de tu discurso es bastante claro. Bilbo, el hobbit tontón, comenzó este asunto y será mejor que Bilbo lo termine, o que termine él mismo. Yo estaba muy cómodo aquí, ocupado en mi libro. Si quieres saberlo, justo ahora estaba acabándolo. Había pensado poner: *Vivió feliz para siempre, hasta el fin de sus días*. Era un buen final; poco importa que se haya usado antes. Ahora tendré que alterarlo: no parece que vaya a ser verdad, y de todos modos es evidente que habrá que añadir otros varios capítulos, si vivo para escribirlos. Es un tremendo fastidio. ¿Cuándo he de ponerme en camino?

Boromir miró sorprendido a Bilbo, pero la risa se le apagó en los labios cuando vio que todos miraban con grave respeto al viejo hobbit. Sólo Glóin sonreía, pero la sonrisa le venía de viejos recuerdos.

—Por supuesto, mi querido Bilbo —dijo Gandalf—. Si tú realmente hubieras iniciado este asunto, habría sido razonable que lo terminases. Pero sabes muy bien que decir he *iniciado* es de una pretensión excesiva para cualquiera, y que en las grandes hazañas, ningún héroe hace más que desempeñar un pequeño papel. No tienes por qué inclinarte. Sabemos que tus palabras fueron sinceras, y que bajo esa apariencia de broma nos hacías un ofrecimiento valeroso. Sin embargo, este cometido supera tus fuerzas, Bilbo. No se te puede devolver esta cosa. Ha pasado a otras manos. Si aún tienes necesidad de mi consejo, te diría que tu parte ha concluido, excepto como cronista. ¡Termina el libro, y no cambies el final! Todavía hay esperanzas de que sea posible. Pero prepárate a escribir una segunda parte, cuando ellos vuelvan.

Bilbo rio.

—No recuerdo que me hayas dado antes un consejo agradable —dijo—. Como todos tus consejos desagradables han resultado buenos, me pregunto si éste no será malo. Sin embargo, no creo que me quede fuerza o suerte suficientes como para ocuparme del Anillo. Ha crecido, y yo no. Pero dime, ¿a quién te refieres cuando dices *ellos*?

—A los mensajeros que llevarán el Anillo.

—¡Exactamente! ¿Y quiénes serán? Eso es lo que el Concilio tiene que decidir, me parece, y ninguna otra cosa. Los Elfos pueden alimentarse de palabras y nada más, y los Enanos soportan grandes fatigas; yo soy sólo un viejo hobbit y echo en falta la comida del mediodía. ¿Se te ocurren algunos nombres? ¿O lo dejamos para después de comer?

Nadie respondió. Sonó la campana del mediodía. Todavía no habló nadie. Frodo echó una ojeada a todas las caras, pero no lo miraban a él; todo el Concilio tenía la mirada bajada, como sumido en profundos pensamientos. Sintió que un gran temor lo invadía, como si estuviese esperando una sentencia que ya había previsto hacía tiempo, cuya postergación seguía esperando vanamente. Un irresistible deseo de descansar y quedarse a vivir en Rivendel junto a Bilbo le colmó el corazón. Al fin habló, haciendo un esfuerzo, y oyó sorprendido sus propias palabras, como si algún otro estuviera sirviéndose de su vocecita.

—Yo llevaré el Anillo —dijo—, aunque no sé cómo.

Elrond alzó los ojos y lo miró, y Frodo sintió que aquella mirada penetrante le traspasaba el corazón.

—Si he entendido bien todo lo que he oído —dijo Elrond—, creo que esta tarea te corresponde a ti, Frodo, y si tú no sabes cómo llevarla a cabo, ningún otro lo sabrá. Ésta es la hora de los habitantes de la Comarca, que dejan sus campos tranquilos para sacudir las torres y los concilios de los Grandes. ¿Quién de todos los Sabios pudo haberlo previsto? Y si son sabios, ¿por qué esperarían saberlo, antes de que llegara la hora?

»Pero es una carga pesada. Tan pesada que nadie puede pasársela a otro. No te la impongo. Pero si tú la tomas libremente, te diré que tu elección es buena; y aunque todos los poderosos amigos de los Elfos de antaño, Hador y Húrin, y Túrin, y Beren mismo, aparecieran juntos aquí, tu lugar estaría entre ellos.

—Pero ¿no lo enviará solo, Señor? —gritó Sam, que ya no pudo seguir conteniéndose y saltó desde el rincón donde había estado sentado en el suelo.

—¡Desde luego que no! —dijo Elrond volviéndose hacia él con una sonrisa—. Tú lo acompañarás al menos. No parece fácil separarte de Frodo, aunque él haya sido convocado a un concilio secreto, y tú no.

Sam se sentó, enrojeciendo y murmurando.

—¡En un bonito enredo nos hemos metido, señor Frodo! —dijo meneando la cabeza.

3

EL ANILLO VA HACIA EL SUR

Más tarde, ese día los hobbits se reunieron solos en la habitación de Bilbo. Merry y Pippin se mostraron indignados cuando supieron que Sam se había metido de rondón en el Concilio, y había sido elegido como compañero de Frodo.

—Es muy injusto —dijo Pippin—. En vez de expulsarlo y ponerlo en cadenas, ¡Elrond lo *recompensa* por su desfachatez!

—¡Recompensa! —dijo Frodo—. No podría imaginar un castigo más severo. No piensas en lo que dices: ¿condenado a hacer un viaje sin esperanza, una recompensa? Ayer soñé que mi tarea estaba cumplida, y que podía descansar aquí una larga temporada, quizá para siempre.

—No me sorprende —dijo Merry— y ojalá pudieras. Pero estábamos envidiando a Sam, no a ti. Si tú tienes que ir, sería un castigo para cualquiera de nosotros quedarnos atrás, aun en Rivendel. Hemos recorrido un largo camino juntos y hemos pasado momentos difíciles. Queremos seguir.

—Es lo que yo quería decir —continuó Pippin—. Nosotros los hobbits tenemos que mantenernos unidos, y eso haremos. Partiré contigo, a menos que me encadenen. Tiene que haber alguien con inteligencia en el grupo.

—¡En ese caso no creo que te elijan a ti, Peregrin Tuk! —dijo Gandalf asomando la cabeza por la ventana, que estaba cerca del suelo—. Pero no tenéis por qué estar preocupados. Nada se ha decidido aún.

—¡Nada se ha decidido! —exclamó Pippin—. Entonces, ¿qué habéis estado haciendo, encerrados durante horas?

—Hablando —dijo Bilbo—. Había mucho que hablar y todos escucharon algo que los dejó boquiabiertos. Hasta el viejo Gandalf. Creo que lo que ha dicho Legolas sobre Gollum le ha caído como jarro de agua fría, aunque no ha querido decir nada.

—Estás equivocado —dijo Gandalf—. No has prestado atención. Ya me lo había dicho Gwaihir. Los únicos que han dejado boquiabiertos a la gente, por usar tus palabras, habéis sido Frodo y tú; yo fui el único que no se ha sorprendido.

—Bueno, de todos modos —dijo Bilbo—, nada se ha decidido aparte de la elección del pobre Frodo y Sam. Me temía que fuese acabar así, si yo quedaba descartado. Pero pienso que Elrond enviará una partida numerosa, cuando vengan los exploradores. ¿Han partido ya, Gandalf?

—Sí —dijo el mago—. Ya han salido algunos exploradores, y mañana irán más. Elrond está enviando elfos, y se pondrán en contacto con los Montaraces, y quizá con la gente de Thranduil en el Bosque Negro. Y Aragorn ha partido con los hijos de Elrond. Se hará una batida en varias leguas a la redonda antes de decidir el primer movimiento. ¡De modo que anímate, Frodo! Probablemente te quedarás aquí una buena temporada.

—Ah —dijo Sam con aire sombrío—. Esperaremos lo justo para que llegue el invierno.

—Eso es inevitable —dijo Bilbo—, y en parte tu culpa, querido Frodo; insististe en esperar mi cumpleaños. Curiosa manera de celebrarlo, diría yo. *No* es en verdad el día que yo hubiese elegido para que los S-B entraran en Bolsón Cerrado. Pero así están las cosas: no puedes esperar hasta la primavera, y no puedes salir antes de que los exploradores traigan noticias.

Al primer mordisco del invierno
piedras crujen en la noche glacial
estanques en negrura, árboles en desnudez
es aciago por lo Salvaje transitar.

»Me temo que ésa sea justamente tu suerte.

—Me temo que sí —dijo Gandalf—. No podemos partir hasta que sepamos algo de los Jinetes.

—Pensé que habían sido destruidos en la crecida —dijo Merry.

—Los Espectros del Anillo no pueden ser destruidos con tanta facilidad —dijo Gandalf—. Llevan en ellos el poder de su amo, y resisten o caen junto con él. Esperamos que hayan quedado todos sin caballos y sin disfraces, para que durante un tiempo sean menos peligrosos; pero tenemos que comprobarlo bien. Entretanto, Frodo, trata de olvidar tus dificultades. No sé si puedo hacer algo que te sirva de ayuda; pero te soplaré un secreto: alguien ha dicho que se necesitaba inteligencia en este grupo. Tenía razón. Creo que iré contigo.

Tan grande fue la alegría de Frodo al oír este anuncio que Gandalf dejó el alféizar de la ventana, donde estaba sentado, y se sacó el sombrero haciendo una reverencia.

—Sólo he dicho que *creo que iré*. No cuentes aún con nada. En este asunto, Elrond tendrá mucho que decir, y también tu amigo Trancos. Lo que me recuerda que quiero ver a Elrond. No puedo demorarme más.

—¿Cuánto tiempo crees que estaré aquí? —preguntó Frodo a Bilbo, una vez que Gandalf se retiró.

—Oh, no sé. No puedo contar los días en Rivendel —dijo Bilbo—. Pero bastante tiempo, creo. Podremos tener muchas buenas charlas. ¿Qué te parece si me ayudas con el libro, y empiezas el siguiente? ¿Has pensado en algún final?

—Sí, en varios; todos sombríos y desagradables —dijo Frodo.

—¡Oh, eso no sirve! —dijo Bilbo—. Los libros han de tener un final feliz. Qué te parece éste: *y todos regresaron de sus viajes, y vivieron juntos y felices para siempre.*

—Estaría bien, si algún día llegara a ocurrir —dijo Frodo.

—Ah —dijo Sam—. ¿Y dónde vivirán? Es lo que me pregunto a menudo.

Durante un rato los hobbits continuaron hablando y pensando en el viaje que habían hecho y en los peligros que les esperaban en el futuro; pero era tal la virtud de la tierra de Rivendel que pronto se sintieron libres de miedos y ansiedades. El futuro, bueno o malo, no fue olvidado, pero ya no tuvo ningún poder sobre el presente. La salud y la esperanza se acrecentaron en ellos, y estaban contentos, tomando los días tal como se presentaban, disfrutando de todas las comidas, charlas y canciones.

Así los días fueron pasando, y todas las mañanas eran hermosas y brillantes, y todas las noches eran claras y frescas. Pero el otoño menguaba rápidamente; poco a poco, la luz dorada declinaba transformándose en plata pálida, y las últimas hojas caían de los árboles desnudos. Un viento helado empezó a soplar desde las Montañas Nubladas en el este. La Luna del Cazador crecía en el cielo nocturno, y todas las estrellas menores huían. Pero en el horizonte del sur brillaba una solitaria estrella roja. Cuando la luna menguaba otra vez, el brillo de la estrella aumentaba, noche a noche. Frodo podía verla desde su ventana, hundida en el cielo, ardiendo como un ojo vigilante que resplandecía sobre los árboles al borde del valle.

Los hobbits habían pasado cerca de dos meses en la casa de Elrond, y noviembre se había llevado los últimos jirones del otoño, y diciembre ya estaba pasando, cuando los exploradores comenzaron a volver. Algunos habían ido al norte, más allá de las fuentes del Fontegrís, internándose en las Landas de Etten; y otros habían ido al oeste, y con la ayuda de Aragorn y los Montaraces llegaron a explorar las lejanas tierras a lo largo del Aguada Gris, hasta Tharbad, donde el viejo Camino del Norte cruzaba el río junto a una ciudad en ruinas. Muchos habían ido al este y al sur; y algunos de ellos habían cruzado las Montañas entrando luego en el Bosque Negro, mientras que otros habían escalado el paso en las fuentes del Río Gladio, descendiendo a las Tierras Salvajes y atravesando los Campos Gladios hasta llegar al viejo hogar de Radagast en Rhosgobel. Radagast no estaba allí, y volvieron cruzando el puerto de montaña que llamaban la Puerta del Cuerno Rojo. Elladan y Elrohir, los hijos de Elrond, fueron los últimos en volver; habían hecho un largo viaje, marchando a la vera del Cauce de Plata hasta un extraño país, pero de sus andanzas no hablaron con nadie excepto con Elrond.

En ninguna región habían tropezado los mensajeros con señales o noticias de los Jinetes o de otros sirvientes del Enemigo. Ni siquiera las Águilas de las Montañas Nubladas habían podido darles noticias frescas. Nada se había visto ni oído de Gollum; pero los lobos salvajes continuaban reuniéndose, y cazaban otra vez muy arriba del Río Grande. Tres de los caballos negros aparecieron en seguida, ahogados en las aguas crecidas del Vado. Más abajo, entre las rocas de los rápidos, se encontraron los cadáveres de cinco caballos más, y también un manto largo y negro, hecho jirones. De los Jinetes Negros no había ni rastro, y no se sentía que anduviesen cerca. Parecía que habían desaparecido de los territorios del norte.

—En todo caso, sabemos qué ocurrió con ocho de los Nueve —dijo Gandalf—. No es prudente estar demasiado seguro, pero me atrevería a creer que los Espectros del Anillo fueron dispersados, y regresaron como pudieron a Mordor, vacíos y sin forma.

»Si es así, pasará un tiempo antes que reinicien la cacería. El Enemigo tiene otros sirvientes, por supuesto. Pero tendrían que hacer todo el camino hasta las fronteras de Rivendel antes de dar con nuestras huellas. Y si tenemos cuidado será difícil encontrarlas. Pero no podemos retrasarnos más.

Elrond convocó a los hobbits. Miró gravemente a Frodo.

—Ha llegado la hora —dijo—. Si el Anillo ha de partir, que lo haga cuanto antes. Pero quienes lo acompañan no podrán contar con ningún apoyo, ni de guerra ni de fuerzas armadas. Tendrán que entrar en los dominios del Enemigo, lejos de toda ayuda. ¿Todavía mantienes tu palabra, Frodo, de que serás el Portador del Anillo?

—Sí —dijo Frodo—. Iré con Sam.

—Pues bien, no podré ayudarte mucho, ni siquiera con consejos —dijo Elrond—. Sólo alcanzo a ver muy poco de cómo será tu camino, y no sé cómo cumplirás tu tarea. La Sombra se ha arrastrado ahora hasta el pie de las Montañas, y ha llegado casi a las orillas del Aguada Gris; y bajo la Sombra todo es oscuro para mí. Encontrarás muchos enemigos, algunos declarados, otros ocultos, y quizá tropieces con amigos, cuando menos los busques. Mandaré mensajes, tal como se me vayan ocurriendo, a aquellos que conozco en el ancho mundo; pero las tierras han llegado a ser tan peligrosas que quizá no todos lleguen a su destino, o no llegarán antes que tú.

»Y elegiré los compañeros que irán contigo, siempre que ellos quieran o lo permita la suerte. Han de ser pocos, ya que tus mayores esperanzas dependen de la rapidez y el secreto. Aunque contáramos con una tropa de elfos con armaduras de los Días Antiguos, no ayudarían mucho, salvo para despertar el poder de Mordor.

»La Compañía del Anillo será de Nueve, y los Nueve Caminantes se opondrán a los Nueve Jinetes malvados. Contigo y tu fiel sirviente irá Gandalf; pues éste será el mayor de sus trabajos, y quizá el último.

»En cuanto al resto, representarán a los otros Pueblos Libres del Mundo: Elfos, Enanos y Hombres. Legolas irá por los Elfos, y Gimli hijo de Glóin por los Enanos. Están dispuestos a llegar por lo menos hasta los pasos de las Montañas, y quizá más allá. Por los Hombres tendrán a Aragorn hijo de Arathorn, pues el Anillo de Isildur le concierne íntimamente.

—¡Trancos! —exclamó Frodo.

—Sí —dijo Trancos con una sonrisa—. Te pido una vez más que me permitas ser tu compañero.

—Yo te habría rogado que vinieras —dijo Frodo—, pero pensé que irías a Minas Tirith con Boromir.

—Iré allí —dijo Aragorn—. Y la Espada que fue Quebrada será forjada de nuevo antes de que yo parta para la guerra. Pero tu camino y el nuestro corren juntos por muchos cientos de millas. Por lo tanto, Boromir estará también en la Compañía. Es un hombre valiente.

—Faltan todavía dos —dijo Elrond—. Lo pensaré. Quizá encuentre a alguien entre las gentes de la casa que me convenga mandar.

—¡Pero entonces no habrá lugar para nosotros! —exclamó Pippin, consternado—. No queremos quedarnos. Queremos ir con Frodo.

—Eso es porque no entiendes y no alcanzas a imaginar lo que espera más adelante —dijo Elrond.

—Tampoco Frodo —dijo Gandalf, apoyando inesperadamente a Pippin—. Ni ninguno de nosotros lo ve con claridad. Es cierto que si estos hobbits entendieran el peligro, no se atreverían a ir. Pero seguirían deseando ir, o desearían atreverse a ir, y se sentirían avergonzados e infelices. Creo, Elrond, que en este asunto sería mejor confiar en la amistad de estos hobbits que en nuestra sabiduría. Aunque eligieras para nosotros un Señor de los Elfos, como Glorfindel, los poderes que hay en él no bastarían para conquistar la Torre Oscura, ni abrirnos el camino que lleva al Fuego.

—Hablas con gravedad —dijo Elrond—, pero no estoy seguro. La Comarca, presiento, no está libre ahora de peligros, y había pensado enviar a estos dos de vuelta como mensajeros, para que hicieran allí lo que pudieran para prevenir a la gente, de acuerdo con las normas del país. De cualquier modo me parece que el más joven de los dos, Peregrin Tuk, tendría que quedarse. Me lo dice el corazón.

—Entonces, señor Elrond, tendrá usted que encerrarme en prisión, o mandarme a casa metido en un saco —dijo Pippin—. Pues de otro modo yo seguiría a la Compañía.

—Que sea así entonces. Irás —dijo Elrond, y suspiró—. La cuenta de Nueve ya está completa. La Compañía debe partir dentro de siete días.

La Espada de Elendil fue forjada de nuevo por herreros élficos, que grabaron sobre la hoja el dibujo de siete estrellas, entre una Luna creciente y un Sol radiante, y alrededor trazaron muchas runas; pues Aragorn hijo de Arathorn iba a la guerra en las fronteras de Mordor. Muy brillante pareció la espada cuando estuvo otra vez completa; era roja a la luz del sol y fría a la luz de la luna, y tenía un borde duro y afilado. Y Aragorn le dio un nuevo nombre y la llamó Andúril, Llama del Oeste.

Aragorn y Gandalf paseaban juntos o se sentaban a hablar del camino y de los peligros que podrían encontrar; y estudiaban los mapas ilustrados y decorados, y los libros de ciencia que había en casa de Elrond. A veces Frodo los acompañaba, pero estaba contento de dejarse aconsejar por ellos, y se pasaba la mayor parte del tiempo con Bilbo.

En aquellos últimos días los hobbits se reunían a la noche en la Sala del Fuego, y allí entre muchas historias oyeron completa la balada de Beren y Lúthien y la conquista de la Gran Joya, pero de día, mientras Merry y Pippin iban de un lado a otro, Frodo y Sam se pasaban las horas en la pequeña habitación de Bilbo. Allí Bilbo les leía pasajes de su libro (que parecía aún muy incompleto), o fragmentos de sus poemas, o tomaba notas de las aventuras de Frodo.

En la mañana del último día, Frodo estaba a solas con Bilbo, y el viejo hobbit sacó de debajo de la cama una caja de madera. Levantó la tapa y buscó dentro.

—Aquí está tu espada— dijo—. Ya sabes, se te quebró. La guardé aquí para que estuviera a buen recaudo, pero se me olvidó pedir a los herreros que la arreglasen. Ahora ya no hay tiempo. Así que, he pensado que quizá te interesara tener ésta, ¿qué te parece?

Sacó de la caja una espada pequeña, guardada en una raída vaina de cuero. La desenvainó, y la hoja pulida y bien cuidada relució de pronto, fría y brillante.

—Ésta es Dardo —dijo, y sin mucho esfuerzo la hundió profundamente en una viga de madera—. Tómala, si quieres. No creo que la vaya a necesitar más.

Frodo la aceptó agradecido.

—¡Y aquí hay otra cosa! —dijo Bilbo.

Y sacó un paquete que parecía bastante pesado para su tamaño. Desenvolvió varias capas de viejas telas y sacó a la luz una pequeña cota de malla de anillos entrelazados, flexible casi como un lienzo, fría como el hielo, y más dura que el acero. Brillaba como plata iluminada por la luna, y estaba tachonada de gemas blancas. Venía con un cinturón de cristal y perlas.

—¡Es hermosa! ¿No te parece? —dijo Bilbo moviéndola a la luz—. Y útil, además. Es la cota de malla enana que me dio Thorin. La recuperé en Cavada Grande, antes de salir, y la metí en mi equipaje. Traje todos los recuerdos del Viaje excepto el Anillo. Pero nunca esperé usarla, y ahora no la necesito sino para mirarla de vez en cuando. Apenas sientes el peso cuando la llevas puesta.

—Parecerá... bueno, no creo que me quede bien —dijo Frodo.

—Lo mismo dije yo —continuó Bilbo—. Pero no te preocupes por tu apariencia. Puedes llevarla debajo de la ropa. ¡Vamos! Tienes que compartir conmigo este secreto. ¡No se lo digas a nadie! Pero me sentiré más feliz si sé que la llevas puesta. Se me ha ocurrido que hasta podría desviar los cuchillos de los Jinetes Negros —concluyó en voz baja.

—Muy bien, la tomaré —dijo Frodo.

Bilbo le colocó la malla, y aseguró a Dardo al cinturón resplandeciente. Luego Frodo se puso encima las viejas ropas manchadas por la vida a la intemperie: pantalones, túnica y chaqueta.

—Pareces un simple hobbit, nada más —dijo Bilbo—. Pero hay más en ti ahora de lo que se ve en la superficie. ¡Te deseo mucha suerte!

Dio media vuelta y miró por la ventana, tratando de tararear una canción.

—Nunca te lo agradeceré lo suficiente, Bilbo, esto y todas tus bondades pasadas —dijo Frodo.

—¡Pues no lo intentes! —dijo el viejo hobbit, y volviéndose palmeó a Frodo en la espalda—. ¡Huy! —gritó—. ¡Estás demasiado duro ahora para palmearte! Pero escúchame: los hobbits tienen que estar siempre unidos, y especialmente los Bolsón. Todo lo que te pido en cambio es esto: cuídate bien, tráeme todas las noticias que puedas, y todas las viejas canciones e historias que encuentres. Haré lo posible por terminar el libro antes de que vuelvas. Me gustaría escribir el segundo volumen, si la edad me lo permite.

Se interrumpió y se volvió otra vez a la ventana canturreando:

Me siento junto al fuego y pienso
en todo lo que he observado,
en flores del prado y mariposas
de veranos que han pasado.

En hojas amarillas y telas de araña,
en otoños que ya fueron,
la niebla en la mañana, el sol de plata,
y en mis cabellos, el viento.

Me siento junto al fuego y pienso
cómo el mundo será,
cuando llegue el invierno sin una primavera
que nunca más yo pueda contemplar.

Pues hay aún tantas cosas
que yo jamás he visto:
en todos los bosques y primaveras
hay un verde distinto.

Me siento junto al fuego y pienso
en las gentes de ayer,
y en personas que verán un mundo
que no conoceré.

Y mientras aquí me siento y pienso
en otras épocas
escucho atento los pasos del regreso
y voces en la puerta.

Era un día frío y gris de fines de diciembre. El Viento del Este soplaba entre las ramas desnudas de los árboles, y sacudía los oscuros pinos de las lomas. Jirones de nubes pasaban rápidos sobre sus cabezas, oscuros y bajos. Cuando las primeras sombras tristes del atardecer comenzaron a extenderse, la Compañía se aprestó a partir. Saldrían al anochecer, pues Elrond les había aconsejado que viajaran todo lo posible al amparo de la noche, hasta que estuvieran lejos de Rivendel.

—Tened cuidado con los muchos ojos de los sirvientes de Sauron —dijo—. Estoy seguro de que las noticias de la derrota de los Jinetes ya le han llegado, y tiene que estar lleno de rabia. Pronto, sus espías caminarán y volarán por todas las tierras del norte. Cuando estéis en camino, guardaos hasta del cielo que se extiende sobre vosotros.

La Compañía cargó poco material de guerra, pues confiaban más en pasar inadvertidos que en la suerte de una batalla. Aragorn llevaba a Andúril, y ninguna otra arma, e iba vestido con desgastadas ropas de color verde y marrón, como un Montaraz de tierras inhóspitas. Boromir tenía una larga espada, parecida a Andúril, pero de menor linaje, y cargaba además un escudo y su cuerno de guerra.

—Suena alto y claro en los valles de las colinas —dijo—, ¡y los enemigos de Gondor ponen pies en polvorosa!

Llevándose el cuerno a los labios, Boromir sopló; y los ecos saltaron de roca en roca, y todos los que en Rivendel oyeron esa voz se incorporaron de un salto.

—No te apresures a hacer sonar de nuevo ese cuerno, Boromir —dijo Elrond—, hasta que hayas llegado a las fronteras de tu tierra, y sea absolutamente necesario.

—Puede que tengas razón —dijo Boromir—, pero siempre en las partidas he dejado que mi cuerno grite, y aunque más tarde tengamos que arrastrarnos en la oscuridad, no me iré ahora como un ladrón en la noche.

Sólo Gimli el enano exhibía una malla corta de anillos de acero (pues los enanos soportan bien las cargas), y un hacha de hoja ancha le colgaba de la cintura. Legolas llevaba un arco y un carcaj, y en la cintura un largo cuchillo blanco. Los hobbits más jóvenes cargaban las espadas que habían sacado del túmulo, pero Frodo no disponía de otra arma que Dardo, y llevaba oculta la cota de malla, tal y como Bilbo le había pedido. Gandalf tenía su vara, pero se había ceñido a un costado la espada élfica que llamaban Glamdring, hermana de Orcrist, que descansaba ahora sobre el pecho de Thorin bajo la Montaña Solitaria.

Todos fueron bien provistos por Elrond con ropas gruesas y abrigadas, y tenían chaquetas y mantos forrados de piel. Las provisiones y ropas de repuesto fueron cargadas en un poney, nada menos que la pobre bestia que habían traído de Bree.

La estadía en Rivendel lo había transformado de un modo asombroso: le brillaba el pelo, y parecía haber recuperado todo el vigor de la juventud. Fue Sam quien insistió en elegirlo, declarando que Bill (así lo llamaba ahora) languidecería si no lo llevaban con ellos.

—Ese animal casi sabe hablar —dijo—, y llegaría a hablar si se quedara aquí más tiempo. Me echó una mirada tan elocuente como las palabras del señor Pippin: Si no me dejas ir contigo, Sam, te seguiré por mi cuenta.

De modo que Bill sería la bestia de carga; sin embargo era el único miembro de la Compañía que no parecía deprimido.

Ya se habían despedido de todos en la gran sala junto al fuego, y ahora sólo estaban esperando a Gandalf, que aún no había salido de la casa. Por las puertas abiertas podían verse los reflejos de un fuego, y en las ventanas brillaban unas luces tenues. Bilbo estaba en la puerta, de pie y en silencio junto a Frodo, arropado en un manto. Aragorn se había sentado y apoyaba la cabeza en las rodillas; sólo Elrond entendía de veras qué significaba esta hora para él. Los otros eran como sombras grises en la oscuridad.

Sam, junto al poney, se pasaba la lengua por los dientes, y miraba abatido la penumbra más abajo, donde el río cantaba sobre un lecho de piedras; en este momento no tenía ningún deseo de aventuras.

—Bill, amigo mío —dijo—, no tendrías que haber venido con nosotros. Podrías haberte quedado aquí disfrutando del mejor heno, hasta que saliera la nueva hierba.

Bill sacudió la cola y no dijo nada.

Sam se acomodó el macuto sobre los hombros, y repasó mentalmente todo lo que llevaba, preguntándose con inquietud si no habría olvidado algo: su tesoro principal, los utensilios de cocina; la cajita de sal que lo acompañaba siempre, y que llenaba cada vez que le era posible; una buena cantidad de hierba para pipa (pero ni de lejos suficiente, pensaba); pedernal y yesca; medias de lana; ropa blanca; varias pequeñas pertenencias que Frodo había olvidado, y que él había guardado para sacar triunfalmente cuando las necesitasen. Lo repasó todo.

—¡Cuerda! —murmuró—. ¡Ninguna cuerda! Y anoche mismo te dijiste: «Sam, ¿qué te parece un poco de cuerda? Si no la llevas la necesitarás». Bueno, la necesitaré. Ya no puedo conseguirla.

En ese momento Elrond salió con Gandalf, y pidió a la Compañía que se acercase.

—He aquí mis últimas palabras —dijo en voz baja—. El Portador del Anillo parte ahora en busca del Monte del Destino. Únicamente sobre él recae el siguiente cometido: no librarse del Anillo, no entregárselo a ningún siervo del Enemigo, ni dejar que nadie lo toque, excepto los miembros del Concilio o la Compañía, y esto sólo en caso de extrema necesidad. Los otros van con él como acompañantes voluntarios, para ayudarlo en esa tarea. Podéis deteneros, o volver, o tomar algún otro camino, según las circunstancias. Cuanto más lejos lleguéis, menos fácil será retroceder, pero ningún lazo ni juramento os obliga a ir más allá de lo que vuestra voluntad os dicte. Porque aún no conocéis la fuerza de vuestros corazones, y no podéis prever lo que cada uno encontrará en el camino.

—Desleal es aquel que se despide cuando el camino se oscurece —dijo Gimli.

—Quizá —dijo Elrond—, pero aquel que no haya conocido la caída de la noche, que no jure que caminará en las tinieblas.

—Sin embargo, un juramento puede fortalecer a un corazón débil.

—O destruirlo —dijo Elrond—. ¡No miréis demasiado adelante! ¡Pero partid con buen ánimo! Adiós, y que las bendiciones de los Elfos y los Hombres y toda la Gente Libre vayan con vosotros. ¡Que las estrellas os iluminen la cara!

—Buena... ¡buena suerte! —gritó Bilbo tartamudeando de frío—. No creo que puedas llevar un diario, Frodo, hijo mío, pero esperaré a que me lo cuentes todo cuando vuelvas. ¡Y no tardes demasiado! ¡Adiós!

Muchos otros de la casa de Elrond los miraban desde las sombras y les decían adiós en voz baja. No había risas ni canto ni música. Al fin la Compañía se volvió, desapareciendo silenciosamente en la oscuridad.

Cruzaron el puente y remontaron lentamente los largos senderos empinados que los llevaban fuera del hendido valle de Rivendel; y al fin llegaron a los páramos altos donde el viento siseaba entre los brezos. Luego, echando una mirada al Último Hogar que centelleaba allá abajo, se alejaron a grandes pasos hasta bien entrada la noche.

En el Vado del Bruinen dejaron el Camino y doblando hacia el sur continuaron por unas sendas estrechas que atravesaban las onduladas tierras. Tenían el propósito de seguir bordeando las laderas occidentales de las Montañas durante muchas millas y muchos días. La región era más accidentada y desnuda que el valle verde del Río Grande del otro lado de las Montañas, en las Tierras Salvajes. La marcha era necesariamente lenta, pero esperaban escapar de este modo a miradas hostiles. Hasta entonces, los espías de Sauron habían sido vistos raras veces en estas extensiones desiertas, y los senderos eran poco conocidos excepto para la gente de Rivendel.

Gandalf marchaba adelante, y con él iba Aragorn, que conocía estas tierras aun en la oscuridad. Los otros los seguían en fila, y Legolas, que tenía ojos penetrantes, caminaba en la retaguardia. La primera parte del viaje fue dura y monótona, y Frodo recordaría poco de ella, aparte del viento. Durante muchos días sin sol, un viento helado sopló de las Montañas del este, y parecía que ninguna ropa pudiera protegerlos contra aquellas agujas penetrantes. Aunque la Compañía estaba bien equipada, pocas veces sintieron calor, ni moviéndose ni descansando. Dormían inquietos en pleno día, en algún repliegue del terreno, o escondiéndose bajo los arbustos espinosos que se apretaban a los lados del camino. A la caída de la tarde los despertaba quien estuviera de guardia, y tomaban la comida principal: fría y triste casi siempre, pues pocas veces podían arriesgarse a encender un fuego. Ya de noche partían otra vez, buscando siempre los senderos que llevaban más o menos al sur.

Al principio les pareció a los hobbits que aun caminando y trastabillando hasta quedar agotados, iban a paso de caracol, y no avanzaban. Pasaban los días y el paisaje apenas cambiaba. Sin embargo, poco a poco, las montañas estaban acercándose. Al sur de Rivendel eran aún más altas, y se volvían hacia el oeste; a los pies de la cadena principal se extendía una quebrada, cada vez más ancha, de colinas desiertas y valles profundos donde corrían aguas turbulentas. Los senderos eran escasos y tortuosos, y muchas veces los llevaban al borde de un precipicio, o descendiendo hasta pantanos traicioneros.

Llevaban quince días de marcha cuando el tiempo cambió. El viento amainó de pronto y viró al sur. Las nubes rápidas se elevaron y se difuminaron, y asomó el sol, claro y brillante. Después de haber caminado tropezando toda una noche, llegó un amanecer frío y pálido. Los viajeros alcanzaron una loma baja, coronada de viejos acebos, cuyos troncos de color verde grisáceo parecían haber sido tallados de la misma piedra de las lomas. Las hojas oscuras relucían, y las bayas brillaban rojas a la luz del sol naciente.

Lejos, en el sur, Frodo alcanzaba a ver las formas penumbrosas de unas montañas elevadas que ahora parecían interponerse en el camino que la Compañía estaba siguiendo. A la izquierda de estas alturas había tres picos; el más alto y cercano parecía un diente coronado de nieve; el profundo y desnudo precipicio del norte estaba todavía en sombras, pero donde lo alcanzaban los rayos oblicuos del sol, el pico llameaba, rojizo.

Gandalf se detuvo junto a Frodo y miró amparándose los ojos con la mano.

—Hemos avanzado mucho —dijo—. Hemos llegado a los límites de la región que los Hombres llaman Acebeda; muchos Elfos vivieron aquí en días más felices, cuando tenía el nombre de Eregion. Hemos recorrido cuarenta y cinco leguas a vuelo de pájaro, aunque nuestros pies caminaran otras muchas millas. El territorio y el tiempo serán ahora más apacibles, pero quizá también más peligrosos.

—Peligroso o no, un verdadero amanecer es siempre bien recibido —dijo Frodo echándose atrás la capucha y dejando que la luz de la mañana le cayera en la cara.

—Pero las montañas están frente a nosotros —dijo Pippin—. Hemos tenido que desviarnos al este durante la noche.

—No —dijo Gandalf—. Pero ves más lejos en un día claro. Más allá de esos picos la cadena dobla hacia el sudoeste.

Hay muchos mapas en la casa de Elrond, aunque supongo que nunca se te ocurrió mirarlos.

—Sí, lo hice, a veces —dijo Pippin—, pero no los recuerdo. Frodo tiene mejor cabeza que yo para estas cosas.

—Yo no necesito mapas —dijo Gimli, que se había acercado con Legolas, y miraba ahora ante él con una luz extraña en los ojos profundos—. Ésa es la tierra donde trabajaron nuestros padres, hace tiempo, y hemos grabado la imagen de esas montañas en muchas obras de metal y de piedra, y en muchas canciones e historias. Se alzan muy altas en nuestros sueños: Baraz, Zirak, Shathûr.

»Sólo las vi una vez de lejos en la vigilia, pero las conozco y sé cómo se llaman, pues bajo ellas se encuentra Khazad-dûm, la Mina de los Enanos, que ahora llaman el Pozo Oscuro, Moria en la lengua élfica. Allí se encuentra Barazinbar, el Cuerno Rojo, el cruel Caradhras; y más allá el Cuerno de Plata y el Monte Nuboso: Celebdil el Blanco, y Fanuidhol el Gris, que nosotros llamamos Zirak-zigil y Bundushathûr.

»Allí las Montañas Nubladas se dividen, y entre los dos brazos se extiende el valle profundo y sombrío que no podemos olvidar: Azanulbizar, el Valle del Arroyo Sombrío, que los Elfos llaman Nanduhirion.

—Hacia el Valle del Arroyo Sombrío nos dirigimos —dijo Gandalf—. Si subimos por el paso llamado la Puerta del Cuerno Rojo, en la cara opuesta del Caradhras, descenderemos por la Escalera del Arroyo Sombrío al valle profundo de los Enanos; allí se encuentran la Laguna Espejo y los helados manantiales del Cauce de Plata.

—Oscura es el agua del Kheled-zâram —dijo Gimli—, y frías son las fuentes del Kibil-nâla. Se me encoge el corazón pensando que los veré pronto.

—¡Que esa visión te traiga mucha alegría, mi querido enano! —dijo Gandalf—. Pero hagas lo que hagas, nosotros al menos no podremos quedarnos en ese valle. Tenemos que seguir el Cauce de Plata aguas abajo hasta los bosques secretos, y de allí al Río Grande, y luego...

Hizo una pausa.

—Sí, ¿y luego qué? —preguntó Merry.

—Hacia nuestro destino, el fin del viaje —dijo Gandalf—. No podemos mirar demasiado adelante. Alegrémonos de haber superado la primera etapa sin percances. Creo que descansaremos aquí, no sólo hoy sino también esta noche. El aire de Acebeda es saludable. Muchos males han de caer sobre un país para que olvide del todo a los Elfos, si alguna vez vivieron ahí.

—Es cierto —dijo Legolas—. Pero los Elfos de esta tierra no eran gente de los bosques como nosotros, y los árboles y la hierba ya no los recuerdan. Sólo oigo el lamento de las piedras, que todavía los lloran: *Profundamente cavaron en nosotras, bellamente nos trabajaron, altas nos erigieron; pero han desaparecido.* Han desaparecido. Fueron en busca de los Puertos mucho tiempo atrás.

Aquella mañana encendieron un fuego en un hueco profundo, velado por grandes macizos de acebos, y por vez primera desde que dejaran Rivendel tuvieron una cena-desayuno feliz. No corrieron en seguida a la cama, pues esperaban tener toda la noche para dormir, y no partirían de nuevo hasta la noche del día siguiente. Sólo Aragorn guardaba silencio, inquieto. Al cabo de un rato dejó la Compañía y caminó hasta el borde del hoyo; allí se quedó a la sombra de un árbol, mirando al sur y al oeste, con la cabeza ladeada como si estuviera escuchando. Luego se volvió y miró a los otros que reían y charlaban.

—¿Qué pasa, Trancos? —llamó Merry—. ¿Qué estás buscando? ¿Echas de menos el Viento del Este?

—Desde luego que no —respondió Trancos—. Pero algo echo de menos. He estado en el país de Acebeda en muchas estaciones. Ya no vive gente aquí, pero hay animales en todas las épocas, sobre todo pájaros. Ahora sin embargo todo está callado, excepto vosotros. Puedo sentirlo. No hay ningún sonido en muchas millas a la redonda, y vuestras voces resuenan como un eco. No lo entiendo.

Gandalf alzó la vista con repentino interés.

—¿Cuál crees que puede ser la razón? —preguntó—. ¿Habría otra aparte de la sorpresa de ver a cuatro hobbits, por no mencionar el resto, en sitios donde apenas se ve ni se oye a casi nadie?

—Ojalá sea eso —respondió Trancos—. Pero tengo una sensación de acechanza y temor que nunca conocí aquí antes.

—Entonces tenemos que cuidarnos —dijo Gandalf—. Si traes a un montaraz contigo, es bueno prestarle atención, y más aún si el montaraz es Aragorn. No hablemos más en voz alta. Descansemos sin hacer ruido, y pongamos guardia.

Ese día le tocaba a Sam hacer la primera guardia, pero Aragorn se le unió. Los otros se durmieron. Luego el silencio creció de tal modo que hasta Sam lo advirtió. La respiración de los que dormían podía oírse claramente. Los meneos de la cola del poney y los ocasionales movimientos de los cascos se convirtieron en fuertes ruidos. Si Sam se movía, alcanzaba a oír cómo le crujían las articulaciones. Un silencio de muerte reinaba alrededor, y por encima de todo se extendía un cielo azul y claro, mientras el sol ascendía en el este. A lo lejos, en el sur, apareció una mancha oscura, y creció, y fue hacia el norte como un humo llevado por el viento.

—¿Qué es eso, Trancos? No parece una nube —le susurró Sam a Aragorn.

Aragorn no respondió; tenía los ojos clavados en el cielo. Pero Sam no tardó en reconocer lo que se acercaba. Bandadas de pájaros que volaban muy rápidamente y en círculos, yendo de un lado a otro, como buscando algo; y estaban cada vez más próximas.

—¡Échate al suelo y no te muevas! —siseó Aragorn, arrastrando a Sam a la sombra de una mata de acebos; pues todo un regimiento de pájaros acababa de desprenderse de la bandada principal, y se acercaba volando bajo. Sam pensó que eran una especie de grandes cuervos. Mientras pasaban sobre la loma, en una columna tan apretada que la sombra los seguía oscura por el suelo, se oyó un único y ronco graznido.

No fue hasta que los pájaros hubieron desaparecido en la distancia, al norte y al oeste, y el cielo se hubo aclarado otra vez, cuando se incorporó de nuevo Aragorn. Dio un salto entonces y fue a despertar a Gandalf.

—Regimientos de cuervos negros están volando de aquí para allá entre las Montañas y el Aguada Gris —dijo—, y han pasado sobre Acebeda. No son nativos de aquí; son *crebain* de Fangorn y de las Tierras Brunas. No sé qué les ocurre; quizá hay algún problema allá en el sur del que vienen huyendo; pero creo que están espiando la región. He visto además muchos halcones volando alto en el cielo. Pienso que tendríamos que partir de nuevo esta misma noche. Acebeda ya no es un lugar seguro para nosotros; está siendo vigilado.

—Y en ese caso lo mismo sucederá en la Puerta del Cuerno Rojo —dijo Gandalf—. Y no alcanzo a imaginar cómo podríamos pasar por allí sin ser vistos. Pero lo pensaremos cuando llegue el momento. En cuanto a partir cuando oscurezca, temo que tengas razón.

—Por suerte nuestro fuego humeó poco, y sólo quedaban unas brasas cuando vinieron los *crebain* —dijo Aragorn—. Hay que apagarlo y ya no encenderlo más.

—Bueno, ¡qué calamidad y qué fastidio! —dijo Pippin. Las noticias de que no iba a haber más fuego y que tocaba caminar otra vez de noche le habían sido transmitidas tan pronto como despertó al final de la tarde—. ¡Todo por una bandada de cuervos! Y yo que esperaba que esta noche fuéramos a comer bien, algo caliente.

—Bueno, puedes seguir esperando —dijo Gandalf—. Quizá tengas todavía muchos banquetes inesperados. En cuanto a mí, me gustaría fumar cómodamente una pipa y calentarme los pies. Sin embargo, de algo al menos estamos seguros: habrá más calor a medida que vayamos hacia el sur.

—Demasiado calor, no me sorprendería —le murmuró Sam a Frodo—. Pero empiezo a pensar que ya va siendo hora de que veamos esa Montaña de Fuego, y el fin del Camino, por decirlo de algún modo. Yo creía al principio que este Cuerno Rojo, o como se llame, sería la Montaña, hasta que Gimli nos habló. Qué hermoso lenguaje éste de los Enanos, ¡para romperle a uno las mandíbulas!

Los mapas no le decían nada a Sam, y en estas tierras desconocidas todas las distancias parecían tan vastas que él ya había perdido la cuenta.

Todo aquel día la Compañía permaneció oculta. Los pájaros oscuros pasaron sobre ellos de vez en cuando, y cuando el sol poniente se puso rojo desaparecieron en el sur. Al anochecer, la Compañía se puso en marcha, y volviéndose ahora un poco al este se encaminaron hacia el lejano Caradhras, que aún reflejaba débilmente la última luz roja del sol desaparecido. Una tras otra fueron asomando las estrellas blancas, en el cielo que se apagaba.

Guiados por Aragorn encontraron un buen sendero. Le pareció a Frodo que eran los restos de un antiguo camino, en otro tiempo ancho y bien trazado, y que iba de Acebeda al paso montañoso. La luna, llena ahora, se alzó por encima de las montañas, y difundió una pálida luz en donde las sombras de las piedras eran negras. Muchas de ellas parecían trabajadas a mano, aunque ahora yacían tumbadas y arruinadas en una tierra desierta y árida.

Era la hora de frío glacial que precede a la aparición de los primeros signos del alba, y la luna estaba baja. Frodo alzó los ojos al cielo. De pronto vio o sintió que una sombra cruzaba por delante de las altas estrellas, como si se hubieran apagado un momento y en seguida brillaran otra vez. Se estremeció.

—¿Has visto algo pasando por allá arriba? —le susurró a Gandalf que marchaba delante.

—No, pero lo he sentido, fuese lo que fuese —respondió Gandalf—. Quizá no haya sido nada, sólo un jirón de nube.

—Se movía rápido entonces —dijo Aragorn—, y no con el viento.

Ninguna otra cosa ocurrió esa noche. A la mañana siguiente el alba fue todavía más brillante, pero de nuevo hacía mucho frío, y ya el viento soplaba otra vez del este. Marcharon dos noches más, subiendo siempre pero más lentamente a medida que el camino torcía hacia las colinas, y las montañas se asomaban cada vez más cercanas. En la tercera mañana el Caradhras se elevaba ante ellos, una cima majestuosa, coronada de nieve plateada, pero de faldas desnudas y abruptas, de un rojo cobrizo, como manchadas de sangre.

El cielo parecía negro, y el sol languidecía. El viento había cambiado ahora al nordeste. Gandalf husmeó el aire y se volvió.

—El invierno avanza detrás de nosotros —le dijo en voz baja a Aragorn—. Las cimas aquellas del norte están más blancas que antes; la nieve ha descendido a las estribaciones. Esta noche estaremos ya a bastante altura, camino de la Puerta del Cuerno Rojo. En ese sendero angosto es muy posible que los espías nos vean, y hasta quizá algún mal nos tienda alguna trampa; pero creo que el mal tiempo será nuestro peor enemigo. ¿Qué piensas ahora de este itinerario, Aragorn?

Frodo alcanzó a oír estas palabras, y entendió que Gandalf y Aragorn estaban continuando una discusión que había comenzado mucho antes. Prestó atención, con cierta ansiedad.

—No me gusta este itinerario, ni el principio ni el final, y tú lo sabes bien, Gandalf —respondió Aragorn—. Y a medida que progresemos aumentarán los peligros, conocidos y desconocidos. Pero tenemos que seguir; de nada serviría demorar la travesía de las montañas. Más al sur no hay puertos de montaña antes del Paso Rohan. Desde que nos contaste lo de Saruman, no me fío de ese camino. Quién sabe a qué bando sirven ahora los mariscales de los Señores de los Caballos.

—¡Quién sabe, en verdad! —dijo Gandalf—. Pero hay otro camino, que no es el paso de Caradhras: el camino secreto y oscuro del que ya hablamos una vez.

—¡No volvamos a nombrarlo! Aún no. No digas nada a los otros, te lo suplico, no antes de comprobar que no hay otro remedio.

—Tenemos que decidirnos antes de continuar —respondió Gandalf.

—Entonces consideremos ahora el asunto, mientras los otros descansan y duermen —dijo Aragorn.

Al atardecer, mientras los demás concluían el desayuno, Gandalf y Aragorn se apartaron un poco y se quedaron mirando el Caradhras. Los flancos parecían ahora sombríos y lúgubres, y la cima estaba envuelta en nubes grises. Frodo los observaba, preguntándose cómo terminaría el debate. Por fin los dos volvieron al grupo, y Gandalf habló, y entonces Frodo supo que habían decidido enfrentarse al mal tiempo y los peligros del paso. Se sintió aliviado. No imaginaba qué podía ser ese otro camino, oscuro y secreto, pero había bastado que Gandalf lo mencionase para que Aragorn pareciera espantado, y Frodo se alegró de que hubieran abandonado ese plan.

—Por los signos que hemos visto últimamente —dijo Gandalf—, temo que estén vigilando la Puerta del Cuerno Rojo, y tengo mis dudas sobre el tiempo que puede venir desde el otro lado. Puede haber nieve. Tenemos que viajar lo más rápido posible. Aun así necesitaremos más de dos etapas de marcha para llegar al punto más alto del paso. Hoy oscurecerá pronto. Partiremos en cuanto estéis listos.

—Yo añadiría una pequeña advertencia, si se me permite —dijo Boromir—. Nací a la sombra de las Montañas Blancas, y algo sé de viajes por las alturas. Antes de descender del otro lado, encontraremos un frío penetrante, si no peor. De nada servirá ocultarnos hasta morir de frío. Cuando dejemos este lugar, donde hay todavía unos pocos árboles y arbustos, cada uno de nosotros ha de llevar un haz de leña, tan grande como le sea posible.

—Y Bill podrá llevar un poco más, ¿no es cierto, compañero? —dijo Sam.

El poney lo miró con aire de pesadumbre.

—Muy bien —dijo Gandalf—. Pero no usaremos la leña... a no ser que haya que elegir entre el fuego y la muerte.

La Compañía se puso de nuevo en marcha, y al principio avanzó a buen paso; pero pronto el terreno se volvió empinado y difícil.

El sinuoso camino que ascendía por la ladera había desaparecido casi por completo en muchos lugares, y estaba bloqueado por muchas rocas caídas. La noche estaba peligrosamente oscura, bajo las grandes nubes. Un viento helado se abría paso entre las rocas. A medianoche habían llegado a las faldas de las grandes montañas. El estrecho sendero bordeaba ahora una pared de acantilados a la izquierda, y sobre esa pared los flancos siniestros del Caradhras subían perdiéndose en la penumbra; a la derecha se abría un abismo de negrura donde el terreno caía abruptamente hacia una profunda garganta.

Treparon trabajosamente por una cuesta empinada y se detuvieron arriba un momento. Frodo sintió que algo blando le tocaba la mejilla. Extendió el brazo y vio que unos diminutos copos de nieve se le posaban en la manga.

Continuaron. Pero poco después la nieve caía apretadamente, arremolinándose ante los ojos de Frodo. Apenas podía ver las figuras sombrías y encorvadas de Gandalf y Aragorn, que marchaban delante a uno o dos pasos.

—Esto no me gusta nada —jadeó Sam, que caminaba detrás—. No tengo nada contra la nieve en una mañana hermosa, pero prefiero estar en la cama cuando cae. Ojalá toda esta cantidad fuera a Hobbiton. La gente de allí le daría la bienvenida.

Excepto en los páramos altos de la Cuaderna del Norte las nevadas copiosas eran raras en la Comarca, y se las recibía como un acontecimiento agradable y una posibilidad de diversión. Ningún hobbit vivo (excepto Bilbo) podía recordar el Invierno Cruel de 1311, cuando los lobos blancos invadieron la Comarca cruzando las aguas heladas del Brandivino.

Gandalf se detuvo. La nieve se le acumulaba sobre la capucha y los hombros, y le llegaba ya a los tobillos.

—Esto es lo que me temía —dijo—. ¿Qué opinas ahora, Aragorn?

—Que también yo lo temía —respondió Aragorn—, pero menos que otras cosas. Conozco el riesgo de la nieve, aunque pocas veces cae copiosamente tan al sur, excepto en las alturas. Pero no estamos aún muy arriba; estamos bastante abajo, donde los caminos no se cierran casi nunca en el invierno.

—Me pregunto si esto no será una treta del Enemigo —dijo Boromir—. Dicen en mi país que él gobierna las tormentas en las Montañas de la Sombra, que se alzan alrededor de Mordor. Dispone de raros poderes y de muchos aliados.

—El brazo le ha crecido de veras —dijo Gimli— si puede traer nieve desde el norte para molestarnos aquí a trescientas leguas de distancia.

—El brazo le ha crecido —dijo Gandalf.

Mientras estaban allí detenidos, el viento amainó, y la nieve disminuyó hasta cesar casi del todo. Echaron a caminar otra vez. Pero no habían avanzado mucho cuando la tormenta volvió con renovada furia. El viento silbaba y la nieve se convirtió en una cellisca enceguecedora. Poco después, incluso a Boromir le resultó difícil continuar. Los hobbits, doblando el cuerpo, avanzaban laboriosamente detrás de los más altos, pero era obvio que no podrían seguir así, si continuaba nevando. Frodo sentía que los pies le pesaban como plomo. Pippin se arrastraba detrás. Aun Gimli, tan fuerte como cualquier otro enano, refunfuñaba tambaleándose.

De pronto la Compañía hizo un alto, como si todos se hubiesen puesto de acuerdo sin tener que decir nada. De las tinieblas de alrededor les llegaban unos ruidos inquietantes. Quizá no era más que una ilusión producida por el viento en las grietas y hendiduras de la pared rocosa, pero los sonidos parecían chillidos agudos, o salvajes estallidos de risa. Unas piedras comenzaron a caer desde la ladera de la montaña; pasaban silbando sobre las cabezas de los viajeros, o se estrellaban junto a ellos en la senda. De cuando en cuando se oía un estruendo apagado, cuando una gran roca bajaba rodando desde las alturas ocultas.

—No podemos avanzar más esta noche —dijo Boromir—. Si pensáis que esto es el viento, estáis equivocados; hay voces fieras en el aire, y estas piedras están dirigidas contra nosotros.

—Yo lo llamaré el viento —dijo Aragorn—. Pero eso no quita que hayas dicho la verdad. Hay muchas cosas malignas y hostiles en el mundo que tienen poca simpatía por quienes andan sobre dos patas; y sin embargo no son cómplices de Sauron, y tienen sus propios motivos. Algunas estaban en este mundo mucho antes que él.

—Caradhras era llamado el Cruel, y tenía mala reputación —dijo Gimli— hace ya muchos años, cuando aún no se había oído hablar de Sauron en estas tierras.

—Importa poco quién es el enemigo, si no podemos rechazarlo —dijo Gandalf.

—Pero ¿qué haremos? —exclamó Pippin, desesperado.

Se había apoyado en Merry y Frodo, y temblaba de pies a cabeza.

—O nos detenemos aquí mismo, o retrocedemos —dijo Gandalf—. No conviene continuar. Apenas un poco más arriba, si mal no recuerdo, el sendero deja el acantilado y corre por una ancha hondonada al pie de una pendiente larga y abrupta. Nada nos defenderá allí de la nieve, o las piedras, o cualquier otra cosa.

—Y no conviene volver mientras arrecia la tormenta —dijo Aragorn—. No hemos pasado hasta ahora por ningún sitio que nos ofrezca un refugio mejor que esta pared que se asoma sobre nosotros.

—¡Refugio! —murmuró Sam—. Si esto es un refugio, entonces una pared sin techo es una casa.

La Compañía se apretó todo lo posible contra la pared de roca. Miraba al sur, y cerca del suelo sobresalía un poco, y ellos esperaban que los protegiera del viento del norte y las piedras que caían. Pero las ráfagas se arremolinaban alrededor, y la nieve descendía en nubes cada vez más espesas.

Estaban todos juntos, de espaldas a la pared. Bill el poney se mantenía en pie pacientemente pero con aire abatido frente a los hobbits, resguardándolos un poco; la nieve amontonada no tardó en llegarle a los corvejones, y seguía subiendo. Si no hubiesen tenido compañeros de mayor tamaño, los hobbits habrían quedado pronto sepultados bajo la nieve.

Una gran somnolencia cayó sobre Frodo, y sintió que se hundía en un sueño tibio y confuso. Pensó que un fuego le calentaba los pies, y desde las sombras al otro lado de las llamas le llegó la voz de Bilbo: *No me parece gran cosa tu diario, dijo. Tormentas de nieve el doce de enero. No había necesidad de volver para contarme eso.*

Pero yo quería descansar y dormir, Bilbo, respondió Frodo con un esfuerzo; sintió entonces que lo sacudían, y recuperó dolorosamente la conciencia. Boromir lo había levantado sacándolo de un nido de nieve.

—Esto será la muerte de los medianos, Gandalf —dijo Boromir—. Es inútil quedarse aquí sentado mientras la nieve sube por encima de nuestras cabezas. Tenemos que hacer algo para salvarnos.

—Dales esto —dijo Gandalf buscando en su macuto y sacando un frasco de cuero—. Sólo un trago cada uno. Es algo muy valioso. Es *miruvor*, el cordial de Imladris que Elrond me dio al partir. ¡Pásalo!

Tan pronto como Frodo hubo tragado un poco de aquel licor tibio y perfumado, sintió una nueva fuerza en el corazón, y los miembros libres de aquel pesado letargo. Los otros revivieron también, con una esperanza y un vigor renovados. Pero la nieve no cesaba. Revoloteaba alrededor más espesa que nunca, y el viento soplaba con mayor ruido.

—¿Qué tal un fuego? —preguntó Boromir de repente—. Parecería que ha llegado el momento de decidir entre el fuego o la muerte, Gandalf. Cuando la nieve nos haya cubierto estaremos sin duda ocultos a los ojos hostiles, pero eso no nos ayudará.

—Haz un fuego si puedes —respondió Gandalf—. Si hay centinelas capaces de aguantar esta tormenta, nos verán de todos modos, con fuego o sin él.

Aunque habían traído madera y ramitas por consejo de Boromir, estaba más allá de la habilidad de un elfo o aun de un enano encender una llama que no se apagase en los remolinos de viento o que prendiera en la leña mojada. Al fin Gandalf mismo intervino, de mala gana. Tomando un leño lo alzó un momento y luego junto con una orden, *naur an edraith ammen!*, le hundió en el medio la punta de su vara. Inmediatamente brotó una llama verde y azul, y la madera ardió chisporroteando.

—Si alguien ha estado mirándonos, entonces yo al menos me he revelado a él —dijo—. He escrito *Gandalf está aquí* en unos caracteres que cualquiera podría leer, desde Rivendel hasta las Bocas del Anduin.

Pero ya poco le importaban a la Compañía los centinelas o los ojos hostiles. El resplandor del fuego les regocijaba el corazón. La madera ardía animadamente, y aunque la nieve siseaase alrededor del fuego, y charcos de nieve medio derretida les mojasen los pies, se complacían en calentarse las manos al calor del fuego. Estaban inclinados, formando un círculo alrededor de las llamitas danzantes y saltarinas. Una luz roja les iluminaba las caras fatigadas y ansiosas; detrás de ellos, la noche era como un muro negro.

Sin embargo, la madera ardía con rapidez, y la nieve seguía cayendo.

El fuego se apagaba; echaron el último leño.

—La noche envejece —dijo Aragorn—. El amanecer no tardará.

—Si hay algún amanecer capaz de traspasar estas nubes —dijo Gimli.

Boromir se apartó del círculo y clavó los ojos en la oscuridad.

—La nieve disminuye, y amaina el viento.

Frodo observó cansadamente los copos blancos que todavía caían saliendo de la oscuridad y revelándose un momento a la luz del fuego moribundo, pero durante largo rato no notó que nevara menos. Luego, de pronto, cuando el sueño comenzaba de nuevo a invadirlo, se dio cuenta de que el viento había cesado de veras, y que los copos eran ahora más grandes y escasos. Muy lentamente, una luz pálida comenzó a insinuarse. Al fin la nieve dejó de caer.

A medida que aumentaba, la luz iba descubriendo un mundo silencioso y amortajado. Desde la altura del refugio se veían abismos informes y jorobas y cúpulas blancas que ocultaban por completo el camino por donde habían venido; pero unas grandes nubes, todavía pesadas y amenazando nieve, envolvían las cimas más altas.

Gimli alzó los ojos y negó con la cabeza.

—Caradhras no nos ha perdonado —dijo—. Tiene todavía más nieve para arrojar sobre nosotros, si seguimos adelante. Cuanto antes volvamos y descendamos, mejor será.

Todos estuvieron de acuerdo, pero la retirada era ahora difícil, quizá imposible. Sólo a unos pocos pasos de la ceniza de la hoguera, la capa de nieve tenía una espesura de varios pies, más alta que los hobbits; en algunos sitios el viento había llevado y amontonado la nieve contra la pared, cerrándoles el paso.

—Si Gandalf fuera delante de nosotros con una llama potente, quizá pudiera fundir la nieve y abrir un sendero —dijo Legolas.

La tormenta no lo había molestado mucho, y era el único de la Compañía que aún parecía animado.

—Si los Elfos pudieran volar por encima de las montañas, podrían traernos el sol y salvarnos —contestó Gandalf—. Pero necesito materiales para trabajar. No puedo quemar nieve.

—Bueno —dijo Boromir—, cuando falla la cabeza hay que tirar del cuerpo, como dicen en mi país. Los más fuertes de nosotros tienen que buscar un camino. ¡Mirad! Aunque ahora todo está cubierto de nieve, nuestro sendero, cuando subíamos, se desviaba en aquel saliente de roca de allí abajo. Fue allí donde la nieve comenzó a pesarnos. Si pudiéramos llegar a ese sitio, quizá fuera más fácil continuar. No estamos a más de unas doscientas yardas, me parece.

—¡Entonces abrámonos paso hasta allí, tú y yo! —dijo Aragorn.

Aragorn era el más alto de la Compañía, pero Boromir, apenas más bajo, era más fornido y ancho de hombros. Fue adelante, y Aragorn lo siguió. Se alejaron, lentamente, y poco después les costó avanzar. En algunos sitios la nieve les llegaba al pecho, y muy a menudo Boromir parecía nadar o cavar con los grandes brazos más que caminar.

Legolas los observó un rato con una sonrisa en los labios, y luego se volvió hacia los otros.

—¿Los más fuertes tienen que buscar un camino, dijeron? Pero yo digo: que el labrador pase el arado, pero elige una nutria para nadar; y para correr liviano sobre la hierba y las hojas, o sobre la nieve... un elfo.

Diciendo esto saltó ágilmente, y entonces Frodo se dio cuenta, como si fuese por primera vez, aunque lo sabía desde hacía tiempo, de que el elfo no llevaba botas sino el calzado liviano de costumbre, y que sus pies apenas dejaban huellas en la nieve.

—¡Adiós! —le dijo Legolas a Gandalf—. Voy en busca del sol.

Luego, con la rapidez de un corredor sobre arenas firmes, se precipitó hacia adelante, y alcanzando en seguida a los hombres que se esforzaban en la nieve, saludándolos con la mano los dejó atrás, siguió corriendo, y desapareció detrás del saliente rocoso.

Los otros esperaron apretados unos contra otros, mirando hasta que Boromir y Aragorn no fueron más que dos motas negras en la blancura. Al fin ellos también se perdieron de vista. El tiempo pasó arrastrándose. Las nubes bajaron, y unos copos de nieve comenzaron a deslizarse por el aire nuevamente.

Transcurrió quizá una hora, aunque pareció mucho más, y al fin vieron que Legolas regresaba. Al mismo tiempo Boromir y Aragorn reaparecieron muy atrás en la vuelta del sendero y subieron trabajosamente la pendiente.

—Bueno —exclamó Legolas mientras trepaba corriendo—, no he traído el sol. Ella está paseándose por los campos azules del sur, y una coronita de nieve sobre la cima del Cuerno Rojo no la incomoda lo más mínimo. Pero traigo un rayo de buena esperanza para quienes están condenados a seguir a pie. La nieve se ha amontonado de veras justo después del saliente, y allí nuestros hombres fuertes casi quedan sepultados. Estaban desesperados hasta que volví y les dije que ese montón de nieve no era más espeso que un muro. Y en el otro lado de repente hay mucha menos nieve, y un poco más abajo es sólo un mantillo blanco, para refrescarles los pies a los hobbits.

—Ah, es como he dicho antes —se quejó Gimli—. No era una tormenta ordinaria, sino la hostilidad de Caradhras. No gusta de los Elfos ni de los Enanos, y acumuló esa nieve para cerrarnos el paso.

—Pero por suerte tu Caradhras olvidó que venían Hombres contigo —dijo Boromir—. Y además hombres valientes, si puedo decirlo; aunque unos hombres menores pero con palas hubiesen servido mejor. Sin embargo, hemos abierto una vía por la nieve, y aquellos que no corren tan livianos como los Elfos nos estarán sin duda agradecidos.

—Pero ¿cómo llegaremos allí abajo, aunque hayáis atravesado ese montón de nieve? —dijo Pippin, expresando el pensamiento de todos los hobbits.

—¡Tened esperanza! —dijo Boromir—. Estoy cansado, pero todavía me quedan fuerzas, y lo mismo le sucede a Aragorn. Cargaremos a los más pequeños. Los otros se las arreglarán sin duda para seguirnos. ¡Vamos, señor Peregrin! Comenzaré contigo.

Levantó al hobbit.

—¡Sujétate a mi espalda! Necesitaré de mis brazos —dijo, y se lanzó hacia adelante.

Lo siguió Aragorn cargando a Merry. Pippin estaba maravillado de la fuerza de Boromir, viendo el pasaje que había logrado abrir sin otra ayuda que la de sus grandes miembros. Aun ahora, cargado como estaba, echaba nieve a los costados, ensanchando la senda para quienes venían detrás.

Llegaron al fin a la barrera de nieve. Cruzaba el sendero montañoso como una pared desnuda y abrupta, y el borde superior, afilado, como tallado a cuchillo, se elevaba a una altura dos veces mayor que Boromir, pero por el medio corría un pasaje que subía y bajaba como un puente. Merry y Pippin fueron depositados en el suelo, del otro lado, y allí esperaron con Legolas a que llegara el resto de la Compañía.

Al cabo de un rato, Boromir volvió trayendo a Sam. Detrás, en el sendero estrecho, pero ahora firme, apareció Gandalf conduciendo a Bill; Gimli venía montado entre el equipaje. Al fin llegó Aragorn, cargando con Frodo. Vinieron por la senda, pero en cuanto Frodo tocó el suelo, se oyó un profundo murmullo y una cascada de piedras y nieve se precipitó sobre ellos. La polvareda dejó casi ciegos a los miembros de la Compañía mientras se acurrucaban contra la pared, y cuando el aire se aclaró vieron que el sendero por donde habían venido estaba bloqueado.

—¡Basta! ¡Basta! —gritó Gimli—. ¡Hay que bajar de aquí cuanto antes!

Y en verdad con este último golpe la malicia de la montaña pareció agotarse, como si a Caradhras le bastara que los invasores hubiesen sido rechazados y que no se atrevieran a volver. La amenaza de nieve pasó; las nubes empezaron a abrirse y la luz aumentó.

Como Legolas había informado, descubrieron que la nieve era cada vez menos espesa, a medida que avanzaban, de modo que hasta los hobbits podían abrirse paso solos. Pronto se encontraron una vez más sobre la cornisa donde terminaba la ladera y donde la noche anterior habían sentido caer los primeros copos de nieve.

La mañana ya estaba muy avanzada. Volvieron la cabeza y miraron desde aquella altura las tierras más bajas del oeste. Lejos, en los terrenos abruptos que se extendían al pie de la montaña, se encontraba la hondonada desde donde habían comenzado a subir el puerto.

A Frodo le dolían las piernas. Estaba helado hasta los huesos y hambriento; y la cabeza le daba vueltas cuando pensaba en la larga y dolorosa bajada. Unas manchas negras le flotaban ante los ojos. Se los frotó, pero las manchas negras no desaparecieron. A lo lejos, abajo, pero muy por encima de las primeras estribaciones, unos puntos oscuros describían círculos en el aire.

—¡Otra vez los pájaros! —dijo Aragorn señalando.

—No podemos hacer nada ahora —dijo Gandalf—. Sean bondadosos o malvados, o aunque no tengan ninguna relación con nosotros, tenemos que bajar ya. ¡No esperemos ni siquiera en las rodillas de Caradhras a que caiga de nuevo la noche!

Un viento frío soplaba detrás de ellos cuando dieron la espalda a la Puerta del Cuerno Rojo y bajaron por la pendiente, tropezando de fatiga. Caradhras los había derrotado.

4

UN VIAJE EN LA OSCURIDAD

Había llegado el atardecer y la luz gris menguaba otra vez rápidamente, cuando se detuvieron a pasar la noche. Estaban muy cansados. La oscuridad creciente velaba las montañas, y el viento era frío. Gandalf concedió a cada uno un trago más del *miruvor* de Rivendel. Después de comer invitó a los otros a hablar de la situación.

—No podemos, por supuesto, continuar esta noche —dijo—. El ataque en la Puerta del Cuerno Rojo nos ha dejado agotados, y tenemos que descansar.

—¿Y luego adónde iremos? —preguntó Frodo.

—El viaje no ha terminado y no hemos cumplido aún nuestra misión —respondió Gandalf—. No podemos hacer otra cosa que continuar, o regresar a Rivendel.

El rostro se le iluminó a Pippin ante la sola mención de retornar a Rivendel. Merry y Sam levantaron la mirada, esperanzados. Pero Aragorn y Boromir no reaccionaron. Frodo parecía preocupado.

—Me gustaría estar allí de vuelta —dijo—. Pero ¿cómo regresar sin sentirnos avergonzados? A no ser que no haya en verdad otro camino, y que nos declaremos vencidos.

—Tienes razón, Frodo —dijo Gandalf—, regresar es admitir la derrota, y enfrentarse luego a derrotas peores. Si regresamos ahora, el Anillo tendrá que quedarse allí; no podremos partir otra vez. Luego, tarde o temprano, Rivendel será sitiada, y destruida a corto y amargo plazo. Los Espectros del Anillo son enemigos mortales, pero no son más que unas sombras del poder y el terror que llegarían a manejar si el Anillo Soberano cae de nuevo en manos de Sauron.

—Entonces tenemos que continuar, si hay un camino —dijo Frodo suspirando.

Sam tenía de nuevo un aire lúgubre.

—Hay un camino que podemos probar —dijo Gandalf—. Desde el comienzo, cuando consideré por vez primera este viaje, pensé que valía la pena intentarlo. Pero no es un camino agradable, y aún no había dicho nada a la Compañía. Aragorn no estaba de acuerdo, al menos no antes de tratar de cruzar las montañas.

—Si es un camino peor que el de la Puerta del Cuerno Rojo, tiene que ser realmente malo —dijo Merry—. Pero será mejor que nos hables, y que nos cuentes desde ya lo que tiene de malo.

—El camino del que hablo conduce a las Minas de Moria —dijo Gandalf.

Sólo Gimli alzó la cabeza, con un fuego de brasas en la mirada. Todos los demás sintieron miedo al oír el nombre. Aun para los hobbits era una leyenda que evocaba un oscuro terror.

—El camino puede llevar a Moria, pero ¿cómo podemos saber que nos sacará de Moria? —dijo Aragorn, sombrío.

—Es un nombre de malos augurios —dijo Boromir—. Y no veo la necesidad de ir allí. Si no podemos cruzar las montañas, viajemos hacia el sur hasta el Paso de Rohan, donde los hombres son amigos de mi pueblo, tomando el camino que yo seguí hasta aquí. O podemos ir todavía más lejos y cruzar el Isen hasta Playa Larga y Lebennin y así llegar a Gondor desde las regiones cercanas al mar.

—Las cosas han cambiado desde que viniste al norte, Boromir —replicó Gandalf—. ¿No oíste lo que dije de Saruman? Quizá él y yo tengamos que arreglar cuentas antes que esto haya terminado. Pero debemos intentar por todos los medios que el Anillo no se acerque a Isengard. El Paso de Rohan está cerrada para nosotros mientras vayamos con el Portador.

»En cuanto al camino más largo: no tenemos tiempo. Un viaje semejante podría llevarnos un año, y tendríamos que pasar por muchas tierras desiertas donde no encontraríamos ningún refugio. Y no estaríamos seguros. Los ojos vigilantes tanto de Saruman como del Enemigo están puestos en esas tierras. Cuando viniste al norte, Boromir, no eras a los ojos del Enemigo más que un viajero extraviado del sur, y asunto de poca preocupación para él; no pensaba en otra cosa que en perseguir el Anillo. Pero ahora vuelves como miembro de la Compañía del Anillo, y estás en peligro mientras permanezcas con nosotros. El peligro aumentará con cada legua que nos acerque al sur bajo el cielo desnudo.

Desde que intentamos cruzar el puerto de montaña abiertamente, me temo que nuestra situación se ha hecho aún más difícil. Veo pocas esperanzas, si no nos perdemos de vista durante un tiempo y cubrimos nuestras huellas. Por lo tanto aconsejo que no vayamos por encima de las montañas, ni rodeándolas, sino por debajo. De cualquier modo es la ruta que el Enemigo menos espera que tomemos.

—No sabemos lo que él espera —dijo Boromir—. Quizá vigile todas las rutas, las probables y las improbables. En ese caso, entrar en Moria sería como meterse en una trampa, apenas mejor que ir a llamar a las puertas de la Torre Oscura. El nombre de Moria es negro.

—Hablas de lo que no sabes, cuando comparas a Moria con la fortaleza de Sauron —respondió Gandalf—. De todos nosotros, yo he sido el único que he estado alguna vez en los calabozos del Señor Oscuro, y esto sólo en su morada de Dol Guldur, más antigua y menos importante. Quienes cruzan las puertas de Barad-dûr no vuelven nunca. Pero yo no os llevaría a Moria si no hubiese ninguna esperanza de salir. Si hay orcos allí, lo pasaremos mal, es cierto. Pero la mayoría de los orcos de las Montañas Nubladas fueron dispersados o destruidos en la Batalla de los Cinco Ejércitos. Las Águilas informan de que los orcos están viniendo otra vez desde lejos, pero hay esperanzas de que Moria esté todavía libre.

»Hasta es posible que haya enanos allí, y que en alguna sala subterránea construida por sus padres encontremos a Balin hijo de Fundin. De cualquier modo, la necesidad nos dicta este camino.

—¡Iré contigo, Gandalf! —dijo Gimli—. Iré contigo y exploraré las salas de Durin, cualquiera que sea el riesgo, si encuentras las puertas que están cerradas.

—¡Bien, Gimli! —dijo Gandalf—. Tú me alientas. Buscaremos juntos las puertas ocultas, y las cruzaremos. En las ruinas de los Enanos, una cabeza de enano se confundirá menos que un elfo, o un hombre o un hobbit. No será la primera vez que entro en Moria. Busqué allí mucho tiempo a Thráin hijo de Thrór, cuando desapareció. ¡Estuve en Moria y salí con vida!

—Yo también crucé una vez la Puerta del Arroyo Sombrío —dijo Aragorn serenamente—. Pero aunque también salí, guardo un recuerdo siniestro. No deseo entrar en Moria una segunda vez.

—Y yo ni siquiera una vez —dijo Pippin.

—Yo tampoco —murmuró Sam.

—¡Claro que no! —dijo Gandalf—. ¿Quién lo desearía? Pero la pregunta es: ¿quién me seguirá, si os guío hasta allí?

—Yo —dijo Gimli con vehemencia.

—Yo —masculló Aragorn—. Tú me seguiste casi hasta el desastre en la nieve, y no te quejaste ni una vez. Yo te seguiré ahora, si esta última advertencia no te conmueve. No pienso ahora en el Anillo ni en ninguno de nosotros, Gandalf, sino en ti. Y te digo: si cruzas las puertas de Moria, ¡ten cuidado!

—Yo *no* iré —dijo Boromir—, a menos que todos voten contra mí. ¿Qué dicen Legolas y la gente pequeña? Tendríamos que oír lo que dice el Portador del Anillo.

—Yo no deseo ir a Moria —dijo Legolas.

Los hobbits no dijeron nada. Sam miró a Frodo. Al fin Frodo habló.

—No deseo ir —dijo—, pero tampoco quiero rechazar el consejo de Gandalf. Ruego que no se vote hasta que lo hayamos pensado bien. Apoyaremos a Gandalf más fácilmente a la luz de la mañana que en esta fría oscuridad. ¡Cómo aúlla el viento!

Con estas palabras todos se sumieron en una silenciosa reflexión. El viento silbaba entre las rocas y los árboles, y había aullidos y lamentos en los espacios vacíos de la noche.

De pronto Aragorn se incorporó de un salto.

—¿Cómo aúlla el viento? —exclamó—. Aúlla con voz de lobo. ¡Los huargos han pasado al oeste de las Montañas!

—¿Es necesario entonces esperar a que amanezca? —dijo Gandalf—. Como dije antes, la caza ha empezado. Aunque vivamos para ver el alba, ¿quién querrá ahora viajar al sur de noche con los lobos salvajes pisándonos los talones?

—Pero ¿a qué distancia está Moria? —preguntó Boromir.

—Hay una puerta al sudoeste de Caradhras, a unas quince millas a vuelo de cuervo, y a unas veinte a paso de lobo —respondió Gandalf con aire sombrío.

—Partamos entonces cuando rompa el alba, si podemos —dijo Boromir—. El lobo que se oye es peor que el orco que se teme.

—¡Cierto! —dijo Aragorn, soltando la espada en la vaina—. Pero donde el huargo aúlla, el orco patrulla.

—Lamento no haber seguido el consejo de Elrond —murmuró Pippin a Sam—. Al final resulta que sirvo de muy poco. No hay suficiente en mí de la raza de Bandobras el Toro Bramador: esos aullidos me hielan la sangre. No recuerdo haberme sentido nunca tan desdichado.

—El corazón se me ha caído a los pies, señor Pippin —dijo Sam—. Pero todavía no nos han devorado y hay gente fuerte con nosotros. No sé qué le estará reservado al viejo Gandalf, pero apostaría que no es la barriga de un lobo.

Para defenderse durante la noche, la Compañía subió a la pequeña colina que los había abrigado hasta entonces. Allá arriba había un grupo de viejos árboles retorcidos, y alrededor un círculo incompleto de grandes piedras. Encendieron un fuego en medio de las piedras, pues no había esperanza de que la oscuridad y el silencio los ocultaran a las manadas de los lobos cazadores.

Se sentaron alrededor del fuego, y aquellos que no estaban de guardia cayeron en un sueño intranquilo. El pobre Bill, el poney, temblaba y sudaba. El aullido de los lobos se oía ahora a todo alrededor, a veces cerca, y a veces lejos. En la oscuridad de la noche alcanzaban a verse muchos ojos brillantes que se asomaban al borde de la loma. Algunos se adelantaban casi hasta el círculo de piedras. En una brecha del círculo pudo verse una oscura forma lobuna, que los miraba. De pronto estalló en un aullido estremecedor, como si fuera un capitán incitando a la manada al asalto.

Gandalf se incorporó y dio un paso adelante, alzando la vara.

—¡Escucha, bestia de Sauron! —gritó—. Soy Gandalf. ¡Huye, si das algún valor a tu horrible pellejo! Te secaré del hocico a la cola, si entras en este círculo.

El lobo gruñó y dio un gran salto hacia delante. En ese momento se oyó un chasquido seco. Legolas había descargado una flecha. Un grito espantoso se alzó en la noche, y la sombra que saltaba cayó pesadamente al suelo; la flecha élfica le había atravesado la garganta. Los ojos vigilantes se apagaron de golpe. Gandalf y Aragorn se adelantaron unos pasos, pero la loma estaba desierta; la manada había huido. El silencio invadió la oscuridad de alrededor; el viento suspiraba y no traía ningún grito.

La noche envejecía, y la luna menguante se ponía en el oeste, brillando de cuando en cuando entre las nubes que comenzaban a abrirse. Frodo despertó bruscamente. De improviso, una tempestad de aullidos feroces y amenazantes estalló alrededor del campamento. Una hueste de huargos se había acercado en silencio, y ahora atacaban desde todos los lados a la vez.

—¡Rápido, echad leña al fuego! —gritó Gandalf a los hobbits—. ¡Desenvainad, y poneos espalda contra espalda!

A la luz de la leña nueva que se inflamaba y ardía, Frodo vio muchas sombras grises que entraban saltando en el círculo de piedras. Muchas otras venían detrás. Aragorn lanzó una estocada y le atravesó la garganta a un lobo enorme, uno de los jefes.

Golpeando de costado, Boromir le cortó la cabeza a otro. Gimli estaba de pie junto a ellos, con las fuertes piernas separadas, esgrimiendo su hacha de enano. El arco de Legolas cantaba.

A la luz oscilante del fuego pareció que Gandalf crecía de súbito: una gran forma amenazadora que se elevaba como el monumento de piedra de algún rey antiguo en la cima de una colina. Inclinándose como una nube, tomó una rama y fue al encuentro de los lobos. Las bestias retrocedieron. Gandalf arrojó al aire la llameante rama. La madera se inflamó con un resplandor blanco, como un relámpago, y la voz del mago rodó como el trueno:

—*Naur an edraith ammen! Naur dan i ngaurhoth!* —gritó.

Hubo un estruendo y un crujido, y el árbol que se alzaba sobre él estalló en una floración de llamas enceguecedoras. El fuego saltó de una copa a otra. Una luz resplandeciente coronó toda la colina. Las espadas y cuchillos de los defensores brillaron y refulgieron. La última flecha de Legolas se inflamó en pleno vuelo, y ardiendo se clavó en el corazón de un gran jefe lobo.

Todos los otros escaparon.

El fuego se extinguió lentamente, hasta que no quedaron más que cenizas y chispas que caían por el aire; una humareda acre subió en volutas de los muñones quemados de los árboles y se cernió oscuramente sobre la loma mientras las primeras luces del alba aparecían pálidas en el cielo. Los lobos habían sido vencidos y no volverían.

—¿Qué le dije, señor Pippin? —comentó Sam envainando la espada—. Los lobos no pueden con él. Esto sí que ha sido una sorpresa. ¡Casi se me chamuscan los cabellos!

Entrada la mañana no se vio ninguna señal de los lobos, ni se encontró ningún cadáver. Las únicas huellas del combate de la noche eran los árboles carbonizados y las flechas de Legolas en la cima de la loma. Todas estaban intactas excepto una que no tenía punta.

—Tal como me lo temía —dijo Gandalf—. Éstos no eran lobos comunes que buscan alimento en el desierto. ¡Comamos en seguida y partamos!

Ese día el tiempo cambió otra vez, casi como si obedeciese a algún poder que ya no podía servirse de la nieve, desde que ellos se habían retirado del paso, un poder que ahora deseaba tener una luz clara, para que todo aquello que se moviese en las tierras salvajes pudiera ser visto desde muy lejos. El viento había estado cambiando durante la noche, del norte al noroeste, y ahora amainó. Las nubes desaparecieron en el sur, descubriendo un cielo alto y azul. Estaban en la falda de la loma, listos para partir, cuando un sol pálido iluminó las cimas de los montes.

—Tenemos que llegar a las puertas antes de que oscurezca —dijo Gandalf— o me temo que no llegaremos nunca. No están lejos, pero nuestro camino tal vez sea sinuoso, pues aquí Aragorn no nos puede guiar; conoce poco el país, y yo estuve sólo una vez al pie de los muros occidentales de Moria, y eso fue hace tiempo. —Señaló el lejano sudeste donde los flancos de las montañas caían a pique en hondonadas sombrías—. Allí está —continuó. A la distancia alcanzaba a verse una borrosa línea de riscos desnudos, y en medio de ellos, más alta que el resto, una gran pared gris—. Cuando dejamos el paso os llevé hacia el sur y no de vuelta a nuestro punto de partida, como alguno de vosotros habrá notado. Era mejor así, pues ahora tenemos varias millas menos que recorrer, y hay que darse prisa. ¡Adelante!

—No sé qué esperar —dijo Boromir ceñudamente—: que Gandalf encuentre lo que busca, o que llegando a los riscos descubramos que las puertas han desaparecido para siempre. Todas las posibilidades parecen malas, y puede que lo más probable es que quedemos atrapados entre los lobos y la pared. ¡Muéstranos el camino!

Gimli caminaba ahora adelante junto al mago, tan ansioso estaba de llegar a Moria. Juntos guiaron a los otros de vuelta hacia las montañas. El único camino antiguo que llevaba a Moria desde el oeste seguía el curso de un río, el Sirannon, que corría desde los riscos, no muy lejos de donde habían estado las puertas. Pero pareció que Gandalf había errado el camino, o que la región había cambiado en los últimos años, pues el río no estaba donde esperaba encontrarlo, a unas pocas millas al sur de la pared.

Era casi mediodía, y la Compañía iba aún de un lado a otro, ayudándose a veces con manos y pies, por un terreno desolado de piedras rojas. No se veía ningún brillo de agua, ni se oía el menor ruido. Todo era desierto y seco. Se les ensombreció el ánimo. No vieron a ninguna criatura viva, y ningún pájaro surcaba el cielo. Nadie quería pensar qué podría traerles la noche, si los alcanzaba en aquellas regiones desoladas.

De pronto Gimli, que se había adelantado, les gritó que se acercaran. Se había subido a una pequeña loma y apuntaba a la derecha. Se apresuraron a subir y vieron a sus pies un cauce estrecho y profundo. Estaba vacío y silencioso, y entre las piedras del lecho, pardas y manchadas de rojo, corría apenas un hilo de agua. Junto al borde más cercano había un sendero ruinoso y abandonado que serpeaba entre las paredes derruidas y la calzada de una antigua carretera.

—¡Ah! ¡Aquí estamos al fin! —dijo Gandalf—. Es aquí donde corría el río, el Sirannon, la Corriente de la Puerta como solían llamarlo. No puedo imaginar qué le pasó al agua; antes era rápida y ruidosa. ¡Vamos! Tenemos que darnos prisa. Estamos retrasados.

Todos estaban cansados y tenían los pies doloridos, pero siguieron tercamente por aquella senda sinuosa y áspera durante muchas millas. El sol había alcanzado el cénit y comenzó a descender. Después de un breve descanso y una rápida comida, continuaron la marcha. Delante de ellos, las montañas parecían observarlos de mala manera, pero el sendero corría por una profunda hondonada y sólo veían las estribaciones más altas y los picos lejanos del este.

Al fin llegaron a un giro brusco en el sendero. Habían estado marchando hacia el sur entre el borde del canal y una pendiente abrupta a la izquierda; pero ahora el sendero corría de nuevo hacia el este. Tras la curva vieron ante ellos un risco bajo, de unas cinco brazas de alto, que terminaba en una cresta mellada y quebrada. Un hilo de agua bajaba del risco desde una hendedura ancha que parecía haber sido cavada por un salto de agua, en otro tiempo rápido y caudaloso.

—¡Las cosas han cambiado en verdad! —dijo Gandalf—. Pero no hay error posible respecto del sitio. Esto es todo lo que queda de los Saltos de la Escalera. Si recuerdo bien hay unos escalones tallados en la roca a un lado, pero el camino principal subía doblando a la izquierda, y serpenteaba hasta el terreno llano de la cima. Había también un valle poco profundo que subía más allá de las cascadas hasta las Murallas de Moria, y el Sirannon atravesaba ese valle con el camino a un lado. ¡Vayamos a ver cómo están las cosas ahora!

Encontraron los escalones de piedra sin dificultad, y Gimli los subió saltando, seguido por Gandalf y Frodo. Cuando llegaron a la cima vieron que por ese lado no podían ir más allá, y descubrieron las causas del secamiento de la Corriente de la Puerta. Detrás de ellos el sol poniente inundaba el fresco cielo occidental con una débil luz dorada. Ante ellos se extendía un lago oscuro y tranquilo. Ni el cielo ni el crepúsculo se reflejaban en la sombría superficie. El Sirannon había sido embalsado y las aguas cubrían todo el valle. Más allá de esas aguas ominosas se elevaban unos acantilados enormes, finales e infranqueables, de paredes torvas y pálidas a la luz evanescente. No había signos de puerta o entrada, ni una fisura o grieta que Frodo pudiera ver en aquella piedra hostil.

—He ahí las Murallas de Moria —dijo Gandalf apuntando a través del agua—. Y allí hace un tiempo estuvo la Puerta, la Puerta de los Elfos en el extremo del camino de Acebeda, por donde hemos venido. Pero esta vía está cerrada. Nadie en la Compañía, me parece, querría nadar en estas aguas tenebrosas a la caída de la noche. Tienen un aspecto malsano.

—Busquemos un camino que bordee el extremo norte —dijo Gimli—. La Compañía tendría que subir ante todo por el camino principal y ver adónde nos lleva. Aunque no hubiera lago, no conseguiríamos que nuestro poney de carga trepara por estos escalones.

—De cualquier modo no podríamos llevar a la pobre bestia a las Minas —dijo Gandalf—. El camino que corre por debajo de las montañas es un camino oscuro, y hay trechos angostos y escarpados por donde él no pasaría, aunque pasáramos nosotros.

—¡Pobre viejo Bill! —dijo Frodo—. No lo había pensado. ¡Y pobre Sam! Me pregunto qué dirá.

—Lo lamento —dijo Gandalf—. El pobre Bill ha sido un compañero muy útil, y siento en el alma tener que abandonarlo ahora. Yo habría preferido viajar con menos peso, y no traer ningún animal, y menos que ninguno éste, que Sam quiere tanto. Temí desde el principio que estuviésemos obligados a tomar este camino.

El día estaba terminando, y las estrellas frías parpadeaban en el cielo bien por encima del sol poniente, cuando los miembros de la Compañía treparon lo más rápido que podían por las laderas y alcanzaron la orilla del lago. No parecía alcanzar ni media milla en su punto más ancho. La luz era escasa y no podían ver hasta dónde llegaban las aguas en dirección al sur, pero el extremo norte no estaba a más de media milla, y entre las crestas rocosas que circundaban el valle y la orilla del agua había una franja de tierra descubierta. Se adelantaron de prisa, pues tenían que recorrer una milla o dos antes de llegar al punto de la orilla opuesta indicado por Gandalf; y luego había que encontrar las puertas.

Cuando llegaron al extremo norte del lago descubrieron que una caleta angosta les cerraba el paso. Era de aguas verdes y estancadas, y se extendía como un brazo cenagoso hacia las cimas de alrededor. Gimli dio un paso adelante sin titubear, y descubrió que el agua era poco profunda, y que allí en la orilla no le llegaba más arriba del tobillo. Los otros caminaron detrás de él, en fila, pisando con cuidado, pues bajo las fangosas aguas había piedras viscosas y resbaladizas. Frodo se estremeció de repugnancia cuando el agua oscura y sucia le tocó los pies.

Cuando Sam, el último de la Compañía, llevó a Bill a tierra firme, del otro lado del canal, se oyó de pronto un sonido blando: un roce, seguido de un chapoteo, como si un pez hubiera perturbado la tranquila superficie del agua. Miraron atrás y vieron unas ondas, bordeadas de sombras negras a la última luz; unos grandes anillos concéntricos se abrían desde un punto lejano del lago. Hubo un sonido burbujeante, y luego silencio. La oscuridad se hizo más profunda, y unas nubes velaron los últimos rayos del sol poniente.

Gandalf marchaba ahora a grandes pasos, y los otros lo seguían tan de cerca como les era posible. Llegaron así a la franja de tierra seca entre el lago y los acantilados, que no tenía a menudo más de doce yardas de ancho, estorbada por muchas rocas y piedras caídas; pero encontraron un camino siguiendo la base de los acantilados y manteniéndose alejados todo lo posible del agua oscura. Una milla más al sur tropezaron con unos acebos. En las depresiones del suelo se pudrían tocones y ramas secas: restos, según parecía, de una vieja arboleda o de un seto que alguna vez había bordeado el camino a través del valle anegado. Pero muy pegados a la pared, altos y fuertes, había dos árboles, más grandes que cualquier otro acebo que Frodo hubiera visto o imaginado. Las grandes raíces se extendían desde la muralla hasta el agua. Bajo aquellos acantilados, vistos desde lo alto de la Escalera, habían parecido meros arbustos, pero ahora se alzaban dominantes, tiesos, oscuros, y silenciosos, proyectando en el suelo unas profundas sombras nocturnas, irguiéndose como columnas de un puesto de guardia al final del camino.

—¡Bueno, aquí estamos al fin! —dijo Gandalf—. Aquí terminaba el camino de los Elfos que viene de Acebeda. El acebo era el símbolo de las gentes de este país, y los plantaron aquí para señalar los límites de su dominio, pues la Puerta del Oeste era utilizada para sus relaciones comerciales con los Señores de Moria. Eran aquellos días más felices, cuando había a veces una estrecha amistad entre gentes de distintas razas, aun entre Enanos y Elfos.

—No fue por culpa de los Enanos que esa amistad llegó a su fin —dijo Gimli.

—Nunca oí decir que la culpa fuera de los Elfos —dijo Legolas.

—Yo oí las dos cosas —dijo Gandalf—, y no tomaré partido ahora. Pero os ruego a los dos, Legolas y Gimli, que vosotros al menos seáis amigos, y que me ayudéis. Os necesito a ambos. Las puertas están cerradas y ocultas, y cuanto antes las encontremos, mejor. ¡La noche se acerca!

Volviéndose hacia los otros continuó:

—Mientras yo busco, estaría bien que os preparaseis para entrar en las Minas. Pues temo que aquí tengamos que despedirnos de nuestra buena bestia de carga. Tendremos que abandonar también mucho de lo que trajimos para protegernos del frío; no lo necesitaremos dentro, ni, espero, cuando salgamos del otro lado y sigamos viajando hacia el sur. En cambio cada uno de nosotros tendrá que cargar con una parte de lo que trae el poney, especialmente comida y los odres del agua.

—¡Pero no podemos dejar al pobre Bill en este sitio desolado, señor Gandalf! —gritó Sam, enfadado y angustiado a la vez—. No lo permitiré, y punto. ¡Después de venir tan lejos y todo lo demás!

—Lo lamento, Sam —dijo el mago—. Pero cuando la puerta se abra, no creo que seas capaz de arrastrar a tu Bill al interior, al largo y tenebroso camino de Moria. Tendrás que elegir entre Bill y tu amo.

—Bill seguiría al señor Frodo a una guarida de dragones, si yo lo llevara —protestó Sam—. Sería casi un asesinato soltarlo y abandonarlo aquí con todos esos lobos alrededor.

—Espero que sea casi un asesinato, y que se quede en eso —dijo Gandalf. Puso la mano sobre la cabeza del poney y habló en voz baja—. Ve con palabras de protección y de orientación. Eres una bestia inteligente y has aprendido mucho en Rivendel. Busca los caminos donde haya pasto, y así llegarás tarde o temprano a casa de Elrond, o a donde quieras ir.

»¡Ya está, Sam! Tendrá tantas posibilidades como nosotros de escapar a los lobos y volver a casa.

Sam estaba de pie, abatido, junto al poney, y no respondió. Bill, como si entendiera lo que estaba ocurriendo, se frotó contra Sam, pasándole el hocico por la oreja. Sam se echó a llorar, y tiró de las correas torpemente, descargando los bultos del poney, y echándolos a tierra. Los otros sacaron todo, haciendo una pila de lo que podían dejar, y repartiéndose el resto.

Cuando terminaron, se volvieron hacia Gandalf. Parecía que el mago no había hecho nada. Estaba de pie entre los árboles mirando la pared desnuda del risco, como si quisiera abrir un agujero en ella con los ojos. Gimli iba de un lado a otro, golpeando la piedra aquí y allá con el hacha. Legolas se apretaba contra la pared, como si estuviera escuchando.

—Bueno, aquí estamos, todos listos —dijo Merry—, pero ¿dónde están las Puertas? No veo ninguna indicación.

—Las puertas de los Enanos no se hicieron para ser vistas, cuando están cerradas —dijo Gimli—. Son invisibles. Ni siquiera los hacedores de estas puertas pueden encontrarlas o abrirlas, si el secreto se pierde.

—Pero ésta no se hizo para que fuera un secreto, conocido sólo de los Enanos —dijo Gandalf, volviendo de súbito a la vida y dando media vuelta—. Si las cosas no han cambiado aquí demasiado, un par de ojos que sabe lo que busca puede encontrar los signos.

Fue otra vez hacia la pared. Justo entre la sombra de los árboles había un espacio liso, y Gandalf pasó por allí las manos de un lado a otro, murmurando entre dientes. Luego dio un paso atrás.

—¡Mirad! —dijo—. ¿Veis algo ahora?

La luna brillaba en ese momento sobre la superficie de roca gris; pero durante un rato no vieron nada nuevo. Después, lentamente, en el sitio donde el mago había puesto las manos, aparecieron unas líneas débiles, como delgadas vetas de plata que corrían por la piedra. Al principio no eran más que unos hilos pálidos, finos como los hilos de una telaraña, que cente-

Aquí está escrito en caracteres Feänorianos según el modo de Beleriand: Ennyn Durin Aran Moria: pedo mellon a minno. Im Narvi hain echant: Celebrimbor o Eregion teithant i thiw hin.

lleaban esporádicamente a la luz de la luna, pero poco a poco se hicieron más anchos y claros, hasta que al fin se pudo distinguir un dibujo.

Arriba, donde Gandalf ya apenas podía alcanzar, había un arco de letras entrelazadas en caracteres élficos. Abajo, aunque los trazos estaban en muchos sitios borrados o rotos, podían verse los contornos de un yunque y un martillo, y sobre ellos una corona con siete estrellas. Más abajo había dos árboles y cada uno tenía una luna creciente. Más clara que todo el resto, una estrella de muchos rayos brillaba en medio de la puerta.

—¡Son los emblemas de Durin! —exclamó Gimli.

—¡Y el Árbol de los Altos Elfos! —dijo Legolas.

—Y la estrella de la Casa de Fëanor —dijo Gandalf—. Están labrados en *ithildin* que sólo refleja la luz de las estrellas y la luna, y que duerme hasta el momento en que alguien lo toca pronunciando ciertas palabras que en la Tierra Media se olvidaron tiempo atrás. Las oí hace ya muchos años, y he tenido que concentrarme para recordarlas.

—¿Qué dice la escritura? —preguntó Frodo mientras trataba de descifrar la inscripción en el arco—. Pensé que conocía las letras élficas, pero éstas no las puedo leer.

—Las palabras están escritas en la lengua élfica del Oeste de la Tierra Media en los Días Antiguos —respondió Gandalf—. Pero no dicen nada de importancia para nosotros. Dicen sólo *Las Puertas de Durin, Señor de Moria. Habla, amigo, y entra*. Y más abajo, en caracteres pequeños y débiles, está escrito: *Yo, Narvi, construí estas puertas. Celebrimbor de Acebeda grabó estos signos.*

—¿Qué significa *habla, amigo, y entra*? —preguntó Merry.

—Está bastante claro —dijo Gimli—. Si eres un amigo, dices la contraseña, y las puertas se abren, y puedes entrar.

—Sí —dijo Gandalf—, es probable que estas puertas estén gobernadas por palabras. Algunas puertas de enanos se abren sólo en ocasiones especiales, o para algunas personas en particular; y a veces hay que recurrir a cerraduras y llaves aun conociendo las palabras y el momento oportuno. Estas puertas no tienen llave. En los tiempos de Durin no eran secretas. Normalmente estaban abiertas, y los guardias vigilaban aquí. Pero si estaban cerradas, cualquiera que conociese la contraseña podía decirla y pasar. Al menos eso es lo que se cuenta, ¿no es así, Gimli?

—Así es —dijo el enano—, pero qué palabra era ésa, nadie lo sabe. Narvi, y el arte de Narvi, y todos los suyos han desaparecido de la faz de la tierra.

—Pero *¿tú* no conoces la palabra, Gandalf? —preguntó Boromir, sorprendido.

—¡No! —dijo el mago.

Los otros parecieron consternados; sólo Aragorn, que conocía bien a Gandalf, permaneció callado e impasible.

—¿De qué sirve entonces habernos traído a este maldito lugar? —exclamó Boromir, echando una ojeada al agua oscura y estremeciéndose—. Nos dijiste que una vez atravesaste las Minas. ¿Cómo fue posible si no sabes cómo entrar?

—La respuesta a tu primera pregunta, Boromir —dijo el mago— es que no conozco la palabra... todavía. Pero pronto atenderemos a eso. Y —añadió, y los ojos le chispearon bajo las cejas erizadas— puedes preguntar de qué sirven mis actos cuando hayamos comprobado que son del todo inútiles. En cuanto a tu otra pregunta: ¿dudas de mi relato? ¿O has perdido la facultad de razonar? No entré por aquí. Vine del Este.

»Si deseas saberlo, te diré que estas puertas se abren hacia fuera. Puedes abrirlas desde dentro empujándolas con las manos. Desde fuera nada las moverá excepto la contraseña indicada. No es posible forzarlas hacia dentro.

—¿Qué vas a hacer entonces? —preguntó Pippin, a quien no le intimidaban las erizadas cejas del mago.

—Golpear a las puertas con tu cabeza, Peregrin Tuk —dijo Gandalf—. Y si eso no las echa abajo, tendré por lo menos un poco de paz, sin nadie que me haga preguntas estúpidas, y podré buscar la contraseña.

»Conocí en un tiempo todas las fórmulas mágicas que se usaron alguna vez para estos casos, en las lenguas de los Elfos, de los Hombres, y de los Orcos. Aún recuerdo unas doscientas sin necesidad de esforzarme mucho. Pero creo que no harán falta más que unas pocas pruebas; y no tendré que recurrir a Gimli para que me diga palabras en esa lengua secreta de los enanos que no enseñan a nadie. Parece evidente que las palabras que abren la puerta son élficas, como la escritura del arco.

Se acercó otra vez a la roca y tocó ligeramente con la vara la estrella de plata del medio, bajo el signo del yunque, y dijo con una voz perentoria:

Annon edhellen, edro hi ammen!
Fennas nogothrim, lasto beth lammen!

Las líneas de plata se apagaron, pero la piedra gris y desnuda no se movió.

Muchas veces repitió estas palabras, en distinto orden, o las varió. Luego probó diversos encantamientos, uno tras otro, hablando ahora más rápido y más alto, ahora más bajo y más lentamente. Luego dijo muchas palabras sueltas en élfico. Nada ocurrió. El acantilado se asomó, fundiéndose con la noche, las innumerables estrellas se encendieron, sopló un viento frío, y las puertas continuaron cerradas.

Gandalf se acercó de nuevo a la pared, y alzando los brazos habló con voz de mando, cada vez más colérico. *Edro! Edro!,* exclamó, golpeando la piedra con la vara. *¡Ábrete! ¡Ábrete!*, gritó, y continuó con todas las órdenes de todos los lenguajes que alguna vez se habían hablado al oeste de la Tierra Media. Al fin arrojó la vara al suelo, y se sentó en silencio.

En ese instante el viento les trajo un lejano aullido de los lobos. Bill el poney se sobresaltó, asustado, y Sam corrió a él y le habló en voz baja.

—¡No dejes que se escape! —dijo Boromir—. Parece que pronto lo necesitaremos, si antes no nos descubren los lobos. ¡Cómo odio esta laguna siniestra!

Inclinándose, recogió una piedra grande y la arrojó lejos al agua oscura. La piedra desapareció con un suave chapoteo, pero casi al mismo instante se oyó un silbido y un sonido burbujeante. Unos grandes anillos de ondas aparecieron en la superficie más allá del sitio donde había caído la piedra, y se acercaron lentamente a los pies del risco.

—¿Por qué has hecho eso, Boromir? —dijo Frodo—. Yo también odio este lugar, y tengo miedo. No sé de qué: no de los lobos, o de la oscuridad que espera detrás de las puertas; de otra cosa. Tengo miedo de la laguna. ¡No la perturbes!

—¡Ojalá pudiéramos irnos! —dijo Merry.

—¿Por qué Gandalf no hace algo rápido? —dijo Pippin.

Gandalf no les prestaba atención. Sentado, cabizbajo, parecía desesperado, o inquieto. El aullido lúgubre de los lobos se oyó otra vez. Las ondas de agua crecieron y se acercaron; algunas lamían ya la orilla.

De pronto, tan de improviso que todos se sobresaltaron, el mago se incorporó de un salto. ¡Se reía!

—¡Lo tengo! —gritó—. ¡Claro, claro! Absurdamente sencillo, como todos los acertijos una vez que has dado con la solución.

Recogiendo la vara, y de pie ante la roca, dijo con voz clara:

—¡*Mellon!*

La estrella brilló brevemente, y se apagó. En seguida, en silencio, se delineó una gran puerta, aunque hasta entonces no habían sido visibles ni grietas ni junturas. Se dividió lentamente en el medio y se abrió hacia fuera, pulgada a pulgada, hasta que ambas hojas se apoyaron contra la pared. A través de la abertura pudieron ver una escalera que ascendía sombría y empinada, pero más allá de los primeros escalones la oscuridad era más profunda que la noche. La Compañía miraba con ojos muy abiertos.

—Después de todo, yo estaba equivocado —dijo Gandalf—, y también Gimli. Merry, quién lo hubiese creído, estaba bien encaminado. ¡La contraseña estaba inscrita en el arco! La traducción tenía que haber sido: *Di «Amigo» y entra*. Sólo tuve que pronunciar la palabra *amigo* en élfico y las puertas se han abierto. Simple, demasiado simple para un docto maestro en estos días de sospecha. Aquéllos sin duda eran tiempos más felices. ¡Bueno, vamos!

Gandalf se adelantó y puso el pie en el primer escalón. Pero en ese momento ocurrieron varias cosas. Frodo sintió que algo lo tomaba por el tobillo y cayó dando un grito. Se oyó un relincho terrible y Bill el poney corrió espantado a lo largo de la orilla, perdiéndose en la oscuridad. Sam saltó detrás, y oyendo en seguida el grito de Frodo regresó de prisa, llorando y maldiciendo. Los otros se volvieron y observaron que las aguas hervían, como si un ejército de serpientes viniera nadando desde el extremo sur.

Un largo y sinuoso tentáculo se había arrastrado fuera del agua; era de color verde pálido, luminoso y húmedo. La extremidad provista de dedos había aferrado a Frodo y estaba llevándolo hacia el agua. Sam, de rodillas, lo atacaba a cuchilladas.

El brazo soltó a Frodo, y Sam arrastró a su amo alejándolo de la orilla y pidiendo auxilio. Aparecieron otros veinte tentáculos extendiéndose como latigazos. El agua oscura hirvió, y el hedor era espantoso.

—¡Por la puerta! ¡Subid las escaleras! ¡Rápido! —gritó Gandalf saltando hacia atrás.

Arrancándolos del horror que parecía haberlos encadenado a todos al suelo, excepto a Sam, Gandalf consiguió que corrieran hacia la puerta.

Habían reaccionado justo a tiempo. Sam y Frodo estaban unos pocos escalones arriba y Gandalf comenzaba a subir cuando los tentáculos se retorcieron tanteando la angosta orilla y palpando la pared del risco y las puertas. Uno reptó sobre el umbral, reluciendo a la luz de las estrellas. Gandalf se volvió e hizo una pausa. Si estaba considerando qué palabra podría cerrar la galería desde dentro, no hacía falta. Muchos brazos serpentinos aferraron los lados de las puertas y con una fuerza terrible las hicieron girar. Las puertas batieron resonando, y la luz desapareció. Un ruido de crujidos y golpes llegó sordamente a través de la piedra maciza.

Sam, asiéndose del brazo de Frodo, se dejó caer sobre un escalón en la negra oscuridad.

—¡Pobre viejo Bill! —dijo con voz entrecortada—. ¡Lobos y serpientes! Pero las serpientes fueron demasiado para él. Tenía que elegir, señor Frodo. Tenía que venir con usted.

Oyeron cómo Gandalf bajaba los escalones y arrojaba la vara contra la puerta. Hubo un estremecimiento en la piedra y los escalones temblaron, pero las puertas no se abrieron.

—¡Bueno, bueno! —dijo el mago—. Ahora el pasadizo está bloqueado a nuestras espaldas, y sólo hay una salida... en el otro lado de la montaña. Temo, por el ruido, que se hayan amontonado grandes bloques, y los árboles hayan sido arrancados de raíz y apilados frente a la puerta. Lo lamento, pues los árboles eran hermosos, y llevaban muchos años allí.

—Sentí que había algo horrible cerca desde el momento en que mi pie tocó el agua —dijo Frodo—. ¿Qué era eso, o había muchos?

—No lo sé —respondió Gandalf—, pero todos los brazos tenían un solo propósito. Algo ha venido arrastrándose o ha sido sacado de las aguas oscuras bajo las montañas. Hay criaturas más antiguas y horribles que los Orcos en las profundidades del mundo.

No dijo lo que pensaba: fuera lo que fuese aquello que habitaba en la laguna, había atacado a Frodo antes que a los demás.

Boromir susurró entre dientes, pero la piedra resonante amplificó el sonido convirtiéndolo en un murmullo ronco que todos pudieron oír:

—¡En las profundidades del mundo! Y ahí vamos, contra mi voluntad. ¿Quién nos conducirá en esta oscuridad letal?

—Yo lo haré —dijo Gandalf—. Y Gimli caminará a mi lado. ¡Seguid mi vara!

Mientras el mago se adelantaba subiendo los grandes escalones, alzó la vara, y de la punta brotó un débil resplandor. La ancha escalinata era segura y se conservaba bien. Contaron doscientos escalones, anchos y bajos; y donde terminaban descubrieron un pasadizo abovedado de suelo nivelado que llevaba a la oscuridad.

—¿Por qué no nos sentamos a descansar y a comer aquí en el pasillo, ya que no encontramos un comedor? —preguntó Frodo.

Estaba empezando a olvidar el horrible tentáculo, y de pronto notaba que tenía mucha hambre.

La propuesta tuvo buena acogida; y se sentaron en los últimos escalones, unas figuras oscuras envueltas en tinieblas. Después de comer, Gandalf le dio a cada uno otro sorbo del *miruvor* de Rivendel.

—No durará mucho más, me temo —dijo—, pero creo que nos hace falta después de ese horror de la puerta. Y a no ser que tengamos mucha suerte, ¡daremos buena cuenta de lo que queda antes de llegar al otro lado! ¡Y no malgastéis el agua! Hay muchas corrientes y manantiales en las Minas, pero no hay que tocarlos. Quizá no tengamos oportunidad de llenar las botas y botellas antes de descender al Valle del Arroyo Sombrío.

—¿Cuánto tiempo nos llevará? —preguntó Frodo.

—No puedo decirlo —respondió Gandalf—. Depende de muchas cosas. Pero yendo directamente, sin contratiempos ni extravíos, tardaremos tres o cuatro etapas de marcha, espero. No hay menos de cuarenta millas entre la Puerta del Oeste y el Portal del Este en línea recta, y es posible que el camino dé muchas vueltas.

Después de un breve descanso, se pusieron otra vez en marcha. Todos ellos deseaban terminar esta parte del viaje lo antes posible, y estaban dispuestos, a pesar del cansancio, a caminar durante horas. Gandalf iba al frente como antes. Llevaba en la mano izquierda la vara centelleante, que sólo alcanzaba a iluminar el suelo ante él; en la mano derecha esgrimía la espada Glamdring. Detrás de Gandalf iba Gimli, cuyos ojos brillaban en la penumbra mientras miraba de un lado a otro. Detrás del enano caminaba Frodo, que había desenvainado la espada corta, Dardo. Las hojas de Dardo y Glamdring no despedían luz alguna, y esto era un alivio, pues habiendo sido forjadas por Elfos de los Días Antiguos, estas espadas brillaban con una luz fría si había algún orco cerca. Detrás de Frodo marchaba Sam, y luego Legolas, y los hobbits jóvenes, y Boromir. En la oscuridad de la retaguardia, grave y silencioso, caminaba Aragorn.

Después de doblar a un lado y a otro unas pocas veces, el pasadizo empezó a descender. Siguió así un largo rato, en un descenso regular y continuo, hasta que se volvió a nivelar. El aire era ahora cálido y sofocante, aunque no viciado, y de vez en cuando sentían en la cara una corriente de aire fresco que parecía venir de unas aberturas disimuladas en las paredes. Había muchas de estas aberturas. Al débil resplandor de la vara del mago, Frodo alcanzaba a ver escaleras y arcos, y otros pasadizos y túneles, que subían, o bajaban bruscamente, o se abrían a las tinieblas de ambos lados. La profusión era tan desconcertante que habría sido imposible recordar el camino.

Gimli ayudaba a Gandalf muy poco, salvo por su resolución y coraje. Al menos no le molestaba la oscuridad en sí, como a la mayoría de los otros. El mago lo consultaba a menudo cuando la elección del camino se hacía dudosa, pero la última palabra la tenía siempre Gandalf. Las Minas de Moria eran de una vastedad y complejidad que desafiaban la imaginación de Gimli hijo de Glóin, aunque fuera un enano de la raza de las montañas. A Gandalf los borrosos recuerdos de un viaje hecho en el lejano pasado no le servían de mucho, pero aun en la oscuridad y a pesar de todos los meandros del camino, él sabía adónde quería ir, y no cejaría mientras hubiera un sendero que condujera hacia la meta.

—¡No temáis! —dijo Aragorn. Hubo una pausa más larga que de costumbre, y Gandalf y Gimli murmuraron entre ellos; los otros se apretaron detrás, esperando ansiosamente—. ¡No temáis! Lo he acompañado en muchos viajes, aunque en ninguno tan oscuro, y en Rivendel se cuentan hazañas de él más extraordinarias que todo lo que yo haya visto alguna vez. No se extraviará, si es posible encontrar un camino. Nos ha conducido aquí contra nuestros propios deseos, pero nos llevará de vuelta afuera, cueste lo que cueste. En una noche cerrada encontraría el camino de vuelta más fácilmente que los gatos de la Reina Berúthiel.

Era bueno para la Compañía contar con un guía semejante. No disponían de combustible ni de materiales para fabricar antorchas. En la huida precipitada hacia la puerta habían dejado atrás muchos bultos. Pero sin luz hubieran caído pronto en la desesperación. No sólo eran muchas las sendas posibles, también abundaban los agujeros y las fosas, y a lo largo del camino se abrían pozos oscuros que devolvían el eco de los pasos. Había fisuras y grietas en las paredes y el suelo, y de cuando en cuando aparecía un abismo justo ante ellos. El más ancho medía más de dos yardas, y Pippin tardó bastante en animarse a saltar hasta el otro lado de la terrible grieta. De muy abajo venía un rumor de aguas revueltas, como si una gigantesca rueda de molino estuviera girando en las profundidades.

—¡Una cuerda! —murmuró Sam—. Sabía que la necesitaría, si no la traía conmigo.

A medida que estos peligros eran más frecuentes, la marcha se hacía más lenta. Les parecía ya que habían estado caminando y caminando, interminablemente, hacia las raíces de la montaña. La fatiga los abrumaba, y sin embargo no tenían ganas de detenerse. Frodo había recuperado un poco el ánimo después de haberse escapado, y después de la comida y un sorbo del cordial, pero ahora una profunda inquietud, que llegaba al miedo, lo invadía otra vez. Aunque le habían curado la herida en Rivendel, la terrible cuchillada había tenido algunas consecuencias. Se le habían agudizado los sentidos, y advertía ahora la presencia de muchas cosas que no podían ser vistas. Un síntoma de esos cambios, y que había notado muy pronto, era que podía ver en la oscuridad más que cualquiera de los otros, excepto quizá Gandalf. Y de todos modos él era el Portador del Anillo; le colgaba de la cadena sobre el pecho, y a veces lo sentía como una carga pesada. Estaba seguro de que el mal acechaba delante y detrás de ellos, pero no dijo nada. Apretaba aún más la empuñadura de la espada, y seguía caminando, decidido.

Detrás de él la Compañía hablaba poco, y nada más que en murmullos apresurados. Sólo se oía el sonido de sus propios pasos: el golpe sordo de las botas de enano de Gimli; los pesados pies de Boromir; el paso liviano de Legolas; el trote ligero y casi imperceptible de los hobbits; y en la retaguardia las pisadas lentas y firmes de Aragorn, que caminaba a grandes trancos. Cuando se detenían un momento, no oían nada, excepto el débil goteo ocasional de un hilo de agua que se escurría invisible. No obstante, Frodo comenzó a oír, o a imaginar que oía, alguna otra cosa: el blando sonido de unos pies descalzos. El sonido no era nunca suficientemente alto ni cercano como para que él estuviera seguro de haberlo oído, pero una vez que empezaba ya no cesaba nunca, mientras la Compañía continuara marchando. Pero no era un eco, pues cuando se detenían proseguía un rato, solo, antes de parar.

Ya caía la noche cuando habían entrado en las Minas. Habían caminado durante horas, haciendo breves escalas, y Gandalf tropezó de pronto con el primer problema serio. Ante él se alzaba un arco amplio y oscuro que se abría en tres pasajes; todos iban en la misma dirección, hacia el este; pero el pasaje de la izquierda bajaba bruscamente, el de la derecha subía, y el del medio parecía correr en línea recta, liso y llano, pero muy angosto.

—¡No tengo ningún recuerdo de este sitio! —dijo Gandalf titubeando bajo el arco. Sostuvo en alto la vara con la esperanza de encontrar alguna marca o inscripción que lo ayudara a elegir, pero no había nada que se le pareciera—. Estoy demasiado cansado para decidir —dijo, meneando la cabeza—. Y supongo que todos vosotros estáis tan cansados como yo, o más. Mejor que nos detengamos aquí por lo que queda de la noche. ¡Sé que me entendéis! Aquí está siempre oscuro, pero fuera la luna tardía va hacia el oeste y la medianoche ha quedado atrás.

—¡Pobre viejo Bill! —exclamó Sam—. Me pregunto dónde anda. Espero que esos lobos todavía no lo hayan cazado.

A la izquierda del gran arco encontraron una puerta de piedra; estaba a medio cerrar pero un leve empellón la abrió fácilmente. Más allá parecía haber una sala amplia tallada en la roca.

—¡Tranquilos! ¡Tranquilos! —les gritó Gandalf mientras Merry y Pippin empujaban hacia delante, contentos de haber encontrado un sitio donde podían descansar sintiéndose más amparados que en el corredor—. Tranquilos. Todavía no sabéis lo que hay dentro. Iré primero.

Entró con cuidado y los otros lo siguieron en fila.

—¡Mirad! —dijo el mago apuntando al suelo con la vara.

Todos miraron y vieron un agujero grande y redondo, como la boca de un pozo. Unas cadenas rotas y oxidadas colgaban de los bordes y bajaban al pozo negro. Cerca había unos trozos de piedra.

—Uno de vosotros pudo haber caído aquí, y todavía estaría preguntándose cuándo golpearía el fondo —le dijo Aragorn a Merry—. Deja que el guía vaya delante, mientras tienes uno.

—Esto parece haber sido una sala de guardia, destinada a la vigilancia de los tres pasadizos —dijo Gimli—. El agujero es evidentemente un pozo para uso de los guardias, y que se tapaba con una losa de piedra. Pero la losa está rota, y hay que tener cuidado en la oscuridad.

Pippin se sentía curiosamente atraído por el pozo. Mientras los otros desenrollaban mantas y preparaban camas al pie de las paredes del recinto, se arrastró hasta el borde y se asomó. Un aire helado pareció pegarle en la cara, como subiendo de profundidades invisibles. Movido por un impulso repentino, tanteó alrededor buscando una piedra suelta, y la dejó caer. Sintió que el corazón le latía muchas veces antes de que hubiera algún sonido. Luego, muy abajo, como si la piedra hubiera caído en las aguas profundas de algún lugar cavernoso, se oyó un *pluf*, muy distante, pero amplificado y repetido en el hueco del pozo.

—¿Qué es eso? —exclamó Gandalf. Se mostró aliviado cuando Pippin confesó lo que había hecho, pero también estaba enfadado, y Pippin pudo ver que le relampagueaban los ojos—. ¡Tuk estúpido! —gruñó el mago—. Éste es un viaje serio, y no una excursión hobbit. Tírate tú mismo la próxima vez, y no molestarás más. ¡Ahora quédate quieto!

Nada más se oyó durante algunos minutos, pero luego unos débiles golpes vinieron de las profundidades: *tom-tap, tap-tom*. Hubo un silencio, y cuando los ecos se apagaron, los golpes se repitieron: *tap-tom, tom-tap, tap-tap, tom*. Sonaban de un modo inquietante, pues parecían señales de alguna especie, pero al cabo de un rato se apagaron y no se oyeron más.

—Eso era el golpe de un martillo, o nunca he oído uno —dijo Gimli.

—Sí —dijo Gandalf—, y no me gusta. Quizá no tenga ninguna relación con la estúpida piedra de Peregrin, pero es posible que algo haya sido perturbado, y hubiese sido mejor dejarlo en paz. ¡Por favor, no vuelvas a hacer algo parecido! Espero que podamos descansar sin más dificultades. Tú, Pippin, harás la primera guardia, como recompensa —gruñó mientras se envolvía en una manta.

Pippin se sentó miserablemente junto a la puerta en la cerrada oscuridad, pero no dejaba de volver la cabeza, temiendo que alguna cosa desconocida saliera arrastrándose fuera del pozo. Hubiese querido cubrir el agujero, aunque fuera con una manta, pero no se atrevía a moverse ni a acercarse, aunque Gandalf parecía dormir.

Gandalf en realidad estaba despierto, aunque acostado y callado. Estaba muy concentrado, tratando de recordar todos los detalles de su viaje anterior a las Minas, preguntándose ansiosamente qué rumbo convendría tomar; cualquier giro equivocado podía ser desastroso. Al cabo de una hora se incorporó y fue hacia Pippin.

—Vete a un rincón y trata de dormir, hijo —dijo en un tono amable—. Quieres dormir, supongo. Yo no sido capaz de pegar ojo, de modo que puedo reemplazarte en la guardia.

»Ya sé lo que me ocurre —murmuró mientras se sentaba junto a la puerta—. ¡Necesito fumar! No he usado la pipa desde la mañana anterior a la tormenta de nieve.

Lo último que vio Pippin, mientras el sueño se lo llevaba, fue la sombra del viejo mago encogida en el suelo, protegiendo una viruta incandescente entre las manos nudosas, puestas entre las rodillas. La luz temblorosa mostró un momento la nariz aguileña y una bocanada de humo.

Fue Gandalf quien los despertó a todos. Había estado sentado y vigilando solo alrededor de seis horas, dejando que los otros descansaran.

—Y mientras estaba de guardia he tomado una decisión —dijo—. No me gusta la idea del camino del medio, y no me gusta el olor del camino de la izquierda: el aire está viciado allí, como puede notar cualquier guía que se precie. Tomaré el pasaje de la derecha. Es hora de que volvamos a subir.

Durante ocho horas oscuras, sin contar dos breves paradas, continuaron marchando; y no encontraron ningún peligro, ni oyeron nada, y no vieron nada salvo el débil resplandor de la luz del mago, bailando ante ellos como un fuego fatuo. El túnel que habían elegido llevaba regularmente hacia arriba, torciendo a un lado y al otro. Les parecía que estaba describiendo grandes curvas ascendentes; y a medida que subía se hacía más elevado y más ancho. No había a los lados aberturas de otras galerías o túneles, y el suelo era llano y firme, sin pozos o grietas. Habían tomado evidentemente lo que en otro tiempo fuera una ruta importante, y progresaban con mayor rapidez que en la jornada anterior.

De este modo avanzaron unas quince millas, medidas en línea recta hacia el este, aunque en realidad debían de haber caminado veinte millas o más. A medida que el camino subía, el ánimo de Frodo mejoraba un poco; pero se sentía aún oprimido, y aún oía a veces, o creía oír, más allá del sonido de los pasos de los miembros de la Compañía, pisadas que venían siguiéndolos y que no eran un eco.

Habían marchado hasta los límites de las fuerzas de los hobbits, y estaban todos pensando en un lugar donde pudieran dormir, cuando de pronto las paredes de la izquierda y la derecha desaparecieron. Parecía que habían atravesado una puerta abovedada y estaban en un espacio negro y vacío. Una corriente de aire tibio soplaba detrás de ellos, y por delante una fría oscuridad les tocaba las caras. Se detuvieron y se apretaron inquietos unos contra otros.

Gandalf parecía complacido.

—Elegí el buen camino —dijo—. Por lo menos estamos llegando a las partes habitables, y sospecho que no estamos lejos del lado este. Pero nos encontramos en un sitio muy alto, más alto que la Puerta del Arroyo Sombrío, a menos que me equivoque. Tengo la impresión, por el aire de este lugar, de que estamos ahora en una sala amplia. Me arriesgaré a tener un poco de verdadera luz.

Alzó la vara, que relampagueó brevemente. Unas grandes sombras se levantaron y huyeron, y durante un segundo vieron un vasto techo muy por encima de sus cabezas, sostenido por numerosos y poderosos pilares tallados en la piedra. Ante ellos y a cada lado se extendía un recinto amplio y vacío: las paredes negras, pulidas y lisas como el vidrio, refulgían y centelleaban. Vieron también otras tres entradas: bóvedas oscuras y negras; una se abría justo ante ellos y corría hacia el este, y había otras dos a los lados. Luego la luz se apagó.

—Es todo lo que me atrevo a hacer, por el momento —dijo Gandalf—. Antes había grandes ventanas en los flancos de la montaña, y chimeneas que llevaban hasta la luz en las partes superiores de las Minas. Creo que hemos llegado ahí, pero fuera es otra vez de noche, y no podremos saberlo hasta la mañana. Si tengo razón, mañana quizá veamos apuntar el amanecer. Eso sí, mientras tanto será mejor no ir más lejos. Descansemos, si es posible. Las cosas han ido bien hasta ahora, y la mayor parte del camino oscuro ha quedado atrás. Pero no hemos llegado todavía al fin, y hay un largo trayecto hasta las Puertas que se abren al mundo.

La Compañía pasó aquella noche en la gran sala cavernosa, apretados todos en un rincón para escapar a la corriente constante de aire frío que parecía venir del arco del este. Todo alrededor de donde se habían echado había una opresiva oscuridad, hueca e inmensa, y la soledad y vastedad de las salas excavadas y las escaleras y pasajes que se bifurcaban interminablemente eran abrumadoras. Las imaginaciones más descabelladas que unos sombríos rumores hubiesen podido despertar en los hobbits, no eran nada comparadas con el miedo y el asombro que sentían ahora en Moria.

—Tuvo que haber habido aquí toda una multitud de enanos en otra época —dijo Sam—, y todos más atareados que tejones durante quinientos años haciendo todo esto, ¡y la mayor parte en roca dura! ¿Para qué, me pregunto? Seguramente no vivirían en estos agujeros oscuros.

—No son agujeros —dijo Gimli—. Esto es el gran reino y la ciudad de la Mina de los Enanos. Y antiguamente no era oscura sino luminosa y espléndida, como lo recuerdan aún nuestras canciones.

El enano se puso de pie en la oscuridad y empezó a cantar con una voz profunda, y los ecos se perdieron en el abovedado techo.

> *El mundo era joven y verdes sus montañas,*
> *y ni una mancha en la Luna se apreciaba,*
> *los ríos y piedras permanecían innombrables,*
> *cuando Durin despertó y deambuló a solas.*
> *Nombró colinas y valles sin nombre;*
> *bebió de fuentes nunca probadas;*
> *se inclinó y miró en la Laguna Espejo,*
> *y vio surgir estrellas cual corona*
> *como gemas engarzadas en un hilo de plata*
> *sobre su cabeza en sombra.*

El mundo era hermoso y altas las montañas,
en los Días Antiguos antes de la caída
de los reyes en Nargothrond
y Gondolin majestuosos, ya desaparecidos
más allá de los Mares del Oeste:
en los días de Durin, el mundo era hermoso.

Rey fue en tallado trono
en salas de piedra de múltiples pilares,
de bóvedas de oro y suelo en plata
y runas poderosas sobre el portal.
La luz del sol, estrellas y luna
en brillantes lámparas de cristal labradas
que nube o sombra en noche jamás atenuara
fulgían por siempre allí, radiantes y claras.

Allí, el martillo golpeaba el yunque,
el cincel esculpía y escribía el buril,
se forjaba la hoja, la empuñadura se unía;
cavaba el minero, el alarife construía.
Allí el berilo, la perla y el ópalo pálido
y el metal en cota de malla de peces labrado,
el escudo y corsé, el hacha y la espada
y brillantes lanzas cual tesoros se apilaban.

Incansable era entonces el pueblo de Durin;
bajo las montañas la música despertaba;
arpistas tocaban, juglares entonaban,
y en las puertas las trompetas sonaban.

Gris es el mundo y anciana la montaña ahora;
frío cenizo es el fuego de la forja;

ya no pulsa el arpa, ni abate el martillo;
en las salas de Durin habitan las sombras,
y en su tumba las tinieblas reposan
en Moria, en Khazad-dûm.
Pero aún surgen estrellas ahogadas
en la oscura y calma Laguna Espejo;
allí en lo profundo del agua su corona aguarda
un nuevo despertar de Durin tras el sueño.

—¡Me gusta eso! —dijo Sam—. Me gustaría aprenderlo. *¡En Moria, en Khazad-dûm!* Pero la imagen de todas esas lámparas hace que la oscuridad parezca más pesada. ¿Hay todavía por aquí montones de oro y joyas?

Gimli no contestó. Había cantado su canción, y no quería decir más.

—¿Montones de joyas? —dijo Gandalf—. No. Los orcos han saqueado Moria a menudo. No queda nada en las salas superiores. Y desde que los Enanos se fueron, nadie se ha atrevido a explorar los pozos o a buscar tesoros en los sitios más profundos; los ha inundado el agua, o una sombra de miedo.

—Entonces, ¿por qué los Enanos querrían volver? —preguntó Sam.

—Por el *mithril* —respondió Gandalf—. La riqueza de Moria no era el oro y las joyas, los juguetes de los Enanos; tampoco el hierro, su sirviente. Tales cosas se hallaron aquí, es cierto, especialmente hierro; pero no necesitaban cavar para eso; todo lo que deseaban podían obtenerlo comerciando. Pues éste era el único sitio del mundo donde había plata de Moria, o plata auténtica como algunos la llamaban: *mithril* es el nombre élfico. Los Enanos le dan otro nombre, pero lo guardan en secreto. El valor del *mithril* era diez veces superior al del oro, y ahora ya no tiene precio, pues queda poco en la superficie, y ni siquiera los orcos se atreven a cavar aquí. Las vetas llevan siempre al norte, hacia Caradhras, y abajo, a la oscuridad. Los Enanos no hablan de eso, pero si es cierto que el *mithril* fue la base de su riqueza, fue también su perdición, porque cavaron con demasiada codicia, demasiado abajo, y perturbaron aquello de lo que huyeron, el Azote de Durin. De lo que sacaron a la luz, los orcos recogieron casi todo, y se lo entregaron como tributo a Sauron, quien lo codicia.

»*¡Mithril!* Todo el mundo lo deseaba. Podía ser trabajado como el cobre, y pulido como el vidrio; y los Enanos podían transformarlo en un metal liviano y sin embargo más duro que el acero templado. Tenía la belleza de la plata común, pero nunca se manchaba ni perdía el brillo. Los Elfos lo estimaban muchísimo, y lo empleaban entre otras cosas para crear *ithildin*, la estrella-luna que habéis visto en las puertas. Bilbo tenía una malla de anillos de *mithril* que Thorin le había dado. Me pregunto qué habrá sido de ella. Todavía juntando polvo en el museo de Cavada Grande, me imagino.

—¿Qué? —exclamó Gimli de pronto, saliendo de su silencio—. ¿Una cota de plata de Moria? ¡Un regalo de rey!

—Sí —continuó Gandalf—. Nunca se lo dije, pero vale más que la Comarca entera, y todos los bienes que en ella hay.

Frodo no dijo nada, pero metió la mano bajo la túnica y tocó los anillos de la cota de malla. Se le confundía la cabeza pensando que había ido de un lado a otro llevando el valor de la Comarca bajo la chaqueta. ¿Lo había sabido Bilbo? Estaba seguro de que Bilbo lo sabía muy bien. Era en verdad un regalo de rey. Pero ahora ya no pensaba en las minas oscuras, pues se había acordado de Rivendel y de Bilbo, y luego de Bolsón Cerrado en los días en que Bilbo vivía todavía allí. Deseó de todo corazón estar de vuelta, en aquellos días de antes, segando la hierba, o paseando entre las flores, y no haber oído hablar de Moria, o del *mithril*, o del Anillo.

Siguió un profundo silencio. Uno a uno los otros fueron durmiéndose. Como un soplo que venía de las profundidades, cruzando puertas invisibles, el miedo envolvió a Frodo. Tenía las manos frías y la frente húmeda. Escuchó. Prestó toda su atención a escuchar durante dos lentas horas, pero no oyó ningún sonido, ni siquiera el eco imaginario de unos pasos.

La guardia de Frodo había concluido casi, cuando allá lejos, donde suponía que se alzaba el arco occidental, creyó ver dos pálidos puntos de luz, casi como ojos luminosos. Se sobresaltó. Había estado cabeceando. «Poco faltó para que me quedara dormido en plena guardia» pensó. «Ya empezaba a soñar.» Se incorporó y se frotó los ojos, y se quedó de pie, espiando la oscuridad, hasta que Legolas lo relevó.

Cuando se acostó se quedó dormido en seguida, pero tuvo la impresión de que el sueño continuaba: oía murmullos, y vio que los pálidos puntos de luz se acercaban lentamente. Despertó y vio que los otros estaban hablando en voz baja muy cerca, y que una luz débil le caía en la cara. Muy arriba, sobre el arco del este, un rayo de luz largo y pálido asomaba en una abertura de la bóveda; y en el otro extremo del recinto la luz resplandecía también, débil y distante, entrando por el arco del norte.

Frodo se sentó.

—¡Buen día! —le dijo Gandalf—. Pues al fin es de día otra vez. No me equivoqué. Estamos muy arriba en el lado este de Moria. Antes de que termine la jornada tenemos que encontrar las Grandes Puertas y ver ante nosotros las aguas de la Laguna Espejo, en el Valle del Arroyo Sombrío.

—Me alegro —dijo Gimli—. Ya he visto Moria, y es muy grande, pero se ha convertido en un sitio oscuro y terrible, y no hemos encontrado señales de mi gente. Dudo ahora que Balin haya estado alguna vez aquí.

Después de haber desayunado, Gandalf decidió que se pondrían en marcha en seguida.

—Estamos fatigados, pero descansaremos mejor una vez que nos encontremos fuera —dijo—. Creo que ninguno de nosotros desearía pasar otra noche en Moria.

—¡No, en verdad! —dijo Boromir—. ¿Qué camino tomaremos? ¿Ese arco que apunta al este?

—Quizá —dijo Gandalf—. Pero aún no sé exactamente dónde nos encontramos. Si no he perdido el rumbo, creo que estamos encima de las Grandes Puertas, y un poco al norte; y quizá no sea fácil encontrar el camino que baja a las puertas. El arco del este probablemente sea la ruta adecuada, pero antes de decidirnos miraremos un poco alrededor. Vayamos hacia aquella luz de la puerta norte. Sería deseable encontrar una ventana, pero temo que la luz descienda sólo a través de largas chimeneas.

Siguiendo a Gandalf la Compañía pasó bajo el arco del norte. Se encontraban ahora en un amplio corredor. A medida que avanzaban, el resplandor iba aumentando, y vieron que venía de un portal de la derecha. Era alto, plano arriba, y la puerta de piedra colgaba todavía de los goznes, a medio cerrar. Del otro lado había un cuarto grande y cuadrado. Estaba apenas iluminado, pero a los ojos de la Compañía, después de haber pasado tanto tiempo en la oscuridad, era de una luminosidad enceguecedora, y todos parpadearon al entrar.

El suelo estaba cubierto por una espesa capa de polvo, y la Compañía tropezó en el umbral con muchas cosas que estaban allí tiradas y cuyas formas no pudieron reconocer al principio. Una chimenea alta y amplia de la pared del este iluminaba la cámara. Atravesaba oblicuamente la pared, y del otro lado, lejos y arriba, podía verse un cuadradito de cielo azul. La luz caía directamente sobre una mesa en medio de la sala: una piedra oblonga, de unos dos pies de alto, sobre la que habían puesto una losa de piedra blanca.

—Parece una tumba —murmuró Frodo, y se inclinó hacia adelante, sintiendo un raro presentimiento, para mirar desde más cerca.

Gandalf se acercó rápidamente. Sobre la losa había unas runas grabadas:

—Son Runas de Daeron, como las que se usaban antiguamente en Moria —dijo Gandalf—. Dice aquí en las lenguas de los Hombres y los Enanos:

BALIN HIJO DE FUNDIN
SEÑOR DE MORIA

—Está muerto, entonces —dijo Frodo—. Temía que fuera así.

Gimli se echó la capucha sobre la cara.

5

EL PUENTE DE KHAZAD-DÛM

La Compañía del Anillo permaneció en silencio junto a la tumba de Balin. Frodo pensó en Bilbo, en la larga amistad que había tenido con el enano, y en la visita de Balin a la Comarca tiempo atrás. En aquella cámara polvorienta del interior de las montañas parecía que eso había ocurrido hacía mil años, y en el otro extremo del mundo.

Al final se movieron y levantaron los ojos, y buscaron algún indicio que pudiera explicarles la muerte de Balin, o qué había sido de su gente. Había otra puerta más pequeña en el lado opuesto de la cámara, bajo la chimenea. Junto a las dos puertas podían ver ahora muchos huesos desparramados, y entre ellos espadas y hachas rotas, y escudos y cascos hendidos. Algunas de las espadas eran curvas: cimitarras de orcos con hojas ennegrecidas.

Había muchos nichos tallados en la piedra de los muros, que contenían grandes cofres de madera reforzados con hierro. Todo había sido quebrado y saqueado, pero junto a la tapa destrozada de uno de los cofres encontraron los restos de un libro. Lo habían desgarrado, y lo habían apuñalado, y estaba quemado en parte, y tan manchado de negro y otras marcas oscuras, como sangre vieja, que poco podía leerse. Gandalf lo alzó con cuidado, pero las hojas crujieron y se quebraron mientras lo ponía sobre la losa. Se inclinó sobre él un tiempo sin hablar. Frodo y Gimli, de pie junto a Gandalf que volvía delicadamente las hojas, alcanzaban a ver que había sido escrito por distintas manos, en runas tanto de Moria como de Valle, y de cuando en cuando en caracteres élficos.

Al fin Gandalf alzó los ojos.

—Parece ser una crónica de los azares y fortunas que cayeron sobre el pueblo de Balin —dijo—. Supongo que empieza cuando llegaron al Valle del Arroyo Sombrío hace treinta años; hay números en las páginas que parecen referirse a los años que siguieron. La primera página está marcada *uno-tres*, de modo que al menos dos ya faltan desde el principio. ¡Escuchad!

»*Echamos a los orcos de la gran puerta y el cuarto de guar...* la siguiente palabra está medio borrada y quemada, supongo que diría *guardia. Matamos a muchos a la brillante* —creo— *luz del valle. Una flecha mató a Flói. Él mató al gran.* Luego hay una mancha seguida por *Flói bajo la hierba junto a la Laguna Espejo.* Siguen un par de líneas que no puedo leer. Luego esto: *Hemos elegido como vivienda la sala vigesimoprimera del lado norte. Hay* no sé qué. Se menciona una *chimenea.* Luego *Balin se ha aposentado en la Cámara de Mazarbul.*

—La Cámara de los Registros —dijo Gimli—. Sospecho que ahí estamos ahora.

—Bueno, de aquí en adelante no alcanzo a leer mucho más —dijo Gandalf—, excepto la palabra *oro*, y *Hacha de Durin* y algo así como *yelmo.* Luego *Balin es ahora señor de Moria.* Esto parece terminar un capítulo. Después de algunas estrellas comienza otra mano, y aquí se lee *encontramos plata auténtica*, y luego las palabras *bien forjada* y luego algo. ¡Lo tengo! *Mithril*, y las dos últimas líneas: *Óin buscará las armerías superiores de la Tercera Profundidad*; algo *va al oeste*, una mancha, *a la puerta de Acebeda.*

Gandalf hizo una pausa y apartó unas pocas hojas.

—Hay varias páginas de este tipo, escritas bastante de prisa y muy dañadas —dijo—, pero poco puedo sacar en limpio con esta luz. Tienen que faltar también algunas hojas, pues éstas comienzan con el número *cinco*, el quinto año de la colonia, supongo. Veamos. No, están demasiado rotas y sucias, no puedo leerlas. Las leeríamos mejor a la luz del sol. ¡Un momento! Aquí hay algo: grandes caracteres élficos escritos por una mano firme.

—Ésa tiene que ser la mano de Ori —dijo Gimli mirando por encima del brazo de Gandalf—. Sabía escribir bien y rápido, y a menudo usaba los caracteres élficos.

—Temo que esa mano hábil haya tenido que dar cuenta de malas noticias —dijo Gandalf—. La primera palabra es *pena*, pero el resto de la línea se ha perdido, aunque termina en *ayer*. Sí, tiene que ser *ayer* seguido por *siendo el diez de noviembre Balin señor de Moria cayó en el Valle del Arroyo Sombrío. Fue solo a mirar la Laguna Espejo. Un orco lo mató con una flecha desde atrás de una piedra. Matamos al orco, pero muchos más... subiendo desde el este por el Cauce de Plata.* El resto de la página está demasiado borroneado, pero me parece que alcanzo a leer *hemos atrancado las puertas*, y luego *resistiremos mucho tiempo si*, y luego quizá *horrible y sufrimiento*. ¡Pobre Balin! Parece que no pudo conservar el título que él mismo se dio ni siquiera cinco años. Me pregunto qué habrá ocurrido después, pero ahora no hay tiempo de descifrar las últimas pocas páginas. Aquí está la última.

Hizo una pausa y suspiró.

—Es una lectura siniestra —continuó—. Temo que el fin de esta gente haya sido cruel. ¡Escuchad! *No podemos salir. No podemos salir. Han tomado el Puente y la segunda sala. Frár y Lóni y Náli murieron allí.* Luego hay cuatro líneas muy manchadas y sólo puedo leer *se marchó hace cinco días*. Las últimas líneas dicen *la laguna llega a los muros de la Puerta del Oeste. El Guardián del Agua se llevó a Óin. No podemos salir. El fin se acerca*, y luego *tambores, tambores en los abismos*. Me pregunto qué será esto. Las últimas palabras son un garabateo arrastrado en letras élficas: *están acercándose*. No hay nada más.

Gandalf calló, guardando un pensativo silencio.

Todos en la Compañía tuvieron un miedo repentino, sintiendo que se encontraban en una cámara de horrores.

—*No podemos salir* —murmuró Gimli—. Fue una suerte para nosotros que la laguna hubiese bajado un poco, y que el Guardián estuviera durmiendo en el extremo sur.

Gandalf alzó la cabeza y miró alrededor.

—Parece que ofrecieron una última resistencia en las dos puertas —dijo—, pero ya entonces no quedaban muchos. ¡Así terminó el intento de recuperar Moria! Fue valiente, pero insensato. No ha llegado todavía la hora. Bien, me temo que tengamos que despedirnos de Balin hijo de Fundin. Que descanse aquí en las salas de sus padres. Nos llevaremos este libro, el Libro de Mazarbul, y lo miraremos luego con más atención. Será mejor que tú lo guardes, Gimli, y que lo lleves de vuelta a Dáin, si tienes oportunidad. Le interesará, aunque se sentirá profundamente apenado. Bueno, ¡vayamos! La mañana está pasando ya.

—¿Qué camino tomaremos? —preguntó Boromir.

—Volvamos a la sala —dijo Gandalf—. Pero la visita a esta estancia no ha sido inútil. Ahora sé dónde estamos. Ésta tiene que ser, como dijo Gimli, la Cámara de Mazarbul, y la sala la vigésima primera del extremo norte. Por lo tanto hemos de salir por el arco del este, e ir a la derecha y al sur, descendiendo. La Sala Vigésima Primera tiene que estar en el Nivel Séptimo, es decir, seis niveles por encima de las Puertas. ¡Vamos! ¡De vuelta a la sala!

Apenas Gandalf hubo dicho estas palabras cuando se oyó un gran ruido, como si algo rodara retumbando en los abismos lejanos, estremeciendo el suelo de piedra a sus pies. Todos saltaron hacia la puerta, alarmados. *Bum, bum*, resonó otra vez, como si unas manos enormes estuvieran utilizando las cavernas de Moria como un vasto tambor. Luego siguió una explosión, repetida por el eco: un gran cuerno sonó en la sala, y otros cuernos y unos gritos roncos respondieron a lo lejos. Se oyó el sonido de muchos pies que corrían.

—¡Se acercan! —gritó Legolas.

—No podemos salir —dijo Gimli.

—¡Atrapados! —gritó Gandalf—. ¿Por qué me habré retrasado? Aquí estamos, encerrados como ellos antes. Pero entonces yo no estaba aquí. Veremos qué...

Bum, bum; el redoble sacudió las paredes.

—¡Cerrad las puertas y atrancadlas! —gritó Aragorn—. Y no descarguéis las mochilas mientras os sea posible. Quizá aún tengamos posibilidad de escapar.

—¡No! —dijo Gandalf—. Mejor que no nos encerremos. ¡Dejad entreabierta la puerta del este! Iremos por ahí, si nos dejan.

Hubo otra ruda llamada de cuerno, y se oyeron unos gritos agudos. Unos pies venían corriendo por el pasillo. Hubo un estruendo metálico cuando la Compañía desenvainaba las espadas. Glamdring brillaba con una luz pálida, y los filos de Dardo centelleaban. Boromir apoyó el hombro contra la puerta occidental.

—¡Un momento! ¡No la cierres aún! —dijo Gandalf.

Alcanzó de un salto a Boromir, y levantó la cabeza enderezándose.

—¿Quién viene aquí a perturbar el descanso de Balin Señor de Moria? —gritó con una voz estentórea.

Hubo una cascada de risas roncas, como piedras que se deslizan y caen en un pozo; en medio del clamor se alzó una voz grave, dando órdenes. *Bum, bum, bum*, redoblaban los tambores en los abismos.

Con un rápido movimiento Gandalf fue hacia el hueco de la puerta, y estiró el brazo adelantando la vara. Un relámpago enceguecedor iluminó la cámara y el pasadizo. El mago se asomó un instante, miró, y dio un salto atrás mientras las flechas volaban alrededor siseando y silbando.

—Son orcos, muchos de ellos —dijo—. Y algunos son corpulentos y malvados: Uruks negros de Mordor. No se han decidido a atacar todavía, pero hay algo más ahí. Un gran troll de las cavernas, creo, o más que uno. No hay esperanzas de poder escapar por ese lado.

—Y ninguna esperanza si vienen también por la otra puerta —dijo Boromir.

—Aquí no se oye nada todavía —dijo Aragorn que estaba de pie junto a la puerta del este, escuchando—. El pasadizo de este lado desciende directamente a una escalera, y es obvio que no lleva de vuelta a la sala. Pero no serviría de nada huir ciegamente por ahí, con los enemigos pisándonos los talones. No podemos bloquear la puerta. No hay llave, y la cerradura está rota, y se abre hacia dentro.

Ante todo trataremos de demorarlos. ¡Haremos que teman a la Cámara de Mazarbul! —dijo torvamente, pasando el dedo por el filo de la espada, Andúril.

Unos pies pesados resonaron en el corredor. Boromir se lanzó contra la puerta y la cerró empujándola con el hombro; luego la sujetó acuñándola con hojas de espada quebradas y astillas de madera. La Compañía se retiró al otro extremo de la cámara. Pero aún no tenían ninguna posibilidad de escapar. Un golpe estremeció la puerta, que en seguida comenzó a abrirse lentamente, rechinando, desplazando las cuñas. Un brazo y un hombro enormes, de piel oscura, escamosa y verde, aparecieron en la abertura, ensanchándola. Luego un pie grande, chato y sin dedos, entró empujando, deslizándose por el suelo. Fuera había un silencio de muerte.

Boromir saltó hacia delante y lanzó un mandoble contra el brazo, pero la espada golpeó resonando, se desvió a un lado, y se le cayó de la mano temblorosa. La hoja estaba mellada.

De pronto, y algo sorprendido pues no se reconocía a sí mismo, Frodo sintió que una cólera ardiente le inflamaba el corazón.

—¡La Comarca! —gritó, y saltando al lado de Boromir se inclinó, y descargó a Dardo contra el espantoso pie. Se oyó un aullido, y el pie se retiró bruscamente, casi arrancando a Dardo de la mano de Frodo. Unas gotas negras cayeron de la hoja y humearon en el suelo. Boromir se arrojó otra vez contra la puerta y la cerró con violencia.

—¡Un tanto para la Comarca! —gritó Aragorn—. ¡La mordedura del hobbit es profunda! ¡Tienes una buena hoja, Frodo hijo de Drogo!

Un golpe resonó en la puerta, y luego otro y otro. Los orcos atacaban ahora con martillos y arietes. Al fin la puerta crujió y se tambaleó hacia atrás, y de pronto la abertura se ensanchó. Las flechas llegaron silbando, pero todas fueron a dar contra la pared del norte, y cayeron impotentes al suelo. Se oyó una llamada de cuerno y el ruido de muchas pisadas, y los orcos entraron saltando de uno en uno en la cámara.

La Compañía no pudo contar cuántos eran. En un principio los orcos atacaron decididamente, pero el furor de la defensa los desanimó muy pronto. Legolas les atravesó la garganta a dos de ellos. Gimli le cortó las piernas a otro que se había subido a la tumba de Balin. Boromir y Aragorn mataron a muchos. Cuando ya habían caído trece, el resto huyó chillando, dejando a los defensores indemnes, excepto Sam que tenía un rasguño a lo largo del cuero cabelludo. Un rápido movimiento lo había salvado, y había matado al orco: un golpe certero con la espada tumularia. En los ojos castaños le ardía un fuego de brasas que habría hecho retroceder a Ted Arenas, si lo hubiera visto.

—¡Ahora es el momento! —gritó Gandalf—. ¡Vamos, antes de que el troll vuelva!

Pero mientras aún retrocedían, y antes de que Pippin y Merry hubieran llegado a la escalera exterior, un enorme jefe orco, casi de la altura de un hombre, vestido con malla negra de la cabeza a los pies, entró de un salto en la cámara; lo seguían otros, que se apretaron en la puerta. La cara ancha y chata era morena, tenía los ojos como carbones y la lengua roja; esgrimía una lanza larga. Con un golpe de escudo desvió la espada de Boromir, y lo hizo retroceder, tirándolo al suelo. Eludiendo la espada de Aragorn con la rapidez de una serpiente, cargó contra la Compañía, y atacó a Frodo con la lanza. El golpe alcanzó a Frodo en el lado derecho y lo arrojó contra la pared. Sam con un grito quebró de un hachazo el extremo de la lanza. Aún estaba el orco dejando caer el asta, y sacando la cimitarra, cuando Andúril le cayó sobre el yelmo. Hubo un fogonazo, como una llama, y el yelmo se abrió en dos. El orco cayó con la cabeza hendida. Los que venían detrás huyeron dando gritos, y Aragorn y Boromir acometieron contra ellos.

Bum, bum, continuaban los tambores desde las profundidades. La gran voz resonó otra vez.

—¡Ahora! —gritó Gandalf—. Es nuestra última posibilidad. ¡Corramos!

Aragorn agarró a Frodo, que yacía junto a la pared, y se precipitó hacia la escalera, empujando delante de él a Merry y a Pippin. Los otros los siguieron; pero Gimli tuvo que ser arrastrado por Legolas; a pesar del peligro se había detenido cabizbajo junto a la tumba de Balin. Boromir tiró de la puerta este, y los goznes chillaron. Había a cada lado un gran anillo de hierro, pero no era posible sujetar la puerta.

—Me encuentro bien —jadeó Frodo—. Puedo caminar. ¡Bájame!

Aragorn, asombrado, casi lo dejó caer.

—¡Pensaba que estabas muerto! —exclamó.

—¡Todavía no! —dijo Gandalf—. Pero éste no es momento de asombrarse. ¡Adelante todos, escaleras abajo! Esperadme al pie unos minutos, pero si no llego en seguida, ¡continuad! Marchad rápidamente, siempre a la derecha y abajo.

—¡No podemos dejar que defiendas la puerta tú solo! —dijo Aragorn.

—¡Haz como digo! —dijo Gandalf con furia—. Aquí ya no sirven las espadas. ¡Adelante!

Ninguna chimenea iluminaba el pasaje, y la oscuridad era compacta. Descendieron una larga escalera tanteando las paredes, y luego miraron atrás. No vieron nada, excepto el débil resplandor de la vara del mago, muy arriba. Parecía que Gandalf estaba todavía de guardia junto a la puerta cerrada. Frodo respiraba pesadamente y se apoyó en Sam, que lo sostuvo con un brazo. Se quedaron así un rato espiando la oscuridad de la escalera, Frodo creyó oír la voz de Gandalf arriba, murmurando palabras que descendían a lo largo del techo inclinado como ecos de suspiros. No alcanzaba a entender lo que decían. Parecía que las paredes temblaban. De vez en cuando se oían de nuevo los redobles de tambor que retumbaban: *bum, bum*.

De pronto estalló una luz blanca en lo alto de la escalera. En seguida se oyó un rumor sordo y un golpe pesado. El tambor redobló furiosamente, *bum, bum, bum*, y enmudeció. Gandalf se precipitó escaleras abajo y cayó en medio de la Compañía.

—¡Bien, bien! ¡Problema terminado! —dijo el mago incorporándose laboriosamente—. He hecho lo que he podido. Pero me he topado con un hueso duro de roer y a punto he estado de romperme. ¡Pero no os quedéis ahí! ¡Vamos! Tendréis que ir sin luz un rato, pues estoy un poco sacudido. ¡Vamos! ¡Vamos! ¿Dónde estás, Gimli? ¡Ven adelante conmigo! ¡Seguidnos los demás, y no os separéis!

Todos fueron tropezando detrás de él y preguntándose qué habría ocurrido. *Bum, bum*, sonaron otra vez los golpes de tambor; les llegaban ahora apagados y lejanos, pero venían siguiéndolos. No había ninguna otra señal de persecución, ningún ajetreo de pisadas, ninguna voz. Gandalf no se volvió ni a la izquierda ni a la derecha, pues el pasaje parecía seguir la dirección que él deseaba. De cuando en cuando encontraban un tramo de cincuenta o más escalones que llevaba a un nivel más bajo. Por el momento éste era el peligro principal, pues en la oscuridad no alcanzaban a ver las escaleras, hasta que ya estaban bajando, o habían puesto un pie en el vacío. Gandalf tanteaba el suelo con la vara, como un ciego.

Al cabo de una hora habían avanzado una milla, o quizá un poco más, y habían descendido muchos tramos de escalera. No se oía aún ningún sonido de persecución. Hasta empezaban a creer que quizá escaparían. Al pie del séptimo tramo, Gandalf se detuvo.

—¡Hace cada vez más calor! —jadeó—. Ya tendríamos que estar por lo menos al nivel de las Puertas. Pronto habrá que buscar un túnel a la izquierda, que nos lleve al este. Espero que no esté lejos. Me siento muy fatigado. Tengo que descansar aquí unos instantes, aunque todos los orcos del mundo caigan ahora sobre nosotros.

Gimli lo tomó del brazo y le ayudó a sentarse en el escalón.

—¿Qué pasó allá arriba en la puerta? —le preguntó—. ¿Descubriste al que toca el tambor?

—No lo sé —respondió Gandalf—. Pero de pronto me encontré enfrentado a algo que yo no conocía. No supe qué hacer, excepto recurrir a algún conjuro que mantuviera cerrada la puerta. Conozco muchos, pero para hacer estas cosas bien hace falta tiempo, y aun así el enemigo podría forzar la entrada.

»Mientras estaba ahí oí voces de orcos que venían del otro lado, pero en ningún momento se me ocurrió que podían echar abajo la puerta. No alcanzaba a oír lo que se decía; parecían estar hablando en ese horrible lenguaje de ellos. Todo lo que entendí fue *ghâsh*, «fuego». En seguida algo entró en la cámara; pude sentirlo a través de la puerta, y los mismos orcos se asustaron y callaron. El recién llegado tocó el anillo de hierro, y en ese momento advirtió mi presencia y mi conjuro.

»No puedo imaginarme qué era, pero nunca me había encontrado con un poder semejante. El contraconjuro fue terrible. Casi me hace pedazos. Durante un instante perdí el dominio de la puerta, ¡que comenzó a abrirse! Tuve que pronunciar una palabra de Mando. El esfuerzo resultó ser excesivo. La puerta estalló en pedazos. Algo oscuro como una nube estaba ocultando toda la luz ahí dentro, y fui arrojado hacia atrás escaleras abajo. La pared entera cedió, y también el techo de la cámara, creo.

»Me temo que Balin esté sepultado muy profundamente, y quizá también alguna otra cosa. No puedo decirlo. Pero por lo menos el pasaje que quedó a nuestras espaldas está completamente bloqueado. ¡Ah! Nunca me he sentido tan agotado, pero ya estoy recuperándome. ¿Y qué me dices de ti, Frodo? Antes no he tenido tiempo de decírtelo, pero nunca en mi vida he tenido una alegría mayor que cuando has hablado. Me temía que fuera un hobbit valiente pero muerto lo que Aragorn llevaba en brazos.

—¿Qué quieres que te diga de mí? —preguntó Frodo—. Estoy vivo, y entero, creo. Me siento lastimado y dolorido, pero no es grave.

—Bueno —dijo Aragorn—, sólo puedo decir que los hobbits son de un material tan resistente que nunca encontré nada parecido. Si yo lo hubiera sabido antes, ¡habría hablado con más prudencia en la taberna de Bree! ¡Ese lanzazo hubiese podido atravesar a un jabalí de parte a parte!

—Bueno, me complace decirte que no estoy atravesado de parte a parte —dijo Frodo—, aunque me siento como si hubiese estado apresado entre un martillo y un yunque.

No dijo más. Le dolía respirar.

—Te pareces a Bilbo —dijo Gandalf—. Hay en ti más de lo que se advierte a simple vista, como dije de él hace tiempo.

Frodo se quedó pensando si esta observación no tendría algún otro significado.

Prosiguieron la marcha. Al rato Gimli habló. Tenía una vista penetrante en la oscuridad.

—Creo —dijo— que hay una luz adelante. Pero no es la luz del día. Es roja. ¿Qué puede ser?

—*Ghâsh!* —murmuró Gandalf—. Me pregunto si era eso a lo que se referían, que los niveles inferiores están en llamas. Sin embargo, no podemos hacer otra cosa que continuar.

Pronto la luz fue inconfundible, y todos pudieron verla. Vacilaba y encendía las paredes del pasadizo. Ahora podían ver por dónde iban: descendían una pendiente rápida, y un poco más adelante había un arco bajo; de allí venía la claridad creciente. El aire ya era casi sofocante.

Cuando llegaron al arco, Gandalf se adelantó indicándoles que se detuvieran. Acercándose un poco más allá de la abertura, los otros vieron que un resplandor le encendía la cara. El mago dio un paso atrás rápidamente.

—Esto es alguna nueva diablura —dijo— preparada sin duda para darnos la bienvenida. Pero sé dónde estamos: hemos llegado a la Primera Profundidad, inmediatamente debajo de las Puertas. Ésta es la Segunda Sala de la Antigua Moria, y las Puertas están cerca: más allá del extremo este, a la izquierda, a un cuarto de milla de distancia, como mucho. Hay que cruzar el Puente, subir por una ancha escalinata, seguir por un pasaje ancho que atraviesa la Primera Sala, ¡y fuera! ¡Pero venid y mirad!

Entornaron los ojos y vieron otra sala cavernosa. Era más ancha y mucho más larga que aquella en la que habían dormido. Estaban cerca de la pared del este; se prolongaba hacia el oeste perdiéndose en la oscuridad. A lo largo de la parte central se alzaba una doble fila de pilares majestuosos. Habían sido tallados como grandes troncos de árboles, y una intrincada tracería de piedra imitaba las ramas, que parecían sostener el cielo raso. Los troncos eran lisos y negros, pero reflejaban oscuramente a los lados un resplandor rojizo. Justo ante ellos, a los pies de dos enormes pilares, se había abierto una gran fisura. De allí venía una feroz luz roja, y de vez en cuando las llamas lamían los bordes y abrazaban la base de las columnas. Unas cintas de humo negro flotaban en el aire cálido.

—Si hubiésemos venido por la ruta principal desde las salas de más arriba, nos hubieran atrapado aquí —dijo Gandalf—.

Esperemos que el fuego se alce ahora entre nosotros y quienes nos persiguen. ¡Vamos! No hay tiempo que perder.

Aun mientras hablaban escucharon de nuevo el insistente redoble de tambor: *bum, bum, bum*. Más allá de las sombras en el extremo oeste de la sala estallaron unos gritos y llamadas de cuerno. *Bum, bum:* los pilares parecían temblar y las llamas oscilaban.

—¡Ahora la última carrera! —dijo Gandalf—. Si fuera brilla el sol, aún podemos escapar. ¡Seguidme!

Se volvió a la izquierda y echó a correr por el suelo liso de la sala. La distancia era mayor de lo que habían creído. Mientras corrían oyeron los golpeteos y los ecos de muchos pies que venían detrás. Se oyó un chillido agudo: los habían visto. Hubo luego un clamor y choques de aceros. Una flecha silbó por encima de la cabeza de Frodo.

Boromir rio. —No lo esperaban —dijo—. El fuego les ha cortado el paso. ¡Estamos en el lado malo!

—¡Mirad adelante! —llamó Gandalf—. Nos acercamos al Puente. Es angosto y peligroso.

De pronto Frodo vio ante él un abismo negro. En el extremo de la sala el suelo desapareció y cayó a pique a profundidades desconocidas. No había otro modo de llegar a la puerta exterior que un estrecho puente de piedra, sin barandilla ni bordillo, que describía una curvatura de cincuenta pies sobre el abismo. Era una antigua defensa de los Enanos contra cualquier enemigo que pusiera el pie en la primera sala y los pasadizos exteriores. No se podía cruzar sino en fila de a uno. Gandalf se detuvo al borde del precipicio y los otros se agruparon detrás.

—¡Tú adelante, Gimli! —dijo—. Luego Pippin y Merry. ¡Derecho al principio, y escaleras arriba después de la puerta!

Las flechas cayeron entre ellos. Una golpeó a Frodo y rebotó. Otra atravesó el sombrero de Gandalf, y allí se quedó sujeta como una pluma negra. Frodo miró hacia atrás. Más allá del fuego vio un enjambre de figuras oscuras, parecía haber cientos de orcos. Esgrimían lanzas y cimitarras que brillaban rojas como la sangre a la luz del fuego. *Bum, bum*, resonaba el redoble de tambores, cada vez más alto, *bum, bum.*

Legolas se volvió y puso una flecha en la cuerda, aunque la distancia era excesiva para aquel arco tan pequeño. Iba a tirar de la cuerda cuando de pronto soltó la mano dando un grito de desesperación y terror. La flecha cayó al suelo. Dos grandes trolls se acercaron cargando unas pesadas losas y las echaron al suelo para utilizarlas como un puente sobre las llamas. Pero no eran los trolls lo que había aterrorizado al elfo. Las filas de los orcos se habían abierto, y retrocedían como si ellos mismos estuviesen asustados. Algo asomaba detrás de los orcos. No se alcanzaba a ver lo que era; parecía una gran sombra, y en medio de esa sombra había una forma oscura, quizá una forma de hombre, pero más grande, y en esa sombra había un poder y un terror que parecían habitarla y adelantarse a ella.

Llegó al borde del fuego y la luz se apagó como detrás de una nube. Luego, y con un salto, la sombra pasó por encima de la grieta. Las llamas subieron rugiendo a darle la bienvenida, y se retorcieron alrededor de la figura; y un humo negro giró en el aire. Las crines flotantes de la sombra se encendieron y ardieron detrás. En la mano derecha llevaba una hoja como una penetrante lengua de fuego, y en la mano izquierda empuñaba un látigo de muchas colas.

—¡Ay, ay! —se quejó Legolas—. ¡Un Balrog! ¡Ha venido un Balrog!

Gimli miraba con los ojos muy abiertos.

—¡El Azote de Durin! —gritó, y dejando caer el hacha se cubrió la cara con las manos.

—Un Balrog —murmuró Gandalf—. Ahora entiendo. —Trastabilló y se apoyó pesadamente en la vara—. ¡Qué mala suerte! Ya estoy tan cansado...

La figura oscura de estela de fuego se precipitó hacia ellos. Los orcos chillaron y se precipitaron sobre las losas que hacían de pasarela. Boromir alzó entonces el cuerno y sopló. El desafío resonó y rugió como el grito de muchas gargantas bajo la bóveda cavernosa. Los orcos titubearon un momento y la sombra ardiente se detuvo. En seguida los ecos murieron, como una llama apagada por el soplo de un viento oscuro, y el enemigo avanzó otra vez.

—¡Por el puente! —gritó Gandalf, recurriendo a todas sus fuerzas—. ¡Huid! Es un enemigo que supera todos vuestros poderes. Yo le cerraré aquí el paso estrecho. ¡Huid!

Aragorn y Boromir hicieron caso omiso de la orden y plantando los pies en el suelo se quedaron juntos detrás de Gandalf en el otro lado del puente. Los otros se detuvieron en el umbral del extremo de la sala, y miraron desde allí, incapaces de dejar que Gandalf se enfrentara solo al enemigo.

El Balrog llegó al puente. Gandalf aguardaba en el medio, apoyándose en la vara que tenía en la mano izquierda; pero en la otra relampagueaba Glamdring, fría y blanca. El enemigo se detuvo de nuevo, enfrentándolo, y la sombra que lo envolvía se abrió a los lados como dos vastas alas. En seguida esgrimió el látigo, y las colas crujieron y gimieron. Un fuego le salía de las fosas nasales. Pero Gandalf se mantuvo firme.

—No puedes pasar —dijo. Los orcos permanecieron inmóviles, y un silencio de muerte cayó alrededor—. Soy un servidor del Fuego Secreto, y esgrimo la llama de Anor. No puedes pasar. El fuego oscuro no te servirá de nada, llama de Udûn. ¡Vuelve a la Sombra! No puedes pasar.

El Balrog no respondió. El fuego dentro de él pareció extinguirse, pero la oscuridad creció todavía más. Avanzó lentamente, y de pronto se enderezó hasta alcanzar una gran estatura, extendiendo las alas de muro a muro; pero Gandalf era todavía visible, brillando tenuemente en las tinieblas; parecía pequeño, y completamente solo; gris e inclinado, como un árbol seco poco antes de la llegada de un vendaval.

De la sombra brotó llameando una espada roja.

Glamdring respondió con un resplandor blanco.

Hubo un sonido de metales que se entrechocaban y una estocada de fuego blanco. El Balrog retrocedió y la hoja le saltó de la mano en pedazos fundidos. El mago vaciló en el puente, dio un paso atrás, y luego se irguió otra vez, inmóvil.

—¡No puedes pasar! —dijo.

El Balrog dio un salto y aterrizó en medio del puente. El látigo restalló y silbó.

—¡No podrá resistir solo! —gritó Aragorn de pronto y corrió de vuelta por el puente—. *¡Elendil!* —gritó—. ¡Estoy contigo, Gandalf!

—¡Gondor! —gritó Boromir, y dando un salto fue detrás de Aragorn.

En ese momento, Gandalf alzó la vara y dando un grito golpeó el puente ante él. La vara se quebró en dos y le cayó de la mano. Una cortina enceguecedora de fuego blanco subió en el aire. El puente crujió, rompiéndose justo debajo de los pies del Balrog, y la piedra que lo sostenía se precipitó al abismo mientras el resto permanecía allí, en equilibrio, estremeciéndose como una lengua de roca que se asoma al vacío.

Con un grito terrible el Balrog se precipitó hacia delante; la sombra se hundió y desapareció. Pero aun mientras caía sacudió el látigo, y las colas azotaron y envolvieron las rodillas del mago, arrastrándolo al borde del precipicio. Gandalf se tambaleó y cayó al suelo, tratando vanamente de asirse a la piedra, deslizándose al abismo.

—¡Huid, insensatos! —gritó, y desapareció.

El fuego se extinguió, y volvió la oscuridad. La Compañía estaba paralizada de terror, con las miradas clavadas en el abismo. En el momento en que Aragorn y Boromir regresaban corriendo, el resto del puente crujió y cayó. Aragorn los despertó con un grito.

—¡Venid! ¡Yo os guiaré ahora! Tenemos que obedecer la última orden de Gandalf. ¡Seguidme!

Subieron atropellándose por las grandes escaleras que estaban más allá de la puerta. Aragorn iba delante, Boromir en la retaguardia. Arriba había un pasadizo ancho donde resonaban sus pasos. Corrieron por allí. Frodo oyó que Sam lloraba junto a él, y en seguida descubrió que él también lloraba mientras corría. *Bum, bum, bum*, resonaban detrás los redobles, ahora lúgubres y lentos; *bum*.

Siguieron corriendo. La luz crecía delante; grandes chimeneas traspasaban el techo. Corrieron más rápido. Llegaron a una sala con ventanas altas que miraban al este y dejaban pasar directamente la luz del día. Cruzaron la sala, pasando por las enormes puertas quebradas de la sala, y de pronto se abrieron ante ellos las Grandes Puertas, un arco de luz resplandeciente.

Había una guardia de orcos que acechaba en la sombra detrás de los grandes pilares que se elevaban en ambos lados, pero las puertas mismas estaban quebradas y echadas abajo. Aragorn abatió al capitán que le cerraba el paso, y el resto huyó aterrorizado. La Compañía pasó de largo, sin prestarles atención. Ya fuera de las Puertas bajaron corriendo los amplios y gastados escalones, el umbral de Moria.

Así, al fin, y contra toda esperanza, estuvieron otra vez bajo el cielo y sintieron el viento en las caras.

No se detuvieron hasta encontrarse fuera del alcance de las flechas que venían de los muros. El Valle del Arroyo Sombrío se extendía alrededor. La sombra de las Montañas Nubladas caía sobre el valle, pero hacia el este había una luz dorada sobre la tierra. No había pasado una hora desde el mediodía. El sol brillaba; la luz era alta y blanca.

Miraron atrás. La oscura bóveda de las Puertas se abría como unas fauces a la sombra de la montaña. Los lentos redobles subterráneos resonaban lejanos y débiles. *Bum*. Un tenue humo negro salía arrastrándose. No se veía nada más; el valle estaba vacío. *Bum*. La pena los dominó a todos al fin, y lloraron: algunos de pie y en silencio, otros echados sobre la tierra. *Bum, bum*. Los redobles fueron desvaneciéndose.

6

LOTHLÓRIEN

—Ay, me temo que no podamos demorarnos aquí —dijo Aragorn. Miró hacia las montañas y alzó la espada—. ¡Adiós, Gandalf! —exclamó—. ¿No te dije: *si cruzas las puertas de Moria, ten cuidado?* Qué pena que no me equivocase. ¿Qué esperanzas nos quedan sin ti?

Se volvió hacia la Compañía.

—Dejemos de lado la esperanza —dijo—. Al menos quizá seamos vengados. Hagamos de tripas corazón y dejemos de llorar. ¡Vamos! Tenemos por delante un largo camino, y muchas cosas todavía pendientes.

Se incorporaron y miraron alrededor. Hacia el norte el valle corría por una depresión sombría entre dos grandes brazos de las montañas, y sobre ellos brillaban tres picos blancos: Celebdil, Fanuidhol, Caradhras: las Montañas de Moria. De lo alto de la depresión venía un torrente, como un encaje blanco sobre una interminable escalera de pequeños saltos, y una niebla de espuma colgaba en el aire a los pies de las montañas.

—Allá está la Escalera del Arroyo Sombrío —dijo Aragorn apuntando a las cascadas—. Si la fortuna nos hubiese sido más propicia, habríamos bajado por ese camino profundo que corre junto al torrente.

—O si Caradhras hubiese sido menos cruel —dijo Gimli—. ¡Helo ahí, sonriendo al sol!

Amenazó con el puño al más distante de los picos nevados y dio media vuelta.

Al este el brazo adelantado de las montañas terminaba bruscamente, y más allá podían verse unas tierras lejanas, vastas e imprecisas. Hacia el sur las Montañas Nubladas se perdían de vista a la distancia. A menos de una milla, y un poco por debajo de ellos, pues estaban aún a una considerable altura en la ladera oeste del valle, había una laguna. Era larga y ovalada, y tenía la forma de una punta de lanza clavada profundamente en la depresión del norte; pero el extremo sur se extendía más allá de las sombras, bajo el cielo soleado. Sin embargo, las aguas eran oscuras: un azul profundo como el cielo claro de la tarde visto desde el interior de una habitación iluminada por lámparas. La superficie estaba tranquila, sin una arruga. Las laderas alrededor de la laguna, pobladas de una hierba suave, descendían hasta la orilla lisa y uniforme.

—He ahí la Laguna Espejo, ¡el profundo Kheled-zâram! —dijo Gimli tristemente—. Recuerdo que él mismo dijo: «¡Ojalá tengáis la alegría de verlo! Pero no podremos demorarnos allí». Mucho tendré que viajar antes de volver a sentir alegría. Soy yo quien tiene que apresurarse, y él quien ha de quedarse.

La Compañía descendió ahora por el camino que terminaba en las Puertas. Era abrupto y quebrado, y se convertía poco a poco en un sendero, y corría serpeando entre los brezos y tojos que brotaban en las grietas de las piedras. Pero todavía podía verse que en otro tiempo un ancho camino pavimentado y sinuoso había subido desde las tierras bajas hasta el Reino de los Enanos. En algunos lugares había construcciones de piedra arruinadas junto al camino, y montículos verdes coronados por esbeltos abedules, o abetos que suspiraban en el viento. Una curva que iba hacia el este los llevó al prado que bordeaba la Laguna Espejo, y allí, no lejos del camino, se alzaba una columna de ápice quebrado.

—¡La Piedra de Durin! —exclamó Gimli—. ¡No puedo seguir sin apartarme un momento a mirar la maravilla del valle!

—¡Apresúrate entonces! —dijo Aragorn, volviendo la cabeza hacia las Puertas—. El sol se pone temprano. Quizá los orcos no salgan antes del crepúsculo, pero para entonces tendríamos que estar muy lejos. La luna casi ha menguado ya, y la noche será oscura.

—¡Ven conmigo, Frodo! —llamó el enano, saltando fuera del camino—. No te dejaré seguir sin que veas el Kheled-zâram.

Bajó corriendo la ancha ladera verde. Frodo lo siguió lentamente, atraído por las tranquilas aguas azules, a pesar de la pena y el cansancio. Sam lo siguió por detrás.

Gimli se detuvo junto a la columna y alzó los ojos. La piedra estaba agrietada y desgastada por el tiempo, y había unas runas escritas a un lado, tan borrosas que no se podían leer.

—Este pilar señala el sitio donde Durin se miró por primera vez en la Laguna Espejo —dijo el enano—. Miremos nosotros una vez, antes de irnos.

Se inclinaron sobre el agua oscura. Al principio no pudieron ver nada. Luego, lentamente distinguieron las formas de las montañas de alrededor reflejadas en un profundo azul, y los picos eran como penachos de llamas blancas sobre ellas; más allá había un espacio de cielo. Allí como joyas en el fondo del lago brillaban unas estrellas titilantes, aunque el cielo estuviera iluminado por el sol. Sus propias figuras inclinadas no arrojaban sombra alguna.

—¡Oh, bello y maravilloso Kheled-zâram! —dijo Gimli—. Allí descansa la corona de Durin, hasta que despierte. ¡Adiós!

Saludó con una reverencia, dio media vuelta, y subió de prisa por la pendiente verde hasta el camino.

—¿Qué viste? —le preguntó Pippin a Sam, pero Sam estaba demasiado perdido en sus propios pensamientos y no contestó.

El camino corría ahora hacia el sur y descendía rápidamente, alejándose de los brazos del valle. Un poco por debajo del lago tropezaron con un manantial profundo, claro como el cristal; el agua fresca caía sobre un reborde y descendía centelleando y gorgoteando por un canal abrupto abierto en la piedra.

—Éste es el manantial donde nace el Cauce de Plata —dijo Gimli—. ¡No bebáis! Es frío como el hielo.

—Pronto se transforma en un río rápido y se alimenta de muchas otras corrientes montañosas —dijo Aragorn—. Nuestro camino lo bordea durante muchas millas. Pues os llevaré por el camino que Gandalf eligió, y mi primera esperanza es llegar a los bosques donde el Cauce de Plata desemboca en el Río Grande, y más allá.

Miraron adonde señalaba Aragorn, y vieron ante ellos que la corriente descendía saltando hasta llegar a la depresión del valle, y luego corría hacia las tierras más bajas perdiéndose en una niebla de oro.

—¡Allí están los bosques de Lothlórien! —dijo Legolas—. La más hermosa de las moradas de mi pueblo. No hay árboles como los de esa tierra. Pues en el otoño las hojas no caen, sino que se vuelven doradas. Sólo cuando llega la primavera y aparecen los nuevos brotes, caen las hojas, y para entonces las ramas ya están cargadas de flores amarillas; y el suelo del bosque es dorado, y el techo es dorado, y los pilares del bosque son de plata, pues la corteza de los árboles es lisa y gris. Es lo que aún rezan nuestras canciones en el Bosque Negro. ¡Cómo se me alegraría el corazón si me encontrara bajo las enramadas de ese bosque, y fuera primavera!

—A mí también se me alegrará el corazón, aunque sea invierno —dijo Aragorn—. Pero el bosque está a muchas millas de distancia. ¡Démonos prisa!

Durante un tiempo, Frodo y Sam consiguieron seguir a los otros de cerca, pero Aragorn los llevaba a paso vivo, y al cabo de un rato quedaban rezagados. No habían probado bocado desde la primera hora de la mañana. A Sam la herida le quemaba como un fuego, y se sentía levemente mareado. A pesar del sol brillante el viento le parecía helado después de la tibia oscuridad de Moria. Se estremeció. Frodo descubría que cada nuevo paso era más doloroso que el anterior y luchaba por respirar.

Al fin Legolas se volvió, y al ver que se habían quedado muy rezagados habló a Aragorn. Los otros se detuvieron, y Aragorn corrió de vuelta, llamando a Boromir.

—¡Lo lamento, Frodo! —exclamó, muy preocupado—. Han pasado tantas cosas hoy y tenemos tanta prisa que he olvidado que estás herido; y Sam también. Tenías que haber dicho algo. No hemos hecho nada para aliviarte, como era nuestro deber, aunque todos los orcos de Moria vinieran detrás. ¡Vamos! Un poco más allá hay un sitio donde podríamos descansar un momento. Allí haré por ti lo que esté a mi alcance. ¡Ven, Boromir! Los llevaremos en brazos.

Poco después llegaron a otra corriente de agua que descendía del oeste y se unía burbujeando al torrentoso Cauce de Plata. Juntos pasaban por encima de un salto de piedras de color verde, y caían espumosos en un barranco. Alrededor se elevaban unos abetos, bajos y torcidos; las riberas eran escarpadas y cubiertas con helechos y matas de arándanos. En el extremo de la hondonada había un espacio llano que el río atravesaba murmurando sobre un lecho de guijarros relucientes. Aquí descansaron. Eran casi las tres de la tarde y no habían recorrido más que unas pocas millas desde las Puertas. El sol descendía ya hacia el oeste.

Mientras Gimli y los dos hobbits más jóvenes encendían un fuego con maleza y madera de abeto, y traían agua, Aragorn atendió a Sam y a Frodo. La herida de Sam no era profunda, pero tenía mal aspecto, y Aragorn la examinó con aire grave. Al cabo de un rato alzó los ojos aliviado.

—¡Buena suerte, Sam! —dijo—. Muchos han recibido heridas peores como prenda por haber matado a su primer orco. La herida no está envenenada, a diferencia de lo que suele pasar demasiado a menudo con las hojas de los Orcos. Cicatrizará bien, una vez que la hayamos atendido. Báñala, cuando Gimli haya calentado un poco de agua.

Abrió un saquito y sacó unas hojas marchitas.

—Están secas y han perdido algunas de sus virtudes —dijo—, pero aún tengo aquí algunas de las hojas de *athelas* que junté cerca de la Cima de los Vientos. Machaca una en agua y lávate la herida, y luego te vendaré. ¡Ahora te toca a ti, Frodo!

—¡Yo estoy bien! —dijo Frodo, reacio a que le tocaran la ropa—. Todo lo que necesito es comer y descansar un rato.

—¡No! —dijo Aragorn—. Tenemos que mirar y ver qué te han hecho el martillo y el yunque. Todavía me maravilla que estés vivo.

Le quitó a Frodo lentamente la vieja chaqueta y la túnica gastada, y ahogó un grito, sorprendido. En seguida se rio. El corselete de plata relumbraba ante él como la luz sobre un mar ondulado. Se lo quitó con cuidado y lo alzó, y las gemas de la malla refulgieron como estrellas, y el tintineo de los anillos sacudidos era como el golpeteo de una lluvia en un estanque,

—¡Mirad, amigos míos! —llamó—. ¡He aquí una hermosa piel de hobbit que serviría para envolver a un pequeño príncipe elfo! Si se supiera que los hobbits tienen estos pellejos, todos los cazadores de la Tierra Media ya estarían cabalgando hacia la Comarca.

—Y todas las flechas de todos los cazadores del mundo serían inútiles —dijo Gimli, observando boquiabierto la malla—. Es una cota de mithril. ¡Mithril! Nunca vi ni oí hablar de una malla tan hermosa. ¿Es la misma de la que hablaba Gandalf? Entonces no la estimó en todo lo que vale. ¡Pero ha sido bien dada!

—Me pregunté a menudo qué hacíais tú y Bilbo, con tanto secretismo en ese cuartito suyo —dijo Merry—. ¡Bendito sea el viejo hobbit! Lo quiero más que nunca. ¡Ojalá tengamos una oportunidad de contárselo!

En el costado derecho y en el pecho de Frodo había un moretón oscuro y ennegrecido. Frodo había llevado bajo la malla una camisa de cuero blando, pero en un punto los anillos habían atravesado la camisa clavándose en la carne. El lado izquierdo de Frodo que había golpeado la pared estaba también lastimado y magullado. Mientras los otros preparaban la comida, Aragorn bañó las heridas con agua donde habían macerado unas hojas de *athelas*. Una fragancia penetrante llenó el aire de la hondonada, y todos los que se inclinaban sobre el agua humeante se sintieron refrescados y fortalecidos. Frodo notó pronto que se le iba el dolor, y que respiraba con mayor facilidad; aunque se sintió anquilosado y dolorido durante muchos días. Aragorn le sujetó al costado unas blandas almohadillas de tela.

—La malla es maravillosamente liviana —dijo—. Póntela de nuevo, si la soportas. Me alegra el corazón saber que llevas una cota semejante. No te la quites, ni siquiera para dormir, a no ser que la fortuna te conduzca a algún lugar donde no corras peligro durante un tiempo, y eso no ocurrirá muy a menudo mientras dure tu misión.

Después de comer, la Compañía se preparó para partir. Apagaron el fuego y borraron todas las huellas. Trepando fuera de la hondonada volvieron al camino. No habían andado mucho cuando el sol se puso detrás de las alturas del oeste y unas grandes sombras descendieron por las faldas de los montes. El crepúsculo les velaba los pies, y una niebla se alzó en las tierras bajas. Lejos en el este la luz pálida del anochecer se extendía sobre tierras borrosas de distantes bosques y llanuras. Sam y Frodo, que se sentían ahora aliviados y reanimados, iban a buen paso, y con sólo un breve descanso Aragorn guio a la Compañía durante tres horas más.

Había oscurecido. Era ya de noche, y había muchas estrellas claras, pero la luna menguante no se vería hasta más tarde. Gimli y Frodo marchaban a la retaguardia, sigilosamente y sin hablar, prestando atención a cualquier sonido que pudiera oírse detrás en el camino. Al fin Gimli rompió el silencio.

—Ningún sonido, excepto el viento —dijo—. No hay trasgos rondando, o mis oídos son de madera. Esperemos que los orcos hayan quedado contentos con echarnos de Moria. Y quizá no pretendían nada más, y no querían saber nada más de nosotros… o del Anillo. Aunque los orcos persiguen a menudo a los enemigos a campo abierto y durante muchas leguas, si tienen que vengar a un capitán caído.

Frodo no respondió. Le echó una mirada a Dardo, y la hoja tenía un brillo opaco. Sin embargo había oído algo, o había creído oír algo. Tan pronto como las sombras cayeran alrededor ocultando el camino, había oído otra vez el rumor de unas pisadas rápidas. Aún podía oírlo ahora. Se volvió bruscamente. Detrás de él había dos diminutos puntos de luz, o creyó ver dos puntos de luz, pero en seguida se movieron a un lado y desaparecieron.

—¿Qué pasa? —preguntó el enano.

—No sé —respondió Frodo—. Me ha parecido oír el sonido de unos pasos y creo que he visto una luz... como ojos. Me ha pasado muchas veces, desde que entramos en Moria.

Gimli se detuvo y se inclinó hacia el suelo.

—No oigo nada sino la conversación nocturna de las plantas y las piedras —dijo—. ¡Vamos! ¡De prisa! Los otros ya no se ven.

El viento frío de la noche soplaba de cara, valle arriba. Ante ellos se levantaba una ancha sombra gris, y había un continuo rumor de hojas, como álamos en el viento.

—¡Lothlórien! —exclamó Legolas—. ¡Lothlórien! Hemos llegado a la linde del Bosque de Oro. ¡Lástima que sea invierno!

Los árboles se elevaban hacia el cielo nocturno, y se arqueaban sobre el camino y el arroyo que corría de pronto bajo las ramas extendidas. A la pálida luz de las estrellas los troncos se veían grises, y las hojas temblorosas mostraban un débil resplandor de oro cobrizo.

—¡Lothlórien! —dijo Aragorn—. ¡Qué felicidad oír de nuevo el viento en los árboles! Nos encontramos aún a unas cinco leguas de las Puertas, pero no podemos ir más lejos. Esperemos que la virtud de los Elfos nos ampare esta noche de los peligros que vienen detrás.

—Si todavía hay Elfos aquí, ahora que el mundo se ensombrece —dijo Gimli.

—Hace mucho que la gente de mi pueblo no regresa a estas tierras, de donde partimos en el pasado lejano—dijo Legolas—, aunque se dice que Lórien no ha sido abandonado del todo, pues hay aquí un poder secreto que protege a la región contra el mal. Sin embargo, esos habitantes se dejan ver raramente, y quizá viven ahora en lo más profundo del bosque, lejos de las fronteras septentrionales.

—Viven en verdad en lo más profundo del bosque —dijo Aragorn, y suspiró como si estuviera recordando algo—. Esta noche tendremos que arreglárnoslas solos. Continuaremos un poco más, hasta que los árboles nos rodeen, y luego dejaremos la senda y buscaremos un lugar para descansar.

Dio un paso adelante, pero Boromir parecía irresoluto y no lo siguió.

—¿No hay otro camino? —dijo.

—¿Conoces otro camino más bonito por donde desearías ir? —dijo Aragorn.

—Preferiría un camino despejado , aunque nos llevara a través de un seto de espadas —dijo Boromir—. Esta Compañía ha sido conducida por caminos extraños, y hasta ahora con mala fortuna. Contra mi voluntad pasamos bajo las sombras de Moria, y pagamos un alto precio por ello. Y ahora tenemos que entrar en el Bosque de Oro, dices. Pero de estas tierras peligrosas hemos oído hablar en Gondor, y se dice que de todos los que entran son pocos los que salen, y menos aún los que escapan ilesos.

—Si en lugar de decir *ilesos* hubieras dicho *inalterados*, habrías dicho la verdad—dijo Aragorn—. Pero la sabiduría está perdiéndose en Gondor, Boromir, si en la ciudad de aquellos que una vez fueron sabios ahora se habla mal de Lothlórien. De cualquier modo, pienses lo que pienses, no hay para nosotros otro camino, salvo que quieras volver a las Puertas de Moria, o escalar las montañas que no tienen caminos, o cruzar a nado el Río Grande, solo.

—¡Entonces adelante! —dijo Boromir—. Aunque es peligroso.

—Peligroso, es cierto —dijo Aragorn—, hermoso y peligroso, pero sólo el mal debe tenerle miedo, o aquellos que llevan alguna maldad dentro de sí. ¡Seguidme!

Se habían internado poco más de una milla en el bosque cuando tropezaron con otro arroyo, que descendía rápidamente desde las laderas arboladas que ascendían tras ellos hacia las montañas del oeste. Entre las sombras de la derecha, se oía el rumor de una pequeña cascada. Las aguas oscuras y precipitadas cruzaban el sendero ante ellos, y se unían al Cauce de Plata en un torbellino de aguas oscuras que se juntaban en pozas entre las raíces de los árboles.

—¡He aquí el Nimrodel! —dijo Legolas—. Los Elfos Silvanos hicieron muchas canciones sobre este río hace mucho tiempo, y esas canciones se cantan aún en el Norte, recordando el arco iris de los saltos, y las flores doradas que flotaban en la espuma. Todo es oscuro ahora, y el Puente del Nimrodel está quebrado. Me mojaré los pies, pues dicen que el agua cura la fatiga.

Se adelantó, descendió por el escarpado barranco y entró en el arroyo.

—¡Seguidme! —gritó—. El agua no es profunda. ¡Crucemos! Podemos descansar en la otra orilla, y el susurro del agua que cae nos ayudará a dormir y a olvidar las penas.

Uno a uno bajaron por la ribera y siguieron a Legolas. Frodo se detuvo un momento junto a la orilla y dejó que el arroyo le bañara los pies cansados. El agua era fría pero la sintió limpia, y cuando le llegó hasta las rodillas tuvo la sensación de que toda la suciedad del viaje y todo el cansancio quedaron despejados de sus miembros.

Cuando toda la Compañía hubo cruzado, se sentaron a descansar, comieron unos bocados, y Legolas les contó las historias de Lothlórien que los Elfos del Bosque Negro atesoraban aún, historias de la luz del sol y de las estrellas cayendo sobre los prados a orillas del Río Grande antes de que el mundo se volviera gris.

Al fin callaron, y se quedaron escuchando la música de la cascada que caía dulcemente en las sombras. Frodo llegó a imaginar que oía el canto de una voz, que se mezclaba con el sonido del agua.

—¿Alcanzáis a oír la voz de Nimrodel? —preguntó Legolas—. Os cantaré una canción de la doncella Nimrodel, que tenía el mismo nombre que el arroyo en cuya orilla vivía. Es una hermosa canción en nuestra lengua de los bosques, pero suena así en la lengua del oestron, como algunos la cantan ahora en Rivendel.

Legolas empezó a cantar con una voz dulce que apenas se oía entre el murmullo de las hojas.

> *En otro tiempo hubo una doncella élfica,*
> *una estrella que brillaba en el día,*
> *de manto blanco en oro recamado*
> *y en plata grisácea el calzado.*

> *En su frente una estrella prendida,*
> *una luz en los cabellos,*

como el sol en las ramas de oro
de Lórien la bella.

Sus cabellos largos, de miembros blancos,
libre y hermosa era ella,
y en el viento corría ligera,
cual del tilo sus hojas.

Junto a las cascadas del Nimrodel,
cerca del agua clara y fresca,
la voz caía como plata que se posara
en deslumbrante poza.

¿Dónde discurre ahora?, quién sabe,
a la luz del sol o entre las sombras,
pues hace tiempo que Nimrodel
en las cimas se perdiera.

La nave élfica en el puerto gris,
bajo el socaire de la montaña,
la esperó por días incontables
junto al rugiente mar.

Un viento nocturno en tierras del Norte
se alzó, y gritó poderoso,
y llevó la nave desde las élficas playas
sobre la marea ondulante.

Se perdió de vista la tierra, al asomo tenue de la aurora
las montañas se hundían grises
más allá de las agitadas olas, que sacudían
sus cortinas de espuma cegadora.

Amroth vio desdibujarse la costa
hundida ahora más allá del oleaje,
y maldijo la nave traidora que lo llevara
lejos de Nimrodel.

Rey de los Elfos había sido antaño
de árbol y valle soberano,
cuando dorados los brotes en primavera eran
de Lothlórien la bella.

Lo vieron saltar del gobernalle al mar
como la flecha vuela de su arco
y penetrar el agua profunda
cual gaviota en ala.

El aire batía sus cabellos,
y la espuma refulgía entorno a él,
lo vieron de lejos fuerte y hermoso
como un cisne deslizándose.

Del Oeste no llegó palabra,
y en la Costa de Aquende
los Elfos no escucharon nuevas
de Amroth, nunca jamás.

La voz de Legolas titubeó, y dejó de cantar.

—No puedo seguir —dijo—. Esto es sólo una parte; he olvidado casi todo. La canción es larga y triste, pues cuenta las desventuras que cayeron sobre Lothlórien, Lórien de las Flores, cuando los Enanos despertaron al mal en las montañas.

—Pero los Enanos no hicieron el mal —dijo Gimli.

—Yo no dije eso, pero el mal vino —respondió Legolas tristemente—. Después, muchos de los elfos de la estirpe de Nimrodel dejaron sus moradas y partieron; y ella se perdió allá lejos en el Sur, en los pasos de las Montañas Blancas; y no vino al barco donde la esperaba Amroth, su amante. Pero en la primavera, cuando el viento mueve las primeras hojas, aún puede oírse el eco de la voz de Nimrodel junto a los saltos de agua que llevan su nombre. Y cuando el viento sopla del sur es la voz de Amroth la que sube desde el océano, pues el Nimrodel se une al Cauce de Plata, que los Elfos llaman Celebrant, y el Celebrant confluye con el Gran Anduin, y el Anduin desemboca en la Bahía de Belfalas, donde los Elfos de Lórien se hicieron a la mar. Pero ni Nimrodel ni Amroth volvieron nunca.

»Se dice que ella vivió en una casa construida en las ramas de un árbol, cerca de la cascada, pues tal era la costumbre entre los Elfos de Lórien, vivir en los árboles, y quizá todavía lo hacen. Por eso se los llamó los Galadhrim, las Gentes de los Árboles. En lo más profundo del bosque los árboles son muy grandes. La gente de los bosques no habitaba bajo el suelo como los Enanos, ni levantó fortalezas de piedra hasta que llegó la Sombra.

—Y aún ahora podría decirse que vivir en los árboles es más seguro que sentarse en el suelo —dijo Gimli.

Miró por encima del agua hacia el camino que llevaba de vuelta al Valle del Arroyo Sombrío, y luego alzó los ojos hacia la bóveda de ramas oscuras.

—Tus palabras nos traen un buen consejo, Gimli —dijo Aragorn—. No podemos construir una casa, pero esta noche haremos como los Galadhrim y buscaremos refugio en las copas de los árboles, si podemos. Hemos estado sentados aquí junto al camino más de lo prudente.

La Compañía dejó ahora el sendero, y se internó en las sombras más profundas del bosque, hacia el oeste, a lo largo del arroyo montañoso alejándose del Cauce de Plata. No lejos de los saltos del Nimrodel encontraron un grupo de árboles, que en algunos sitios se inclinaban sobre el río. Los grandes troncos grises eran muy gruesos, pero era imposible adivinar su altura.

—Subiré —dijo Legolas—. Me siento en casa entre los árboles, junto a las raíces o en las ramas, aunque estos árboles son de una familia que no conozco, excepto como un nombre en una canción. Se llaman *mellyrn*, y son esos que lucen flores amarillas, pero nunca me he subido a uno. Veré ahora qué forma tienen y cómo crecen.

—De cualquier modo —dijo Pippin— tendrían que ser árboles maravillosos si pueden ofrecer descanso para alguien, aparte de los pájaros. ¡No puedo dormir colgado de una rama!

—Entonces cava un agujero en el suelo —dijo Legolas—, si estás más acostumbrado a ello. Pero tienes que cavar hondo y muy rápido, o no escaparás a los orcos.

Saltando ágilmente agarró una rama que salía del tronco a bastante altura por encima de su cabeza. Se balanceó allí un momento y una voz habló de pronto desde las sombras altas del árbol.

—*Daro!* —dijo en tono perentorio, y Legolas se dejó caer al suelo sorprendido y asustado. Se encogió contra el tronco del árbol.

—¡Quietos todos! —les susurró a los otros—. ¡No os mováis ni habléis!

Una risa dulce estalló allá arriba, y luego otra voz clara habló en una lengua élfica. Frodo no entendía mucho de lo que se decía, pues la lengua de usada por los Elfos Silvanos del este de las montañas se parecía poco a la del oeste. Legolas levantó la cabeza y respondió en la misma lengua.[9]

—¿Quiénes son y qué dicen? —preguntó Merry.

—Son Elfos —dijo Sam—. ¿No oyes las voces?

—Sí, son Elfos —dijo Legolas—, y dicen que respiráis tan fuerte que podrían atravesaros con una flecha en la oscuridad. —Sam se llevó rápidamente la mano a la boca—. Pero también dicen que no hace falta tenerles miedo. Saben que estamos por aquí desde hace ya bastante tiempo. Oyeron mi voz del otro lado del Nimrodel, y supieron que yo era de la familia del Norte, y por ese motivo no nos impidieron el paso; y luego oyeron mi canción. Ahora me invitan a que suba con Frodo; pues parece que han tenido alguna noticia de él y de nuestro viaje. A los otros les dicen que esperen un momento, y que monten guardia al pie del árbol, hasta que ellos decidan.

Una escala de cuerda bajó de las sombras; era de color gris plata y brillaba en la oscuridad, y aunque parecía delgada podía sostener a varios hombres, tal y como se comprobó más tarde. Legolas trepó ágilmente, y Frodo lo siguió más despacio, y detrás fue Sam tratando de no respirar muy alto. Las ramas del mallorn crecían casi horizontales al principio, y luego se curvaban hacia arriba; pero cerca de la copa el tronco se dividía en una copa de muchas ramas, y vieron que entre esas ramas los Elfos habían construido una plataforma de madera, o *flet* como se la llamaba en esos tiempos; los Elfos la llamaban *talan*. Un agujero redondo en el centro permitía el acceso a la plataforma, y por allí pasaba la escala.

9. Véase la nota en Apéndice F: «De los Elfos».

Cuando Frodo llegó por fin al *flet*, encontró a Legolas sentado con otros tres elfos. Llevaban ropas de un color gris sombra, y no se los distinguía entre las ramas, a no ser que se movieran repentinamente. Se pusieron de pie, y uno de ellos descubrió un farol pequeño que emitía un delgado rayo de plata. Alzó el farol, y escrutó el rostro de Frodo, y el de Sam. Luego tapó otra vez la luz, y dijo en su lengua palabras de bienvenida. Frodo respondió titubeando.

—¡Bienvenido! —repitió entonces el elfo en la lengua común, hablando lentamente—. Pocas veces usamos otra lengua que no sea la nuestra, pues ahora vivimos en el corazón del bosque, y no tenemos tratos voluntarios con otras gentes. Aun los hermanos del Norte están separados de nosotros. Pero algunos de los nuestros aún viajan lejos, para recoger noticias y observar a los enemigos, y ellos hablan las lenguas de otras tierras. Soy uno de ellos. Me llamo Haldir. Mis hermanos, Rúmil y Orophin, hablan poco vuestra lengua.

»Pero algo habíamos oído de vuestra venida, pues los mensajeros de Elrond pasaron por Lórien cuando volvieron remontando la Escalera del Arroyo Sombrío. No habíamos oído hablar de... los hobbits, o medianos, desde hacía muchos años, y no sabíamos que aún vivieran en la Tierra Media. ¡No parecéis gente mala! Y como vienes con un elfo de nuestro linaje, estamos dispuestos a ser tus amigos, como lo pidió Elrond, aunque no sea nuestra costumbre guiar a los extranjeros que cruzan estas tierras. Pero tenéis que quedaros aquí esta noche. ¿Cuántos sois?

—Ocho —dijo Legolas—. Yo, cuatro hobbits, y dos hombres; uno de ellos, Aragorn, es del pueblo de Oesternesse, y amigo de los Elfos.

—El nombre de Aragorn hijo de Arathorn es conocido en Lórien —dijo Haldir—, y tiene la protección de la Dama. Todo está bien entonces. Pero sólo me hablaste de siete.

—El último es un enano —dijo Legolas.

—¡Un enano! —dijo Haldir—. Eso no es bueno. No hemos tenido trato con los Enanos desde los Días Oscuros. No se los admite en estas tierras. No puedo permitirle el paso.

—Pero es de la Montaña Solitaria, de las fieles gentes de Dáin, y amigo de Elrond —dijo Frodo—. Elrond mismo lo eligió para que nos acompañara, y se ha mostrado valiente y leal.

Los elfos hablaron en voz baja, e interrogaron a Legolas en su propia lengua.

—Muy bien —dijo Haldir por último—. Esto es lo que haremos, aunque no nos complace. Si Aragorn y Legolas lo vigilan, y responden por él, lo dejaremos pasar; pero tendrá que cruzar Lothlórien con los ojos vendados.

»Mas no es momento de discutir. No conviene que los vuestros se queden en tierra. Hemos estado vigilando los ríos, desde que vimos una gran tropa de orcos yendo al norte hacia Moria, bordeando las montañas, hace ya muchos días. Los lobos aúllan en los lindes de los bosques. Si venís en verdad desde Moria, el peligro no puede estar muy lejos, detrás de vosotros. Partiréis de nuevo mañana temprano.

»Los cuatro hobbits subirán aquí y se quedarán con nosotros... ¡No les tenemos miedo! Hay otro *talan* en el árbol próximo. Allí se refugiarán los demás. Tú, Legolas, responderás por ellos. Llámanos, si algo anda mal. ¡Y no pierdas de vista al enano!

Legolas bajó en seguida por la escalera llevando el mensaje de Haldir, y poco después Merry y Pippin trepaban al alto *flet*. Estaban sin aliento y parecían bastante asustados.

—¡Bien! —dijo Merry jadeando—. Hemos traído vuestras mantas junto con las nuestras. Trancos ha ocultado el resto del equipaje bajo un montón de hojas.

—No había necesidad de esa carga —dijo Haldir—. Hace frío en las copas de los árboles en invierno, aunque esta noche el viento sopla del sur, pero tenemos alimentos y bebidas que os sacarán el frío nocturno, y pieles y mantos de sobra.

Los hobbits aceptaron con alegría esta segunda (y mucho mejor) cena. Luego se envolvieron no sólo en los mantos forrados de los Elfos, sino también con las mantas que habían traído, y trataron de dormir. Pero aunque estaban muy cansados sólo Sam parecía bien dispuesto. Los hobbits no son aficionados a las alturas, y no duermen en pisos elevados, aun teniendo escaleras. El *flet* no les gustaba nada como dormitorio. No tenía paredes, ni siquiera una baranda; sólo en un lado había un biombo trenzado ligero que podía ser movido y fijado en distintos sitios, según soplara el viento.

Pippin siguió hablando durante un rato.

—Espero no rodar y caerme si llego a dormirme en este nido de pájaros —dijo.

—Una vez que me duerma —dijo Sam—, continuaré durmiendo, ruede o no ruede. Y cuanto menos se hable ahora, más pronto caeré dormido, si me entiendes.

Frodo se quedó despierto un tiempo, mirando las estrellas que relucían a través del pálido techo de hojas temblorosas. Sam se había puesto a roncar aun antes de que él mismo cerrara los ojos. Alcanzaba a ver las formas grises de dos elfos que estaban sentados, los brazos alrededor de las rodillas, hablando en susurros. El otro había descendido a montar guardia en una de las ramas bajas. Al fin, mecido allí arriba por el viento en las ramas, y abajo por el dulce murmullo de las cascadas del Nimrodel, Frodo se durmió con la canción de Legolas dándole vueltas en la cabeza.

Despertó en medio de la noche. Los otros hobbits dormían. Los elfos habían desaparecido. La hoz de la luna brillaba apenas visible entre las hojas. El viento había cesado. No muy lejos oyó una risa ronca y el sonido de muchos pies en el suelo entre los árboles, y luego un tintineo metálico. Los ruidos se perdieron lentamente a lo lejos, y parecían ir hacia el sur, adentrándose en el bosque.

Una cabeza asomó de pronto por el agujero del *flet*. Frodo se sentó asustado y vio que era un elfo de capucha gris. Miró hacia los hobbits.

—¿Qué pasa? —dijo Frodo.

—*Yrch!* —dijo el elfo con un murmullo siseante, y echó sobre el *flet* la escala de cuerda que acababa de recuperar.

—¡Orcos! —dijo Frodo—. ¿Qué están haciendo?

Pero el elfo había desaparecido.

No se oían más ruidos. Hasta las hojas callaban ahora, y parecía que las mismas cascadas habían enmudecido. Frodo, sentado aún, temblaba bajo las mantas. Se felicitaba de que no los hubieran encontrado en el suelo, pero sentía que los árboles no los protegían mucho, salvo ocultándolos. Los Orcos tenían un olfato fino, se decía, como los mejores perros de caza, pero además podían trepar. Sacó a Dardo, que relampagueó y resplandeció como una llama azul, y luego se apagó otra vez poco a poco. Sin embargo, a pesar del desvanecimiento de su espada, la impresión de peligro inmediato no dejó a Frodo; al contrario, se hizo más fuerte. Se incorporó, se arrastró a la abertura, y miró hacia el suelo. Estaba casi seguro de que podía oír unos movimientos furtivos, al pie del árbol, mucho más abajo.

No eran Elfos, pues la gente de los bosques no hacía ningún ruido al moverse. Luego oyó débilmente un sonido, como si husmearan, y le pareció que algo estaba arañando la corteza del árbol. Clavó los ojos en la oscuridad, reteniendo el aliento.

Algo trepaba ahora lentamente, y se lo oía respirar, como si siseara con los dientes apretados. Luego Frodo vio dos ojos pálidos que subían, junto al tronco. Se detuvieron y miraron hacia arriba, sin parpadear. De pronto se volvieron, y una figura indistinta bajó deslizándose por el tronco y desapareció.

Casi en seguida Haldir llegó trepando rápidamente por las ramas.

—Había algo en este árbol que nunca antes he visto —dijo—. No era un orco. Ha huido en cuanto he tocado el árbol. Parecía astuto, y entendido en árboles; si no, habría pensado que era uno de vosotros, un hobbit.

»No he disparado, pues no quería provocar ningún grito: no podemos arriesgar una batalla. Una fuerte compañía de orcos ha pasado por aquí. Han cruzado el Nimrodel, y malditos sean esos pies infectos en el agua pura, y han seguido por el viejo camino junto al río. Parecían ir detrás de algún rastro, y durante un rato han examinado el suelo, cerca del sitio donde os detuvisteis. Nosotros tres no podíamos enfrentarnos a un centenar de ellos, de modo que nos adelantamos y hablamos con voces fingidas llevándolos al interior del bosque.

»Orophin ha regresado de prisa a nuestras moradas para advertir a los nuestros. Ninguno de los orcos saldrá jamás de Lórien. Y habrá muchos elfos ocultos en la frontera norte antes de que caiga otra noche. Pero tenéis que tomar el camino del sur tan pronto como amanezca.

El día asomó pálido en el este. La luz creció y se filtró entre las hojas amarillas del mallorn, y a los hobbits les recordó el sol temprano de una fresca mañana de verano. Un cielo azul claro se mostraba entre las ramas mecidas por el viento. Mirando por una abertura en el lado sur del *flet*, Frodo vio todo el valle del Cauce de Plata extendido como un mar de oro rojizo que ondeaba dulcemente en la brisa.

La mañana había comenzado apenas y era fría aún cuando la Compañía se puso en camino guiada esta vez por Haldir y su hermano Rúmil.

—¡Adiós, dulce Nimrodel! —exclamó Legolas. Frodo volvió los ojos y vio un brillo de espuma blanca entre los árboles grises—. Adiós —dijo, y le parecía que nunca oiría otra vez un sonido tan hermoso como el de aquellas aguas, alternando para siempre unas notas innumerables en una música que no dejaba de cambiar.

Regresaron al viejo sendero que iba por la orilla oeste del Cauce de Plata, y durante un tiempo lo siguieron hacia el sur. Había huellas de orcos en la tierra. Pero pronto Haldir se desvió a un lado y se detuvo junto al río a la sombra de los árboles.

—Hay alguien de mi pueblo del otro lado del arroyo —dijo—, aunque no podéis verlo.

Llamó silbando bajo como un pájaro, y un elfo salió de un sotobosque compuesto de jóvenes árboles; estaba vestido de gris, pero tenía la capucha echada hacia atrás, y los cabellos le brillaban como el oro a la luz de la mañana. Haldir arrojó hábilmente una cuerda gris por encima del agua, y el otro la alcanzó y ató el extremo a un árbol cerca de la orilla.

—El Celebrant ya se ha convertido aquí en una corriente poderosa, como podéis ver —dijo Haldir—, de aguas rápidas y profundas, y muy frías. No ponemos el pie en él tan al norte, si no es realmente necesario. Pero en estos días de vigilancia no construimos puentes. He aquí cómo cruzamos. ¡Seguidme!

Amarró el otro extremo de la cuerda a un árbol, y luego corrió por encima sobre el río, y de vuelta, como si estuviese en un camino.

—Yo podría cruzar así —dijo Legolas—, pero los otros no poseen esa habilidad. ¿Van a tener que nadar?

—¡No! —dijo Haldir—. Tenemos otras dos cuerdas. Las ataremos por encima de la otra, una a la altura del hombro y la segunda a media altura, y los extranjeros podrán cruzar sosteniéndose en las dos.

Cuando terminaron de instalar este puente liviano, la Compañía pasó a la otra orilla, unos con precaución y lentamente, otros con más facilidad. De los hobbits, Pippin demostró ser el mejor pues tenía el paso seguro y caminó con rapidez sosteniéndose con una mano sola, pero con los ojos clavados en la otra orilla y sin mirar hacia abajo. Sam avanzó arrastrando los pies, aferrado a las cuerdas, y mirando las aguas pálidas y torrentosas como si fueran un abismo en las montañas.

Respiró aliviado cuando se encontró a salvo en la otra orilla.

—¡Vive y aprende!, como decía mi padre. Aunque se refería al cuidado del jardín y no a posarse como los pájaros o caminar como las arañas. ¡Ni siquiera mi tío Andy conocía estos trucos!

Cuando toda la Compañía estuvo al fin reunida en la orilla este del Cauce de Plata, los elfos desataron las cuerdas y enrollaron dos de ellas. Rúmil, que había permanecido en la otra orilla, recuperó una de las cuerdas, se la echó al hombro, y se alejó saludando con la mano, de vuelta al Nimrodel para vigilar.

—Ahora, amigos —dijo Haldir—, habéis entrado en el Naith de Lórien, o el Enclave, como vosotros diríais, pues esta región se introduce como una lanza entre los brazos del Cauce de Plata y el Gran Anduin. No permitimos que ningún extraño espíe los secretos del Naith. A pocos en verdad se les ha permitido poner aquí el pie.

»Como habíamos convenido, ahora le vendaré los ojos a Gimli el Enano. Los demás pueden andar libremente por un tiempo hasta que nos acerquemos a nuestras moradas, abajo en Egladil, en el Ángulo entre las aguas.

Esto no era del agrado de Gimli.

—El arreglo se hizo sin mi consentimiento —dijo—. No caminaré con los ojos vendados, como un mendigo o un prisionero. Y no soy un espía. Mi gente nunca ha tenido tratos con los sirvientes del Enemigo. Tampoco hemos hecho daño a los Elfos. Si creéis que yo llegaría a traicionaros, lo mismo podríais esperar de Legolas, o de cualquiera de mis amigos.

—Tienes razón —dijo Haldir—. Pero es la ley. No soy el dueño de la ley, y no puedo dejarla de lado. Ya he hecho mucho permitiéndote cruzar el Celebrant.

Gimli era obstinado. Se plantó firmemente en el suelo, las piernas separadas, y apoyó la mano derecha en el mango del hacha.

—Caminaré libremente —dijo—, o regresaré a mi propia tierra, donde confían en mi palabra, aunque tenga que morir en las tierras salvajes.

—No puedes regresar —dijo Haldir con cara seria—. Ahora que has llegado tan lejos tenemos que llevarte ante el Señor y la Dama. Ellos te juzgarán, y te retendrán o te dejarán ir, como les plazca. No puedes cruzar de nuevo los ríos, y detrás de ti hay ahora centinelas que te cerrarán el paso. Te matarían antes de que pudieses verlos.

Gimli sacó el hacha del cinturón. Haldir y su compañero tensaron sus arcos.

—¡Malditos Enanos, qué testarudos son! —exclamó Legolas.

—¡Un momento! —dijo Aragorn—. Si he de continuar guiando esta Compañía, haréis lo que yo ordene. Es duro para el enano que lo pongan así aparte. Iremos todos vendados, aun Legolas. Será lo mejor, aunque el viaje será lento y aburrido.

Gimli rio de pronto.

—¡Qué tropilla de tontos pareceremos! Haldir nos llevará a todos atados a una cuerda, como mendigos ciegos guiados por un perro. Pero con tal de que Legolas comparta mi ceguera, me daré por satisfecho.

—Soy un Elfo y un pariente de esta gente—dijo Legolas, ahora también enojado.

—Y ahora gritemos: ¡malditos Elfos, qué testarudos son! —dijo Aragorn—. Pero toda la Compañía compartirá esa suerte. Ven, Haldir, véndanos los ojos.

—Exigiré plena reparación por cada caída y lastimadura en los pies si no nos guía con cuidado —dijo Gimli mientras le tapaban los ojos con una tela.

—No será necesario —dijo Haldir—. Te guiaré bien, y las sendas son lisas y rectas.

—¡Ay, qué tiempos de desatino nos ha tocado vivir! —dijo Legolas—. ¡Todos somos aquí enemigos del único Enemigo, y sin embargo he de caminar a ciegas mientras el sol brilla alegre en los bosques bajo hojas de oro!

—Quizá parezca un desatino —dijo Haldir—. En verdad nada revela tan claramente el poder del Señor Oscuro como las dudas que dividen a quienes aún se le oponen. Sin embargo, hallamos tan poca fe y verdad en el mundo más allá de Lothlórien, excepto quizá en Rivendel, que no nos atrevemos a poner en peligro nuestra tierra por exceso de confianza. Vivimos ahora como en una isla, rodeados de peligros, y nuestras manos están más a menudo sobre los arcos que sobre las arpas.

»Los ríos nos defendieron mucho tiempo, pero ya no son una protección segura, pues la Sombra se ha arrastrado hacia el norte, todo alrededor de nosotros. Algunos hablan de partir, aunque parece que para eso ya es demasiado tarde. En las montañas del oeste aumenta el mal; las tierras del este son regiones desoladas, donde andan sueltas las criaturas de Sauron; y se dice que no podríamos pasar sanos y salvos por Rohan, y que las bocas del Río Grande están vigiladas por el Enemigo. Aunque pudiéramos llegar al mar, no encontraríamos allí protección alguna. Se cuenta que los puertos de los Altos Elfos existen todavía, pero están muy al norte y al oeste, más allá de la tierra de los Medianos. Dónde se encuentran en verdad, quizá lo sepan el Señor y la Dama; yo lo ignoro.

—Tendrías que adivinarlo por lo menos, ya que nos habéis visto —dijo Merry—. Hay puertos de Elfos al oeste de mi tierra, la Comarca, donde habitan los Hobbits.

—¡Felices los Hobbits que viven cerca de la orilla del mar! —dijo Haldir—. Ha pasado mucho tiempo en verdad desde que mi gente vio el mar por última vez. Pero todavía lo recordamos en nuestras canciones. Háblame de esos puertos mientras caminamos.

—No puedo —dijo Merry—. Nunca los he visto. Nunca antes había salido de mi país. Y si hubiese sabido cómo era el mundo de fuera, no creo que me hubiese atrevido a dejar la Comarca.

—¿Ni tan siquiera para ver la hermosa Lothlórien? —dijo Haldir—. Es cierto que el mundo está colmado de peligros, y que hay en él muchos sitios oscuros, pero hay también muchas cosas hermosas, y aunque hoy en día en todas partes el amor está mezclado con el dolor, puede que se haga más fuerte por ese mismo motivo.

»Algunos de nosotros cantamos que la Sombra se retirará, y que volverá la paz. No creo sin embargo que el mundo que nos rodea alguna vez vuelva a ser el mismo de antaño, ni que el sol vuelva a brillar como en otro tiempo. Para los Elfos, me temo, esa paz no sería más que una tregua, que les permitiría llegar al mar sin encontrar demasiados obstáculos y dejar la Tierra Media para siempre. ¡Ay por Lothlórien, que tanto amo! Sería una pobre vida estar en un país donde no crezcan los mellyrn. Pues si hay mellyrn más allá del Gran Mar, nadie lo ha dicho.

Mientras así hablaban, la Compañía marchaba lentamente en fila a lo largo de los senderos del bosque, conducida por Haldir, mientras que el otro elfo caminaba detrás. Sentían que el suelo bajo los pies era blando y liso, y al cabo de un rato caminaron más libremente, sin miedo de lastimarse o caer. Privado de la vista, Frodo descubrió que el oído y los otros sentidos se le agudizaban. Podía oler los árboles y la hierba pisada. Podía oír muchas notas diferentes en el susurro de las hojas sobre su cabeza, el río que murmuraba a la derecha, y las voces claras y tenues de los pájaros en el alto cielo. Cuando pasaban por algún claro sentía el sol en las manos y la cara.

Tan pronto como pisara la otra orilla del Cauce de Plata, Frodo había sentido algo extraño, y la sensación iba en aumento a medida que se internaba en el Naith: le parecía que había pasado por un puente de tiempo hasta un rincón de los Días Antiguos, y que ahora caminaba por un mundo que ya no existía. En Rivendel había recuerdos de cosas antiguas; en Lórien las cosas antiguas vivían aún en el mundo de la vigilia. En el mundo exterior el mal había sido visto y oído, la pena había sido conocida; y los Elfos lo temían y desconfiaban de él; los lobos aullaban en las lindes del bosque, pero en la tierra de Lórien no había ninguna sombra.

La Compañía marchó todo el día hasta que sintieron el fresco del atardecer y oyeron las primeras brisas nocturnas que suspiraban entre la multitud de hojas. Descansaron entonces y durmieron sin temores en el suelo, pues los guías no permitieron que se quitaran las vendas, y no podían trepar. A la mañana continuaron la marcha, sin apresurarse. Se detuvieron al mediodía, y Frodo notó que habían pasado bajo el sol brillante. De pronto oyó alrededor el sonido de muchas voces.

Una tropa de elfos que marchaba por el bosque se había acercado en silencio; iban de prisa hacia las fronteras del norte para prevenir cualquier ataque que viniera de Moria, y traían noticias, y Haldir transmitió algunas de ellas. Los orcos merodeadores habían caído en una emboscada, y casi todos habían muerto; el resto había huido hacia las montañas del oeste, y estaban siendo perseguidos. Habían visto también a una criatura extraña, que corría con la espalda encorvada y con las manos cerca del suelo, como una bestia, aunque no tenía forma de bestia. Había conseguido escapar; no le habían disparado porque no sabían si tenía buenas o malas intenciones, y al fin desapareció hacia el sur siguiendo el curso del Cauce de Plata.

—También —dijo Haldir— me traen un mensaje del Señor y la Dama de los Galadhrim. Marcharéis todos libremente, aun el enano Gimli. Parece que la Dama sabe quién es y qué es cada miembro de vuestra Compañía. Puede que hayan llegado nuevos mensajes de Rivendel.

Quitó la venda que ocultaba los ojos de Gimli.

—¡Presento mis disculpas! —dijo, saludando con una reverencia—. ¡Míranos ahora con ojos amistosos! ¡Mira y alégrate, pues eres el primer enano que contempla los árboles del Naith de Lórien desde el Día de Durin!

Cuando le llegó el turno de que le descubrieran los ojos, Frodo miró hacia arriba y se quedó sin aliento. Estaban en un claro. A la izquierda había un montículo cubierto con una alfombra de hierba tan verde como la Primavera de los Días Antiguos. Encima, como una corona doble, crecían dos círculos de árboles; los del exterior tenían la corteza blanca como la nieve, y aunque habían perdido las hojas se alzaban espléndidos en su armoniosa desnudez; los del interior eran mellyrn de gran altura, todavía vestidos de oro pálido. Muy arriba entre las ramas de un árbol que crecía en el centro y era más alto que los otros, resplandecía un *flet* blanco. A los pies de los árboles y en las laderas verdes, el suelo estaba salpicado de florecitas amarillas con forma de estrella. Entre ellas, balanceándose sobre tallos delgados, había otras flores, blancas y de un verde muy pálido; relumbraban como una llovizna entre la rica tonalidad de la hierba. Arriba el cielo era azul, y el sol de la tarde resplandecía sobre la loma y echaba largas sombras verdes entre los árboles.

—¡Mirad! Hemos llegado a Cerin Amroth —dijo Haldir—. Pues éste es el corazón del antiguo reino, como era tiempo atrás, y éste es el montículo de Amroth, donde en días más felices fue edificada la alta casa de Amroth. Aquí se abren las flores de invierno en una hierba siempre fresca: la *elanor* amarilla, y la pálida *niphredil*. Aquí nos quedaremos un rato, y a la caída de la tarde llegaremos a la ciudad de los Galadhrim.

Los otros se dejaron caer sobre la hierba fragante, pero Frodo se quedó de pie, todavía maravillado. Tenía la impresión de haber pasado por una alta ventana que daba a un mundo desaparecido. Brillaba allí una luz para la cual no había palabras en la lengua de los Hobbits. Todo lo que veía tenía una hermosa forma, pero todas las formas parecían a la vez claramente delineadas, como si hubiesen sido concebidas y dibujadas por primera vez cuando le descubrieron los ojos, y antiguas como si hubiesen durado siempre. No veía otros colores que los conocidos, amarillo y blanco y azul y verde, pero eran frescos e intensos, como si los percibiera ahora por primera vez y les diera nombres nuevos y maravillosos. En un invierno así ningún corazón hubiese podido llorar el verano o la primavera. En todo lo que crecía en aquella tierra no se veían manchas ni enfermedades ni deformidades. En el país de Lórien no había defectos.

Se volvió y vio que Sam estaba ahora de pie junto a él, mirando alrededor con una expresión de perplejidad, frotándose los ojos como si no estuviese seguro de estar despierto.

—Hay sol y es un hermoso día, sin duda —dijo—. Pensé que los Elfos no amaban otra cosa que la luna y las estrellas: pero esto es más élfico que cualquier otra cosa de la que yo haya oído hablar nunca. Me siento como si estuviera *dentro* de una canción, si usted me entiende.

Haldir los miró, y parecía en verdad que había entendido tanto el pensamiento como las palabras de Sam. Sonrió.

—Estáis sintiendo el poder de la Dama de los Galadhrim —les dijo—. ¿Queréis trepar conmigo a Cerin Amroth?

Siguieron a Haldir, que subía con paso ligero las pendientes cubiertas de hierba. Aunque Frodo caminaba y respiraba, y el viento que le tocaba la cara era el mismo que movía las hojas y las flores de alrededor, tenía la impresión de encontrarse en un país fuera del tiempo, un país que no languidecía, no cambiaba, no caía en el olvido. Cuando volviera otra vez al mundo exterior, Frodo, el viajero de la Comarca, caminaría aún aquí, sobre la hierba entre la *elanor* y la *niphredil*, en la hermosa Lothlórien.

Entraron en el círculo de árboles blancos. En ese momento el viento del sur sopló sobre Cerin Amroth y suspiró entre las ramas. Frodo se detuvo, oyendo a lo lejos el rumor del mar en playas que habían desaparecido hacía tiempo, y los gritos de unas aves marinas ya extinguidos en el mundo.

Haldir se había adelantado y ahora trepaba a la elevada plataforma. Mientras Frodo se preparaba para seguirlo, apoyó la mano en el árbol junto a la escala; nunca había tenido antes una conciencia tan repentina e intensa de la textura de la corteza del árbol y de la vida que había dentro. La madera, que sentía bajo la mano, lo deleitaba, pero no como a un leñador o a un carpintero; era el deleite de la vida misma del árbol.

Cuando al fin llegó al *flet*, Haldir le tomó la mano y lo volvió hacia el sur.

—¡Mira primero a este lado! —dijo.

Frodo miró y vio, todavía a cierta distancia, una colina donde se alzaban muchos árboles poderosos, o una ciudad de torres verdes, no estaba seguro. De ese sitio venían, le pareció entonces, el poder y la luz que reinaban sobre todo el país, y tuvo de repente el deseo de volar como un pájaro para ir a descansar a aquella ciudad verde. Luego miró hacia el este y vio todas las tierras de Lórien que bajaban hasta el pálido resplandor del Anduin, el Río Grande. Miró más allá del río: toda la luz desapareció, y se encontró otra vez en el mundo conocido. Al otro lado del río la tierra parecía llana y vacía, informe y borrosa, hasta que más lejos se levantaba otra vez como un muro, oscuro y terrible. El sol que alumbraba a Lothlórien no tenía poder para ahuyentar las sombras de aquellas distantes alturas.

—Allí está la fortaleza del Bosque Negro del Sur —dijo Haldir—. Está cubierta por un bosque de abetos oscuros, donde los árboles luchan entre sí por alcanzar la luz, y las ramas se marchitan y se pudren. En medio, sobre una altura rocosa, se alza Dol Guldur, donde en otro tiempo se ocultaba el Enemigo. Tememos que esté habitada de nuevo, y con un poder septuplicado. Últimamente se ve a menudo una nube negra encima. Desde esta elevación puedes ver los dos poderes en acción, luchando siempre con el pensamiento; pero aunque la luz traspasa de lado a lado el corazón de las tinieblas, su propio secreto todavía no ha sido descubierto. Todavía no.

Se volvió y descendió rápidamente, y los otros lo siguieron.

Al pie de la loma, Frodo encontró a Aragorn, inmóvil y silencioso como un árbol; pero sostenía en la mano un capullo dorado de *elanor* y una luz le brillaba en los ojos. Estaba ensimismado, recordando algo hermoso, y al verlo, Frodo supo que veía las cosas como habían sido antes en ese mismo sitio. Pues los años duros se habían borrado de la cara de Aragorn, y parecía todo vestido de blanco, un joven señor alto y hermoso, que le hablaba en lengua élfica a alguien que Frodo no podía ver. *Arwen vanimelda, namárië!* dijo, y en seguida inspiró hondo, y saliendo de sus pensamientos miró a Frodo y sonrió.

—Aquí está el corazón de los Elfos en la tierra —dijo—, y aquí mi corazón vivirá para siempre, a menos que encontremos una luz más allá de los caminos oscuros que todavía hemos de recorrer, tú y yo. ¡Ven conmigo!

Y tomando la mano de Frodo, dejó la loma de Cerin Amroth, a la que nunca volvería en vida.

7

EL ESPEJO DE GALADRIEL

El sol descendía detrás de las montañas y las sombras crecían en el bosque cuando se pusieron otra vez en camino. Los senderos pasaban ahora por un sotobosque donde la oscuridad ya estaba cerrándose. Mientras marchaban, la noche cayó bajo los árboles, y los elfos descubrieron los faroles de plata.

De pronto salieron otra vez a un claro y se encontraron bajo un pálido cielo nocturno salpicado por unas pocas estrellas tempranas. Un amplio espacio sin árboles se extendía ante ellos en un gran círculo que se abría a los lados. Más allá había un foso profundo perdido entre las sombras, pero la hierba de las márgenes era verde, como si aún fulguraba en memoria del sol que se había ido. Del otro lado del foso una pared verde se levantaba a gran altura y rodeaba una colina verde densamente poblada de los mellyrn más altos que hubieran visto hasta entonces en esa región. Era imposible adivinar su altura, pero se erguían a la luz del crepúsculo como torres vivientes. Entre las muchas ramas superpuestas y las hojas que no dejaban de moverse brillaban innumerables luces, verdes y doradas y plateadas. Haldir se volvió hacia la Compañía.

—¡Bienvenidos a Caras Galadhon! —dijo—. He aquí la ciudad de los Galadhrim donde moran el Señor Celeborn y

Galadriel, la Dama de Lórien. Pero no podemos entrar por aquí, pues las puertas no miran al norte. Tenemos que dar un rodeo hasta el lado sur, y habrá que caminar un rato, pues la ciudad es grande.

Por el extremo exterior del foso corría un camino de piedras blancas. Fueron por allí hacia el oeste, con la ciudad alzándose siempre a la izquierda como una nube verde; y a medida que avanzaba la noche, aparecían más luces, hasta que toda la colina pareció inflamada de estrellas. Llegaron al fin a un puente blanco, y después de cruzar se encontraron ante las grandes puertas de la ciudad: miraban al sudoeste, entre los extremos del muro circular que aquí se superponían, y eran altas y fuertes, e iluminadas por muchas lámparas.

Haldir golpeó y habló, y las puertas se abrieron en silencio, pero Frodo no vio a ningún guardia. Los viajeros pasaron, y las puertas se cerraron detrás. Estaban en un pasaje profundo entre los dos extremos de la muralla, y atravesándolo rápidamente entraron en la Ciudad de los Árboles. No vieron a nadie ni oyeron ningún ruido de pasos en los caminos, pero sonaban muchas voces alrededor, y en el aire de arriba. Lejos, sobre la colina, se oía el sonido de unas canciones que caían desde lo alto como una dulce lluvia sobre las hojas.

Recorrieron muchos senderos y subieron muchas escaleras hasta que llegaron a unos sitios elevados y vieron una fuente que brillaba tenuemente en medio de un campo cubierto de hierba. Estaba iluminada por unas linternas de plata que colgaban de las ramas de los árboles, y el agua caía en un pilón de plata que desbordaba en un arroyo blanco. En el lado sur del prado se elevaba el mayor de todos los árboles; el tronco enorme y liso brillaba como seda gris y subía como una torre hasta las primeras ramas que se abrían muy arriba, bajo unas sombrías nubes de hojas. A un lado pendía una ancha escala blanca, y tres elfos estaban sentados al pie del árbol. Se incorporaron de un salto cuando vieron acercarse a los viajeros, y Frodo observó que eran altos y estaban vestidos con unas mallas grises, y que llevaban sobre los hombros unas capas largas y blancas.

—Aquí moran Celeborn y Galadriel —dijo Haldir—. Desean que subáis para hablar con ellos.

Uno de los guardias tocó una nota clara en un cuerno pequeño, y le respondieron tres veces desde lo alto.

—Iré primero —dijo Haldir—. Que luego venga Frodo, y con él Legolas. Los otros pueden venir en el orden que deseen. Es una larga subida para quienes no están acostumbrados a estas escalas, pero podéis descansar de vez en cuando.

Mientras trepaba lentamente, Frodo vio muchos *flets*: unos a la derecha, otros a la izquierda, y algunos alrededor del tronco, de modo que la escala pasaba atravesándolos. Al fin, a mucha altura, llegó a un *talan* grande, parecido a la cubierta de una gran nave. Sobre el *talan* había una casa, tan grande que en tierra hubiese podido servir de habitación a los hombres. Entró detrás de Haldir, y descubrió que estaba en una cámara ovalada, y en el medio crecía el tronco del gran mallorn, ahora acercándose a la copa y más delgado, pero todavía un pilar de amplia circunferencia.

Una luz suave iluminaba el aposento; las paredes eran verdes y plateadas y el techo de oro. Había muchos elfos sentados allí. En dos asientos que se arrimaban al tronco del árbol, y bajo el palio de una rama viva, estaban el Señor Celeborn y Galadriel. Se incorporaron para dar la bienvenida a los huéspedes, según la costumbre de los Elfos, aun de aquellos que eran considerados reyes poderosos. Muy altos eran, y la Dama no menos alta que el Señor, y hermosos y graves. Estaban vestidos enteramente de blanco, y los cabellos de la Dama eran de oro profundo, y los cabellos del Señor Celeborn eran de plata, largos y brillantes; pero no había en ellos signos de vejez, excepto quizá en lo profundo de los ojos, pues éstos eran penetrantes como lanzas a la luz de las estrellas y, sin embargo, hondos como profundas fuentes de recuerdos.

Haldir llevó a Frodo ante ellos, y el Señor le dio la bienvenida en su propia lengua. La Dama Galadriel no dijo nada pero contempló largamente el rostro de Frodo.

—¡Siéntate junto a mí, Frodo de la Comarca! —dijo Celeborn—. Hablaremos cuando todos hayan llegado.

Saludó cortésmente a cada uno de los compañeros, llamándolos por sus nombres conforme llegaban.

—¡Bienvenido Aragorn hijo de Arathorn! —dijo—. Han pasado treinta y ocho años del mundo exterior desde la última vez que viniste a estas tierras; y esos años pesan sobre ti. Pero el fin está próximo, para bien o para mal. ¡Deja tu carga y descansa aquí por un momento!

»¡Bienvenido hijo de Thranduil! Pocas veces las gentes de mi linaje viajan hasta aquí del Norte.

»¡Bienvenido Gimli, hijo de Glóin! Hace mucho en verdad que no se ve a alguien del pueblo de Durin en Caras Galadhon. Pero hoy hemos dejado de lado esa antigua ley. Que sea una señal de tiempos mejores, aunque las sombras cubran ahora el mundo, y de una nueva amistad entre nuestros pueblos.

Gimli hizo una profunda reverencia.

Cuando todos los huéspedes terminaron de sentarse, el Señor los miró de nuevo.

—Aquí hay ocho —dijo—. Iban a partir nueve, así decían los mensajes. Pero quizá hubo algún cambio en el Concilio y no nos hemos enterado. Elrond está lejos y las tinieblas crecen alrededor, y este año las sombras se han alargado más que nunca.

—No, no hubo cambios en el Concilio —dijo la Dama Galadriel, hablando por vez primera. Tenía una voz clara y armoniosa, aunque más grave de lo habitual en una mujer—. Gandalf el Gris partió con la Compañía, pero no cruzó las fronteras de este país. Contadnos ahora dónde está, pues mucho he deseado hablar con él otra vez. Pero no puedo verlo de lejos, a menos que pase de este lado de las barreras de Lothlórien; lo envuelve una niebla gris, y no puedo ver por dónde anda ni qué piensa.

—¡Ay! —dijo Aragorn—. Gandalf el Gris ha caído en la sombra. Se quedó en Moria y no pudo escapar.

Al oír estas palabras, todos los elfos de la sala profirieron grandes gritos de dolor y de asombro.

—Una noticia funesta —dijo Celeborn—, la más funesta que se haya anunciado aquí en muchos años llenos de dolorosos acontecimientos. —Se volvió a Haldir—. ¿Por qué no me dijeron nada hasta ahora? —preguntó en la lengua élfica.

—No le hemos hablado a Haldir ni de lo que hicimos ni de nuestros propósitos —dijo Legolas—. Al principio nos sentíamos cansados y el peligro estaba aún demasiado cerca; y luego casi olvidamos nuestra pena durante un tiempo, mientras veníamos felices por los hermosos senderos de Lórien.

—Nuestra pena es grande, sin embargo, y la pérdida no puede ser reparada —dijo Frodo—. Gandalf era nuestro guía, y nos condujo a través de Moria, y cuando parecía que ya no podíamos escapar, nos salvó y cayó.

—¡Contadnos toda la historia! —dijo Celeborn.

Entonces Aragorn contó todo lo que había ocurrido en el paso de Caradhras, y en los días que siguieron, y habló de Balin y del libro, y de la lucha en la Cámara de Mazarbul, y el fuego, y el puente angosto, y la llegada del Terror.

—Un mal del Mundo Antiguo parecía, algo que nunca había visto antes —dijo Aragorn—. Era a la vez una sombra y una llama, poderosa y terrible.

—Era un Balrog de Morgoth —dijo Legolas—; de todos los azotes de los elfos el más mortal, excepto aquel que reside en la Torre Oscura.

—En verdad vi en el puente a aquel que se nos aparece en las peores pesadillas, vi el Azote de Durin —dijo Gimli en voz baja, y había miedo en sus ojos.

—¡Ay! —dijo Celeborn—. Hemos temido durante mucho tiempo que hubiese algo terrible durmiendo bajo el Caradhras. Pero si hubiese sabido que los Enanos habían reanimado este mal en Moria, yo te hubiera impedido pasar por las fronteras del norte, a ti y a todos los que iban contigo. Y hasta se podría decir quizá que Gandalf cayó al fin de la sabiduría a la locura, si eso fuera posible, metiéndose sin necesidad en las redes de Moria.

—Sería imprudente en verdad quien dijera tal cosa —dijo con aire grave Galadriel—. En todo lo que hizo Gandalf en vida no hubo nunca nada inútil. Quienes lo seguían no estaban enterados de lo que pensaba y no pueden explicarnos todo lo que él se proponía. Pero de cualquier modo, estos seguidores no tuvieron ninguna culpa. No te arrepientas de haber dado la bienvenida al enano. Si nuestra gente hubiese vivido mucho tiempo en el exilio lejos de Lothlórien, ¿quién de los Galadhrim, incluyendo a Celeborn el Sabio, hubiera pasado cerca sin tener deseos de ver otra vez su antiguo hogar, aunque se hubiese convertido en morada de dragones?

»Oscuras son las aguas del Kheled-zâram, y frías son las fuentes del Kibil-nâla, y hermosas eran las salas de muchas columnas de Khazad-dûm en los Días Antiguos antes de la caída bajo la piedra de los reyes poderosos.

Galadriel miró a Gimli, que estaba sentado con una expresión ceñuda y triste, y le sonrió. Y el enano, al oír aquellos nombres en su propia y antigua lengua, alzó los ojos y se encontró con los de Galadriel, y le pareció que miraba de pronto en el corazón de un enemigo y que allí encontraba amor y comprensión. El asombro le iluminó la cara, y en seguida respondió con una sonrisa.

Se incorporó torpemente y saludó con una reverencia al modo de los Enanos diciendo:

—¡Pero más hermoso aún es el país viviente de Lórien, y la Dama Galadriel está por encima de todas las joyas de la tierra!

Hubo un silencio. Al fin Celeborn volvió a hablar.

—Yo no sabía que vuestra situación era tan nefasta —dijo—. Que Gimli olvide mis palabras duras; he hablado con el corazón perturbado. Haré todo lo que pueda por ayudaros, a cada uno de acuerdo con sus deseos y necesidades, pero en especial al de la gente pequeña que lleva la carga.

—Conocemos tu misión —dijo Galadriel mirando a Frodo—, pero no hablaremos aquí más abiertamente. Quizá resultará que no habéis venido en vano a esta tierra en busca de ayuda, lo cual evidentemente era el propósito de Gandalf. Pues se dice del Señor de los Galadhrim que es el más sabio de los Elfos de la Tierra Media, y un dispensador de dones que superan los poderes de los reyes. Ha residido en el Oeste desde los tiempos del alba, y he vivido con él innumerables años, pues crucé las montañas antes de la caída de Nargothrond y de Gondolin, y juntos hemos combatido durante siglos la larga derrota.

»Yo fui quien convocó por vez primera el Concilio Blanco, y si hubiera podido llevar adelante mis designios, Gandalf el Gris lo habría presidido, y quizá las cosas hubieran pasado entonces de otro modo. Pero aun ahora queda alguna esperanza. No os aconsejaré que hagáis esto o aquello. Pues si puedo ayudaros no será con actos o maquinaciones, o decidiendo que toméis tal o cual rumbo, sino por el conocimiento de lo que ha sido y lo que es, y en parte de lo que será. Pero te diré esto: tu misión se encuentra en el borde del abismo. Un solo paso en falso y fracasará, para ruina de todos. Hay esperanzas, sin embargo, mientras todos los miembros de la Compañía sean fieles.

Y con estas palabras los miró a todos, y en silencio escrutó el rostro de cada uno. Nadie excepto Legolas y Aragorn soportó mucho tiempo esta mirada. Sam enrojeció en seguida y bajó la cabeza.

Por último la Dama Galadriel dejó de observarlos y sonrió.

—Que vuestros corazones no se turben —dijo—. Esta noche dormiréis en paz.

En seguida ellos suspiraron y se sintieron cansados de pronto, como si hubiesen sido interrogados a fondo durante mucho tiempo, aunque no se había dicho abiertamente ninguna palabra.

—Podéis iros —dijo Celeborn—. El dolor y los esfuerzos os han agotado. Aunque vuestra misión no tuviera que ver con nosotros directamente, podríais quedaros en la ciudad hasta que os sintierais curados y recuperados. Ahora id a descansar, y durante un tiempo no hablaremos de vuestro camino futuro.

Aquella noche la Compañía durmió en el suelo, para gran satisfacción de los hobbits. Los elfos prepararon para ellos un pabellón entre los árboles próximos a la fuente, y allí pusieron unos lechos mullidos; luego murmuraron palabras de paz con dulces voces élficas y los dejaron. Durante un rato los viajeros hablaron de cómo habían pasado la noche anterior en las copas de los árboles, de la marcha del día, y del Señor y de la Dama, pues todavía no estaban preparados para recordar cosas más lejanas en el tiempo.

—¿Por qué te has puesto rojo, Sam? —dijo Pippin—. Te has hundido en seguida. Cualquiera hubiese pensado que tenías mala conciencia. Espero que no haya sido nada peor que un plan retorcido para robarme una manta.

—Nunca pensé nada semejante —dijo Sam, que no estaba de humor para bromas—. Si quiere saberlo, me sentí como si no tuviera nada encima, y no me gustó. Me ha parecido que ella estaba mirando dentro de mí y preguntándome qué haría yo si ella me diera la posibilidad de volver volando a la Comarca y a un bonito y pequeño agujero con un jardincito propio.

—Qué raro —dijo Merry—. Casi exactamente lo que yo he sentido, sólo que..., bueno, creo que no diré más —concluyó con una voz débil.

Parecía que a todos ellos les había ocurrido algo semejante: cada uno había sentido que se le ofrecía la oportunidad de elegir entre una oscuridad terrible que se extendía ante él y algo que deseaba intensamente, y para conseguirlo sólo tenía que apartarse del camino y dejar a otros el cumplimiento de la misión y la guerra contra Sauron.

—Y a mí me pareció también —dijo Gimli— que mi elección permanecería en secreto, y que sólo yo lo sabría.

—Para mí fue algo muy extraño —dijo Boromir—. Quizá fue sólo una prueba, y ella quería leernos el pensamiento con algún buen propósito, pero yo casi hubiera dicho que estaba tentándonos, y ofreciéndonos algo que supuestamente estaba en su poder. No necesito decir que me negué a escuchar. Los Hombres de Minas Tirith son fieles a sus palabras.

Pero Boromir no dijo lo que había creído que la Dama le ofrecía.

En cuanto a Frodo, se negó a hablar, aunque Boromir lo acosó con preguntas.

—Te miró mucho tiempo, Portador del Anillo —le dijo.

—Sí —dijo Frodo—, pero lo que me vino entonces a la mente ahí se quedará.

—Pues bien, ¡ten cuidado! —dijo Boromir—. No confío demasiado en esta Dama élfica y en lo que se propone.

—¡No hables mal de la Dama Galadriel! —dijo Aragorn con severidad—. No sabes lo que dices. En ella y en esta tierra no hay ningún mal, a no ser que un hombre lo traiga aquí él mismo. Y entonces ¡que él se cuide! Pero esta noche dormiré sin ningún temor, por vez primera desde que dejamos Rivendel. ¡Y ojalá duerma profundamente, y olvide un rato mi pena! Tengo el cuerpo y el corazón cansados.

Se echó en la cama y cayó en seguida en un largo sueño.

Los otros pronto hicieron lo mismo, y durmieron sin ser perturbados por ruidos o sueños. Cuando despertaron vieron que la luz del día se extendía sobre la hierba ante el pabellón, y que el agua de la fuente se alzaba y caía refulgiendo a la luz del sol.

Se quedaron algunos días en Lothlórien, o por lo menos eso fue lo que ellos pudieron decir o recordar más tarde. Todo el tiempo que estuvieron allí brilló el sol, excepto en los momentos en que caía una lluvia suave que dejaba todas las cosas nuevas y limpias. El aire era fresco y dulce, como si estuviesen a principios de la primavera, y sin embargo sentían alrededor la profunda y reflexiva quietud del invierno. Les pareció que casi no tenían otra ocupación que comer y beber y descansar, y pasearse entre los árboles; y esto era suficiente.

No habían vuelto a ver al Señor y a la Dama, y apenas conversaban con el resto de los elfos, pues eran pocos los que hablaban otra cosa que el oestron. Haldir se había despedido de ellos y había vuelto a las defensas del norte, muy vigiladas ahora que la Compañía había traído noticias de Moria. Legolas pasaba muchas horas con los Galadhrim, y después de la primera noche ya no durmió con sus compañeros, aunque regresaba a comer y hablar con ellos. A menudo se llevaba a Gimli para que lo acompañara en algún paseo, y a los otros les asombró este cambio.

Ahora, cuando los compañeros estaban sentados o caminaban juntos, hablaban de Gandalf y todo lo que cada uno había sabido o visto de él les venía claramente a la memoria. A medida que se curaban las heridas y el cansancio del cuerpo, el dolor de la pérdida de Gandalf se hacía más agudo. Oían con frecuencia voces élficas que cantaban cerca, y sabían que eran canciones que lamentaban la caída del mago, pues alcanzaban a oír su nombre entre palabras dulces y tristes que no entendían.

Mithrandir, Mithrandir, cantaban los elfos, *¡oh, Peregrino Gris!* Pues así les gustaba llamarlo. Pero si Legolas estaba entonces con la Compañía no les traducía las canciones, diciendo que no tenía la habilidad necesaria, y que para él la pena era aún demasiado reciente, y era un tema para las lágrimas y no todavía para una canción.

Fue Frodo el primero que expresó algo de su dolor en palabras titubeantes. Pocas veces sentía el impulso de componer canciones o versos; incluso en Rivendel había escuchado y no había cantado él mismo, aunque recordaba muchas composiciones de otros. Pero ahora sentado junto a la fuente de Lórien, y escuchando las voces de los elfos que hablaban de Gandalf, se le ocurrió una canción que a él le parecía hermosa, pero cuando trató de repetírsela a Sam sólo quedaron unos fragmentos, apagados como un manojo de flores marchitas.

> *Cuando la tarde era gris en la Comarca*
> *se oían sus pasos en la Colina;*
> *y antes del alba partía*
> *al largo viaje sin decir palabra.*

> *De las Tierras Salvajes a la costa del Oeste,*
> *del desierto del norte a las lomas del sur,*
> *por guaridas de dragones, ocultos portales*
> *y bosques que anochecen iba a voluntad.*

> *Con Enanos y Hobbits, con Elfos y Hombres,*
> *con gentes mortales e inmortales,*
> *con pájaros en árboles y bestias en madrigueras,*
> *en sus lenguas secretas hablaba.*

> *Una espada letal, una mano que sana,*
> *una espalda que la carga doblaba;*
> *una voz de cuerno, una antorcha encendida,*
> *un peregrino cansado del camino.*

> *Señor de sabiduría entronizado,*
> *de cólera fácil y rápida risa;*
> *un anciano de sombrero ajado*
> *que en espinosa vara se inclina.*

> *Erguido sobre el puente él solo*
> *desafió a Fuego y Sombra;*
> *su vara en la piedra quebró,*
> *y su sabiduría en Khazad-dûm expiró.*

—¡Bueno, pronto derrotará al señor Bilbo! —dijo Sam.

—No, temo que no —dijo Frodo—, pero por ahora es lo mejor que he podido hacer.

—En todo caso, señor Frodo, si un día tiene ganas de componer algo más, espero que diga una palabra de los fuegos artificiales. Algo así:

> *Los más hermosos fuegos nunca vistos:*
> *estallaban en estrellas azules y verdes,*
> *y después de los truenos un rocío de oro*
> *caía cual lluvia florida.*

»Aunque eso está muy lejos de hacerles justicia.

—No, te lo dejo a ti, Sam. O quizá a Bilbo. Pero... en fin, no puedo seguir hablando. No soporto la idea de darle la noticia a Bilbo.

Una tarde Frodo y Sam se paseaban juntos al aire fresco del crepúsculo. Los dos se sentían de nuevo inquietos. La sombra de la partida había caído de pronto sobre Frodo; sabía de algún modo que se acercaba el momento en que él tendría que dejar Lothlórien.

—¿Qué piensas ahora de los Elfos, Sam? —dijo—. Ya te hice esta pregunta en otra ocasión, que ahora parece muy lejana en el tiempo; pero los has visto mucho más desde entonces.

—¡Muy cierto! —dijo Sam—. Y yo diría que hay elfos y elfos. Todos son bastante élficos, pero no todos son idénticos. Estos de aquí por ejemplo no son gente errante o sin hogar, y se parecen más a nosotros; parecen pertenecer a este sitio, más aún que los hobbits a la Comarca. Es difícil decir si fueron ellos los que hicieron esta tierra, o si la tierra los hizo a ellos, si usted me entiende. Hay una tranquilidad maravillosa aquí. Se diría que no pasa nada, y que nadie quiere que pase. Si se trata de alguna magia, está metida muy profundamente en algún sitio que no puedo tocar con las manos, por así decir.

—Puedes sentirla y verla en todas partes —dijo Frodo.

—Bueno —dijo Sam—, no se ve a nadie trabajando en eso. Ningún fuego artificial, como los espectáculos que el viejo Gandalf solía montar. Me pregunto por qué no hemos vuelto a ver al Señor y a la Dama en todos estos días. Se me ocurre que *ella* podría hacer algunas cosas maravillosas, si quisiera. ¡Me gustaría tanto ver alguna magia élfica, señor Frodo!

—A mí no —dijo Frodo—. Estoy satisfecho. Y no echo de menos los fuegos artificiales de Gandalf, pero sí sus cejas espesas, y su mecha corta, y su voz.

—Tiene razón —dijo Sam—. Y no crea que estoy buscando defectos. Siempre he querido ver un poco de magia, como esa de la que se habla en las viejas historias, pero nunca supe de una tierra mejor que ésta. Es como estar en casa y de vacaciones al mismo tiempo, si usted me entiende. No quiero irme. De todos modos, estoy empezando a sentir que si tenemos que irnos, lo mejor sería irse en seguida.

»*El trabajo que nunca se empieza es el que más tarda en terminarse*, como decía mi padre. Y no creo que estas gentes puedan ayudarnos mucho más, con o sin magia. Estoy pensando que cuando dejemos estas tierras echaremos en falta a Gandalf más que nunca.

—Me temo que eso sea demasiado cierto, Sam —dijo Frodo—. Sin embargo, espero de veras que antes de irnos podamos ver de nuevo a la Dama de los Elfos.

Apenas había dicho esto cuando vieron que la Dama Galadriel se acercaba como en respuesta a las palabras de Frodo.

Caminaba entre los árboles alta y blanca y hermosa. No les habló, pero les hizo una señal de que se acercaran.

Volviéndose, la Dama Galadriel los condujo hacia las faldas del sur de Caras Galadhon, y después de cruzar un seto verde y alto entraron en un jardín cerrado. No tenía árboles, y el cielo se abría sobre él. La estrella de la tarde se había levantado y brillaba como un fuego blanco sobre los bosques del oeste. Descendiendo por una larga escalera, la Dama entró en una profunda cavidad verde, por la que corría murmurando la corriente de plata que nacía en la fuente de la colina. En el fondo de la cavidad, sobre un pedestal bajo, esculpido como un árbol frondoso, había un pilón de plata, ancho y poco profundo, y al lado un aguamanil también de plata.

Galadriel llenó el pilón hasta el borde con agua del arroyo, y sopló encima, y cuando el agua se serenó otra vez les habló a los hobbits.

—He aquí el Espejo de Galadriel —dijo—. Os he traído aquí para que miréis, si queréis hacerlo.

El aire estaba muy tranquilo, y la hondonada oscura, y la Dama era alta y pálida a su lado.

—¿Qué buscaremos y qué veremos? —preguntó Frodo con un temor reverente.

—Puedo ordenarle al Espejo que revele muchas cosas —respondió ella— y a algunos puedo mostrarles lo que desean ver. Pero el Espejo muestra también cosas que no se le piden, y éstas son a menudo más extrañas y más provechosas que aquellas que deseamos ver. Lo que verás, si dejas en libertad al Espejo, no puedo decirlo. Pues muestra cosas que fueron, y cosas que son, y cosas que quizá serán. Pero es difícil decir a qué tiempo pertenecen las cosas que se ven, incluso para los más sabios. ¿Deseas mirar?

Frodo no respondió.

—¿Y tú? —dijo ella volviéndose a Sam—. Pues creo que esto es lo que tu gente llamaría magia, aunque no entiendo claramente qué quieren decir, y parece que usan la misma palabra para hablar de los engaños del Enemigo. Pero ésta, si quieres, es la magia de Galadriel. ¿No dijiste que querías ver la magia de los Elfos?

—Sí —dijo Sam estremeciéndose, sintiendo a la vez miedo y curiosidad—. Echaré una mirada, Señora, si me permite.

En un aparte le dijo a Frodo:

—Y no me importaría echar un vistazo a lo que ocurre en casa. He estado tanto tiempo fuera. Pero lo más probable es que sólo vea las estrellas, o algo que no entenderé.

—Lo más probable —dijo la Dama con una sonrisa dulce—. Pero acércate, y verás lo que tengas que ver. ¡No toques el agua!

Sam subió al pedestal y se inclinó sobre el pilón. El agua parecía dura y sombría, y reflejaba las estrellas.

—Hay sólo estrellas, como pensaba —dijo.

Luego jadeó ahogadamente, pues las estrellas se extinguían. Como si hubiesen descorrido un velo oscuro, el Espejo se volvió gris, y luego se aclaró. Ahora vio un sol que brillaba, y ramas de árboles que se movían sacudidas por el viento. Pero antes de que Sam pudiera decir qué estaba viendo, la luz se desvaneció; y en seguida creyó ver a Frodo, de cara pálida, durmiendo al pie de un risco grande y oscuro. Luego le pareció que se veía a sí mismo yendo por un pasillo tenebroso y subiendo por una interminable escalera de caracol. Se le ocurrió de pronto que estaba buscando algo con urgencia, pero no sabía qué. Como en un sueño, la visión cambió, y volvió atrás, y mostró de nuevo los árboles. Pero esta vez no estaban tan cerca, y Sam pudo ver lo que ocurría: no oscilaban en el viento, caían ruidosamente al suelo.

—¡Eh! —gritó Sam indignado—. Ahí está ese Ted Arenas derribando árboles sin permiso. No hay que derribarlos; son los árboles de la avenida que está más allá del Molino y dan sombra al camino de Delagua. Si tuviera a ese Ted a mano, ¡lo derribaría a *él*!

Pero ahora Sam notó que el Viejo Molino había desaparecido, y que estaban levantando allí un gran edificio de ladrillos rojos. Había mucha gente trabajando. Una chimenea alta y roja se erguía muy cerca. Un humo negro nubló la superficie del Espejo.

—Hay algo malo que opera en la Comarca —dijo—. Elrond lo sabía bien cuando quiso mandar de vuelta al señor Merry. —De pronto Sam dio un grito y saltó hacia atrás—. No puedo quedarme aquí —gritó desesperado—. Tengo que volver. Han socavado Bolsón de Tirada y allá va mi pobre padre colina abajo llevando todas sus cosas en una carretilla. ¡Tengo que volver!

—No puedes volver solo a casa —dijo la Dama—. No deseabas volver sin tu amo antes de mirar en el Espejo, y sin embargo sabías que podía ocurrir algo malo en la Comarca. Recuerda que el Espejo muestra muchas cosas, y que algunas no han ocurrido aún. Algunas no ocurrirán nunca, a no ser que quienes miren las visiones se aparten del camino que lleva a prevenirlas. El Espejo es peligroso como guía de conducta.

Sam se sentó en el suelo y se llevó las manos a la cabeza.

—Desearía no haber venido nunca aquí, y no quiero ver más magia —dijo, y calló un rato. Luego habló trabajosamente, como conteniendo el llanto—. No, volveré por el camino largo junto con el señor Frodo, o no volveré. Pero espero volver algún día. Si lo que he visto llega a ser cierto, ¡alguien lo pasará muy mal!

—¿Quieres mirar tú ahora, Frodo? —dijo la Dama Galadriel—. No deseabas ver la magia de los Elfos, y estabas satisfecho.

—¿Me aconsejáis mirar? —preguntó Frodo.

—No —dijo ella—. No te aconsejo ni una cosa ni otra. No soy una consejera. Quizá aprendas algo, y lo que veas, sea bueno o malo, puede ser de provecho, o no. Ver es a la vez conveniente y peligroso. Creo sin embargo, Frodo, que tienes suficiente coraje y sabiduría para correr el riesgo, o no te habría traído aquí. ¡Haz como quieras!

—Miraré —dijo Frodo, y subiendo al pedestal se inclinó sobre el agua oscura.

En seguida el Espejo se aclaró y Frodo vio un paisaje crepuscular. Unas montañas oscuras asomaban a lo lejos contra un cielo pálido. Un camino largo y gris se alejaba serpeando hasta perderse de vista. A lo lejos venía una figura descendiendo lentamente por el camino, débil y pequeña al principio, pero creciendo y aclarándose a medida que se acercaba. De pronto Frodo advirtió que la figura le recordaba a Gandalf. Iba a pronunciar en voz alta el nombre del mago cuando vio que la figura no estaba vestida de gris, sino de blanco, un blanco que brillaba débilmente en el atardecer, y que en la mano llevaba un cayado blanco. La cabeza estaba tan inclinada que Frodo no le veía la cara, y al fin la figura tomó una curva del camino y desapareció de la vista del Espejo. Una duda entró en la mente de Frodo: ¿era ésta una imagen de Gandalf en uno de sus muchos viajes solitarios de otro tiempo, o era Saruman?

La visión cambió de pronto. Breve y pequeña pero muy vívida, alcanzó a ver una imagen de Bilbo que caminaba nerviosamente de un lado a otro por su habitación. La mesa estaba cubierta de papeles en desorden; la lluvia golpeaba las ventanas.

Luego hubo una pausa, y en seguida siguieron muchas escenas rápidas, y Frodo supo de algún modo que eran partes de una gran historia en la que él mismo estaba envuelto. La niebla se aclaró y vio algo que nunca había visto antes pero que reconoció en seguida: el Mar. La oscuridad cayó. El mar se encrespó y se alborotó en una gran tormenta. Luego vio contra el sol, que se hundía rojo como sangre entre jirones de nubes, la silueta negra de un alto navío de velas desgarradas que venía del oeste. Luego un río ancho que cruzaba una ciudad populosa. Luego una fortaleza blanca con siete torres. Y luego otra vez una nave de velas negras, pero ahora era de mañana, y el agua reflejaba la luz, y una bandera con el emblema de un árbol blanco brillaba al sol. Se alzó un humo como de fuego y batalla, y el sol descendió de nuevo envuelto en llamas rojas, y se desvaneció en una bruma gris; y un barco pequeño se perdió en la bruma con luces temblorosas. Desapareció, y Frodo suspiró y se dispuso a retirarse.

Pero de pronto el Espejo se oscureció del todo, como si se hubiera abierto un agujero en el mundo visible, y Frodo se quedó mirando el vacío. En ese abismo negro apareció un Ojo solitario, que creció lentamente, hasta que al fin llenó casi todo el Espejo. Tan terrible era que Frodo se quedó como clavado al suelo, incapaz de gritar o de apartar la mirada. El Ojo estaba rodeado de fuego, pero era vidrioso, amarillo como el ojo de un gato, vigilante y fijo, y la hendidura negra de la pupila se abría sobre un pozo, una ventana a la nada.

Luego el Ojo comenzó a moverse, buscando aquí y allá, y Frodo supo con seguridad y horror que él, Frodo, era una de esas muchas cosas que el Ojo buscaba. Pero supo también que el Ojo no podía verlo; aún no, a menos que él mismo así lo desease. El Anillo que le colgaba del cuello se hizo pesado, más pesado que una gran piedra, le hizo agachar la cabeza. Pareció que el Espejo se calentaba y unas volutas de vapor flotaron sobre el agua. Frodo se deslizó hacia delante.

—¡No toques el agua! —le dijo dulcemente la Dama Galadriel.

La visión desapareció y Frodo se encontró mirando las frías estrellas que titilaban en el pilón. Dio un paso atrás temblando de pies a cabeza y miró a la Dama.

—Sé lo que viste al final —dijo ella— pues está también en mi mente. ¡No temas! Pero no pienses que el país de Lothlórien resiste y se defiende del Enemigo sólo con cantos entre los árboles, o con las finas flechas de los arcos élficos. Te digo, Frodo, que aun mientras te hablo, veo al Señor Oscuro y sé lo que piensa, o al menos todo lo que piensa en relación con los Elfos. Y él está siempre tanteando, tratando de verme y conocer mis pensamientos. ¡Pero la puerta está siempre cerrada!

La Dama levantó los brazos blancos y extendió las manos hacia el este en un ademán de rechazo y negativa. Eärendil, la Estrella de la Tarde, la más amada de los Elfos, brillaba clara en lo alto del cielo. Tan brillante era que la figura de la Dama echaba una sombra débil en la hierba. Los rayos se reflejaban en un anillo que ella tenía en el dedo, y allí resplandecía como oro pulido recubierto de una luz de plata, y una piedra blanca relucía en él como si la Estrella de la Tarde hubiera venido a apoyarse en la mano de la Dama Galadriel. Frodo miró el anillo con un respetuoso temor, pues de pronto le pareció que entendía.

—Sí —dijo la Dama adivinando los pensamientos de Frodo—, no está permitido hablar de él, y Elrond tampoco pudo. Pero no es posible ocultárselo al Portador del Anillo y a alguien que ha visto el Ojo. En verdad, en el país de Lórien y en el dedo de Galadriel está uno de los Tres. Éste es Nenya, el Anillo de Diamante, y yo soy quien lo guarda.

»Él lo sospecha, pero no lo sabe aún. ¿Entiendes ahora por qué tu venida era para nosotros como un primer paso en el cumplimiento del Destino? Pues si fracasas, caeremos indefensos en manos del Enemigo. Pero si triunfas, nuestro poder decrecerá, y Lothlórien se desvanecerá, y las mareas del Tiempo la borrarán de la faz de la tierra. Tenemos que partir hacia el Oeste, o transformarnos en un pueblo rústico que vive en cañadas y cuevas, condenados lentamente a olvidar y a ser olvidados.

Frodo bajó la cabeza.

—¿Y vos qué deseáis? —dijo al final.

—Que se cumpla lo que ha de cumplirse —dijo ella—. El amor de los Elfos por esta tierra en que viven y por las obras que llevan a cabo es más profundo que las profundidades del mar, y el dolor que ellos sienten es imperecedero y nunca podrá ser aliviado del todo. Sin embargo, lo abandonarán todo antes que someterse a Sauron, pues ahora lo conocen. Del destino de Lothlórien no eres responsable, pero sí del cumplimiento de tu propia misión. Sin embargo desearía, si sirviera de algo, que el Anillo Único no hubiese sido forjado jamás, o que nunca hubiese sido encontrado.

—Sois prudente, intrépida, y hermosa, Dama Galadriel —dijo Frodo—, y os daré el Anillo Único, si vos me lo pedís. Para mí es algo demasiado grande.

Galadriel rio de pronto con una risa clara.

—La Dama Galadriel es quizá prudente —dijo—, pero ha encontrado quien la iguale en cortesía. Te has vengado gentilmente de la prueba a que sometí tu corazón en nuestro primer encuentro. Comienzas a ver claro. No niego que mi corazón ha deseado pedirte lo que ahora me ofreces. Durante muchos largos años me he preguntado qué haría si el Gran Anillo llegara alguna vez a mis manos, ¡y mira!, está ahora a mi alcance.

El mal que fue planeado hace ya mucho tiempo sigue actuando de distintos modos, caiga Sauron o no. ¿No hubiera sido una noble acción, que añadiría valor al poder de este Anillo, si se lo hubiera arrebatado a mi huésped por la fuerza o por el miedo?

»Y ahora al fin llega. ¡Me darás libremente el Anillo! En el sitio del Señor Oscuro instalarás a una Reina. ¡Y yo no seré oscura, sino hermosa y terrible como la Mañana y la Noche! ¡Hermosa como el Mar y el Sol y la Nieve en la Montaña! ¡Terrible como la Tempestad y el Relámpago! Más fuerte que los cimientos de la tierra. ¡Todos me amarán, y desesperarán!

Galadriel alzó la mano y del anillo que llevaba brotó una luz que la iluminó a ella sola, dejando todo el resto en la oscuridad. Se irguió ante Frodo, y pareció que tenía de pronto una altura inconmensurable y una belleza irresistible, venerable y terrible. En seguida dejó caer la mano, y la luz se extinguió, y ella rio de nuevo, y he aquí que encogió, y fue otra vez una esbelta mujer elfa, vestida sencillamente de blanco, cuya dulce voz era suave y triste.

—He pasado la prueba —dijo—. Me iré empequeñeciendo, y marcharé al Oeste, y seguiré siendo Galadriel.

Permanecieron un largo rato en silencio. Al fin la Dama habló otra vez.

—Volvamos —dijo—. Tienes que partir en la mañana, pues ya hemos elegido, y las mareas del destino están subiendo.

—Quisiera preguntaros algo antes de partir —dijo Frodo—, algo que a menudo quise preguntar a Gandalf en Rivendel. Se me ha permitido llevar el Anillo Único. ¿Por qué no puedo ver todos los otros y conocer los pensamientos de quienes los usan?

—No lo has intentado —dijo ella—. Desde que eres consciente de lo que tienes, sólo te lo has puesto tres veces. ¡No lo intentes! Te destruiría. ¿No te dijo Gandalf que los Anillos dan poder en función de las características de cada poseedor? Antes de que puedas utilizar ese poder tendrás que ser mucho más fuerte, y entrenar tu voluntad en el dominio de otros. Y aun así, como Portador del Anillo, y como alguien que se lo ha puesto en el dedo y ha visto lo que está oculto, tus ojos han llegado a ser más penetrantes. Has leído en mis pensamientos más claramente que muchos que se consideran sabios. Viste el Ojo de aquel que tiene los Siete y los Nueve. ¿Y acaso no reconociste el anillo que llevo en el dedo? ¿Viste tú mi anillo? —preguntó volviéndose hacia Sam.

—No, Señora —respondió Sam—. Para decir la verdad, me preguntaba de qué estaban hablando. Vi una estrella a través de sus dedos. Pero si me permite que hable francamente, creo que mi amo tiene razón. Yo desearía que tomara usted el Anillo. Pondría usted las cosas en su lugar. Impediría que destruyesen la casa de mi padre y que lo echaran a la calle. Haría pagar a algunos por los sucios trabajos en que han estado metidos.

—Sí —dijo ella—. Así sería al principio. ¡Pero luego sobrevendrían otras cosas, lamentablemente! No hablemos más de este asunto. ¡Vamos!

8

ADIÓS A LÓRIEN

Aquella noche la Compañía fue convocada de nuevo a la cámara de Celeborn, y allí el Señor y la Dama los recibieron con palabras amables. Al fin Celeborn habló de la partida.

—Ha llegado la hora —dijo— en que aquellos que deseen continuar la Misión tendrán que hacer de tripas corazón y dejar este país. Aquellos que no quieran seguir pueden permanecer aquí, por un tiempo. Pero se queden o se vayan, nadie estará seguro de tener paz. Pues hemos llegado al borde del precipicio del destino. Aquellos que así lo deseen podrán esperar aquí a la hora en que los caminos del mundo se abran de nuevo para todos, o a que sean convocados en auxilio de Lórien una última vez. Podrán entonces volver a sus propias tierras, o marchar al largo descanso de quienes caen en la batalla.

Hubo un silencio.

—Todos están decididos a seguir adelante —dijo Galadriel, mirándolos a los ojos.

—En cuanto a mí —dijo Boromir—, el camino de regreso está adelante y no atrás.

—Es cierto —dijo Celeborn—, ¿pero irá contigo toda la Compañía hasta Minas Tirith?

—No hemos decidido aún qué curso seguiremos —dijo Aragorn—. No sé qué pensaba hacer Gandalf más allá de Lothlórien. Creo en verdad que ni siquiera él tenía un propósito claro.

—Puede que no —dijo Celeborn—, y sin embargo, cuando dejéis esta tierra habréis de tener en cuenta el Río Grande. Como algunos de vosotros sabéis bien, ningún viajero con equipaje puede cruzarlo entre Lórien y Gondor, excepto en bote. ¿Y acaso no han sido destruidos los puentes de Osgiliath, y no están todos los embarcaderos en manos del Enemigo?

»¿Por qué lado viajaréis? El camino de Minas Tirith corre por este lado, en la orilla del oeste; pero el camino directo de la Misión va por el este del río, en la orilla más oscura. ¿Qué orilla seguiréis?

—Si mi consejo vale de algo, yo elegiría la orilla occidental, el camino a Minas Tirith —respondió Boromir—. Pero no soy el jefe de la Compañía.

Los otros no dijeron nada, y Aragorn parecía indeciso y preocupado.

—Ya veo que todavía no sabéis qué hacer —dijo Celeborn—. No me corresponde elegir por vosotros, pero os ayudaré en lo que pueda. Hay entre vosotros algunos capaces de manejar una embarcación: Legolas, cuya gente conoce el rápido Río del Bosque; y Boromir de Gondor, y Aragorn el viajero.

—¡Y un hobbit! —gritó Merry—. No todos nosotros pensamos que los botes son como caballos salvajes. Mi gente vive a orillas del Brandivino.

—Muy bien —dijo Celeborn—. Entonces proveeré de embarcaciones a la Compañía. Serán pequeñas y livianas, pues si vais lejos por el agua habrá sitios donde tendréis que cargar con ellas. Llegaréis a los rápidos de Sarn Gebir, y quizás al fin a los grandes saltos del Rauros donde el Río cae atronando desde

Nen Hithoel; y hay otros peligros. Las embarcaciones harán que vuestro viaje sea menos trabajoso por un tiempo. Sin embargo, no os aconsejarán: al fin tendréis que dejarlas, a ellas y al Río, y marchar hacia el oeste... o el este.

Aragorn agradeció a Celeborn repetidas veces. La noticia de las embarcaciones lo tranquilizó, pues durante unos días no sería necesario decidir el curso. Los otros parecían también más esperanzados. Cualesquiera que fuesen los peligros que los esperaban más adelante, parecía mejor ir a encontrarlos navegando el ancho Anduin aguas abajo que caminar trabajosamente con las espaldas dobladas. Sólo Sam titubeaba: él por lo menos seguía pensando que los botes eran tan malos como los caballos salvajes, y quizá aún peores, y no todos los peligros a los que había sobrevivido le habían hecho cambiar de idea.

—Todo estará preparado para vosotros y os esperará en el puerto antes del mediodía —dijo Celeborn—. Os enviaré a mi gente en la mañana para que os ayude con los preparativos del viaje. Ahora os desearemos a todos una noche placentera y un sueño tranquilo.

—¡Buenas noches, amigos míos! —dijo Galadriel—. ¡Dormid en paz! No os preocupéis demasiado esta noche pensando en el camino. Puede que el camino que cada uno de vosotros emprenderá ya esté preparado para vuestros pies, aunque no lo veáis aún. ¡Buenas noches!

La Compañía se despidió y regresó al pabellón. Legolas fue con ellos, pues ésta era la última noche que pasarían en Lothlórien, y a pesar de las palabras de Galadriel deseaban estar todos juntos y hablar de los pormenores del viaje.

Durante largo tiempo hablaron de lo que harían, y cuál sería la mejor manera de llevar a cabo la misión relativa al Anillo;

pero no llegaron a ninguna decisión. Era evidente que la mayoría deseaba ir primero a Minas Tirith, y escapar así al menos por un tiempo del terror del Enemigo. Habrían estado dispuestos a seguir a un guía hasta la otra orilla, y a entrar en las sombras de Mordor, pero Frodo callaba, y Aragorn aún no estaba decidido a hacer una cosa u otra.

El plan de Aragorn, mientras Gandalf estaba aún con ellos, había sido ir con Boromir y ayudar a la liberación de Gondor con su espada. Pues creía que el mensaje del sueño era un llamamiento, y que había llegado al fin la hora en que el heredero de Elendil aparecería para disputar el dominio de Sauron. Pero en Moria había tenido que asumir la carga de Gandalf y sabía que ahora no podía dejar de lado el Anillo, si al final Frodo se negaba a ir con Boromir. Y sin embargo, ¿de qué modo podría él, o cualquier otro de la Compañía, ayudar a Frodo, salvo acompañándolo a ciegas a la oscuridad?

—Iré a Minas Tirith, solo, si fuera necesario, pues es mi deber —dijo Boromir, y luego calló un rato, sentado y con los ojos clavados en Frodo, como si tratara de leer los pensamientos del mediano. Al fin retomó la palabra, como si estuviera discutiendo consigo mismo—. Si sólo te propones destruir el Anillo —dijo—, la guerra y las armas no servirán de mucho, y los Hombres de Minas Tirith no podrán ayudarte. Pero si deseas destruir el poder armado del Señor Oscuro, sería una locura entrar sin fuerzas en esos dominios, y una locura sacrificar... —Se interrumpió de pronto, como si hubiese advertido que estaba pensando en voz alta—. Sería una locura sacrificar vidas, quiero decir —concluyó—. Se trata de elegir entre defender una plaza fortificada y marchar directamente hacia la muerte. Al menos, así es como yo lo veo.

Frodo notó algo nuevo y extraño en los ojos de Boromir, y lo miró con atención. Evidentemente, las últimas palabras no reflejaban lo que Boromir de verdad pensaba. Sería una locura sacrificar ¿qué? ¿El Anillo de Poder? Boromir había dicho algo parecido en el Concilio, aunque había aceptado entonces la corrección de Elrond. Frodo miró a Aragorn, pero el Montaraz parecía ensimismado, y no daba muestras de haber oído las palabras de Boromir. Y así terminó la discusión. Merry y Pippin ya estaban dormidos, y Sam cabeceaba. La noche envejecía.

Por la mañana, mientras comenzaban a embalar las pocas cosas que les quedaban, unos elfos que hablaban la lengua de la Compañía vinieron a traerles regalos de comida y ropa para el viaje. La comida consistía principalmente en galletas, preparadas con una harina que estaba un poco tostada por fuera, y que por dentro era de color cremoso. Gimli tomó una de las galletas y la miró con ojos desconfiados.

—*Cram* —dijo a media voz mientras mordisqueaba una punta quebradiza. La expresión del enano cambió rápidamente y se comió todo el resto de la galleta saboreándola con delectación.

—¡Basta, basta! —gritaron los elfos riendo—. Ya has comido suficiente para toda una jornada.

—Pensé que era sólo una especie de *cram*, como los que preparan los Hombres de Valle para viajar por las tierras salvajes —dijo el enano.

—Y lo es —respondieron los elfos—. Pero nosotros lo llamamos *lembas* o pan del camino, y es más fortificante que cualquier comida preparada por los Hombres, y es más agradable que el *cram*, desde cualquier punto de vista.

—Desde luego que sí —dijo Gimli—. En realidad es mejor que los bizcochos de miel de los Beórnidas, y esto es un gran elogio, pues no conozco panaderos mejores que ellos. Aunque en estos días no parecen estar muy interesados en darles bizcochos a los viajeros. ¡Sois anfitriones muy amables!

—De cualquier modo, os aconsejamos que cuidéis de la comida —dijeron los elfos—. Comed poco cada vez, y sólo cuando sea necesario. Pues os damos estas cosas para que os sirvan cuando falte todo lo demás. Las galletas se conservarán frescas muchos días, si las guardáis enteras y en las envolturas de hojas en que las hemos traído. Una sola basta para que un viajero aguante en pie toda una dura jornada, aunque sea un hombre alto de Minas Tirith.

Los elfos abrieron luego los paquetes de ropas y las repartieron entre los miembros de la Compañía. Habían preparado para cada uno, hechas según las medidas correspondientes, una capucha y una capa, de esa tela sedosa, liviana y abrigada que tejían los Galadhrim. Era difícil saber de qué color eran: parecían grises, con los tonos del crepúsculo bajo los árboles; pero si se las movía, o se las ponía bajo otra luz, eran verdes como las hojas a la sombra, o pardas como los campos en barbecho al anochecer, o de plata oscura como el agua a la luz de las estrellas. Las capas se cerraban al cuello con un broche que parecía una hoja verde de nervaduras de plata.

—¿Son capas mágicas? —preguntó Pippin mirándolas con asombro.

—No sé a qué te refieres —dijo el jefe de los elfos—. Son vestiduras hermosas, y la tela es buena, pues ha sido tejida en este país. Son desde luego ropas élficas, si era eso lo que querías decir. Hoja y rama, agua y piedra: tienen el color y la belleza de todas esas cosas que amamos a la luz del crepúsculo en Lórien, pues en todo lo que hacemos ponemos el pensamiento de todo lo que amamos. Sin embargo son ropas, no armaduras, y no pararán ni la flecha ni la espada. Pero os serán muy útiles: son livianas para llevar, abrigadas o frescas de acuerdo con las necesidades del momento. Y os ayudarán además a manteneros ocultos de miradas hostiles, ya caminéis entre piedras o entre árboles. ¡La Dama os tiene en verdad en gran estima! Pues ha sido ella misma y las doncellas que la sirven quienes han tejido esta tela, y nunca hasta ahora habíamos vestido a extranjeros con las ropas de los nuestros.

Después de un almuerzo temprano la Compañía se despidió del prado junto a la fuente. Todos sentían un peso en el corazón, pues el sitio era hermoso, y había llegado a convertirse en un hogar para ellos, aunque no sabían bien cuántos días y noches habían pasado allí. Se habían detenido un momento a mirar el agua blanca a la luz del sol cuando Haldir se les acercó cruzando el pasto del claro. Frodo lo saludó con alegría.

—Vengo de las Defensas del Norte —dijo el elfo—, y he sido enviado para que os sirva otra vez de guía. En el Valle del Arroyo Sombrío hay vapores y nubes de humo, y las montañas están perturbadas. Hay ruidos en las profundidades de la tierra. Si alguno de vosotros ha pensado en regresar a casa por el norte, no podría cruzar. ¡Ahora, venid! Vuestro camino será hacia el sur.

Caminaron atravesando Caras Galadhon y las sendas verdes estaban desiertas, pero arriba en los árboles se oían muchas voces que murmuraban y cantaban. El grupo marchaba en silencio. Al fin Haldir los llevó cuesta abajo por la pendiente meridional de la colina, y llegaron así de nuevo a la puerta iluminada por faroles y al puente blanco; y por allí salieron dejando la ciudad de los elfos. Casi en seguida abandonaron la ruta empedrada, y tomaron un sendero que se internaba en un bosque espeso de mellyrn, y avanzaron serpeando entre bosques ondulantes de sombras de plata, descendiendo siempre al sur y al este hacia las orillas del Río.

Habían recorrido ya unas diez millas y el mediodía estaba próximo cuando llegaron a una alta pared verde. Pasaron por una abertura y se encontraron fuera de la zona de árboles. Ante ellos se extendía un prado largo de hierba brillante, salpicado de *elanor* doradas que brillaban al sol. El prado concluía en una lengua estrecha entre márgenes relucientes: a la derecha y al oeste corría centelleando el Cauce de Plata; a la izquierda y al este bajaban las aguas amplias, profundas y oscuras del Río Grande. En las orillas opuestas los bosques proseguían hacia el sur hasta perderse de vista, pero las orillas mismas estaban desiertas y desnudas. Ningún mallorn alzaba sus ramas doradas más allá de las Tierras de Lórien.

En las márgenes del Cauce de Plata, a cierta distancia de donde confluían las corrientes, había un embarcadero de piedras blancas y maderos blancos, y amarrados allí numerosos botes y barcas. Algunos estaban pintados con colores muy brillantes, plata y oro y verde, pero casi todos eran blancos o grises. Tres pequeñas barcas grises habían sido preparadas para los viajeros, y los elfos cargaron en ellas sus cosas. Y añadieron además unos rollos de cuerda, tres por cada barca. Las cuerdas parecían delgadas pero fuertes, sedosas al tacto, grises como las capas de los Elfos.

—¿Qué es esto? —preguntó Sam, tocando un rollo que yacía sobre la hierba.

—¡Cuerdas, naturalmente! —le respondió un elfo desde las barcas—. ¡Nunca vayas lejos sin una cuerda! Y que sea larga, resistente y liviana. Como éstas. Pueden ser de ayuda en muchas situaciones.

—¡Que me lo digan a mí! —exclamó Sam—. No traje ninguna, y he estado preocupado desde entonces. Pero me preguntaba qué material es éste, pues algo sé de confección de cuerdas: está en la familia, por así decirlo.

—Son cuerdas de *hithlain* —dijo el elfo—; pero no hay tiempo ahora de instruirte en el arte de fabricar este tipo de cuerdas. Si hubiéramos sabido que te gustaba este arte, podríamos haberte enseñado muchas cosas. Pero ahora, ay, a menos que un día vuelvas aquí, tendrás que contentarte con nuestro regalo. ¡Que te sea útil!

—¡Vamos! —dijo Haldir—. Está todo listo. ¡Embarcad! ¡Pero tened cuidado al principio!

—¡No olvidéis este consejo! —dijeron los otros elfos—. Éstas son embarcaciones livianas, y tienen sus particularidades, distintas de las de otras gentes. No se hundirán, aunque las carguéis hasta los topes, pero son difíciles de manejar para alguien que no sepa hacerlo. Sería conveniente que os acostumbrarais a subir y a bajar, aprovechando que hay aquí un embarcadero, antes de lanzaros aguas abajo.

La Compañía se repartió del siguiente modo: Aragorn, Frodo y Sam iban en una barca; Boromir, Merry y Pippin en otra; y en la tercera iban Legolas y Gimli, que ahora se habían hecho grandes amigos. Esta última embarcación llevaba además la mayor parte de las provisiones y paquetes. Las barcas eran impulsadas y dirigidas con unos remos cortos de pala ancha en forma de hoja. Cuando todo estuvo preparado, Aragorn decidió probarlas subiendo contracorriente en el Cauce de Plata. La corriente era rápida y progresaban lentamente. Sam, sentado en la proa, con las manos aferradas a los bordes, miraba nostálgico la orilla. Los reflejos del sol en el agua lo enceguecían. Más allá del campo verde de la Lengua los árboles crecían otra vez en las márgenes. Aquí y allá las hojas doradas revoloteaban y flotaban en la rizada corriente. El aire era muy brillante y tranquilo, y todo estaba en silencio, salvo por el canto agudo y distante de las alondras.

Doblaron en un recodo del río, y allí, navegando orgullosamente hacia ellos, vieron un cisne de gran tamaño. El agua se abría en ondas a cada lado del pecho blanco, bajo el cuello curvo. El pico del ave brillaba como oro bruñido, y los ojos relucían como azabache engarzado en piedras amarillas; las inmensas alas blancas se alzaban a medias. Una música lo acompañaba mientras descendía por el río; y de pronto se dieron cuenta de que el cisne era una nave construida y esculpida con el arte élfico. Dos elfos vestidos de blanco la impulsaban con la ayuda de unas palas negras. En medio de la embarcación estaba sentado Celeborn, y detrás se encontraba Galadriel, de pie, alta y blanca; una corona de flores doradas le ceñía los cabellos, y en la mano sostenía un arpa pequeña, y cantaba. Triste y dulce era el sonido de la voz de Galadriel en el aire claro y fresco.

> *Canté las hojas, las hojas de oro, y allí las hojas de oro crecieron;*
> *canté el viento, y un viento vino y sopló entre las ramas.*
> *Más allá del Sol, más allá de la Luna, la espuma en el mar se hallaba,*
> *y junto a la orilla de Ilmarin un Árbol dorado creció,*
> *y brilló en Eldamar bajo las estrellas del Anochecer Eterno,*
> *en Eldamar junto a los muros de Tirion de los Elfos.*
> *Allí crecieron las hojas doradas en enramados años,*
> *mientras que aquí, más allá de los Mares Divisorios,*
> *corren ahora las lágrimas de los Elfos.*
> *¡Oh Lórien! Llega el Invierno, el Día desnudo y sin hojas;*
> *ellas caen en la corriente, el Río fluente se aleja.*
> *¡Oh Lórien! Demasiado he vivido en esta Costa de Aquende*
> *y he entretejido la elanor de oro en una corona evanescente.*
> *Pero si ahora he de cantar a las naves, ¿qué nave vendrá a mí,*
> *qué nave me llevará de vuelta por un Mar tan ancho?*

Aragorn detuvo la barca mientras la nave-cisne se acercaba de costado. La Dama dejó de cantar y les dio la bienvenida.

—Hemos venido a dejaros nuestro último adiós —dijo—, y acompañar vuestra partida con nuestras bendiciones.

—Aunque habéis sido nuestros huéspedes —dijo Celeborn— todavía no habéis comido con nosotros, y os invitamos por lo tanto a un festín de despedida, aquí entre las aguas que os llevarán lejos de Lórien.

El Cisne se adelantó lentamente hacia el embarcadero, y los otros botes dieron media vuelta y fueron detrás. Allí, en los extremos de Egladil y sobre la hierba verde se celebró el festín de despedida;

pero Frodo comió y bebió poco, atento sólo a la belleza de la Dama y a su voz. Ya no le parecía ni peligrosa ni terrible, ni poseedora de un poder oculto. La veía ahora como los hombres de tiempos más recientes ven alguna vez a los Elfos: presentes y sin embargo remotos, una visión viva de aquello que la corriente incesante del Tiempo ha dejado atrás.

Después de haber comido y bebido, sentados en la hierba, Celeborn les habló otra vez del viaje, y alzando la mano señaló los bosques que se extendían hacia el sur, más allá de la Lengua.

—Cuando vayáis aguas abajo —dijo—, veréis que los árboles irán disminuyendo hasta que al fin llegaréis a una región árida. Allí el Río corre por valles pedregosos entre altos páramos, hasta que después de muchas leguas se encuentra con Escarpa, la isla alta que llamamos Tol Brandir. El agua abraza las costas escarpadas de la isla para precipitarse luego con mucho estrépito y humo por las cataratas de Rauros al cauce del Nindalf, la Cancha Aguada en vuestra lengua. Es una vasta región de pantanos inertes donde las aguas se dividen en muchos tortuosos brazos. En este sitio el Entaguas afluye por numerosas bocas desde el Bosque de Fangorn en el oeste. Junto a esas aguas, a este lado del Río Grande, está Rohan. Del otro lado se elevan las colinas desnudas de las Emyn Muil. El viento sopla allí del este, pues estas elevaciones llevan por encima de las Ciénagas de los Muertos y las Tierras de Nadie a Cirith Gorgor y las puertas negras de Mordor.

»Boromir y aquellos que vayan con él en busca de Minas Tirith tendrán que dejar el Río Grande antes de Rauros y cruzar el Entaguas antes que desemboque en las ciénagas. Sin embargo no han de remontar demasiado esa corriente, ni correr el riesgo de perderse en el Bosque de Fangorn. Son tierras extrañas, ahora poco conocidas. Pero estoy seguro de que Boromir y Aragorn no necesitan de esta advertencia.

—Desde luego, hemos oído hablar de Fangorn en Minas Tirith —dijo Boromir—. Pero lo que he oído me ha parecido en gran parte cuentos de viejas, como los que contamos a los niños. Todo lo que se encuentra al norte de Rohan está para nosotros tan lejos que es posible imaginar cualquier cosa. En tiempos lejanos, Fangorn estaba en la frontera de Gondor, pero han pasado generaciones sin que ninguno de nosotros haya visitado esas tierras, para confirmar o desestimar las leyendas que nos han llegado desde una época distante.

»Yo mismo he estado a veces en Rohan, pero nunca atravesé la región hacia el norte. Cuando fui enviado como mensajero marché por El Paso, bordeando las Montañas Blancas, y crucé el Isen y el Fontegrís para pasar a las Tierras del Norte. Un viaje largo y fatigoso. Cuatrocientas leguas conté entonces, y me llevaron muchos meses, pues perdí mi caballo en Tharbad, vadeando el Aguada Gris. Después de ese viaje, y el camino que ya he recorrido con esta Compañía, no dudo de que encontraría un modo de atravesar Rohan, y Fangorn también si fuese necesario.

—Entonces, que no se hable más —concluyó Celeborn—. Pero no desprecies las tradiciones que nos llegan de antaño; ocurre a menudo que las viejas guardan en la memoria cosas que los sabios de otro tiempo necesitaban saber.

Galadriel se levantó entonces de la hierba, y, tomando una copa de manos de una doncella, la llenó de hidromiel blanco y se la tendió a Celeborn.

—Ahora es tiempo de beber la copa del adiós —dijo—. ¡Bebed, Señor de los Galadhrim! Y que tu corazón no esté triste, aunque la noche tendrá que seguir al mediodía, y se acerca ya nuestro atardecer.

En seguida ella llevó la copa a cada uno de los miembros de la Compañía, invitándolos a beber y a despedirse. Pero cuando todos hubieron bebido les ordenó que se sentaran otra vez en la hierba, y las doncellas trajeron unas sillas para ella y Celeborn. Las doncellas esperaron en silencio rodeando a Galadriel, y ella contempló un rato a sus huéspedes. Al fin habló otra vez.

—Hemos bebido la copa de la despedida —dijo—, y las sombras caen ahora entre nosotros. Pero antes de partir, he traído en mi barca unos regalos que el Señor y la Dama de los Galadhrim os ofrecen ahora en recuerdo de Lothlórien.

En seguida los llamó a uno por uno.

—Éste es el regalo de Celeborn y Galadriel al guía de vuestra Compañía —le dijo a Aragorn, y le dio una vaina que habían hecho especialmente para la espada que llevaba el nombre de Andúril, y que estaba adornada con flores y hojas enlazadas y labradas de oro y plata, y por numerosas gemas dispuestas como runas élficas en las que se leía el nombre y el linaje de la espada—. La hoja que sale de esta vaina no tendrá manchas ni se quebrará, aun en la derrota. Pero ¿hay alguna otra cosa que desearías de mí en este momento de la separación? Pues las tinieblas descenderán entre nosotros, y es posible que no volvamos a encontrarnos, a no ser que sea lejos de aquí en un camino del que no se vuelve.

Y Aragorn respondió:

—Señora, conoces bien todos mis deseos, y durante mucho tiempo guardaste el único tesoro que busco. Sin embargo, no depende de ti dármelo, aunque ésa fuera tu voluntad; y sólo llegaré a él internándome en las tinieblas.

—Entonces quizá esto te alivie el corazón —dijo Galadriel—, pues quedó a mi cuidado para que te lo diera si llegabas a pasar por aquí. —Galadriel alzó entonces una piedra grande de color verde claro que tenía en el regazo, montada en un broche de plata que imitaba a un águila con las alas extendidas; y mientras ella la sostenía en lo alto, la piedra centelleaba como el sol que se filtra entre las hojas de la primavera—. Esta piedra se la di a mi hija Celebrían, y ella se la pasó a su hija, y ahora llega a ti como una señal de esperanza. En esta hora toma el nombre que fue anunciado para ti: ¡Elessar, la Piedra de Elfo de la Casa de Elendil!

Aragorn tomó entonces la piedra y fijó el broche en el pecho, y quienes lo vieron se asombraron mucho, pues no habían notado antes qué alto y majestuoso era, como si se hubiera desprendido del peso de muchos años.

—Te agradezco los regalos que me has dado —dijo Aragorn—, oh, Dama de Lórien de quien descienden Celebrían y Arwen, la Estrella de la Tarde. ¿Qué elogio podría ser más elocuente?

La Dama inclinó la cabeza, y luego se volvió a Boromir, y le dio un cinturón de oro, y a Merry y a Pippin les dio pequeños cinturones de plata, con hebillas labradas como flores doradas. A Legolas le dio un arco como los que usan los Galadhrim, más largo y fuerte que los arcos del Bosque Negro, y la cuerda era de cabellos élficos. Venía también con un carcaj de flechas.

—Para ti, pequeño jardinero y amante de los árboles —le dijo a Sam—, tengo sólo un pequeño regalo —y le puso en la mano una cajita de simple madera gris, sin ningún adorno excepto una runa de plata en la tapa—. Esto es una G por Galadriel —dijo—, pero podría referirse también a jardín,[10] en vuestra lengua. Esta caja contiene tierra de mi huerto, y lleva las bendiciones que Galadriel todavía puede otorgar. No te protegerá en el camino ni te defenderá contra el peligro, pero si la conservas y vuelves un día a tu casa, quizá tengas entonces tu recompensa. Aunque encontraras todo seco y arruinado, pocos jardines de la Comarca florecerán como el tuyo si esparces allí esta tierra. Entonces te acordarás de Galadriel, y tendrás una visión de la lejana Lórien, que sólo has visto en invierno. Pues nuestra primavera y nuestro verano han quedado atrás, y nunca este mundo los verá otra vez, excepto en la memoria.

Sam enrojeció hasta las orejas y murmuró algo ininteligible, y tomando la caja se inclinó como pudo con una reverencia.

—¿Y qué regalo le pediría un enano a los Elfos? —dijo Galadriel volviéndose a Gimli.

—Ninguno, Señora —respondió Gimli—. Es suficiente para mí haber visto a la Dama de los Galadhrim, y haber oído tan gentiles palabras.

—¡Escuchad vosotros, Elfos! —dijo la Dama mirando a la gente de alrededor—. Que nadie vuelva a decir que los Enanos son codiciosos y antipáticos. Pero tú, Gimli hijo de Glóin, algo

10. *Garden* en inglés.

desearás que yo pueda darte. ¡Nómbralo, y es una orden! No serás el único huésped que se va sin regalo.

—No deseo nada, Dama Galadriel —dijo Gimli inclinándose y balbuceando—. Nada, a menos que... a menos que se me permita pedir, qué digo, nombrar uno solo de vuestros cabellos, que supera al oro de la tierra, así como las estrellas superan a las gemas de las minas. No pido ese regalo, pero me ordenasteis que nombrara mi deseo.

Los elfos se sobresaltaron y murmuraron estupefactos, y Celeborn miró con asombro a Gimli, pero la Dama sonreía.

—Se dice que los Enanos son más hábiles con las manos que con la lengua —dijo—, pero esto no se aplica a Gimli. Pues nadie me ha hecho nunca un pedido tan audaz y sin embargo tan cortés. ¿Y cómo podría negárselo si yo misma le he ordenado que hablara? Pero dime, ¿qué harás con un regalo semejante?

—Atesorarlo, Señora —respondió Gimli—, en recuerdo de lo que me dijisteis en nuestro primer encuentro. Y si vuelvo alguna vez a las forjas de mi país, lo guardaré en un cristal imperecedero como tesoro de mi casa y como prenda de buena voluntad entre la Montaña y el Bosque hasta el fin de los días.

La Dama se soltó entonces una de las largas trenzas, cortó tres cabellos dorados, y los puso en la mano de Gimli.

—Estas palabras acompañan al regalo —dijo—. No profetizo nada, pues toda profecía es vana ahora; de un lado hay oscuridad y del otro lado nada más que esperanza. Si la esperanza no falla, yo te digo, Gimli hijo de Glóin, que el oro te desbordará en las manos, y sin embargo no tendrá ningún poder sobre ti.

»Y tú, Portador del Anillo —dijo la Dama, volviéndose a Frodo—; llego a ti en último término, aunque en mis pensamientos no eres el último. Para ti he preparado esto. —Alzó un frasquito de cristal, que centelleaba cuando ella lo movía, y unos rayos de luz blanca le brotaron de la mano—. En esta redoma—dijo ella— está guardada la luz de la estrella de Eärendil, rodeada de las aguas de mi fuente. Brillará todavía más en medio de la noche. Que sea para ti una luz en los sitios oscuros, cuando todas las otras luces se hayan extinguido. ¡Recuerda a Galadriel y el Espejo!

Frodo tomó el frasco, y la luz brilló entre ellos, y por un instante él la vio de nuevo erguida como una reina, grande y hermosa, pero ya no terrible. Se inclinó, sin saber qué decir.

La Dama se puso entonces de pie, y Celeborn los guio de vuelta al muelle. La luz amarilla del mediodía se extendía sobre la hierba verde de la Lengua, y en el agua había reflejos plateados. Todo estaba listo al fin. La Compañía ocupó los puestos de antes en las barcas. Mientras gritaban adiós, los elfos de Lórien los empujaron con las largas varas grises a la corriente del río, y las aguas ondulantes los llevaron lentamente. Los viajeros estaban sentados y no hablaban ni se movían. De pie sobre la hierba verde, en la punta misma de la Lengua, la figura de la Dama Galadriel se erguía solitaria y silenciosa. Cuando pasaron ante ella los viajeros se volvieron y miraron cómo iba alejándose lentamente sobre las aguas. Pues así les parecía: Lórien se deslizaba hacia atrás como una nave brillante que tenía como mástiles unos árboles encantados: se alejaba ahora navegando hacia unas costas olvidadas, mientras que ellos se quedaban allí, descorazonados, a orillas de un mundo deshojado y gris.

Miraban aún cuando el Cauce de Plata desapareció en las aguas del Río Grande, y las embarcaciones viraron y fueron empujados con más fuerza hacia el sur. La forma blanca de la Dama fue pronto distante y pequeña. Brillaba como el cristal de una ventana a la luz del sol poniente en una lejana colina, o como un lago remoto visto desde una cima montañosa: un cristal caído en el regazo de la tierra. En seguida le pareció a Frodo que ella alzaba los brazos en el último adiós, y el viento que venía siguiéndolos les trajo desde lejos, pero con una penetrante claridad, la voz de la Dama, que cantaba. Pero ahora ella cantaba en la antigua lengua de los Elfos de Más Allá del Mar, y Frodo no entendía las palabras; bella era la música, pero no le traía ningún consuelo.

Sin embargo, como ocurre con las palabras élficas, los versos se le grabaron en la memoria, y tiempo después los tradujo como mejor pudo: el lenguaje era el de las canciones élficas, y hablaba de cosas poco conocidas en la Tierra Media.

> *Ai! laurië lantar lassi súrinen!*
> *Yéni únótime ve rámar aldaron,*
> *yéni ve lintë yuldar avánier*
> *mi oromardi lisse-miruvóreva*
> *Andúne pella, Vardo tellumar*
> *nu luini yassen tintilar i eleni*
> *ómaryo airetári-lírinen.*
>
> *Sí man i yulma nin enquantuva?*
>
> *An sí Tintallë Varda Oiolossëo*
> *ve fanyar máryat Elentári ortanë*
> *ar ilyë tier undulávë lumbulë;*
> *ar sindanóriello caita mornië*
> *i falmalinnar imbë met, ar hísië*
> *untúpa Calaciryo míri oialë.*
> *Sí vanwa na, Rómello vanwa, Valimar!*
> *Namárië! Nai hiruvalyë Valimar.*
> *Nai elyë hiruva. Namárië!*

«¡Ah, como el oro caen las hojas en el viento! E innumerables como las alas de los árboles son los años. Los años han pasado como sorbos rápidos y dulces de hidromiel blanco en las amplias salas más allá del Oeste, bajo las bóvedas azules de Varda, donde las estrellas tiemblan cuando oyen el sonido de su voz, bendecida y noble. ¿Quién me llenará de nuevo la copa? Pues ahora Varda, la Despertadora, la Reina de las Estrellas, desde el Monte Siempre Blanco ha alzado las manos como nubes, y todos los caminos se han ahogado entre profundas sombras, y la oscuridad que ha venido de una tierra gris se extiende sobre las olas espumosas que nos separan, y la niebla cubre para siempre las joyas del Calacirya. Ahora se ha perdido, ¡perdido para aquellos del Este, Valimar! ¡Adiós! Quizá encuentres Valimar. Quizá incluso tú lo encuentres. ¡Adiós!». Varda es el nombre de la Dama que los Elfos de estas tierras de exilio llaman Elbereth.

De pronto el Río describió una curva, y las orillas se elevaron a los lados, ocultando la luz de Lórien. Frodo no volvería nunca a aquel hermoso país.

Los viajeros se volvieron hacia delante para hacer frente a su viaje: el sol se levantaba ante ellos, enceguecíéndolos, y todos tenían lágrimas en los ojos. Gimli sollozaba.

—Mi última mirada ha sido para aquello que era más hermoso —le dijo a su compañero Legolas—. De aquí en adelante a nada llamaré hermoso si no es un regalo de ella.

Se llevó la mano al pecho.

—Dime, Legolas —continuó—, ¿cómo me he incorporado a esta Misión? ¡Yo ni siquiera sabía dónde estaba el peligro mayor! Elrond decía la verdad cuando anunciaba que no podíamos prever lo que encontraríamos en el camino. El peligro que yo temía era el tormento en la oscuridad, y eso no me retuvo. Pero si hubiese conocido el peligro de la luz y de la alegría, no hubiese venido. Mi peor herida la he recibido en esta separación, aunque cayera esta misma noche en manos del Señor Oscuro. ¡Ay de Gimli hijo de Glóin!

—¡No! —dijo Legolas—. ¡Ay de todos nosotros! Y de todos aquellos que recorran el mundo en los días próximos. Pues tal es el orden de las cosas: encontrar y perder, como le parece a aquel que navega siguiendo el curso de las aguas. Pero te considero, afortunado, Gimli hijo de Glóin, pues tú mismo has decidido sufrir esa pérdida, ya que hubieras podido elegir de otro modo. Pero no has olvidado a tus compañeros, y como última recompensa el recuerdo de Lothlórien permanecerá siempre claro y sin mancha en tu corazón, y nunca empalidecerá ni se echará a perder.

—Quizá —dijo Gimli—, y agradezco tus palabras. Palabras verdaderas, sin duda, pero esos consuelos no me reconfortan. Lo que el corazón desea no son recuerdos. Eso es sólo un espejo, aunque sea tan claro como Kheled-zâram. O al menos eso es lo que dice el corazón de Gimli el Enano. Quizá los Elfos vean las cosas de otra manera. En verdad he oído que para ellos la memoria se parece al mundo de la vigilia más que al de los sueños. No es así para los Enanos.

»Pero dejemos el tema. ¡Fijémonos en la barca! Está muy hundida en el agua con tanto peso, y el Río Grande es rápido. No tengo ganas de ahogar las penas en agua fría.

Gimli tomó un remo y guio el bote hacia la orilla occidental, siguiendo la embarcación de Aragorn que iba adelante y ya había dejado la parte central de la corriente.

Así la Compañía continuó su largo viaje, navegando en aquellas aguas rápidas y anchas, arrastrada siempre hacia el sur.

Unos bosques desnudos se levantaban en una y otra orilla, y nada podían ver de las tierras que se extendían por detrás. La brisa murió y el Río fluyó en silencio. No se oían cantos de pájaros. El sol fue velándose a medida que el día avanzaba, hasta que al fin brilló en un cielo pálido como una alta perla blanca. Luego se desvaneció en el oeste, y el crepúsculo llegó temprano, y lo siguió una noche gris y sin estrellas. Siguieron navegando hasta las oscuras y silenciosas horas de la noche, guiando los botes bajo los árboles que arrojaban sus sombras sobre las aguas en la orilla occidental. Los grandes árboles pasaban junto a ellos como espectros, hundiendo en el agua a través de la bruma las raíces retorcidas y sedientas. La noche era lúgubre y fría. Frodo, inmóvil, escuchaba el débil golpeteo de las aguas en la orilla y los gorgoteos entre las raíces y las maderas flotantes, hasta que al fin sintió que le pesaba la cabeza y cayó en un sueño intranquilo.

9

EL RÍO GRANDE

Sam despertó a Frodo. Frodo vio que estaba tendido, bien arropado, bajo unos árboles altos de corteza gris en un rincón tranquilo del bosque, en la margen occidental del Río Grande, el Anduin. Había dormido toda la noche, y el gris del alba apenas se apreciaba entre las ramas desnudas. Gimli estaba allí cerca, cuidando de un pequeño fuego.

Partieron otra vez antes de que aclarara del todo. No porque la mayoría de los viajeros tuviera prisa por llegar al sur: estaban contentos de poder esperar algunos días antes de tomar una decisión, la que sería inevitable cuando llegaran a Rauros y a la Isla de Escarpa; y se dejaban llevar por las aguas del Río, pues no tenían ningún deseo de correr hacia los peligros que les esperaban más allá, cualquiera que fuese el curso que tomaran al final. Aragorn dejaba que se desplazaran según el mejor criterio de cada uno, ahorrando fuerzas para las fatigas que vendrían luego. Insistía, sin embargo, en la necesidad de iniciar la jornada temprano, todos los días, y de prolongarla hasta bien caída la tarde, pues le decía el corazón que el tiempo apretaba, y no creía que el Señor Oscuro se hubiese quedado cruzado de brazos mientras ellos se retrasaban en Lórien.

Ese día al menos no vieron ninguna señal del enemigo, y tampoco al día siguiente. Pasaban las horas, grises y monótonas, y no ocurría nada. En el tercer día de viaje el paisaje fue cambiando poco a poco: ralearon los árboles, y al fin desaparecieron del todo. Sobre la orilla oriental, a la izquierda, unas lomas alargadas subían alejándose hacia el encuentro con el cielo; parecían pardas y resecas, como si un fuego hubiese pasado sobre ellas y no hubiera dejado con vida ni una sola hoja verde: era una región hostil donde no había ni siquiera un árbol quebrado o una piedra que sobresaliera para aliviar aquella desolación. Habían llegado a las Tierras Pardas, una región vasta y abandonada que se extiende entre el Bosque Negro del Sur y las colinas de las Emyn Muil. Ni siquiera Aragorn sabía qué pestilencia, qué guerra o qué mala acción del Enemigo había devastado de ese modo toda la región.

Hacia el oeste y a la derecha el terreno era también sin árboles, pero llano, y verde en muchos sitios con amplios prados de hierba. De este lado del Río crecían bosques de juncos, tan altos que ocultaban todo en la orilla occidental, y los botes pasaban rozando aquellas márgenes oscilantes. Los plumajes sombríos y resecos se inclinaban y se sacudían con un susurro blando y triste en el leve aire fresco. De cuando en cuando Frodo alcanzaba a ver brevemente entre los juncos unas vegas onduladas, y mucho más allá, unas colinas iluminadas por el crepúsculo, y sobre el horizonte una línea oscura apenas visible: las estribaciones meridionales de las Montañas Nubladas.

No habían encontrado hasta entonces ninguna criatura, excepto pájaros. Las pequeñas aves silbaban y piaban entre los juncos, pero se las veía muy raramente. Una o dos veces los viajeros oyeron el sibilante sonido de unas alas de cisnes, y alzando los ojos vieron una bandada que atravesaba el cielo.

—¡Cisnes! —dijo Sam—. ¡Y muy grandes!

—Sí —dijo Aragorn—, cisnes negros.

—¡Qué inmenso y desierto y lúgubre me parece todo este país! —dijo Frodo—. Siempre creí que yendo hacia el sur uno encontraba regiones cada vez más cálidas y alegres, hasta que ya no había invierno.

—Pero aún no hemos llegado bastante al sur —dijo Aragorn—. Todavía es invierno, y estamos lejos del mar. Aquí el mundo es frío hasta la repentina llegada de la primavera; puede haber nieve todavía. Allá abajo en la Bahía de Belfalas donde desemboca el Anduin, las tierras son más cálidas y alegres, quizá, o lo serían si no existiera el Enemigo. Pero no creo que estemos a más de sesenta leguas al sur de la Cuaderna del Sur en tu Comarca, a cientos de millas de nosotros. Ahora estás mirando hacia el sudoeste, por encima de las llanuras septentrionales de la Marca de los Jinetes, Rohan, el país de los Señores de los Caballos. No tardaremos en llegar a las bocas del Limclaro que desciende de Fangorn para unirse al Río Grande. Ésa es la frontera norte de Rohan, y todo lo que se extiende entre el Limclaro y las Montañas Blancas perteneció en otro tiempo a los Rohirrim. Es una tierra amable y rica, de pastos incomparables, pero en estos días nefastos la gente no habita junto al Río ni cabalga a menudo hasta la orilla. El Anduin es ancho, y sin embargo los orcos pueden disparar sus flechas lejos, por encima de la corriente, y se dice que en los últimos años se han atrevido a atravesar las aguas y atacar las manadas y los criaderos de Rohan.

Sam miraba a una y otra orilla, intranquilo. Antes los árboles habían parecido hostiles, como si ocultaran ojos secretos y peligros inminentes. Ahora deseaba que los árboles estuviesen todavía allí. Le parecía que la Compañía estaba demasiado expuesta, navegando en botes abiertos entre tierras que no ofrecían ningún abrigo, y en un río que era una frontera de guerra.

En los dos o tres días siguientes, mientras avanzaban regularmente hacia el sur, esta impresión de inseguridad invadió a toda la Compañía. Durante un día entero se emplearon a fondo con las palas para apresurar la marcha. Las orillas desfilaron. El Río pronto se ensanchó y se hizo menos profundo; unas largas playas pedregosas se extendieron al este, y había bancos de grava en el agua, que requerían su atención. Las Tierras Pardas se elevaron en planicies desiertas, sobre las que soplaba un viento helado del este. En el otro lado los prados se habían convertido en colinas ondulantes de hierba seca, en una región pantanosa, llena de matas. Frodo se estremeció recordando los prados y fuentes, el sol claro y las lluvias suaves de Lothlórien. En los botes se hablaba poco y nadie se reía. Todos los miembros de la Compañía parecían ensimismados.

El corazón de Legolas corría bajo las estrellas de una noche de verano en algún claro septentrional entre los bosques de hayas; Gimli tocaba oro en su imaginación, preguntándose si ese metal serviría para adornar y guardar el regalo de la Dama. Merry y Pippin en el bote del medio estaban inquietos, pues Boromir no dejaba de murmurar entre dientes, a veces mordiéndose las uñas, como consumido por alguna duda o inquietud, a veces tomando una pala y empujando la barca para ponerse justo detrás de la de Aragorn. Pippin, que estaba sentado en la proa mirando hacia atrás, vio entonces una luz rara en los ojos de Boromir, que se inclinaba espiando a Frodo. Sam estaba convencido desde hacía tiempo: las barcas no le parecían ahora tan peligrosas como le habían enseñado a pensar, pero eran mucho más incómodas de lo que se había imaginado. Se sentía agarrotado y descorazonado, no teniendo nada que hacer excepto clavar los ojos en los paisajes invernales que pasaban lentamente a lo largo de las orillas, y en el agua gris a los lados. Aun cuando tenían que recurrir a las palas, no le confiaban ninguna.

En el cuarto día, a la caída de la tarde, Sam miraba hacia atrás por encima de las cabezas de Frodo y Aragorn y los otros botes; somnoliento, no pensaba en otra cosa que en pisar tierra firme y acampar. De pronto creyó ver algo; al principio miró distraídamente, pero en seguida se sentó frotándose los ojos, pero cuando miró de nuevo ya no se veía nada.

Aquella noche acamparon en un pequeño islote, cerca de la orilla occidental. Sam, envuelto en mantas, estaba acostado junto a Frodo.

—He tenido un sueño curioso una hora o dos antes de detenernos, señor Frodo —dijo—. O quizá no ha sido un sueño. De todos modos ha sido curioso.

—Bueno, cuéntame —dijo Frodo, sabiendo que Sam no se quedaría tranquilo hasta que hubiera contado la historia, o lo que fuera—. Desde que dejamos Lothlórien no he visto ni he pensado nada que me haya hecho sonreír.

—No ha sido curioso en ese sentido, señor Frodo. Ha sido extraño. Disparatado, si no era un sueño. Y será mejor que se lo cuente. ¡He visto un leño con ojos!

—Lo del leño no es algo disparatado —dijo Frodo—. Hay muchos en el Río. ¡Pero olvídate de los ojos!

—Eso no —dijo Sam—. Si me he incorporado ha sido por los ojos, por así decirlo. He visto algo que parecía un leño: venía flotando en la penumbra detrás del bote de Gimli, pero no le presté mucha atención. Luego tuve la impresión de que el tronco estaba acercándose a nosotros. Y esto era demasiado peculiar, podría decirse, pues todos flotábamos juntos en la corriente. Justo entonces vi los ojos: algo así como dos puntos pálidos, brillantes, sobre una joroba en el extremo más cercano del tronco. Además no era un tronco, pues tenía unas patas palmeadas, casi como de cisne, aunque parecían más grandes, y las metía en el agua y las sacaba del agua, continuamente.

»En ese momento me senté, frotándome los ojos, con la intención de gritar si aquello seguía allí cuando acabara de sacarme el sopor que me nublaba la cabeza. El no-sé-qué venía ahora rápidamente y ya estaba cerca de Gimli. No sé si aquellas dos luces vieron cómo me movía y miraba, o si recobré mis sentidos. Cuando miré de nuevo, no había nada. Creo sin embargo, que algo llegué a ver por el rabillo del ojo, como se suele decir, algo oscuro que corrió a ocultarse a la sombra de la orilla. Eso sí, no volví a ver aquellos ojos.

»"Soñando de nuevo, Sam Gamyi", me dije, y no hablé con nadie. Pero he estado pensando desde entonces, y ahora no estoy tan seguro. ¿Qué le parece a usted, señor Frodo?

—Te habría dicho que lo que has visto era un tronco, de noche, y con mirada somnolienta —dijo Frodo—, si esos ojos no hubiesen aparecido antes. Pero no es así. Los vi allá lejos en el norte antes de que llegáramos a Lórien. Y vi una extraña criatura con ojos que subió a la plataforma de los Elfos, aquella noche. Haldir la vio también. ¿Y recuerdas lo que dijeron los Elfos que habían ido detrás de la manada de orcos?

—Ah —dijo Sam—, sí, y recuerdo otra cosa. No me gusta lo que tengo en la cabeza, pero pensando esto y aquello, en las historias del señor Bilbo y lo demás, me parece que yo podría darle un nombre a esta criatura. Un nombre desagradable. ¿Gollum, quizá?

—Sí —le dijo Frodo—, he venido temiéndolo desde hace un tiempo. Desde la noche de la plataforma. Supongo que estaba escondido en Moria, y que a partir de ahí empezó a seguirnos, pero esperaba que nuestra estancia en Lórien le hiciera perder otra vez el rastro. ¡La miserable criatura tuvo que haberse escondido en los bosques del Cauce de Plata, esperando a que saliéramos!

—Algo parecido —dijo Sam—. Y será mejor que nosotros mismos tengamos un poco más de cuidado, o una de estas noches sentiremos que unos dedos desagradables nos aprietan el cuello, si es que llegamos a despertar para empezar. Y a eso iba. No vale la pena molestar a Trancos o los otros esta noche. Yo vigilaré. Puedo dormir mañana, pues casi no soy otra cosa que un baúl en un bote, por decirlo de algún modo.

—Yo lo diría —concluyó Frodo—, pero me parece mejor «baúl con ojos». Tú vigilarás, pero sólo si prometes despertarme a la madrugada, y si nada pasa antes.

En plena noche, Frodo salió de un sueño profundo y sombrío y descubrió que Sam estaba sacudiéndolo.

—Es una pena tener que despertarlo —dijo Sam en voz baja—, pero usted me lo pidió. No hay nada nuevo, o no mucho. Creí oír unos chapoteos y ruido como de algo que husmeaba, hace un momento; pero de noche y junto a un río se oyen muchos sonidos raros.

Sam se acostó y Frodo se incorporó hasta quedarse sentado, envuelto en las mantas, luchando contra el sueño. Los minutos o las horas pasaron lentamente, y nada ocurrió. Frodo estaba ya cediendo a la tentación de acostarse de nuevo cuando una forma oscura, apenas visible, flotó muy cerca de una de las barcas. Una mano larga y blanquecina asomó pálidamente y se aferró a la borda; dos ojos claros brillaron fríamente como linternas mientras miraban dentro del bote, y luego se alzaron posándose en Frodo. No se encontraban a más de dos yardas de distancia, y Frodo alcanzó a oír que la criatura tomaba aliento, siseando. Se puso en pie, sacando a Dardo de la vaina, y se enfrentó a los ojos. La luz en ellos se extinguió en seguida. Se oyó otro siseo y un chapoteo, y la oscura forma de leño se precipitó aguas abajo en la noche. Aragorn se movió en sueños, se volvió, y se sentó.

—¿Qué pasa? —susurró, incorporándose de un salto y acercándose a Frodo—. He sentido algo en sueños. ¿Por qué sacaste la espada?

—Gollum —respondió Frodo—, o al menos así me pareció.

—¡Ah! —dijo Aragorn—. ¿Así que te has enterado de nuestro pequeño salteador de caminos? Vino detrás de nosotros mientras cruzábamos Moria y bajó hasta el Nimrodel. Desde que tomamos los botes nos sigue tendido de bruces sobre un leño y remando con pies y manos. Traté de atraparlo una o dos veces de noche, pero es más astuto que un zorro, y resbaladizo como un pez. Yo esperaba que el viaje por el Río acabaría con él, pero es una criatura acostumbrada al agua y demasiado hábil.

»Trataremos de ir más rápido mañana. Acuéstate ahora, y yo montaré guardia el resto de la noche. Ojalá pudiera echarle las manos encima a ese desgraciado. Quizá pudiéramos sacarle algún provecho. Pero si no lo atrapo, sería mejor perderlo de vista. Es muy peligroso. Además de intentar atacarnos de noche por su propia cuenta, podría guiar hacia nosotros a cualquier enemigo.

Pasó la noche sin que Gollum mostrara ni siquiera una sombra. Desde entonces la Compañía estuvo alerta y vigilante, pero en el resto del viaje no vieron más de Gollum. Si todavía los seguía, era muy cuidadoso y sagaz. Aragorn había aconsejado que remaran durante largos períodos, y las orillas desfilaban rápidamente. Pero veían poco de la región, pues viajaban sobre todo de noche y a la luz del crepúsculo, descansando durante el día, tan ocultos como lo permitía el terreno. El tiempo pasó así sin ningún incidente hasta el séptimo día.

El cielo estaba todavía gris y nublado, y un viento soplaba del este, pero a medida que la tarde se convertía en noche, unos claros de luz débil, amarilla y verde, se abrieron bajo los bancos de nubes grises. La blanca corteza de la luna nueva se reflejaba en los lagos lejanos. Sam la miró, frunciendo el ceño.

Al día siguiente el paisaje empezó a cambiar con rapidez a ambos lados. Las orillas se levantaron y se hicieron pedregosas. Pronto se encontraron cruzando un terreno accidentado y rocoso, y las costas eran unas pendientes abruptas cubiertas de matas espinosas y endrinos, entremezclados con zarzas y plantas trepadoras. Detrás había unos acantilados bajos y desmoronados a medias, y chimeneas de una desgastada piedra gris, cubiertas por una hiedra oscura, y aún más allá se alzaban unas crestas altas coronadas de abetos retorcidos por el viento. Estaban acercándose al país de las colinas grises de las Emyn Muil, la frontera sur de las Tierras Salvajes.

Había muchos pájaros en los acantilados y las chimeneas de piedra, y durante todo el día unas bandadas habían estado revoloteando en lo alto del cielo, negras contra el cielo pálido. Mientras descansaban en el campamento, Aragorn observaba los vuelos con aire receloso, preguntándose si Gollum no habría hecho de las suyas y las noticias de la expedición no estarían propagándose ya por el desierto. Luego, cuando se ponía el sol, y la Compañía estaba atareada preparándose para partir otra vez, alcanzó a ver un punto oscuro que se movía a la luz moribunda: un pájaro grande que volaba muy alto y lejos, dando vueltas en el aire mientras volaba lentamente hacia el sur.

—¿Qué es eso, Legolas? —preguntó apuntando al cielo del norte—. ¿Es como yo creo un águila?

—Sí —dijo Legolas—. Es un águila de caza. Me pregunto qué presagiará. Está lejos de las montañas.

—No partiremos hasta que sea noche cerrada —dijo Aragorn.

Llegó la noche octava del viaje. Era una noche silenciosa y tranquila; el viento gris del este había cesado. El delgado creciente de la luna había caído temprano en la pálida puesta de sol, pero el cielo era todavía claro arriba, y aunque allá lejos en el sur había grandes franjas de nubes que brillaban aún débilmente, en el oeste resplandecían las estrellas.

—¡Vamos! —dijo Aragorn—. Nos aventuraremos a embarcarnos en otra jornada nocturna. Estamos llegando a unos tramos del río que no conozco bien, pues nunca he viajado aquí por el agua, no entre este sitio y los rápidos de Sarn Gebir. Pero esos rápidos, si no me equivoco, están aún a muchas millas. Eso sí, nos encontraremos con muchos peligros incluso antes de llegar: rocas e islotes de piedra en la corriente. Abramos bien los ojos y no rememos demasiado rápido.

A Sam, que iba en el bote de adelante, le fue encomendada la tarea de vigía. Tendido en la proa, clavaba los ojos en la oscuridad. La noche era cada vez más oscura, pero arriba las estrellas brillaban de un modo extraño, y había un resplandor sobre la superficie del Río. No faltaba mucho para la medianoche, y desde hacía un tiempo se dejaban llevar por la corriente, sin apenas usar las palas, cuando de pronto Sam dio un grito. Delante, a unas pocas yardas, se alzaban unas formas oscuras, y se oían los remolinos de unas aguas rápidas. Una fuerte corriente iba hacia la izquierda, donde el cauce no presentaba obstáculos. Mientras el agua los llevaba así a un lado, los viajeros alcanzaron a ver, ahora muy de cerca, las pálidas espumas del Río que golpeaban unas rocas puntiagudas, inclinadas hacia delante como una hilera de dientes. Los botes estaban todos agrupados.

La barca de Boromir golpeó contra la de Aragorn, la primera.

—¡Eh, Aragorn! —gritó Boromir—. ¡Es una locura! ¡No podemos cruzar los Rápidos de noche! Pero no hay bote que resista en Sarn Gebir, de noche o de día.

—¡Atrás! ¡Atrás! —gritó Aragorn—. ¡Virad! ¡Virad si podéis!

Hundió la pala en el agua tratando de detener la barca y de hacerla girar.

—Me he equivocado —le dijo a Frodo—. No sabía que habíamos llegado tan lejos. El Anduin fluye más rápido de lo que pensaba. Sarn Gebir tiene que estar ya al alcance de la mano.

Después de muchos esfuerzos lograron dominar los botes, haciéndolos girar en redondo, pero al principio el agua no los dejaba avanzar, y cada vez estaban más cerca de la orilla del este, que ahora se levantaba negra y siniestra en la noche.

—¡Todos juntos, rememos! —gritó Boromir—. ¡Rememos! O el agua nos arrastrará a los bajíos.

Se oía aún la voz de Boromir cuando Frodo sintió que la quilla rozaba el fondo rocoso.

En ese mismo momento se oyó el ruido de flechas que se desprendían de arcos: algunas pasaron por encima de ellos y otras cayeron entre las barcas. Una alcanzó a Frodo entre los hombros; el hobbit vaciló y cayó hacia delante, gritando, y soltando la pala; pero la flecha rebotó en la malla escondida. Otra le atravesó la capucha a Aragorn, y una tercera se clavó en la borda del segundo bote, cerca de la mano de Merry. Sam creyó ver unas figuras negras corriendo a lo largo de las playas pedregosas de la orilla oriental. Le pareció que estaban muy cerca.

—*Yrch!* —dijo Legolas, volviendo de pronto a su propia lengua.

—¡Orcos! —gritó Gimli.

—Obra de Gollum, apuesto la cabeza —le dijo Sam a Frodo—. Y qué buen lugar eligieron. El Río parece decidido a llevarnos directamente hacia ellos.

Todos se doblaron hacia delante trabajando con las palas; hasta Sam echó una mano. Pensaban que en cualquier momento sentirían la mordedura de las flechas de penachos negros. Muchas les pasaban por encima, silbando; otras caían en el agua cercana; pero ninguna más los alcanzó. La noche era oscura, no demasiado oscura para los ojos de los orcos, y a la luz de las estrellas los viajeros debían de ser un buen blanco para aquellos astutos enemigos, aunque era posible que los mantos grises de Lórien y la madera gris de las barcas élficas desconcertaran a los maliciosos arqueros de Mordor.

Remada tras remada, la Compañía continuó hacia delante. En la oscuridad era difícil afirmar que estuvieran moviéndose de veras, pero los remolinos de agua fueron tranquilizándose poco a poco, y la sombra de la orilla oriental retrocedió en la noche. Al fin les pareció que habían llegado de nuevo al medio del Río, y que habían retrocedido alejando las embarcaciones de aquellas rocas afiladas. Dando entonces media vuelta, remaron esforzadamente hacia la orilla occidental, y se detuvieron a tomar aliento a la sombra de unos arbustos que se inclinaban sobre el agua.

Legolas dejó la pala y tomó el arco que había traído de Lórien. Luego saltó a tierra y subió unos pocos pasos por la orilla. Puso una flecha en el arco, estiró la cuerda, y se volvió a mirar por encima del Río en la oscuridad. Del otro lado venían unos gritos estridentes, pero no se veía nada.

Frodo miró al elfo que se erguía por encima de él, observando la noche, buscando un blanco. Sobre la cabeza sombría había una corona de estrellas blancas que resplandecían vivamente en los charcos negros del cielo. Pero ahora, elevándose y navegando desde el sur, las grandes nubes invadieron el cielo, enviando una oscura avanzadilla por los campos de estrellas. Un temor repentino invadió a los viajeros.

—*Elbereth Gilthoniel!* —suspiró Legolas mirando al cielo. Mientras hablaba, una sombra negra, parecida a una nube, pero que no era una nube, pues se movía con demasiada rapidez, vino de la oscuridad del sur, y se precipitó hacia la Compañía, cegando toda luz al acercarse. Pronto apareció como una gran criatura alada, más negra que los pozos en la noche. Unas voces feroces le dieron la bienvenida desde la otra orilla del Río. Un escalofrío repentino le corrió por el cuerpo a Frodo estrujándole el corazón; sentía en el hombro un frío mortal, como el recuerdo de una vieja herida. Se agachó, como para esconderse.

De pronto el gran arco de Lórien cantó. La flecha salió silbando desde la cuerda élfica. Frodo alzó los ojos. Casi encima de él la forma alada viró. Se oyó un grito, un graznido ronco, y la sombra cayó del aire, desvaneciéndose en la penumbra de la orilla oriental. El cielo era claro otra vez. Allá lejos hubo un ruido tumultuoso de muchas voces, que maldecían y se quejaban en la oscuridad, y luego silencio. Ni flechas ni gritos llegaron otra vez del este aquella noche.

Al cabo de un rato Aragorn guio las embarcaciones aguas arriba. Por un tiempo tantearon la orilla del agua hasta que encontraron una bahía pequeña, poco profunda. Había unos árboles bajos cerca de la orilla, y detrás de ellos se elevaba un barranco rocoso y abrupto. La Compañía decidió quedarse allí a esperar el alba; era inútil tratar de seguir viaje de noche. No acamparon ni encendieron fuego, se quedaron tendidos en las barcas, amarradas juntas.

—¡Alabados sean el arco de Galadriel y la mano y el ojo de Legolas! —dijo Gimli mientras masticaba una oblea de *lembas*—. ¡Esto ha sido un tremendo tiro en la oscuridad, amigo mío!

—Pero ¿quién puede decir en qué blanco ha dado?

—Yo no —dijo Gimli—. Pero agradezco que la sombra no se haya acercado más. No me gustaba nada. Me recordaba demasiado a la sombra de Moria..., la sombra del Balrog —concluyó en un susurro.

—No era un balrog —dijo Frodo, todavía temblando de frío—. Era algo más helado. Creo que era...

Frodo se detuvo, y no siguió hablando.

—¿Qué crees? —preguntó Boromir con interés, inclinándose fuera de su barca, como tratando de verle la cara a Frodo.

—Creo que... No, no lo diré —respondió Frodo—. De cualquier manera, esa caída ha acongojado a nuestros enemigos.

—Eso parece —dijo Aragorn—. Sin embargo no sabemos dónde están, ni cuántos son, ni qué harán mañana. ¡Esta noche nadie dormirá! La oscuridad nos protege ahora. Pero ¿qué nos mostrará el día? ¡Tened las armas al alcance de la mano!

Sam estaba sentado golpeteando con las puntas de los dedos la empuñadura de la espada, como si estuviese sacando cuentas, mientras miraba al cielo.

—Es muy raro —murmuró—. La luna es la misma en la Comarca que en las Tierras Salvajes, o tendría que serlo. Pero ha cambiado de curso, o estoy contando mal. Recuerde, señor Frodo: la luna decrecía cuando descansamos aquella noche en la plataforma del árbol; una semana después del plenilunio, según mis cálculos. Anoche se cumplía una semana de viaje, y he aquí que se aparece una luna nueva, tan delgada como una raedura de uña, como si no hubiésemos pasado un tiempo en el país de los Elfos.

»Bien, recuerdo tres noches en aquel lugar claramente, seguro, y creo recordar varias más; pero juraría que no pasó un mes. ¡Uno casi podría pensar que allá el tiempo no cuenta!

—Y quizás así era —dijo Frodo—. Es posible que en ese país hayamos estado inmersos en un tiempo que era ya el pasado en otros sitios. Creo que fue sólo cuando el Cauce de Plata nos llevó al Anduin cuando volvimos al tiempo que fluye por las tierras de los mortales hacia el Gran Mar. Y no recuerdo ninguna luna, nueva o vieja, en Caras Galadhon: sólo las estrellas de noche y el sol de día.

Legolas se movió en su barca.

—No, el tiempo nunca se detiene del todo —dijo—, pero los cambios y el crecimiento no son siempre iguales para todas las cosas y en todos los sitios. Para los Elfos el mundo se mueve, y es a la vez muy rápido y muy lento. Rápido, porque los Elfos mismos cambian poco, y todo lo demás parece fugaz; lo sienten como una pena. Lento, porque no necesitan contar los años que pasan, no en relación con ellos mismos. Las estaciones del año no son más que ondas que se repiten una y otra vez en una larguísima corriente. Sin embargo todo lo que hay bajo el sol se desgasta y ha de terminar un día.

—Pero el desgaste es lento en Lórien —dijo Frodo—. El poder de la Dama se manifiesta allí claramente. Las horas son plenas, aunque parecen breves, en Caras Galadhon, donde Galadriel guarda el anillo élfico.

—Esto no hay que decirlo fuera de Lórien, ni siquiera a mí —dijo Aragorn—. ¡No hables más de ello! Pero así es, Sam: en esas tierras no valen las cuentas. Allí el tiempo pasó tan rápidamente para nosotros como para los Elfos. La vieja luna ha muerto, y otra ha crecido y decrecido en el mundo exterior, mientras nos demorábamos allí. Y anoche la luna nueva apareció otra vez. El invierno casi ha terminado. El tiempo fluye hacia una primavera de flacas esperanzas.

La noche fue silenciosa. Ninguna voz, ninguna llamada volvió a elevarse del otro lado del agua. Los viajeros acurrucados en las barcas sintieron el cambio en el aire. Era tibio ahora y estaba muy quieto bajo los nubarrones húmedos que habían venido del sur y los mares lejanos. El rápido fluir del río sobre las rocas de los rápidos parecía cada vez más ruidoso y próximo. Sobre ellos las ramitas de los árboles empezaron a gotear.

Cuando llegó el día, el mundo de alrededor tenía un aspecto blando y triste. Lentamente el alba dio paso a una luz gris, difusa y sin sombras. Había una bruma sobre el río, y una niebla blanca cubría la orilla; la margen opuesta no se veía.

—No soporto la niebla —dijo Sam—, pero ésta parece de buena suerte. Ahora quizá podamos irnos sin que esos malditos nos vean.

—Quizá —dijo Aragorn—. Pero nos costará encontrar el camino si esa niebla no se levanta un poco dentro de un rato. Y tenemos que encontrarlo, si queremos cruzar Sarn Gebir y llegar a las Emyn Muil.

—No entiendo por qué razón tenemos que cruzar los Rápidos o seguir el curso del Río todavía más —dijo Boromir—. Si las Emyn Muil están ahí delante, podríamos abandonar estas cáscaras de nuez y marchar hacia el oeste y el sur hasta llegar al Entaguas y pasar a mi propio país.

—Sí, si vamos a Minas Tirith —dijo Aragorn—, pero eso todavía no está decidido. Y ese rumbo puede ser más peligroso de lo que parece. El valle del Entaguas es llano y pantanoso, y la niebla es un peligro mortal para quienes van cargados y a pie. Yo no abandonaría las barcas hasta que fuese indispensable. Siguiendo el curso del Río al menos no podremos extraviarnos.

—Pero el Enemigo domina la costa oriental —protestó Boromir—. Y aunque cruzáramos las Puertas de Argonath y llegáramos sanos y salvos a Escarpa, ¿qué haríamos entonces? ¿Saltar por encima de las Cascadas y caer en los pantanos?

—¡No! —respondió Aragorn—. Di mejor que llevaremos las barcas por el viejo camino hasta el pie del Rauros, donde volveremos al agua. ¿Ignoras, Boromir, o prefieres olvidar, la Escalera del Norte, y el elevado sitial de Amon Hen, que fueron construidos en los días de los grandes reyes? Yo al menos tengo la intención de detenerme en esas alturas antes de decidir qué camino seguiremos. Quizá veamos allí alguna señal que pueda orientarnos.

Boromir discutió este plan largo rato, pero cuando fue evidente que Frodo seguiría a Aragorn, no importaba dónde, cedió.

—Los Hombres de Minas Tirith no abandonan a sus amigos en los momentos difíciles —dijo—, y necesitaréis de mis fuerzas, si llegáis a Escarpa. Iré hasta la isla alta, pero no más adelante. De allí me volveré a mi país, solo, si no he ganado con mi ayuda la recompensa de un compañero.

El día avanzaba, y la niebla se había disipado un poco. Se decidió que Aragorn y Legolas se adelantaran en seguida a lo largo de la orilla, mientras los otros se quedaban en las barcas. Aragorn esperaba encontrar algún camino por el que pudieran llevar las barcas y el equipaje hasta las aguas tranquilas al otro lado de los Rápidos.

—Las barcas de los Elfos no se hundirían quizá —dijo—, pero eso no significa que podamos salir vivos de Sarn Gebir. Nadie lo ha conseguido hasta ahora. Los Hombres de Gondor no abrieron ningún camino en esta región, pues aun en los mejores días el reino no llegaba hasta el Anduin más allá de las Emyn Muil; pero hay una senda para porteadores en alguna parte de la orilla occidental, y espero encontrarla. No creo que haya desaparecido, pues en otro tiempo las embarcaciones ligeras cruzaban las Tierras Salvajes descendiendo hasta Osgiliath, y seguían haciéndolo hasta hace pocos años, cuando los orcos de Mordor empezaron a multiplicarse.

—Pocas veces en mi vida he visto barcos descender por el río desde el norte, y los orcos merodean en la orilla oriental —dijo Boromir—. Si seguimos adelante, el peligro crecerá con cada milla, y aún falta encontrar un camino.

—El peligro acecha en todos los caminos que van al sur —respondió Aragorn—. Esperadnos un día. Si en ese tiempo no volvemos, sabréis que el infortunio nos ha alcanzado. Entonces tendréis que elegir un nuevo jefe, y luego seguirlo como mejor podáis.

Frodo sintió una congoja en el corazón mientras miraba cómo Aragorn y Legolas ascendían el empinado barranco y desaparecían en la niebla; pero pronto se vio que estos temores eran infundados. Sólo habían pasado dos o tres horas y no era aún el mediodía cuando las formas borrosas de los exploradores aparecieron de nuevo.

—Todo bien —dijo Aragorn, bajando por el barranco—. Hay una senda, lleva a un embarcadero todavía útil. No está lejos. Los Rápidos empiezan media milla aguas abajo, y no se extienden por más de una milla. No mucho después la corriente se vuelve de nuevo clara y lisa, aunque sigue siendo rápida. El trabajo más duro será llevar las barcas y el equipaje hasta el viejo sendero de porteadores. Lo hemos encontrado, pero corre bastante lejos de la orilla, a unas doscientas yardas, y al amparo de una pared de roca. No hemos visto el desembarcadero del norte. Si aún existe tenemos que haberlo pasado anoche. Podríamos remontar con mucho trabajo la corriente, y ni así verlo en la niebla. Me temo que vamos a tener que dejar el Río

ahora mismo, y desde aquí ascender hasta el sendero de porteadores como podamos.

—No será fácil, aunque todos fuéramos Hombres —dijo
Boromir.

—Lo intentaremos sin embargo, tal como somos —dijo
Aragorn.

—Claro que sí —dijo Gimli—. ¡Las piernas se les doblan a
los Hombres cuando el camino es duro, pero un Enano nunca
cae, aunque lleve una carga dos veces más pesada que él mismo, señor Boromir!

El trabajo fue duro en verdad, pero se llevó a cabo. Descarga-
ron los bultos de las embarcaciones, y los llevaron a la cima del
barranco. Luego sacaron las barcas del agua y cargaron con
ellas hasta arriba. Eran mucho menos pesadas de lo que se habían esperado. Ni siquiera Legolas sabía de qué árbol del país
élfico era aquella madera, dura y sin embargo muy liviana. En
terreno llano, Merry y Pippin podían llevar solos la barca, y
con facilidad. Pero se necesitaba la fuerza de dos hombres para
levantarlas y arrastrarlas por el terreno que la Compañía debía
cruzar ahora; nacía en pendiente a orillas del Río, y era un
amontonamiento de piedras calcáreas de color gris, con muchos agujeros escondidos, tapados con matorrales y arbustos;
las matas espinosas abundaban, y también las hondonadas verticales; y por aquí y allá había unos charcos pantanosos que
eran alimentados por unos hilos de agua que bajaban de las
tierras altas del interior.

Aragorn y Boromir fueron llevando las barcas, una a una,
mientras los otros se afanaban y tambaleaban detrás con el
equipaje. Al fin todo fue trasladado y depositado en el sendero
de porteadores. Luego, sin encontrar otros obstáculos que las

plantas rampantes y las numerosas piedras caídas, marcharon todos juntos. La niebla colgaba todavía en velos sobre la casi desmoronada pared de roca; a la izquierda la bruma ocultaba el Río: podían oír cómo se precipitaba en espumas contra los salientes afilados y los dientes de piedra de Sarn Gebir, pero no lo veían. Hicieron dos veces el viaje hasta que todo estuvo a salvo en el embarcadero del sur.

Allí la senda se acercaba a la orilla, descendiendo poco a poco hasta el borde apenas elevado de una pequeña laguna. La cuenca no parecía ser obra de alguna mano sino de los remolinos de agua que descendían de Sarn Gebir, golpeando una roca baja que se adentraba en la corriente. Más allá la orilla subía a pique en una muralla gris, y no había ningún pasaje para los que iban a pie.

La breve tarde había quedado atrás y ya llegaba el atardecer, pálido y nuboso. Los viajeros se habían sentado junto al Río escuchando la confusa precipitación de las aguas, el rugido de los Rápidos ocultos en la bruma. Se sentían cansados y con sueño, tan melancólicos como el día moribundo.

—Bueno, aquí estamos, y aquí tendremos que pasar otra noche —dijo Boromir—. Necesitamos dormir, y aunque Aragorn tenga la intención de cruzar de noche las Puertas de Argonath..., bueno, estamos todos demasiado cansados; excepto sin duda nuestro vigoroso enano.

Gimli no contestó; cabeceaba sentado.

—Descansemos ahora todo lo posible —dijo Aragorn—. Mañana viajaremos otra vez de día. Si el tiempo no cambia y se pone contra nosotros, tenemos una buena posibilidad de escurrirnos sin que nos vean desde la orilla de enfrente. Pero esta noche habrá dos en la guardia, turnándose: tres horas de reposo y una de vigilia.

No hubo esa noche nada peor que una corta llovizna, una hora antes del alba. Se pusieron en camino en cuanto amaneció del todo. La niebla ya estaba disipándose. Se mantenían lo más cerca posible de la orilla occidental, y podían ver las formas oscuras de los acantilados bajos, que se elevaban cada vez más; muros sombríos que hundían los pies en las aguas apresuradas. A media mañana las nubes descendieron, y empezó a llover copiosamente. Extendieron las cubiertas de pieles sobre las barcas, para que no entrara el agua, y continuaron dejándose llevar río abajo. Las cortinas grises de la lluvia apenas les dejaban ver lo que había delante o alrededor.

La lluvia, sin embargo, no duró mucho. El cielo fue aclarándose lentamente, y luego las nubes se abrieron, y arrastrando unos flecos desaliñados se alejaron hacia el norte. Las nieblas y brumas habían desaparecido. Delante de los viajeros se extendía una amplia garganta, de grandes paredes rocosas, de donde colgaban unos pocos arbustos retorcidos, aferrados a los salientes y las grietas. El cauce se hizo más estrecho y el Río más rápido. Las aguas corrían con las barcas, y parecía difícil que pudieran detenerse o cambiar el rumbo, cualquiera que fuese el obstáculo que se les presentara delante. Sobre ellos el cielo era un camino azul; alrededor se extendía el río ensombrecido, y delante, negras, las colinas de las Emyn Muil tapando el sol, y en ellas no se veía ninguna abertura.

Frodo miraba hacia delante, y de pronto vio dos rocas que se acercaban desde lejos: parecían dos grandes pináculos o pilares de piedra. Altas, verticales, amenazadoras, se erguían a ambos lados del Río. Una estrecha abertura apareció entre ellas, y el Río arrastró hacia allí las barcas.

—¡Mirad los Argonath, los Pilares de los Reyes! —exclamó Aragorn—. Los cruzaremos pronto. ¡Mantened las barcas en fila, y tan apartadas como sea posible! ¡Siempre por el medio de la corriente!

Frodo, arrastrado por las aguas, vio cómo los dos grandes pilares iban a su encuentro, asomándose como torres. Eran unas formas gigantescas, vastas figuras grises, mudas pero amenazantes. En seguida vio que los pilares eran en verdad unas tallas enormes, que el arte y los antiguos poderes habían trabajado en ellos, y que a pesar de los soles y las lluvias de años olvidados todavía seguían mostrando las poderosas formas labradas originales. Sobre unos grandes pedestales apoyados en el fondo de las aguas se levantaban dos grandes reyes de piedra: los ojos velados bajo unas cejas hendidas aún miraban ceñudamente al norte. Los dos adelantaban la mano izquierda, mostrando la palma en un ademán de advertencia; en la mano derecha tenían un hacha, y sobre la cabeza llevaban un casco y una corona desmoronados. Aún daban impresión de poder y majestad, guardianes silenciosos de un reino desaparecido hacía tiempo. Frodo se sintió invadido por un temor reverente, y se encogió cerrando los ojos, sin atreverse a mirar mientras la barca se acercaba. Hasta Boromir inclinó la cabeza cuando las embarcaciones pasaron en un torbellino, como hojitas frágiles y voladizas, a la sombra permanente de los centinelas de Númenor. Así se adentraron en el abismo oscuro de las Puertas.

Los terribles acantilados se alzaban ahora a cada lado a alturas inescrutables. El cielo pálido parecía estar muy lejos. Las aguas negras rugían y resonaban, y un viento chillaba sobre ellas. Frodo, que iba doblado con la cabeza entre las rodillas, oyó a Sam gruñir y murmurar delante.

—¡Qué sitio! ¡Qué sitio horrible! ¡Que me saquen de este bote y nunca volveré a mojarme los pies en un charco, y menos en un río!

—¡No temas! —dijo una voz extraña, detrás de él.

Frodo se volvió y vio a Trancos, y sin embargo no era Trancos, pues el curtido Montaraz ya no estaba allí. En la popa venía sentado Aragorn hijo de Arathorn, orgulloso y erguido, guiando la barca con hábiles golpes de pala; se había echado atrás la capucha, los cabellos negros le flotaban al viento, y tenía una luz en los ojos: un rey que vuelve del exilio a su propia tierra.

—¡No temas! —repitió—. Durante muchos años anhelé contemplar las imágenes de Isildur y Anárion, mis señores de otro tiempo. A la sombra de estos señores, Elessar, Piedra de Elfo, hijo de Arathorn de la Casa de Valandil hijo de Isildur, heredero de Elendil, ¡no tiene nada que temer!

En seguida la luz se le apagó en los ojos y Aragorn dijo como hablándose a sí mismo:

—¡Ah, si ahora Gandalf estuviera aquí! ¡Qué nostalgia tengo de volver a Minas Anor y las murallas de mi ciudad! ¿A dónde iré ahora?

La garganta era larga y oscura, y había allí un ruido de viento, de aguas torrentosas y de ecos que resonaban en las paredes de piedra. Describía una ligera curva hacia el oeste, de modo que al principio todo era oscuro adelante, pero Frodo vio luego una alta brecha luminosa, que crecía con rapidez. De pronto las barcas salieron precipitadas a una luz vasta y clara.

El sol, que ya había dejado muy atrás el mediodía, brillaba en un cielo ventoso. Las aguas embalsadas se extendían ahora en un largo lago ovalado, el pálido Nen Hithoel, rodeado de colinas grises y abruptas cuyas faldas estaban cubiertas de árboles, pero las cimas desnudas brillaban fríamente a la luz del sol. En el extremo sur se elevaban tres picos. El del medio se inclinaba un poco hacia delante, apartándose de los otros: una isla en medio del agua, entre los brazos pálidos y centelleantes del Río. De lejos venía un rugido profundo, como un trueno distante.

—¡Mirad el Tol Brandir! —dijo Aragorn señalando el pico alto del sur—. A la izquierda se alza el Amon Lhaw y a la derecha el Amon Hen, las colinas del Oído y de la Vista. En los días de los grandes reyes había sitiales ahí arriba, y una guardia permanente. Pero se dice que ningún pie de hombre o de bestia ha hollado alguna vez el Tol Brandir. Antes de que caigan las sombras de la noche ya estaremos allí. Escucho la voz eterna del Rauros, que nos llama.

La Compañía descansó un rato, dejando que la corriente los llevara hacia el sur por el medio del lago. Comieron algo, y luego tomaron las palas para ir más de prisa. La sombra cayó en las laderas del oeste, y el sol descendió redondo y rojo. Aquí y allá asomó una estrella neblinosa. Los tres picos se erguían ante ellos, cada vez más oscuros. El vozarrón del Rauros rugía. Cuando los viajeros llegaron por fin a la sombra de las colinas, la noche se extendía ya sobre las aguas.

El décimo día de viaje había terminado. Las Tierras Salvajes quedaban atrás. No podían continuar sin decidir entre el camino del este y el camino del oeste. La última etapa de la Misión estaba ante ellos.

10

LA DISOLUCIÓN DE LA COMUNIDAD

Aragorn los llevó hacia el brazo derecho del Río. Allí, en la ladera del oeste, a la sombra del Tol Brandir, había un prado verde que descendía hacia el agua desde los pies del Amon Hen. Detrás se elevaban las primeras estribaciones de la colina, sembradas de árboles, y otros árboles se alejaban hacia el oeste siguiendo la orilla curva del lago. Un pequeño manantial se precipitaba por la pendiente, alimentando la hierba.

—Descansaremos aquí esta noche—dijo Aragorn—. Éstos son los prados de Parth Galen: un hermoso sitio en los días de verano de otro tiempo. Esperemos que ningún mal haya llegado aún aquí.

Arrastraron las embarcaciones, subiéndolas por la orilla verde, y acamparon. Pusieron una guardia, pero no oyeron ningún ruido ni vieron ninguna señal de los enemigos. Si Gollum los seguía aún, había encontrado el modo de que no lo vieran ni lo oyeran. Sin embargo, a medida que pasaba la noche, Aragorn iba sintiéndose cada vez más intranquilo, agitándose en sueños y despertando a menudo. En las primeras horas del alba, se incorporó y se acercó a Frodo, a quien le tocaba montar guardia.

—¿Por qué estás despierto? —le preguntó Frodo—. No es tu turno.

—No sé —respondió Aragorn—, pero una sombra y una amenaza han estado creciendo en mis sueños. Sería bueno que sacaras la espada.

—¿Por qué? —dijo Frodo—. ¿Hay enemigos cerca?

—Veamos qué nos muestra Dardo —dijo Aragorn.

Frodo desenfundó la hoja élfica. Aterrorizado, vio que los filos brillaban débilmente en la noche.

—¡Orcos! —dijo—. No muy cerca, y sin embargo demasiado cerca, me parece.

—Tal como me lo temía —dijo Aragorn—. Pero no creo que estén en este lado del río. La luz de Dardo es débil, y quizá sólo apunta a los espías de Mordor merodeando por las laderas del Amon Lhaw. Nunca oí hablar de orcos que hubieran llegado hasta el Amon Hen. Sin embargo, quién sabe qué puede ocurrir en estos días nefastos, ahora que Minas Tirith ya no guarda los pasajes del Anduin. Tendremos que avanzar con mucho cuidado mañana.

El día llegó como fuego y humo. Abajo en el este había barras negras de nubes, como la humareda de un gran incendio. El sol naciente las iluminó desde abajo con oscuras llamas rojas, pero pronto subió por encima de ellas al cielo claro. La cima del Tol Brandir estaba guarnecida de oro. Frodo miró hacia el este donde se levantaba la alta isla. Los flancos lisos y verticales del agua, y dominando los altos acantilados había pendientes escarpadas a las que se aferraban los árboles, de copas superpuestas, y más arriba de nuevo unas paredes grises e inaccesibles, coronadas por una gran aguja de piedra. Muchos pájaros volaban alrededor, pero no había otros signos de vida.

Después del desayuno, Aragorn reunió a toda la Compañía.

—El día ha llegado al fin —dijo—, el día de la decisión, tanto tiempo demorada. ¿Qué será ahora de nuestra Compañía, que ha viajado tan lejos en comunidad? ¿Iremos hacia el oeste con Boromir, a las guerras de Gondor, o iremos al este, hacia el Miedo y la Sombra, o disolveremos la comunidad y cada uno tomará el camino que prefiera? Lo que se decida, hay que hacerlo en seguida. No podemos quedarnos aquí mucho tiempo. Ya sabemos que el enemigo está en la orilla oriental; pero temo que los orcos ya puedan encontrarse en este lado del agua.

Hubo un largo silencio, en el que nadie habló ni se movió.

—Bueno, Frodo —dijo Aragorn al fin—. Me temo que la responsabilidad pese ahora sobre tus hombros. Eres el Portador elegido por el Concilio. Se trata de tu propio camino, y sólo tú decides. En este asunto no puedo aconsejarte. No soy Gandalf, y aunque he tratado de desempeñarme como él, no sé qué designios o esperanzas tenía para esta hora, si tenía alguno. Lo más probable es que si estuviera aquí con nosotros la elección dependería todavía de ti. Tal es tu destino.

Frodo no respondió en seguida. Luego dijo lentamente:

—Sé que el tiempo apremia, pero no puedo elegir. La responsabilidad es muy pesada. Dame una hora más, y hablaré. Dejadme solo.

Aragorn lo miró con una piedad conmiserativa.

—Muy bien, Frodo hijo de Drogo —le dijo—. Tendrás una hora, y estarás solo. Nos quedaremos aquí un rato. Pero no te alejes tanto que no podamos oírte.

Frodo se quedó algún tiempo sentado, cabizbajo. Sam, que había estado observando a su amo muy preocupado, inclinó la cabeza y murmuró:

—Es claro como el agua, pero no vale la pena que Sam Gamyi se meta justo ahora.

Al fin Frodo se incorporó y se alejó, y Sam vio que mientras los otros se dominaban y evitaban mirarlo, los ojos de Boromir seguían atentamente a Frodo, hasta que se perdió entre los árboles al pie del Amon Hen.

Caminando al principio sin rumbo por el bosque, Frodo descubrió que los pies estaban llevándolo hacia las faldas de la montaña. Llegó a un sendero, las tortuosas ruinas de un camino de otra época. En los lugares empinados habían tallado unos escalones, pero ahora estaban agrietados y gastados, y las raíces de los árboles habían partido la piedra. Trepó algún tiempo sin preocuparse por dónde iba, hasta que llegó a un lugar cubierto de hierba. Había serbales alrededor, y en medio una gran piedra plana. El pequeño prado de la colina se abría al este, y ahora estaba iluminado por el sol matinal. Frodo se detuvo y miró por encima del río, que corría muy abajo, hacia el Tol Brandir y los pájaros que revoloteaban en el gran espacio aéreo que se extendía entre él y la isla virgen. La voz del Rauros era un poderoso rugido mezclado con un profundo bramido retumbante.

Frodo se sentó en la piedra, apoyando el mentón en las manos, con los ojos clavados en el este, pero sin ver mucho. Todo lo que había ocurrido desde que Bilbo dejara la Comarca le desfiló entonces por la mente, y recordó lo que pudo de las palabras de Gandalf. El tiempo pasó, y aún no podía decidirse.

De pronto despertó de estos pensamientos: tenía la rara impresión de que algo estaba detrás de él, que unos ojos hostiles lo observaban. Se incorporó de un salto y se volvió, pero para su sorpresa sólo vio a Boromir, de cara sonriente y bondadosa.

—Temía por ti, Frodo —dijo Boromir adelantándose—. Si Aragorn tiene razón y los orcos están cerca, no conviene que nos paseemos solos, y menos tú: tantas cosas dependen de ti. Y mi corazón también lleva una carga. ¿Puedo quedarme y hablarte un rato ya que te he encontrado? Me confortará. Cuando hay tantos, toda palabra se convierte en una discusión interminable. Pero dos quizá encuentren juntos el camino de la sabiduría.

—Eres amable —dijo Frodo—. Aunque no creo que un discurso pueda ayudarme. Pues sé muy bien lo que he de hacer, pero tengo miedo de hacerlo, Boromir, miedo.

Boromir no le contestó. El eterno Rauros continuaba rugiendo. El viento murmuraba en las ramas de los árboles. Frodo se estremeció.

De pronto Boromir se acercó y se sentó junto a él.

—¿Estás seguro de que no sufres sin necesidad? —dijo—. Deseo ayudarte. Necesitas alguien que te guíe en esa difícil elección. ¿No aceptarías mi consejo?

—Creo que ya sé qué consejo me darías, Boromir —dijo Frodo—. Y me parecería un buen consejo si el corazón no me dijese que he de estar prevenido.

—¿Prevenido? ¿Prevenido contra qué? —dijo Boromir con tono brusco.

—Contra todo retraso. Contra lo que parece más fácil. Contra la tentación de rechazar la carga que me ha sido impuesta. Contra..., bueno, hay que decirlo: contra la confianza en la fuerza y la verdad de los Hombres.

—Sin embargo esa fuerza te protegió mucho tiempo allá en tu pequeño país, aunque tú no lo supieras.

—No pongo en duda el valor de tu pueblo. Pero el mundo está cambiando. Las murallas de Minas Tirith pueden ser fuertes, pero no son suficientemente fuertes. Si ceden, ¿qué pasará?

—Moriremos como valientes en el combate. Sin embargo, hay esperanzas de que no cedan.

—Ninguna esperanza mientras exista el Anillo.

—¡Ah! ¡El Anillo! —dijo Boromir, y se le encendieron los ojos—. ¡El Anillo! ¿No es un extraño destino tener que sobrellevar tantos miedos y recelos por una cosa tan pequeña? ¡Una cosa tan pequeña! Y yo sólo la vi un instante en la casa de Elrond. ¿No podría echarle otra mirada?

Frodo alzó la cabeza. El corazón se le había helado de pronto. Había alcanzado a ver el extraño resplandor en los ojos de Boromir, aunque la expresión de la cara era aún amable y amistosa.

—Es mejor que permanezca oculto —respondió.

—Como quieras. No me importa —dijo Boromir—. Pero ¿no puedo hablarte de ese Anillo? Parece que sólo piensas en el poder que podría alcanzar en manos del Enemigo; en los malos usos del Anillo, y no en los buenos. El mundo cambia, dices. Minas Tirith caerá si el Anillo no desaparece. ¿Pero por qué? Así será si lo tiene el Enemigo, pero ¿por qué iba a pasar, si permaneciera con nosotros?

—¿No estuviste en el Concilio? —replicó Frodo—. No podemos utilizarlo, y lo que consigues con él se desbarata en mal.

Boromir se incorporó y se puso a caminar de un lado a otro con impaciencia.

—Sí, ya conozco la cantinela —exclamó—. Gandalf, Elrond, todos te enseñaron a repetir esto. Quizás esté bien para ellos. Esos Elfos, Medio Elfos y Magos: es posible que alguna desgracia les cayera encima. Sin embargo me pregunto a menudo si serán sabios de veras, y no meramente tímidos. Pero a cada uno según su especie. Los Hombres de corazón leal no serán corrompidos. La gente de Minas Tirith nos hemos mostrado fuertes a través de largos años de prueba. No buscamos el poder de los señores magos, sólo fuerza para defendernos, fuerza para una causa justa. ¡Y mira! En nuestro aprieto la casualidad trae a la luz el Anillo de Poder. Es un regalo digo yo, un regalo para los enemigos de Mordor. Seríamos insensatos si no lo aprovecháramos, si no utilizáramos contra el Enemigo ese mismo poder. El temerario, el implacable, sólo ellos alcanzarán la victoria. ¿Qué no podría hacer un guerrero en esta hora, un gran jefe? ¿Qué no podría hacer Aragorn? Y si Aragorn rehúsa, ¿por qué no Boromir? El Anillo me daría poder de mando. ¡Ah, cómo perseguiría yo a las huestes de Mordor, y cómo todos los hombres acudirían en masa para servir a mi bandera!

Boromir iba y venía, hablando cada vez más alto, casi como si hubiera olvidado a Frodo, mientras peroraba sobre murallas y armas y la convocatoria a los hombres, y planeaba grandes alianzas y gloriosas victorias futuras; y sometía a Mordor, y él se convertía en un rey poderoso, benevolente y sabio. De pronto se detuvo y sacudió los brazos.

—¡Y nos dicen que lo tiremos por ahí! —exclamó—. Yo no digo como ellos *destruidlo*. Eso estaría bien, si hubiese alguna posibilidad razonable. No la hay. El único plan que nos propusieron es que un mediano entre a ciegas en Mordor ofreciendo al Enemigo la posibilidad de recuperar el Anillo. ¡Qué locura!

»Seguro que tú también lo entiendes así, ¿no es cierto, amigo? —dijo de pronto volviéndose de nuevo hacia Frodo—. Dices que tienes miedo. Si es así, el más audaz te lo perdonaría. ¿Pero ese miedo no será tu buen sentido que se rebela?

—No, tengo miedo —dijo Frodo—. No hay otra cosa. Y me alegra haberte oído hablar tan francamente. Mi mente está más clara ahora.

—¿Entonces vendrás a Minas Tirith? —exclamó Boromir. Tenía los ojos brillantes y el rostro encendido.

—Me has entendido mal —dijo Frodo.

—Pero ¿vendrás, al menos por un tiempo? —insistió Boromir—. Mi ciudad no está lejos ahora, y no hay más distancia de allí a Mordor que desde aquí. Hemos estado mucho tiempo en las tierras salvajes y necesitas saber qué hace ahora el Enemigo antes de dar un paso. Ven conmigo, Frodo —dijo—. Necesitas descansar antes de aventurarte más allá, si es necesario que vayas.

Se apoyó en el hombro de Frodo, en actitud amistosa, pero Frodo sintió que la mano de Boromir temblaba con una excitación contenida. Dio rápidamente un paso atrás, y miró con inquietud al hombre alto, casi dos veces más grande que él, y muchísimo más fuerte.

—¿Por qué eres tan poco amable? —dijo Boromir—. Soy un hombre leal, no un ladrón, ni un bandolero. Necesito tu Anillo, ahora lo sabes, pero te doy mi palabra de que no quiero quedarme con él. ¿No me permitirás al menos que probemos mi plan? ¡Préstame el Anillo!

—¡No! ¡No! —gritó Frodo—. El Concilio decidió que era yo quien tenía que llevarlo.

—¡Tu locura nos llevará a la derrota! —gritó Boromir—. ¡Me pones fuera de mí! ¡Insensato! ¡Cabeza dura! Corres voluntariamente a la muerte y arruinas nuestra causa. Si algún mortal tiene derecho al Anillo, ha de ser un hombre de Númenor, y no un mediano. Sólo por una desgraciada casualidad es tuyo. Podría haber sido mío. Tiene que ser mío. ¡Dámelo!

Frodo no respondió y fue alejándose hasta situarse en el otro lado de la gran piedra lisa.

—¡Vamos, vamos, mi querido amigo! —dijo Boromir con una voz más endulzada—. ¿Por qué no librarte de él? ¿Por qué no librarte de tus dudas y miedos? Puedes echarme la culpa, si quieres. Puedes decir que yo era demasiado fuerte y te lo quité. ¡Pues soy demasiado fuerte para ti, mediano!

Boromir dio un salto y se precipitó por encima de la piedra hacia Frodo. El hermoso y agradable rostro había cambiado de un modo grotesco y tenía un furioso fuego en los ojos.

Frodo lo esquivó y de nuevo puso la piedra entre ellos. Había una sola solución: temblando sacó el Anillo, que pendía de la cadena, y se lo deslizó rápidamente en el dedo, en el momento en que Boromir saltaba otra vez hacia él. El hombre ahogó un grito y, tras mirar con asombro a su alrededor, echó a correr de un lado a otro, buscando aquí y allí entre las rocas y árboles.

—¡Miserable tramposo! —gritó—. ¡Espera a que te ponga las manos encima! Ahora entiendo tus intenciones. Le llevarás el Anillo a Sauron y nos venderás a todos. Querías abandonarnos y sólo esperabas que se te presentara la ocasión. ¡Malditos tú y todos los medianos, que se los lleven la muerte y las tinieblas!

En ese momento el pie se le enganchó en una piedra, cayó hacia adelante con los brazos y piernas extendidos, y se quedó allí tendido de bruces. Durante un rato estuvo muy quieto, y pareció que lo hubiera alcanzado su propia maldición; luego, de pronto, se echó a llorar.

Se incorporó y se pasó la mano por los ojos, enjugándose las lágrimas.

—Pero ¿qué he dicho? —gritó—. ¿Qué he hecho? ¡Frodo! ¡Frodo! —llamó—. ¡Vuelve! Ha sido un arrebato de locura, pero ya se me ha pasado. ¡Vuelve!

No hubo respuesta. Frodo ni siquiera oyó los gritos. Estaba ya muy lejos, saltando a ciegas por el sendero que llevaba a la cima, estremeciéndose de terror y de pena mientras recordaba la cara enloquecida y los ojos ardientes de Boromir.

Pronto se encontró solo en la cima del Amon Hen, y se detuvo, sin aliento. Vio a través de la niebla un círculo amplio y llano, cubierto de losas grandes, y rodeado por un parapeto en ruinas; y en medio, colocado sobre cuatro pilares labrados, en lo alto de una escalera de muchos peldaños, había un asiento elevado. Frodo subió y se sentó en la antigua silla, sintiéndose casi como un niño extraviado que ha trepado al trono de los reyes de la montaña.

Al principio poco pudo ver. Parecía como si estuviese en un mundo de nieblas, donde sólo había sombras; tenía puesto el Anillo. Luego, aquí y allá, la niebla fue cediendo, y vio muchas escenas, visiones pequeñas y claras como si las tuviera ante los ojos sobre una mesa, y sin embargo remotas. No había sonidos, sólo imágenes brillantes y vívidas. El mundo parecía encogido, enmudecido. Estaba sentado en el Sitial de la Vista, sobre el Amon Hen, la Colina del Ojo de los Hombres de Númenor. Miró al este y vio tierras que no aparecían en los mapas, llanuras sin nombre, y bosques inexplorados. Miró al norte y vio el Río Grande extenderse como una cinta debajo de él, y las Montañas Nubladas parecían pequeñas y de contornos irregulares, como dientes rotos. Miró al oeste y vio las vastas praderas de Rohan; Orthanc, el pico de Isengard, como una espiga negra. Miró al sur y vio el Río Grande correr ondulado bajo sus pies como una ola que rompía y caía por los saltos del Rauros a un abismo de espumas; un arco iris centelleaba sobre los vapores. Y vio el Ethir Anduin, el poderoso delta del Río, y miríadas de pájaros marinos que revoloteaban al sol como un polvo blanco, y debajo de ellos un mar plateado y verde, ondeando en líneas interminables.

Pero adonde mirara, veía siempre signos de guerra. Las Montañas Nubladas hervían como hormigueros: los orcos salían de innumerables madrigueras. Bajo las ramas del Bosque Negro había una lucha encarnizada de Elfos, Hombres y bestias feroces. La tierra de los Beórnidas estaba en llamas; una nube cubría Moria; unas columnas de humo se elevaban en las fronteras de Lórien.

Había jinetes que galopaban sobre la hierba de Rohan; desde Isengard los lobos llegaban en manadas. En los puertos de Harad, las naves de guerra se hacían a la mar, y del este venían filas interminables de hombres: de espada, lanceros, arqueros a caballo, carros de comandantes, y vagones repletos de suministros. Todo el poder del Señor Oscuro estaba en movimiento. Volviéndose de nuevo hacia el sur, Frodo contempló Minas Tirith. Parecía estar muy lejos, y era hermosa: de muros blancos y numerosas torres, orgullosa y espléndida, encaramada en la montaña; el acero refulgía en las almenas, y en las torrecillas brillaban muchos estandartes. En el corazón de Frodo se encendió una esperanza. Pero contra Minas Tirith se alzaba otra fortaleza, más grande y más poderosa. No quería mirar pero sus ojos se volvieron hacia el este, donde vio los puentes arruinados de Osgiliath, y las puertas abiertas como en una mueca de Minas Morgul, y las Montañas encantadas, y se descubrió mirando Gorgoroth, el valle del terror en el País de Mordor. Las tinieblas se extendían allí bajo el sol. El fuego brillaba entre el humo. El Monte del Destino estaba ardiendo, y una densa humareda subía en el aire. Al fin los ojos se le detuvieron y entonces la vio: muro sobre muro, almena sobre almena, negra, inmensamente poderosa, montaña de hierro, puerta de acero, torre de diamante: Barad-dûr, la Fortaleza de Sauron. Frodo perdió toda esperanza.

Y entonces sintió el Ojo. Había un ojo en la Torre Oscura, un ojo que no dormía; y ese ojo no ignoraba que él estaba mirándolo. Había allí una voluntad feroz y decidida, y de pronto saltó hacia él. Frodo la sintió casi como un dedo que lo buscaba, y que en seguida lo encontraría, aplastándolo. El dedo tocó el Amon Lhaw. Echó una mirada al Tol Brandir. Frodo saltó a los pies de la silla, y se acurrucó cubriéndose la cabeza con la capucha gris.

Se oyó a sí mismo gritando: *¡Nunca! ¡Nunca!* ¿O quizá decía: *Me acerco en verdad, me acerco a ti?* No podía asegurarlo. Luego como un relámpago venido de algún otro extremo de poder se le presentó un nuevo pensamiento: *¡Sácatelo! ¡Sácatelo! ¡Insensato, sácatelo! ¡Sácate el Anillo!*

Los dos poderes lucharon en él. Durante un momento, en perfecto equilibrio entre dos puntas afiladas, Frodo se retorció atormentado. De súbito tuvo de nuevo conciencia de sí mismo: Frodo, ni la Voz ni el Ojo, libre de elegir, y disponiendo apenas de un instante. Se sacó el Anillo del dedo. Estaba arrodillado a la clara luz del sol delante del elevado sitial. Una sombra negra pareció pasar sobre él, como un brazo; no acertó a dar con el Amon Hen, buscó un poco en el oeste, y se desvaneció. El cielo era otra vez limpio y azul, y los pájaros cantaban en todos los árboles.

Frodo se puso de pie. Se sentía muy fatigado, pero estaba decidido ahora, y se había quitado un peso del corazón. Se habló en voz alta.

—Bien, ahora haré lo que hay que hacer —dijo—. Esto al menos es claro: la malignidad del Anillo ya está operando, aun entre los miembros de la Compañía, y antes de que haga más daño hay que llevarlo lejos de ellos. Iré solo. En algunos no puedo confiar, y aquellos en quienes puedo confiar me son demasiado queridos: el pobre viejo Sam, y Merry y Pippin. Trancos también: desea tanto volver a Minas Tirith, y quizá lo necesiten allí, ahora que Boromir ha sucumbido al mal. Iré solo. En seguida.

Descendió rápidamente por el sendero y llegó de vuelta al prado donde lo había encontrado Boromir. Allí se detuvo, y escuchó. Creyó oír gritos y llamadas que venían de los bosques cercanos a la orilla del río.

—Estarán buscándome —se dijo—. Me pregunto cuánto tiempo he estado ausente. Horas quizá. ¿Qué puedo hacer? —murmuró titubeando—. Tengo que irme ahora, o no me iré nunca. No tendré otra oportunidad. Odio la idea de abandonarlos, y más de este modo, sin ninguna explicación. Pero seguro que lo entenderán. Sam entenderá. ¿Y qué otra cosa puedo hacer?

Lentamente extrajo el Anillo y se lo puso una vez más. Desapareció y descendió por la colina, leve como el roce del viento.

Los otros permanecieron un buen rato junto al río. Habían estado callados un tiempo, yendo de un lado a otro, inquietos, pero ahora estaban sentados en círculo, y hablaban. De cuando en cuando trataban de hablar de otras cosas, del largo camino y de las numerosas aventuras que habían encontrado; interrogaron a Aragorn acerca del reino de Gondor en los tiempos antiguos, y los restos de las grandes obras que podían verse aún en estas extrañas regiones fronterizas de las Emyn Muil: los reyes de piedra y los sitiales de Lhaw y Hen, y la gran escalera junto a los saltos del Rauros. Pero los pensamientos y las palabras de todos volvían una y otra vez a Frodo y el Anillo. ¿Qué decidiría Frodo? ¿Por qué dudaba?

—Creo que está tratando de averiguar qué camino es el más desesperado —dijo Aragorn—. No me sorprende. Hay menos esperanzas que nunca para la Compañía si vamos hacia el este. Gollum nos ha seguido el rastro, y es posible que nuestro viaje ya no sea un secreto. Pero Minas Tirith no está más cerca del Fuego y la destrucción de la Carga.

»Podríamos quedarnos aquí un tiempo y defendernos valientemente, pero el Señor Denethor y todos sus hombres no podrían conseguir lo que no está al alcance de los poderes de

Elrond, según dijo él mismo: o mantener en secreto la Carga, o mantener a raya a las fuerzas del Enemigo cuando venga tras ella. ¿Qué camino elegiríamos cualquiera de nosotros en el lugar de Frodo? No lo sé. Nunca hemos necesitado más a Gandalf.

—Cruel ha sido nuestra pérdida —dijo Legolas—, pero tendremos que tomar una decisión sin la ayuda de Gandalf. ¿Por qué no lo decidimos entre todos y ayudamos así a Frodo? ¡Llamémoslo de vuelta y votemos! Yo votaré por Minas Tirith.

—Y yo también —dijo Gimli—. Nosotros, por supuesto, sólo vinimos a ayudar al Portador a lo largo del camino, y no tenemos por qué ir más allá; ninguno de nosotros ha hecho un juramento ni ha recibido la orden de buscar la Montaña del Destino. Dejar Lothlórien fue duro para mí. Pero ya he venido hasta aquí, tan lejos... y digo esto: ahora que ha llegado el momento de la decisión final, para mí es evidente que no dejaré a Frodo. Yo elegiría Minas Tirith, pero si él piensa otra cosa, lo seguiré.

—Yo también iré con Frodo —dijo Legolas—. Sería desleal despedirme de él ahora.

—Sería de veras una traición, si ahora todos lo abandonáramos —dijo Aragorn—. Pero si va hacia el este, no es necesario que lo acompañemos todos, ni creo que convenga. Es un riesgo desesperado, tanto para ocho como para dos o tres, o uno solo. Si se me permitiera elegir, yo designaría tres compañeros: Sam, que no podría soportar que fuera de otro modo; Gimli, y yo mismo. Boromir volverá a Minas Tirith donde su padre y la gente lo necesitan, y junto con él irían los demás, o al menos Meriadoc y Peregrin, si Legolas no está dispuesto a dejarnos.

—¡Imposible! —exclamó Merry—. ¡No podemos dejar a Frodo! Pippin y yo decidimos desde un principio acompañarlo a todas partes, y aún es así para nosotros. Aunque antes no entendimos lo que eso significaba. Parecía distinto allá lejos, en la Comarca o en Rivendel. Sería una locura y una crueldad permitir que Frodo vaya a Mordor. ¿Por qué no podemos impedírselo?

—Tenemos que impedírselo —dijo Pippin—. Y por eso está preocupado, seguramente. Sabe que no estaremos de acuerdo si quiere ir al este. Y no le gusta pedirle a alguien que lo acompañe, pobre viejo. Y no podría ser de otra manera. ¡Ir a Mordor solo! —Pippin se estremeció—. Pero el viejo, tonto y querido hobbit debiera saber que no tiene nada que pedir. Debiera saber que si no podemos detenerlo, no lo dejaremos solo.

—Perdón —dijo Sam—, pero no creo que ustedes entiendan para nada a mi amo. Las dudas que él tiene no se refieren al camino que ha de tomar. ¡Claro que no! ¿De qué serviría Minas Tirith de todos modos? A él, quiero decir, si usted me perdona, señor Boromir —añadió, volviéndose.

Fue entonces cuando descubrieron que Boromir, quien al principio había esperado en silencio fuera del círculo, ya no estaba con ellos.

—¿Qué ha ido a hacer ahora? —preguntó Sam, preocupado—. Ha estado un poco raro desde hace un tiempo, me parece. De cualquier modo no es su problema. Se irá a su casa, como siempre ha dicho, y no lo culpo. Pero el señor Frodo sabe que necesita encontrar las Grietas del Destino, si es posible. Pero tiene *miedo*. Ahora que ha llegado el momento de decidirse, está simplemente aterrorizado. Éste es su problema. Por supuesto ha ganado un poco de experiencia, por decirlo de algún modo, como todos nosotros, desde que salimos de casa, o estaría tan asustado que tiraría el Anillo al Río y se escaparía. Pero tiene todavía demasiado miedo para ponerse en camino. Y tampoco está preocupado por nosotros: si vamos a ir con él o no. Sabe que no lo dejaríamos solo. Esto es otra cosa que le preocupa. Si se decide a partir, querrá irse solo. ¡Recuerden lo que digo! Vamos a tener dificultades cuando venga. Y estará de veras decidido, tan cierto como que se llama Bolsón.

—Pienso que hablas con más sabiduría que cualquiera de nosotros, Sam —dijo Aragorn—. ¿Y qué haremos, si tienes razón?

—¡Detenerlo! ¡No dejarlo ir! —gritó Pippin.

—No sé —dijo Aragorn—. Es el Portador, y el destino de la Carga pesa sobre él. No creo que nos corresponda empujarlo en un sentido o en otro. No creo por otra parte que tuviéramos éxito, si lo intentáramos. Hay otros poderes en acción, mucho más fuertes.

—Bueno, me gustaría que Frodo estuviera ya «de veras decidido», y que volviera, para zanjar este asunto —dijo Pippin—. ¡Esta espera es horrible! Ya ha tenido tiempo suficiente, ¿no?

—Sí —dijo Aragorn—. La hora ha pasado hace rato. La mañana termina. Hay que llamarlo.

En ese momento reapareció Boromir. Salió de los árboles y se adelantó hacia ellos sin hablar. Tenía un aire sombrío y triste. Se detuvo como para contar quiénes estaban presentes, y luego se sentó aparte, los ojos clavados en el suelo.

—¿Dónde has estado, Boromir? —preguntó Aragorn—. ¿Has visto a Frodo?

Boromir titubeó un segundo.

—Sí, y no —respondió lentamente—. Sí: lo encontré en la ladera de la colina, y le hablé. Lo insté a que viniera a Minas Tirith, y que no fuera al este. Me enojé y él se fue. Desapareció. Nunca vi nada semejante, aunque había oído historias. Debe de haberse puesto el Anillo. No volví a encontrarlo. Pensé que había vuelto aquí.

—¿No tienes más que decir? —preguntó Aragorn clavando en Boromir unos ojos poco amables.

—No —respondió Boromir—. De momento no diré nada más.

—¡Aquí hay algo malo! —gritó Sam, incorporándose de un salto—. No sé qué pretende este hombre. ¿Por qué Frodo se pondría el Anillo? No tenía por qué, y si lo ha hecho, ¡quién sabe qué habrá pasado!

—Pero no se lo dejaría puesto —dijo Merry—. No después de haber escapado a un visitante indeseado, como hacía Bilbo.

—Pero ¿dónde ha ido? ¿Dónde está? —gritó Pippin—. Hace siglos que se fue.

—¿Cuánto tiempo hace que has visto a Frodo por última vez, Boromir? —preguntó Aragorn.

—Media hora, quizá —respondió Boromir—. O quizá una hora. He estado caminando un poco desde entonces. ¡No sé! ¡No sé!

Se llevó las manos a la cabeza, y se quedó sentado, como abrumado por una pena.

—¡Una hora desde que desapareció! —exclamó Sam—. Hay que ir a buscarlo en seguida. ¡Vamos!

—¡Un momento! —gritó Aragorn—. Tenemos que dividirnos en parejas, y preparar... ¡Eh, un momento, espera!

No sirvió de nada. No le hicieron caso. Sam había echado a correr antes que nadie. Lo siguieron Merry y Pippin, que ya estaban desapareciendo rumbo al oeste entre los árboles de la orilla, gritando: *¡Frodo! ¡Frodo!*, con aquellas voces altas y claras de los hobbits. Legolas y Gimli corrían también. Un pánico o una locura repentina parecía haberse apoderado de la Compañía.

—Nos dispersaremos y nos perderemos —gruñó Aragorn—. ¡Boromir! No sé cuál ha sido tu parte en esta desgracia, ¡pero ayuda ahora! Corre detrás de esos dos jóvenes hobbits, y protégelos al menos, aunque no puedas encontrar a Frodo. Vuelve aquí, si lo encuentras, o si ves algún rastro. Regresaré pronto.

Aragorn se precipitó en persecución de Sam. Lo alcanzó en el pequeño prado, entre los acebos. Sam iba cuesta arriba, jadeando y llamando: *¡Frodo!*

—¡Ven conmigo, Sam! —dijo Aragorn—. Que ninguno de nosotros se quede solo ni un momento. Hay algo malévolo en el aire. Voy a la cima, al Sitial del Amon Hen, a ver lo que se puede ver. ¡Y mira! Tal como lo presentí: Frodo fue por este lado. Sígueme, ¡y mantén los ojos abiertos!

Subió rápidamente por el sendero.

Sam corrió detrás de él, pero no podía competir con Trancos el Montaraz, y poco después lo perdió de vista. Sam se detuvo, resoplando. De pronto se palmeó la frente.

—Calma, Sam Gamyi —se dijo en voz alta—. Tienes las piernas demasiado cortas, ¡de modo que usa la cabeza! Veamos. Boromir no miente, no es su estilo, pero no nos ha dicho todo. El señor Frodo se ha asustado mucho por alguna razón y de pronto ha decidido partir. ¿Adónde? Hacia el este. ¿No sin Sam? Sí, incluso sin Sam. Esto es duro, muy duro.

Sam se pasó la mano por los ojos, enjugándose las lágrimas.

—Tranquilo, Gamyi —dijo—. ¡Piensa si puedes! No puede volar por encima de los ríos, y no puede saltar por encima de las cascadas. No lleva ningún equipo. Tendrá pues que volver a los botes. ¡A los botes! ¡Corre hacia los botes, Sam, como un rayo!

Dio media vuelta y bajó a saltos el sendero. Cayó y se lastimó las rodillas. Se incorporó y siguió corriendo. Llegó así al borde del prado de Parth Galen, junto a la orilla, donde habían sacado las barcas del agua. No había nadie allí. De los bosques de atrás parecían venir unos gritos, pero no les prestó atención. Se quedó mirando un momento, inmóvil, boquiabierto. Una embarcación se deslizaba sola cuesta abajo. Dando un grito, Sam corrió por la hierba. La barca entró en el agua.

—¡Ya voy, señor Frodo! ¡Ya voy! —gritó Sam.

Se tiró desde la orilla con las manos tendidas hacia la barca que partía. Dando un grito y con un chapoteo cayó de cabeza a una yarda de la borda en el agua profunda y rápida. Se hundió gorgoteando; el Río se cerró sobre la cabeza rizada de Sam.

Un grito de consternación se alzó en la barca vacía. Una pala giró y la barca viró en redondo. Sam subió a la superficie burbujeando y debatiéndose, y Frodo llegó justo a tiempo para tomarlo por los cabellos. Los ojos redondos y castaños estaban aterrados.

—¡Arriba, Sam, muchacho! —dijo Frodo—. ¡Tómame la mano!

—¡Sálveme, señor Frodo! —jadeó Sam—. Estoy ahogándome. No le veo la mano.

—Aquí está. ¡No me pellizques, muchacho! No te soltaré. Quédate derecho y no te sacudas, o volcarás el bote. Bien, aférrate a la borda, ¡y déjame usar la pala!

Con unos pocos golpes Frodo llevó de vuelta la barca a la orilla, y Sam pudo salir arrastrándose, mojado como una rata de agua. Frodo se sacó el Anillo y pisó otra vez tierra firme.

—¡De todos los fastidios del mundo tú eres el peor, Sam! —dijo.

—Oh, señor Frodo, ¡es usted duro conmigo! —dijo Sam, temblando—. Es usted duro tratando de irse sin mí de esa manera. Si yo no hubiese adivinado la verdad, ¿dónde estaría usted ahora?

—A salvo y en camino.

—¡A salvo! —dijo Sam—. ¿Solo y sin mi ayuda? No hubiese podido soportarlo, sería mi muerte.

—Venir conmigo también puede ser tu muerte, Sam —dijo Frodo—, y eso no lo podría soportar yo.

—Quedarme habría sido peor —dijo Sam.

—Pero voy a Mordor.

—Lo sé de sobra, señor Frodo. Claro que sí. Y yo iré con usted.

—Por favor, Sam —dijo Frodo—, ¡no me pongas obstáculos! Los otros pueden volver en cualquier instante. Si me encuentran aquí, tendré que discutir y explicar, y ya nunca tendré el ánimo o la posibilidad de irme. Pero he de partir en seguida. No hay otro modo.

—Sí, ya lo sé —dijo Sam—. Pero no solo. Voy yo también, o ninguno de los dos. Antes desfondaré todas las barcas.

Frodo tuvo que reírse. Sentía en el corazón un calor y una alegría repentinos.

—¡Deja una! —dijo—. La necesitaremos. Pero no puedes venir así, sin equipo ni comida ni nada.

—¡Un momento nada más y traeré mis cosas! —exclamó Sam animado—. Todo está listo. Pensé que partiríamos hoy.

Corrió al sitio donde habían acampado, sacó su mochila de la pila donde Frodo la había puesto cuando sacó de la barca las pertenencias de los otros, tomó una manta de repuesto, y algunos paquetes más de provisiones, y volvió corriendo.

—¡Todo mi plan, estropeado!—dijo Frodo—. Imposible escapar de ti. Pero estoy contento, Sam. Muy contento. ¡Vamos! Es evidente que estábamos destinados a ir juntos. Partiremos, ¡y que los otros encuentren un camino seguro! Trancos cuidará de ellos. No creo que volvamos a verlos.

—Quizá sí, señor Frodo. Quizá sí —dijo Sam.

Así Frodo y Sam iniciaron juntos la última etapa de la Misión. Frodo remó alejándose de la orilla, y el Río los llevó rápidamente, a lo largo del brazo occidental, pasando por delante de los acantilados amenazadores del Tol Brandir. El rugido de las cataratas fue acercándose. Aun con la ayuda de Sam costó trabajo atravesar la corriente en el extremo sur de la isla y virar al este hacia la orilla del otro lado.

Al fin llegaron de nuevo a tierra en la ladera sur del Amon Lhaw. Allí encontraron una orilla empinada, y sacaron la barca del Río, la arrastraron hacia arriba, y la ocultaron como mejor pudieron detrás de una roca. Luego, cargando al hombro las mochilas partieron en busca de un sendero que los llevara por encima de las colinas grises de las Emyn Muil, hacia el País de la Sombra del otro lado.

Aquí concluye la primera parte de la historia de la Guerra del Anillo.

La segunda parte tiene como título LAS DOS TORRES, ya que los acontecimientos ahí relatados están bajo el dominio de Orthanc, la ciudadela de Saruman, y la fortaleza de Minas Morgul que guarda la entrada secreta de Mordor; en ella se cuentan las hazañas y peligros de todos los miembros de la comunidad ahora disuelta, hasta la llegada de la Gran Oscuridad.

La tercera parte, EL RETORNO DEL REY, *habla de la última defensa contra la Sombra, y el fin de la misión del Portador del Anillo.*

ÍNDICE

MAPAS

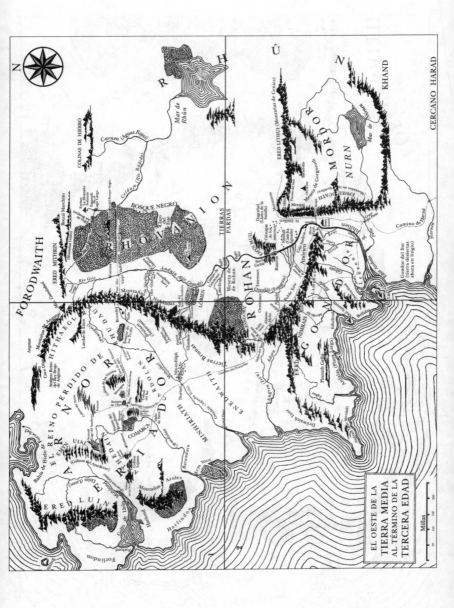

EL OESTE DE LA
TIERRA MEDIA
AL TÉRMINO DE LA
TERCERA EDAD

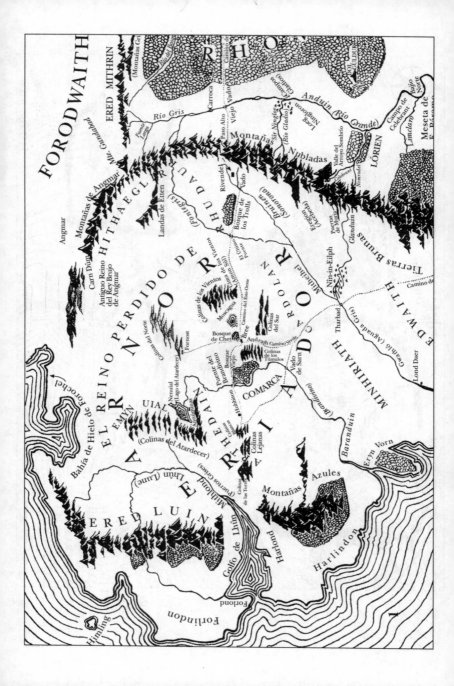

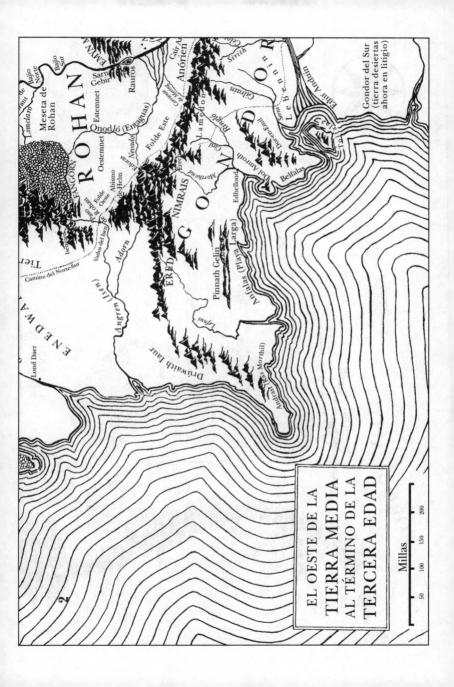

EL OESTE DE LA
TIERRA MEDIA
AL TÉRMINO DE LA
TERCERA EDAD

Millas

50   100   150   200

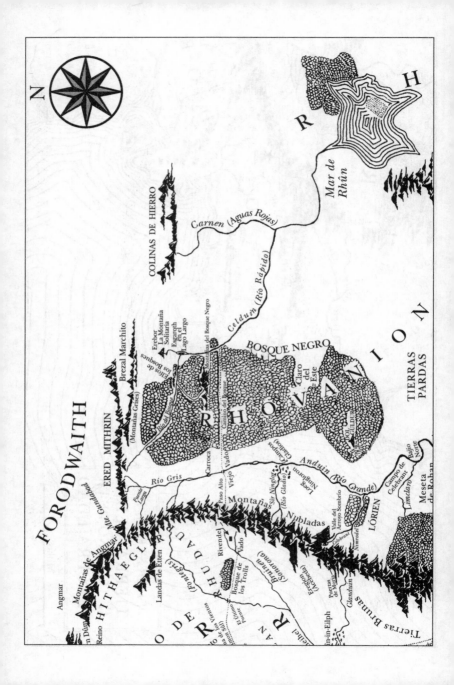

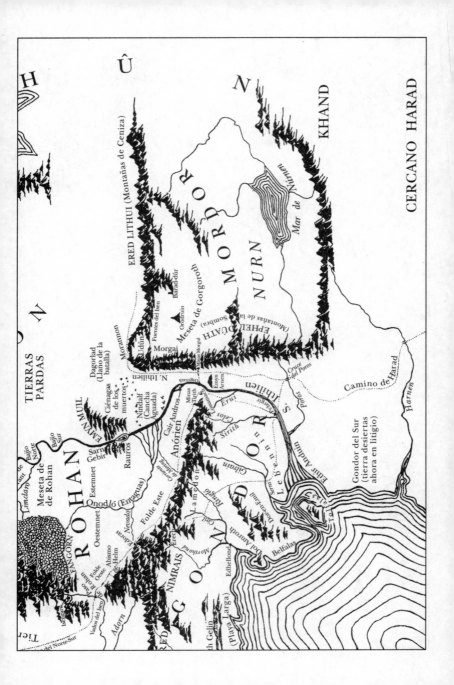